Vipernbrut

Die Autorin

Lisa Jackson zählt zu den amerikanischen Top-Autorinnen, deren Romane regelmäßig die Bestsellerlisten der »New York Times«, der »USA Today« und der »Publishers Weekly« erobern. Ihre Hochspannungs-Thriller wurden in 25 Länder verkauft. Auch in Deutschland hat sie erfolgreich den Sprung unter die Top 20 der »Spiegel«-Bestsellerliste geschafft.
Lisa Jackson lebt in Oregon.
Mehr Infos über die Autorin und ihre Romane unter:
www.lisajackson.com

Lisa Jackson

Vipernbrut

Thriller

Aus dem Amerikanischen von
Kristina Lake-Zapp

Weltbild

Die amerikanische Originalausgabe erschien 2012 unter dem Titel *Afraid to Die*
bei KENSINGTON PUBLISHING CORP., New York, NY, USA.

Besuchen Sie uns im Internet:
www.weltbild.de

Genehmigte Lizenzausgabe für Weltbild GmbH & Co. KG,
Werner-von-Siemens-Straße 1, 86159 Augsburg
Copyright der Originalausgabe © 2012 by Lisa Jackson LLC
Published by arrangement with KENSINGTON PUBLISHING CORP.,
New York, NY, USA
Copyright der deutschsprachigen Ausgabe © 2013 by Knaur Taschenbuch
Ein Unternehmen der Verlagsgruppe Droemer Knaur GmbH & Co. KG, München
Übersetzung: Kristina Lake-Zapp
Umschlaggestaltung: Atelier Seidel – Verlagsgrafik, Teising
Umschlagmotiv: iStockphoto
Satz: Datagroup int. SRL, Timisoara
Druck und Bindung: CPI Moravia Books s.r.o., Pohorelice
Printed in the EU
ISBN 978-3-96377-323-5

2023   2022   2021   2020
Die letzte Jahreszahl gibt die aktuelle Lizenzausgabe an.

Prolog

San Bernardino County
Sechs Jahre zuvor

Was zum Teufel hat sie hier zu suchen?

Angestrengt spähte Dylan O'Keefe aus seinem ramponierten Zivilfahrzeug hinaus in die Nacht, die zusammengekniffenen Augen auf eine Gestalt geheftet, die im Schutz der Dunkelheit über das unbebaute Grundstück auf der anderen Straßenseite huschte. Wässriges, bläuliches Licht einer einzelnen Laterne an der Straßenecke erhellte eine grasüberwucherte Stelle, an der mehrere stillgelegte Fahrzeuge vor sich hin rosteten. Die Luft war dick, roch nach Abgasen und Holzfeuern, obwohl weder Verkehr herrschte noch Feuer brannten.

Doch es waren Fahrzeuge unterwegs gewesen in dieser kleinen Stadt am Fuße der Berge, und noch vor kurzem hatten hier in der Nähe des De-Maestro-Verstecks mehrere Allradwagen geparkt, wie sich unschwer an den Reifenspuren erkennen ließ.

Der Boden war trocken und staubig, obwohl es Dezember war, ertragsarm, unbedeutend für die Landwirtschaft, die Stadt eine Geisterstadt, zum Großteil verlassen, nachdem das Gold in den umliegenden Hügeln im vergangenen Jahrhundert abgebaut worden war. Lediglich eine Handvoll Bewohner nannten diese Gegend noch ihr Zuhause. Doch es war offensichtlich, dass jemand in dem heruntergekommenen Bungalow mit dem durchhängenden Dach und dem schmutzigen

Putz wohnte. Die verrottete Veranda war repariert worden, der Krempel im Garten – Kinderspielzeug und Weihnachtsdekoration – diente zweifelsohne als Fassade, damit das Haus zur Nachbarschaft passte und es so aussah, als würde eine Familie darin leben.

Doch das war nichts als Tarnung.

Die gleich auffliegen würde.

Nur dass jetzt, mitten während der Observierung – die sicherstellen sollte, dass sich tatsächlich Alberto De Maestro in diesen schmuddeligen vier Wänden befand –, eine Gestalt durch die Dunkelheit schlich, eine Gestalt, die, so erkannte er jetzt, niemand anders war als Detective Selena Alvarez. Plötzlich drohte die gesamte Operation, mit der er seit über sechzehn Monaten befasst war, aus dem Ruder zu laufen.

Verdammt!

»Siehst du sie?«, flüsterte er seinem Partner zu.

»Hmmhmm.« Rico, wie immer eher verhalten, nickte langsam, ohne den Blick von dem unbebauten Grundstück zu wenden. Im Licht der Taschenlampe bemerkte O'Keefe einen glänzenden Schweißfilm auf seinem Gesicht.

»Das darf doch nicht wahr sein!«

»Bleib ruhig.« Doch auch Ricos Nerven waren zum Zerreißen gespannt, als Selena über den durchhängenden Zaun zwischen den beiden Grundstücken kletterte. Jetzt war sie schon drüben bei De Maestro und schlich auf den heruntergekommenen Bungalow zu. Die Weihnachtsbeleuchtung im Garten spendete nicht viel Licht, da der Großteil der Lämpchen durchgebrannt war, genau wie bei der Lichterkette, die um den Stamm einer einzelnen Palme geschlungen war.

O'Keefe griff nach oben, stellte die Innenbeleuchtung des Zivilfahrzeugs an und öffnete die Beifahrertür.

»Warte! Was tust du da?«, fragte Rico, doch O'Keefe kümmerte sich nicht um seine Einwände. Eilig stieg er aus und blieb mit gezogener Dienstwaffe auf dem rissigen Asphalt stehen. Er musste zu ihr, musste sie zurückpfeifen.

Das Ganze lief aus dem Ruder, ging völlig daneben.

Wenn De Maestro Wind davon bekam, dass sie da draußen war …

Lautlos überquerte er die Straße, nahm den Wind wahr, der über den Asphalt strich und trockene Blätter und Plastikmüll an den wenigen Autos vorbeitrieb, die hier parkten. Ein Hund, in einem der dunklen Höfe angekettet, fing plötzlich an, wie verrückt zu bellen.

Alvarez blieb trotzdem nicht stehen.

Geh nicht weiter!, flehte er stumm und spürte, wie Panik in ihm aufstieg. Was dachte sie sich nur dabei? Warum war sie hier? Der Hund begann zu heulen. *Dreh um! Das ist doch Wahnsinn …*

Wumm! Eine Seitentür flog auf.

»Schnauze!«, brüllte ein Mann, die dunklen Umrisse seines Körpers hoben sich gegen den Lichtschein aus dem Innern des Bungalows ab. O'Keefe sah, dass er eine Waffe in der Hand hielt. Alberto De Maestro. Ziel der Undercoveroperation. Dreh- und Angelpunkt des De-Maestro-Drogenkartells. Da stand er, *leibhaftig!*

Nein!

O'Keefes Herzschlag dröhnte in seinen Ohren.

Ein weiterer Mann erschien in der Tür; anscheinend versuchte er, De Maestro zur Vernunft zu bringen, ihn zurück ins

Haus zu zerren, doch De Maestro war größer, kräftiger und rührte sich nicht vom Fleck. Der Hund beruhigte sich. Irgendwo in der Ferne heulte eine Sirene. Er drehte sich um und blickte direkt in Alvarez' Gesicht.

Ein Lächeln, finster wie die Hölle, trat auf seine Lippen, weiße Zähne blitzten in der Dunkelheit auf. De Maestro hob die Waffe. »*Perra*«, sagte er und zielte.

Alvarez erstarrte.

Zu spät.

Mit erhobener Pistole stürmte O'Keefe los und schrie: »Waffe fallen lassen! Polizei! *Policía!* Alberto De Maestro, lassen Sie die Waffe fallen!«

»Du kannst mich mal!« Blitzschnell wirbelte De Maestro herum und richtete die Waffe auf O'Keefe. Sein bösartiges Grinsen wurde noch breiter. Der Teufel höchstpersönlich.

»*Feliz Navidad, bastardo!* – Frohe Weihnachten!«

Und mit diesen Worten drückte er ab.

Kapitel eins

Ihre Haut nahm eine bläuliche Färbung an.

Ihr Fleisch wurde starr – was perfekt war.

Ihre Augen blickten durch das Eis nach oben, obwohl sie nichts mehr sahen, leider, denn so würde sie nicht zu würdigen wissen, wie viel Liebe, Hingabe und Überlegung er in sein Werk steckte.

Ihr Atem brachte das Eis über ihrer Nase nicht länger zum Schmelzen, auch ihr Mund blieb zum Glück geschlossen, die perfekten Lippen, nunmehr von einem dunkleren Blau ... wie Schneewittchen, dachte er, nur nicht in einem gläsernen Sarg, sondern in einem Sarg aus Eis. Sorgfältig verteilte er einen weiteren Eimer Wasser über die gefrorene Schicht.

Eiskristalle bildeten sich über ihrem nackten, jugendlichen Körper, glitzerten und funkelten im gedämpften Licht seiner Höhle.

Es sah schön aus.

Wunderschön.

Perfekt.

Tot.

Summend fing er an zu meißeln. Aus dem batteriebetriebenen Radio ertönte Weihnachtsmusik und erfüllte sein ganz privates, geheimes Refugium. Er arbeitete sorgfältig, genau bis ins kleinste Detail. Perfektion, das war sein Ziel. Absolute Perfektion würde er erreichen.

Die Temperatur in seiner unterirdischen »Werkstatt« lag konstant bei minus 1,1 Grad Celsius, knapp unter dem Gefrierpunkt; sein Atem bildete bei der Arbeit weiße Wölkchen. Obwohl gerade ein Schneesturm über diesen Teil der Bitterroot Mountains hinwegfegte, war die Luft hier unten, tief in den Höhlen, unbewegt; nicht der kleinste Luftzug war zu spüren.

Er trug einen Neoprenanzug, Handschuhe, Stiefel und eine Skimaske, auch wenn er sich insgeheim wünschte, nackt zu arbeiten. Es wäre herrlich zu spüren, wie ihm die Kälte ins Fleisch schnitt, sich lebendiger zu fühlen, doch das würde warten müssen. Er durfte nicht leichtsinnig werden, durfte nicht zulassen, dass ein winziger Hautpartikel, ein Haar oder auch nur ein Schweißtropfen sein Werk beeinträchtigte.

Doch es ging nicht nur um die perfekte Schönheit, es gab auch noch das Problem mit der DNA, sobald die Polizei sich einschaltete. Lange würde das nicht mehr dauern, denn sein Kunstwerk war beinahe fertig. Hier noch ein bisschen schnitzen, dort noch ein bisschen schleifen.

»*Oh, the weather outside is frightful*«, sang er zur Musik mit. Seine Stimme hallte durch die durch Gänge miteinander verbundenen Höhlen, die tief unten in den Gebirgsausläufern der Bitterroot Mountains versteckt lagen. Eine natürliche Quelle lieferte ihm das Wasser, das er für seine Arbeit brauchte, batteriebetriebene Lampen spendeten bläuliches Licht. Wenn er es heller haben wollte, schaltete er zusätzliche Scheinwerfer an.

Weiter hinten in der riesigen Höhle ertönte ein jämmerliches Wimmern. Er runzelte die Stirn. Warum starb diese Frau nicht endlich? Er hatte ihr eine Dosis Beruhigungsmittel verabreicht, die einen Elefanten umgehauen hätte, und trotzdem schwankte sie noch immer zwischen Leben und Tod. Stöhnte. Mit gefurchten Augenbrauen schlug er den Hammer auf den

Meißel, der rutschte ab und schnitt durch den Handschuh in den Finger. »Verdammt!« Ein einzelner Blutstropfen rollte über das Eis und gefror. Anstatt ihn wegzuwischen, meißelte er die Stelle aus, um sicherzugehen, dass sein perfektes Kunstwerk nicht ruiniert wurde.

Als er damit fertig war, schwitzte er. »Hab Geduld«, schärfte er sich ein, als er die Kerbe vorsichtig, nach und nach, mit klarem Wasser aus der Quelle füllte, um den Makel unsichtbar zu machen.

»Perfekt«, murmelte er, endlich zufrieden.

Er blickte auf sein Kunstwerk hinab, betrachtete die nackte Frau, umschlossen von Eis, dann beugte er sich vor, gerade so weit, um ihr über eine eisige Brustwarze zu lecken. Seine Zunge kribbelte, die Kälte im Mund bereitete ihm pure, heiße Lust, und er malte sich aus, wie er seinen Körper an ihrem eiskalten Fleisch reiben würde. Sein Schwanz zuckte. Er glitt mit der Zunge über das Eis, stellte sich ihren salzigen Geschmack vor, nahm ihre harte Brustwarze in den Mund. Er wollte seine Zähne darin versenken, nur ein wenig, bis sich Lust und Schmerz vermischten. Seine Phantasie entlockte ihm ein leises Stöhnen.

Vor seinem inneren Auge sah er eine weitere schöne Frau, deren Haar ungebändigt hinter ihr herwehte, während sie lief, lachend, ihre Stimme hallte durch den Winterwald. Die schuppigen Stämme der Kiefern waren voller Schnee, zwischen den langen Nadeln hingen dünne Eiszapfen.

Er rannte durch den dicken Pulverschnee, jagte ihr hinterher, sah erregt zu, wie sie ihre Kleidung abwarf, Stück für Stück, Mantel, Bluse, Rock, Schal, bis sie in BH und Höschen dastand und wieder vor ihm davonlief.

Bald schloss er zu ihr auf und fing an, seine eigene Kleidung abzustreifen, Stiefel, Jacke, Jeans, dann fummelte er mit klammen Fingern an den Knöpfen seines Hemds, die sich nur schwer öffnen ließen. Der Abstand zu ihr wurde größer, und er musste angestrengt rennen, um sie einzuholen.

Er malte sich aus, was er mit ihr anstellen würde, wie er in sie stoßen, den vom Himmel rieselnden Schnee auf ihrer nackten Haut zum Schmelzen bringen würde.

Doch er hielt sein Messer in der Hand. Das Messer mit dem Griff, der aus dem Geweih des Hirsches gefertigt war, den er vor drei Jahren getötet hatte. Er erinnerte sich genau daran, wie er das Tier erlegt hatte, mit einem einzigen Pfeil …

Jetzt hatte er sie fast eingeholt … sein Herz pochte, seine Finger schlossen sich um den Griff des Messers.

Sie wirbelte herum, als er nur noch einen halben Schritt hinter ihr war, ihre Augen glänzten wie zwei Eiskristalle, die Wangen leuchteten gerötet von der frostigen Winterluft. Ein neckisches Lächeln umspielte ihre perfekten Lippen. Lippen wie die eines Engels.

Dann sah sie das Messer.

Ihr Lächeln verblasste. In ihrem schönen Gesicht spiegelte sich Erschrecken, dann Entsetzen wider. Sie stolperte, stürzte beinahe, dann lief sie weiter, schneller als zuvor, wobei sie noch mehr Schnee aufwirbelte. Jetzt hatte ihre Flucht nichts Spielerisches mehr, jetzt rannte sie aus nackter Angst.

Mit geblähten Nasenflügeln nahm er die Verfolgung auf, war mit ein paar Schritten bei ihr, bekam mit der freien Hand ihr offenes Haar zu fassen und dann …

Verschwommen.

Alles, woran er sich erinnerte, war die Wunde, aus der warmes rotes Blut auf den blendend weißen Schnee spritzte.

Nein! Abrupt kehrte er in die Gegenwart zurück. Er durfte es nicht zulassen, dass ihn derlei Gedanken von der Arbeit ablenkten.

Das Eis um die Brustwarze schmolz in seinem Mund. Seine Erektion war nun steinhart und drückte gegen den engen Neoprenanzug. Er richtete sich auf und verspürte einen Anflug von Abscheu wegen seiner Schwäche. Mit aller Kraft zwang er seinen stets bereiten Schwanz, wieder abzuschwellen.

Was war nur in ihn gefahren?

Er blickte auf die nackte Frau hinab und betrachtete die Stelle, an der sein Mund das Eis geschmolzen und jede Menge DNA-Spuren hinterlassen hatte. Das war nicht klug, ganz und gar nicht, und bestimmt nicht das, was man von einem Menschen mit dem IQ eines Genies erwartete.

Rasch fing er an, auch diesen Fleck aus dem Eis zu meißeln. Im hinteren Teil der Höhle fing die Schlampe erneut an zu stöhnen. Er biss die Zähne zusammen. Sie würde noch früh genug sterben, und ihr makelloser Körper würde keinerlei Anzeichen von Gewaltanwendung aufweisen, kein Hämatom, keine Schnittwunde, nichts. Dann würde er auch sie in einen eisigen Sarg stecken und ein weiteres perfektes Kunstwerk erschaffen.

Ein Blick auf die Armbanduhr sagte ihm, dass ihm noch genug Zeit blieb, um die begonnene Arbeit zu Ende zu bringen. Seine Frau erwartete ihn nicht vor einer Stunde zurück. Jede Menge Zeit.

Er holte Wasser aus der Quelle und goss es über sein Werk. *Es ist noch nicht ganz fertig,* dachte er, als er in die weit aufgerissenen Augen der eingefrorenen Frau blickte.

Doch es würde nicht mehr lange dauern.

Dankbar, dass das Stöhnen aus dem hinteren Teil der Höhle endlich verstummt war und er sich wieder konzentrieren konnte, schöpfte er wieder und wieder Wasser, wobei er leise das Lied im Radio mitsang: »*Let it snow, let it snow …*«

»*… let it …*« *Klick!*

Selena Alvarez drückte auf die Schlummertaste ihres Radioweckers, dann stellte sie ihn, ohne zu überlegen, ganz aus und rollte sich aus dem Bett. Mein Gott, sie *hasste* das Lied. Überhaupt hatte sie mit Weihnachten rein gar nichts am Hut.

Und das hatte seine Gründe.

Nicht, dass sie jetzt wieder darüber nachdenken wollte.

Das wollte sie nie.

Obwohl es draußen noch stockdunkel war, teilte ihr die leuchtend rote Digitalanzeige mit, dass es halb fünf war, die Zeit, zu der sie für gewöhnlich aufstand und langsam in Fahrt kam. Die meiste Zeit des Jahres nahm sie jeden einzelnen Tag in Angriff, als stellte er eine besondere Herausforderung dar, doch sobald sich der Herbst dem Ende näherte und der November in den Dezember überging, verspürte sie den ewig gleichen Überdruss, der die Vorweihnachtszeit begleitete, die mangelnde Begeisterung, die ihr die Kraft raubte und ihre Stimmung trübte. Im Winter schwand ihre übliche Ich-stelle-mich-dem-Leben-Haltung, und sie musste sich doppelt zusammenreißen, um sich nicht hängen zu lassen.

»Dummkopf«, murmelte sie und streckte sich.

Sie kannte natürlich den Grund für diesen alljährlichen Stimmungswechsel, doch sie sprach nie darüber, nicht einmal mit ihrer Partnerin. Schon gar nicht mit ihrer Partnerin. Pescoli würde sie doch nicht verstehen.

Und Alvarez würde jetzt ganz bestimmt nicht darüber nachdenken.

Der Welpe, den sie vor kurzem zu sich genommen hatte, eine Mischung aus Schäferhund und entweder Boxer oder Labrador, regte sich in seinem verschließbaren Hundekorb, streckte sich und bellte, um herausgelassen zu werden, während ihre Katze, Mrs. Smith, die stets auf dem zweiten Kopfkissen in Selenas Bett schlief, den Kopf hob und blinzelte.

Der Hund bellte und winselte lauter, dann jaulte er aufgeregt, als wollte er sagen: »Nun lass mich endlich raus, ich habe ein dringendes Geschäft zu erledigen!« Der Kleine zeigte genau die Begeisterung, die Alvarez gerade fehlte.

»He, du weißt, dass du das nicht darfst«, tadelte sie den Welpen, dann öffnete sie das Gitter seines Hundekorbs und ließ ihn heraus. Sofort fing er an, bellend um sie herumzuspringen, trotz ihrer Bemühungen, ihn im Zaum zu halten. »Nein, Roscoe! Aus! Sitz!« Er stürmte die Treppe hinunter ins Wohnzimmer ihres Reihenhauses, dicht gefolgt von seiner Herrin und der Katze. Unten angekommen, umkreiste er Couch und Couchtisch, dann rannte er schwanzwedelnd zur Terrassentür.

Alvarez sah zu Mrs. Smith hinüber, die unterdessen auf ein Regal gesprungen war und die ganze Szene mit katzenhafter Verachtung beobachtete. »Ja, ich weiß. Du musst mir das nicht extra unter die Nase reiben!« Sekunden später ließ sie den Hund in ihren kleinen, umzäunten Garten, wo er sofort in den dunkelsten Ecken verschwand, um zweifelsohne das Bein an jedem Baum, Busch und Pfosten zu heben, den er finden konnte. Es schneite immer noch, stellte sie fest, als sie rasch die Schiebetür schloss, um die Kälte draußen zu lassen, die unangenehm durch ihren Flanellschlafanzug zog. Durch die Scheibe sah sie, dass die Töpfe mit den größeren Pflanzen, die sie auf der Terrasse stehen gelassen hatte, mit einer zehn Zentimeter hohen Schneeschicht bedeckt waren, auch auf dem Rasen lag eine unberührte weiße Decke – ein friedlicher Anblick, bis Roscoe hineinsprang und alles zerwühlte. Doch Schnee brachte ihr ohnehin weder Ruhe noch Frieden. Roscoe aufzunehmen war eine überstürzte Entscheidung gewesen, zumal sie das Reihenhaus gerade erst gekauft hatte, doch jetzt war es zu spät – der lebenslustige Welpe hatte längst einen ganz besonderen Platz in ihrem Herzen erobert. Trotz seiner Schwächen.

»Zum Heulen!«, murmelte sie.

Roscoe sprang zurück auf die kleine Betonfläche ihrer Terrasse und kratzte an der Scheibe. Sie öffnete die Schiebetür ein Stückchen, und er versuchte, sich durch den Spalt ins Wohnzimmer zu zwängen, doch sie erwischte ihn am Halsband. »Kommt gar nicht in Frage, Kumpel«, brummte sie, schnappte sich das Handtuch, das sie zu diesem Zweck an den Fenstergriff gehängt hatte, und putzte ihm die mächtigen Pfoten ab, bevor sie ihn hineinließ.

Momentan ging sie nur selten ins Fitnessstudio; stattdessen joggte sie mit dem Hund, um ihn auszupowern, dann nahm sie eine Dusche, zog sich an und ließ ihn so lange im Hauswirtschaftsraum. Das war keine optimale Lösung, doch sobald er ganz stubenrein wäre, würde sie eine Hundeklappe einbauen lassen und die Nachbarin bitten, am Nachmittag mit ihm Gassi zu gehen. In letzter Zeit blieb sie abends nicht mehr lange im Department, nahm die Arbeit lieber mit nach Hause.

Was an und für sich eine gute Sache war.

Leider führte es ihr nur noch deutlicher vor Augen, dass sie außer ihren Haustieren niemanden hatte, der zu Hause auf sie wartete.

Nicht dass sie es während des vergangenen Jahres nicht versucht hätte, sie hatte sich sogar ein paarmal verabredet, war mit Kevin Miller ausgegangen, einem Pharmavertreter, der in seiner Freizeit häufig ins Fitnessstudio ging und ständig über seine Arbeit redete. Er hatte sie zu Tode gelangweilt. Auch mit Terry Longstrom hatte sie sich getroffen. Terry war Psychologe und arbeitete mit jugendlichen Straftätern; er hatte sie ein paarmal ausgeführt, doch obwohl er sehr nett war, fühlte sie sich einfach nicht zu ihm hingezogen, und so tun, als ob es anders wäre, wollte sie auch nicht. Am schlimmsten war es mit Grover Pankretz gewesen. Er hatte früher im ortsansässigen DNA-Labor gearbeitet, doch als die Firma schrumpfte, war seine Stelle gestrichen worden. Grover war ein geistreicher Mann, doch von Anfang an für ihren Geschmack viel zu besitzergreifend. Schon beim zweiten Date wollte er etwas Festes, deshalb hatte sie das Ganze beendet, noch bevor es richtig beginnen konnte. Zum Glück waren all diese Männer weitergezogen, entweder in eine andere Gegend oder zu anderen Frauen. Terry und Grover, so war ihr zu Ohren gekommen, hatten geheiratet.

Die Wahrheit war simpel: Sie war einfach nicht bereit für eine ernsthafte Beziehung, wie ihre alberne Schwärmerei für den älteren, unerreichbaren Dan Grayson bewiesen hatte, der rein zufällig ihr Boss war. Typisch.

»Gib's zu«, sagte sie zu sich selbst, »im Grunde willst du gar keinen Mann in deinem Leben.«

Nachdem sie ihre morgendliche Routine hinter sich gebracht hatte, machte sie sich auf den Weg zum Büro des

Sheriffs auf dem Boxer Bluff. Grizzly Falls war im Grunde zweigeteilt: Eine Hälfte des städtischen Lebens spielte sich oben auf dem steilen Hügel ab, an dessen Hängen die besser Betuchten ihre großzügigen Anwesen errichtet hatten, die andere unten, entlang des Flusses. Die spektakulären Wasserfälle, die der Stadt ihren Namen gaben, stürzten sich tosend vom Boxer Bluff in die Tiefe.

Der Verkehr hügelaufwärts staute sich an den üblichen Stellen und wurde zusätzlich durch einen querstehenden Wagen kurz vor dem Bahnübergang behindert. Die ganze Zeit über schneite es, und sie musste die Scheibenwischer auf Stufe zwei schalten, um die Windschutzscheibe frei zu halten.

Mein Gott, wie sie diese Jahreszeit hasste!

Es hatte den Anschein, als ginge die Vorweihnachtszeit hier in Grizzly Falls stets mit irgendwelchen Katastrophen einher. Trotz der Weihnachtskränze an den Türen, der festlich geschmückten Tannen und Fenster, ganz zu schweigen von der Dauerberieselung mit Weihnachtsliedern, die sämtliche Radiosender rund um die Uhr zu spielen schienen, lauerte Unheil im Schatten dieser lichterglänzenden Fröhlichkeit. Die Fälle von häuslicher Gewalt nahmen rapide zu, und in den letzten Jahren waren einige durchgeknallte Serienkiller dazugekommen, welche die Einheimischen in Angst und Schrecken versetzt hatten.

Nicht gerade eine Zeit des Friedens und der Freude.

Abschnittweise war es ziemlich glatt, doch Alvarez' zehn Jahre alter Subaru Outback schraubte sich mühelos die vereisten Straßen hinauf. Auch der Wagen, sie hatte ihn gebraucht günstig bekommen, war neu in ihrem Leben. Dennoch wusste sie natürlich, dass selbst alle Autos und Reihenhäuser der Welt nicht die Leere in ihrem Innern würden füllen können. Die Haustiere waren ein Schritt in die richtige Richtung, dachte sie, als sie auf den Parkplatz des Departments einbog. Die Katze, deren Besitzerin einem teuflischen Mörder zum Opfer gefallen war, hatte sie vergangenes Jahr im Zuge der Ermittlungen zu sich genommen, doch der Welpe war eine spontane, unüberlegte Entscheidung gewesen.

Was hatte sie sich bloß dabei gedacht?

Vielmehr: Was hatte sie nicht bedacht?

Sie hatte ganz bestimmt nicht damit gerechnet, dass Roscoe auf den Teppich pinkeln oder ihre Möbel anknabbern würde, ganz zu schweigen von den Tierarztrechnungen. Nein, sie hatte nur ein warmes, kuscheliges Knäuel gesehen, mit glänzenden Augen, einer feuchten Nase und einem Schwanz, der nicht aufhörte zu wedeln, als sie dem örtlichen Tierheim einen Besuch abstattete.

»Albern«, murmelte sie und hielt vor dem Büro des Sheriffs an, doch sie konnte ein Grinsen nicht unterdrücken. Sie hatte gedacht, Roscoe würde sie schützen, Einbrecher verjagen.

Ach ja? Und warum hast du dann das Gefühl, jemand wäre letzte Woche in deinem Haus gewesen, auch wenn du nicht genau beschreiben kannst, warum? Wo war Roscoe, der Wachhund, da?

Vermutlich täuschte sie sich, spielten ihre Nerven verrückt, weil sie Neil Freeman vernommen hatte, einen Psychopathen, der seine Augen während des gesamten Verhörs unablässig über ihren Körper hatte gleiten lassen, dabei hatte sie ihn zum Tod seiner Mutter befragt ... Es stellte sich heraus, dass diese eines natürlichen Todes gestorben war, doch sein Gehabe und die Art, wie er jede Antwort in schlüpfrige Anspielungen verwandelt hatte, wie er sich mit der Zunge über die Lippen gefahren war, war ihr ziemlich an die Nieren gegangen. Was er vermutlich beabsichtigt hatte. Perverser Fiesling!

Sie redete sich ein, dass Freeman *nicht* in ihrem Haus gewesen war, und wenn doch, dann hätte Roscoe ihr das schon irgendwie mitgeteilt.

Und wie sollte er das, bitte schön, tun? Mach dir doch nichts vor, Alvarez, du wirst langsam, aber sicher eine von diesen typischen, durchgeknallten Hundefreunden und Katzennarren. Der Gedanke ließ sie erschaudern.

Ja, sie liebte diesen Hund, und vielleicht war Roscoe genau das, was sie brauchte. Auf keinen Fall würde sie ihn wieder hergeben.

Während sie ausstieg, den Wagen absperrte und im Schneegestöber aufs Gebäude zueilte, wandten sich ihre Gedanken den vor ihr liegenden Wochen zu. Im Büro würde die alljährliche Weihnachtsfeier stattfinden, und Joelle Fisher, die Empfangssekretärin mit ihrem Weihnachtswahn, würde wie jedes Jahr das gesamte Department in ein Weihnachtswunderland verwandeln und über nichts anderes mehr reden als über die Wichtelaktion. Alvarez konnte keine Begeisterung dafür aufbringen; sie wusste, dass während der Feiertage jede Menge Überstunden auf sie zukämen. *Das* war für sie an Weihnachten Tradition: Sie arbeitete, damit die Kollegen mit Familie zu Hause bleiben konnten.

So war es leichter.

Auf der Schwelle des Hintereingangs klopfte sie den schmelzenden Schnee von den Stiefeln, trat ein und machte einen Abstecher zum Aufenthaltsraum, wo sie stirnrunzelnd feststellte, dass noch niemand Kaffee gekocht hatte. Widerwillig setzte sie eine Kanne auf, dann begab sie sich auf die Suche nach ihrer Lieblingstasse, erhitzte Wasser in der Mikrowelle und nahm sich den letzten Beutel Orange Pekoe.

Auf dem Tisch stand eine offene knallrosafarbene Schachtel, in der ein paar übrig gebliebene Plätzchen lagen. Alvarez beschloss, diese vorerst zu ignorieren – um diese Jahreszeit schleppte Joelle nahezu stündlich frische Leckereien an.

Sie nahm ihren Schal ab und machte sich auf den Weg zu ihrem Schreibtisch, verstaute Handtasche und Dienstwaffe und hängte ihre Jacke an den Garderobenhaken. Anschließend ging sie ihre Post und E-Mails durch, hörte den Anrufbeantworter ab, vergewisserte sich, dass sämtliche Berichte zu einem Fall, an dem sie gerade arbeitete, abgeheftet waren, dann wandte sie sich einem weiteren zu und sah nach, ob der Obduktionsbericht zu Len Bradshaw eingegangen war, ein einheimischer Farmer, der bei einem Jagdunfall ums Leben gekommen war. Sein Freund, Martin Zwolski, war mit ihm unterwegs gewesen, und während er sich durch einen Stacheldrahtzaun hindurchgezwängt hatte, war seine Waffe losgegangen. Die Kugel hatte Len in den Rücken getroffen und tödlich verletzt.

Unfall oder vorsätzliche Tötung?

Alvarez glaubte an die Unfallversion. Martin war in Tränen aufgelöst gewesen, umringt von Lens Freunden und Familie. Alles sprach zwar für einen Unfall, doch sie war nicht hundertprozentig überzeugt, nicht, solange die Ermittlungen noch liefen. Es gab drei lose Enden, die sie an Martins Geschichte zweifeln ließen.

Zunächst einmal hatten die beiden Männer auf Privatbesitz gewildert, keiner von ihnen hatte eine Jagderlaubnis für Rotwild besessen, außerdem hatten sie gemeinsam einen Landwirtschaftshandel betrieben. Das Geschäft war vor zwei Jahren pleitegegangen, hauptsächlich deshalb, weil sich Len einen Großteil der Einkünfte »geborgt« hatte. Es kursierten auch Gerüchte, nach denen Len früher einmal etwas mit Martins Frau gehabt haben sollte. Martin und Ezzie lebten zu der Zeit zwar bereits getrennt, trotzdem ... Das Ganze war für Alvarez' Geschmack ein kleines bisschen zu chaotisch.

Sie ging ihre E-Mails durch.

Noch immer kein Obduktionsbericht.

Vielleicht später. Sie überflog die Angaben zu den vermissten Personen, um herauszufinden, ob man Lissa Parsons gefunden hatte.

Selena kannte sie aus dem Fitnessstudio, hatte gemeinsam mit ihr mehrere Kurse besucht. Lissa, eine Sechsundzwanzigjährige mit kurzen schwarzen Haaren und einem Wahnsinnskörper, arbeitete als Rezeptionistin in einer ortsansässigen Anwaltskanzlei und war vor einer Woche als vermisst gemeldet worden. Als die Detectives nachhakten, stellte sich heraus, dass Lissa schon länger nicht mehr gesehen worden war. Ihr Freund und sie hatten eine schwere Zeit hinter sich, und er hatte beschlossen »dass sie etwas Abstand bräuchten«. Ihre Mitbewohnerin war vor einigen Wochen zu einer ausgedehnten Floridareise aufgebrochen und hatte bei ihrer Rückkehr eine leere Wohnung mit vergammelnden Bioprodukten im Kühlschrank vorgefunden. Lissas Handtasche, ihr Handy, Auto und Laptop waren ebenfalls verschwunden, doch in ihrem Schrank fehlte nichts; sämtliche Kleidungsstücke hingen auf Bügeln oder lagen ordentlich zusammengefaltet in den Fächern, der Wäschekorb im Schlafzimmer war voller verschwitzter Sportsachen.

Die Mitbewohnerin, der Freund und ein Ex-Freund hatten absolut wasserdichte Alibis. Es gab keinerlei Hinweise auf ein gewaltsames Eindringen in die Wohnung oder auf einen Kampf. Alles sah so aus, als hätte Lissa das Apartment für den Tag verlassen, um am Abend dorthin zurückzukehren. Nach ihrem Verschwinden hatte sie weder mit ihrem Handy telefoniert noch ihre Kreditkarte benutzt.

Alvarez gefiel das absolut nicht. Vor allem nicht die Tatsache, dass sie offenbar seit rund zwei Wochen wie vom Erdboden verschluckt war. Das war nicht gut. Gar nicht gut.

Und es sah ganz danach aus, dass es noch immer keine Spur von ihr gab.

Keine Leiche. Keinen Tatort. Kein Verbrechen.

Noch nicht.

Verdammt.

Man hatte sämtliche umliegenden Krankenhäuser überprüft, doch Lissa Parsons war nicht eingeliefert worden, auch keine unbekannte Frau. Nachfragen bei weiteren Behörden führten ebenfalls zu keinem Ergebnis.

Sie war einfach … verschwunden.

»Wo zum Teufel steckst du?«, fragte Alvarez laut und nahm einen Schluck von ihrem jetzt schon abgekühlten, aber noch lauwarmen Tee. Sie rechnete frühestens in einer Stunde mit ihrer Partnerin, doch erstaunlicherweise tauchte Regan Pescoli heute früher als üblich im Büro auf, einen Pappbecher Kaffee aus einem der auf dem Weg liegenden Coffeeshops in der Hand, das Gesicht gerötet, schmelzende Schneeflocken in den mühsam gebändigten roten Locken.

»Was tust du denn hier – um diese Uhrzeit?« Alvarez wirbelte auf ihrem Schreibtischstuhl herum und blickte ihre Partnerin fragend an. »Ist jemand gestorben?«

»Sehr komisch.« Pescoli nahm einen Schluck Kaffee aus dem Pappbecher. »Ich musste Bianca wegen ihres Tanztrainings früher an der Schule absetzen.« Bianca war Pescolis sechzehnjährige Tochter, die die Highschool besuchte und so eigensinnig wie schön war. Eine gefährliche Kombination, zudem war es nicht gerade förderlich, dass das Mädchen seine getrennt lebenden Eltern geschickt gegeneinander auszuspielen wusste. Was jedes Mal funktionierte. Obwohl Pescoli und ihr Ex seit Jahren geschieden waren, herrschte zwischen ihnen noch immer jede Menge Feindseligkeit, vor allem wenn es um die Kinder ging. Bianca und ihr älterer Bruder Jeremy, ein Dann-und-wann-College-Student, der zwischen seinen wiederholten Versuchen, auszuziehen und auf eigenen Beinen zu stehen, immer wieder Regans Wohnung belagerte, rieben sie beide auf.

»Ich dachte, die Tanztruppe würde nach der Schule üben.«

»Dann ist die Sporthalle belegt.« Pescoli blickte aus dem Fenster. »Basketball, Ringen, die Cheerleader, die Tanztruppe … was auch immer, alle beanspruchen die Halle für sich, und momentan hat meines Wissens Basketball oberste Priorität. Also muss Bianca in den beiden kommenden Wochen um sechs Uhr fünfundvierzig in der Schule sein. Das bedeutet, dass sie um sechs aufstehen muss, was sie fast umbringt, wie du dir sicher vorstellen kannst.« Pescolis Lippen verzogen sich zu einem schmalen Lächeln bei dem Gedanken

24

an den allmorgendlichen Kampf ihrer Tochter. »Und das ist erst Tag eins. Es ist wirklich sehr hart, eine Prinzessin zu sein, wenn man zu solch nachtschlafender Stunde aus den Federn muss, ›wenn jeder, der halbwegs bei Verstand ist, im Bett liegt‹.« Sie schüttelte den Kopf. »Ich sage dir, wir ziehen eine Generation von Vampiren groß!«

»Vampire sind gerade total angesagt.«

»Da soll mal einer schlau draus werden!« Sie wurde ernst und deutete auf das Foto von Lissa Parsons, das gerade auf dem Monitor von Alvarez' Computer zu sehen war. »Ist der Obduktionsbericht im Bradshaw-Fall reingekommen?«

»Noch nicht.«

Pescoli furchte die Augenbrauen. »Du weißt, dass ich Zwolski die Sache mit dem Unfall wirklich gern glauben würde, aber es will mir einfach nicht gelingen.«

»Das verstehe ich.«

»Irgendetwas passt da nicht ins Bild. Gibt es Neuigkeiten im Fall der vermissten Lissa Parsons?«

»Noch nicht.«

»Mist.« Pescoli nahm einen weiteren Schluck. »Schwer zu sagen, was da los ist«, überlegte sie laut. »Ein flatterhaftes Mädchen, das sich für eine Weile aus dem Staub gemacht hat, oder steckt mehr dahinter?« Offenbar gefiel ihr Letzteres gar nicht, denn die Furchen zwischen ihren Brauen vertieften sich. »Was ist mit ihrem Wagen?«

»Keine Ahnung. Ich gehe gleich mal rüber in die Vermissten-abteilung und rede mit Taj, mal sehen, ob sie was Neues weiß.«

»Sag mir Bescheid.« Pescoli wandte sich gerade zum Ge-hen, als das vertraute Klackern von High Heels ihre Aufmerk-samkeit erweckte. *Klick, klick, klick.*

»Tüt, tüt! Ich komme!«, warnte Joelle mit ihrer Kleinmädchenstimme. Alvarez erspähte die zierliche Empfangssekretärin, die mehrere aufeinandergestapelte Plastikdosen in Richtung Aufenthaltsraum trug. Heute hatte sie ihre platinblonden, toupierten Löckchen mit rotem und grünem Glitzerspray verschönert, ihre Schneemannohrringe funkelten im grellen Neonlicht.

»Frühstück«, bemerkte Pescoli. »Komm, ich besorge dir einen Kaffee.«

Zusammen folgten sie dem übereifrigen Dynamo, der erst zufrieden zu sein schien, wenn jeder Quadratzentimeter der Polizeistation weihnachtlich dekoriert war. Papierschneeflocken, besprüht mit silbernem Glitzer, hingen von der Decke, künstliche Tannengirlanden schlängelten sich durch die Flure, ein rotierender Weihnachtsbaum verschönerte den Empfangsbereich, und selbst das Kopiergerät war mit einer roten Samtschleife verziert. Dahinter an der Wand war ein Mistelzweig befestigt. Als ob jemand versuchen würde, einen Kuss unter dem Mistelzweig zu stehlen, während er Festnahmeprotokolle fotokopierte. *Es gibt doch nichts Romantischeres als ein Küsschen beim Summen und Klappern der Bürogeräte,* dachte Alvarez zynisch.

»Das hätten wir!« Joelle stellte die Plastikdosen ab und legte eine grün-rot karierte Decke auf einen der runden Tische, bevor sie die erste Dose öffnete. »*Voilà!*«

Drinnen befanden sich sorgfältig aufgereihte runde kleine Kuchen, jeder einzelne mit Santa-Claus-, Schneemann- oder Rentiergesichtern verziert. »Die habe ich vom Bäcker mitgebracht«, verkündete sie, als sei das eine Sünde, »aber ich habe auch meine berühmten Weihnachtsmakronen und die russischen Teeplätzchen gebacken.« Eine weitere Dose wurde geöffnet. »Und das *pièce de résistance«,* flötete sie mit neckischer Stimme, »Großmutter Maxies göttliche Buttertoffees! Hmm!« Sie sauste zum Schrank, worin sie zuvor mehrere Tabletts verstaut hatte, und verteilte, zufrieden, dass alle noch glänzten, ihre Lieblingsleckereien darauf.

»Ich kriege schon einen Zuckerschock, wenn ich das Zeug nur ansehe«, seufzte Pescoli.

Joelle kicherte begeistert. Obwohl sie bereits über sechzig war, sah sie gut zehn Jahre jünger aus und schien über eine schier grenzenlose Energie zu verfügen – zumindest während der Weihnachtszeit. »Nun, bedient euch!« Als die Tabletts fertig waren, sammelte sie die Dosen ein und eilte den Gang hinunter zu ihrem Schreibtisch im Eingangsbereich des Departments. »Und denkt daran, um vier findet die Auslosung für das Weihnachtswichteln statt!«, rief sie Regan und Selena über die Schulter zu. »Detective Pescoli, ich erwarte, dass auch du daran teilnimmst!«

Pescoli hatte bereits in ein Plätzchen gebissen und verdrehte verzückt die Augen. Kauend lehnte sie sich zu Alvarez hinüber und murmelte: »Diese Frau treibt mich zwar in den Wahnsinn mit ihrer Weihnachtsbesessenheit, aber eins muss man ihr lassen: Sie weiß, wie man Makronen backt!«

Kapitel zwei

Detective Taj Nayak hatte keine guten Nachrichten. »Es ist mir ein Rätsel«, sagte sie, als Alvarez später am Vormittag in ihrem Büro vorbeischaute. »Es scheint so, als hätte sich die Frau einfach in Luft aufgelöst. Sie hat die Anwaltskanzlei zu gewohnter Zeit um kurz nach siebzehn Uhr verlassen, ist jedoch nie zu Hause angekommen.

Wir wissen, dass sie zur Tankstelle gefahren ist und vollgetankt hat, außerdem hat sie eine Schachtel Zigaretten gekauft – Marlboro Menthol, falls das von Interesse sein sollte –, dazu eine Cola light und ein Twix. Bezahlt hat sie mit ihrer Kreditkarte. Hier, sieh selbst.« Taj tippte etwas ein. Auf ihrem Monitor erschien ein Schwarzweißfilm. »Da ist sie. Schau mal ...« Sie deutete auf den Bildschirm, auf dem jetzt eine Frau an der Kasse des Tankstellenshops zu erkennen war. Die Frau sah aus wie Lissa. »Hier bezahlt sie ihre Einkäufe, dann kehrt sie zu ihrem Wagen zurück.« Das Bild wechselte vom Kassenbereich zu den überdachten Zapfsäulen, an denen bis zu acht Fahrzeuge gleichzeitig tanken konnten. »Man kann nicht allzu viel erkennen«, fuhr Taj fort, »nur dass sie die Tankstelle verlässt und nach Norden fährt, obwohl ihre Wohnung in südlicher Richtung liegt.« Tatsächlich sah man am oberen Bildschirmrand, wie Lissas kleiner Chevy Impala nach rechts abbog. Der Film lief weiter. »Hier ist der Geländewagen zu sehen, der nach ihr die Tankstelle verlassen hat. Wir haben ihn überprüft; er wurde von einer Jugendlichen gefahren, die zusammen mit zwei anderen Mädchen auf dem Weg zum Basketballtraining war. Es handelt sich um einen Toyota 4Runner, der einem Versicherungsmakler aus Grizzly Falls gehört. Die junge Dame ist seine Tochter, und weder ihr noch ihren Freundinnen ist irgendetwas Ungewöhnliches aufgefallen.« Plötzlich stoppte der Film. »Die Suchtrupps haben nichts gefunden, also ist sie entweder verschwunden, weil sie es so wollte, oder ...«

»... sie ist tot.«

Taj nickte. Das Telefon klingelte, und sie griff nach dem Hörer. »Dann wird ihr Fall vermutlich auf deinem Schreibtisch landen.«

»Hoffentlich nicht.« Alvarez wollte gar nicht daran denken. Trotzdem: Die Frau wurde seit etwa zwei Wochen vermisst. Wie standen da die Chancen, dass sie noch lebte?

Schon am frühen Morgen war sie schlecht gelaunt gewesen, und jetzt verfinsterte sich ihre Stimmung zusätzlich. Da half es auch nichts, dass sie auf dem Weg zurück zu ihrem Schreibtisch dem Sheriff begegnete.

Dan Grayson, ein großgewachsener, kräftiger Cowboy-Typ, war einer der besten Gesetzeshüter im ganzen Land und schon seit Jahren Sheriff. Er war geschieden und hatte sie im vergangenen Jahr an Thanksgiving zum Essen eingeladen. Sie hatte seine Einladung angenommen und sich zum kompletten Narren gemacht, als sie bei ihm zu Hause aufkreuzte, wo er zusammen mit Hattie, seiner alleinstehenden Ex-Schwägerin, und ihren »reizenden« Zwillingen ein kleines, familiäres Erntedankfest feierte. Sie hatte sich einen romantischen Abend erhofft, hatte trotz des Altersunterschieds von Grayson geträumt, bis sie sich Hattie gegenübersah, was ihm und seiner Ex-Schwägerin offenbar nicht entgangen war. Vermutlich war das gar keine so große Sache gewesen, doch seitdem hatte sie sich zurückgezogen und sich darauf besonnen, dass er nicht mehr war als ihr Boss. *Absolut* nicht.

»Morgen«, brummte er gedehnt, als er sie sah. Seine Augen blickten freundlich, sein Lächeln war echt. Wenn ihm die Situation letztes Jahr peinlich gewesen war, war er Manns genug, sich das nicht anmerken zu lassen, und im Laufe der Monate hatte ihre Verlegenheit nachgelassen. Er hatte sie in diesem Jahr sogar wieder an Thanksgiving zu sich nach Hause eingeladen, doch sie hatte es vorgezogen, während der Feiertage zu arbeiten, um weitere peinliche Szenen zu vermeiden.

»Guten Morgen. He, Sturgis«, begrüßte sie seinen Hund, einen schwarzen Labrador, der ihm überallhin folgte und bei ihrem Anblick mit dem Schwanz wedelte. Sie tätschelte Sturgis' breiten Kopf, und er gähnte, wobei er seine langen Zähne entblößte und die rosa Zunge herausstreckte.

»Joelle hat Plätzchen, Kuchen und Gott weiß was sonst noch mitgebracht«, teilte er ihr mit.

»Ich habe mir meinen morgendlichen Zuckerkick bereits geholt«, erwiderte sie grinsend.

Seine Lippen unter dem breiten Schnurrbart verzogen sich. »Ginge es nach ihr, wären wir alle den ganzen Dezember lang auf Zuckerdroge.«

»Und zehn Kilo schwerer«, scherzte sie und sah, wie er zwinkerte, was sie immer so sexy gefunden hatte. Rasch wandte sie sich ab und machte sich auf den Weg zurück zu ihrem Schreibtisch, und zwar ohne einen Abstecher in den Aufenthaltsraum zu machen.

Sie hatte jede Menge Arbeit zu erledigen und absolut keine Zeit, sich noch mehr Weihnachtsnaschereien einzuverleiben, geschweige denn, über Dan Grayson nachzugrübeln.

Gegen Mittag fuhr sie nach Hause und nahm einen völlig überdrehten Roscoe mit auf eine Joggingrunde. Die Wander- und Spazierwege im nahe gelegenen Park auf dem Boxer Bluff waren großteils geräumt, also ging sie mit ihm dorthin. Am Eingang des Parks begann sie zu laufen, wobei sie den Hund zwang, ihr an der Leine zu folgen. Die Luft war knackig kalt und brannte in ihrer Lunge, als sie anfing, schneller zu atmen. Die Strecke war malerisch, wand sich zwischen den Bäumen auf dem Gipfel des Hügels hoch oben über dem Fluss hindurch. Sie hatte weder iPod noch iPhone mitgenommen und lauschte statt der Musik ihrem eigenen Atemgeräusch, dem Tritt ihrer Laufschuhe auf dem Asphalt und dem Rauschen der Wasserfälle. Im Park war alles still, eine dicke Schneeschicht lag auf dem winterlichen Gras und bedeckte die Kronen der immergrünen Bäume.

Sie begegnete ein paar Spaziergängern, die dick eingemummt waren und Mützen und Handschuhe trugen. Ihr Atem bildete weiße Wölkchen in der kalten Luft.

»Links!«, hörte sie einen großen, durchtrainierten Jogger rufen. Er schoss an ihr vorbei, als würde sie auf der Stelle stehen, und verhedderte sich beinahe in Roscoes Leine, als dieser spielerisch auf ihn zustürzte.

»He!«, rief der Jogger, ärgerlich, weil er aus dem Rhythmus gekommen war.

Dir auch frohe Weihnachten.

Alvarez sah ihm nach, wie er in der Ferne verschwand. Es begann wieder zu schneien. Nach einer Weile wurde der Hund langsamer und fiel ein wenig zurück, bis er auf den letzten anderthalb Kilometern anfing zu hecheln, dass ihm die Zunge aus dem Maul hing. »Alles klar?«, fragte Alvarez, als sie zum Reihenhaus zurückkehrten und sie den Hund hineinließ.

Fünf Kilometer brauchte der Hund, egal, was passierte, dann hatte er genug und blieb für den Rest des Tages in seinem Körbchen, bis sie am Abend von der Arbeit zurückkehrte.

Sie wärmte eine Suppe in der Mikrowelle auf, dann ging sie nach oben unter die Dusche und zog sich wieder an. Als sie wieder unten war, stellte sie den kleinen Fernseher an, setzte sich an den Küchentisch und aß hastig, ein Auge auf den Bildschirm gerichtet. Mrs. Smith machte es sich auf ihrem Schoß bequem, während der Hund bettelnd auf jeden einzelnen Bissen starrte. »Meins«, erinnerte sie ihn, als er auf dem Bauch über das Küchenlinoleum zu ihr gerutscht kam und sie mitleiderregend anschaute. »Du bekommst dein Essen, wenn ich wieder zurück bin.«

Er klopfte mit dem Schwanz auf den Boden, doch er hörte nicht auf, sie anzustarren. »Nein, ich lasse mich nicht erweichen.« Nachdem sie ihre Suppe gegessen und Teller und Löffel in die Spülmaschine gestellt hatte, machten sich die beiden Haustiere zu einem Nachmittagsschläfchen bereit, während sie sich ihre Sachen schnappte und zurück zum Büro des Sheriffs fuhr.

Um Punkt sechzehn Uhr überließ Joelle Fisher ihrer Assistentin die Rezeption und marschierte mit ihrer roten Santa-Claus-Mütze mit dem abgenutzten weißen Fellbesatz Richtung Aufenthaltsraum. In der Mütze, so vermutete Pescoli, mussten sich die kleinen Zettel mit den Namen sämtlicher Mitarbeiter des Departments befinden. Im vergangenen Jahr

hatte Joelle zu diesem Zweck einen mit rot-weißen Zucker-
stangen verzierten Korb benutzt. »Kommt nur, kommt nur,
wir wollen Lose ziehen!«, trällerte die Empfangssekretärin
fröhlich. »Weihnachtswichteln!«

»Ich dachte, das hätten wir schon hinter uns«, murmelte
Pescoli, an niemand Bestimmten gerichtet. Sie war erst vor
ein paar Minuten ins Department zurückgekehrt, und nun
wünschte sie sich, dass die Befragung der Familie Bradshaw
noch ein wenig länger gedauert hätte.

»Kommt schon, kommt schon, du auch, Detective!«, flötete Joelle, blieb kurz an Pescolis Schreibtisch stehen und
blickte diese auffordernd an.

»Das kann doch keine Pflicht sein! Verstößt das nicht gegen
meine Rechte am Arbeitsplatz oder gegen die Religionsfreiheit?«

»Ach, Unsinn!« Joelle ließ sich nicht beeindrucken. »Sei
doch kein Grinch!«

Mit klackernden Absätzen stöckelte sie weiter in Richtung
Aufenthaltsraum. Dort angekommen, schnappte sie sich einen
kleinen Hocker, stieg darauf und begann mit ihrer Wichtelaus-
losung, völlig blind gegenüber der Tatsache, dass andere Leute
zu arbeiten hatten. Sie wedelte mit der albernen Mütze und bedeutete allen, ein wenig zusammenzurücken. Pescoli wusste aus
Erfahrung, dass das noch längst nicht alles war. Sollte es jemand
wagen, dieser Veranstaltung fernzubleiben, würde sie ihn
höchstpersönlich an seinem Arbeitsplatz aufsuchen und ihn
zwingen, ein Los zu ziehen. Und wenn auch das nicht klappte,
fände der Betreffende einen Umschlag mit einem Namenszettel
darin auf seinem Schreibtisch vor. Es war ungeschriebenes Gesetz, dass jeder Mitarbeiter des Sheriffbüros an Joelles Wichtelei
teilnahm, ganz gleich, welcher Religion er angehörte.

»Santa Claus ist konfessionslos!«, hatte Joelle vor einigen Jahren verkündet, als Pescoli die Religionskarte ausgespielt hatte.

»Du meinst, nicht konfessionsgebunden«, hatte Cort Brewster, der stellvertretende Sheriff, korrigiert.

Joelle hatte ihm zugezwinkert und wie ein putziges Mädchen die Nase gekraust – was für ein blondes Dummchen! »Natürlich, genau das meine ich.«

Nun hatte auch Dan Grayson höchstselbst den Aufenthaltsraum betreten. Auf Joelles iPod dudelte ihre Lieblingsweihnachtsliedermischung, die ausschließlich aus Bing Crosbys »White Christmas«, Burl Ives' »A Holly Jolly Christmas« und Brenda Lees »Rockin' Around the Christmas Tree« zu bestehen schien, und die Empfangssekretärin hielt dem Sheriff mit nahezu verklärtem Blick die rote Mütze hin. Pescoli verdrehte die Augen und flüsterte ihrer Partnerin zu: »Tu doch etwas.«

»Ja, auf jeden Fall«, erwiderte diese, doch zu ihrer Bestürzung zog Sheriff Grayson lächelnd einen der Namenszettel. »Du bist dran«, sagte er dann, reichte ihr wie selbstverständlich die alberne Santa-Claus-Mütze und öffnete sein Los.

Nach ihr kam Nigel Timmons, der Wichtigtuer aus dem Labor. Er hatte sein dünner werdendes Haar zu einem falschen Irokesen à la David Beckham frisiert und erst vor kurzem seine Brille gegen Kontaktlinsen getauscht, die ihm offenbar ziemlich zu schaffen machten, da er seitdem stets mit weit aufgerissenen Augen durch die Gegend lief. Er hatte eine blasse, teigige Haut, war spindeldürr und ein Genie, wenn es um Chemie oder Computer ging. So nervend er auch war, so unersetzlich war der Sechsundzwanzigjährige für das Department, und das wusste er. Während Bing Crosby wieder einmal von einer weißen Weihnacht träumte, zog Timmons mit einem Schmunzeln auf den Lippen einen Zettel aus der Mütze, faltete ihn auseinander und las den Namen darauf, dann – Blödmann, der er war – steckte er ihn in den Mund, kaute und schluckte. »*Top secret*«, erklärte er wichtig.

Alvarez verzog gequält das Gesicht. »Wir sind doch nicht in der sechsten Klasse.«

»Du vielleicht nicht.« Timmons grinste sie an und inspizierte die Reste von Joelles Weihnachtsleckereien, dann steckte er sich ein Plätzchen in den Mund, nahm sich Kuchen und probierte auch Großmutter Maxies göttliche Buttertoffees.

»Ich nehme an, Timmons hat in der sechsten Klasse seinen Abschluss in Yale gemacht«, flüsterte Pescoli, und Alvarez' gequälter Ausdruck verstärkte sich noch.

»Erinnere mich nicht daran, dass er ein verdammtes Genie ist«, flüsterte sie zurück.

Alle zogen ihr Los und kehrten anschließend an ihre Schreibtische zurück. Pescoli, die sich von Joelle nicht wieder zum Narren machen lassen wollte wie im letzten Jahr, fischte einen Namen aus der Mütze. *Bitte nicht Cort Brewster; ganz egal, wer, aber bitte nicht Cort Brewster!,* flehte sie innerlich. Ihn hatte sie vergangene Weihnachten gezogen, dabei war ihr Verhältnis alles andere als gut, weil ihr Sohn Jeremy und Brewsters Tochter Heidi einfach nicht die Finger voneinander lassen konnten. Beide Elternteile warfen einander das Fehlverhalten ihrer Kinder vor, Pescoli machte Heidi für Jeremys Probleme verantwortlich, Brewster schob seinen Ärger mit Heidi Jeremy in die Schuhe. Beklommen faltete sie den Zettel auseinander – und sie wollte verdammt sein, wenn da schon wieder der Name des stellvertretenden Sheriffs daraufstand. »Entschuldige, ich habe mich selbst gezogen«, platzte sie heraus und reichte Joelle schnell den Schnipsel zurück, bevor diese irgendwelche Einwände erheben konnte. Brenda Lee rockte gerade wieder schwungvoll um den Weihnachtsbaum. Pescoli zog ein zweites Los, und diesmal las sie darauf Joelles Namen. Mein Gott, das war ja noch schlimmer, aber aus der Nummer kam sie jetzt nicht wieder raus. Joelle beäugte sie misstrauisch, also kehrte sie schnell an ihren Schreibtisch zurück, wobei sie fieberhaft überlegte, was zum Teufel sie einer Großmutter, die aussah wie eine Barbie aus den sechziger Jahren, schenken könnte. Vielleicht etwas, das vor einem halben Jahrhundert angesagt gewesen war?

Ihr fehlte einfach die Zeit für einen solchen Unsinn. Wenn sie sich schon den Kopf über Weihnachtsgeschenke zerbrach, dann sollten sie wenigstens für ihre Kinder oder Santana sein. Allmächtiger, was sollte sie *ihm* bloß dieses Jahr schenken?

»Wie wäre es mit gar nichts?«, hatte er vorgeschlagen, als sie ihn nach seinem Weihnachtswunsch gefragt hatte. »Wenn ich die leere Schachtel ausgepackt habe, könntest du sie dir auf den Kopf setzen.«

»Sehr komisch«, hatte sie erwidert, doch sie hatte ein Lächeln unterdrücken müssen. Sie waren allein in seinem Blockhaus gewesen, und er hatte sie geküsst und in sein Schlafzimmer getragen.

Das hatte vor ihm noch kein Mann getan, und ihr Herz hatte angefangen, schneller zu schlagen. Sie war keine zierliche Frau, obwohl sie bestimmt nicht dick war, aber sie war groß und sportlich. Santana hatte das nichts ausgemacht, als er sie über die Türschwelle und ins Bett gehoben hatte, wo er sie liebte, als wäre sie die einzige Frau im ganzen Universum.

Allein der Gedanke brachte ihr Blut zum Kochen.

Nein, sie würde nicht daran denken, wies sie sich selbst recht. Nicht bei der Arbeit. Genauso wenig würde sie zu x-ten Male ihre Gründe durchgehen, warum sie nicht bei ihm einzog. Er hatte ihr diesen Vorschlag vor über einem Jahr – im Grunde waren es mittlerweile fast zwei – unterbreitet, doch sie hatte abgelehnt, angeblich, um auf Nummer sicher zu gehen. Ihre beiden vorherigen Ehen waren alles andere als perfekt gewesen, deshalb hatte sie kein Interesse daran, sich wieder Hals über Kopf in eine zu enge Beziehung zu begeben.

Zu spät, gestand sie sich ein, doch sie zwang sich, sich auf ihren Schreibtischstuhl zu setzen und auf die Arbeit zu konzentrieren. Weihnachtswichteln hin oder her, sie musste herausfinden, ob Martin Zwolski der größte Pechvogel auf dem Planeten oder ein kaltblütiger Mörder war, der der Polizei sonst durch die Maschen zu schlüpfen drohte.

Die Kirchturmglocke schlug zur halben Stunde, als Brenda Sutherland über den vereisten Parkplatz des Gotteshauses eilte. Jetzt war es schon zwanzig Uhr dreißig, dabei hatte Lorraine Mullins, die Ehefrau des Geistlichen, versprochen, dass es nicht später als zwanzig Uhr werden würde. *Versprochen.*

Andererseits hatte sie auch nicht damit rechnen können, dass Mildred Peeples immer wieder auf den Kosten für die neue Kirche herumreiten würde. Mildred war mindestens neunzig, blitzgescheit und unglaublich starrsinnig. Und die alte Dame war absolut nicht bereit, sich auf den eigentlichen Grund für diese Zusammenkunft des Bibelkreises zu konzentrieren: das Wunschbaumprojekt, das sie in diesem Jahr ins Leben gerufen hatten und das dazu dienen sollte, die Weihnachtswünsche von Kindern zu erfüllen, die sonst

bekamen. Stattdessen hatte sie immer wie-
, »haarsträubenden« Kosten angespro-
neuen Kirche mit sich bringen würde.
otteshaus«, hatte sie beharrt, »und jeder in
, jedes einzelne Gemeindemitglied sollte sich mit
Zeit, seinem Geld und seinem persönlichen Einsatz
daran beteiligen. Lorraine?«, hatte sie sich an die Frau des
Predigers gewandt. »Hast du den Kostenvoranschlag für die
Sanitäreinrichtungen gelesen?« Ihr Gesicht war unter der
dicken Puderschicht rot angelaufen, und sie hatte mit dem
Zeigefinger vor Dorie Oestergard herumgewedelt, der Frau
des glücklosen Bauunternehmers, der der Kirche, so wusste
man, bereits einen Nachlass von fünfundzwanzig Prozent
gewährt hatte. Dennoch war Mildred überzeugt davon, dass
er sich »die Taschen vollstopfen« wolle, was sie der Bibel-
runde lautstark verkündete. »Dein Mann sollte sich schämen, Dorie. Das ist Wucher! Oder blickt er durch seine eigenen Rechnungen nicht durch?«

Dorie hatte empört nach Luft geschnappt, doch Mildred
war nicht zu bremsen gewesen. »Wenn ihr mich fragt«, hatte
sie lautstark verkündet, »steckt der Teufel dahinter. Satan ist
allgegenwärtig, müsst ihr wissen. Er steht direkt hinter euch
und wartet nur darauf, sich auf euch zu stürzen.« Sie hatte die
Lippen geschürzt, doch bevor sie sich weiter über Dories
Mann, Jon Oestergard, auslassen konnte, fragte Jenny Kropft,
eine weitere Frau aus dem Bibelkreis, ob sie so nett sein
könnte, ihr Brombeerstreuselkuchenrezept für das Backbuch
zur Verfügung zu stellen, das die Gruppe plante. Mildred entging dieses Ablenkungsmanöver nicht, doch sie fühlte sich
auch geschmeichelt.

»Gott bewahre mich«, flüsterte Brenda, als sie nun den fast leeren Parkplatz überquerte und ihren Wagen aufschloss. Ihr Atem bildete weiße Wölkchen in der kalten Abendluft. Die alte Kirche lag hoch oben am Hügel auf einem Felsvorsprung, der über dem unteren Teil von Grizzly Falls aufragte. Kirche und Pfarrhaus waren in den späten 1880ern errichtet worden, und obwohl man im Laufe der Jahre immer wieder die sanitären Anlagen saniert, Stromleitungen, Heizgebläse und Wärmedämmung erneuert hatte, zog es in beiden Gebäuden nach wie vor kräftig, zudem wuchs die Gemeinde Jahr für Jahr. Sonntagmorgens war selbst die alte Chorempore voller Gemeindemitglieder, und an Ostern und Weihnachten mussten zusätzliche Gottesdienste für diejenigen abgehalten werden, die sich nur zu diesen besonderen Gelegenheiten in der Kirche blicken ließen. Die strengen Winter in Montana setzten den alten Gebäuden zu, genau wie denen, die sich darin aufhielten.

In Brendas Augen war der Bau einer neuen Kirche eine großartige Idee, genau wie Prediger Mullins' Vorschlag, eine Gruppe junger Musiker aus der Gemeinde Rockversionen traditioneller Kirchenlieder spielen zu lassen. Auch wenn sich Traditionalisten wie Mildred Peeples gegen die Veränderungen sperrten, so brächten sie doch neuen, frischen Wind in die Gemeinde, und das gefiel Brenda. Vielleicht könnte sie sogar ihre beiden Söhne, die mittlerweile im Teenageralter waren, überreden, sonntags früher aufzustehen und die Messe zu besuchen, obwohl das nicht leicht werden würde, zumal Ray, ihr Ex-Mann, ein herausragendes Beispiel eines hedonistischen, selbstsüchtigen Nichtsnutzes war.

Bei dem Gedanken an den Vater der beiden Jungen runzelte sie die Stirn, schickte ein kurzes Gebet zum Himmel, in

dem sie Gott um Demut und die Kraft der Vergebung an-
flehte, dann stieg sie ein und schlug die Autotür zu. Aus dem
Rückspiegel blickten ihr ihre zornig funkelnden Augen entgegen. »Herr, gib mir Kraft«, flüsterte sie noch einmal, dann
legte sie den Gang ein, setzte ihren alten Ford Escape zurück
und rollte vom Kirchenparkplatz. Die Jungen waren heute
Abend bei Ray, und sie musste endlich die Tatsache akzeptie-
ren, dass *sie* einmal diejenige gewesen war, die Ray Sutherland
für den perfekten Vater ihrer Kinder gehalten hatte. »Die Tor-
heit der Jugend«, murmelte sie und versuchte, nicht weiter an
Ray und sein Versagen als Ehemann und Vater zu denken.

Sie hatte gehofft, ein paar kleinere Weihnachtsgeschenke in
der Apotheke und im Geschenkartikelladen besorgen zu können, deshalb fuhr sie hügelabwärts in Richtung Einkaufszentrum und schlüpfte hinein, gerade als die Geschäfte schließen
wollten. Schnell kaufte sie ein Plüschrentier für ihren Neffen
und Plastikbauklötze mit Weihnachtsmotiven für ihre Nichte.
Sie hatte sie schon vor ein paar Wochen ins Auge gefasst, doch
mit dem Coupon, den sie am Sonntag aus der Zeitung ausge-
schnitten hatte, bekam sie beides zum Preis von einem.

Ihre Stimmung hob sich, als sie ihre Einkäufe bezahlte und
darüber nachdachte, ob sie sich mit einer heißen Schokolade
im Coffeeshop belohnen sollte, doch dann überlegte sie es
sich anders. Mit dem Geld, das sie im Wild Will, einem Restaurant in der Innenstadt, verdiente, konnte sie nicht einmal
die Kosten bestreiten, die nötig waren, um zwei halbwüchsige
Kinder allein großzuziehen, deshalb beschränkte sie ihre persönlichen Ausgaben auf ein Minimum und zog das Kaffeean-
gebot im Wild Will vor, auf das sie einen Nachlass von zwanzig Prozent bekam. Sandi, die Besitzerin des Restaurants, war

großzügig gegenüber ihren Angestellten; sie hatte Brenda als Kellnerin eingestellt, als Ray die Familie vor fünf Jahren verlassen hatte.

Im Wagen war es kalt, also drehte sie die Heizung höher und machte sich auf den Weg nach Hause. Im Radio lief Weihnachtsmusik, und sie summte leise mit. Schneeflocken tanzten im Licht ihrer Scheinwerfer, schienen Pirouetten zu drehen, während sie sanft zur Erde hinabrieselten. Die Wohngegenden waren mit Plastikweihnachtsmännern, Rentieren aus Weidenflechtwerk, frischen Tannengirlanden und farbigen Lichtern geschmückt. Endlich wurde die Heizung warm. Ihr Haus lag in der Nähe des September Creeks, ein paar Meilen außerhalb der Stadt. Das kleine Blockhaus mit den zwei Schlafzimmern, das Ray gekauft hatte, als sie drei Jahre verheiratet waren, wies langsam, aber sicher Spuren der Zeit auf, eine Renovierung war mehr als überfällig. Bei der Scheidung war ihr das Haus zugesprochen worden, doch sie zahlte Ray noch immer Monat für Monat aus, dafür hatte er Unterhaltszahlungen für die Kinder zu leisten ... O ja, das funktionierte. Aber nur auf dem Papier. Sie überlegte, ob sie die Zahlungen an ihn einstellen sollte, doch sie wollte sich nicht mit dem Zurückbehaltungsrecht befassen müssen. Stattdessen hatte sie – auch wenn es ihr zutiefst zuwider gewesen war – einen Rechtsanwalt eingeschaltet, da sie vorhatte, diesen Mistkerl von Ex-Ehemann gleich nach der Jahreswende vor Gericht zu bringen.

Hör auf damit! Es ist Weihnachten! Wieder fing sie ihren Blick im Rückspiegel auf, und wieder sah sie den Zorn, der stets direkt unter der Oberfläche brodelte. Das war etwas, woran sie arbeiten musste. Als Christin glaubte sie inbrünstig an Vergebung. Nur nicht, wenn es um Ray ging.

Irgendwann werde ich ihm verzeihen können, dachte sie, vielleicht wenn sie einen anderen Mann gefunden hätte, der ihre durchhängende Veranda richtete, die alten Rohre unter dem Waschbecken ersetzte und sie nachts in den Armen hielt. Oh, was würde sie nicht darum geben, beim zweiten Mal einen echten Traumprinzen zu finden! Mit zweiundvierzig war sie nicht bereit, ihren Glauben an die Liebe aufzugeben.

Noch nicht.

Die Wohnhäuser wichen Feldern, auf denen eine dichte Schneedecke lag. Auch die Zaunpfähle trugen Hauben aus Schnee, genau wie die Büsche und Sträucher.

Als sie von der Hauptstraße abbog, bemerkte sie auf dem Seitenstreifen einen Wagen. Die Motorhaube war hochgeklappt, ein Mann sah sich den Motor an. Sie fuhr langsamer, erfasste ihn mit dem Licht ihrer Scheinwerfer. Er winkte und bedeutete ihr anzuhalten. »Sei vorsichtig«, sagte sie zu sich selbst, doch dann erkannte sie ihn als Stammgast aus dem Restaurant und aktives Mitglied der Kirchengemeinde.

Sie bremste und kurbelte das Fenster hinunter, während er durch den Schnee auf dem Seitenstreifen zur Fahrerseite stapfte.

»He«, sagte sie. »Gibt es ein Problem?«

»Das verdammte Ding ist einfach stehengeblieben«, erwiderte er, »und ich habe mein Handy zu Hause vergessen, so dass ich meine Frau nicht anrufen kann.«

»Das kann ich doch für Sie übernehmen.«

»Das wäre großartig.« Er warf ihr ein liebenswertes Lächeln zu. »Oder sollte besser ich anrufen?«

»Ich denke schon.« Sie wandte sich um, griff in ihre Handtasche, tastete nach dem Handy und sagte: »Der Akku ist fast leer, aber es dürfte noch reichen ...« Als sie sich wieder umdrehte und sich vergewisserte, dass das Handy eingeschaltet war, spürte sie etwas Kaltes in ihrem Nacken.

»Was ...« Eine Sekunde später schoss ein heftiger Schmerz durch ihren Körper. Was war das? Ein Elektroschocker? Sie schrie auf und zuckte unkontrolliert. *Lieber Gott, bitte hilf mir!,* dachte sie bebend und stöhnte. Das Handy glitt ihr aus den starren Fingern. Hilflos, entsetzt sah sie zu, wie er durchs offene Fenster griff, die verschlossene Wagentür öffnete und sie hinaus in die Kälte zerrte. Sie versuchte, sich ihm zu widersetzen, zu kämpfen, zu schlagen, zu treten und zu beißen, doch es gelang ihr nicht, ihren zuckenden Körper unter Kontrolle zu bringen.

Nein! Das kann nicht sein!

Sie vertraute diesem Mann, kannte ihn aus der Kirche, und trotzdem warf er sie eiskalt auf den Rücksitz seiner Limousine und schlug die Tür hinter ihr zu. Die Welt um sie herum drehte sich, als er sich hinters Lenkrad setzte und in derselben Richtung weiterfuhr, in der sie unterwegs gewesen war. *Warum?,* wollte sie schreien, doch sie brachte kein Wort heraus. Benommen hörte sie, wie er das Radio anstellte. Eine Instrumentalversion von »Stille Nacht« erfüllte das Wageninnere.

Seltsamerweise hatte er die Heizung nicht an, und während sie schweigend Kilometer um Kilometer zurücklegten, fragte sich Brenda, wohin um alles auf der Welt er sie brachte und – was er wohl mit ihr vorhaben mochte.

Er ist ein Christ. Das Ganze ist nur ein übler Scherz, versuchte sie, sich einzureden, doch tief im Herzen wusste sie, dass heute Nacht nichts Gutes auf sie zukommen würde. Mildreds Stimme hallte in ihrem Kopf wider, übertönte die Weihnachtsmusik, quälte sie mit ihrer düsteren Prophezeiung:

Der Teufel steckt dahinter. Satan ist allgegenwärtig, müsst ihr wissen. Er steht direkt hinter euch und wartet nur darauf, sich auf euch zu stürzen ...

Kapitel drei

»Ich kann nicht«, sagte Pescoli in ihr Handy, während sie den Jeep die lange, schneebedeckte Auffahrt zu ihrem Blockhaus hinauflenkte. Die Räder ihres Wagens hinterließen frische Spuren im Schnee. Vorsichtig rollte sie zwischen den Bäumen hindurch und über eine kleine Brücke, die sich über den mit einer Eisschicht überzogenen Bach spannte, der durch ihr mehrere Morgen großes Grundstück in den Ausläufern der Bitterroot Mountains außerhalb von Grizzly Falls mäanderte. Als sich die Bäume lichteten, erfassten ihre Scheinwerfer die Hausfront. Drinnen brannte kein Licht. »Ich glaube, meine Kinder sind beide verschollen. Wieder einmal.« Das schlechte Gefühl, das sie den ganzen Tag über begleitet hatte, während sie herauszufinden versucht hatte, was mit Len Bradshaw geschehen war, wollte nicht weichen.

»Kein Kommentar«, bemerkte Santana, wofür sie ihm dankbar war. Sie wusste, dass er der Ansicht war, dass die beiden dringend eine ernstzunehmende Vaterfigur in ihrem Leben brauchten. Es war nicht leicht, eine Sechzehnjährige und einen Achtzehnjährigen allein großzuziehen.

»Das ist gut. Dann muss ich nicht die Löwenmutter raushängen lassen.«

»Aber nein, das wollen wir doch um jeden Preis vermeiden.«

»Sicher.« Sie drückte auf die Fernbedienung, um das Garagentor zu öffnen, und betrachtete das Schneegestöber im Scheinwerferlicht. Was würde sie darum geben, auf der Stelle zu Santana zu fahren, seine Einladung zum Abendessen anzunehmen und anschließend die Nacht mit ihm zu verbringen, doch die Pflicht rief. Die Pflicht in Gestalt ihrer Kinder, wo zum Teufel diese auch stecken mochten. »Ich rufe dich später noch mal an.«

»Tu das.« Sie wollte schon die Aus-Taste drücken, als sie ihn sagen hörte: »Regan?«

»Ja?«

»Auch du hast ein Leben verdient.«

»Das stimmt«, pflichtete sie ihm bei. Er hatte recht, was ihre Kinder anbelangte, sie war nur nicht bereit, das zuzugeben. Noch nicht. »Später.« Sie drückte das Gespräch weg und fuhr in die Garage. Die Scheinwerfer strahlten die Rückwand an, wo immer noch Kisten mit Joes Werkzeugen gestapelt waren. Ihr tat das Herz weh, wenn sie an ihren ersten Ehemann dachte, der wie sie ein Cop gewesen war. Joe Strand war bestimmt nicht perfekt gewesen, aber sie hatte ihn geliebt, und er hatte ihr Jeremy geschenkt, der zwar das gute Aussehen seines Vaters geerbt hatte, doch leider nicht dessen Verantwortungsbewusstsein. Joe war bei einem Einsatz erschossen worden, als sie gerade in einer schwierigen Phase steckten. »Ich glaube, ich habe versagt, Joe«, sagte sie, lauschte dem Ticken des Motors und schaltete die Scheinwerfer aus. In der Garage war es jetzt stockfinster. Das Tor hatte sich hinter ihr geschlossen, der Wind rüttelte daran, und ihr wurde bewusst, wie lange sie nicht mehr mit ihrem verstorbenen Mann gesprochen hatte, dabei hatte sie das in den Wochen und Monaten nach seinem plötzlichen Tod regelmäßig getan.

Seit Nate Santana in ihr Leben getreten war, fing Joes Bild an zu verblassen. Endlich.

Auch als sie noch mit Luke »Lucky« Pescoli verheiratet gewesen war, hatte sie ständig an ihn denken müssen. Im Nachhinein erkannte sie, dass Luke nicht mehr als eine Liebelei gewesen war, doch verzweifelt, wie sie war, voller Furcht davor, ein Kind allein großzuziehen, hatte Regan diesen Versager geheiratet. Lucky war Lastwagenfahrer, attraktiv und sexy auf die typische Böser-Junge-Art, die sie so anziehend fand. Natürlich zeigte sich schnell, dass die eheliche Treue auch nicht so sein Ding war. Die Ehe war von Anfang an ein Fehler gewesen.

Nicht dass sie jetzt daran etwas ändern könnte. Außerdem war Bianca aus dieser Beziehung hervorgegangen.

Nach ihrer Scheidung hatte sich Pescoli geschworen, sich nie wieder auf einen Mann einzulassen, doch dann war sie Nate Santana begegnet. Ihr ganzer Widerstand war in null Komma nichts dahingeschmolzen, als er sie mit seinem sexy Cowboylächeln angestrahlt und ihr dreist zugezwinkert hatte. Vom ersten Augenblick an hatte es zwischen ihnen gefunkt, die Chemie zwischen ihnen stimmte einfach.

Das Problem war nur, dass er eine ernste Beziehung eingehen und sie nichts überstürzen wollte. Wieder und wieder schärfte sie sich ein, es *diesmal* langsam angehen zu lassen, einmal ihrem Verstand Vorrang vor ihrem Herzen zu geben und nicht andersherum. Doch Nate Santana machte es ihr schwer, sich an ihren Vorsatz zu halten. Verdammt schwer. Nachdenklich nahm sie Handtasche und Laptop vom Beifahrersitz und stieg aus. Im Haus wurde sie von Cisco begrüßt, der aufgeregt kläffend um ihre Füße wuselte. Der undefinierbare Terriermix war längst nicht mehr so flink wie früher. Mit seinen zwölf Jahren ließ Cisco definitiv nach, doch er versäumte es nie, sie begeistert und herzerwärmend zu begrüßen, wann immer sie über die Schwelle trat.

»Jer?«, rief sie, obwohl sie wusste, dass ihr Sohn nicht da war, schaltete das Licht an und deponierte Handtasche und Laptop auf der Anrichte. Jeremys Pick-up hatte nicht auf seinem üblichen Parkplatz vor dem Haus gestanden. »Bianca?«, rief sie nun, diesmal ein bisschen lauter, doch außer dem Scharren von Ciscos Krallen auf dem Linoleum war nichts zu hören.

»Großartig.« Sie ließ den Hund durch die Hintertür nach draußen und warf einen Blick auf ihr Handy.

Keine Sprachnachrichten. Keine SMS.

Nada.

»Manche Dinge ändern sich nie.« Während Cisco draußen damit beschäftigt war, sein Geschäft zu erledigen, schweifte ihr Blick durch die Küche und blieb an einer Pizzaschachtel auf dem Tresen hängen, in der noch mehrere Ränder mit Käseklümpchen darauf lagen. »Das wird ja immer besser.« Mindestens ein halbes Dutzend Tassen stand neben dem Spülbecken, weder ausgespült noch in den Geschirrspüler geräumt, doch zumindest nicht im Wohnzimmer verstreut. Die Spülmaschine war durchgelaufen, saubere Teller warteten darauf, in die Schränke geräumt zu werden, aber bislang hatte sich niemand erbarmt. Sie versuchte, geduldig zu sein, gab sich wirklich alle Mühe; schließlich war sie diejenige gewesen, die ihren Sohn ermutigt hatte, wieder aufs College zu gehen. Er hatte ihren Rat beherzigt, wenn man ihn mit seinen sechs Wochenstunden denn als Studenten bezeichnen konnte. »Ich muss mich erst einfinden«, hatte Jeremy kürzlich während eines ihrer Gespräche behauptet.

»Gott verhüte, dass du auch nur ein klein wenig Zeit von deiner Videospielerei abzwackst. Komm schon, Jer. Es gibt mehr im Leben, als künstliche Soldaten auf dem Flachbildschirm niederzumachen.«

»Aber ich spiele mit anderen Leuten, mit Menschen von überall her.« Er drückte einen Knopf, und Pescoli hörte das

Rattern von Maschinengewehren, bevor ein weiteres Opfer in einem ausgebrannten Bunker auf dem Fernsehschirm ein blutiges Ende nahm. »Ich gehöre zu einem Team.«

»Aber sicher. Zum Team Strand-Pescoli. Außerdem, Soldat, hast du deinen Anteil an den häuslichen Pflichten hier bisher ziemlich vernachlässigt.«

»Oh, Mom.«

»Ich meine es ernst.«

»Mom, das ist mehr als nur ein Videospiel!«

»Ach?«, entgegnete sie. »Glaubst du?«

»Ich *weiß* es. *Call of Duty* ist nicht einfach bloß ein Spiel«, beharrte er, die Controller fest in der Hand, die Augen starr auf den Bildschirm gerichtet.

»Doch, das ist es. Pass mal auf.« Sie ging zum Fernseher und schaltete ihn ab.

»Mom!«

»Ja?«

Als er sah, wie ernst sie es meinte, wagte er nicht weiter zu widersprechen, was Pescoli als winzigen Erfolg verbucht hatte, als Schritt in die richtige Richtung, obwohl er natürlich einen ernsthafteren Anstoß zu einer Verhaltensänderung brauchte.

Während sie nun ihre Jacke auszog und sie über eine Stuhllehne warf, raste Cisco zu seinem Futternapf und bellte laut, bis sie in der Speisekammer einen halben Messbecher Hundefutter abmaß. Der kleine Terriermix richtete sich auf und umtanzte sie auf seinen Hinterbeinen, als sie das Futter in seine Schüssel füllte. »Nun mach mal halblang, *so* spät ist es nun auch wieder nicht«, sagte sie zu ihm. »Du tust gerade so, als würdest du hier verhungern.« Wie immer machte sich der Hund über sein Trockenfutter her, als hätte er seit einer Woche nichts mehr gefressen.

Pescoli versuchte unterdessen, ihre Kinder per Handy zu erreichen. Keines von beiden ging dran. Sie hinterließ ihnen kurze Sprachnachrichten, und da sie wusste, dass sie sie vermutlich sowieso nicht abhören würden, schickte sie vorsichtshalber noch eine SMS.

Wo steckst du?, schrieb sie an Jeremy, *Ruf mich an, und zwar sofort!* an Bianca.

Sie überlegte, ob sie sich ein Bier einschenken sollte oder ein Glas Wein, doch sie beschloss, damit zu warten, bis sich die Kinder gemeldet hatten.

Ich bin jetzt erwachsen und kann tun und lassen, was ich will. Du hast mir gar nichts zu sagen, hatte Jeremy verkündet. Sein »Erwachsensein« hatte zu ernsthaften Auseinandersetzungen zwischen ihnen geführt. Sie war der Ansicht, er wäre keineswegs erwachsen, solange er von ihrem Geld lebte, und sei ihr daher durchaus Rechenschaft schuldig. Er sah das anders, natürlich, auch wenn sein Zimmer, das im Untergeschoss lag, ganz und gar nicht so ausschaute, als würde es von einem Erwachsenen bewohnt, eher von einem Zwölfjährigen.

Was Bianca anbelangte, so war diese so dickköpfig wie ihre Eltern und in einem Alter, in dem sie ihre Grenzen austestete und versuchte, sich immer mehr Freiheiten herauszunehmen. Pescolis Handy piepte. Bianca hatte eine SMS geschickt: *Bin mit Michelle unterwegs. Weihnachtsshopping. Bin bald zu Hause. Xoxo*

Xoxo. Umarmung und Küsschen. Nun, darüber konnte sie sich nicht beschweren, dachte sie, obwohl sie es gern getan hätte. Michelle war genau genommen die Stiefmutter von Bianca und Jeremy, obwohl Regan die Vorstellung von der Mitte Zwanzigjährigen als Elternteil überhaupt nicht gefiel, schon gar nicht, wenn es um ihre Kinder ging. Michelle war Luckys aktuelle Ehefrau, hatte lange blonde Haare, eine mörderische Figur und war trotz ihres unschuldig-naiven Aussehens eine äußerst clevere Frau, die es – aus Gründen, die Pescoli nicht nachvollziehen konnte – auf Luke abgesehen und ihn gleich nach dem College geheiratet hatte. Michelle spielte ihre Weibchenrolle mit Bravour, doch es steckte weit mehr in ihr, als auf den ersten Blick zu erkennen war. Zähneknirschend musste Pescoli zugeben, dass sie sich bei Bianca um den »Mädchenkram« kümmerte. Sie gingen zusammen zur Kosmetikerin und Maniküre, trafen sich zum Mittagessen oder zum Kaffee und shoppten bis zum Umfallen. Kein Ausverkauf war vor ihnen sicher.

Zumindest blieben Regan diese Dinge erspart. Sie half Bianca bei den Hausaufgaben und meldete sie gern bei jeder nur erdenklichen Sportart von Fußball über Tennis bis hin zum Reiten an, doch Bianca hatte von Anfang an all die Dinge geliebt, die Pescoli am Frausein verabscheute.

Mit DIR stimmt etwas nicht, Mom, nicht mit Michelle, hatte Bianca ihr einst vorgeworfen. *Was ist bloß los mit dir? Du tust ja fast so, als müsstest du beweisen, dass du mehr Mann als Frau bist, und das ist ekelhaft!*

»Bingo«, sagte Regan jetzt und schrieb ein einzelnes K zurück, Biancas SMS-Kürzel für »okay«.

Jeremy, erwachsen, wie er war, machte sich natürlich nicht die Mühe, ihr zu antworten.

Sie hätte Santanas Einladung wirklich annehmen sollen! Stattdessen nahm sie das Geschirr in Angriff, räumte die Spülmaschine aus, brachte die überquellenden Mülleimer und die leere Pizzaschachtel nach draußen in die Tonne, auf deren Deckel der Schnee gute zehn Zentimeter hoch lag. Es war eine stille Nacht, der Schnee rieselte leise – eine durch und durch »joellige« Stimmung, dachte Pescoli und stöhnte leise bei dem Gedanken an die Weihnachtsgeschenke, die sie fürs Wichteln besorgen musste.

Gerade als sie ins Haus zurückkehrte, klingelte ihr Handy. Sie lächelte, als Biancas Foto auf dem Display erschien.

»He«, sagte sie und ging ins Wohnzimmer. Der noch kahle Christbaum, ohne Schmuck oder Lichter, stand bereits in der Ecke.

»Hi, Mom!« Bianca klang atemlos.

»Wo bist du?«

»Noch immer im Einkaufszentrum. Michelle und ich haben gerade zu Abend gegessen, und ich habe noch jede Menge Einkäufe zu erledigen, deshalb dachte ich, es wäre leichter für Michelle, wenn wir ... ähm, zu Ende shoppten und ich bei Dad bleiben würde.«

»Über Nacht?«

»Ja. Michelle sagt, sie fährt mich morgen früh zur Schule.«

Pescoli versuchte, den Stich im Herzen zu ignorieren. »Du musst doch noch deine Hausaufgaben erledigen.«

»Was denkst du denn?«, fragte Bianca mit gespielter Empörung, bevor sie rasch hinzufügte: »Ich habe mein Englischreferat schon fertig und muss nur noch ein bisschen Algebra machen.«

»Was ist mit Spanisch?«

»Fertig.«

Sie wollte nein sagen, wollte ihr befehlen, nach Hause zu kommen, doch das wäre selbstsüchtig und herrisch und würde ihr den Umgang mit Bianca nicht gerade erleichtern. »Na

schön.« Nein, sie wollte das Loch in ihrem Herzen nicht spüren, also fuhr sie schnell fort: »Dann sehe ich dich ... wann?
He, warte mal, wird Michelle dich auch rechtzeitig zum Tanz-
training bringen?«

»Ja. Sie findet, das dürfte ich auf keinen Fall verpassen. Du
weißt doch, dass sie auf der Highschool das Cheerleaderteam
angeführt hat!«

Ja, ja, vor ungefähr zwei Jahren, hätte Pescoli am liebsten erwidert, doch sie biss sich auf die Zunge, obwohl es sie immer
noch schrecklich ärgerte, dass Lukes Neue so jung war. »Na
schön, dann essen wir eben morgen zusammen zu Abend.
Um sieben. Einverstanden?«

»Einverstanden.«

»Vielleicht haben wir Glück, und Jeremy leistet uns Gesellschaft.«

»Wenn du glaubst ...«

»Ich meine es ernst.«

»Wie hoch stehen die Chancen, dass du, Jer und ich zu einem gemeinsamen Abendessen zu Hause sind? Jeremy und
ich, wir haben unser eigenes Leben. Und mach dir nichts vor,
Mom, du bist doch *ständig* bei der Arbeit.«

Denselben Vorwurf hatte sie bei mehr als einer Gelegenheit
von Santana zu hören bekommen, dachte Regan verletzt.

»Du hast ja recht. Aber lass es uns trotzdem wenigstens versuchen. Morgen. Und überleg dir, wie du Weihnachten verbringen möchtest.«

»Na schön. Wie du meinst«, erwiderte Bianca hastig und legte
auf, um sich den Dingen zuzuwenden, die sie mit Michelle so
dringend zu erledigen hatte. Mein Gott, diese Tussi führte
sich auf, als wollte sie sich um den Titel zur Stiefmutter des

Jahres bewerben. »Toll«, sagte Pescoli zu Cisco, dann beschloss sie, sich damit abzufinden. Sie machte sich die übrig gebliebenen Spaghetti vom Vorabend warm, nahm einen Spinatsalat, der schon bessere Tage gesehen hatte, aus dem Kühlschrank und schenkte sich ein halbes Glas Merlot ein.

»Zum Wohl«, prostete sie sich selbst zu und zog einen Hocker unter dem Küchentresen hervor. Sie setzte sich, aß und las dabei die restlichen Zeitungsartikel, die sie heute früh nicht geschafft hatte. Ihre Gedanken wanderten wieder zu Santana, und ihr wurde klar, dass er recht hatte: Sie konnte nicht den Rest ihres Lebens damit verbringen, ihre Kinder zu umglucken, die das ohnehin nicht wollten. Ja, vielleicht arbeitete sie zu viel, doch ihre Arbeit war wichtig, verdammt noch mal, für ihren Lebensunterhalt und für die Gemeinschaft. Außerdem liebte sie ihren Job. Sie stocherte in der Hackfleischsoße, als hinge ihr Leben davon ab, dann wandte sie sich wieder ihrer Zeitung zu, doch ihre Gedanken schweiften ab zu ihrer Familie. Sie würden den Weihnachtsbaum schmücken, alle zusammen, und zwar bald. Selbst wenn es Bianca und Jeremy umbrachte.

Die folgenden Stunden verbrachte sie damit, die Weihnachtsdekoration vom Dachboden zu holen, durchzusehen und die Lichterketten zu überprüfen. Alles, was sich noch verwenden ließ, blieb neben dem Baum stehen, der Rest wanderte in den Abfalleimer oder in einen Spendensack. Sie überlegte, ob sie Plätzchen backen sollte, entschied sich aber dagegen – das war einfach zu viel Arbeit. Sie würde morgen lieber ein paar von Joelles Leckereien mopsen oder, sollte sie Joelles Leckereien-Geheimversteck nicht ausfindig machen können, auf dem Heimweg beim Supermarkt vorbeifahren, wo sie in der Feinkostabteilung etwas vom Chinesen mitnehmen und Plätzchen und Süßigkeiten in der Bäckerei besorgen würde.

Ihre Kinder würden zu Hause auf sie warten, und sie würden ein bisschen »ganz normale Familie« spielen, wenn es so etwas denn gab.

Zufrieden, dass sie einen Schritt in die richtige Richtung tat, wollte sie eben ins Schlafzimmer gehen, als das Telefon klingelte. Endlich. Jeremy hatte beschlossen, sich zu melden. Doch sie irrte sich. Auf dem Display erschien eine unbekannte Nummer.

»Pescoli«, meldete sie sich automatisch.

»Oh, Detective. Hallo. Hier spricht Sandi. Vom Wild Will.« Sandi Aldridge war Besitzerin und Geschäftsführerin des urigen, im Stil einer Jagdhütte eingerichteten Restaurants mit Bar, benannt nach ihrem geschiedenen Mann Will Aldridge. Das Wild Will war seit Jahren eine feste Institution in Grizzly Falls und zählte wegen seiner Karte mit den typisch einheimischen Gerichten zu Alvarez' und Pescolis Lieblingsrestaurants. Sandi, klein und zierlich, um nicht zu sagen mager, war eine tüchtige Geschäftsfrau, die mehr Make-up trug als jedes Model, und stets ein überschminktes Auge auf die Kasse hatte.

»Ich möchte Sie nicht belästigen, aber ich weiß nicht, an wen ich mich sonst wenden könnte.« Das klang gar nicht nach Sandi, die sonst um keinen Rat verlegen war.

»Sie belästigen mich nicht«, versicherte ihr Pescoli und warf einen Blick auf die Uhr an der Mikrowelle. Es war schon nach zehn. »Wo brennt's denn?« Ein mulmiges Gefühl beschlich sie, ihr Cop-Radar schaltete sich ein.

»Es geht um eine meiner Kellnerinnen. Sie kennen doch Brenda Sutherland?«

»Groß, blond, sympathisches Lächeln.« Pescoli sah die Frau vor sich. Sie war hübsch, freundlich, und sie achtete stets darauf, dass die Kaffeetassen der Gäste nachgefüllt waren. Soweit sie wusste, hatte Brenda Sutherland zwei Söhne, ungefähr in Biancas Alter. »Sicher.«

»Nun, sie ist heute nicht zur Arbeit gekommen. Sie war für die Mittagsschicht eingeteilt und sollte auch die Abendschicht übernehmen, doch sie ist einfach nicht erschienen und hat auch nicht angerufen. Ich habe versucht, sie zu Hause und auf dem Handy zu erreichen, aber sie ist nicht drangegangen.«

»Ist das ungewöhnlich?«

»Ganz und gar. Seit sie bei mir angefangen hat, hat sich Brenda noch keinen einzigen Tag krankgemeldet. Hat sich nie freigenommen, es sei denn, eines ihrer Kinder lag mit Fieber im Bett, doch dann hat sie stets angerufen, um sicherzugehen, dass jemand anders ihre Schicht übernahm. Sie ist die pflichtbewussteste Kellnerin, die ich je hatte, und ich hatte schon eine ganze Menge.«

Das stimmte. Sandi schmiss das Restaurant schon seit Ewigkeiten, war schon Geschäftsführerin gewesen, als sie noch nicht von ihrem Mann geschieden war, doch erst nach der Trennung hatte sie das Wild Will in eines der beliebtesten Lokale von ganz Grizzly Falls verwandelt.

»Ich glaube nicht, dass jemand eine Vermisstenanzeige aufgegeben hat«, sagte Sandi jetzt. »Die Jungen übernachten heute bei ihrem Vater, ich glaube, das sieht die Besuchs- und Feiertagsregelung so vor. Ich erinnere mich, dass sie mir davon erzählt hat, deshalb hat sie ja auch die Abendschicht mit übernommen. Weil ich mir Sorgen gemacht habe, bin ich zu ihr nach Hause gefahren – sie lebt in einem Blockhaus im

Elkridge Drive in der Nähe des September Creeks –, doch dort war alles dunkel. Niemand da. Es hat mich allerdings beunruhigt, dass ihr Wagen auf dem Seitenstreifen gleich hinter der Abzweigung von der Hauptstraße stand. Er sah verlassen aus, auf der Motorhaube und dem Dach lagen schon ein paar Zentimeter Schnee. Zunächst wollte ich die Neun-eins-eins wählen, doch dann dachte ich, es wäre besser, erst Sie anzurufen, weil Sie Brenda doch auch kennen.« Pescolis mulmiges Gefühl verstärkte sich. Ein verlassenes Auto – das klang gar nicht gut. »War der Wagen fahruntüchtig? Hatte er vielleicht einen platten Reifen?«

»Ich weiß es nicht. So genau habe ich nicht nachgesehen. Ich bin einfach nur zu ihrem Haus gefahren und habe an die Tür geklopft. Als niemand öffnete, habe ich ihre Festnetznummer gewählt. Drinnen klingelte das Telefon, doch niemand ging dran. Wie gesagt: Das ist völlig untypisch für Brenda.« Sandi klang ernsthaft besorgt, was Pescoli ihr kaum zum Vorwurf machen konnte.

»Ich werde mal vorbeifahren«, sagte sie, »dann melde ich mich wieder bei Ihnen. Währenddessen könnten Sie mir den Namen und die Telefonnummer von Brendas Ex-Mann heraussuchen, vielleicht auch seine Adresse, und mir eine Liste der Freunde und Verwandten zusammenstellen, die wissen könnten, wo sie steckt. Das würde mir sehr helfen. Vielleicht hatte sie eine Panne, und jemand hat sie abgeholt. Wo genau steht der Wagen?«

»Richtung Norden, in Richtung ihres Hauses.«

Auch das war gar nicht gut. Es klang, als sei Brenda Sutherland auf dem Heimweg gewesen.

»War sie gestern bei der Arbeit?«

»Ja. Sie hat erwähnt, sie wolle anschließend an einem Treffen ihres Bibelkreises teilnehmen. Sie ist Mitglied der First Christian Church, das sind die, die an der neuen Kirche bauen, etwas außerhalb der Stadt, auf dem Grundstück, das Brady Long ihnen überlassen hat.«

Pescoli nickte, auch wenn Sandi das nicht sehen konnte.

»Ich habe Mildred Peeples angerufen. Sie sitzt in sämtlichen Kirchenausschüssen und macht sich gern überall wichtig. Kennt jeden und steckt ihre Nase überall hinein. Sie sagte, Brenda habe an dem Treffen teilgenommen, doch sie sei ein wenig nervös gewesen, als habe sie unter Zeitdruck gestanden. Zumindest hatte Mildred diesen Eindruck. Das Treffen habe eine halbe Stunde länger gedauert als vorgesehen und erst gegen zwanzig Uhr dreißig geendet. Soweit ich weiß, hat sie seitdem niemand mehr gesehen.«

Das war kein gutes Zeichen.

»Haben Sie den Ex-Mann angerufen?«

»Ray? Bestimmt nicht. Er ist ein richtiger Scheißkerl. Vielleicht steckt er dahinter, zutrauen würde ich es ihm.«

»Lebt er in Grizzly Falls?«

»Er hat hier eine Wohnung, aber ich weiß nicht genau, wo.«

»Gut, ich hab's mir notiert. Ich werde mich darum kümmern.«

»Danke, Detective.«

»Kein Problem.« Pescoli legte auf und ging ins Schlafzimmer, doch anstatt sich Schlafanzug und Bademantel anzuziehen, nahm sie einen wärmeren Pullover aus dem Schrank. Das mulmige Gefühl, das sie bei Sandis Anruf beschlichen hatte, wich echter Sorge.

Kapitel vier

»Na schön, gehen wir's noch mal durch. Was ist los?«, fragte Alvarez, als sie in Pescolis Jeep stieg. Sie hatte vor fünfzehn Minuten den Anruf ihrer Partnerin entgegengenommen. »Wir müssen etwas in der Nähe des September Creeks überprüfen«, hatte Regan ihr mitgeteilt, die offenbar bereits im Auto saß. »Kommst du auch?« Natürlich. Brenda Sutherland, die Kellnerin vom Wild Will, war heute nicht bei der Arbeit erschienen, und Sandi, ihre Chefin, konnte sie nicht ausfindig machen. Nicht weit von ihrem Haus hatte sie Brendas verlassenes Auto entdeckt, deshalb war Pescoli unterwegs, um nach dem Rechten zu sehen.

Der Wagen roch nach Zigarettenrauch. Obwohl Pescoli schon vor Jahren aufgehört hatte, wusste Alvarez, dass sie sich in Stresssituationen gerne mal eine ansteckte.

Die Vorweihnachtszeit schien die Leute immer zu stressen.

Während sich der Jeep die Hügel außerhalb der Stadt hinaufschraubte, berichtete Pescoli ihr von dem Telefonat, das sie mit Sandi geführt hatte. Zum Glück hatte es aufgehört zu schneien, und die Landschaft unter ihrer weißen Decke wirkte trügerisch friedlich. »Es gibt keine Leiche, keine Meldung eines Gewaltverbrechens, keine Vermisstenanzeige.«

Sie bog in den Elkridge Drive ab, und keine zweihundert Meter weiter sahen sie schon den verlassenen Wagen am Straßenrand stehen.

»Warum wurde das nicht gemeldet?«, fragte Alvarez, als Pescoli an dem schneebedeckten Fahrzeug vorbeifuhr und fünfzehn Meter davor auf dem Seitenstreifen anhielt.

»Die Deputys haben momentan viel zu tun: Verkehrsun-fälle, Stromausfälle, Heizungsbrände, alles Mögliche ... Das hier ist keine Hauptstraße, da wird nicht oft Streife gefahren.«

»Was ist mit den Nachbarn?«

»Das ist das Problem«, erwiderte Pescoli. »Hier gibt es nicht viele. Zumindest nicht das ganze Jahr über.«

Das stimmte, dachte Alvarez. Diese Gegend in den Ausläu-fern der Bitterroot Mountains war dünn besiedelt; es gab ein paar Sommerhäuser, doch die lagen alle näher am See. Sie kletterte aus dem Jeep, sah ihrem weißen Atem nach, der so-fort in der eisigen Luft zu feinem Dunst gefror, und näherte sich vorsichtig dem Auto. Pescoli folgte ihr. Mindestens zehn Zentimeter Schnee lagen auf dem Dach. »Der steht schon eine ganze Weile hier«, dachte Pescoli laut, streifte mit ihrem Handschuh den Schnee von dem vereisten Fenster auf der Fahrerseite und leuchtete mit der Taschenlampe ins Innere. »Nichts.«

Auch Alvarez spähte hinein. Abgesehen von einer Plastik-tüte, aus der die Glasaugen eines Stofftiers – es sah aus wie ein Elch – hinauslugten, wirkte das Auto leer.

»Weihnachtsgeschenke?«, murmelte Pescoli.

»Offensichtlich.«

»Warum hat sie die im Wagen gelassen?«

»Warum hat sie den Wagen überhaupt verlassen?«

»Gute Frage.«

Pescoli meldete das verlassene Fahrzeug im Department und forderte, um sich abzusichern, einen Durchsuchungsbe-fehl nicht nur für das Fahrzeug, sondern auch für Brenda Sutherlands Haus an. Sie warteten auf den Abschleppwagen und den Deputy, der diesen begleiten sollte, dann stiegen sie wieder in den Jeep. Nach ein paar hundert Metern bog Pescoli scharf rechts ab und folgte einer gewundenen, schneebedeckten Auffahrt zwischen Hemlocktannen und Kiefern hindurch zu einer kleinen Lichtung, wo das kleine Blockhaus der vermissten Frau stand, weitab von der Straße.

Regan stellte den Motor ab.

Alvarez zog ihre Handschuhe bis über die Handgelenke hoch. »Kein Licht, abgesehen von der Weihnachtsbeleuchtung an der Dachrinne.«

»Es ist spät.«

»Ja, aber ...« Selena prüfte ihre Waffe, dann spähte sie angestrengt in Richtung des Hauses. Die Veranda schien leicht durchzuhängen. Sie stieg aus, nahm ihre Taschenlampe und ließ den Strahl so lange über den Boden gleiten, bis sie den tief verschneiten Pfad zur Haustür entdeckte. Fußabdrücke waren zu erkennen, die einmal ums Haus und wieder zurück führten. Jetzt entdeckte sie auch Reifenspuren.

»Sandi Aldridge sagte, sie habe an die Haustür geklopft. Als niemand öffnete, sei sie einmal ums Haus gegangen und habe durch die Fenster hineingeschaut, um festzustellen, ob Brenda etwas passiert ist«, erklärte Pescoli, die ebenfalls die Spuren begutachtete. »Das sind die Einzigen«, stellte sie fest, stapfte zum Haus hinüber und die Stufen zur Veranda hinauf. Der Strahl ihrer Taschenlampe glitt an der Außenwand empor. Obwohl die Dachrinne verrostet und das kleine Blockhaus so einige Neuerungen hätte gebrauchen können, wirkte es doch anheimelnd und gemütlich. Ein Fahrrad stand auf der Veranda neben einem Paar Stiefel, das jemand willkürlich hier abgestellt hatte. Mehrere Töpfe mit erfrorenen Pflanzen waren neben der abgenutzten Fußmatte abgestellt worden.

Abgesehen von einer Böe, die durch die Bäume strich, war alles ruhig. Pescoli klopfte an die Tür und klingelte. Die Glocke hallte durch ein leeres Haus.

»Mrs. Sutherland?«, rief Pescoli durch die schwere Eichentür. »Brenda?«

Nichts. Hinter ihnen ächzten die schneebeladenen Äste im auffrischenden Wind.

»Vielleicht hat sie die Gelegenheit ergriffen und sich aus dem Staub gemacht, als die Jungs nicht da waren«, überlegte Pescoli laut. »Obwohl das eher unwahrscheinlich ist. Einer ihrer Söhne – Dave heißt er, glaube ich, oder Darren, Don ... nein, Drew – ist in Biancas Klasse, oder sie haben zumindest mehrere Kurse zusammen; auf jeden Fall habe ich den Namen schon mal gehört und meine, seine Mom würde sich ziemlich für ihre Kinder aufopfern. Außerdem würde sie als alleinerziehende Mutter wohl kaum ihren Job aufgeben und schon gar nicht den Wagen.«

»Da hast du recht.«

Die beiden Frauen gingen ums Haus herum, überprüften die leere Garage, in der sich jede Menge ausrangierter Krempel häufte. Ein dunkler Fleck auf dem Boden deutete darauf hin, dass Brendas Wagen Flüssigkeit verlor.

Der Garten war leer und lag unter einer dicken Schneedecke. Sie stiegen die Stufen zu der breiten Veranda an der Rückseite des Hauses hinauf, hier hing eine ausziehbare Wäscheleine. Unter dem Vordach entdeckte Pescoli ein leeres Hornissennest.

Sie pochte kräftig gegen die Hintertür, dann drehte sie probehalber den Knauf. Die Tür war unverschlossen.

»Glück gehabt«, sagte sie und drückte sie vorsichtig auf.

Als kein zähnefletschender Hund angestürmt kam, traten sie ein. In der kleinen Küche roch es nach Tomatensoße, der Wasserhahn über der Spüle tropfte. Sie gingen an einer kleinen Essecke mit einem roten Resopaltisch vorbei, der noch aus den sechziger Jahren stammen musste – zwei Milchgläser und eine Schüssel mit Müsli standen darauf –, dann betraten sie das ordentlich aufgeräumte Wohnzimmer. Die Kissen auf den abgenutzten Polstermöbeln waren aufgeschüttelt, ein Flickenteppich lag auf dem zerschrammten Hartholzfußboden. An einer der Wände stand ein Holzofen mit kalter Asche darin. Die beiden Schlafzimmer waren leer, in dem mit den Stockbetten lagen überall Klamotten verstreut, in dem anderen stand ein ordentlich gemachtes Doppelbett. Auf dem Nachttisch lag eine Bibel, ein Flanellnachthemd und ein dazu passender Bademantel hingen an einem Haken an der Rückseite der Tür. In Brenda Sutherlands Kleiderschrank hingen nur wenige, eher praktische Kleidungsstücke; das Badezimmer war klein, völlig überladen und hätte – genau wie das ganze Haus – dringend saniert werden müssen.

Kein Obergeschoss.

Kein Keller.

Keine Brenda Sutherland.

»Sie ist definitiv verschwunden«, stellte Pescoli fest. »Ich denke, wir sollten uns gleich mal mit dem Ex-Mann unterhalten.«

»Ich werde den Eindruck nicht los, dass alles genauso rätselhaft ist wie bei Lissa Parsons.«

»Denk nicht mal dran«, warnte Pescoli, doch Alvarez entnahm dem besorgten Tonfall ihrer Stimme und ihrer tief gefurchten Stirn, dass sie bereits zu demselben Schluss gekommen war: Das Verschwinden der beiden Frauen stand irgendwie in Verbindung.

Der nächste Tag erwischte Alvarez definitiv auf dem falschen Fuß. Aus irgendeinem unerfindlichen Grund hatte ihr Wecker nicht funktioniert, vielleicht weil sie am Vortag zu heftig auf die Aus-Taste geschlagen hatte, und sie stellte fest, dass sie ihr Kampfsporttraining verpasst hatte. Schnell ließ sie Roscoe in den Garten, dann warf sie einen Blick auf ihr Handy. Ihr Lehrer hatte nicht angerufen, sondern eine SMS geschickt, und sie simste eine Entschuldigung zurück. Irgendwie fühlte sie sich heute nicht wohl.

Was war nur los mit ihr?

Sie kam *niemals* zu spät. Versäumte *niemals* eine Verabredung. Kaufte unzuverlässigen Menschen *niemals* ihre Ausreden ab. Ja, sie hatte schlecht geschlafen. Mrs. Smith war die halbe Nacht durchs Schlafzimmer gegeistert, und ihre Gedanken waren immer wieder zu den beiden vermissten Frauen gewandert, trotzdem war das kein Grund dafür, dass sie derart neben sich stand. »Reiß dich zusammen«, ermahnte sie sich, doch als sie unter die Dusche trat, spürte sie einen Anflug übler Kopfschmerzen. Sie drehte den Hahn auf. Das kalte Wasser traf wie Nadelspitzen auf ihre nackte Haut. Erschrocken sprang sie aus der gefliesten Kabine und schlang sich bibbernd ein Handtuch um, dann drehte sie am Temperaturregler und stellte fest, dass kein einziger Tropfen heißes Wasser aus der Leitung kam.

»Na großartig«, murmelte sie und fragte sich, was heute wohl noch alles schieflaufen könnte. Jede Menge, lautete die Antwort, und tatsächlich: Als sie sich anzog, stellte sie fest, dass Roscoe noch nicht wieder hereingekommen war. Sie trat ans Fenster und blickte hinunter in den Garten, doch da war er auch nicht. Mit der Furcht, die lediglich Eltern und Besitzer von Haustieren kennen, rannte sie die Treppe hinunter und entdeckte den Welpen im Wohnzimmer, ein Kissen in der Schnauze. Federn rieselten durch die Luft wie die Flöckchen in einer Schneekugel. »Aus, Roscoe!«, befahl sie, doch er hielt das Ganze für ein Spiel, rannte um den Couchtisch und sprang in die Küche. »Lass den Unsinn«, sagte sie warnend und hätte ihn fast geschnappt, doch er entwischte ihr, den Schwanz zwischen die Beine geklemmt, die Ohren angelegt. »Du kriegst einen Riesenärger!«

Als sie ihn endlich im Badezimmer in eine Ecke drängte, war sie außer Atem, und ihr Zorn hatte sich ein bisschen gelegt. »Na komm schon.« Ihr blieb keine Zeit zum Aufräumen. Schnell sperrte sie Roscoe in seinen Hundekorb und schnappte sich Handtasche, Portemonnaie, Waffe und Dienstmarke. Der Welpe blickte ihr durch das Gitter nach, als wäre er der bedauernswerteste Hund auf der ganzen Welt. »So schlecht geht es dir doch gar nicht«, sagte sie, doch lächerlicherweise verspürte sie ein nagendes Schuldgefühl, als sie die Tür hinter sich schloss und zur Garage eilte.

Obwohl es noch nicht einmal acht Uhr morgens war, rief sie den Hausmeister der Wohnanlage an und bat ihn, den Boiler zu überprüfen. Der Mann war Ende dreißig, betrieb die Hausmeisterei nur nebenbei und war so sehr mit seinen anderen Aufgaben beschäftigt, dass man ihn kaum zu fassen bekam, doch er war günstig und – vorausgesetzt, er hatte genug Zeit – einigermaßen umgänglich. Er hatte schon einige Aufträge außer der Reihe für Alvarez erledigt, und sie war sich sicher, dass er herausfinden würde, was mit ihrem Warmwasser nicht stimmte. Sie hoffte nur, er könnte den Fehler beheben.

Im Büro goss sie sich eine Tasse brühend heißen Kaffee ein und versuchte, ihre schlechte Stimmung abzuschütteln, indem sie ein mit einem Rentierkopf verziertes Törtchen verspeiste, zuerst das Geweih aus Zuckerguss, dann den ganzen Kopf. Es half aber nichts.

Zwanzig Minuten später – sie beantwortete gerade ein paar E-Mails – tauchte Pescoli an ihrem Schreibtisch auf. »Willst du ein paar schlechte Nachrichten hören?«, fragte sie.

Alvarez blickte auf. »Du meinst wohl, *noch mehr* schlechte Nachrichten. Das war nicht gerade ein glanzvoller Morgen, deshalb lautet meine Antwort: nein.«

»Nun ja, ich denke, du solltest es dennoch erfahren. Unser Kumpel J.R. ist gerade aus dem Gefängnis entlassen worden. Es sieht ganz danach aus, als würde das Verfahren neu aufgerollt.«

»Mist.« Der Kopfschmerz, der sich schon am frühen Morgen angekündigt und während der Jagd nach dem Couchkissen noch schlimmer geworden war, meldete sich jetzt noch heftiger. J.R. »Junior« Green, der abscheulichste aller Fieslinge und ehemaliger Football-Lineman, war Trainer geworden und lebte dabei leider auch seine pädophilen Neigungen aus. Alvarez war maßgeblich an seiner Inhaftierung beteiligt gewesen, und er hatte ihr geschworen, dass er sie deshalb fertigmachen würde. »Aber er ist schuldig!«

»Das steht außer Frage. Wir müssen es nur noch einmal beweisen«, beschwichtigte Pescoli und wandte sich zum Gehen.

Alvarez' Kopf hämmerte. Ihr Handy klingelte, die Nummer von Terry Longstrom – des Psychologen, mit dem sie ein paarmal ausgegangen war – erschien auf dem Display, doch sie nahm das Gespräch nicht an. Sie konnte sich jetzt nicht mit ihm auseinandersetzen, zumindest nicht persönlich. Wenn er mit ihr etwas Berufliches zu besprechen hatte, könnte er ihr eine Nachricht hinterlassen, und sie würde ihn zurückrufen. Vielleicht.

Sie griff in die oberste Schreibtischschublade und holte eine Packung Schmerztabletten hervor, die sie sonst nur einnahm, wenn ihr ihre Periode zu schaffen machte. Für gewöhnlich spülte sie sie mit Kräutertee hinunter, doch heute steckte sie sich einfach zwei in den Mund und schluckte sie trocken.

Es war noch nicht einmal neun Uhr morgens, und der Tag schien ein wahrer Alptraum zu werden.

Ein paar Stunden später – Pescoli war damit beschäftigt, die Teilnehmerinnen des Bibelkreises von Brenda Sutherlands Kirchengemeinde zu überprüfen, die sie zuletzt lebend gesehen hatten – ging Alvarez hinüber zur Vermisstenabteilung und erkundigte sich bei Taj nach weiteren vermisst gemeldeten Frauen.

»Lass mich mal nachsehen«, sagte Detective Taj Nayak, tippte etwas in ihren Computer und blickte auf den Monitor.

Alvarez war kribbelig; sie hatte Stunden darauf gewartet, mit Taj sprechen zu können, hatte sich die ganze Nacht über den Kopf zerbrochen, ob es irgendeine Verbindung zwischen Lissa Parsons und Brenda Sutherland geben könnte.

Sie glaubte nicht an Zufälle, und die vergangenen Winter hatten sie gelehrt, auf der Hut zu sein. Dafür, dass Grizzly Falls eine Kleinstadt war, gab es hier ganz schön viele Verrückte. Da waren die Harmlosen wie Ivor Hicks, der auf die achtzig zuging und immer noch steif und fest behauptete, er wäre vor Jahren auf dem Mesa Rock von Außerirdischen entführt worden. Sie hätten ihn zum Mutterschiff gebracht und Experimente an ihm vorgenommen, diese Bande von Reptilien, angeführt von einem abscheulichen General namens Crytor. Er hatte bei allem, was ihm heilig war, geschworen, dass seine Erfahrung mit den Außerirdischen *nicht* auf seine enge Beziehung mit seinem besten Freund Jack Daniel's zurückzuführen war. Alvarez war dennoch nicht ganz überzeugt.

Dann gab es da noch Grace Perchant, eine Frau, die mit keiner Menschenseele etwas zu tun haben wollte und allein mit mittlerweile zwei Wolfshunden lebte. Das große Männchen namens Bane hatte Gesellschaft von Sheena, einem nicht mehr ganz jungen Weibchen, bekommen. Jetzt besaß Grace also ein regelrechtes Rudel. Großartig. Überzeugt, sie könne mit Geistern sprechen, gab die Eigenbrötlerin nicht selten unheimliche Vorhersagen von sich, die seltsamerweise immer eintrafen. Dennoch war sie, zumindest nach Alvarez' Überzeugung, harmlos.

Doch Grizzly Falls hatte in letzter Zeit mehr als seinen gerechten Anteil an sadistischen Mördern abbekommen: Zwei Jahre in Folge hatten blutrünstige Psychopathen die Gegend in Angst und Schrecken versetzt. Wie Pescoli oft genug gesagt hatte: »Das liegt an der Kälte; die Minustemperaturen bringen Verrückte hervor!«

Alvarez dagegen, die eher auf Fakten und die Wissenschaft setzte, konnte dieses Phänomen nicht genau benennen – es gefiel ihr nur nicht. Und jetzt, da gleich zwei Frauen spurlos verschwunden waren, stellte sich wieder dieses leichte Kribbeln an ihrer Schädelbasis ein, das sie vor schlechten Neuigkeiten warnte.

»Es werden einige Leute vermisst«, teilte Taj ihr mit und scrollte auf dem Computerschirm nach unten. »Ein älterer Mann ist aus einem Pflegeheim verschwunden und noch nicht wiedergefunden worden; dann haben wir da zwei jugendliche Ausreißer, Zwillinge, möglicherweise entführt von ihrem eigenen Vater; außerdem ein Baby, das jemand aus dem Krankenhaus gestohlen hat.«

»Ich suche nach einer Frau, vermutlich zwischen neunzehn und vierzig, was aber nicht zwangsläufig sein muss.«

»Nun, da wäre Lara Sue Gilfry«, sagte Taj mit gefurchten Augenbrauen. »Sie ist vor etwa einem Monat verschwunden ... lass mich mal nachsehen. Ah, da ist sie ja.« Ein Foto von einer rothaarigen Frau mit großen, blauen Augen und schmalen, blassen Lippen erschien auf dem Monitor. »Sie ist achtundzwanzig und gilt als ziemlich flatterhaft. Zieht wohl viel durch die Gegend. Zuletzt gesehen wurde sie am sechsten November im Bull and Bear Bed & Breakfast, wo sie als Zimmermädchen arbeitete. Sie soll eine auffällige Narbe am rechten Bein haben, gleich oberhalb des Knies, die von einem Motorradunfall als Teenager herrührt, außerdem eine Tätowierung am linken Fußknöchel, einen Schmetterling.« Taj drehte den Bildschirm so, dass Alvarez das Foto der Vermissten besser sehen konnte. »Mit ihrer Familie ist sie zerstritten; ihre Mutter starb, als sie zwei war, der Vater gut zehn Jahre später; die Stiefmutter hatte nach seinem Tod wechselhafte Beziehungen. Seit ihrem sechzehnten Geburtstag ist Lara Sue auf sich selbst gestellt.«

Alvarez spürte, wie ihr ein banger Schauder den Rücken hinablief. »Was ist mit Freunden? Cousins? Freundinnen?« Taj las weiter. »Kein fester Freund. Sie war eine Einzelgängerin, blieb gerne für sich. Der Besitzer des Bull and Bear, der auch die Vermisstenmeldung aufgegeben hat, hat sie gegen einen Teil ihres Lohns in einem Zimmer unter dem Dach schlafen lassen.«

»Hat sie ihre Sachen dortgelassen?«

»Ja. Deshalb ist der Fall auch so knifflig, denn sonst wäre es durchaus möglich, dass sie zu den Leuten zählt, die von Stadt zu Stadt ziehen und sich treiben lassen.«

»Was ist mit Geld? Habt ihr das Konto überprüft? Ihre Kreditkarte?«

Taj schüttelte den Kopf. »Ihr Arbeitgeber hat ihr jeweils am Monatsende einen Scheck ausgehändigt, den sie bei der Bank einlösen konnte. Sie hat alles bar bezahlt.«

»Na prima. Hatte sie einen Computer, war sie bei Facebook oder Twitter?«

»Bislang haben wir nichts finden können.«

»Alle jungen Leute sind in diesen sozialen Netzwerken.«

»Wie gesagt: Wir konnten nichts finden.« Taj blickte sie an. »Und wir haben wirklich intensiv danach gesucht.«

»Na schön. Dann ist sie vielleicht einfach abgehauen.«

»Vielleicht.«

»Kannst du das, was ihr über sie wisst, an mich weiterleiten?«

Taj nickte. »Klar.«

»Danke.«

Mit einem schlechten Gefühl, das sie einfach nicht abschütteln konnte, verließ Alvarez die Vermisstenabteilung.

Keine Leichen.

Keine Tatorte.

Aber mittlerweile drei vermisste Frauen.

Wo zum Teufel mochten sie stecken?

Calvin Mullins hatte mit der Polizei nicht viel am Hut. Cops machten ihn nervös, selbst Cort Brewster, einer der Kirchendiakone und stellvertretender Sheriff von Grizzly Falls. Obwohl ein frommer Mann, unerschütterlich in seinem Glauben, hingebungsvoller Ehemann und aufopfernder Vater atemberaubend schöner Töchter, war Brewster doch immer noch ein Polizist, und genau das machte dem Prediger zu schaffen.

Heute hatte er im Kirchenbüro einem weiteren Vertreter des Sheriffbüros von Pinewood County gegenübergestanden. Detective Regan Pescoli hatte ihn unter seinem frisch gebügelten Hemd und der Chagrin-Jacke zum Schwitzen gebracht. Während er am Schreibtisch vor seiner ausgedruckten Predigt saß und noch einmal mit Textmarker darüberging, um die wichtigsten Punkte hervorzuheben, hatte Pescoli, eine der aufdringlichsten, arrogantesten Frauen, denen er je begegnet war, an die Tür geklopft.

»Ihre Frau sagte, ich würde Sie hier finden«, teilte sie ihm mit, bevor sie sich vorstellte und Platz nahm, bevor er sie überhaupt hereingebeten hatte. Gerade in dem Augenblick schickte ihm Lorraine eine SMS. Sein Handy vibrierte, auf dem Display erschien die Warnung: »Polizei auf dem Weg zu dir.« Zu spät. Genau das war das Problem: Lorraine hatte nie gelernt, schnell zu simsen.

Hightech war nicht ihr Ding, aber sie war eine treue, nachsichtige Ehefrau und die Mutter seiner drei Töchter.

Pescoli war attraktiv auf diese kompromisslose, kontrollierende Art und Weise, die ihn stets faszinierte. Sie war groß, hatte rote, etwas zerzauste Haare und musterte ihn mit intelligenten Augen.

Er setzte ein Lächeln auf und hoffte, gütig zu wirken. »Was kann ich für Sie tun?«, fragte er und erhob sich, um ihr die Hand zu schütteln.

Sein Büro war klein, doch übersichtlich eingerichtet, in den Regalen standen gebundene Bücher über Philosophie und die Religionen der Welt, Bilder von Gott und schönen Gegenden der Erde verliehen dem Raum gerade das richtige Maß an Farbe. An einer Wand hingen gerahmte Diplome und Auszeichnungen. Obwohl er Stolz für eine Sünde hielt, so sah er diese Erfolge doch als Beweis für seine Frömmigkeit, sein Bemühen und sein Streben nach Selbstvervollkommnung: lauter Qualitäten.

Ein kleiner Topf mit einem Weihnachtsstern stand auf einer Ecke seines Schreibtischs. Lorraine sorgte stets für jahreszeitgemäßen Blumenschmuck in seinem Büro: »Gottes Handwerk«, wie sie dazu sagte.

»Ich möchte mit Ihnen über Brenda Sutherland reden.«

»Hat man sie gefunden?«, fragte er hoffnungsvoll. Er schätzte Brendas festen Glauben und bewunderte aufrichtig, wie sie ihre beiden halsstarrigen Söhne allein großzog.

»Noch nicht.«

»Oje! Ich bete, dass sie unversehrt nach Hause zurückkehrt«, sagte er ernst.

»Haben Sie sie in letzter Zeit gesehen?«

»Aber ja. Natürlich. Ich schaue, so oft ich kann, bei den Gruppen vorbei, und Brenda hat vorgestern Abend am Bibelkreis meiner Frau teilgenommen. Sie haben über den Wunschbaum gesprochen, den wir in unserer Kirche aufstellen wollen.« Er faltete die Hände über seiner Predigt, so dass Pescoli einen Blick auf seinen Ehering werfen konnte.

Doch als diese ihm weitere Fragen stellte, spürte er, wie ihm sein Kragen zu eng wurde und sich Schweißtropfen in seinem Nacken bildeten. Er gab Pescoli einen raschen Abriss seines Werdegangs, wobei er unterschlug, dass er eigentlich aus Bad Luck, Texas, stammte. Den Zeugnissen an der Wand war zu entnehmen, dass er seinen Abschluss an der Southern Methodist University in Dallas gemacht hatte. Dort hatte er auch Lorraine kennengelernt und geheiratet.

»Wie sind Sie dann hier, in Grizzly Falls, gelandet?«, erkundigte sich Pescoli angelegentlich.

Er spreizte die Hände. »Ich gehe dorthin, wo mich die Kirche braucht«, sagte er, und das war noch nicht einmal gelogen. Nachdem er ein Jahrzehnt in der heißen Sonne Arizonas gebrütet und eine kleine Gemeinde in Tucson betreut hatte, hatte es ein Problem mit der achtzehnjährigen Tochter eines der Kirchendekane, Cecil Whitcomb, gegeben. Peri war zu ihm gekommen, um ihn um Rat zu ersuchen, und er hatte ihren vollen, glänzenden Lippen, ihrer Zunge, die so verführerisch über ihre Zähne glitt, ihren festen, runden Brüsten, gerade so groß, dass sie eine Männerhand füllten, nicht widerstehen können.

Peri hatte Trost gebraucht, weil ihre Eltern sich scheiden ließen.

Er hatte sich ihrer angenommen.

Bereitwillig hatte diese junge, vollkommene Frau im Schlafzimmer Dinge mit sich anstellen lassen, die Lorraine für »abstoßend« und »animalisch« hielt. Selbst jetzt noch spürte er, wie heiße Erregung in ihm aufstieg, wenn er daran dachte, wie er Peri von hinten genommen hatte, wie sich ihr kleiner, glatter Hintern gegen seinen Unterleib gepresst hatte, wenn er diese wunderbaren Brüste vor sich sah, die in seinen liebkosenden Hände baumelten ... Er hatte seine Zähne in ihren Nacken gegraben, daran geknabbert ... O Gott, was für eine Ekstase! Sündige, glückselige Ekstase. Und wenn Peri ihn mit ihrem feuchten warmen Mund und ihrer geschmeidigen Zunge verzaubert hatte, war er gar in einen Zustand himmlischer Verzückung geraten ...

»Prediger Mullins? Haben Sie meine Frage gehört?«, fragte ihn die Polizistin jetzt, und er kehrte mit einem Ruck in die Gegenwart zurück, dankbar dafür, dass der Schreibtisch die Beule in seinem Schritt verdeckte. Was hatte er sich nur dabei gedacht, seine Gedanken derart schweifen zu lassen? »Kennen Sie Brenda Sutherlands Ex-Mann?«

»Nein ... ähm, ich weiß natürlich, dass sie geschieden ist«, fügte er hinzu und versuchte, besorgt dreinzublicken. »Offenbar hat es ein paar ... Streitigkeiten ... wegen der gemeinsamen Söhne gegeben, aber nein, Ray Sutherland ist kein Gemeindemitglied, und ich habe ihn auch noch nie zu Gesicht bekommen.«

Pescoli stellte weitere Fragen, die ihn nicht beunruhigten, doch es war durchaus möglich, dass sie noch einmal aufkreuzen würde. Zweifelsohne würde sie anfangen, in seiner Vergangenheit zu graben, und dann würde seine kleine Indiskretion ans Tageslicht kommen.

Er konnte sich nicht vorstellen, dass ihm Lorraine auch dieses Mal zur Seite stehen, seine Hand halten und stolz das spitze Kinn heben würde, um ihre Solidarität mit ihrem treulosen Ehemann zu bekunden.

Heiliger Vater, warum jetzt, wo alles so gut lief? Lorraine würde ihn verlassen, wenn all die alten Geschichten wieder aufgewärmt würden, das wusste er. Er würde erneut in Ungnade fallen, dabei war sie wieder schwanger, vielleicht mit dem Sohn, um den er so gebetet hatte. Seine Töchter bereiteten ihm viel Freude, o ja, drei reizende Mädchen im Alter von acht, sechs und vier Jahren, alle mit weißblondem Haar und hellblauen Augen. Doch dieses Mal sollte es bitte ein Junge werden. Ein kräftiger, strammer Sohn, der nicht so durchscheinend aussah wie die Mädchen, die ihrer Mutter wie aus dem Gesicht geschnitten waren.

Lorraine war eine gute Ehefrau, doch es wäre schön, wenn sie wenigstens einmal zumindest ansatzweise einen Orgasmus erlebte, dann verstünde sie womöglich, dass die fleischlichen Freuden zwischen Mann und Frau keineswegs abscheulich waren.

Er ging zum Fenster und blickte durch die vereisten Scheiben auf die Krippe, die seitlich neben der Kirche aufgebaut war. Maria, Josef, die Hirten, alle umhüllt von einem Mantel aus Schnee; ein Scheinwerfer beleuchtete die friedliche Kulisse.

Einst hatte Prediger Mullins gedacht, nach seinen Schwierigkeiten in Arizona hierher in diese gottverlassene Gegend verbannt zu werden sei die schlimmste Strafe, die ihn ereilen konnte, doch wenn sich Polizei und Presse nun auf diese alte Geschichte stürzten, war es durchaus möglich, dass man ihn erneut versetzte. Gerade jetzt, da die Gemeinde zusammenwuchs und ihm seine Frau allem Anschein nach endlich vergeben hatte.

Er senkte den Kopf. »Herr im Himmel, verleihe mir Kraft. Lass mich nie wieder der Versuchung erliegen. Bitte, Allmächtiger, führe mich. Gib mir Stärke. Dafür bete ich in Jesu Namen. Amen.« Er stieß einen langgezogenen, zittrigen Seufzer aus und hoffte auf göttliche Unterstützung.

Doch sie sollte ihm nicht zuteilwerden.

Die Musik nahm ihn gefangen.

Sanft. Melodisch. Instrumentalversionen von Weihnachtsliedern und klassische Weihnachtsstücke. Heute wollte er nichts Seichtes oder Pietätloses hören. Er wollte die Frömmigkeit *spüren,* die sich in diesen Klängen offenbarte, welche seine Werkstatthöhle füllten und in seinem Herzen nachhallten.

Gott sei Dank hatte sich sein neues Modell endlich beruhigt. Er durfte sich nicht länger von dem Gestöhne der Frau ablenken lassen. Sie flehte ihn jetzt nicht mehr an, sie gehen zu lassen, schien sich in ihr Schicksal ergeben zu haben, so dass er wieder in der Lage war, sich zu konzentrieren.

Während er Wasser über die Frau schüttete und fasziniert zusah, wie sich Eisschichten über ihrem nackten Körper bildeten, verspürte er jene uneingeschränkte Zufriedenheit, die einen nach einer gut ausgeführten Arbeit überkommt. Ihre Haltung war perfekt, die Beine waren gebeugt, als würde sie knien, der Kopf gesenkt, die Hände zum Gebet gefaltet. Das war schwierig gewesen.

Die widerspenstigen Körperteile in genau die richtige Position zu bringen hatte Kraft, Geduld und ein geübtes Auge erfordert. Er hatte aufpassen müssen, dass Zehen, Finger und Rücken genau richtig lagen, bevor er sie in Eis fasste. Jetzt, während das Wasser den Körper umspülte und langsam gefror, blickte er zu seinem Schreibtisch hinüber, den er aus einer groben Werkbank gefertigt hatte. An der Korktafel, die er darüber befestigt hatte, hingen Dutzende Fotos von knienden Frauen. Er hatte fünf Skizzen von Betenden vergrößert, alle aus unterschiedlichen Blickwinkeln, um sicherzugehen, dass sein Werk vollkommen wurde.

O ja.

Er grinste, als er sein neuestes Modell betrachtete. Es blickte ernst, versonnen, wirkte fromm und beinahe entrückt. Ja ... ja, das war es, wenngleich noch Stunden der Arbeit vor ihm lagen, in denen er Eisschicht um Eisschicht würde hinzufügen müssen, bevor er mit der mühsamen Schnitzerei beginnen könnte, doch wenn das geschafft war, wäre diese Skulptur ein wahres Meisterstück und völlig anders als die erste.

Selbstverständlich hatte er Talent, etwas anderes zu behaupten wäre schlichtweg falsch, doch seine Begabung war nicht nur besonders, sondern einzigartig. Wenngleich auch dieses Werk seine Handschrift trug, so glich doch keine Skulptur der anderen. Die erste gefrorene Frau hatte die Arme erhoben, die Handflächen zur Decke der Höhle gerichtet. Der Ausdruck auf ihrem Gesicht war freudig, ein breites Lächeln war durch das Eis zu sehen, und sie hatte die Augen weit geöffnet.

Sie war bereit, ausgestellt zu werden.

Bei dieser Aussicht verspürte er ein aufgeregtes Kribbeln. Er wusste schon, wo er sie plazieren würde.

Mit dieser ersten Skulptur wollte er den heiteren, leicht abgeschmackten Aspekt der Weihnachtsfeiertage darstellen, wofür sie sich perfekt eignete. Doch er durfte sich nicht auf seinen Lorbeeren ausruhen, o nein. Niemals. Seine Schaffenszeit war auf die kalten Wintertage begrenzt, daher durfte er jetzt nicht nachlassen.

Er musste ihnen beweisen, welch große schöpferische Vielfalt in ihm steckte, das verstand sich von selbst. Deshalb hatte sein neues Stück, Skulptur Nummer zwei, wie er sie in Ermangelung eines besseren Namens schlicht nannte, ein ernsteres Ansinnen: Sie sollte Andacht verkörpern. Frömmigkeit. Pure Ergebenheit.

Er bezweifelte, dass jemand seinen Drang nach Perfektion verstand, die so sorgfältig ausgearbeiteten Feinheiten, doch solange er selbst die Tiefe seiner Hingabe und seines Talents erkannte, war ihm das egal.

Während er den »Tanz der Zuckerfee« aus dem *Nussknacker* mitsummte, fühlte er sich aus tiefster Seele inspiriert. Ihm blieben nur noch ein paar Stunden, um sein Werk zu vollenden, da durfte er sich keine Fehler erlauben.

Er lächelte.

Er machte keine Fehler.

Natürlich nicht.

Das hatten Gott und er einfach gemeinsam.

Kapitel fünf

»Du bist eine solche Schwindlerin!«, beschuldigte Alvarez Pescoli, als sie den steilen Hügel hinabfuhren, der den älteren Teil der Stadt vom neueren trennte. Die Gebäude in der Nähe des Flusses waren um die letzte Jahrhundertwende errichtet worden, andere, wie zum Beispiel das Gericht von Pinewood County, im späten neunzehnten Jahrhundert. Neuere Bauten standen hier und da zwischen den alten verstreut, doch dieser Teil der Stadt verbreitete definitiv die Atmosphäre des alten Westens, und die Stadtväter legten großen Wert darauf, dass »Old Grizzly Falls« so aussah, als sei es einem Western oder einer Fernsehserie entsprungen.

Weiter hügelaufwärts standen ein paar alte Anwesen, errichtet von Kupfer- und Holzbaronen; der neuere Teil der Stadt breitete sich oben auf dem Hügel entlang der schroffen Felskante aus und reichte bis ins Hinterland hinein. Während die Gebäude unten am Fluss traditionelle Geschäfte beherbergten, standen oben auf dem Boxer Bluff mehrere Einkaufszentren, Fastfood-Restaurants, die neue Schule, ein Krankenhaus und nicht zuletzt das Büro des Sheriffs – Grizzly Falls' Vorstoß in die »städtische Zersiedelung«, wie die Bürger es spöttisch nannten.

»Eine Schwindlerin?« Pescoli lenkte ihren Jeep am Gerichtsgebäude vorbei, vor dem bereits ein mit Hunderten weißen Lämpchen geschmückter Weihnachtsbaum stand, die rund um die Uhr blinkten. »Wie meinst du das?« Sie fand einen Parkplatz einen Block vom Wild Will entfernt und setzte hinein.

»Das geheime Weihnachtswichteln. Du hast beim ersten Mal gar nicht deinen eigenen Namen aus Joelles Santa-Claus-Mütze gezogen.«

Pescoli stellte den Motor ab. »Doch, natürlich.«

»Hast du nicht. Lügnerin.« Alvarez stieg aus und schlug die Tür hinter sich zu.

»Woher willst du das wissen? Ach, du musst gar nichts sagen. Du hast meinen Namen gezogen! Na großartig. Dann bekomme ich jetzt vermutlich jede Menge Kräutertee oder ähnlichen Mist von dir.«

»Ich dachte, du hasst diese Schenkerei.«

»Ja, genau.«

»Warum machst du dir dann Gedanken darüber, was du bekommst?« Alvarez stieg vorsichtig über den verharschten, schmutzigen Schnee, den die Schneepflüge gegen den Bordstein gedrückt hatten. »Und nein, ich habe dich nicht gezogen. Meine hervorragenden detektivischen Fähigkeiten haben mir gesagt, dass du gemogelt hast.«

»Sag bloß.«

»Gib's zu, Pescoli!«

Die Stirn tief gefurcht, überquerte Regan die Straße. »Na schön, du hast mich ertappt. Das ist ja wohl keine große Sache. Ich konnte es einfach nicht ertragen, zum zweiten Mal in Folge nette kleine Geschenke für Cort Brewster aussuchen zu müssen. Glaub mir, das ist meine persönliche Vorstellung von der Hölle. Es ist schlimm genug, dass ich mit ihm als Vorgesetztem klarkommen muss. Ich weigere mich, irgendwelche Spielchen mit dem Mann zu spielen!«

»Haben Jeremy und Heidi eigentlich Schluss gemacht?«

»Träum weiter«, brummte Pescoli, die eben das Wild Will betrat. Alvarez folgte ihr. Drinnen wurden sie von Grizz, dem ausgestopften Grizzly, begrüßt, der an der Tür Wache hielt. Er war über zwei Meter groß, zeigte seine langen Zähne und hatte die rasiermesserscharfen Krallen ausgefahren, außerdem war er stets der Jahreszeit gemäß gekleidet und mit seinen farbenprächtigen Kostümen eine wahre Bären-Fashionista. Heute trug er ein Wichtelkostüm mit einem albernen Glöckchenhut, einen rot-grünen Mantel und riesige gestreifte Strümpfe an den Hinterbeinen.

»Ist das Grizz oder doch eher Will Ferrell als Weihnachtself?«, scherzte Alvarez, obwohl ihr gar nicht komisch zumute war. Gerade hatte sie eine Sprachnachricht von Jon, dem Hausmeister, der ihr Warmwasserproblem beheben sollte, abgehört: »Hallo, ähm, habe Ihre Nachricht wegen des Warmwassers bekommen. Kümmere mich so bald wie möglich darum.« Das war doch wohl ein Witz! Bis er sich darum kümmerte, würde sie sich Wasser auf dem Herd heiß machen oder im Fitnessstudio duschen müssen. Doch jetzt musste sie sich auf ihre Arbeit konzentrieren. Schließlich wurden drei Frauen vermisst.

Es war gegen eins und das Restaurant rappelvoll, sämtliche Sitznischen und fast alle Tische waren besetzt. Aus den versteckt aufgehängten Lautsprechern tönte Weihnachtsmusik.

Eine Bedienung führte sie an ihren Platz mitten im großen Essbereich. Von den groben Holzwänden starrten präparierte Tierköpfe auf sie herab. Alvarez war immer schon der Ansicht gewesen, dass das Dekor ans Makabere grenzte, und hatte sich unter den starren, glasigen Augen der ausgestopften Dickhorn-

81

schafe, Antilopen, Hirsche und sogar eines Elchs nie ganz wohl gefühlt, obwohl sie gern hier aß, weil das Essen wirklich gut und preiswert war.

Sie setzten sich und gaben ihre Bestellung auf, noch bevor Sandi an ihrem Tisch vorbeikam. Als sie Pescoli erblickte, blieb sie abrupt stehen und blickte sie besorgt an. »Ich nehme an, es gibt Neuigkeiten?«

»Noch nicht.«

»Verflixt!« Sie schüttelte den Kopf und kniff die Augen mit den metallicgrün geschminkten Lidern zusammen – passend zur Jahreszeit. »Dann sollten Sie besser mal Ray überprüfen, den Ex-Mann. Brenda und er hatten eine heftige Auseinandersetzung wegen der Jungs. Er will das volle Sorgerecht, genau wie sie. Die beiden treffen sich ständig vor Gericht. Er war sogar so dreist, bei der Polizei anzurufen, um Anzeige zu erstatten, weil er seine Kinder nicht erreichen konnte, außerdem hat er Brenda das Jugendamt auf den Hals gehetzt, um zu beweisen, dass sie nicht in der Lage sei, die Kinder angemessen zu versorgen! So ein Unsinn!« Sandi schnaubte empört. »Das ist ein ganz mieser Kerl!« Sie nickte, wie um ihre eigenen Worte zu bekräftigen, dann deutete sie mit einem rot lackierten Fingernagel auf Pescoli. »Wenn Sie mich fragen, dann war sie viel zu gut für ihn, und das wusste er! Ich habe ihn nie gemocht. Ein echter Versager.«

»Sind sie das nicht alle? Die Ex-Männer, meine ich?«, fragte Pescoli, und Alvarez nahm an, dass sie an ihren eigenen dachte.

»O ja, sicher, die meisten ganz sicher! Meiner zählt auch dazu.« Sie schürzte nachdenklich die tiefroten Lippen. »Obwohl Connie Leonetti gut mit ihrem Ex auskommt. Sie backt sogar Plätzchen für ihn *und* für seine Mutter, und darin ist kein Arsen oder sonstiges Gift versteckt. Aber vermutlich ist das die absolute Ausnahme.« Ohne zu lächeln, fuhr sie fort: »Ich hoffe nur, Sie finden Brenda, und zwar nicht nur, weil ich ohne sie Doppelschichten arbeiten muss. Sie ist wirklich eine ausgesprochen liebenswerte Frau, und wenn ich an ihre beiden Jungen denke ... sie vergöttert sie förmlich.« Sandis Unterlippe zitterte leicht, und Alvarez wünschte, ihr fiele etwas ein, was sie sagen könnte, irgendein Trost, doch es gab keinen.

Sandi räusperte sich und straffte die Schultern. »Wie ich schon sagte: Meiner Meinung nach steckt Ray Sutherland dahinter. Er wollte die Scheidung nicht und war gar nicht glücklich über das Sorgerechtabkommen. An Ihrer Stelle würde ich ihn gründlich unter die Lupe nehmen. *Äußerst* gründlich.« Ihr Blick fiel auf einen Tisch, der noch nicht abgeräumt war, und sie eilte schnellen Schrittes davon, wobei sie sich geübt durch die dicht stehenden Tische schlängelte. Fingerschnipsend näherte sie sich dem lustlosen Hilfskellner, einem pummeligen Teenager, der für Sandis Geschmack offenbar nicht schnell genug mit Wischlappen und Trockentuch umging.

Doch vermutlich konnte niemand ihre Ansprüche erfüllen.

Was Ray Sutherland anbelangte, so hatten sie sich bereits heute früh mit ihm unterhalten. Der Lastwagenfahrer schien gerade erst aufgestanden zu sein, als sie an seine Tür im ersten Stock eines L-förmigen Wohnblocks geklopft hatten. Er zählte zu der mürrischen Sorte, hatte einen leichten Bierbauch und brauchte dringend eine Rasur, doch er schien ernsthaft überrascht, als sie ihn nach seiner Ex-Frau fragten. Hatte er nervös gewirkt?

Vielleicht.

83

Alvarez war aufgefallen, dass er sich wiederholt mit einer Hand durch sein stumpfes braunes Haar gefahren war, das ihm nach dem Schlafen wirr vom Kopf abstand.

»Natürlich habe ich keinen blassen Schimmer, wo sie stecken könnte«, hatte er verwirrt behauptet. »Warum?«

»Weil sie nicht zur Arbeit erschienen ist. Zu Hause ist sie auch nicht, außerdem hat man ihren verlassenen Wagen auf dem Seitenstreifen gefunden.«

Er riss erschrocken die Augen auf, seine Morgenmuffelempörung verschwand. »Mein Gott! Was ist passiert?«

»Genau das versuchen wir herauszufinden«, teilte ihm Pescoli mit. »Haben Sie etwas dagegen, wenn wir reinkommen?« Widerwillig ließ er sie in seine chaotische Wohnung, fegte ein paar Zeitungen, Kleidungsstücke und eine zusammengeknüllte Decke von der durchgesessenen Couch, damit Alvarez Platz nehmen konnte, während Pescoli an der Tür stehen blieb. Die Jalousien waren heruntergelassen. Sutherland zog den Gürtel seines gestreiften Bademantels enger um seinen Bauch und machte es sich auf einem Kunstledersessel bequem, der schon bessere Tage gesehen hatte.

Er beantwortete ihre Fragen und schrie dann und wann seinen Söhnen zu, sie sollten sich für die Schule fertig machen. Als er keine Antwort bekam, erhob er sich, ging einen kurzen Flur entlang, öffnete eine Tür und bellte ein paar knappe Befehle, bevor er wieder auftauchte und sich in seinen Sessel vor einem riesigen Flachbildfernseher fallen ließ.

Er hatte ein Alibi für die Nacht, in der seine Ex-Frau verschwunden war. Obwohl es ihm offenbar nicht wirklich leidtat, dass Brenda vermisst wurde, wirkte er doch schockiert.

»Sie sollte vorsichtiger sein«, murmelte er, griff in die oberste Schublade eines kleinen Beistelltischchens und holte eine Schachtel Zigaretten hervor. Als er feststellte, dass sie leer war, stieß er einen unterdrückten Fluch aus und zerknüllte sie. »Das sage ich ihr ständig.«

»Warum?«, erkundigte sich Alvarez.

»Weil sie die Mutter meiner Kinder ist, deshalb!« Bei der Erwähnung seiner Sprösslinge blickte er mit gerunzelter Stirn den Flur entlang, dann fragte er Alvarez: »Sind wir hier fertig? Ich muss die Jungs zur Schule bringen.«

»Es könnte sein, dass wir später noch einmal auf Sie zurückkommen.«

»Ja, ja. Das ist schon in Ordnung.« Er stand auf und stapfte Richtung Schlafzimmer, während sich Alvarez und Pescoli verabschiedeten.

Vielleicht hatte Sandi recht, dachte Alvarez jetzt. Ray Sutherland, ein Lastwagenfahrer, hatte ihnen heute Morgen womöglich eine oscarreife Vorstellung geliefert, doch wenn sie ehrlich war, bezweifelte sie das.

Während Pescoli ihren Burger mit Pommes frites in sich hineinschaufelte, stocherte Alvarez in ihrem Feldsalat und der Garnelencremesuppe. Der Fall ging ihr einfach nicht aus dem Kopf.

»Ich verstehe nicht, wie du von dem Zeug leben kannst«, sagte ihre Partnerin und deutete mit einer Fritte, die sie anschließend durch die Riesenpfütze Ketchup auf ihrem Teller zog, auf Alvarez' Essen.

»Dito.«

»Ich glaube nicht, dass Ray Sutherland unser Mann ist.« Sie steckte sich die Fritte in den Mund.

»Wenn es denn einen Mann gibt.«

»Stimmt. Wenn es denn einen Mann gibt. Könnte ja sein, dass sich die drei Frauen einfach aus dem Staub gemacht haben. So was soll vorkommen.«

»Das glaubst du doch selbst nicht.«

»Nein. Das glaube ich nicht. Bloß gefallen mir die anderen Möglichkeiten gar nicht.« Sie dachte ein paar Minuten nach, während sie einen letzten Bissen von ihrem Burger nahm und den Rest auf den Teller warf.

Sie teilten sich die Rechnung, und Alvarez schlüpfte schon in ihren Mantel, als sie bemerkte, dass Pescoli die Augen zusammenkniff. »Oh, oh«, flüsterte sie.

»Was ist?« Selena wandte sich um und erblickte aus den Augenwinkeln Grace Perchant, die eben zur Tür hereinspazierte.

»Da kommt die Verrückte«, murmelte Pescoli.

Wenn Grace ihre Bemerkung gehört hatte, so ließ sie sich nichts anmerken. Dünn und bleich, gekleidet in einen langen weißen Mantel, der um sie herumzuwogen schien, schritt Grace langsam, aber zielstrebig auf ihren Tisch zu. Ihre blassgrünen Augen waren mit unglaublicher Entschlossenheit auf Alvarez gerichtet.

»Detective Alvarez«, sagte sie mit gesenkter Stimme.

»Ja?«

Fast wie in Trance griff Grace nach Alvarez' Hand. Diese bemerkte flüchtig, dass Pescolis Hand zu ihrer Waffe fuhr. Mit einem kaum merklichen Kopfschütteln gab sie ihrer Partnerin zu verstehen, dass sie sich zurückhalten solle. Sie war nicht in Gefahr.

»Was gibt's, Grace?«, fragte sie freundlich.

»Ihr Sohn braucht Sie.«

»Wie bitte? Ich habe keinen Sohn.«

Der Druck von Graces Fingern wurde fester. »Er ist in ernster Gefahr.«

»Wovon reden Sie? Ich habe keinen Sohn.« Ihre Blicke trafen sich.

»Er braucht Sie«, wiederholte Grace, dann, als hätte sie plötzlich gemerkt, wie unangenehm ihr die Situation war, zumal die Leute an den umliegenden Tischen aufgehört hatten zu essen, ließ sie Alvarez' Hand so schnell los, wie sie sie ergriffen hatte, und verließ hocherhobenen Hauptes das Restaurant.

Pescoli schnaubte. »Wie ich schon sagte: völlig durchgeknallt.«

»Da hast du recht.« Alvarez lächelte schwach und zog ihre Handschuhe an.

Sandi kam herbeigeeilt. »Du meine Güte, das tut mir leid«, sagte sie. »Grace ist ein bisschen durcheinander, das weiß ich, aber für gewöhnlich hält sie Distanz.«

»Zerbrechen Sie sich deshalb nicht den Kopf«, sagte Alvarez und war bereits auf dem Weg zur Tür. »Das war doch keine große Sache.« Was natürlich eine Lüge war. Eine weitere Lüge. Innerlich bebend spürte sie, wie der altbekannte Schmerz von ihr Besitz ergriff, doch sie wollte sich nicht damit auseinandersetzen, nicht jetzt.

Eines Tages wirst du das tun müssen; du kannst das nicht immer in irgendeine dunkle Ecke drängen.

Na schön, sie würde sich damit auseinandersetzen. Aber nicht heute. Und obwohl Grace eine Verrückte war, die meinte, mit Geistern reden zu können, konnte Alvarez ihre Warnung nicht einfach so abschütteln. Selbst wenn sie nicht an den übersinnlichen Quatsch glaubte, mit dem diese seltsame Frau hausieren ging, so hatte sie dem Department in der Vergangenheit doch mehr als einmal geholfen. Es war unheimlich. Und es machte Alvarez zu schaffen.

Graces Warnung ging ihr für den Rest des Nachmittags nicht mehr aus dem Kopf, und es gelang ihr kaum, sich auf etwas anderes zu konzentrieren.

Selbst dann nicht, als sie herausfand, dass Ray Sutherland erst vor sechs Monaten eine Lebensversicherung über zweihunderttausend Dollar auf seine Ex-Frau abgeschlossen hatte. Lange nach der Scheidung. Alvarez beendete ihr Telefonat mit der Versicherungsgesellschaft und lehnte sich in ihrem Stuhl zurück. Was zum Teufel hatte das zu bedeuten? Alibi hin oder her: Der Mann hatte ein ernsthaftes Motiv, seiner Ex-Frau den Garaus zu machen. So würde ihm nicht nur das alleinige Sorgerecht zufallen, sondern er wäre auch noch um einen ordentlichen Haufen Geld reicher.

Bloß weißt du nicht, ob seine Ex-Frau wirklich tot ist. Du solltest besser nichts überstürzen.

Doch selbst jetzt, während sie mit Brenda Sutherlands rätselhaftem Verschwinden befasst war, hallten ihr Graces schaurige Worte durch den Kopf:

Ihr Sohn braucht Sie. Er ist in ernster Gefahr ...

Kapitel sechs

»O nein, tu's nicht«, murmelte Dylan O'Keefe, als er dem verwahrlost aussehenden Teenager in Jeans, Jacke, Rollmütze und Stiefeln nachsetzte. Ein Rucksack hing über einer seiner schmalen Schultern und hüpfte auf seinem Rücken auf und ab, während er leichtfüßig durch die Schneewehen lief. Gabriel Reeve rannte durch Seitenstraßen, schmale Gassen und durch Gärten, huschte um Ecken, kletterte über Zäune und näherte sich im Zickzack einer Wohngegend von Grizzly Falls.

Wohin zum Teufel wollte der Junge?

O'Keefe beschlich ein ungutes Gefühl, als er um eine Ecke bog. Irgendwo in der Dunkelheit bellte ein Hund. Eilig überquerte er eine menschenleere Straße. Es war noch nicht mal zwanzig Uhr, doch dieser Teil der Stadt wirkte wie ausgestorben. Obwohl man die Straßen und Gehsteige geräumt hatte, lag schon wieder eine ordentliche Schneeschicht darauf, und er versank mit seinen Stiefeln in gut fünf Zentimetern Neuschnee. Die wenigen am Straßenrand geparkten Fahrzeuge trugen dicke Schneehauben.

Er folgte den frischen Fußspuren durch einen Garten; Gott sei Dank kam der bellende Hund nicht durch den Schnee auf ihn zugesprungen, also lief O'Keefe weiter. Mit zusammengekniffenen Augen spähte er angestrengt durch den dichten weißen Vorhang. Zum Glück hingen überall festliche Lichterketten an den Dachrinnen der Häuser, und in den Gärten erstrahlten jede Menge weihnachtliche Lichterketten in Bäumen und Sträuchern, sonst hätte O'Keefe seine Taschenlampe anknipsen müssen und sich womöglich verraten. Eisige Luft schlug ihm ins Gesicht und brannte in seinen Lungen, als er den Jungen erneut ins Visier nahm. Der Kerl war sechzehn, knallhart und wurde wegen bewaffneten Raubüberfalls gesucht.

Leider war besagter Gabriel Reeve zufällig der Sohn seiner Cousine. Aggie hatte ihn angefleht, Gabe aufzuspüren, und schließlich hatte O'Keefe widerstrebend eingewilligt, hatte sogar Geld von ihr genommen, um mit seinen Ermittlungen beginnen zu können. Jetzt steckte er bis über beide Ohren in der Sache drin, was alles andere als angenehm war.

Ob es ihm gefiel oder nicht, er war in Grizzly Falls gelandet, diesem gottverlassenen Kaff. Bislang hatte der Junge nicht bemerkt, dass er verfolgt wurde, aber das würde sich gleich ändern. Jetzt, da er so nah an ihn herangekommen war, würde er ihm nicht wieder entwischen.

Gabriel rannte einen Gartenweg entlang, ganz in der Nähe von Selena Alvarez' Reihenhaus. Das gefiel O'Keefe gar nicht, war sie doch die eine Frau auf dem Planeten, der er um jeden Preis aus dem Weg gehen wollte.

Was für ein unglücklicher Zufall, dass der Junge ihn gerade zu ihrem Haus führte!

Oder war das etwa gar kein Zufall?

Ihm blieb keine Zeit, darüber nachzudenken. Gabriel schwang sich über einen weiteren Zaun. Keine zehn Sekunden später tat O'Keefe das Gleiche und landete hart auf der anderen Seite. Jetzt befand er sich in der Wohnanlage, die Selena Alvarez seit kurzem ihr Zuhause nannte.

Natürlich wusste er, wo sie wohnte.

Seit damals hatte er stets ihre Spur verfolgt, hatte herausgefunden, dass sie in Grizzly Falls lebte und für das Büro des Sheriffs arbeitete, aber ihre genaue Adresse kannte er erst, seit er gleich nach seiner Ankunft hier bei der Kraftfahrzeugbehörde nachgefragt hatte.

Großartig. Einfach großartig. Wie standen die Chancen, dass sich der Junge ausgerechnet hierherverirrte? Er beobachtete, wie Gabriel an einer Thujenhecke vorbeischlich, deren Zweige sich unter der schweren Schneelast bogen. Der Junge drückte sich gegen die Seitenwand einer Garage, blickte kurz über die Schulter und huschte blitzschnell um die Ecke des Reihenendhauses.

Das Selena Alvarez gehörte.

»Verdammter Mist«, knurrte O'Keefe. Er hatte nicht die Staatsgrenze nach Montana überquert und Gabriel Reeve bis nach Grizzly Falls verfolgt, nur um ihn wieder zu verlieren. Das würde er nicht zulassen, auf keinen Fall! Es wurde Zeit, dass er sich den Kerl schnappte, ihn nach Helena zurückbrachte und ihn die Suppe auslöffeln ließ, die er sich eingebrockt hatte, und zwar *bevor* er es mit Alvarez zu tun bekam! Er nahm seine Pistole aus dem Schulterholster, doch er entsicherte sie nicht. Die Glock würde nicht zum Einsatz kommen. Nein. Das war nur eine Rückversicherung. Er wollte den Jungen erschrecken, damit er schnellstmöglich den Rückzug antrat. Außerdem musste er davon ausgehen, dass Reeve bewaffnet war, und wollte ihm nicht plötzlich unbewaffnet gegenüberstehen.

Eine eisige Böe fegte um die Reihenhäuser und traf ihn voll ins Gesicht, Kälte zog durch seine Jacke. Dezember in Montana.

*Du solltest die Cops holen; sollen sie sich darum kümmern –
sag ihnen einfach, wo der Junge ist.*

Doch er hatte seine Gründe, warum er keine Hilfe wollte,
selbst wenn sie so fadenscheinig waren wie Papiertaschentü-
cher. Zum einen war Gabriel ein Verwandter, der Sohn seiner
Cousine; zum anderen wollte er selbst Antworten haben, bevor die Polizei den Jungen vernahm.

Er folgte Reeve um eine weitere Ecke und fand sich neben
der Garage von Alvarez' Reihenendhaus wieder, gerade als
plötzlich Motorengeräusche zu vernehmen waren. Zwei Scheinwerfer schnitten durch die Dunkelheit. Ein kleiner Geländewagen bog in die Straße ein, die an den Reihenhäusern entlangführte. Im Haus fing ein Hund wie verrückt an zu bellen.
O'Keefe erstarrte und hoffte, der Fahrer des Wagens würde
ihn nicht bemerken und einfach weiterfahren.

Doch das Glück hatte er leider nicht.

Ein Knirschen zerriss die Stille, das automatische Garagentor fuhr hoch, mit einem Flackern schaltete sich die Garagen-
beleuchtung an. Der Subaru Outback bog in die Einfahrt, erfasste ihn mit den Scheinwerfern und warf seinen Schatten
riesengroß an die Hauswand.

Großartig.

Der Subaru blieb stehen, und Selena Alvarez stürzte, ihre
Dienstwaffe im Anschlag, aus dem Wagen. Mit funkelnden
Augen richtete sie die Pistole auf ihn. »Stehen bleiben! Poli-
zei!«, befahl sie. »Lassen Sie die Waffe fallen!«

Er ließ seine Glock los. Sie landete im Schnee.

»Hände über den Kopf!« Vorsichtig bewegte sie sich um die
offene Fahrertür herum. Der Hund hatte aufgehört zu bellen.
»Moment mal ... Dylan? Dylan O'Keefe?«, flüsterte sie un-

gläubig und schien sich ein wenig zu entspannen. Verwirrung zeichnete sich auf ihrem Gesicht ab. Verdammt, war sie schön! Nach wie vor. Schön auf diese kühle, intelligente Art und Weise, die ihn schon immer fasziniert hatte. »Was zum Teufel tust du hier?«, fragte sie.

»Ich jage einen Verdächtigen.« Er schluckte, und für einen kurzen Augenblick wurde er zurückgeworfen an einen anderen Ort in einer anderen Zeit. Die Observierung in San Bernardino hatte sein Leben für immer verändert.

»Moment mal ... du jagst einen Verdächtigen ... *hier*?«

»Ja. Und er wird mir entwischen, wenn ich ihn jetzt nicht schnappe. Mir bleibt keine Zeit für große Erklärungen.« Die er ihr ohnehin nicht hätte liefern können. Wie standen die Chancen, dass er ausgerechnet hier landen würde? Was zur Hölle hatte das zu bedeuten? *Zufall?* O'Keefe glaubte nicht an Zufälle. *Pech?*

»Um Himmels willen.« Sie schüttelte den Kopf. Ihr Haar war noch genauso rabenschwarz und glänzend wie damals und bildete einen starken Kontrast zu den weißen Schneeflocken, die vom Himmel rieselten. Er hatte gehofft, er würde sie nie wiedersehen. Doch hier stand er nun. Was hatte seine Großmutter noch gesagt? *Sag niemals nie ...*

Jetzt, da sie wusste, mit wem sie es zu tun hatte, ließ sie langsam ihre Pistole sinken. »Dylan O'Keefe«, wiederholte sie noch einmal ungläubig.

»Bleib hier und ruf Verstärkung«, wies er sie an, bückte sich, um seine Glock aus dem Schnee aufzuheben, dann fing er an, das Haus zu umrunden, wobei er den Fußspuren folgte, die Gabriel Reeve hinterlassen hatte.

»Warte! Ich verstehe nicht ...«

Er warf einen Blick über die Schulter. »Steig wieder ins Auto!«

»Auf keinen Fall! Das ist mein Haus!« Behutsam, um keinen Lärm zu machen, zog sie die Zündschlüssel ab und schloss die Tür des Subarus. Die Scheinwerfer erloschen.

»Aber es geht um meinen Kragen.«

»Na schön. Trotzdem komme ich mit, schließlich bist du hinter jemandem her, der in *mein* Haus einbricht. Das geht mich durchaus etwas an.«

»Bleib einfach im Wagen, Alvarez, und hol Verstärkung.«

»Hast du das nicht längst getan?«

»Pscht!« Er senkte die Stimme. »Nein. Bleib hier und ruf an, verdammt noch mal.«

»Wer ist er?«, fragte sie.

»Was?«

»Der Kerl in meinem Haus. Wer ist er?«

»Ein Junge. Gabriel Reeve.«

»Ein Junge?«

»Sechzehn.«

»Wer ist er?« Ihre Stimme war nicht mehr als ein Flüstern.

»Jemand, der nichts als Ärger macht. Einer von diesen Computerhackern, die nichts anderes tun, als für Chaos zu sorgen. Jetzt wird er wegen eines bewaffneten Raubüberfalls gesucht. Hat einen ganz schönen Karrieresprung gemacht, nicht wahr?«

»Und er ist jetzt in *meinem* Haus? Wieso das?«

Wusste Reeve, dass er in das Haus einer Polizistin einbrach? Vermutlich nicht. Ansonsten hätte der Junge mehr Schneid, als O'Keefe ihm zugetraut hatte. »Wahrscheinlich ein reiner Glücksfall.«

Er setzte sich in Bewegung, Alvarez folgte einen Schritt hinter ihm. Schon wieder ein Zaun! Die Fußspuren endeten vor den ungestrichenen Pfosten, an den Stellen, wo sich der Junge hinübergeschwungen hatte, war der Schnee weggewischt.

Alvarez war jetzt neben ihm, die Dienstwaffe im Anschlag, so kompromisslos und sexy, wie er sie in Erinnerung hatte, auch wenn ihm im Augenblick nicht die Zeit blieb, näher ins Detail zu gehen.

»Dort drüben ist ein Tor zum Garten. Gleich da hinten.« Sie deutete mit der Mündung ihrer Pistole in die entsprechende Richtung. »Ich nehme den Vordereingang.«

»Nein! Hol Verstärkung – ach, zum Teufel!«

Zu spät. Sie trat bereits den Rückzug an. Das durfte doch nicht wahr sein! Die Sache konnte nur schiefgehen, genau wie damals. Er durchlebte ein kurzes Déjà-vu, war zurückversetzt in einen anderen Fall, in eine andere Chaosnacht, verspürte wieder den rasenden Schmerz des Vertrauensbruchs ...

Keine Zeit, jetzt weiter darüber nachzudenken. Hier hinten war es stockdunkel. O'Keefe knipste seine Taschenlampe an und folgte dem Zaun, bis er sich am Rand des Grundstücks wiederfand, das zu einem zugefrorenen Bach hin abfiel. Hier war auch das Tor. Vorsichtig griff er darüber, tastete an der Innenseite nach dem Riegel und stieß es auf, dann schlüpfte er in Selenas Garten. Dicke Flocken fielen vom Himmel. Im Haus brannte kein Licht. Dylan richtete den Strahl seiner Taschenlampe auf den Hintereingang, eine Glasschiebetür, und stellte fest, dass diese ein Stück weit offen stand, eine Gardine bauschte sich im Wind. Der umzäunte Garten mit seiner kleinen Terrasse und den vereinzelten

95

Pflanztöpfen war mit einer dicken Schneeschicht bedeckt – und leer. Niemand verbarg sich in der Dunkelheit. Er hörte seinen eigenen Herzschlag, sonst nichts, nicht einmal Verkehrsgeräusche. Angespannt, die Finger fest um seine Glock geschlossen, ließ er den Blick erneut durch den Garten schweifen, dann ging er an der Innenseite des Zauns entlang Richtung Haus, die Augen auf die Glasschiebetür gerichtet, bereit, sich auf den Jungen zu stürzen, sollte dieser versuchen, aus dem Haus zu fliehen.

Doch nichts geschah.

Er hörte, wie Alvarez die Haustür aufschloss, und wünschte sich, sie wäre nicht aufgetaucht. »Polizei!«, hallte ihre Stimme durch die offene Tür. »Gabriel Reeve, komm raus!« O'Keefe wartete. Er war sich sicher, dass Gabriel durch die Terrassentür gestürmt käme.

Immer noch nichts.

Im Haus war kein Laut zu vernehmen.

Das Licht ging an und fiel durch die Fenster auf die dicke Schneedecke. Jetzt erkannte er die Unebenheiten darin, als wäre zuvor jemand hindurchgelaufen, ein Mensch, ein Waschbär, eine Katze, ein Hund ... Doch er konnte sich auch täuschen, denn der Neuschnee hatte sämtliche Spuren längst wieder verwischt.

»Gabriel Reeve, lass deine Waffe fallen und komm raus, die Hände über dem Kopf!«, rief Alvarez noch einmal. O'Keefe sprang durch die Glasschiebetür ins Haus, wo er sich vor einem Esstisch wiederfand. Alvarez rannte mit erhobener Dienstwaffe die Treppe hinauf.

Sie warf kaum einen Blick in O'Keefes Richtung, als dieser den Essbereich durchquerte, wobei er beinahe gegen einen

96

Futternapf getreten wäre, und ihr in den ersten Stock hinauf folgte, wo sie die Tür zu einem kombinierten Arbeits- und Gästezimmer öffnete, dann die zum Bad und schließlich die zu ihrem Schlafzimmer. Alle drei Räume waren tadellos aufgeräumt, die Betten mit militärischer Präzision gemacht, Kissen lagen auf dazu passenden Tagesdecken, auf dem blankpolierten Schreibtisch war keine einzige verirrte Büroklammer zu finden.

Sie öffnete die Türen ihres Kleiderschranks, doch auch dort verbarg sich niemand.

»Er ist nicht hier«, stellte sie endlich fest. »Und mein Hund auch nicht.«

»Du hast einen Hund?«

»Einen Welpen, ja. Und eine Katze.«

»Ist die Katze auch weg?«

»Nein. Sie ist unten. Ich habe gesehen, wie sie sich unters Sofa geflüchtet hat«, sagte sie und ging zu einem Erkerfenster, das weit offen stand. »Der Fluchtweg«, stellte sie fest.

»Dieser kleine Mistkerl.« Er stellte sich neben sie und blickte hinaus. Vom Erkerfenster aus gelangte man aufs Dach. Die Spuren im Schnee deuteten darauf hin, dass Gabriel zur Kante vorgerutscht und dann einen an der Seite des Hauses stehenden Baum hinabgeklettert war. Auf dem Boden waren Fußabdrücke zu erkennen, die in der Dunkelheit verschwanden.

O'Keefe zögerte nicht. Mit drei Schritten war er an der Treppe und rannte die Stufen hinunter. Er würde jetzt nicht aufgeben, Selena Alvarez hin oder her. Entschlossen stürmte er durch die offene Haustür und die kurze Einfahrt entlang auf die Straße, wo er kurz unter einer Laterne stehen blieb.

97

Ein Pick-up rollte an ihm vorbei, hinter der beschlagenen Fensterscheibe war ein Hund zu erkennen. Er bedeutete dem Fahrer, anzuhalten. Der Mann bremste vorsichtig auf der vereisten Fahrbahn und kurbelte die Scheibe hinunter. Rauch quoll aus dem offenen Fenster. Eine brennende Zigarette im Mundwinkel, fragte der Fahrer: »Kann ich etwas für Sie tun?«

»Haben Sie einen Jungen vorbeilaufen sehen? Einen Sechzehnjährigen mit einem Welpen?« O'Keefe spähte auf den Beifahrersitz, auf dem ein English Springer Spaniel saß, den Kopf mit den dunkelbraunen, leicht misstrauisch dreinblickenden Augen seinem Herrchen und dem offenen Fenster zugewandt. Ein alter Hund. Definitiv kein Welpe.

»Nein.« Um das Kinn des Mannes, der sicherlich jenseits der sechzig war, spross ein silberner Dreitagebart. »Sind Sie von der Polizei?«

»Nicht mehr«, antwortete O'Keefe.

»Nun, ich habe heute Abend niemanden gesehen. Die ganze verdammte Stadt scheint die Bürgersteige hochgeklappt zu haben.«

Da hatte er recht, zumindest was diese Gegend anbelangte.

»Vielen Dank.« Er trat vom Pick-up zurück, doch nicht ohne zuvor einen Blick auf die Ladefläche zu werfen, die abgesehen von einer Werkzeugkiste und ein paar Schaufeln leer war. Der Fahrer gab Gas und fuhr davon. O'Keefe blieb allein auf der Straße zurück und machte sich daran, den Strahl seiner Taschenlampe über die von Sträuchern gesäumten Gartenwege gleiten zu lassen, die die Wohnanlage durchzogen. Eines der Reihenhäuser war besonders prächtig dekoriert, vor dem mit Zederngirlanden umkränzten Eingang stand sogar ein blinkender Schneemann mit einem fehlenden Auge Wache.

O'Keefe zollte ihm jedoch keine besondere Aufmerksamkeit und hielt den Blick auf der Suche nach frischen Fußabdrücken fest auf den Boden gerichtet. Nichts. Suchend marschierte er die rechte Straßenseite entlang, dann machte er kehrt und ging leise fluchend auf der linken wieder zurück. Er konnte es nicht fassen, dass ihm der Junge nach drei Tagen endgültig durch die Lappen gegangen war.

Es würde verdammt schwer werden, ihn aufzuspüren, zumal er den Jungen weder über Handy noch über Nummernschilder noch über Kreditkarten orten könnte; ob Gabriel Freunde in Grizzly Falls hatte, wusste er auch nicht. Er wusste nur, dass es keine Möglichkeit gab, den Jungen hier aufzuspüren. Doch irgendwie würde Gabriel Geld auftreiben müssen, um sich etwas zu essen zu kaufen. Vermutlich Fastfood. Eine Bleibe brauchte er auch.

Im Laufschritt kehrte er zu Alvarez' Reihenhaus zurück. Ein Polizeijeep stand davor, rotes und blaues Blinklicht zuckte durch die Dunkelheit.

Verstärkung.

Endlich.

Das wurde aber auch Zeit!

Kapitel sieben

Alvarez stieß die Luft aus. Endlich. Sie hoffte, O'Keefe hätte ihr ihren coolen Auftritt abgekauft. Sie hatte so getan, als hätte sie alles unter Kontrolle, dabei hatte sie tief im Innern Todesängste ausgestanden, als sie die dunkle Gestalt neben ihrer Garage lauern sah. O'Keefe konnte sich glücklich schätzen, dass sie ihn nicht erschossen hatte.

Aber wieso zum Teufel verfolgte er einen Kriminellen direkt bis zu *ihrem* Haus? Sie hatte Pescoli angerufen, Mrs. Smith unter dem Sofa hervorgelockt und sich dabei den Kopf zerbrochen, warum ein Jugendlicher, der wegen bewaffneten Raubüberfalls gesucht wurde, in ihr Reihenhaus einbrechen und ihren Hund stehlen sollte. Einen Moment lang hatte sie überlegt, ob die Männer, die sie hinter Gitter gebracht hatte, dahinterstecken könnten. Sie hatten ihr mehr als einmal gedroht, sie fertigzumachen, sobald sie aus dem Gefängnis entlassen wären.

»Du hast einen großen Fehler gemacht, du dämliche Schlampe«, hatte Junior Green geknurrt und nach seiner Verurteilung im Gericht von Pinewood County mit seinem fleischigen Finger auf sie gezeigt. Schweißperlen glitzerten auf seinem kahlen Schädel und reflektierten das Licht der Deckenlampen. »Du hörst von mir. Das werde ich dir heimzahlen, darauf kannst du dich verlassen!« Damals hatte sie seine Worte für eine leere Drohung gehalten, doch wenn sie jetzt daran dachte, dass jemand versucht hatte, in ihr Haus einzubrechen, fielen sie ihr wieder ein, auch wenn O'Keefe diesen Jugendlichen erwähnt hatte.

Das hier war *ihr* Zuhause, verdammt noch mal, dachte sie und ließ die Augen über die Wohnzimmereinrichtung gleiten. Von der Terrasse her zog ein eisiger Wind herein. Rasch umrundete sie den Esstisch und schloss die Glasschiebetür. Warum sollte Gabriel Reeve ihren Hund mitnehmen?

Er hat ihn nicht mitgenommen. Roscoe muss bei dem ganzen Tumult irgendwie entwischt sein, vielleicht ist er auch durch das offene Erkerfenster gesprungen ... Doch wie sollte er vom Dach gekommen sein? Zumal weder dort noch unter dem Baum an der Seite noch unten im Garten die Spuren von Pfoten zu sehen gewesen waren? Wäre er durch die Schiebetür in den umzäunten Garten gelaufen, hätte er doch noch dort sein müssen ...

»Okay, nur damit ich das richtig verstehe«, sagte Pescoli zu O'Keefe. Alvarez hatte sie angerufen und um Verstärkung gebeten. Zusammen mit O'Keefe, der von seiner vergeblichen Suche nach dem Jungen zurückkehrte, war sie am Haus eingetroffen, und nun standen sie alle zusammen im Wohnzimmer. »Sie haben einen minderjährigen, bewaffneten Räuber verfolgt, der ausgerechnet hier eingebrochen ist und den Hund meiner Partnerin gestohlen hat.«

»Dann sind Sie ihr neuer Partner?«, fragte O'Keefe.

Pescoli nickte. »So neu nun auch wieder nicht«, sagte sie dann und warf Alvarez einen fragenden Blick zu.

»Ich habe keine Ahnung, ob er den Hund mitgenommen hat«, fuhr O'Keefe fort, »aber der Rest ist korrekt. Leider habe ich den Verdächtigen verloren. Wir brauchen weitere Verstärkung, wir müssen den Jungen finden!«

»Nun mal langsam.« Pescoli versuchte offenbar immer noch nachzuvollziehen, was eigentlich passiert war. »Warum erzählen Sie nicht von Anfang an? Wer ist dieser Reeve?« Sie löcherte ihn mit ihren grünen Augen, die zu sagen schienen: *Und versuchen Sie bloß nicht, mir irgendeinen Schwachsinn zu erzählen, den kaufe ich Ihnen ohnehin nicht ab.*

»Gabe ist der Sohn meiner Cousine, doch ich kenne ihn nicht allzu gut, bin ihm nur ein paarmal begegnet.«

»Aber er ist straffällig geworden?«, drängte Pescoli. »Kriminell oder bloß ein verrückter Hundeentführer?«

»Er hat sich mit ziemlich üblen Leuten eingelassen. Meine Cousine Aggie hat sich furchtbare Sorgen um ihn gemacht, genau wie ihr Mann. In Helena fand ein bewaffneter Raubüberfall statt, und die Tatwaffe hat man in Gabes Rucksack gefunden.«

»Wie war das möglich?«, fragte Alvarez, die ihm nicht folgen konnte. »Wie ist die Polizei darauf gekommen?«

»Es war nicht die Polizei. David, Aggies Mann, der Vater von Gabe, hat die Pistole gefunden und die Polizei gerufen, nachdem er mit seinem Sohn geredet hatte. Niemand hat dem besondere Bedeutung beigemessen, bis die Cops herausfanden, dass diese Waffe bei einem Raubüberfall verwendet wurde. Zum Glück wurde dabei niemand verletzt, aber es wurde ein Schuss abgegeben, die Kugel blieb im Türrahmen stecken. Gabes Waffe war nicht registriert, wahrscheinlich hat er sie auf der Straße gekauft. Seinem Vater hat er erzählt, er habe sie für einen Freund aufbewahrt.«

Pescoli schnaubte.

»Ja, ich weiß, das war Unsinn, doch nachdem die Cops abgezogen waren, hat sich Gabriel aus dem Staub gemacht und ist seitdem verschwunden.«

»Sucht die Polizei nach ihm?«, wollte Pescoli wissen.

»Ja.«

»Und Sie wollten ihn lieber selbst ausfindig machen.«

»Ich wollte mit ihm reden.«

»Er ist nicht nur ein Ex-Cop und Privatdetektiv, er hat auch einen Abschluss in Jura«, erklärte Alvarez.

»Auf welcher Seite stehen Sie also?«, fragte Pescoli.

»Ich will Gabe dazu bringen, sich der Polizei zu stellen. Begleitet von einem Rechtsanwalt.«

»Damit meinen Sie sich selbst?«

»Richtig. Ich will, dass er zur Vernunft kommt.«

»Dann sind Sie also nicht bei der Polizei?«

»Ich arbeite für jemanden in Helena.«

»Für wen?« Pescoli kniff misstrauisch die Augen zusammen.

»Detective Trey Williams.«

»Kann ich ihn anrufen, um mir Ihre Angaben bestätigen zu lassen?«

»Ja.«

»Und der Sheriff hat Sie nicht zum Deputy ernannt?«

»Offiziell? Nein, das hat er nicht.«

Offenbar gefiel Pescoli diese Antwort gar nicht. »Das ist alles ein bisschen dürftig, nicht wahr?«

»Wie gesagt, ich arbeite für Detective Trey Williams.«

»Seltsam, wie sie die Dinge drüben in Helena handhaben, aber wir werden ja sehen. Zurück zu Gabriel Reeve«, sagte sie jetzt, um das Thema zu wechseln. »Sie sind also sein Onkel. Nein ... Augenblick mal. Er ist der Sohn Ihrer Cousine, richtig?«

»Korrekt«, bestätigte O'Keefe. »Er hat eine Pistole. Der Junge steckt ständig in Schwierigkeiten. Seit sie ihn adoptiert haben.«

»Er ist also gar nicht der Sohn Ihrer Cousine?«

»Doch, selbstverständlich. Nur nicht der leibliche. Alle drei Kinder von Aggie und Dave sind adoptiert. Für sie macht das

103

keinen Unterschied. Allerdings war Gabe von Anfang an schwieriger als die beiden anderen. Ziemlich eigenwillig.«

»Davon kann ich ein Lied singen«, sagte Pescoli, die offenbar sofort an ihre eigenen Kinder dachte. Ihr Sohn Jeremy war schon mehrere Male mit dem Gesetz in Konflikt geraten.

»Dann haben Sie sich eingeschaltet, weil Ihre Cousine Sie darum gebeten hat und weil Sie dem Jungen aus dem Schlamassel heraushelfen wollten. Als sein Fürsprecher, Anwalt oder was auch immer.« Pescoli deutete mit dem Zeigefinger zunächst auf Alvarez, dann auf O'Keefe. »Ihr zwei kennt euch?«

»Wir haben in San Bernardino zusammengearbeitet«, erklärte ihre Partnerin schnell. »Bevor ich hierhergezogen bin.«

Pescoli zog eine Augenbraue in die Höhe. »Sie haben für das Büro des Sheriffs von San Bernardino gearbeitet?«, fragte sie O'Keefe.

»Ja, für das County.« Er nickte kurz. Seine Kiefermuskeln spannten sich an. »Das ist schon eine Weile her.«

»Das stimmt«, bestätigte Alvarez und zwang sich zu einem Lächeln, während sie O'Keefe einen warnenden Blick zuwarf, der so viel bedeuten sollte wie: *Halt bloß die Klappe!* Was damals in Kalifornien passiert war, ihre Karriere beeinträchtigt und seine ruiniert hatte, musste Vergangenheit bleiben. Je weniger Leute davon wussten, desto besser.

»Sie sehen nicht aus wie ein Jurist«, stellte Pescoli fest.

O'Keefes Mundwinkel zuckten. »Ich habe meinen Dreiteiler im Pick-up gelassen.« Als sie nicht mal ansatzweise lächelte, fügte er hinzu: »Gesellschaftsrecht Schrägstrich Strafrecht ist nicht wirklich mein Ding. Ich bin kein Schreibtischmensch.«

»So viel Geld für eine so langwierige Ausbildung – daraus werde ich nicht schlau«, stellte sie fest, als ihr Handy klingelte.

Mit gerunzelter Stirn blickte sie auf das Display, dann wurde ihr Gesicht weicher, und sie nahm das Gespräch an. »He«, sagte sie leise, was bedeutete, dass Nate Santana oder eins ihrer Kinder am anderen Ende der Leitung war. »... Ja ... Nein. Im Haus meiner Partnerin. Nein. Muss hier noch etwas regeln. Hmm ... in etwa einer halben Stunde.« Sie blickte Alvarez an, die rasch nickte, um ihr zu verstehen zu geben, dass sie aufbrechen konnte. Es gab hier nichts mehr zu tun für Pescoli, und Selena wollte nicht, dass sie noch weiter in ihrem Privatleben wühlte.

Als Regan aufgelegt hatte, sagte sie deshalb: »Ich denke, wir sind hier fertig.«

Pescoli sah sich um und nickte. »Außer dem Hund fehlt nichts?«

»Nichts Wertvolles, nur zwanzig Dollar, die ich in einer Schublade im Schlafzimmer liegen hatte. Mein Computer, der Fernseher, alles ist an Ort und Stelle, meinen Laptop und mein Handy hatte ich bei mir, wertvollen Schmuck oder Silber besitze ich nicht. Ein Ohrring mit einem unechten Rubin darin ist verschwunden, meine Großmutter hatte mir das Paar vor Jahren geschenkt. Es ist gut möglich, dass ich ihn verloren und das Bargeld verlegt habe, aber ich glaube nicht. Es fehlen noch ein paar andere Dinge, aber auch da bin ich mir nicht sicher. Ich kann mein Medaillon nicht finden, das ich seit der Highschool nicht mehr getragen habe, außerdem fehlen mir ein, zwei Ringe – Dinge, die ich seit Jahren nicht angeschaut habe. Vor etwa einer Woche habe ich bemerkt, dass einer meiner silbernen Ohrstecker verschwunden ist. Ich habe danach gesucht, konnte ihn aber nicht finden, doch ich habe nicht weiter darüber nachgedacht. Das ganze Zeug ist keine hundert Dollar wert, wahrscheinlich nicht mal fünfzig.«

»Seltsam.« Pescoli musterte O'Keefe mit gerunzelter Stirn und fragte: »Also, und wie lautet Ihre Geschichte? Warum sind Sie nicht mehr bei der Polizei?«

»Es gibt keine Geschichte.«

»Sie sind jetzt Privatdetektiv.«

»Hm, hm.«

Sie kniff die Augen zusammen. »Als ehemaliger Polizist sollten Sie es besser wissen. Überlassen Sie in Zukunft die Suche nach Verdächtigen der Polizei.« An Alvarez gewandt, fügte sie hinzu: »Ich werde das Büro des Sheriffs in Helena anrufen und sie wissen lassen, dass ihr Verdächtiger hier gesichtet wurde, ausfindig gemacht von einem Verwandten mit Juraabschluss, einem ehemaligen Polizisten. Das wird den Kollegen bestimmt gefallen!«

»Ohne Zweifel«, bestätigte er, während sie den Reißverschluss ihres Mantels hochzog und hinaus in die Kälte trat. Ein Schwall eisige Luft wehte herein, dann fiel die Tür hinter ihr ins Schloss.

»Eine reizende Person«, befand er.

»So kuschelig wie ein Stachelschwein.«

»Kommt ihr zwei miteinander klar?«

»Ja.«

»Das dachte ich mir.« Er blickte sich im Wohnzimmer mit seinen glatten Hartholzböden, dem dezenten Teppich und der nüchternen modernen Einrichtung um. Alles in Weiß, Schwarz oder Hellbraun. Die einzigen Farbkleckse waren die Kunstdrucke an den Wänden und die Dekokissen, von denen Roscoe heute Morgen eins zerfetzt hatte. Die Spuren seiner Schandtat waren längst beseitigt, gleich am Mittag hatte sie Federn und Füllmaterial in den Müll geworfen und die letzten Reste aufgesaugt. Sie dachte an den Welpen mit seiner großen Zunge, den blanken Augen und seiner puren Lebensfreude. Mein Gott, wie sehr sie den kleinen Gauner vermisste!

O'Keefe schaute zur Treppe, auf deren Stufen feuchte Spuren zu sehen waren. »Warum ist Reeve wohl ausgerechnet hier eingebrochen?«

»Keine Ahnung. Vielleicht ein dummer Zufall?« Mrs. Smith, die auf einem der Stühle am Esstisch hockte, sprang zu Boden, trottete mit einem abschätzigen Blick auf O'Keefe zu Alvarez hinüber und fing an, Achten um ihre Beine zu ziehen und sich an ihren Knöcheln zu reiben.

»Mag sein.« Er rieb sich mit der Hand das Kinn, auf dem sich ein Bartschatten zeigte. »Obwohl er absolut zielstrebig wirkte. Er ist von der Pizzeria an der Hauptstraße auf direktem Weg hierhergelaufen.«

»Das ist fast einen Kilometer entfernt.«

»Ich weiß«, sagte O'Keefe. »Ich bin ihm schließlich gefolgt. Reeve hat nicht eine Sekunde gezögert.« Er ging zu der Schiebetür und fasste sie genauer ins Auge. » Aber hier hat sich niemand gewaltsam Zutritt verschafft.«

»Ich muss vergessen haben, die Tür abzusperren, als ich vorher den Hund rausgelassen habe«, sagte sie, nahm die Katze hoch und drückte sie an sich. Mrs. Smith begann zu schnurren, als Alvarez ihr weiches Köpfchen streichelte. »Für gewöhnlich überprüfe ich sämtliche Türen und Fenster, bevor ich das Haus verlasse, aber heute war ich in Eile.«

»Bist du das nicht immer?«, dachte er laut und schüttelte den Kopf.

»Ich bin heute zweimal hier gewesen«, überlegte sie, »einmal mittags und dann noch einmal gegen vier. Ich wusste, dass ich heute länger arbeiten müsste, also habe ich Roscoe rausgelassen und bin anschließend mit ihm um den Block gegangen, dann habe ich ihm sein Futter hingestellt und bin ins Department zurückgekehrt. Ich nehme an, ich habe einfach vergessen, die Schiebetür zu verriegeln.«

Was seltsam war, aber schließlich war das heute wirklich nicht ihr Tag gewesen.

»Scheint so, als verfolgte er eine bestimmte Absicht. Er ist per Anhalter von Helena direkt hierhergefahren. Warum nicht weiter? Nach Spokane? Oder noch weiter westlich, nach Seattle oder runter nach Boise? In irgendeine Großstadt, in der er untertauchen kann, vorausgesetzt, er wollte nur abhauen?« Nachdenklich zog er die dichten Augenbrauen zusammen. »Stattdessen fährt er in dieses gottverlassene Kaff, marschiert zu dieser Wohnanlage und bricht in genau dieses Reihenhaus ein.«

»Und klaut Roscoe.«

»Möglich. Könnte aber auch sein, dass der Hund entwischt ist.« Er überlegte angestrengt, dann sagte er: »Das macht doch alles keinen Sinn.« Er bückte sich und musterte den Fußboden, als hoffte er, einen Stiefelabdruck oder eine andere Spur zu entdecken. Seine Jacke rutschte hoch und gab einen Streifen nackter Haut über dem Bund seiner abgewetzten Levi's frei. Alvarez zwang sich, zur Seite zu schauen. Nach einer Weile richtete er sich wieder auf, ließ den Blick erneut über die Einrichtung schweifen, als wäre er der Verdächtige und gerade erst eingedrungen, während sie über das nachdachte, was sie soeben erfahren hatte: Der vermeintliche Einbrecher war ein sechzehnjähriger Junge, adoptiert, und er war geradewegs hierhergelaufen.

Plötzlich kam ihr Grace Perchants Warnung wieder in den Sinn: *Ihr Sohn braucht Sie. Er ist in ernster Gefahr …*

Sie schluckte schwer und streichelte abwesend die Katze. War das möglich? Konnte der Junge ihr Sohn sein? Sie wusste nichts über das Kind, das sie vor einer Ewigkeit zur Adoption freigegeben hatte. Das Alter stimmte.

Aber konnte das wirklich sein?

»Ich muss mehr über Reeve wissen«, hörte sie sich sagen. Mrs. Smith entwand sich ihren Armen und landete mit einem leisen Aufprall auf dem Teppich.

»Sein Vorstrafenregister? Ach, da gibt es nicht viel. Er ist ja noch minderjährig.«

»Über seine Person, meinte ich. Du hast gesagt, er sei adoptiert worden.«

O'Keefe zuckte die Achseln. »Auch dazu gibt es nicht viel zu sagen. Es war eine private Adoption über eine Agentur. Ein Anwalt hat alles geregelt.«

»Wie sind sie auf ihn gekommen?«

»Auf den Anwalt? Keine Ahnung. Ich glaube, er kommt aus Helena. Oder nein, warte!« Er schnippte mit den Fingern. »Sie haben eine Zeitlang in Denver gelebt, dort haben sie Gabe und das jüngere Kind adoptiert.« Seine Augen, die die Farbe von Feuerstein hatten, bohrten sich in ihre. »Warum?«

»Reine Neugier. Hast du ein Foto von ihm?« Sie würde ihm nicht ihr Geheimnis verraten, schließlich war es durchaus möglich, dass sie sich irrte. Nur weil eine Frau, die mit Geistern sprach, sie gewarnt hatte, dass ihr Sohn in Gefahr schwebte, musste sie Dylan O'Keefe noch lange nicht ihre intimsten Geheimnisse unterbreiten.

»Warte«, sagte er, zog sein Handy aus der Tasche und zeigte ihr den Schnappschuss eines Jungen mit dunklem Haar und dunklen Augen. Seine Haut war olivfarben, seine Züge die eines Latinos. Es folgten weitere Bilder von einem lächelnden Teenager mit weißen, geraden Zähnen, doch sein Blick war definitiv misstrauisch. »Ein gutaussehender Junge«, sagte O'Keefe eben, dann zeigte er ihr ein Foto von der Familie. Mom und Dad und drei Kinder, zwei Jungen und ein Mädchen, wie die Orgelpfeifen, mit Gabriel in der Mitte. Alvarez' Herz schlug schneller. Konnte das sein? Es bestand eine gewisse Ähnlichkeit, oder nicht? Bildete sie sich nur ein, dass die Nase des Jungen genauso gerade war wie ihre, dass er dieselben runden Augen hatte ... »Könntest du mir die Fotos per E-Mail schicken?«, fragte sie heiser und räusperte sich. »Vielleicht kann uns das helfen.«

»Sicher.«

Sie ratterte ihre E-Mail-Adresse herunter, die er in sein Handy eintippte.

»Erledigt«, sagte er, dann blickte er auf. »Du bist ja weiß wie ein Bettlaken.«

»Tatsächlich?«, fragte sie achselzuckend. »Es ... es war ein langer Tag.« *Der noch nicht vorbei ist.* Die Fotos des Jungen hatten sich unauslöschlich in ihr Gehirn eingebrannt. Sie blickte sich im Zimmer um, bemüht, das Thema zu wechseln. »Hier gibt es nichts mehr zu tun. Ich werde mich dann mal auf die Suche nach meinem Hund machen. Womöglich ist er ja tatsächlich nur entwischt.«

»Ich komme mit dir.«

Sie war sich nicht sicher, ob das eine gute Idee war, aber sie brauchte Unterstützung, wenn sie Roscoe finden wollte.

Zusammen suchten sie die Gegend ab, doch von dem Hund fehlte jede Spur. Sie klopften an Türen, fragten bei den Nachbarn nach, gingen die schmalen Wege zwischen den einzelnen Grundstücken ab, schauten in Garagen und Mülltonnen nach, doch alles, was sie fanden, war ein Waschbär auf seiner nächtlichen Tour.

Eine Stunde später gaben sie auf und kehrten in Alvarez' Reihenhaus zurück. Sie rief im Tierheim an und hinterließ eine Nachricht bei den ortsansässigen Tierärzten.

»Gabe hat ihn«, sagte O'Keefe, als sie aufgelegt hatte. Wieder standen sie im Flur am Fuß der Treppe, der Schnee auf ihren Jacken schmolz und bildete kleine Pfützen auf dem gefliesten Boden. Sie nahm ihren Schal ab und hängte ihn zusammen mit ihrem Mantel an die Garderobe. »Möchtest du einen Kaffee oder sonst was?«, fragte sie, obwohl Dylan O'Keefe der letzte Mensch war, mit dem sie jetzt gemütlich zusammensitzen wollte. Trotzdem: Der Mann hatte über eine Stunde mit ihr zusammen nach ihrem Hund gesucht und war womöglich ihrem ausgerissenen Sohn auf der Spur, ein Junge, den sie sechzehn Jahre lang aus ihren Gedanken zu verbannen versucht hatte.

Zunächst machte er Anstalten, ihre Einladung abzulehnen, dann überlegte er es sich anders und zog seine Handschuhe aus. »Bier?«

Sie schüttelte den Kopf. »Ich habe nur Kaffee da, und das auch nur, weil meine Tante mir einen Weihnachtspräsentkorb mit unter anderem einem Päckchen Kaffee darin geschickt hat. Wein gibt es leider auch nicht. Außerdem habe ich seit heute Morgen kein heißes Wasser mehr, aber ich kann etwas in der Mikrowelle warm machen.«

»Kaffee reicht mir völlig«, sagte er und trat ins Wohnzimmer, dann fragte er: »Du bist Abstinenzlerin?«

Sie zuckte die Schultern. »Ich habe bloß kein Interesse an Alkohol.«

»Dafür aber an Fitness«, stellte er fest und deutete auf die Hanteln, die sie neben Polizeihandbüchern, medizinischen Abhandlungen und Kriminalromanen in ihrem Regal aufbewahrte.

»Meistens.«

Sie ging in die Küche und blickte auf den leeren Hundekorb, in dem Roscoe so viele Stunden verbracht hatte. Ihr Herz schmerzte, und das nicht nur wegen des Welpen. Nein, sie spürte schmerzlich das Loch in ihrem Herzen, das der Verlust ihres Sohnes gerissen hatte. Eine sechzehn Jahre alte Wunde, die nie ganz verheilt war. Ihre Hände zitterten leicht, als sie zwei Tassen und die abgepackte Festtagsmischung aus dem Schrank nahm. Irgendwie gelang es ihr, das Pulver in die Tassen zu schütten und Wasser in der Mikrowelle zu erhitzen.

»Er schmeckt nach Zimt und Spekulatius«, rief sie über die Schulter, während sie das Wasser in die Tassen goss. »Meine Tante findet das weihnachtlich. Ich habe nicht mal Milch oder Kaffeeweißer.« Sie kehrte ins Wohnzimmer zurück und stellte die Tasse ab.

»Ich trinke meinen Kaffee sowieso schwarz.« Er hatte sich einen Stuhl unter dem Esstisch vor der Schiebetür hervorgezogen, und ihr fiel auf, dass er in den vergangenen Jahren gealtert war, doch die Fältchen um seine Augen und das Silber in seinen kaffeebraunen Haaren machten ihn nur noch attraktiver.

Mein Gott, so durfte sie nicht denken.

»Ich werde einen Bericht schreiben müssen, zusammen mit Pescoli, deshalb solltest du mir mehr über den Verdächtigen erzählen.«

»Da gibt es nicht viel zu erzählen. Ich stehe weder ihm noch meiner Cousine sonderlich nahe. Aggie ist ein paar

Jahre älter als ich, Dave, ihr Mann, ist Buchhalter. Sie wohnen außerhalb von Helena. Aggie konnte keine eigenen Kinder bekommen, also haben sie welche adoptiert. Der Älteste, Leo, ist ein echter Traumbursche. Sportlich, eine Leuchte in der Schule, spricht bereits davon, nach Stanford gehen zu wollen. Josie, die Jüngste, scheint ebenfalls wohlgeraten zu sein. Nur mit Gabe, dem mittleren Kind, gab es von Anfang an Probleme. Er war ein schwieriges Baby; soweit ich weiß, litt er unter Koliken. Schon in der Grundschule war er ein Außenseiter, ein reizbarer, aggressiver Junge. Auf der Highschool kam er dann mit der falschen Clique zusammen, und alles wies darauf hin, dass er auf dem besten Weg war, ein jugendlicher Straftäter zu werden. Erst letztes Jahr zwangen ihn seine Eltern, den Kontakt zu seinen Freunden abzubrechen, und schickten ihn auf eine Privatschule. Doch der Versuch schlug fehl, er wurde dabei erwischt, wie er zusammen mit seiner Gang versuchte, das Haus eines Richters auszurauben. Zufällig besuchte die Tochter des Richters dieselbe Privatschule wie Gabriel. Alles deutete darauf hin, dass er der Drahtzieher war. Er kann von Glück sagen, dass er dabei nicht erschossen wurde.« Er pustete über den heißen Kaffee, nahm einen Schluck und verzog das Gesicht. »Wow. Sehr weihnachtlich.«

»Ich habe dich gewarnt.«

»Ich hätte dich doch um ein Bier bitten sollen.«

»Da hättest du lange bitten können.«

»Wäre ja nicht das erste Mal gewesen«, sagte er und fing ihren Blick auf, bevor sie die Augen abwenden konnte. Verlegene Stille entstand. »Also, was ist mit deinem heißen Wasser?«, fragte er schließlich.

»Ich habe keins. Keine Ahnung, warum. Der Hausmeister, der sich für gewöhnlich um solche Dinge kümmert, ist offenbar nicht abkömmlich. Was nicht ungewöhnlich ist. Er macht das nur als Nebenjob.«

»Lass mich mal nachsehen.«

Sie war sich nicht sicher, ob das eine gute Idee war, doch sie hatte es satt, bei dieser Kälte kein warmes Wasser im Haus zu haben, also führte sie ihn zunächst in das kleine Badezimmer im Erdgeschoss, wo er den Wasserhahn aufdrehte, dann gingen sie hinauf in den ersten Stock.

Alvarez' Magen schnürte sich zusammen, als er in ihr Badezimmer trat und die Dusche anstellte. Unverzüglich fühlte sie sich in eine andere Zeit, an einen anderen Ort versetzt, verbannt in einen Teil ihres Gedächtnisses, wo sie die Erinnerungen aufbewahrte, an die sie nie wieder rühren wollte. Sie spürte, dass auch er an jene Nacht dachte, und die Luft im Bad kam ihr plötzlich stickig vor.

»Okay. Wo ist der Boiler?«

»Unter der Treppe.« Sie gingen wieder hinunter ins Erdgeschoss, wo Alvarez die Tür zu der kleinen Kammer unter der Treppe öffnete und das Licht anknipste.

Sie stand im Flur hinter ihm, sah zu, wie er die Boilereinstellungen überprüfte, die Stirn runzelte und den Kopf schüttelte. Er kontrollierte die Schalter und Anzeigen, dann wandte er sich achselzuckend zu ihr um. »Du hast recht, du brauchst tatsächlich einen Klempner.«

»So viel zu deinen Fähigkeiten als Installateur«, bemerkte sie.

»Ja«, gab er mit einem leisen Lachen zu. »Sie sind in der Tat ziemlich begrenzt.«

O'Keefe trat aus der Kammer und fuhr sich mit der Hand durchs Haar. Sie musste daran denken, wie es gewesen war, in seinem Bett zu liegen, eng an ihn geschmiegt, und zu träumen. Mit ihm, so hatte sie gedacht, würde sie endlich loslassen können.

Sie hatte sich geirrt.

Sie bemerkte, dass er sie anstarrte, als könnte er ihre Gedanken lesen, was natürlich lächerlich war.

Zurück im Wohnzimmer, nahm sie die Tassen vom Esstisch, trug sie in die Küche und stellte sie ins Spülbecken. O'Keefe folgte ihr. »Das, was damals in San Bernardino passiert ist, tut mir leid. Ich möchte, dass du das weißt. Es war mein Fehler.«

»Vergiss es.« Er zog bereits den Reißverschluss seiner Jacke hoch. »Das ist doch längst Schnee von gestern.« Doch seine Züge waren härter geworden, und sie hoffte nur, sie würde ihm nicht noch einmal begegnen müssen. Ihre Beziehung war kompliziert gewesen, voller unausgegorener Gefühle, verkappter sexueller Anziehung und permanentem Wettstreit. Keiner von beiden war bereit gewesen, dem anderen den kleinen Finger zu reichen, und so hatten sie sich im Streit getrennt.

Es machte ihr nichts aus, dass er jetzt ging.

Im Gegenteil, sie war sogar froh darüber.

Doch als sie hörte, wie die Tür hinter ihm ins Schloss fiel, überkamen sie Zweifel.

Und dafür hasste sie sich.

Kapitel acht

Dylan O'Keefe in Grizzly Falls?

Doch wie hoch war die Wahrscheinlichkeit, dass es ihn ausgerechnet hierher verschlug?

Als Alvarez ihren Dienst bei der Polizei von San Bernardino quittiert hatte, war sie davon ausgegangen, dass sie ihn nie wiedersehen, nie wieder seinen Namen hören würde. Zumindest hatte sie das inständig gehofft. Es war beinahe surreal, dass er hier aufgetaucht war, bei der Suche nach einem straffällig gewordenen Ausreißer, der ihr Sohn sein könnte. Als sie ihn damals zur Adoption freigegeben hatte, war sie nicht viel älter gewesen als er jetzt.

Sie spülte die beiden Kaffeetassen aus und versuchte zu ignorieren, wie leer sich das Haus ohne Roscoe anfühlte. Nein, dachte sie, sie würde jetzt nicht weiter über O'Keefe nachgrübeln. Trotzdem öffnete sie die E-Mail, die er ihr von seinem Handy aus geschickt hatte, und druckte die Fotos von dem Jungen aus, der vielleicht ihr eigen Fleisch und Blut war. Wieder studierte sie gründlich seine Züge, suchte nach Ähnlichkeiten, die darauf hinwiesen, dass er womöglich ihrer Familie angehörte. »Wer bist du?«, flüsterte sie mit schwerem Herzen. Der alte Schmerz war plötzlich in voller Schärfe wieder da. Entschlossen, einen kühlen Kopf zu bewahren, zügelte sie ihre wild galoppierenden Gefühle und versuchte, logisch zu denken. Sie würde sich nicht ihrer alten Verzweiflung anheimgeben. Ihr Urteilsvermögen musste ungetrübt bleiben, selbst wenn sie persönlich in diese Sache verstrickt war. Sie schickte eine E-Mail an einen befreundeten Detective vom Department in Helena, fragte nach Gabriel Reeve und erkundigte sich, warum er gesucht wurde.

Jetzt, da sie in diesen Schlamassel hineingezogen worden war, konnte sie nicht einfach so tun, als wäre nichts gewesen, ganz egal, wie weh die Wahrheit täte. Genauso wenig konnte sie O'Keefe aus dem Weg gehen, obwohl sie das am liebsten getan hätte. Es war nicht gut gelaufen zwischen ihnen, und jetzt ... Nun, sie wollte nicht mal daran denken.

Du wirst ihn wiedersehen müssen. Ob es dir gefällt oder nicht. Und du wirst herausfinden müssen, ob Gabe tatsächlich dein Sohn ist.

Sie spürte, wie etwas in ihr zerbrach. So lange Zeit hatte sie all ihre Gefühle, das Kind betreffend, verdrängt. Das Kind, unschuldiges Opfer des schrecklichen Vorfalls, der sich ereignet hatte, als sie selbst noch ein Teenager gewesen war. »Gott steh mir bei«, flüsterte sie, auch wenn ihr Glaube an eine höhere Macht damals zerstört worden war. Sie hatte ihre katholische Erziehung geleugnet, hatte sich geweigert, in die Kirche zu gehen, hatte nie einen Priester um Rat ersucht, doch all das würde sich jetzt ändern.

Aufgewühlt schnappte sie sich ihre Jacke, die Dienstmarke, Schlüssel und Handy und beschloss, sich erneut auf die Suche nach ihrem Hund zu machen. Sie würde die Joggingstrecke abgehen, die sie immer nahmen, in der Hoffnung, dass er den vertrauten Weg entlangstromerte, doch als sie durch die Dunkelheit hastete und die Kälte tief in ihrer Seele spürte, wusste sie, dass sie ihn nicht finden würde, genau wie sie wusste, dass sich ihr Leben heute Abend für immer verändert hatte.

Pescoli hasste es, den Weihnachtsbaum zu schmücken. Nun, zumindest hasste sie es, ihn allein zu schmücken. Im Geiste gab sie sich einen kräftigen Tritt in den Hintern, der gereicht hätte, um sie von einem Bundesstaat in den nächsten zu befördern, weil sie schon wieder nicht zu Santana gefahren war. Stattdessen war sie hier, allein mit Cisco, betrachtete ein paar von den Christbaumanhängern, die sie aufgehoben hatte, und fragte sich, was um alles in der Welt sie dabei geritten hatte.

So wie es aussah, hatten sich Mäuse oder Ratten oder Gott weiß was über ihren Lieblingsbaumschmuck hergemacht; die Schneeflocke, die Bianca in der vierten Klasse gebastelt hatte, war völlig ausgefranst, die bemalte Eierschale mit Jeremys Einschulungsbild darauf fast zu Staub zerfallen. Sie überlegte, Santana anzurufen und ihn zu fragen, ob er zu ihr kommen wolle, doch dann verwarf sie die Idee. Vorerst. Ihr Blick fiel auf eine verblichene Kugel, auf die Teddybären mit Santa-Claus-Mützen gemalt waren. »Babys erstes Weihnachtsfest«, stand darauf, darunter Jeremys Name und sein Geburtsdatum. Bei der Erinnerung daran, wie Joe und sie die Kugel an einen niedrigen Zweig gehängt und ein Foto von ihrem knuffigen, ganz in Rot gekleideten Sohn vor dem Weihnachtsbaum gemacht hatten, schnürte sich ihr die Kehle zu. Jeremy hatte voller Staunen auf die glänzenden, bunten Kugeln und die blinkenden Lichter geschaut.

Wo war nur die Zeit geblieben?

Jetzt konnte sie nicht mehr für ihn tun, als dafür zu sorgen, dass er auf dem College blieb, arbeitete und nicht in Schwierigkeiten geriet. Groß und mittlerweile gar nicht mehr schlaksig, war er das Ebenbild seines Vaters. Sie hatte keine Ahnung, wo er heute Abend steckte, doch sie ließ ihm seinen Freiraum, war er doch inzwischen volljährig, auch wenn er immer noch unter ihrem Dach wohnte.

Was Bianca anbetraf, sie machte diesmal mit ihren Freundinnen Weihnachtseinkäufe und würde nicht vor einer Stunde zu Hause sein.

»Wieder mal nur du und ich, hm?«, sagte sie, an Cisco gewandt.

Ihre Gedanken wanderten erneut zu Jeremys Vater, Joe Strand, ein hochdekorierter Polizist und halbherziger Ehemann. Ganz gleich, welche Wunschvorstellungen Jeremy und sie sich zurechtgelegt hatten, die Wahrheit war, dass sie und Joe, würde er noch leben, vermutlich längst geschieden wären. Ihre Beziehung hatte bereits auf wackeligen Beinen gestanden, bevor eine Kugel seinem Leben ein Ende gesetzt und ihnen damit die Chance auf ein eher unwahrscheinliches Happy-End genommen hatte.

Sie räusperte sich, hängte die alberne kleine Kugel an den Baum und sagte sich wieder einmal, dass sie sich endlich ein eigenes Leben aufbauen musste. Die Kinder waren fast erwachsen.

Aber eben nur fast.

Normalerweise war sie kein nostalgischer Mensch, doch die Weihnachtszeit machte sie stets ganz sentimental.

Als würde er spüren, dass sie eine Aufmunterung brauchte, fing der kleine Terriermix an zu bellen, wobei seine Vorderpfoten vor Begeisterung vom Boden abhoben. »Ja, ich weiß, ich bin albern. He, sieh mal, was ich für dich habe!« Eifrig mit dem Schwanz wedelnd, folgte er ihr zur Vorratskammer, wo sie auf dem obersten Regal eine halb leere Schachtel Hundekekse fand. Aufgeregt kläffend umtanzte er sie auf den Hinterbeinen, und Pescoli fühlte sich gleich ein wenig besser.

»Braver Junge«, sagte sie und überlegte gerade, wo das Wichtelkostüm hingekommen sein mochte, das Bianca für ihn gekauft hatte, als ganz in der Nähe gedämpft ihr Handy klingelte. Sie fand es in der Tasche ihres Mantels, den sie über einen der Küchenstühle geworfen hatte.

Auf dem Display erschien die Nummer des Departments. »Pescoli«, meldete sie sich und schob bereits einen Arm in den Mantelärmel. Wenn jemand nach neun Uhr abends vom Büro des Sheriffs anrief, bedeutete das für gewöhnlich nichts Gutes.

Noni von der Vermittlung war am Apparat. »Trilby hat angerufen«, sagte sie, nachdem Pescoli drangegangen war. Trilby Van Droz war bei der Streife. »Der Fahrer eines Schneepflugs, der die Privatstraße der Long Logging Company in der Nähe der East Juniper Lake Road räumte, hat ein verlassenes Fahrzeug gemeldet. Van Droz hat sich vergewissert, dass es wirklich leer ist, dann hat sie die Nummernschilder vom Schnee befreit und überprüft. Der Toyota Camry, Baujahr 1995, ist auf eine gewisse Lara Sue Gilfry zugelassen. Van Droz dachte, das könnte dich interessieren.«

»In der Tat«, sagte Pescoli. Ihre Weihnachtsmelancholie schwand vorübergehend, als sie in ihre Stiefel schlüpfte.

»Der Wagen soll so stehen bleiben, bis ich da bin, okay?«

»Ich werde es Trilby ausrichten.«

Pescoli schnürte ihre Stiefel und spürte, wie Adrenalin durch ihren Körper schoss. Sie zog sich die Handschuhe über, schnappte sich ihre Dienstwaffe und rannte zur Garage. Sie würde Alvarez von unterwegs anrufen.

»Also, was weißt du?«, fragte Alvarez, als sie in Pescolis Jeep kletterte und sich anschnallte. Ihre Partnerin setzte bereits zurück, Schnee stob unter den Reifen auf.

»Nicht viel. Ich habe mit Trilby gesprochen, sie war die Erste vor Ort, und sie sagt, es gäbe keinerlei Hinweise auf Fremdeinwirkung, doch auf dem Wagen liegen fast dreißig Zentimeter Schnee. Genaueres kann man erst sagen, wenn der Toyota in die Polizeiwerkstatt geschleppt und von den Jungs von der Spurensicherung unter die Lupe genommen wurde. Fest steht, dass der Wagen auf eine Lara Sue Gilfry zugelassen ist, die vermisst gemeldet ist. Trilby hat sogar im Kofferraum nachgesehen, um auszuschließen, dass eine Leiche darin liegt, doch sie hat nichts entdeckt außer dem Ersatzrad, ein paar Werkzeugen und einer Kiste mit alten CDs.«

»Was ist mit ihrer Handtasche? Ihrem Handy?«

»Im Wagen wurden keine persönlichen Gegenstände gefunden.«

»Das ist kein gutes Zeichen«, sagte Alvarez.

»Da hast du recht. He, hast du eigentlich deinen Hund wieder?«

»Noch nicht.«

Pescoli runzelte die Stirn und blickte mit zusammengekniffenen Augen hinaus in die Nacht, geblendet von entgegenkommendem Scheinwerferlicht. »Raus mit der Sprache: Was war zwischen dir und O'Keefe? Hattet ihr was miteinander, als du noch in San Bernardino gearbeitet hast?«

»Wie bitte?«, fragte Alvarez, dann wurde ihr klar, dass sie zu schnell reagiert hatte. »Eher das Gegenteil. Wir sind nicht gut miteinander ausgekommen.«

»Er ist ein echt heißer Typ.«

»Wenn man auf diese ungeschliffene Art steht.«

»Wer tut das nicht?«

»Ich.«

»Ich glaube, er interessiert sich für dich.«

»Da sieht man mal wieder, was für eine überragende Spürnase du bist«, sagte Alvarez und blickte aus dem Fenster. Sie fuhren an einem Minimarkt vorbei, dessen Ladenfenster mit Rentieren dekoriert war, Reklame für Zigaretten und Bier blinkten hinter der Scheibe. Draußen stand eine Gruppe rauchender Teenager, Getränkedosen in den Händen, Skateboards, die sie bei diesen Straßenverhältnissen ohnehin nicht fahren konnten, unter die Arme geklemmt.

»Ich sage dir, der Mann steht auf dich.«

»Was bist du? Eine Spezialistin für Liebesangelegenheiten?«

»Ich?« Pescoli schnaubte. »Wohl kaum. Trotzdem erkenne ich, wenn ein Mann in dich verliebt ist.«

»Ach, verschone mich.«

»Im Ernst.«

Alvarez antwortete nicht.

»Und, wer ist jetzt die Schwindlerin?«, fragte Pescoli spöttisch.

Alvarez blickte weiter aus dem Fenster. »Fahr einfach.«

Das Stadtzentrum mit seinen im Schnee reflektierenden Neonlichtern lag bald hinter ihnen, die Bebauung wurde immer spärlicher, je weiter sie in die Außenbezirke von Grizzly Falls gelangten. Die Scheinwerfer des Jeeps durchschnitten die Dunkelheit, nur wenige Fahrzeuge kamen ihnen entgegen, als sie auf die Landstraße bogen, die sich durch die Ausläufer der Bitterroot Mountains schlängelte. Es hatte aufgehört zu schneien.

»Erzähl mir bitte nicht, Ivor Hicks hat den Wagen gefunden.«

»Diesmal nicht.« Kichernd lenkte Pescoli den Jeep auf besagte Privatstraße der Long Logging Company, einer großen Holzgesellschaft. Die Straße war frisch geräumt, an den Rändern türmte sich eine regelrechte Schneemauer, eine dünne

Schicht Neuschnee bedeckte den Schotter. »Zum Glück war auch Grace Perchant heute Nacht nicht mit ihren verdammten Wolfshunden in den Wäldern unterwegs. Zumindest habe ich bislang von keinem der beiden etwas gehört.«

»Gott sei Dank.« Alvarez mochte gar nicht an Grace und ihre unheimliche Prophezeiung denken. Auf gewisse Weise war sie erleichtert, dass sie ihre Aufmerksamkeit von Dylan O'Keefe und Gabriel Reeve losreißen und auf diesen Fall richten musste. Es kam nicht oft vor, dass Selena Alvarez nicht mehr weiterwusste, doch genau das war diesmal der Fall. Ihr war immer klar gewesen, dass sich ihr Sohn nach seinem achtzehnten Geburtstag bei ihr melden könnte, an ihre Tür klopfen, sie anrufen oder ihr vielleicht eine E-Mail schicken würde. Sie war sogar darauf vorbereitet, dass ein Privatdetektiv auftauchte, doch dass ihr Sohn in ihr Haus einbrechen, ihren Hund stehlen und ihr Leben aus der Bahn werfen könnte, bevor er achtzehn wäre – damit hatte sie nicht gerechnet.

Sie war ein Dummkopf gewesen.

Und jetzt steckte ihr Sohn in Schwierigkeiten. In ernsten Schwierigkeiten.

Jetzt reicht's, okay? Du weißt nicht mal sicher, ob dieser Junge tatsächlich dein Sohn ist.

Alvarez war keine Frau, die gern Wetten abschloss oder auf Wahrscheinlichkeiten setzte, doch selbst ihr war klar, dass Gabriel Reeve nicht zufällig in ihr Haus eingebrochen war.

Und was hatte sie sich nur dabei gedacht, O'Keefe zum Kaffee einzuladen?

»Da sind wir!«, sagte Pescoli, als sie blaue und rote Blinklichter durch die Dunkelheit zucken sahen. Die grellen Scheinwerfer von Van Droz' Streifenwagen leuchteten durch die dicht stehenden

123

Bäume. Die kahlen, überfrorenen Äste warfen unheimliche Schatten. Ein riesiger Schneepflug stand mit laufendem Motor in der Nähe, damit der Mann in der Fahrerkabine nicht fror. Sie entdeckten den verlassenen Wagen, dessen Fenster und Kofferraumdeckel jemand – vermutlich Trilby – vom Schnee befreit hatte.

Die beiden Detectives stellten den Jeep ab, nahmen die Aussage des Schneepflugfahrers auf, dann richteten sie ihre Taschenlampen ins Wageninnere. Nichts. Hoffentlich würden die Kriminaltechniker einen Hinweis darauf finden, was Lara Sue Gilfry zugestoßen war.

Pescolis Handy kündigte den Eingang einer SMS an. Sie blickte aufs Display, las den kurzen Text und fing an zu schäumen. »Nein«, sagte sie laut und tippte ebendieses Wort ein, dann stellte sie das Handy ab. »Bianca will bei Amber übernachten.« Sie warf einen letzten Blick in den verlassenen Toyota. »Das erlaube ich nicht, schließlich ist morgen Schule. Kinder!« Sie richtete ihre Aufmerksamkeit wieder auf den Wagen und sagte: »Spurlos verschwunden. Kommt dir das bekannt vor? Was zum Teufel geht hier vor?«

»Ich schätze, genau das werden wir herausfinden müssen.« Der Gedanke gefiel Alvarez überhaupt nicht. In den vergangenen zwei Jahren war die friedliche Kleinstadt Grizzly Falls pünktlich zu Beginn der Vorweihnachtszeit ins Visier grausamer Psychopathen geraten, welche die Bewohner in Angst und Schrecken versetzt hatten.

War es möglich, dass in diesem Jahr das Gleiche passierte?

Oder hatten die verschwundenen Frauen ihre Gründe, die Fahrzeuge zu verlassen und sich in Luft aufzulösen?

Lara Sue Gilfry.

Lissa Parsons.

Brenda Sutherland.

Oder wie wahrscheinlich war es, dass sich alle drei aus dem Staub gemacht hatten, ohne ein Sterbenswörtchen, ohne jede Spur?

Alvarez konnte sich das nicht vorstellen, Vorweihnachtsstress hin oder her.

Tief im Herzen wusste sie: Grizzly Falls wurde erneut heimgesucht. Ein neues Monster lag auf der Lauer.

Aber wo waren die Opfer?

»Sie müssen mich gehen lassen, bitte!«, flehte Brenda den Wahnsinnigen an, der sie hier in dieser Eishöhle Gott weiß wo festhielt; vermutlich irgendwo in den Gebirgsausläufern um Grizzly Falls, doch sie war sich nicht sicher. Leise Musik war zu hören und das Geräusch von tropfendem Wasser, Feuchtigkeit hing in der Luft. Sie befand sich in einem höhlenartigen Käfig mit einer Liege darin, auf der ein Schlafsack lag, und einem Eimer, der ihr als Latrine dienen sollte. Nacktes Felsgestein bildete die drei Seitenwände, auch der Boden war aus Fels; eiserne Gitterstäbe versperrten ihr den Ausgang. Batteriebetriebene Lampen, von denen einige unter der Decke befestigt waren, während andere auf dem Boden standen, spendeten Licht. Trennwände waren errichtet worden, vermutlich um »individuelle Räume« zu schaffen, und gaben ihr das Gefühl, dass sie und das Monster nicht allein waren, dass es noch weitere Opfer gab, oder, schlimmer noch, einen stummen Komplizen.

Ray?

Nein, Ray würde sich die Hände nicht schmutzig machen, doch er kannte genügend Abschaum, der sich zu einer so grauenvollen Tat anstiften ließe.

Allmächtiger.

Sie wusste, dass ihre Chancen, lebend hier rauszukommen, gering standen. Ihr Herz zog sich zusammen, als sie an ihre Söhne dachte. Wo waren sie? Hielten sie sie bereits für tot? Waren sie bei Ray? Cameron sprach davon, zur Marine zu gehen, wenn er mit der Schule fertig wäre, und Ray hatte, anders als sie selbst, keine Vorbehalte deswegen. Drew war noch so jung, er hatte in der Schule zu kämpfen und nichts anderes im Kopf, als endlich seinen Führerschein in den Händen zu halten. Er brauchte sie. *Beide* Jungen brauchten sie!

Ray wäre kein sonderlich guter Ersatz.

Er war ein lausiger Ehemann gewesen und auch kein viel besserer Vater. Sicher, er hatte den Jungs gezeigt, wie man mit einem Gewehr umging, Rotwild jagte und ausweidete und sein Werkzeug in Ordnung hielt, doch das war auch alles, was er an Vaterqualitäten aufweisen konnte. Er würde ihnen miserables Fastfood servieren und es kaum schaffen, sie rechtzeitig zur Schule zu bringen. Ihre Kleidung würde ungewaschen bleiben, und wo würden sie unterkommen, wenn er zu einer seiner Fernfahrten aufbrach? Bei seiner Junkie-Schwester, oder wären sie sich selbst überlassen?

Je mehr sie darüber nachdachte, desto überzeugter war sie, dass er hinter ihrer Entführung steckte.

Sie verabscheute es, so schlecht von ihm zu denken. Dennoch hatte sie sich einst etwas vorgemacht, als sie glaubte, ihn zu lieben. Doch Ray war bekannt für seine Wutausbrüche und seinen lang anhaltenden Groll. Sie hatte aus erster Hand erfahren, wie grausam und unbeherrscht er sein konnte, hatte nicht nur seine scharfe Zunge, sondern auch ein ums andere Mal seinen Handrücken zu spüren bekommen.

Vielleicht hatte er jemanden dafür bezahlt, dass er sie aus dem Weg räumte, obwohl sie ihm nicht wirklich zutraute, eine Entführung organisieren zu können; so etwas erforderte Organisation, kühle Berechnung und Grips – den Ray nicht besaß.

Doch er würde alles daransetzen, um ihr seine Überlegenheit zu beweisen.

Sie schauderte, als sie ihren Entführer erblickte, der sich ihrem Käfig näherte.

»Ich ... ich werde alles tun, Ihnen alles geben, was ich habe, wenn Sie mich nur freilassen«, flehte sie zähneklappernd, während das Monster sie herablassend musterte und dabei irgendein Weihnachtslied summte, dessen Titel ihr im Augenblick partout nicht einfallen wollte. Sie wusste, dass er sie unter Drogen gesetzt hatte, weil sie sich total groggy fühlte und ständig eindöste; vermutlich hatte er ihr ein Schlafmittel verabreicht. Zum Teil war sie dankbar dafür, denn so fühlte sie die beißende Kälte nicht ganz so heftig, doch in den wenigen hellen Momenten, die sie immer wieder hatte, in den kurzen Minuten, die sie wach und bei klarem Verstand war, vermischte sich die Angst um ihr Leben mit der Sorge um ihre Söhne, und sie zitterte, bebte, keifte, weinte und flehte um Gnade, obwohl sie wusste, dass es für sie keine Gnade geben würde.

Er würde wiederkommen.

Würde sie zwingen, den abscheulich schmeckenden Tee zu trinken, und sie würde wieder in den traumähnlichen Dämmerzustand fallen und dafür auch noch dankbar sein.

Verzweifelt sank sie auf die Knie, die Augen geschlossen, und fing an zu beten. *Herr im Himmel, bitte rette mich ... hab Gnade mit mir ...*

Jetzt drangen die Klänge von »Winter Wonderland« in ihr halb dunkles Grab, und sie wusste, dass sie ganz allein war.

Gott würde ihre Gebete nicht hören können.

Natürlich wird er das. Er ist allmächtig. Hab Vertrauen.

Die Worte ihrer Großmutter fielen ihr ein, und sie erinnerte sich daran, wie diese ihr den Psalm dreiundzwanzig aus der alten Familienbibel vorgelesen hatte.

Laut flüsterte sie: »Der Herr ist mein Hirte ...«

Warum hatte sie dem Mann am Straßenrand vertraut?

Warum hatte sie geglaubt, dass er eine Panne hatte?

Warum hatte sie den guten Samariter spielen müssen?

Warum hatte sie ihr Fenster heruntergekurbelt, und warum hatte sie ihm den Rücken zugewandt, um nach ihrem Handy zu greifen?

Der Angriff war schnell und völlig überraschend erfolgt. Brutal. In der einen Sekunde hielt sie noch das Handy in der Hand, in der nächsten durchzuckte sie schier unerträglicher Schmerz, hervorgerufen durch einen Elektroschocker.

Dabei war sie fast schon zu Hause gewesen.

Tränen liefen ihr übers Gesicht, als sie wieder die Worte, die ihre Großmutter sie gelehrt hatte, vor sich hin murmelte: »Der Herr ist mein Hirte, mir wird nichts mangeln ...«

Der Psalm ratterte durch ihren Kopf, und sie versuchte, Vertrauen zu fassen, Halt darin zu finden, doch tief im Herzen wusste sie, dass sie verloren war.

Kapitel neun

O'Keefe warf seine Schlüssel auf den zerschrammten Nacht-tisch, der zwischen den beiden Betten in dem schäbigen Mo-tel stand, in dem er seit vierundzwanzig Stunden wohnte. Er streifte seine Stiefel ab, legte seine Glock in die Schublade zu einer Bibel des Gideonbunds, vergewisserte sich, dass die Tür abgeschlossen und verriegelt war, dann zog er sich aus und ging ins Bad, das so eng war, dass er mit ausgestreckten Ar-men die gegenüberliegenden Wände berühren konnte. Die kombinierte Duschbadewanne aus den Achtzigern war halb-wegs sauber, abgesehen von einem Rostfleck in der Nähe des Abflusses, was ihn nicht weiter kümmerte. Er war einfach nur froh, den kräftigen, heißen Strahl auf seiner Haut zu spüren.

Er war noch immer durcheinander wegen seines überraschen-den Wiedersehens mit Selena Alvarez. O'Keefe spürte, dass sie etwas vor ihm verbarg, etwas, das mit Gabriel Reeve zu tun hatte, auch wenn er sich absolut keinen Reim darauf machen konnte.

Der Ex-Cop und jetzige Privatdetektiv hielt seinen Kopf unter das heiße Wasser, seifte sich ein und versuchte, nicht an eine andere Dusche zu denken, damals, in Kalifornien. Mein Gott, daraus war das reinste Chaos erwachsen! Selena und er in seiner kleinen Duschkabine, nasse Fliesen in seinem Rü-cken, ihre warme Zunge in seinem Mund, Wasser, das über ihre nackten Körper rann. Er hatte mit den Händen ihre schmale Taille umfasst, hatte mit den Fingern über ihren fla-chen Bauch gestrichen, während ihm ihre Lippen die größten erotischen Freuden verheißen hatten. Sie waren gemeinsam zum Essen gegangen, um über einen Fall zu sprechen, bei dem sie kurz vor dem Durchbruch standen, hatten zusammen ein paar Gläser getrunken, und eins hatte zum anderen geführt. Schließlich waren sie unter seiner Dusche gelandet, die Klamotten im angrenzenden Schlafzimmer verstreut.

Das Blut in seinen Adern kochte. Er war heiß, hungrig, voller Begierde gewesen, als er ihren glatten geschmeidigen Körper erforschte. Ihre Brüste waren voll und üppig, mit runden, dunklen Spitzen auf ihrer bronzefarbenen Haut, die dort, wo sonst ihr Bikinioberteil saß, ein wenig heller war.

Er hatte erst an einer dieser unglaublichen Brüste geknabbert, die Brustwarze in den Mund genommen und daran gesaugt, dann an der anderen. Er spürte, wie sie sich ihm voller Verlangen entgegenwölbte, und zog sie noch enger an sich. Die Hitze zwischen ihnen war förmlich greifbar.

Sie stöhnte vor Lust, ihre Fingernägel gruben sich in sein Haar, und sie schlang ihr schlankes Bein um seine Hüfte. Es war der erotischste Moment seines Lebens gewesen, und er drückte seine steinharte Erektion fest gegen sie.

Noch nie hatte er eine Frau so verzweifelt begehrt; er, der sich stets unter Kontrolle hatte, der sich stets hatte zurückhalten können, wenn er nur wollte, spürte, dass er bei dieser Frau willenlos war. Er hörte nicht auf, sie zu küssen, hob sie hoch, umfasste mit den Händen ihre Pobacken und wollte gerade in sie eindringen, als sie sich ihm so schnell entwand, als hätte er einen Eimer kaltes Wasser über sie geschüttet. Sie hob den Kopf, blickte ihm tief in die Augen und sagte: »Nein! Ich – ich kann das nicht. Tut mir leid. O Gott, es tut mir schrecklich leid!« Sie stieß die Glastür der Duschkabine so heftig auf, dass sie gegen die geflieste Wand prallte, und sprang hinaus. Auf dem Weg ins

Schlafzimmer schnappte sie sich ein Handtuch, ihre Füße hinterließen kleine nasse Pfützen. Er blickte ihr fassungslos nach.

»Selena! Warte!«

»Ich ... ich kann das einfach nicht«, stammelte sie, als er ihr ins Schlafzimmer folgte, und schlüpfte hastig in ihre Jeans.

»Bitte geh nicht.«

»Warum nicht? Damit wir darüber ›reden‹ können?«, schleuderte sie ihm entgegen, während sie mit den Fingern Anführungszeichen in die Luft malte. »Es gibt nichts zu sagen. Ich kann das einfach nicht, okay?« Sie streifte sich ihr gelbes T-Shirt über, ihre Brustwarzen drückten sich hart gegen den dünnen Stoff. Tränen standen in ihren dunklen Augen, einer ihrer Ohrringe fing das Licht der Nachttischlampe ein und glitzerte verführerisch durch ihr nasses, schwarzes Haar. »Es tut mir wirklich leid«, sagte sie leise. Eine Träne war ihr über die Wange gerollt. Sie wischte sie ungehalten weg, zog den Reißverschluss ihrer Jeans zu, schnappte sich Schuhe und Strümpfe und rannte aus dem Schlafzimmer, dann lief sie mit nackten Füßen die gefliesten Treppenstufen hinunter.

Er trat an die Fenstertür, die auf eine kleine Dachterrasse mit Blick auf den Parkplatz führte, und sah zu, wie sie aus der Eingangstür stürmte und zu ihrem Wagen lief, ohne ihn auch nur eines Blickes zu würdigen. Sie sprang in den Honda und fuhr mit quietschenden Reifen vom Parkplatz, dann reihte sie sich in den dichten Verkehr auf der Hauptstraße ein, die durch diesen Teil von San Bernardino führte.

Als ihre Rücklichter verschwunden waren, war er sprachlos ins Badezimmer zurückgekehrt und hatte sich unter das noch laufende Wasser gestellt, um die kälteste Dusche seines Lebens zu nehmen.

Jetzt, unter dem harten Strahl, der wie feine Nadeln in seine Haut stach, stellte er fest, dass ihm allein der Gedanke an jene Nacht mit Selena Alvarez eine weitere Erektion beschert hatte.

»Ach, verdammt«, murmelte er, wappnete sich und stellte den Temperaturregler von warm auf kalt.

Pescoli hatte recht, dachte Alvarez, als sie durch ihre Haustür trat, sie *war* eine Schwindlerin, und sie belog nicht nur ihre Partnerin, sondern auch sich selbst.

Alvarez hatte etwas mit O'Keefe gehabt, auch wenn sie nicht miteinander geschlafen hatten, wie Pescoli vermutete. Sie hatte es versucht, aber das war völlig danebengegangen. Mein Gott, was für ein Chaos.

Sie erinnerte sich daran, wie sie nicht mehr in der Lage gewesen war zu essen oder zu schlafen, ihre Gefühle waren wie Stacheldraht gewesen, schmerzhaft, stechend, angespannt. Und dann war ihr dieser Fehler unterlaufen; sie war zwischen die Fronten geraten, hatte ihren Namen gehört, direkt bevor der Schuss fiel, und ihr Leben hatte sich für immer verändert, genau wie das von O'Keefe.

Das war deine Schuld.

Derselbe alte Vorwurf, den sie seit Jahren zu begraben versuchte, schoss ihr durch den Kopf. Wäre sie emotional nicht so angeschlagen gewesen, hätte sie nachgedacht, bevor sie gehandelt hätte; wäre sie Herrin der Lage geblieben, wie sie es trainiert hatte, ständen die Dinge heute vielleicht anders.

Zu spät! Jetzt würde das ganze Debakel mit O'Keefe wieder hochkommen, was die ohnehin schwierige Situation nur noch komplizierter machte. Sie schlug die Tür hinter sich zu, knipste das Flurlicht an und legte den Riegel vor. Anscheinend zerfiel ihr ganzes wohlorganisiertes Leben soeben in eine Million Scherben.

»Reiß dich zusammen!«, befahl sie sich und zog ihre Jacke aus. Mrs. Smith kam auf ihren samtenen Pfoten herbei, um sie zu begrüßen. Ihre weißen Schnurrhaare sahen drollig aus, zumal der Rest der Katze, mit Ausnahme der Pfötchen und einem weißen Fleck am Hals, pechschwarz war. »He, mein Mädchen«, sagte Selena und nahm Mrs. Smith auf den Arm, die sich an sie schmiegte. »Du vermisst Roscoe, hab ich recht?« Sie kraulte die Katze hinter den Ohren und hörte, wie Mrs. Smith anfing zu schnurren. Es klang, als würde ein kleiner Motor anspringen. »Ich vermisse ihn auch. Albern, nicht wahr?« Der quirlige Welpe war erst seit ein paar Monaten bei ihr, doch es war ihm schnell gelungen, sich einen festen Platz in ihrem Herzen zu erobern.

Zum zwanzigsten Mal blickte sie auf ihr Handy in der Hoffnung, dass jemand ihren Hund gefunden und ihre Telefonnummer auf seiner Marke entdeckt hatte. Vielleicht hatte O'Keefe weitere Informationen bezüglich Gabriel Reeve, doch es waren keine neuen Nachrichten eingegangen.

Alvarez sah sich um. Die Räume in ihrem Reihenhaus wirkten kalt und leblos, obwohl sie den Gaskamin angestellt und mehrere Lampen angeknipst hatte.

Roscoes leerer Korb schien sie zu verspotten. Sie nahm seine Schüssel, kippte das Wasser darin ins Spülbecken und wusch sie aus.

Er wird zurückkommen.

Das hoffte sie.

Und – Gabriel Reeve? Ihr Herz machte einen schmerzhaften Satz; sie würde so viel über ihn herausfinden müssen wie nur möglich. Konnte er ihr Sohn sein? Wenn ja, warum war er hierhergekommen? Wenn nicht, was für ein seltsamer Zufall hatte ihn dann ausgerechnet in ihr Haus einbrechen lassen?

Es musste einfach einen Zusammenhang geben! Die nächste Stunde verbrachte sie im Internet, wo sie Straftaten recherchierte, die in letzter Zeit in Helena begangen worden waren. Endlich stieß sie auf einen Einbruch, bei dem es zum Einsatz einer Feuerwaffe gekommen war, einer der Täter, ein Minderjähriger, war entkommen.

Das musste Reeve sein. Sie suchte weiter, fand jedoch keine weiteren passenden Hinweise, weshalb sie sich vornahm, am nächsten Morgen als Erstes beim Polizeidepartment von Helena anzurufen, um Genaueres in Erfahrung zu bringen. *Und wenn du die Wahrheit herausfindest? Was dann? Was, wenn Gabriel tatsächlich dein Sohn ist?*

Der Gedanke, den Jungen kennenzulernen, den sie zur Adoption freigegeben hatte, sich mit seiner Geburt und den Umständen seiner Zeugung auseinanderzusetzen, bereitete ihr Magenschmerzen. Ihr Kopf fing an zu pochen. Alte Erinnerungen holten sie ein, und sie versuchte, sie wieder zu verdrängen, so wie sie es seit fast siebzehn Jahren getan hatte. Sie wollte und durfte nicht daran denken. Nicht, solange sie sich nicht sicher sein konnte, dass Gabriel Reeve tatsächlich ihr eigen Fleisch und Blut war.

Und was ist mit Dylan O'Keefe?

Wieder zog sich ihr Inneres schmerzhaft zusammen. Sie ging ins Badezimmer, blieb am Waschbecken stehen und wusch sich das Gesicht mit kaltem Wasser – warmes Wasser hatte sie nicht. »Nimm dich zusammen«, sagte sie zu der Frau, die ihr aus dem Spiegel entgegenstarrte. Ihr Gesicht war bleich, der Blick gehetzt von den Dämonen ihrer Jugend. »Du darfst jetzt nicht zusammenbrechen. Das passt nicht zu dir!« Doch die Frau im Spiegel wirkte nicht überzeugt. »Du musst dich zusammenreißen!« Und genau das war der Knackpunkt: Alvarez liebte es, wenn alles wohlgeordnet war; das Chaos ihrer Jugend hatte in ihrem jetzigen Leben keinen Platz.

Ganz und gar nicht.

Doch nun hatte sie zu tun. Viel zu tun.

Zunächst musste sie einen Fall lösen, genau gesagt drei Fälle, denn sie war sich zu neunundneunzig Prozent sicher, dass Lara Sue Gilfry, Lissa Parsons und Brenda Sutherland dasselbe grauenvolle Schicksal ereilt hatte.

Während sie sich bettfertig machte, ihren Pyjama anzog und die getragenen Klamotten in den Wäschekorb steckte, zwang sie sich, an die vermissten Frauen zu denken, anstatt wieder und wieder ihre persönlichen Probleme zu wälzen. Was mochte den dreien nur zugestoßen sein?

Erst als der Mond hoch oben am Himmel von Montana stand und sie die Augen schloss, gestattete sie ihren Gedanken, zu jenem dunklen Ort zu schweifen, den sie nie wieder hatte aufsuchen wollen. Sie wusste, dass sich ihr bisheriges Leben auflöste wie ein emotionaler Flickenteppich, Naht für Naht, Stich für Stich.

Calvin Mullins konnte nicht schlafen.

Die grellgrüne Digitalanzeige an Lorraines Wecker zeigte drei Uhr siebenundvierzig. Zu früh, selbst für seine Maßstäbe. Obwohl er stolz darauf war, ein Frühaufsteher zu sein, der eine Stunde im Gebet und zwanzig Minuten mit der Arbeit an seiner Predigt verbrachte, bevor er sich weitere vierzig

Minuten auf dem Crosstrainer quälte, den eines der Gemeindemitglieder dem Pfarrhaus zur Verfügung gestellt hatte, versuchte er doch stets, wenigstens bis halb fünf im Bett zu bleiben. Doch jetzt, da so viel in seiner Gemeinde passierte, warf er die Decke zurück, schlüpfte in die Hausschuhe, die neben seinem Bett standen, und ging leise den Flur entlang. Das Gespräch mit Detective Pescoli hatte ihn beunruhigt, und er hatte das Gefühl nicht abschütteln können, dass die Dinge für ihn noch schlimmer kommen könnten. Vielleicht könnte er mit ihr reden, ihr einschärfen, dass sie seine privaten Angelegenheiten auf jeden Fall für sich behielt ...

Er hatte stundenlang gebetet und seine Seele durchforstet, doch die Furcht, bloßgestellt zu werden, hatte sich als stärker erwiesen als sein Glaube an Gott. Hinzu kam der Ärger mit Brenda Sutherland.

Vielleicht würde heute ein besserer Tag werden. Er zog seinen Pyjama aus und streifte seine Sportkleidung über. Er würde ein paar Dehnübungen machen und anschließend auf den Crosstrainer steigen, um über die Predigt für Sonntag nachzudenken und gleichzeitig seine Verspannungen zu lösen. Perfekt! Es gefiel ihm, mehrere Dinge gleichzeitig zu erledigen, vor allem wenn es auch darum ging, Gottes Wort zu verkünden.

Als Erstes würde er ins Büro gehen und die Seiten holen, die er bereits ausgedruckt und sorgfältig von Hand redigiert hatte, dann würde er innere Einkehr halten und Geist und Seele im Gebet läutern, bevor er sich dazu überwand, mit seinem Training zu beginnen. Manche Märtyrer geißelten sich oder betrieben Selbstverstümmelung, um ihr Fleisch dem Herrn zu opfern; Prediger Mullins nahm an, dass Fitnessmaschinen, wenn man sie denn richtig benutzte, einen ähnlichen

Zweck erfüllten – vielleicht würde man heutzutage »schwitzen für Gott« dazu sagen. Vielleicht sollte er diesen Gedanken augenzwinkernd in seine Predigt einbauen; es wäre ein Scherz, natürlich, doch so könnte er zum ernsteren Teil seiner Botschaft überleiten.

Während er noch über diese Idee nachgrübelte, zog er Jacke und Handschuhe an und setzte sich eine Wollmütze auf, dann machte er sich auf den Weg zur Hintertür. Draußen war alles ruhig, nur der Wind wehte leicht. Es hatte aufgehört zu schneien, ein silberner Mond, umgeben von blinkenden Sternen, stand am dunklen Nachthimmel.

Diese frühen Stunden vor Anbruch der Morgendämmerung erinnerten ihn an die Klarheit und Ruhe der Nacht von Christi Geburt. Hier, in Gottes freier Natur, fand er seinen wahren Glauben, trat er in Verbindung mit Gott dem Herrn. Er ging gerade auf den überdachten Durchgang zu, der das Pfarrhaus mit der Kirche verband, als sein Blick auf die Krippe fiel. Bewundernd blieb er stehen und betrachtete die schneeumhüllten Figuren.

Sorgfältig plazierte Scheinwerfer erhellten den Stall und zeigten das Jesuskind in der Krippe, die Mullins vor Jahren höchstpersönlich gefertigt hatte. Maria und Josef beugten sich über ihren neugeborenen Sohn. Ein Ochse und ein Esel blickten über die Stalltüren hinter der Krippe.

Das Ganze war ein wahres Kunstwerk.

Doch irgendetwas stimmte nicht. Er stapfte durch den frischen Schnee und richtete einen der Scheinwerfer genau auf Maria, um sicherzugehen, dass man ihr ergreifendes Lächeln auch von der Straße aus sehen konnte. Dann ließ er den Blick erneut über die weihnachtliche Kulisse gleiten. Es musste unbedingt perfekt sein. Und offensichtlich war es das auch: Der etwas wackelige Schäfer mit dem Lamm auf dem Arm war nicht umgefallen, die Heiligen Drei Könige, fromme, weise Männer, die dem Heiland Geschenke darbrachten, standen in Reih und Glied, allesamt schneebedeckt ... Augenblick mal. Warum standen da *vier* Könige?

Er blinzelte. Sah noch einmal hin. Zählte leise: »Kaspar ... Balthasar ... Melchior ... und ein *vierter*?« Einer der drei Könige trug weder Robe noch Krone, und ein Geschenk streckte er dem Erlöser auch nicht entgegen. Nein, die vierte schneebedeckte Gestalt sah eher aus wie ein moderner Frosty, der Schneemann.

Vielleicht ein Kinderstreich.

»Sehr lustig«, murmelte er und kämpfte sich durch den dicken Schnee zu Frosty hin. Jetzt sah er auch Fußabdrücke unter dem Neuschnee, die derjenige hinterlassen haben musste, der dieses Sakrileg begangen hatte.

Das konnte doch nicht wahr sein! Prediger Mullins kniff verdutzt die Augen zusammen und öffnete sie wieder. Die Figur unter der knapp fünf Zentimeter dicken Schneeschicht war definitiv weiblich. Unter dem Schnee, so erkannte er jetzt, war blankes Eis. Eine Skulptur! Blasphemie! Oder war das etwa ein politisches Statement? Wollte irgendein ultraliberaler Ungläubiger darauf hinweisen, dass die Heilige Jungfrau Maria die einzige Frau in dieser weihnachtlichen Szenerie war?

Wenigstens hatte er diese Schandtat vor Tagesanbruch, vor der morgendlichen Rushhour entdeckt, wenn man in Grizzly Falls denn von einer Rushhour sprechen konnte. Zumindest würden so die Kinder, die an der Ecke in den Schulbus stiegen, die geschändete Krippe nicht zu Gesicht bekommen.

Hoffentlich steckte nichts Schlimmeres dahinter. Möglicherweise wollte jemand, der wusste, was damals in Tucson passiert war, ihm eine persönliche Botschaft zukommen lassen? Jemand, der ihn in Verlegenheit bringen, ihn lächerlich machen wollte? Vielleicht Cecil Whitcomb, Peris Vater? Es hatte ihm nie genügt, dass Mullins' Strafe so milde ausgefallen war. Doch hatte er wirklich die ganze Strecke von Texas nach Montana auf sich genommen, um sich an ihm zu rächen? Cecil hatte darauf bestanden, dass Calvin aus dem Kirchendienst ausschied; er war so wütend gewesen, dass ihm vermutlich selbst eine öffentliche Auspeitschung nicht genügt hätte.

Doch wie dem auch sei, Mullins konnte sich nicht den Hauch eines Skandals in seiner Gemeinde leisten, also musste er die anstößige Skulptur, oder was immer das sein mochte, loswerden. Mit seiner behandschuhten Hand versuchte er, das Ding einzureißen, aber es war steinhart. Schwer. »Komm schon, komm schon«, flüsterte er und fegte dem weiblichen Frosty mit der Handkante den Schnee vom Kopf. Jetzt war klar, dass es sich um eine Eisskulptur mit definitiv weiblichen Zügen handelte, doch es war zu dunkel, um Genaueres erkennen zu können.

Prediger Mullins kehrte in den Stall zurück und richtete einen der Scheinwerfer auf das Gesicht des »Kunstwerks«. Seltsam ... ein harmloser Kinderstreich war das ganz bestimmt nicht. Er spürte Furcht in sich aufsteigen, spürte, wie er sich innerlich verkrampfte. Vorsichtig strich er erneut über die festgefrorene Schneeschicht und starrte der Skulptur mit zusammengekniffenen Augen ins Gesicht. Und dann gefror sein Herz zu Eis.

Durch die dicke Eisschicht blickten ihm die weit aufgerissenen blauen Augen einer toten Frau entgegen.

Kapitel zehn

Pescoli presste die Kiefer zusammen, als sie mit ihrer Taschenlampe in das Gesicht der toten Frau leuchtete. Ihre Züge wurden durch die gut drei Zentimeter dicke Eisschicht verzerrt. »Was zum Teufel ist das denn?«, flüsterte sie. Wer um alles in der Welt würde eine tote Frau, nackt, umgeben von Eis, als Krippenfigur vor einer Kirche postieren? Rotes Haar fiel der Toten auf die Schultern, ihre Haut war so weiß, dass sie fast durchsichtig schien. Alles war umgeben von einer dicken Eisschicht, sorgfältig bearbeitet zu einer Skulptur.

Die gesamte Umgebung war mit Polizeiband abgesperrt, die Kriminaltechniker durchkämmten den tief verschneiten Kirchhof nach Spuren. Prediger Mullins, der die Neun-eins-eins gewählt hatte, stand unter dem Vordach des Durchgangs zwischen Pfarrhaus und Kirche, an seiner Seite seine Frau, zitternd und mit leichenblassem Gesicht. Polizeifahrzeuge blockierten die Straße, der Verkehr wurde umgeleitet.

In einem der Fenster im ersten Stock des zweigeschossigen Pfarrhauses zeichneten sich die Umrisse dreier Mädchen und einer weiteren Frau ab, zweifelsohne jemand von der Kirche, der die Vorgänge auf dem Kirchengrundstück beobachtete. Ab und zu warf Lorraine Mullins einen Blick über die Schulter, schüttelte den Kopf und verscheuchte die Kinder vom Fenster, als könne sie so verhindern, dass diese das entsetzliche Verbrechen mitbekamen, doch sobald sie sich wieder umdrehte, erschienen die Mädchen erneut.

Alvarez stieß die Luft aus, die sie vor lauter Anspannung angehalten hatte, und gesellte sich zu dem diensthabenden Officer. Ein Nachrichtenvan kam angerumpelt und postierte sich direkt hinter der Straßensperre. Der Verkehr staute sich und kam schließlich trotz Umleitung zum Stillstand, Gruppen von Schaulustigen versammelten sich.

»Ich denke, wir haben soeben Lara Sue Gilfry gefunden«, sagte Pescoli und trat neben ihre Partnerin, die immer noch auf die mit einer Eisschicht überzogene Frau starrte. »Wer tut denn so etwas?«

»Keine Ahnung, aber ich denke, das ist unser Fall, da die Kirche unmittelbar hinter der Stadtgrenze liegt.«

Angespannt ließ sich Alvarez von Pescoli die Einzelheiten erklären. Der Prediger hatte sich für sein frühmorgendliches Training fertig gemacht und auf dem Weg vom Pfarrhaus zur Kirche bemerkt, dass mit der Krippe, die er selbst gefertigt hatte und die offenbar sein ganzer Stolz war, etwas nicht stimmte. Weder er noch seine Frau noch eines der Kinder hatten in der Nacht verdächtige Geräusche gehört.

»Sieht aus, als hätte man die Skulptur herbeigeschleift«, sagte Pescoli und deutete auf eine Furche im Schnee, die sich vom Parkplatz bis zur Krippe zog. Hoffentlich würden sie einen Stiefel- oder Schuhabdruck finden, vielleicht auch Reifenspuren, doch bislang hatten sie kein Glück gehabt.

Alvarez richtete den Strahl ihrer Taschenlampe auf die Vertiefung, die, genau wie die Eisskulptur, mit etwa drei Zentimetern Neuschnee bedeckt war, dann sagte sie kopfschüttelnd: »Ich versteh's nicht.«

»Ich glaube, das versteht keiner.«

»Was sagt der Prediger?«

»Schafft dieses blasphemische Werk fort! Was für ein Schlag ins Gesicht der Kirche! Die anständigen Bürger von Grizzly Falls sollten etwas so Abscheuliches gar nicht erst zu Gesicht bekommen! Ausgerechnet hier, in einem Gotteshaus – zumindest direkt daneben!«

»Zitierst du ihn gerade?«

»Nicht direkt, aber das trifft das, was er gesagt hat. Er ist nicht gerade glücklich über das Ganze.«

»Das kann ich mir vorstellen.«

Pescoli blickte von der grauenvollen Eisskulptur zu Mullins' besorgtem Gesicht und sagte leise: »Ich denke, da steckt mehr dahinter.«

»Zum Beispiel?«

»Keine Ahnung.« Sie kniff die Augen zusammen. »Doch genau das werde ich herausfinden.«

Gemeinsam gingen sie zu Mullins hinüber, um ihn zu befragen. Er war wütend, außer sich, und schimpfte über diese derartige Unverfrorenheit, während seine Frau Lorraine zutiefst schockiert wirkte, als sie auf den Bänken im Kirchenvestibül Platz nahmen. Obwohl es hier drinnen wärmer war als draußen, war es immer noch kalt. Mullins beruhigte sich ein wenig, als er erklärte, er sei um kurz vor vier wach geworden und habe Probleme gehabt, wieder einzuschlafen, deshalb habe er beschlossen, sein frühmorgendliches Training ein wenig vorzuziehen und gleichzeitig an seiner Predigt zu feilen. Auf dem Weg zu seinem Büro in der Kirche habe er den Leichnam entdeckt, so gegen kurz nach vier.

Jetzt war es nach sieben und noch immer stockfinster, wie Pescoli feststellte, als sie einen Blick durch eines der Kirchenfenster nach draußen warf.

Weder der Prediger noch seine Frau konnten sich vorstellen, wer zu einer so grauenvollen Tat fähig wäre; soweit sie wüssten, sei keines der Gemeindemitglieder wegen irgendetwas erzürnt, Feinde habe die Kirche auch nicht.

Sie wirkten aufrichtig, trotzdem entging Pescoli nicht, dass die Frau den Kopf gesenkt hielt und Schwierigkeiten hatte, ihr in die Augen zu blicken. Konnte es sein, dass der Prediger seine Frau einschüchterte?

»Sie sollten die arme Frau besser rasch fortbringen«, sagte Mullins, und es klang eher wie ein Befehl denn wie eine Bitte.

»Sobald der Abtransport geregelt ist.« Sie wollten den Eisklotz in einem Stück wegschaffen, damit kein Beweismaterial verlorenging, das womöglich in dem gefrorenen Wasser eingeschlossen war. Es durfte auf keinen Fall vorzeitig schmelzen.

»Das ist grotesk«, meldete sich endlich Lorraine zu Wort. Sie saß neben ihrem Mann, dick eingemummelt in Daunenjacke, Handschuhe, Schneehose und Stiefel. »Wer tut so etwas? Und warum?«, fragte sie schaudernd.

»Genau das versuchen wir herauszufinden. Was können Sie uns dazu sagen?« Alvarez lächelte sie aufmunternd an.

»Ich habe nichts gehört. Ich war die ganze Nacht im Bett. Wir sind gegen zweiundzwanzig Uhr schlafen gegangen, direkt nach dem Nachtgebet. Zuvor habe ich noch einmal aus dem Schlafzimmerfenster gesehen, aber mir ist nichts Außergewöhnliches aufgefallen.« Sie sah ihren Mann bestätigungsheischend an.

»Es muss Viertel nach zehn, halb elf gewesen sein. Ich habe noch etwas gelesen. Als ich das Licht ausknipste, zeigte der Wecker zweiundzwanzig Uhr fünfzig.«

»Ich habe die Krippe betrachtet«, fuhr Lorraine fort. »Sie ist unser ganzer Stolz. Calvin hat fast alles selbst gemacht. Ich bin mir sicher, alles war wie immer. Natürlich, es hat geschneit, aber die Krippe wird von Scheinwerfern beleuchtet, da hätte ich eine zusätzliche Figur bestimmt bemerkt.« Sie räusperte sich.

»Und nachdem Sie aus dem Fenster geschaut haben, sind Sie direkt ins Bett gegangen und eingeschlafen?«

»Ich habe drei Töchter«, erwiderte Lorraine, als würde das etwas erklären.

»Und sie ist wieder schwanger«, verkündete ihr Mann stolz. Vielleicht erklärte das tatsächlich die dunklen Ringe unter Lorraines Augen, doch Pescoli war nicht ganz überzeugt. Irgendetwas war faul im Vestibül dieser alten Kirche mit seinem gedämpften Licht.

»Ich bin eingeschlafen, sobald ich die Nachttischlampe ausgeknipst hatte«, ergänzte der Prediger, dann versicherten beide noch einmal, nichts gehört zu haben.

»Einmal bin ich aufgestanden und ins Badezimmer gegangen«, fiel Lorraine plötzlich ein. »Ich weiß nicht, wie spät es da war, aber ich habe weder etwas gehört noch habe ich aus dem Fenster geblickt.« Sie legte ihre glatte Stirn in Falten und blickte Pescoli fragend an: »Wer ist die Frau – das Opfer?«

»Bislang konnten wir sie noch nicht identifizieren«, sagte Pescoli, »aber wir gehen davon aus, dass es sich um eine der drei in letzter Zeit verschwundenen Frauen handelt, möglicherweise um Lara Sue Gilfry. Kennen Sie sie?«

»Gilfry? Nein.« Lorraine schüttelte langsam den Kopf, ihr Ehemann ebenfalls.

»Nein«, sagte er mit Bestimmtheit, fasste die behandschuhte Hand seiner Frau und verschränkte seine Finger mit ihren.

»Den Namen habe ich noch nie gehört.«

»Sie hat im Bull and Bear gearbeitet, einem Bed & Breakfast in der Innenstadt.«

»Nie gehört«, sagte Lorraine und starrte zu Boden, wo sie offenbar eine Spinne beobachtete, die unter eine Bank huschte.

»Nein. Ich bin mir sicher, dass ich ihr nie begegnet bin.« Der Prediger zog sich mit der freien Hand die Mütze vom Kopf. Seine spülwasserfarbenen Haare standen wirr in die Höhe. Abwesend fuhr er mit den Fingern hindurch, um sie zu glätten.

»Dann war sie also kein Mitglied Ihrer Gemeinde?«, stellte Alvarez fest.

Mullins und seine Frau schüttelten die Köpfe. »Nein.«

»Wir haben noch nicht Gilfrys nächste Angehörige benachrichtigt, weshalb wir Sie bitten müssen, diese Information für sich zu behalten«, warnte Pescoli.

»Selbstverständlich«, erwiderte Lorraine, dann fuhr sie zögernd fort: »Brenda Sutherland ... sie gehört zu unserer Gemeinde.« Sie hob den Kopf und blinzelte. Ihre Lippen waren zu einem schmalen Strich verzogen, die Sehnen an ihrem Hals traten hervor, und es hatte den Anschein, als müsse sie sich alle Mühe geben, nicht zusammenzubrechen. »Könnte ihr ....« Sie machte eine fahrige Handbewegung und räusperte sich. »Könnte ihr das Gleiche zugestoßen sein?«

»Ach, Liebling, nun zäum das Pferd mal nicht von hinten auf«, schaltete sich ihr Mann ein und drückte ihre Hand. »Wir wissen doch gar nicht, ob Brenda überhaupt etwas zugestoßen ist. Es kann durchaus sein, dass alles in Ordnung ist.«

»Nein ... nein, das ist es nicht!« Lorraine versuchte, die Tränen zurückzuhalten, die ihr in die Augen gestiegen waren. Mit trotzig vorgerecktem Kinn funkelte sie ihren Mann an. »Sie hätte ihre Jungs niemals allein gelassen! Das weißt du ganz genau!«

Der Prediger nickte kaum merklich und lockerte seine Finger. »Das ist richtig«, räumte er ein. »Brenda Sutherland ist eine hingebungsvolle Mutter.«

»Äußerst hingebungsvoll.« Lorraine, bleich wie ein Geist, begegnete Pescolis Blick. »Sie müssen sie finden. Unbedingt!«

»Und den Verrückten, der so etwas tut«, bekräftigte Mullins. »Ich sage Ihnen, dahinter steckt Luzifer höchstpersönlich. Wer immer diese Frau zur Eisskulptur gemacht hat, ist ein Handlanger des Satans!«

Es war ein guter Morgen.

Die Sonne schien und brachte die weiße Pracht zum Funkeln; eine leichte Brise wirbelte den pulvrigen Neuschnee auf. Er stapfte zum Postkasten, um die Zeitung zu holen, dann kehrte er zum Haus zurück und blätterte durch die wenigen Seiten. Natürlich stand noch nichts über sein Kunstwerk drin. Die Zeitung war schon im Druck gewesen, als man seine Skulptur entdeckt hatte. Er war auch da gewesen, hatte sich unter die Schaulustigen hinter dem Absperrband gemischt. Er wusste, dass die Polizei möglicherweise ein Foto von ihm gemacht hatte, und es bestand durchaus die Chance, dass er auf dem Material auftauchte, das das Nachrichtenteam gefilmt hatte, doch er bezweifelte es. Niemand würde die Gründe für seine Anwesenheit in Frage stellen, sollte sich tatsächlich jemand danach erkundigen.

Er hatte jeden Kontakt mit der Polizei vermieden, als er da in der Menge stand und auf die Krippe starrte, wo sich die Cops die Köpfe darüber zerbrochen hatten, wie sie die perfekte Eisstatue fortschaffen könnten. Dabei wäre es ganz einfach gewesen, eine simple Winde und ein Pick-up oder Van hätten genügt ... Aber nein, was sie für einen Wirbel veranstaltet hatten, die uniformierten Beamten, Detectives, Kriminaltechniker ...

Idioten!

Es war wundervoll gewesen, sie derart verwirrt zu sehen. Genau wie nachts, als er an der Kirche gewesen war, ging ihm der Refrain eines Weihnachtslieds durch den Kopf, und er summte mit: *Wir kommen daher aus dem Morgenland* ... Die Weihnachtszeit war definitiv seine Lieblingsjahreszeit, obwohl das nicht immer so gewesen war. Manche Erinnerungen an frühere Weihnachtsfeste waren gar nicht angenehm, schlimmer noch, sie verätzten sein Gehirn wie Säure und fraßen sich in seine grauen Zellen hinein. Sie erinnerten ihn daran, dass Freud und Leid miteinander einhergingen, dass eines ohne das andere nur halb so intensiv war. Er hatte die Polizei heimlich beobachtet, wie sie alles abgesucht und stirnrunzelnd mit verschiedenen Leuten gesprochen hatte, während der dämliche Prediger zugeschaut und seine ach so frommen Hände gerungen hatte. Glücklicherweise hatte der scheinheilige Trottel sein Bestes getan, um alle Spuren am Fundort zu zertrampeln. Die Uniformierten, Kriminaltechniker und Detectives hatten die Krippe mit Beschlag belegt. Beunruhigend war nur, dass er die eine der ermittelnden Detectives, die Dunkelhaarige mit den durchdringenden braunen Augen, dabei beobachtet hatte, wie sie in der Menge nach ihm suchte, versuchte, ihn ausfindig zu machen. Mit ernster Miene hatte sie die Schaulustigen ins Auge gefasst, in der Hoffnung, ihn zu entdecken.

Wir bringen dir unsere Gaben dar: Weihrauch, Myrrhe und Gold fürwahr ...

Ihn dingfest machen? Da hatte sie nicht die geringste Chance. Natürlich würde er als Sieger aus diesem Spiel hervorgehen, das wusste sie nur noch nicht. Doch bald schon würde sie es erfahren. Sehr bald schon.

Bei diesem Gedanken verspürte er ein erregtes Prickeln, und er griff in seine Tasche und spielte voller Vorfreude mit seinem verborgenen Schatz. Bald, so bald schon! Das hier würde eine persönliche Angelegenheit werden – für Detective Selena Alvarez ...

Um keinen Verdacht zu erregen, hatte er sich nach kurzer Zeit zurückgezogen, während immer mehr neugierige Nachbarn und Vorbeifahrende zusammenkamen und über die Absperrung hinwegstarrten. Er hatte sich gezwungen, nach Hause zurückzukehren, auch wenn er sehr gerne geblieben wäre, um die frustrierten Cops und den gepeinigten Prediger weiter zu beobachten.

Später, ermahnte er sich, als er zur Hintertür seines Hauses stapfte, wobei er sorgfältig darauf achtete, in die Fußstapfen zu treten, die er bereits hinterlassen hatte. Auf der Veranda zog er sich die Stiefel aus, dann ging er auf Socken in den Windfang des alten Farmhauses. Auf dem Weg quer durch die kalte Küche zur Vorderseite des Hauses mit dem Arbeitszimmer, in das er die ehemalige gute Stube verwandelt hatte, kam er an dem Holzofen vorbei, worin seine Urgroßmutter ihre unglaublich köstlichen Plätzchen gebacken hatte.

Er war sich sicher, dass die ungeheuerlichen Nachrichten aus Grizzly Falls für allgemeine Aufmerksamkeit sorgen würden, und zwar nicht nur auf regionaler Ebene, vermutlich sogar bis über die Landesgrenzen hinaus. Glücklicherweise verfügte er über die nötige Ausrüstung, jeden Lokalsender aufzunehmen, da er sich die Beiträge wieder und wieder ansehen wollte. Er setzte sich an den Computer und fing an, die ersten Meldungen abzurufen, die sich im Netz verbreiteten. Viel zu aufgeregt, um zu schlafen, würde er verfolgen, wie nach und nach immer mehr Berichte eingingen.

Über ihm war ein Poltern zu vernehmen. Seine Frau setzte die Füße auf den Boden, als sie aus dem Bett aufstand. Im Geiste zählte er ihre Schritte: eins, zwei, drei, vier, fünf, sechs. Immer nur sechs. Nach weniger als einer Minute rauschte die Toilettenspülung. Drei weitere Schritte, und die Rohre quietschten erneut, als sie den Wasserhahn am Waschbecken aufdrehte. Drei Minuten, nachdem sie aufgewacht war, war sie auf der Treppe zu hören, ihre Hausschuhe glitten leise über die alten Holzstufen. Ungehalten wartete er darauf, dass sie den Kopf zur Tür hereinsteckte. »Beschäftigt?«

Was für eine Frage.

»Hmm.« Er schaute kaum auf. Gott, sie fing an, ihm wirklich auf die Nerven zu gehen. Er überlegte, was er mit ihr anstellen sollte ... wenn die Zeit gekommen war. Bei ihr würde Blut fließen. Wie bei der Ersten.

»Ich setze den Kaffee auf. Du warst schon draußen?«

»Ja«, antwortete er wie aus der Pistole geschossen. »Ich habe gearbeitet.«

»Natürlich.« Sie gähnte und streckte sich, und ihm wurde klar, dass sie sich nicht länger für das interessierte, was er tat.

149

Sie hatte nicht einmal gefragt, woran genau er arbeitete. Es kümmerte sie einfach nicht. Es war, als wäre er unsichtbar.

Er hörte, wie sie Richtung Küche schlurfte, diese geizige Schlange mit ihrem Geld, die die Hand auf dem Portemonnaie hielt und noch nicht einmal dem Darlehen zugestimmt hatte, das er letztes Jahr beantragt hatte. Ihre Weigerung, den Antrag zu unterschreiben, hatte ihm einen Strich durch die Rechnung gemacht.

Vermutlich hatte sie das schon vergessen.

Er nicht.

Ja, es würde ein wunderbares Gefühl sein, ein Messer an ihre Kehle zu setzen, wahrscheinlich würde er ihr kleines Lieblingsgemüsemesser nehmen und währenddessen beobachten, wie ihr Blut ins Eiswasser spritzte. Bei ihr wäre es anders. Etwas Besonderes.

Während sie nichtsahnend in der Küche das Frühstück zubereitete und der Duft von frisch gebrühtem Kaffee durchs Haus zog, durchforstete er das Internet weiter nach den neuesten Informationen, natürlich mit herabgedrehter Lautstärke.

»O mein Gott!«, rief sie plötzlich. »Hast du das gesehen?«

»Was denn?«, fragte er, um einen gelangweilten Ton bemüht.

»In den Nachrichten! Man hat eine tote Frau in einem Eisblock gefunden. Bei der Kirche! Bei unserer Kirche!«

»Ach, das.« In aller Ruhe stand er vom Schreibtisch auf und ging zu ihr hinüber in die Küche. Die Kaffeekanne in der Hand, starrte sie auf den kleinen Fernseher, den sie auf die Mikrowelle in der Nähe des Esstischs gestellt hatte. »Ich war dort«, sagte er, nahm ihr die Kanne aus der Hand und wandte seine Aufmerksamkeit ebenfalls dem Bildschirm zu. Eine Reporterin war vor der Kirche zu sehen, die erklärte, man habe bei der Presbyterianischen Kirche unmittelbar hinter der Stadtgrenze von Grizzly Falls den eingefrorenen Leichnam einer nicht identifizierten Frau unter den Figuren einer Weihnachtskrippe entdeckt.

Die Reporterin, jung und hübsch, hielt das Mikrophon dicht an ihre glänzenden Lippen und blickte mit weit aufgerissenen Augen in die Kamera.

»Du ... du warst dort?«, fragte seine Frau überrascht.

»Ich bin vorbeigefahren und habe angehalten, um zu sehen, was der Tumult zu bedeuten hatte. Natürlich konnte mir niemand etwas Näheres sagen.«

»Ich bin erstaunt, dass du angehalten hast.«

»Nun, die Straße war gesperrt, ich musste sowieso einen Umweg fahren, also dachte ich, ich könnte genauso gut nachfragen.« *Jetzt* interessierte sie sich plötzlich für das, was er tat. Natürlich.

»Was ist mit Prediger Mullins und seiner Frau? Mit den Mädchen? Sind sie unverletzt?«

»Du hast doch gehört, was die Reporterin gesagt hat. Sie haben den Leichnam noch nicht identifiziert.«

»Das ist ja grauenhaft«, flüsterte sie und wandte sich wieder dem Frühstück zu. »Ich weiß nicht, warum so etwas immer hier passieren muss. Das ist ja wie verhext! Als läge ein Fluch auf Grizzly Falls.«

»Warum was immer hier passiert?«

»Mord! Jemand hat diese arme Frau umgebracht! Genau wie letztes Jahr Weihnachten und im Jahr davor ... Erinnerst du dich nicht? Grauenhaft!«

»Das hier kommt mir doch ein wenig anders vor«, sagte er und versuchte, seinen Ärger zu unterdrücken. »Genauer durchdacht.«

»Weil der Leichnam bei der Kirche deponiert war?« Sie schauderte. »Das ist ja noch schlimmer! Die Kirche sollte ein Ort der Geborgenheit, des Trostes sein, ein sicherer Hafen. Wer immer das getan hat, verhöhnt all das, was mir heilig ist.«

Das Blut in seinen Adern begann zu rauschen, und er wusste, dass es keinen Zweck hatte, die Diskussion weiterzuführen. Nicht dass seine Frau, deren IQ weit unter seinem eigenen lag, noch Verdacht schöpfte. »Vielleicht war das gar nicht die Absicht«, sagte er, als Werbung auf dem Bildschirm erschien. »Wolltest du nicht Frühstück machen?«

Sie drehte sich um, blickte zu ihm auf. Als sie seinen Augen begegnete, verpuffte ein Teil ihrer Empörung. Er bemerkte, wie sich ihre Pupillen ein klein wenig weiteten, ein Anzeichen von Furcht. Gut. Sie kannte die Regeln, kannte ihren Platz, doch manchmal musste er sie daran erinnern. Er legte ihr liebevoll die Hand auf die Schulter, spürte ihr Fleisch durch den dünnen Morgenmantel und das Spitzennachthemd darunter. Dann drückte er zu. Nicht allzu fest. Gerade genug, um ihre Aufmerksamkeit zu erregen.

Er spürte, wie sich ihre Muskeln anspannten, doch sie schrie nicht auf. »Natürlich«, flüsterte sie und senkte den Blick. *Braves Mädchen.* Sie wusste, dass es keinen Sinn hatte, sich ihm zu entziehen.

»Perfekt.« Er lächelte herablassend und tätschelte ihre Schulter, dann wedelte er spielerisch mit dem Zeigefinger vor ihrer Nase. »Du solltest besser nicht trödeln!«

»Nein, nein ... natürlich nicht.« Sie blinzelte, dann drehte sie sich zur Anrichte um und fuhr mit ihrer Arbeit fort.

Jetzt, da die Verhältnisse wieder klargestellt waren, kehrte er ins Arbeitszimmer zurück und widmete sich wieder seiner

Internetrecherche. Der Geruch von brennendem Holz vermischte sich mit dem aromatischen Duft des Kaffees. Minuten später vernahm er das Zischen von Pfannkuchenteig, der auf das heiße Fett traf. Die Pfannkuchen selbst würden perfekt sein, rund und golden. Dazu gäbe es den hausgemachten Sirup, der gerade in einem Topf erwärmt wurde, den schon seine Großmutter zu ebendiesem Zweck verwendet hatte. Der Holzofen würde brennen und in der alten Küche seine Wärme und einen Hauch von Nostalgie verbreiten ... In der Luft hinge der Geruch der Vergangenheit, seiner Kindheit, die er mit seiner Großmutter und deren Mutter verbracht hatte, unbehelligt von dem Miststück, das ihn zur Welt gebracht hatte.

Doch er würde jetzt nicht an seine Mutter denken. Rasch schob er den Gedanken an sie beiseite, in eine Ecke seiner Seele, die er für Düsterkeit und Schmerz reserviert hatte, und konzentrierte sich wieder auf die hereinkommenden Internetnachrichten.

Sein Magen knurrte, doch er ignorierte das und wandte die Augen nicht vom Bildschirm. Die Uhr am Computer zeigte an, dass ihm noch zwei Minuten bis zum Frühstück blieben, also klickte er einen weiteren Clip an.

Er war nicht wirklich zufrieden mit der Berichterstattung, und am meisten enttäuschte ihn, dass die Skulptur selbst bislang nicht gezeigt wurde. Keine einzige Aufnahme! Die ganze Mühe, seine akribische Detailarbeit, die Perfektion – nichts!

Bislang ...

Er wusste, was er zu tun hatte, doch er würde vorsichtig sein müssen.

Nachdem exakt zwei Minuten verstrichen waren, ging er in die Küche und atmete tief das Duftpotpourri aus Ahornsirup, Pfannkuchen, Kaffee und Holzfeuer ein.

Seine Pfannkuchen warteten auf einem vorgewärmten Teller auf ihn, goldgelb und perfekt. Drei. Genau drei. Nicht mehr. Nicht weniger. Der Sirup war ebenfalls temperiert.

Ja, seine Frau hatte heute Morgen gute Arbeit geleistet.

Er würde sie belohnen müssen.

Alles war so, wie es sein sollte ... dann hörte er die Musik. Das Radio war auf einen Sender eingestellt, der auch andere Musik spielte als Weihnachtsmusik, und er spürte, wie wieder alter Zorn an die Oberfläche stieg.

Sie *wusste* ganz genau, dass um diese Zeit nichts anderes als Weihnachtsmusik erlaubt war, das gehörte einfach dazu. Der Zorn über ihren Regelverstoß schoss durch seine Adern, pulste in seinen Ohren, dröhnte in seinem Gehirn.

Auf Socken tappte er ins Wohnzimmer, wo der Weihnachtsbaum leuchtete, nach seinen exakten Vorgaben geschmückt; auch der Kamin war mit demselben Engelshaar verziert wie seit fast einem Jahrhundert; auf dem alten Eichensims war das kleine Weihnachtsdorf aus Pappe mit den winzigen blinkenden Lichtern aufgebaut, das sein Urgroßvater gebastelt hatte. Plötzlich ertönten die Klänge von »Hark! The Herald Angels Sing« aus den versteckten Lautsprechern.

Er war noch immer außer sich vor Zorn, doch es gelang ihm, sich ein wenig zu beruhigen, indem er seinen Finger über das glatte Holz des Kaminsimses gleiten ließ, vorsichtig, damit der Kunstschnee unversehrt blieb.

Sie war nicht vollkommen.

Natürlich nicht.

Doch er erwartete, dass sie ihm gehorchte.

Sie sollte ihrem Manne untertan sein, darauf hatte er von Anfang an bestanden, und sie hatten sogar die alten Gelöbnisse in ihrer persönlichen Hochzeitszeremonie abgelegt.

Er würde sie daran erinnern. Sie auf ihren Platz verweisen. Heute Abend.

»Glaubst du, wir haben schon wieder einen?«, fragte Alvarez, nachdem sie und Pescoli in getrennten Wagen zum Department gefahren waren und sich dort im Aufenthaltsraum getroffen hatten. Joelles tägliche Weihnachtsleckereien sahen bereits ziemlich geplündert aus.

»Einen was?«, fragte Pescoli.

»Einen durchgedrehten Serienkiller.«

»Oh, darauf würde ich fast wetten.«

Es war jetzt nach zehn, der Leichnam in seinem eisigen Sarg war endlich abtransportiert und in einen riesigen Kühlschrank im kriminaltechnischen Labor geschafft worden. Auch die Befragung der Anwohner, deren Häuser in der Nähe der Presbyterianischen Kirche standen, war beinahe abgeschlossen. Niemand hatte etwas gesehen oder gehört, was höllisch frustrierend war. Eine der direkten Nachbarn, die örtliche Tierärztin Jordan Eagle, war zu einem Notfall unterwegs gewesen. Um kurz nach Mitternacht war sie zu ihrer Praxis gefahren und erst gegen drei zurückgekehrt, aber sie hatte nichts Außergewöhnliches bemerkt.

»Ich war hundemüde«, hatte sie eingeräumt. »Es hat heftig geschneit, und ich musste mich voll und ganz auf die Straße konzentrieren, vermutlich hätte ich nur etwas bemerkt, wenn es sich direkt vor meinen Augen abgespielt hätte.«

Also standen sie wieder ganz am Anfang. Sobald die Eisschicht um den Leichnam herum geschmolzen war und die Kriminaltechniker mit der Spurensuche beginnen konnten, würden sie die Identität der unbekannten Frau herausfinden, doch Alvarez war der gleichen Meinung wie Pescoli: Das Opfer musste mit hoher Wahrscheinlichkeit Lara Sue Gilfry sein. Obwohl ihre Züge durch das Eis verzerrt waren, war die Ähnlichkeit unverkennbar, auch die Narbe am Bein und die Tätowierung am Knöchel waren zu erkennen. Der Anblick der Eisskulptur war ein Schock gewesen, vor allem die Augen der toten Frau, die blicklos durch die gefrorene Hülle starrten. Die meisten Mörder verbargen ihre Opfer, doch es gab immer auch die, die ihre Tat zur Schau stellten. Dass sie das allerdings bei der Weihnachtskrippe einer Kirche taten, war ihres Wissens noch nie vorgekommen.

»Du gehst also von einem Serienmörder aus?«

»Ja, und zwar von einem völlig durchgedrehten.« Pescoli nickte und beäugte die übrig gebliebenen Plätzchen auf einem Silbertablett, das die Form einer Schneeflocke hatte. »Wieder mal.« Stirnrunzelnd wählte sie ein Törtchen mit einem Rentierkopf aus. Die Hälfte des Geweihs fehlte bereits. »Was das wohl zu bedeuten hat? Weshalb wird Grizzly Falls plötzlich zum Sammelpunkt für sämtliche mordlüsternen Psychopathen in den ganzen Vereinigten Staaten?«

»Sag du's mir. Du lebst hier schon länger als ich.«

»Das stimmt.« Pescoli nahm sich eine Tasse und schenkte sich Kaffee aus der Glaskanne ein, die auf der Warmhalteplatte der Kaffeemaschine stand. »Du kommst aus San Bernardino, oder?«

Alvarez starrte auf den dünnen, dunklen Kaffeestrahl und hätte sich am liebsten in den Hintern getreten, weil sie es zugelassen hatte, dass sich das Gespräch in Richtung ihrer Vergangenheit bewegte.

»Ja. Hat jemand die Person kontaktiert, die Lara Sue Gilfry als vermisst gemeldet hat?« Um sich weiteren Fragen nach ihrem Privatleben zu entziehen, wandte sie sich um und eilte zur Tür hinaus und den Flur entlang zu ihrem Schreibtisch.

»Darum kümmert sich jemand, aber weich mir nicht aus: du und O'Keefe. Möchtest du mich nicht ins Bild setzen?«, bohrte Pescoli, die ihr auf dem Absatz folgte.

»Nein.«

»Ich habe den Bericht gelesen.«

Na großartig. Alvarez spürte, wie sie nervös wurde, doch es kam noch schlimmer: Fast wäre sie mit Sheriff Dan Grayson zusammengestoßen, der gerade aus seinem Büro trat. Zum Glück hielt sie keine Tasse mit heißem Tee in der Hand, als sie ihm blitzschnell auswich.

»Lassen Sie mich nur schnell einen Kaffee trinken«, sagte er mit seiner gedehnten Sprechweise, die sie so anziehend fand, »dann treffen wir uns in meinem Büro, und Sie bringen mich auf den neuesten Stand in diesem ›Eismumienfall‹ – wie ihn die Presse bereits nennt.«

»Was vermutlich besser ist als ›Frau am Stiel‹«, bemerkte Pescoli.

»Kaum. Und erwähnen Sie das bloß nicht in Manny Douglas' Anwesenheit«, warnte er. Manny Douglas war ein besonders aufdringlicher Pressefuzzi vom *Mountain Reporter,* einer der hiesigen Lokalzeitungen. »Er wird jubeln, wenn er so etwas hört.« Eine von Graysons buschigen Augenbrauen schoss in die Höhe, dann nickte er in Richtung seines Büros.

»Ich bin gleich da.«

»Eismumie?«, wiederholte Pescoli, als sie Alvarez durch die Tür von Graysons Büro folgte und sich auf einen der Schreibtischstühle fallen ließ. »Nicht besonders originell. Zurück zu dir: Erzählst du mir nun von San Bernardino und Dylan O'Keefe, oder muss ich meine Freundin anrufen, die dort bei der Polizei arbeitet?«

»Ist das wirklich so wichtig?«

»Wahrscheinlich nicht. Aber seit ein Junge, der wegen bewaffneten Raubüberfalls gesucht wird, versucht hat, mit Dylan O'Keefe auf den Fersen in dein Haus einzubrechen, vielleicht doch.«

Es gab keine Möglichkeit, um eine Erklärung herumzukommen. »Später«, sagte Alvarez, die verhindern wollte, dass Grayson mehr mitbekam als unbedingt nötig.

»Ich werde dich daran erinnern.«

Sturgis, der in seinem Korb in der Ecke lag, hob den Kopf und wedelte mit dem Schwanz.

Alvarez' Herz schnürte sich zusammen, als sie an ihren eigenen Hund dachte. Wo Roscoe wohl sein mochte? »Braver Junge«, sagte sie automatisch. Wieder wedelte Sturgis mit dem Schwanz, dann gähnte er ausgiebig, wobei er seine rosa Zunge und die strahlend weißen Zähne zeigte. Im Flur waren Graysons Schritte zu vernehmen, dann erschien er in der Tür. Sturgis erhob sich, um ihn zu begrüßen. Eine Tasse Kaffee in der Hand, beugte sich der Sheriff vor und kraulte den schwarzen Labrador hinter den Ohren.

Alvarez stellte fest, dass er das ganz automatisch tat; vermutlich merkte er nicht mal, dass er dem Hund seine Aufmerksamkeit schenkte, genau wie er nie bemerkt hatte, wie dicht sie davor gewesen war, sich in ihn zu verlieben. Im Nachhinein kam ihr das albern vor, wie eine Kleinmädchen-schwärmerei. Ja, er war ein attraktiver Mann, doch er war eher ein Mentor als ein Geliebter.

Rasch wandte sie den Blick ab, überrascht über ihre eigenen Gedanken. Ihr war klar, dass dieser Gesinnungswandel weniger mit Dan Grayson als vielmehr mit der Tatsache zu tun hatte, dass sie Dylan O'Keefe wiedergesehen hatte.

Was einfach lächerlich war. Lächerlich und beunruhigend. Romantische Phantasien, ganz gleich, welchen Mann betreffend, waren momentan absolut fehl am Platze.

Aus den Augenwinkeln bemerkte sie, wie Pescoli sie anstarrte, und zwang sich zu einem gelassenen Gesichtsausdruck. Doch selbst dann noch, so schien es, hatte ihre Partnerin die verblüffende Fähigkeit, ihre Gedanken zu lesen. Doch das würde sie nicht zulassen, *heute* nicht!

»Und jetzt«, sagte Grayson, nachdem er es sich auf seinem knarzenden Schreibtischstuhl bequem gemacht hatte, »Klartext, bitte. Ich möchte bis ins letzte Detail informiert werden. Was zum Teufel war da los an der Presbyterianischen Kirche?«

Kapitel elf

Um fünf Uhr nachmittags wusste Alvarez nicht mehr über den Eismumienfall als in den frühen Morgenstunden, nachdem man den Leichnam entdeckt hatte. Bislang hatte sie keine freie Minute zusammen mit Pescoli verbracht, weshalb sie dieser noch nicht die Gründe hatte unterbreiten müssen, warum sie Kalifornien verlassen hatte und hier gelandet war. Doch das würde sich bald ändern. Wenn Pescoli etwas wissen wollte, war sie wie ein Terrier: Sie stellte Fragen über Fragen, biss sich fest und ließ erst locker, wenn sie mit den Antworten zufrieden war.

Doch Alvarez war sich nicht sicher, ob sie schon bereit war, Antworten zu geben.

Eher nicht. Das Wiedersehen mit O'Keefe hatte sie ganz schön aus der Bahn geworfen.

Sie war todmüde und voller Ungeduld, ihre Nerven waren zum Zerreißen gespannt. Wenn sie nicht mit getrübtem Urteilsvermögen weiterarbeiten wollte, sollte sie jetzt besser eine Pause einlegen. Sie schob ihren Stuhl zurück, stand auf und streckte sich, die Hände so hoch erhoben, dass ihr Rückgrat knackte. Auf der Schreibtischkante stand eine Tasse mit kaltem Tee, auf dem Bildschirm waren die Fotos des Opfers zu sehen, einmal eingefroren in Eis und später, nachdem die dicke Eisschicht abgeschmolzen war. Nun war die Leiche unterwegs zur Obduktion.

Da die Familienangehörigen erst noch ausfindig gemacht werden mussten, hatte der Besitzer des Bull and Bear die tote Frau identifiziert und bestätigt, dass es sich tatsächlich um die vermisste Lara Sue Gilfry handelte.

Die Medien stürzten sich auf die Story, und trotz der wiederholten Ankündigung des Departments, dass der für die Information der Öffentlichkeit zuständige Officer um siebzehn Uhr dreißig eine Erklärung abgeben und anschließend für Fragen zur Verfügung stehen werde, waren Anrufe von Medien- und Presseleuten aus allen Teilen des Landes eingegangen, sogar aus Seattle und Boise.

Bei einem Mord war der Täter nicht selten im engen Familienkreis zu finden oder stand dem Opfer zumindest nahe. In diesem Fall hatte der Mörder oder sein Komplize große Mühe auf sich genommen, den Leichnam zur Schau zu stellen, noch dazu an einem öffentlichen Ort, was bedeutete, dass er mit seiner Tat Aufmerksamkeit erregen oder eine Art Stellungnahme abgeben wollte. Alvarez ging daher davon aus, dass Lara Sue jemandem in die Hände gefallen war, der zufällig ihren Weg gekreuzt hatte, jemandem, der beschlossen hatte, dass sie genau diejenige war, die er zur Befriedigung seiner Bedürfnisse brauchte. Also hatte er sie gekidnappt, in Eis gegossen und sie dann der Öffentlichkeit präsentiert. Das Büro des Sheriffs hatte Leute abgestellt, die ihre Verwandten, Mitglieder der Kirchengemeinde, Anwohner, Feinde von Prediger Mullins und seiner Familie oder der Presbyterianischen Kirche genauestens unter die Lupe nahmen, außerdem einheimische Künstler, vor allem die, die mit Eis arbeiteten. Zudem hatten sie in sämtlichen Cateringfirmen und Hotels der Gegend nachgefragt, ob sie jemand beschäftigten, der Eisskulpturen fertigte.

»Geisteskrank«, murmelte sie, legte beide Arme hinter ihren Kopf und streckte sich, dann ließ sie die Schultern kreisen, um ihre Verspannungen zu lockern. Der Tag war anstrengend gewesen. Manche Täter hielten die Leichen ihrer Opfer in der

Nähe ihres Wohnorts versteckt, um sie später wieder aufzusuchen und den Akt der Tötung erneut durchleben zu können, wann immer sie wollten. Die anderen, die mindestens genauso gestört waren, wollten mit ihrer Tat vor aller Welt protzen, wollten zeigen, wie clever sie waren; sie liebten es, ihre Spielchen mit der Polizei zu treiben und die Öffentlichkeit zu terrorisieren. Dieser Verrückte, der sein Opfer in Eis gepackt hatte, fiel definitiv in die letztere Kategorie. Das war krank, einfach nur krank, doch daran war sie nach den jüngsten Serienmorden in ihrer beschaulichen Kleinstadt fast schon gewöhnt.

Was ihr dagegen wirklich Sorgen bereitete, war, dass sie die Anwesenheit des Psychopathen *gespürt* hatte, als sie am Fundort der Leiche bei der Krippe gewesen war, obwohl sie eigentlich nichts auf »Bauchgefühle« oder vage Intuition gab. Trotzdem hatte sie heute früh, noch vor Anbruch der Morgendämmerung, draußen vor der Kirche in der eisigen Kälte, das Gefühl nicht abschütteln können, das Böse starre ihr direkt ins Gesicht. Sie hatte geahnt – wenn nicht gar gewusst –, dass sich der heimtückische Irre, der eine Frau zur Eisskulptur gemacht hatte, ganz in der Nähe befand. Nein, das war doch lächerlich. Sie vertraute auf die Wissenschaft und setzte stets auf handfeste Beweise. Und dennoch ...

Pescoli, dick eingepackt in Mantel und Mütze, tauchte an Alvarez' Schreibtisch auf. »Ich fahre dann mal nach Hause und sehe nach meinen abtrünnigen Kindern.«

»Kommst du anschließend wieder her?«

»Heute Abend? Vielleicht. Hängt von der Situation daheim ab. Bianca und ich sehen uns kaum noch, und das ist gar nicht gut.«

»Und Jeremy?«

»Der ist fast nie da. Ich versuche, ihm seinen ›Freiraum‹ zu geben«, fügte sie sarkastisch hinzu und malte mit den Fingern Anführungszeichen in die Luft, »aber ich hab's langsam satt. Dieser
›Freiraum‹ bedeutet für mich, dass ich meine Nase nicht in seine
Angelegenheiten stecke, obwohl er noch zu Hause wohnt und
keinerlei Anstalten macht, seinen Beitrag zu leisten. Ich denke, es
ist an der Zeit, ein ernstes Wörtchen mit ihm zu reden. Ein paar
Veränderungen könnten nicht schaden, immerhin fängt bald ein
neues Jahr an.« Sie legte sich ihren Schal um und band die Enden
zu einem dicken Knoten. »Kinder«, murmelte sie, dann blickte
sie Alvarez scharf an. »Oh, da fällt mir gerade ein, was hältst du
eigentlich von unserem Freund, Prediger Mullins?«

»Hmm?«

»Der hat nicht unbedingt eine lilienweiße Weste.« Sie löste
den Schalknoten wieder und ließ die Enden lose herabfallen.
»In Arizona hat es Probleme gegeben; man hat ihn im Bett
mit einem seiner Gemeindemitglieder erwischt, einem Mädchen, das gerade erst achtzehn geworden war. Ihr Vater hat
Zeter und Mordio geschrien, doch weil das Mädchen volljährig war, hat man Mullins lediglich versetzt.«

»Nach Grizzly Falls«, vermutete Alvarez.

»Hmmhmm.« Pescoli fingerte weiter an ihrem Schal und
band ihn erneut zu einem dicken Knoten. »Calvin sollte besser
nicht mit Steinen werfen, wenn er selbst im Glashaus sitzt.«

»Glaubst du, der Vater des Mädchens reist aus Arizona an,
tötet eine Frau und friert sie in einen Eisblock ein, nur um
sich an Mullins zu rächen?«

»Nein. Trotzdem macht es mich nachdenklich. Hatte der
gute Hirte noch weitere Probleme? Und dann ist da noch das
Winterfestival nächste Woche in Missoula. Weißt du, was da

unter anderem ausgestellt wird?« Noch bevor Alvarez antworten konnte, fügte sie hinzu: »Eisskulpturen. Hältst du das etwa für einen Zufall? Ich denke, wir sollten die ›Künstler‹ mal genauer unter die Lupe nehmen.« Sie schnitt eine Grimasse. Einen Moment später summte ihr Handy. Pescoli zog es aus der Tasche und warf einen Blick aufs Display. »Aaah. Die verlorene Tochter möchte wieder einmal eine Freundin besuchen.« Sie tippte rasch eine Antwort: »Auf keinen Fall«, dann sagte sie, an Alvarez gewandt: »Das kommt gar nicht in Frage, der Wetterbericht hat einen weiteren Sturm angekündigt. Außerdem wollen wir heute Abend alle gemeinsam essen, und das werden wir auch, selbst wenn es uns umbringt!«

Dylan O'Keefe wartete schon auf sie.

Als Alvarez zu ihrem Subaru Outback ging, der am Straßenrand parkte, stieg O'Keefe aus seinem Wagen.

Großartig. Genau das, was sie nach einem langen, anstrengenden, doch leider völlig ergebnislosen Tag brauchte. »Das wird ja langsam zur Gewohnheit!«, begrüßte sie ihn.

»Schuldig im Sinne der Anklage.«

»Gibt es etwas, das ich für dich tun kann?«

»Ja.« Seine Stiefel knirschten auf dem gefrorenen Schnee, als er zu ihrem Wagen herüberging.

»Hast du meinen Hund gefunden?«

»Noch nicht.« Seine Nase war rot vor Kälte.

»Und was ist mit Reeve?«

»Spurlos verschwunden.« Er blickte beunruhigt drein. »Hast du mit den Kollegen aus Helena gesprochen?«

»Ja.« Sie nickte und kramte in ihrer Handtasche nach dem Autoschlüssel. Gott, war das kalt! Pescoli hatte recht: Ein weiterer Sturm war angekündigt worden, der gut dreißig Zentimeter Neuschnee mit sich bringen sollte. Genau das hatte noch gefehlt! »Sie haben alles bestätigt, was du erzählt hast. Ich habe versucht, an weitere Informationen zu kommen, und ihnen eine Zusammenarbeit mit dem hiesigen Department angeboten.«

»Und?«

»Und sie waren froh darüber, vielleicht nicht so sehr über deine Beteiligung an dem Fall, aber immerhin.«

»Aber immerhin habe ich ihn gefunden!«

»Und ihn entwischen lassen!« Sie schloss den Wagen auf und wartete, in der Hoffnung, etwas Neues über den Verbleib des Jungen oder ihres Hundes zu erfahren.

»Ich dachte, du hättest eine Idee, wo er hingegangen sein könnte.«

»Ich? Warum?«

»Weil er sich dein Haus offenbar ganz gezielt ausgesucht hat.«

Er starrte sie in der Dunkelheit an. Das Licht einer Straßenlaterne färbte ihr Gesicht leicht bläulich.

Am liebsten hätte sie gelogen und ihm weisgemacht, sie habe keine Ahnung, warum er ausgerechnet bei ihr eingebrochen war, doch das würde letztendlich nichts bringen, weder ihr noch Gabriels Familie, die sich sicher schreckliche Sorgen um ihn machte.

»Hör mal, es ist furchtbar kalt hier draußen, aber wir müssen reden«, sagte sie deshalb.

»Weiter unten an der Straße ist eine Bar.«

»Ähm ... nein.« Die Bar war ein beliebter Treffpunkt für einige Deputys, die in ihrer Freizeit gern dort ihr Bier tranken. Im Grunde bot keines der umliegenden Restaurants die Privatsphäre, die sie für das anstehende Gespräch mit O'Keefe brauchte. Dasselbe galt für die meisten Lokale im unteren Teil der Stadt. Wegen der Serienmorde in den vergangenen Jahren war sie wiederholt im Fernsehen interviewt oder für die Lokalzeitung von Grizzly Falls fotografiert worden, so dass man sie hier gut kannte. »Warum fahren wir nicht zu mir?«, schlug sie daher vor, auch wenn es sie einige Überwindung kostete.

Eine seiner dunklen Augenbrauen schoss in die Höhe. »Hat das einen bestimmten Grund?«

»Ich möchte dir etwas erzählen, das unbedingt unter uns bleiben muss.«

»Okay«, sagte er und trat von ihrem Geländewagen zurück. »Ich fahre dir hinterher.«

Sie setzte sich ans Steuer des Subarus und fragte sich, ob sie soeben einen Riesenfehler gemacht hatte, doch jetzt war es ohnehin zu spät, es sich anders zu überlegen. Als sie den Motor anließ und in den Seitenspiegel blickte, um aus der Parklücke zu setzen, sah sie, wie O'Keefe in seinen alten Ford stieg, den er ein Stück weiter hinten geparkt hatte.

Sie wusste, dass es falsch war, mit ihm allein zu sein, aber ihr blieb keine andere Wahl. Sie wollte herausfinden, wo Gabriel Reeve steckte und ob er ihr Sohn war. Und sie wollte Roscoe zurückhaben.

Als sie sah, wie O'Keefe seinen Wagen anließ, setzte sie den Blinker und fuhr aus der Lücke, dann wendete sie und fuhr an O'Keefe und einem Nachrichtenvan vorbei, der offenbar auf dem Weg zum Department war. Im Rückspiegel sah sie O'Keefes Explorer mit etwas Mühe ebenfalls wenden, kurz darauf fiel sein Scheinwerferlicht durch ihre Heckscheibe, als sie vor einer roten Ampel bremste.

Der Gedanke, dass sie sich ihrem ehemaligen Partner würde anvertrauen müssen, machte ihr mehr als nur ein wenig zu schaffen. Nervös stellte sie das Radio an und stellte fest, dass es noch mehr Schnee geben würde. Der angekündigte Schneesturm bahnte sich gerade seinen Weg durch die Bitterroot Mountains.

Warum bloß hatte sie das Gefühl, dass das ein schlechtes Omen war?

»Das ist so lahm!«, beschwerte sich Jeremy, der im Wohnzimmer damit beschäftigt war, die Außenlichterketten zu entwirren, worüber er gar nicht glücklich war. Der Strang, den er sich vorgenommen hatte, reichte quer über die Couch und Fernsehsessel und schlängelte sich dann über den Teppich Richtung Fernseher, in dem gerade eine Sendung über ein anstehendes Basketballspiel lief.

»Was ist denn daran lahm?«, erkundigte sich Pescoli von der Küche aus, wo Cisco um ihre Füße herumtänzelte und darauf hoffte, dass etwas für ihn abfiel. Nicht dass ihr Jeremys Meckerei etwas ausmachte, sie war daran gewöhnt. Sie probierte die Soße für einen Spaghettiauflauf aus, ein Rezept, das Joelle ihr am Monatsanfang per E-Mail geschickt hatte. Pescoli war darauf gestoßen, als sie ihren Posteingang aufgeräumt hatte, und hatte es ausgedruckt, da es ganz danach klang, als wäre es etwas für alle Familienmitglieder.

Sogar Bianca, die zurzeit nur vegetarisch aß – wie immer, wenn sie im Fernsehen eine Sendung über mangelhafte Tierhaltung oder eine gesunde Ernährungsweise gesehen hatte –, würde Joelles Spaghettiauflauf schmecken. Pescoli war das egal, solange sie nur rechtzeitig Bescheid wusste, bevor sie einen Rindereintopf kochte oder ein Hähnchen grillte. Heute, so dachte sie, war sie auf der sicheren Seite.

»Warum müssen wir denn auch außen am Haus Lämpchen aufhängen?«, nörgelte Jeremy weiter. Er lümmelte auf dem Fußboden, seine Jeans rutschten ihm fast über den Hintern, und er hätte dringend eine Rasur und einen Haarschnitt gebraucht. Probehalber steckte er den Stecker in die Steckdose, und – Gott sei Dank! – sämtliche Lämpchen leuchteten auf und verteilten unheimliche kleine Lichtpunkte auf Möbeln und Teppich.

»Das macht man um diese Jahreszeit nun mal so. He, wir haben das Haus immer mit Lichterketten geschmückt. Komm schon, auch bei uns muss es ein paar Traditionen geben!« Sie schüttete die Soße über die Nudeln und den Käse, streute noch ein wenig Mozzarella darüber und schob die schwere Auflaufform in den vorgeheizten Ofen. Kochen war nicht wirklich ihr Ding, und sie musste zugeben, dass ihr die ganze Zeit über der Fall durch den Kopf ging. Es war ihr nicht gelungen, das Bild von der im Eis eingeschlossenen Frau abzuschütteln, und dann war da ja immer noch der »Jagdunfall«, der Len Bradshaw das Leben gekostet hatte, außerdem hatte sie nach wie vor keine Ahnung, was zum Teufel mit Alvarez los war, und sie wollte unbedingt herausfinden, welche Rolle Dylan O'Keefe und der wegen bewaffneten Raubüberfalls gesuchte Junge dabei spielten. Leider konnte auch sie nicht rund um die Uhr arbeiten, und ihre Kinder brauchten sie. Sie musste für eine gewisse Balance in ihrem Leben sorgen, sich Zeit für die Familie nehmen, egal, ob das ihren Kindern gefiel oder nicht.

Und was ist mit Nate Santana? Wo bleibt noch Raum für ihn? Er war schon so lange geduldig gewesen. Ein Heiliger mit einem verruchten Grinsen. Doch selbst er würde nicht ewig warten; sie würde eine Entscheidung treffen müssen.

»Vielleicht ist es Zeit für etwas Neues«, schlug Bianca vom Küchentisch aus vor, wo sie Weihnachtskarten unterschreiben sollte, die meiste Zeit jedoch mit ihrem Handy spielte und SMS verschickte.

»Meinst du neue Traditionen?«, fragte Pescoli, die den Gesprächsfaden verloren hatte, als sie die Soße probierte und über ihr kompliziertes Leben nachdachte.

»Hm, hm. Michelle wird ihren Baum dieses Jahr sogar in einer anderen Farbe schmücken.« Immer noch tippend, blickte Bianca auf. Bestürzt stellte Pescoli fest, wie sehr ihre Tochter Luke ähnelte. So war es nun mal: Beide Kinder kamen nach ihren Vätern, was an und für sich nicht schlimm war. Joe Strand war ein ganzer Kerl gewesen, Luke Pescoli dagegen – zur Hölle mit ihm! – ein Hollywood-Schönling mit einem schiefen Lächeln, das selbst das kälteste Herz einer Frau zum Schmelzen brachte. Was er dadurch unter Beweis gestellt hatte, dass er Regan Strand überreden konnte, ihn zu heiraten.

»Keine rosa Schneeflocken mehr?«, fragte Pescoli und bemühte sich, den Sarkasmus in ihrer Stimme zu verbergen. Sie konnte selbst nicht genau erklären, warum ihr Lukes derzeitige Ehefrau so sehr auf die Nerven ging. Ja, Michelle war jünger und hübscher und machte sich zurecht wie eine Barbiepuppe, aber sie war längst nicht so dumm, wie sie sich stellte, und Pescoli wollte ihren untreuen Ehemann ganz gewiss nicht zurückhaben. Niemals. Luke war kein guter Mann. Zumindest nicht für sie. Gutaussehend? Ja. Narzisstisch? Aber sicher doch. Michelle und er schienen prima miteinander klarzukommen.

Gut.

Um die Wahrheit zu sagen, war es eher Michelles Stiefmuttergehabe, das Pescoli nervte. Michelle, die kaum zehn Jahre älter war als Bianca, mit ihren künstlichen Fingernägeln, der Haarverlängerung, den Plateau-High-Heels und ihren bescheuerten Fernsehserien. Barbie-Michelle liebte Reality-Soaps wie *Keeping Up with the Kardashians* und *Jersey Shore* – alles Dinge, die Pescoli hasste wie die Pest. Kein Wunder, dass ihr Michelles Einfluss auf Bianca nicht gefiel.

»Michelle stellt sich einen dieser Retro-Aluminiumbäume mit bunten Lichtern vor. Die können sich sogar drehen!« Wie immer schien Bianca beeindruckt von der ungeheuren Inspirationskraft dieser Frau.

»Wenn sie schon auf retro macht, könnte sie doch genauso gut in den Wald gehen und sich einen Weihnachtsbaum schlagen, du weißt schon, eine echte Tanne mit echten Nadeln, die nach echtem Harz duftet und vielleicht nicht perfekt gewachsen ist?«

Bianca verdrehte die Augen. »Darauf steht sie aber nicht, Mom. Weißt du, wie sie dieses Jahr das Haus dekorieren will? Das wird echt cool!«

Natürlich. »Und dein Vater hat nichts dagegen? Gegen den Retrobaum, meine ich?«

»Ihm ist das egal«, erklärte Bianca achselzuckend. »Solange ihm das Ding nicht die Sicht auf seinen neuen Fernseher versperrt ...«

»Schon wieder ein neuer Fernseher?« O Gott, warum hatte sie das Thema nur auf Luke gebracht?

»Ja, ein superdünner. 3-D.«

»Cool!«, bemerkte Jeremy. Pescoli spürte, wie ihre Haut anfing zu kribbeln. Sie musste nicht extra daran erinnert werden, dass es in ihrem Haus noch nicht einmal einen Flachbildfernseher gab. Der Besitz eines solchen Gerätes hatte für sie keine besonders hohe Priorität, zudem verdiente sie nicht genug Geld, um es für Elektronik rauswerfen zu können. Sie musste dringend das Thema wechseln. »Bist du fertig mit den Karten?«, fragte sie Bianca.

»Fast.«

»Dann bist du dran, Jer.«

»Warum? Das ist so ...«

»Lahm, ich weiß. Aber auch das ist Tradition, und deine Tanten freuen sich, wenn sie etwas von dir hören.« Jetzt trug sie ein bisschen dick auf, war es doch eine ganze Weile her, dass sie selbst mit einer von ihren drei Schwestern gesprochen hatte. »Immerhin schicken sie dir jedes Jahr Geschenke!«

»Toll«, brummte er, zog an der Lichterkette, um die Schnur zu entzerren, und riss dabei die Steckdose aus der Wand. Die Lämpchen erloschen. »Schei...«

»Es ist Weihnachten!«, fiel sie ihm ins Wort.

»Noch nicht!«, bellte er zornig.

Pescoli würde sich nicht von seiner schlechten Laune anstecken lassen. »Trotzdem: Bei uns wird nicht geflucht.«

»Wie bitte? Mom, du bist eine solche Heuchlerin. ›Bei uns‹ wird die ganze Zeit über geflucht.«

Nun ja, dachte Pescoli, da hatte er nicht ganz unrecht, aber die beiden lieferten ihr auch immer wieder allen Grund dazu. Was war nur aus ihren lieben Kleinen geworden? Ihr Blick fiel auf Bianca, die mit ihrer Brave-Tochter-Nummer nicht mehr durchkam, seit sie zehn oder elf war und Pescoli sie beim Rauchen erwischt hatte. »Die gehören Carrie!«, hatte Bianca behauptet, als ihre Mutter die Marlboro Lights konfisziert und anschließend die halb volle Schachtel dramatisch im Klo hinuntergespült hatte, obwohl sie sie am liebsten im Handschuhfach versteckt hätte, wo sie ihre eigenen Zigaretten »für schlechte Tage« aufbewahrte.

Soweit sie wusste, hatte ihre drastische Vorführung Wirkung gezeigt – Bianca war seitdem Nichtraucherin. Bei Jeremy war sie weniger erfolgreich gewesen: Er rauchte nicht nur, sondern machte sich nicht mal mehr die Mühe, es zu verbergen. »Ich bin achtzehn, ich darf rauchen!«, hatte er oft genug verkündet, doch sie wusste, dass er auch Marihuana probierte. »Gras ist kein Problem. Daran ist *absolut nichts* auszusetzen«, beharrte Jeremy. Ihre Argumente, dass Marihuana illegal war, stießen bei ihm auf taube Ohren.

»Na schön, dann bekenne ich mich eben schuldig«, räumte Pescoli jetzt ein, »aber ich werde mir Mühe geben, nicht mehr zu fluchen. Vielleicht sollten wir alle ein bisschen unsere Zungen hüten?«, schlug sie vor.

Niemand gab eine Antwort, Bianca simste noch immer, der vor ihr liegende Kartenstapel wurde nicht kleiner; Jeremy, der nach wie vor an der Lichterkette herumfummelte, starrte gebannt auf den Fernseher, wo eben die neuesten Sportergebnisse verkündet wurden.

Vermutlich war das die einzige Familientradition, die nie aussterben würde, dachte Pescoli.

Was ziemlich jämmerlich war, wenn man genauer darüber nachdachte.

Kapitel zwölf

Was für ein Riesenfehler!

Was hast du dir nur dabei gedacht, O'Keefe zu dir nach Hause einzuladen? Das schreit ja geradezu nach Ärger! »Er wird es früher oder später sowieso herausfinden«, sagte sie laut, während sie die Tür zu ihrem Reihenendhaus aufsperrte, in den kleinen Flur trat und die Schlüssel auf das Garderobentischchen warf. Sie konnte die Geburt ihres Sohnes nicht ewig verheimlichen.

Vielleicht ist Gabriel Reeve ja gar nicht dein Sohn ...

»Ja, ja, ich weiß!« Auch diese Möglichkeit hatte sie wieder und wieder erwogen, doch sie nahm an, dass sie die Wahrheit einfach nicht sehen wollte. Seufzend nahm sie ihren Schal ab und hängte ihn an die Garderobe. Es wäre besser, O'Keefe erführe von ihr, was in der Vergangenheit geschehen war. Es würde ihm vielleicht helfen, den Jungen zu finden, und das wollte sie unbedingt.

Und was dann? Er wird sich wegen des Raubüberfalls vor Gericht verantworten müssen!

»Natürlich«, führte sie ihr Selbstgespräch fort. Sie glaubte an das Rechtssystem, vertraute darauf. Selbst wenn es im Fall von Junior Green versagt hatte.

Sie musste Gabriel Reeve finden und ihn dem Richter vorführen, aber nur mit einem ausgezeichneten Rechtsanwalt als Beistand.

Wirst du ihm einen Anwalt suchen? Wann? Bevor oder nachdem du mit ihm ein Mutter-Sohn-Gespräch geführt und ihm erklärt hast, warum du ihn damals zur Adoption freigegeben hast?

»Ach«, flüsterte sie und bückte sich, um Mrs. Smith auf den Arm zu nehmen, die mit ihren weißen Pfötchen die Treppe hinuntergetappt war. »Das Leben ist kompliziert«, murmelte sie, und Mrs. Smith rieb ihr Köpfchen an Alvarez' Kinn.

Sie trug die Katze in die Küche und füllte ihren Napf mit Lieblingsfutter, dann ging sie ins Wohnzimmer, nahm die Fernbedienung und stellte die Nachrichten an. Wie erwartet, lief die Stellungnahme, die der Beamte für Öffentlichkeitsarbeit vor der Presse abgegeben hatte. Die Aufnahmen waren weniger als eine Stunde alt, und Alvarez betrachtete Sheriff Dan Grayson, der kerzengerade neben der Frau mit dem Mikro stand. Er sah gut aus, dieser hochgewachsene, stattliche Mann, wie ein richtiger Cowboy mit seinem Stetson und den Stiefeln. Sie konnte sich ihn gut beim Viehtrieb vorstellen, hoch zu Ross unter der glühenden Sonne. Grayson war ein zäher, aufrechter Bursche mit genau den richtigen Moralvorstellungen und sehr viel Fingerspitzengefühl. Ihm war es als erstem Mann nach einer wahren Ewigkeit gelungen, ihr Vertrauen zu gewinnen. Ihr schnürte sich der Hals zu, wenn sie daran dachte, wie sie von ihm, ihrem Boss, geträumt hatte.

Nun erschien die Presbyterianische Kirche auf dem Bildschirm, davor die Krippe. Hinter der Reporterin waren Polizei und Kriminaltechniker bei der Arbeit zu sehen, und als ein Kameraschwenk das zeigte, was bis vor kurzem die wunderschöne, intakte Kulisse für Maria, Josef, das Jesuskind und die Heiligen Drei Könige gewesen war, fühlte sich Alvarez in eine längst vergangene Zeit zurückversetzt, und sie dachte an die Krippen ihrer Kindheit in Woodburn, Oregon. Die weihnachtlichen Traditionen fielen ihr wieder ein, die Fröhlichkeit, die atemlose, gespannte Vorfreude. Das Haus war voller Trubel gewesen, ihre Geschwister hatten gelärmt, während ihre Großmutter so schnell Spanisch gesprochen hatte, dass es klang wie das Rattern eines Maschinengewehrs. Alles hatte nach Zimt geduftet wegen der traditionellen mexikanischen Plätzchen, die tagelang gebacken wurden. Sie erinnerte sich an Girlanden und Lichterketten und an Heiligabend, wenn Großmutter Rosaritas hausgemachte Tamales in ihren Maishülsen dampften, so dass die ganze große Küche von ihrem Duft erfüllt war.

Später am Abend hatte sich die gesamte Großfamilie in die Autos gequetscht und war zur Mitternachtsmesse in die Kathedrale der nahe gelegenen Kleinstadt Mount Angel gefahren. Auf dem Weg dorthin hatte Selena aus dem Fenster des alten Kombis die vorbeiziehenden Felder betrachtet und die Bauernhäuser, die allesamt mit bunten Lichtern, Zederngirlanden und Tannenzweigen geschmückt waren. Der alte Ford war auch an vielen Krippen vorbeigerollt, eine jede sorgfältig aufgebaut, allesamt Sinnbilder für Frieden und Frömmigkeit, welche an die Geschichte von Christi Geburt erinnerten.

Sie hatte stets tiefe Ehrfurcht empfunden, wenn sie diese von Menschenhand nachgebildeten Darstellungen der Heiligen Nacht betrachtete. Nie im Leben, auch nicht als erwachsene Frau, die durch ein hartes Berufsleben geprägt und vielleicht abgestumpft war, hätte sie eine Krippe mit etwas so Niederträchtigem wie Mord in Verbindung gebracht.

Der Gedanke an die grausige Szene heute Morgen dagegen ließ sie den Glauben an das Gute in der Welt verlieren. Schwarz und weiß – dazwischen gab es keinen Platz für Grau.

Sie eilte die Treppe hinauf ins Schlafzimmer und zog sich um. Wo blieb bloß O'Keefe? Er war ihr nachgefahren, doch irgendwo auf dem Weg zwischen dem Department und ihrem Haus hatte sie ihn im dichten Verkehr verloren.

Im Grunde musste sie sich keine Sorgen machen, er wusste ja, wo sie wohnte. Im Badezimmer drehte sie den Hahn auf und stellte dankbar fest, dass das warme Wasser wieder lief. »Und es gibt doch einen Gott«, flüsterte sie. Sie schnappte sich ihre Bürste, strich sich das Haar aus dem Gesicht und fasste es mit einem Gummiband am Hinterkopf zusammen, dann teilte sie es in drei Strähnen, die sie zu einem Zopf flocht. Gerade als sie ein zweites Gummiband um das untere Ende schlang, ging die Haustürklingel.

»Das wurde aber auch Zeit.« Sie rannte die Stufen hinunter und wäre dabei fast über Mrs. Smith gestolpert, die die Treppe heraufgeschossen kam, um sich auf dem oberen Treppenabsatz zu verstecken.

Kurz vor der Haustür holte sie tief Luft, und noch bevor sie sich allzu viele Gedanken machen konnte, wie sie ihm beibringen sollte, dass sie womöglich Gabriel Reeves leibliche Mutter war, blickte sie durch den Spion, um sich zu vergewissern, dass der Mann auf der anderen Seite wirklich O'Keefe war.

Jetzt oder nie, dachte sie und öffnete die Tür.

»Ich habe uns etwas mitgebracht.« O'Keefe stand unter der Außenlampe und streckte ihr eine Pizzaschachtel entgegen. »Ich dachte, du bist vielleicht hungrig.«

Nicht wirklich, nicht bei dem, was ich dir gleich sagen muss. Essen war das Letzte, woran sie jetzt denken konnte. »Du hast recht«, sagte sie trotzdem. »Es war ein langer Tag.«

»Das glaube ich. Ich habe von der Leiche bei der Krippe gehört. Vermutlich hast du heute noch nicht viel gegessen.«

»Stimmt, nur ein paar Plätzchen«, sagte sie und trat beiseite, um ihn hereinzulassen.

Als sie die Peperoni-Pizza auf den Esstisch stellte und die dicke Schicht Tomatensoße, den klebrigen Käse und die fettigen Peperonistücke sah, spürte sie, wie sich ihr Magen verknotete, doch sie ließ sich nichts anmerken.

»Hier«, sagte er, griff in seine Tasche und zog eine Dose Bier heraus. »Ich habe mir etwas zu trinken mitgebracht. Für dich hab ich auch eine!« Er fischte eine zweite Dose aus der anderen Jackentasche.

»Danke, für mich nicht«, lehnte sie ab und ging in die Küche, um nach ihrem Pizzaschneider zu suchen, den sie schon seit ihrer Zeit auf dem College besaß. »Könntest du die Stücke kleiner schneiden?«, fragte sie, als sie ins Wohnzimmer zurückkehrte, und warf ihm den Pizzaschneider zu. Wie vertraut sich das alles anfühlte! Sie nahm zwei kleine Teller aus dem Schrank und holte eine Flasche Mineralwasser, dann zog sie sich einen Stuhl zurück und setzte sich ihm gegenüber. Irgendwie kam sie sich vor wie eine Nonne, weil sie sein Bier abgelehnt hatte.

»Du hast gesagt, du wolltest mit mir reden«, fing er an und schnitt ein Stück Pizza ab. Der Mozzarella zog lange Fäden.

»Worüber denn?«

O Gott. Jetzt oder nie, Selena. Raus damit.

»Es besteht die Möglichkeit ... nun, es ist ziemlich wahrscheinlich, dass Gabriel Reeve mein Sohn ist.« Sie zwang sich, die Worte über die Lippen zu bringen, und ignorierte das Sausen in ihrem Kopf. »Ich, ähm, ich bin mir nicht sicher – natürlich nicht –, aber ungefähr zu der Zeit, zu der deine Cousine

Gabriel adoptiert hat, habe ich einen Jungen zur Welt gebracht. Die Akten stehen unter Verschluss, bis er achtzehn ist. Als ich ihn damals abgegeben habe, habe ich darum gebeten, dass weder er noch seine Adoptiveltern Kontakt mit mir aufnehmen oder gar versuchen, mich ausfindig zu machen. Es war eine geschlossene Adoption, und genau so wollte ich es.«

Sie schluckte. Das Gewicht von sechzehn Jahren, in denen sie keine Ahnung gehabt hatte, wo ihr Sohn gewesen war, lastete schwer auf ihren Schultern.

»Es ist seitdem nicht ein einziger Tag vergangen, an dem ich nicht an ihn gedacht habe, aber ...« Sie schüttelte den Kopf und starrte auf ihre kalt werdende Pizza, während sie gegen die lang aufgestauten Tränen ankämpfte. »Ich habe mich immer gefragt, wie es ihm wohl ergangen ist, was für ein Leben er führt, wie er aussieht ...« Sie räusperte sich, dann schloss sie die Augen und zog sich in sich selbst zurück, dorthin, wo sie mit ihrem Schmerz allein sein konnte – unzugänglich für andere Menschen.

Sie fühlte, wie ihr Kinn anfing zu zittern, und biss die Zähne zusammen. Das war kaum der richtige Zeitpunkt für Reue oder Schuldzuweisungen, und sie würde jetzt nicht zusammenbrechen. *Bestimmt nicht.*

Einen Augenblick senkte sich Schweigen zwischen sie, nur das leise Rumpeln der Heizung war zu vernehmen. Sie fühlte sich erleichtert und ja, beschämt. Entschlossen hob sie das Kinn und blickte in seine fragenden Augen.

Wenn sie erwartet hatte, Anschuldigungen oder stumme Vorwürfe darin zu sehen, so wurde sie eines Besseren belehrt.

»Du warst damals selbst noch ein Kind«, sagte er sanft.

»Etwa so alt wie er jetzt.«

»Mein Gott, Selena, warum hast du mir das nie erzählt?«

»Ich habe es niemandem erzählt, und weißt du, warum?«
Sie schniefte laut und drängte die Tränen zurück, die ihr in
die Augen gestiegen waren. »Weil ich nicht wollte, dass jemand davon erfährt. Ich ... ich will es immer noch nicht,
doch es sieht so aus, als hätte ich keine große Wahl.«

Er runzelte die Stirn, dann wandte er den Blick ab und
sagte leise: »Schon gut.«

»Gar nichts ist gut. Es war nie gut und wird nie gut werden,
aber irgendwie werden wir schon damit klarkommen. Werde
ich damit klarkommen.« Sie hatte sich jetzt wieder unter Kontrolle, die Tränen waren aus ihren Augen verschwunden, und
sie strahlte Entschlossenheit aus.

»Na schön, dann stelle ich dir jetzt mal die entscheidende
Frage: Du glaubst also, Reeve weiß, dass du seine Mutter
bist, und ist deshalb hier aufgekreuzt?« O'Keefe klang skeptisch.

»Ich weiß es nicht. Es kommt mir unwahrscheinlich vor,
und ich habe keine Ahnung, wie er mich gefunden hat. Doch
dass das Ganze hier«, sie machte eine ausladende Handbewegung, die auch den leeren Hundekorb mit umfasste, »ein Rie-
senzufall ist, erscheint mir noch unwahrscheinlicher.«

Sie spürte O'Keefes Blick auf sich ruhen und stellte fest,
dass auch er sein Pizzastück nicht angerührt hatte.

»Was denkst du?«, fragte sie.

»Dass du ihn nie auch nur mit einem Wort erwähnt hast«,
sagte er, und sie wusste, dass er an die kurze Zeit dachte, in
der sie ein Paar gewesen waren.

»Das stimmt. Ich dachte, ich hätte es dir gerade erklärt: Ich
habe *nie* über ihn gesprochen. Mit niemandem. Habe versucht, nicht an ihn zu denken. Ich habe dich jetzt nur einge-

weiht, weil ich weiß, dass du nach ihm suchst, nach dem Jungen, der wahrscheinlich mein Sohn ist. Ich wäre dir dankbar, wenn du das Ganze möglichst für dich behältst.«

»Was ist mit dem Vater des Jungen?«

»Der ist außen vor.« Sie hätte mit dieser Frage rechnen müssen, dennoch überraschte sie sie, versetzte ihr einen Stich.

»Ist es möglich, dass der Vater Kontakt zu Gabe aufgenommen hat?«

»Nein.«

»Bist du sicher?«, hakte er nach.

Sie schüttelte den Kopf und funkelte ihn über den Tisch hinweg an. »Er weiß nicht, dass er ein Kind hat, und das soll auch so bleiben.«

»Es gibt gewisse väterliche Rechte.«

»Nicht für ihn. Ich habe meinen Sohn zur Adoption freigegeben und in seiner Geburtsurkunde keinen Vater eintragen lassen.«

Sie sah die Verwirrung in seinem Blick, doch zum Glück konnte sie keine Missbilligung darin entdecken.

»Hör mal«, sagte er schließlich, als sie sich ein Stück Peperoni von ihrer Pizza pflückte und in den Mund steckte. »Es spielt für mich nicht wirklich eine Rolle, ob der Junge dein Sohn ist oder nicht; ich möchte ihn nur finden.«

»Ich auch.«

»Und deinen Hund.«

Sie warf einen Blick auf den leeren Korb und nickte kauend.

»Ja. Ich vermisse ihn sehr.« Dann lehnte sie sich auf ihrem Stuhl zurück und sah zu, wie O'Keefe seine Bierdose öffnete. Es zischte, als er den Deckel aufriss. »Ich habe das ganze Haus abgesucht, aber wie ich schon sagte: Es fehlt nichts außer ein paar Schmuckstücken, keine teuren Sachen, nur von persönlichem Wert, und das Bargeld. Die zwanzig Dollar habe ich nicht wiedergefunden.«

»Mit zwanzig Dollar wird er nicht weit kommen.«

»Höchstens bis zur Stadtgrenze.«

»Wenn überhaupt«, überlegte er laut, dann nahm er einen großen Schluck Bier und deutete auf ihre unberührte Pizza.

»Iss. Wir werden ihn finden. So oder so.«

Sie war nicht überzeugt, auch der Knoten in ihrem Magen wollte sich nicht auflösen, trotzdem nahm sie einen Bissen und warf einen Blick auf sein Bier. Ohne aufzuschauen, schob er ihr die zweite Dose zu. »Versuch mal, ein bisschen aus dir herauszukommen! Du bist ja verschlossener als das Grab des Pharaos!«

Sie dachte an eine andere Zeit, einen anderen Ort, an kühle Drinks auf einer warmen Veranda, an Palmen, durch die die mitternächtliche Brise Südkaliforniens strich, und sie überlegte es sich anders. Sie würde das Bier nicht trinken. Hier ging es um Berufliches.

Sie hatten es privat miteinander probiert, doch der Schuss war nach hinten losgegangen. Im wahrsten Sinne des Wortes. Sie sah, wie sich sein Blick verdüsterte, und wusste, dass auch er an ihre kurze gemeinsame Zeit voller Leidenschaft gedacht hatte.

»Ich denke, ich sollte besser nichts trinken«, erklärte sie mit heiserer Stimme. Du lieber Gott, was war bloß los mit ihr? »Ich habe noch viel zu tun und ...« Sie schüttelte den Kopf.

»Unsinn. Es ist einfach keine gute Idee.«

»Nein?«

»Nein.«

Seine Augen bohrten sich in ihre. »Wovor hast du Angst, Selena?«, fragte er, und ihr wurde ganz seltsam zumute, als er sie mit ihrem Vornamen ansprach. Die Antworten lagen auf der Hand:

Vor der Wahrheit.

Vor den Lügen.

Vor dem, was wir herausfinden werden.

Vor dem, was wir nicht herausfinden werden.

Dass Gabriel Reeve mein Sohn ist.

Dass Gabriel Reeve nicht mein Sohn ist.

Vor allem aber habe ich Angst vor dir, O'Keefe, und davor, wie du mein Inneres in Aufruhr bringst.

»Vor nichts«, sagte sie mit angestrengter Überzeugung, und wie um ihre Worte zu beweisen, schnappte sie sich sein blödes Bier, riss den Deckel auf und nahm einen großen, kräftigen Schluck. »Und jetzt lass uns endlich den Jungen und meinen Hund finden!«

Äußerst unbefriedigend.

Das Medienecho hatte nicht im Geringsten seine Erwartungen erfüllt, dachte er, als er durch die Scheune ging, in der es warm war und nach Vieh und Heu roch. Die Tiere, die hier im Stall standen, waren bereits gefüttert, weshalb er ihr Muhen ignorierte, genau wie den Geruch, der ihn daran erinnerte, dass er dringend ausmisten musste. Glücklicherweise hatte er nur noch zwei Kühe, gerade genug, dass seine Frau sich nicht wunderte, warum er so viel Zeit im Stall verbrachte. Sein halb vollendetes Vorhaben, den Heuboden abzustützen, war ebenfalls eine Ausrede, um mehr Zeit außerhalb des Hauses verbringen zu können.

Gott sei Dank war seine Frau ein Stadtmensch; sie war allergisch gegen Heu und Tiere und setzte niemals einen Fuß in den Stall. Das war seine Domäne. Sie verstand nicht, dass das Vieh lediglich Requisite war, ein Vorwand, um die klapprige Scheune zu behalten, die sein Ururgroßvater gekauft hatte. Er hatte den geheimen Raum gefunden, als er ein Junge gewesen war, und seine Mutter hatte ihm in einer ihrer besonnenen Phasen erklärt, dass er während der Prohibitionszeit gebaut worden war, als sein Ururgroßvater die Einheimischen mit schwarzgebranntem Schnaps versorgt hatte. Deshalb hatte es hier schon damals Rohrleitungen gegeben. Jetzt schob er mehrere schwere Fässer zur Seite und legte die Falltür frei. Er öffnete sie, legte einen Schalter um, der den Generator anspringen ließ, den er höchstpersönlich installiert hatte, dann stieg er die hundert Jahre alte Wendeltreppe hinab in die natürlichen Höhlen, die dort unten lagen.

In der ersten Höhle blieb er kurz stehen, dann eilte er gebückt durch einen langen schmalen Gang, der zu weiteren, größeren Höhlen in diesem unterirdischen System führte. Er musste ein kurzes Stück laufen, doch das war es wert, denn verborgen in den dichten Wäldern oberhalb des Erdbodens, am äußeren Rand seines Anwesens, befand sich ein weiterer Eingang, der leichter zugänglich war. Dort konnte er auch seinen Pick-up parken, die Winde ausfahren und damit die Skulpturen aus der Höhle befördern. Dazu musste er den Haken der Winde lediglich an einem Paar eigens dazu angefertigter Eispickel befestigen, die wie zwei Zangen ins Eis griffen, anschließend die Blöcke auf einem Rollwagen positionieren und sie dann mit Hilfe der Winde an die Oberfläche und auf die Ladefläche seines Pick-ups verfrachten. Sobald er die Plane darübergedeckt hatte, konnte er unbemerkt mit seiner kostbaren Fracht in die Stadt fahren.

Er erreichte die große Höhle.

Seine Lieblinge waren allesamt hier, warteten auf ihn.

Bereit, in einen Mantel aus Eis gekleidet und sorgfältig bearbeitet zu werden, bevor sie der Öffentlichkeit vorgeführt wurden.

Niemand schien die Bedeutsamkeit seiner Kunst zu verstehen, den Schmerz, den er hatte ertragen müssen, die qualvolle Zeit, die er damit zugebracht hatte, peinlich genau seine Objekte zu wählen und ihre Entführungen zu planen. Und dann erst die Probleme, die es ihm bereitete, sie so lange versteckt zu halten, bis sie fertig waren, von den Mühen, die ihn ihre perfekte Gestaltung kostete, ganz zu schweigen! Die Polizei hatte bisher mit keinem Wort erwähnt, wie kunstvoll, wie einzigartig sein Werk war.

Alles, woran sie dachten, war, »den Mörder zu schnappen«. Etwas anderes interessierte sie nicht.

Sheriff Dan Grayson hatte neben dem Officer für Öffentlichkeitsarbeit auf den Stufen zum Büro des Sheriffs von Pinewood County gestanden, doch das Reden hatte er der tough wirkenden Frau neben ihm überlassen. Nachdem sie eine vorbereitete Stellungnahme abgegeben hatte, war er, ohne Fragen zu beantworten, ins Gebäude zurückgekehrt.

Das liegt daran, dass sie nicht über den Tellerrand blicken können. Du hast ihnen Angst eingejagt. Sie haben keine Ahnung, was sie tun sollen, aber irgendetwas müssen sie ja sagen, also ge-

ben sie ein paar Informationen heraus, bitten die Öffentlichkeit um Unterstützung und Ende. *Was an und für sich keine schlechte Sache ist. Es bedeutet, dass du die Kontrolle hast.*

Die Reporter waren auch nicht viel besser. Einer hatte sogar berichtet, das Opfer sei »in einem Eisblock« entdeckt worden. Niemand hatte erwähnt, welche Detailarbeit in diesen exquisiten Formen steckte, welch herausragendes handwerkliches Geschick, welche Kunstfertigkeit.

Idioten! Dummköpfe!

Er ballte die Faust und musste innerlich bis zehn zählen, damit seine ruhigere innere Stimme zu ihm durchdringen konnte.

Was hattest du denn erwartet? Du wirst es ihnen zeigen müssen! Werde plakativer! Entführ jemanden, der bekannter ist, eine Person, die alle in der Gemeinde, in ganz Grizzly Falls kennen! Die Reporterin, die vor der Krippe gestanden hatte, gäbe eine gute Kandidatin ab. Sie war selbstbewusst, hatte eine forsche Zunge und eine makellose Haut ... *Nein!* Die Frau würde bloß ein weiteres hübsches Gesicht sein, doch es gab eine viel bessere, eine Frau, auf die die Stadt stolz war, die bewiesen hatte, wie clever sie war.

Er lächelte in sich hinein, als er an Selena Alvarez dachte. Sie war schön. Intelligent. Viel zitiert von den Zeitungen. Oft auf dem Bildschirm zu sehen. Eine Art Lokalheldin.

Sie wäre perfekt für seine Kunst ...

Ein Stöhnen hallte durch die Höhlen und holte ihn in die Gegenwart zurück. Er musste sich an die Arbeit machen, es gab viel zu tun! Er konnte es sich kaum leisten, über seine nächsten Schritte nachzugrübeln.

Eins nach dem anderen.

Er ging zum Radio hinüber und stellte es an.

Musik tönte aus den Lautsprechern.

Als er die Klänge von »Silver Bells« erkannte, atmete er tief durch.

»*Ring-a-ling ... hear them sing ...*«

Gefangen genommen von der Melodie, spürte er, wie sein Ärger verflog. Er durfte sich nicht von den Dummköpfen aus dem Büro des Sheriffs oder den Presseschwachköpfen von seinem Vorhaben abhalten lassen.

Er hatte noch viel Arbeit vor sich.

Eine Arbeit, die Detective Selena Alvarez sicher zu schätzen wüsste!

Kapitel dreizehn

Am nächsten Morgen fuhr Alvarez mit ihrem Subaru über die Schienen der Eisenbahn, die am Boxer Bluff entlangliefen, und schlängelte sich die kurvige Straße hügelaufwärts Richtung Neustadt.

Es ging auf acht Uhr morgens zu, der Verkehr war dicht, und es schneite wieder heftig. Ihr Geländewagen bewältigte den steilen Anstieg mühelos, doch der Pick-up vor ihr geriet leicht ins Schlingern, deshalb ging sie etwas mehr auf Abstand, auch wenn sie es eilig hatte, zur Arbeit zu kommen.

Alvarez war mit Kopfschmerzen aufgewacht, die auch nicht viel besser geworden waren, nachdem sie eine kurze Runde gedreht und eine Tasse Tee getrunken hatte. Sie hatte schlecht geschlafen, hatte sich fast die ganze Nacht unruhig hin und her gewälzt, dann war sie wach geworden, weil sie den Hund vermisste und nicht wusste, was sie von ihrem Wiedersehen mit O'Keefe halten sollte.

Wenn sie zwischendurch doch einmal eingeschlafen war, hatte sie von Lara Sue Gilfrys eingefrorenem Leichnam geträumt, von Grace Perchant, die mit ihren beiden Wolfshunden durch den Schnee stapfte, und von Junior Green, der mit seinem fleischigen Zeigefinger vor ihrem Gesicht herumfuchtelte. Der Finger hatte sich in die Mündung eines Revolvers verwandelt, und plötzlich hatte Green Hut und Mantel getragen und mit einem irren Grinsen auf dem fiesen, fetten Gesicht die Waffe auf sie abgefeuert.

Wumm!

Dann hatte die Szene plötzlich gewechselt, und sie lief über ein unbebautes Grundstück in San Bernardino, Kalifornien. Es war heiß, sie schwitzte und keuchte, als sie zwischen verrosteten Autowracks, wuchernden Kletterpflanzen und Müll nach ihrem verschwundenen Baby suchte. Hinter einem Stacheldrahtzaun bemerkte sie einen leuchtenden Plastikweihnachtsmann, der auf der teils heruntergebrochenen Vorderveranda eines baufälligen Bungalows hin- und herschaukelte. Der Bungalow, so erkannte sie jetzt, war Alberto De Maestros Versteck.

Nein, dachte sie. *Mein Sohn kann nicht bei diesem Monster sein.*

Und dennoch hörte sie über das Rauschen des Windes hinweg unverkennbar das Weinen eines verängstigten Babys. Es kam aus dem Hausinneren. Sie versuchte, schneller zu laufen, aber ihre Beine waren schwer wie Blei. Das Weinen wurde immer klagender.

Ich komme! Oh, mein Kleiner, ich komme ...

Völlig aufgelöst erreichte sie den Stacheldrahtzaun und versuchte, über die scharfen Widerhaken zu klettern, die ihr die Haut aufrissen. Als sie es fast bis auf die andere Seite geschafft hatte, wurde die Haustür aufgerissen. *Bumm!* Die Tür knallte gegen die Wand, das Licht von drinnen fiel auf die morsche Veranda.

Alvarez schlug das Herz bis zum Hals.

Alberto De Maestro erschien im Türrahmen. Sie sah seine weißen Zähne aufblitzen, als er das Gesicht zu einem fiesen Grinsen verzog, dann breitete sich plötzlich ein roter Fleck auf seiner nackten Brust aus. »Dafür wirst du bezahlen, *perra*!«, knurrte er. Sie hörte Weihnachtsmusik durch die offene Tür dringen und das Weinen des Babys. Lauter.

»Geben Sie ihn mir. Bitte.«

De Maestro lachte.

»Er braucht mich.«

»Du hast ihn weggegeben«, erinnerte De Maestro sie grausam. »Er ist nicht länger dein Sohn!«

Sie sah rot. Was für ein jämmerlicher Vorwand, um sie von ihrem Jungen fernzuhalten! »Geh aus dem Weg, *bastardo!*«, befahl sie und machte einen Schritt auf das baufällige Haus zu. Plötzlich hörte sie ihren Namen.

»Selena! Nicht!«, schrie O'Keefe. De Maestro fuhr herum und zielte mit seiner Waffe, nicht auf sie, sondern direkt auf den Mann, den sie liebte.

»Nein! Nein!«, rief sie, dann war sie mit wild pochendem Herzen aus dem Bett hochgefahren. Mrs. Smith, die auf dem Kissen neben ihr geschlafen hatte, sprang fauchend auf und machte einen Buckel, dann schlich sie seitlich übers Bett, weg von ihrem verrückten Frauchen, sprang auf den Fußboden und versteckte sich in der Dunkelheit.

Alvarez hatte die Decke bis zum Kinn hochgezogen und versucht, sich zu beruhigen, schließlich, so redete sie sich wieder und wieder ein, war alles nur ein Alptraum gewesen. »Nun reiß dich mal zusammen!«, ermahnte sie sich jetzt. Der Pick-up hielt vor einer roten Ampel, und auch sie trat auf die Bremse, wobei sie wieder darauf achtete, genügend Abstand zu halten. Die Träume der letzten Nacht waren nicht mehr als angstverzerrte Erinnerungsfetzen aus ihrer Vergangenheit, die sich wegen ihrer momentanen Anspannung miteinander vermischten. Außerdem hatte sie O'Keefe gar nicht geliebt. Nicht wirklich. Was sie für ihn empfunden hatte, war eine Mischung aus Lust und Respekt gewesen. Es war wichtig, dass sie sich diese Tatsache vor Augen rief, denn nach dem gestrigen Abend sah es ganz danach aus, als würden sie bei der Suche nach Gabriel Reeve eng zusammenarbeiten. Noch lange nach ihrem Geständnis, sie könnte seine leibliche Mutter sein, hatten sie an ihrem Esstisch zusammengesessen, die kalte Pizza vor sich, und überlegt, wo der Junge wohl stecken mochte und was genau man ihm vorwarf.

Obwohl der bewaffnete Raubüberfall, in den er angeblich verwickelt war, nicht zu ihren Fällen zählte und nicht einmal in den Zuständigkeitsbereich des Sheriffbüros von Pinewood County fiel, hatte sie sich einverstanden erklärt, den Fall »offiziell« zu bearbeiten und auf die Mittel des Departments zurückzugreifen, auch wenn sie sich leicht unwohl dabei fühlte. Für gewöhnlich hielt sie sich strikt an die Regeln, doch diesmal, da womöglich ihr leiblicher Sohn unter Verdacht stand, würde sie die Vorschriften nicht ganz so genau nehmen. Was könnte das schon schaden?

Nichts, solange du das nicht nur deshalb tust, weil du Schuldgefühle hast wegen der Sache damals mit O'Keefe. Du musst einen klaren Kopf bewahren!

Obwohl sie nicht über die Vergangenheit oder ihre Beziehung gesprochen hatten, hatte beides doch zwischen ihnen gestanden.

Als er sich schließlich verabschiedete, hatte sie ihn zur Tür gebracht, stets darauf bedacht, Abstand zu wahren. Kaum hatte er die Schwelle überquert, hatte sie die Tür hinter ihm geschlossen und sich aufatmend dagegengelehnt. Was in San Bernardino zwischen ihnen passiert war, war lange vorbei.

Das musste ihr doch klar sein.

Genau wie ihm.

Die Ampel sprang auf Grün, der Fahrer des Pick-ups gab Gas und rutschte auf der vereisten Fahrbahn zurück, dann brachen die Hinterräder seitlich aus. Endlich gelang es ihm, den Wagen unter Kontrolle zu bringen und mit durchdrehenden Reifen den Hügel zu erklimmen.

Zwanzig Minuten später bog Alvarez auf den Parkplatz des Departments ein. Obwohl die Fläche gerade erst geräumt worden war, bedeckten schon wieder gut zwei Zentimeter Neuschnee die zugefrorenen Schlaglöcher und die Risse im Asphalt. Sie stellte den Motor ab, schnappte sich ihren Laptop, dann warf sie einen flüchtigen Blick auf ihr Spiegelbild. Dunkle Ringe lagen unter ihren Augen, ein deutliches Zeichen für Schlafmangel. Den sie zum großen Teil O'Keefe zu verdanken hatte.

In Wahrheit brachte dieser Mann nicht nur ihr emotionales Gleichgewicht ins Wanken, sondern ihr ganzes Leben. Sie musste sich einfach zusammenreißen!

Entschlossen stieg sie aus, schloss den Outback ab und betrat das Department. Drinnen hatte Joelle noch mehr Lichterketten angebracht, dazu ein silber-goldenes Spruchband, auf dem in Großbuchstaben, mit Sternchen verziert, »Ho, ho, ho!« stand. Santa Claus' Weihnachtsschlachtruf zog sich durch den ganzen Gang.

»Sie müssen etwas dagegen unternehmen«, sagte Pescoli gerade zum Sheriff. Die beiden standen vor Graysons Büro. Pescoli hatte bereits ihren Mantel ausgezogen und sich einen Kaffee geholt. An der Tasse klebten Lippenstiftflecken, was bedeutete, dass sie schon eine Weile im Büro war, während Grayson das Gebäude offenbar gerade erst betreten hatte. An seinen Stiefeln hing noch Schnee, weiße Flocken schmolzen auf den Schultern seiner Skijacke.

»Das ist ja eine regelrechte Plage«, fuhr Pescoli fort und deutete auf Joelles neueste weihnachtliche »Verschönerungen«. Sturgis setzte sich schwanzwedelnd neben die Bürotür. »Wir sind hier in einem öffentlichen Gebäude ... Ich kann doch keinen Verdächtigen durch diesen Gang zur Vernehmung führen! Ho, ho, ho! Ich bin der Weihnachtsmann und lese Ihnen jetzt Ihre Rechte vor!« Pescoli war außer sich. »Sie haben das Recht zu schweigen, ho, ho, ho! Alles, was Sie jetzt sagen, kann vor Gericht gegen Sie verwendet werden. Ho, ho, ho!«

»Das reicht! Ich hab's kapiert.« Grayson hob beschwichtigend die Hand. Offensichtlich gingen ihm sowohl Pescoli als auch Joelle gewaltig auf die Nerven. »Hören Sie, Pescoli, ich möchte Joelle nur ungern ihren Enthusiasmus nehmen.« »Das hier ist ein Büro. Wir arbeiten hier! Sie kann ihre Weihnachtsbegeisterung doch anderswo austoben! Bei sich zu Hause. In der Kirche. Bei ihrer ehrenamtlichen Tätigkeit im Tierheim – wo auch immer!« Sie machte eine ausholende Geste. »Ich weiß Joelles Bemühen, eine heitere, festliche Atmosphäre zu schaffen, ja durchaus zu schätzen«, behauptete sie, was Alvarez ihr nicht abnahm, »aber es ist nicht gerade leicht, in Weihnachtsstimmung zu kommen, wenn draußen arktische Stürme toben, der Strom ausfällt und ein grausamer Psychopath unterwegs ist, der Grizzly Falls zu seinem persönlichen Spielplatz auserkoren hat!«

»Puh!«, ließ sich Joelle vernehmen, die den Rest des Gesprächs mitbekommen hatte, und trippelte mit ihren hochhackigen Stiefeln und einem rot-grün karierten Cape an ihnen vorbei. Heute hatte sie ihr platinblondes Haar mit roten Clips zurückgesteckt, in den Händen hielt sie mehrere Tupperdosen mit noch mehr Weihnachtsgebäck. »Detective, ein bisschen festliche Dekoration schadet niemandem. Was für ein Unsinn, Weihnachten habe in Schulen und öffentlichen Gebäuden nichts zu suchen! Andere Religionen haben doch auch ihre Feiertage, man denke nur an die vielen Chanukka-Leuchter! Oder ... oder ... an die Buddhisten oder Hindus. Die feiern doch auch! Nur darum geht es, man möchte feiern, egal an welchen Gott man glaubt, und ich bin nun mal Christin.« Sie deutete mit dem Finger auf Pescolis Nase. »Ein bisschen festliche Dekoration, Plätzchen und Musik tun niemandem weh. Vom Weihnachtswichteln möchte ich gar nicht anfangen. Wenn du mich fragst, dann stimmt wirklich etwas nicht, und zwar bei *dir!* Was hast du gegen ein bisschen Spaß einzuwenden? Gerade du müsstest doch wissen, wie wichtig es ist, vor allem in dieser Zeit ein bisschen Munterkeit zu verbreiten!«

Noch bevor Regan etwas erwidern konnte, stürmte Joelle davon, die Absätze ihrer roten Stiefel klackerten zornig durch den Gang in Richtung Aufenthaltsraum, wo sie von den übrigen Kollegen vermutlich sehnsüchtig erwartet wurde. Fast meinte Pescoli, eine Rauchwolke zu erkennen, die hinter ihr herwehte.

»Jetzt hat sie's Ihnen aber gegeben!«, stellte Grayson fest, obwohl er sich alle Mühe gab, das amüsierte Funkeln in seinen Augen zu verbergen.

»Trotzdem habe ich recht! Dieses Weihnachtsgetue muss aufhören! Ich finde, sie übertreibt es einfach damit.«

»Na schön, ich werde darüber nachdenken, aber auch an dem, was Joelle sagt, ist etwas dran. Sie sollten wirklich versuchen, ein bisschen fröhlicher zu sein!«

»Aber sicher, ich werde mir Mühe geben. Aber erst, wenn ich diesen Irren, der Frauen einfriert, hinter Schloss und Riegel gebracht habe.« Sie reckte trotzig ihr Kinn vor, dann machte sie auf dem Absatz kehrt und marschierte in Richtung ihres Schreibtischs, wobei sie auf das dramatische Getue à la Joelle verzichtete.

Grayson stieß langsam die angehaltene Luft aus. »Manchmal«, sagte er gedehnt und verschwand mit dem Hund in seinem Büro, »habe ich den Eindruck, das hier ist eher ein Affenstall als ein Polizeidezernat.«

Pescoli war schlecht gelaunt, seit sie ihre nackten Füße um fünf Uhr früh auf den kalten Schlafzimmerboden gesetzt hatte, sehr viel früher als sonst. Sie hatte keine gute Nacht hinter sich. Gegen Viertel nach zehn – sie hatten gerade sämtliche Familienpflichten hinter sich gebracht – hatte Jeremy verkündet, dass er sich den Dreiundzwanzig-Uhr-Film im Kino ansehen würde, irgendeinen neuen Action-Streifen, der während der Vorweihnachtszeit lief. »Du machst wohl Witze«, hatte sie protestiert. »So spät! Du hast morgen Unterricht!«

»Morgen ist Freitag. Da passiert eh nicht viel.« Er war in seine Jacke geschlüpft und hatte seine Mütze aufgesetzt.

»Nur ein Seminar.«

»Um acht Uhr früh!«

»Na und?«

»Es ist schon Viertel nach zehn!«

»Ich gehe aufs College, Mom, da schreibt keiner auf, ob ich da bin oder nicht.«

»Aber hast du nicht Semesterabschlussprüfungen?«

»Darum habe ich mich schon gekümmert. Entspann dich!«

Ohne sich von ihren Argumenten beeindrucken zu lassen, hatte er den Reißverschluss seiner Jacke hochgezogen, die Schlüssel eingesteckt und das Haus verlassen. Kurz darauf hatte sie gehört, wie der Motor seines Pick-ups ansprang und die Reifen knirschend durch den dicken Neuschnee rollten. Pescoli hatte im Durchgang zur Küche gestanden und seine Scheinwerfer in dem dichten Flockenvorhang verschwinden sehen. Bianca, die auf der Couch lag und fernsah, wie immer das Handy in der Hand, hatte die Augen verdreht. »Er ist *erwachsen,* Mom.«

»Unter ›erwachsen‹ verstehe ich etwas anderes.«

»Hm. Mag sein. Vor dem Gesetz ist er es jedenfalls. Er darf sogar wählen.«

»Beängstigend.«

Bianca hatte einen Blick Richtung Küche geworfen, während Cisco auf die Couch gesprungen war und sich zu ihr gelegt hatte. »Vielleicht passt du dich einfach der Meinung des Gesetzes an, und wir haben wieder Frieden zu Hause.«

»Wie nett, Bianca.«

»Mom, ständig mischst du dich in seine Angelegenheiten ein. Ich kann gar nicht verstehen, warum er immer noch hier wohnen möchte.«

»Weil er sich keine eigene Wohnung leisten kann.«

»Nun, das ist lahm. An *seiner* Stelle würde ich ausziehen, und an *deiner* Stelle würde ich ihm das Geld dafür geben!« Sie wandte ihre Aufmerksamkeit wieder einer unglaublich wichtigen SMS zu, während die *Real Housewives* in Minikleidchen und High Heels auf dem Bildschirm herumzappelten, dass ihre Haarverlängerungen wehten.

»Schätze, ich bin's leid«, gab Pescoli zu.

»Ähm – ja!«

»Das solltest du eigentlich gar nicht wissen.«

»Dann sag's nicht.«

Ja, der Abend lief wirklich wie geschmiert. Wenigstens war der Baum fertig geschmückt, und die Lichterkette draußen an der Dachrinne funkelte.

Joelle wäre stolz auf sie gewesen.

»Fröhliche Weihnachten«, hatte sie sich heute frühmorgens gewünscht, als sie sich die erste köstliche, ach so nötige Tasse Kaffee einschenkte.

Sie war völlig gerädert aufgewacht, weil sie die ganze Nacht immer wieder über den neuen Fall nachgegrübelt hatte, nicht nur über die junge Frau im Eis, sondern auch über die beiden anderen Vermissten. Ob sie bereits tot waren? Entführt und ermordet von demselben Spinner, der das erste Opfer auf dem Gewissen hatte, oder hatte sie ein anderes Schicksal ereilt?

In Gedanken noch bei Lara Sue Gilfry, blickte sie in den leeren Kühlschrank, worin jetzt, nachdem sie gestern den letzten Käse auf den Auflauf gestreut hatte, nur noch eine Brottüte ohne Brot lag. Sie nahm sie heraus und warf sie in den Müll. Frustriert, weil sich außer ihr offenbar niemand dafür interessierte, dass sie ab und zu neue Lebensmittel brauchten, rief sie nach ihrem Sohn, um ihn daran zu erinnern, dass er gleich aufstehen musste, dann ging sie ins Bad und stellte die Dusche an.

Als sie nach ein paar Minuten aus dem Badezimmer trat, stellte sie fest, dass Jeremy immer noch nicht oben aufgekreuzt war, und fing an, innerlich zu kochen. Sie hatte gewusst, dass er verschlafen würde. Wieder rief sie nach ihm, dann ging sie ins Schlafzimmer und zog sich an.

Noch immer kein Geräusch von dem schlafenden Riesen.

»Na toll«, murmelte sie, schloss ihren Gürtel und ging die Treppe hinunter ins Untergeschoss, wo er sein Zimmer hatte. Unten angekommen, stieß sie die Tür auf.

»Raus aus den Federn!«, rief sie und knipste das Licht an. Binnen einer Sekunde stellte sie fest, dass das Zimmer leer war. Sein Bett war ungemacht, das Laken zerknittert, die Bettdecke lag auf dem Fußboden. »Jer?«, fragte sie überflüssigerweise. War er aus dem Haus gegangen, während sie geduscht hatte? Das konnte nicht sein. Es gab nur eine Toilette, und obwohl sie ihn ein paarmal dabei erwischt hatte, wie er von der Veranda in den Garten pinkelte, kam das doch eher selten vor. Nein, bestimmt hätte er an die Badezimmertür geklopft und sich beschwert, weil er eine volle Blase hatte. Anscheinend war er gestern Nacht gar nicht nach Hause zurückgekehrt. Seine Bücher und der Laptop lagen auf dem zerschrammten Tisch mit seiner Lavalampe, unberührt, genauso, wie er sie gestern dort hingeknallt hatte.

»Prima«, brummte sie und griff nach ihrem Handy. Gerade als sie seine Nummer eintippen wollte, ging die Haustür auf. Cisco fing an zu kläffen. Sie bog um die Ecke zur Treppe und wäre beinahe mit ihrem Sohn zusammengestoßen, der sich unbemerkt in sein Zimmer stehlen wollte.

»Oh!«, sagte er, offenbar verdutzt. »Mein Gott, Mom, hast du mich erschreckt.«

»Das Gleiche gilt für dich.« Er roch nach Zigaretten und Bier. »Wo bist du gewesen?«

»Aus.«

»Die ganze Nacht?«

»Ja.« Seine Stimme klang abwehrend.

»Der Film muss doch seit Stunden vorbei sein.«

»Ich hab bei Rory gepennt.«

»Ich kenne keinen Rory.«

»Ein Freund. Hab 'ne Zeitlang an der Tankstelle mit ihm zusammengearbeitet. Aber jetzt muss ich wirklich.«

»Ich glaube kaum, dass du noch pünktlich zu deinem Seminar kommst.«

»Ich meinte auch nicht das Seminar, sondern mein Bett.«

»Du willst das Seminar sausen lassen? Jeremy ...«

Er blickte von den oberen Treppenstufen auf sie herab. »Glaub mir, Mom, ich hab das geregelt. Vertrau mir.«

»Wie soll ich dir vertrauen? Du gehst aus, rauchst und trinkst, obwohl du am nächsten Tag ins College musst, und dann lügst du mich auch noch an!«

»Dann lass es halt«, erwiderte er achselzuckend. »Ist mir eh egal.«

»Genau das ist das Problem. Dir ist alles egal! Wir reden hier über deine Zukunft, verdammt noch mal! Über deine, nicht über meine!«

»Wieder mal. Wir reden wieder mal über meine Zukunft. Ich hab's langsam satt.«

»Und ich hab's satt, dass du dich durchs Leben treiben lässt, ohne irgendeine Richtung vor Augen zu haben!«

»Kommt jetzt wieder die Leier, was du in meinem Alter schon alles auf die Beine gestellt hattest? Dass du mit dem College fertig warst, dich mit Dad verlobt hattest und eine Karriere als Super-Detective anstrebtest?«, fragte er gereizt. Sie nahm eine drohende Haltung an und sagte: »Genau darauf wollte ich gerade zu sprechen kommen, aber wie ich sehe, hast du dir meine Worte eingeprägt. Gut!«

»Kann ich jetzt in mein Zimmer gehen?«

»Oh, du fragst mich? Du, der ›Erwachsene‹?«

»Ich versuche bloß, ein wenig Respekt zu bezeugen.«

»Nun, dann bezeug mal ein wenig Respekt dir selbst gegenüber! Immerhin ist es dein Leben, über das wir hier reden!«

»Dann lass mich mein Leben auch auf meine Weise führen!« *Herr im Himmel, gib mir Kraft,* dachte sie im Stillen, als ihr klarwurde, dass die Auseinandersetzung wieder einmal nirgendwohin führte. »Ich muss jetzt zur Arbeit, Jeremy«, sagte sie. »Ich muss mich um einen Fall kümmern, und zwar um einen ziemlich wichtigen, aber unser Gespräch ist hiermit noch nicht beendet.«

»Ich weiß«, murmelte er gähnend, drückte sich an ihr vorbei und ging in sein Zimmer. »Dieses Gespräch wird niemals beendet sein.«

Und zum ersten Mal seit einer halben Ewigkeit war sie tatsächlich mit ihm einer Meinung. »Da hast du recht«, zischte sie, stapfte die Stufen hinauf und fragte sich, was nur aus dem kleinen Jungen geworden war, der mit seiner Pausenbrotdose die Auffahrt entlangmarschiert war, den Ranzen fest auf dem Rücken, ein Lächeln auf den Lippen. Mein Gott, wie sehr sie diesen Jungen vermisste! Sie hoffte nur, Jeremy würde irgendwann aus dem Kokon schlüpfen, in den er sich als Teenager eingesponnen hatte, und sich als kluger, stabiler junger Mann entpuppen.

Das wird nur passieren, wenn du nicht nachgibst und ihm die Mutter bist, die er braucht, auch wenn er dich abweist. In Momenten wie diesem vermisste sie Joe. Und genau darin lag ein Teil des Problems: Sie vermissten ihn beide. Jeremy schrie förmlich nach seinem Vater, und der, den sie ihm mit Lucky Pescoli als Ersatz angeboten hatte, konnte Joes Fußstapfen nicht mal ansatzweise ausfüllen.

Santana könnte es. Du musst ihm nur eine Chance geben.

Innerlich krümmte sie sich bei dieser Vorstellung, da sie stets davon überzeugt gewesen war, dass sie ihren Kindern Mutter und Vater zugleich sein konnte. Leider stellte sich in letzter Zeit immer öfter heraus, dass diese Überzeugung falsch war. Absolut falsch.

Der Rest des Morgens war auch nicht besser verlaufen.

Jetzt, im Department, vergrub sie sich in ihre Arbeit, nachdem sie sich mit ihrer Beschwerde über Joelles Weihnachtswahn Luft gemacht hatte. Sie würde sich heute Abend mit ihren Kindern befassen, doch zuvor wollte sie sich mit der Empfangssekretärin vertragen. Joelle war nun mal Joelle: Sie ging einem schrecklich auf die Nerven, aber sie war gutmütig. Außerdem backte sie einen phantastischen Streuselkuchen – weihnachtliche Spruchbänder hin oder her!

Kapitel vierzehn

»Es war eine geschlossene Adoption«, beharrte O'Keefes Cousine Aggie am anderen Ende der Leitung. »Und wenn ich ›geschlossen‹ sage, dann meine ich geschlossen. Kein Kontakt zwischen leiblicher Mutter und Adoptiveltern; wir wissen nicht mal, wer den Jungen zur Adoption freigegeben hat, genauso wenig, wie sie unsere Namen kennt. Die Mutter wollte es so, und Dave und ich waren einverstanden. Gabe war unser Sohn. So einfach. Wir wollten nicht, dass seine leibliche Mutter Einfluss auf sein Leben nehmen oder ihn gar zurückfordern würde.«

»Weißt du, ob er versucht hat, seine leiblichen Eltern ausfindig zu machen? Hat er im Internet recherchiert, Kontakt zu irgendwelchen Leuten aufgenommen?«

»Wie bitte? Gabe? Nein! Keines meiner Kinder hat ein Interesse daran, Kontakt zu seinen leiblichen Eltern aufzunehmen. Ich meine, es kann natürlich sein, dass sich das irgendwann ändert, aber im Moment habe ich nicht den Eindruck. Und was Gabriel anbelangt, er hat die Adoption nie erwähnt, auch wenn er natürlich davon wusste. Wir haben den Kindern von Anfang an die Wahrheit gesagt ... Warum?« Er saß am Fußende des Bettes in seinem Motelzimmer, das Handy in der Hand, um Aggie die unangenehmen Neuigkeiten zu überbringen. Das Ganze gefiel ihm gar nicht, zumal er Selenas Vermutung, Gabriel könnte ihr leiblicher Sohn sein, bislang nicht bestätigen konnte. Doch langsam wurde die Zeit knapp, und er musste jede Möglichkeit in Erwägung ziehen, wenn er den Jungen finden wollte. Er wünschte, er hätte Gabes Handy oder sein Laptop, irgendeinen Anhaltspunkt, wo er mit seiner Suche beginnen sollte, doch die Polizei in Helena hatte die Sachen konfisziert. »Es könnte sein, dass Gabriels leibliche Mutter in Grizzly Falls lebt.«

»Wie bitte? Du meine Güte! Deshalb bist du dort? Herrgott noch mal!« Aggie, die nur äußerst selten fluchte, war offenbar völlig durcheinander. Panisch. »Das verstehe ich nicht. Unser Anwalt sagte, die Mutter käme aus irgendeiner unbekannten Stadt im Pazifischen Nordwesten. Ich dachte, er würde einen Vorort von Seattle oder eine ländliche Gegend meinen, aber wie ich schon sagte: Ich wollte nichts Genaueres wissen.«

»Menschen wechseln ihre Wohnorte.«

»Und ziehen in die Nähe ihrer lang verschollenen Kinder, um den Kontakt wieder aufzunehmen!«, empörte sie sich. Sie klang, als stünde sie kurz davor zu hyperventilieren.

»Immer mit der Ruhe, es ist nicht so, wie du denkst.«

»Wie ist es dann, Dylan?«

»Genau das versuche ich gerade herauszufinden. Das Ganze könnte ein Missverständnis sein, also beruhige dich erst einmal, einverstanden?«

»Das fällt mir ziemlich schwer, in Anbetracht der Umstände.« »Ich weiß, ich weiß, aber das Wichtigste ist doch, dass ich Gabe finde.«

»Ist er bei dieser Frau? Dieser ›Mutter‹, die ihn loswerden wollte und ihn seit sechzehn Jahren nicht gesehen hat?«, fragte sie mit hysterisch zitternder Stimme. »Was ist mit dem Vater? Ist er ebenfalls beteiligt? O mein Gott, Dylan, was geht da vor?«

»Nein, Aggie, so ist das nicht. Niemand ist irgendworan ›beteiligt‹. Ich war kurz davor, Gabe zu schnappen, aber er ist mir entwischt, in ein Haus eingebrochen und dann abgehauen.«

»Typisch Gabe. Was denkt er sich nur dabei? Dave und ich haben in den Nachrichten davon gehört, aber die Reporterin hat keinen Namen genannt, natürlich nicht, er ist ja noch minderjährig. Warum, um Himmels willen, läuft er nur ständig davon?«

»Weil er Angst hat. Hör zu, Aggie, bitte versuch so viel wie möglich über die Adoption von damals herauszufinden. Wer Gabes leibliche Eltern sind, auch der Vater, das könnte hilfreich sein. Vielleicht hat es aber auch gar nichts zu bedeuten.«

»Ich will einfach nur meinen Sohn zurückhaben«, flüsterte Aggie, jetzt ruhiger.

»Und genau daran arbeite ich. Ich versuche, ihn zu finden und nach Hause zu bringen.«

»Bitte«, wisperte sie mit brüchiger Stimme. »Gabriel ist ein guter Junge. Wirklich. Das alles ... das alles ist ein schreckliches Missverständnis.« Sie schniefte laut und sagte etwas Unverständliches.

»Dylan?« Daves Stimme dröhnte aus dem Hörer. »Wir werden alles tun, was wir können, hörst du? Halt uns einfach auf dem Laufenden.«

»Das werde ich.« O'Keefe legte auf. Er fühlte sich wahrhaft hundeelend. Fast hätte er den Jungen gefasst, doch dann war er ihm doch noch durch die Lappen gegangen! Mit jedem Tag, der verstrich, wurde es schwieriger, ihn zu finden.

Er überlegte, ob er Alvarez anrufen sollte, doch er würde besser noch abwarten. Bestimmt würde sie ihm das mitteilen, wenn sie etwas herausgefunden hätte. Oder nicht? Die Tatsache, dass sie womöglich die Mutter des Jungen war, verkomplizierte die Dinge enorm.

Ach, zum Teufel, wem machte er etwas vor? *Alles,* was mit Alvarez zusammenhing, verkomplizierte die Dinge enorm. Zumindest, was ihn anbetraf. Zu behaupten, er gerate in einen Gefühlskonflikt, wann immer er an sie denke, wäre die Untertreibung des Jahrzehnts.

Bilder von der Frau, die so viel Leidenschaft in ihm weckte, schossen ihm durch den Kopf. Beunruhigt zog er seine Jacke über und steckte das Handy ein, dann nahm er seine Pistole aus der Nachttischschublade.

Er musste sich an die Arbeit machen. Und ja, er würde sich mit Selena Alvarez auseinandersetzen müssen, egal, ob ihm das gefiel oder nicht.

Es gefiel ihm nicht.

Vielleicht aber, so dachte er zynisch, als er die Motelzimmertür hinter sich absperrte und seinen Jackenkragen gegen den eisigen Wind aufstellte, hatte er sich diesbezüglich die ganze Zeit über etwas vorgemacht.

»Was zum Teufel soll das? Warum hat man uns darüber nicht informiert?«, donnerte Sheriff Dan Grayson. Flankiert von Alvarez und Pescoli, stand er vor dem Fernseher, der an der Wand des Besprechungsraums hing.

Auf dem Bildschirm war Ray Sutherland zu sehen, der zusammen mit seinen beiden Söhnen auf dem Parkplatz vor seinem Wohnkomplex stand. Er hatte den beiden Teenies einen Arm um die Schultern gelegt. Die Jungs wirkten traurig, verstört, und sie sahen so aus, als wären sie lieber überall anders auf der Welt als vor dieser Kamera. Schnee sammelte sich auf den Schildern ihrer Baseballkappen und den Schultern ihrer XXL-Jacken, beide hatten den Blick abgewandt. Ganz anders ihr Vater: Er schaute direkt in die Kamera. Hinter Ray waren mehrere geparkte Autos im dichten Flockengestöber zu erkennen, jedes mit einer gut zehn Zentimeter hohen Schneeschicht bedeckt.

»Niemand war darüber informiert«, stellte Pescoli fest.

»Und warum nicht?«

»Keine Ahnung«, erwiderte Alvarez.

»Offenbar hat keiner von KMJC News daran gedacht, uns vorher Bescheid zu geben. Ich wette, Ray Sutherland hat das Ganze selbst angeleiert«, fügte Pescoli hinzu.

»Idiot.« Grayson war sauer, offenbar hatte er den Eindruck, man habe ihn und das Department überrumpelt.

»Wir möchten nur, dass Brenda nach Hause kommt«, sagte Ray gerade. Seine Stimme überschlug sich leicht. Wieder blickte er direkt in die Linse. »Liebes, wenn du da draußen bist, ruf uns bitte an, und wenn ... wenn jemand weiß, wo meine Frau ist, möge er uns bitte mitteilen, ob es ihr gutgeht.«

»Was soll das?«, schimpfte Grayson. »Wir sind uns doch noch gar nicht sicher, ob sie entführt wurde. Das FBI hat sich auch noch nicht eingeschaltet.«

»Noch nicht«, dachte Pescoli laut, ohne den Blick von den traurigen Gesichtern der beiden Jungs zu wenden, deren Vater weiterhin darum flehte, dass seine Frau wohlbehalten nach Hause zurückkehren möge. Er wirkte aufrichtig bestürzt, auch wenn ihm, wie Pescoli bemerkte, keine Tränen übers Gesicht liefen. »Er hat Anspruch auf ihre Lebensversicherung«, erklärte sie. »Die Versicherungsgesellschaft hat das vor einer Stunde bestätigt. Das muss man sich mal vorstellen: Er bekommt zweihunderttausend Dollar! Erst vor drei Monaten hat er die Summe erhöhen lassen, vorher waren es nur fünfzigtausend.«

»Eine Menge Geld«, stellte Alvarez fest.

Grayson nickte und strich über die Enden seines Schnurrbarts. »Für eine Ex-Frau ...«

Irgendwie wirkte das Ganze inszeniert, fand Pescoli. Die beiden Jungs da draußen im Schnee taten ihr leid. »Als wir ihn befragt haben, hat er uns deutlich mitgeteilt, dass sie sich nicht gerade nahestanden.«

»Und jetzt jammert er im Fernsehen, dass er sie zurückhaben will«, sagte Grayson.

»Nun, Tränen vergießt er ja nicht gerade. Das alles ist eine Riesenshow.« Die Pescoli ihm nicht abkaufte.

»So ist das Leben nun mal«, schaltete sich Alvarez ein.

Grayson zog ein finsteres Gesicht. »Keine Ahnung. Der Beitrag muss nicht unbedingt live sein, vielleicht haben sie ihn vorher aufgezeichnet.«

»Es sieht aber so aus, als wäre es Abend«, widersprach Alvarez. »Ich fahre gleich mal rüber und sehe nach. Von hier aus ist es nicht weit bis zu Sutherlands Wohnung.«

»Ich komme mit.« Pescoli marschierte bereits zur Tür hinaus.

»Gebt mir Bescheid«, rief Grayson ihnen hinterher. »Sollte ich nicht mehr hier sein, erreicht ihr mich auf dem Handy.« Alvarez hatte recht. Trotz der abendlichen Rushhour erreichten sie den Wohnkomplex, in dem Ray Sutherland lebte, in weniger als fünfzehn Minuten. Das Interview war gerade vorüber, und Nia Del Ray, die Reporterin, war dabei, ihre Aus-

206

rüstung im KMJC-Van zu verstauen, der auf dem Parkplatz vor dem Haus parkte. Der Fahrer saß bereits hinter dem Steuer und rauchte eine Zigarette.

»He«, sagte Pescoli zu Del Ray, ohne sich damit aufzuhalten, sich vorzustellen oder ihre Marke zu zeigen. Sie hatten bereits öfter mit der Reporterin zu tun gehabt. »Wie wär's, wenn ihr uns über solche Aktionen unterrichtet?«

Nia Del Ray schlug die Heckklappe zu und ging um den Van herum zur Beifahrertür. »Mr. Sutherland wollte es so. Keine Cops.«

»Warum nicht?«, erkundigte sich Alvarez.

»Keine Ahnung.« Nia schüttelte den Kopf. »Ich habe ihn gefragt, aber er hat mir keine richtige Antwort gegeben, hat nur gesagt, er wolle das ›auf seine Weise‹ erledigen.« Sie öffnete die Beifahrertür. »Er hat beim Sender angerufen, und man hat mich hier rausgeschickt. Ende der Geschichte.«

Damit stieg sie ein und schlug die Tür zu. Der Fahrer ließ den Motor an, und weg waren sie mit ihrer riesigen Satellitenschüssel.

»So etwas bringt mich echt auf die Palme«, bemerkte Pescoli, als sie sich auf den Weg zu Ray Sutherlands Wohnung machten.

»Alles bringt dich auf die Palme.«

»Also gut, der Kerl bringt mich auf die Palme, und zwar richtig. Will das ›auf seine Weise‹ erledigen. Hat der zu viel Sinatra gehört?« Sie betraten den Hausflur, stiegen die Treppe hinauf zu Sutherlands Wohnung und klopften an die Tür.

Kurz darauf wurde diese einen Spaltbreit geöffnet. Ohne die Kette abzunehmen, blickte sie Brendas jüngerer Sohn misstrauisch an. Eine kaffeebraune Haarsträhne fiel ihm in die Stirn.

»Ich bin Detective Pescoli, und das ist meine Partnerin, Detective Alvarez«, stellte Pescoli sie beide vor. »Wir würden gern mit deinem Vater sprechen.«

Sie zeigten ihm ihre Dienstmarken. Der Junge warf einen Blick über die Schulter und rief: »Dad! Die Polizei will mit dir reden!«

»Sag ihnen, ich habe kein Interesse!«, rief der Mann zurück.

»Mr. Sutherland«, ließ sich Pescoli vernehmen. »Wir können uns hier unterhalten oder im Department. Es ist Ihre Entscheidung.«

»Was? Nein! Ach, zum Teufel!« Offensichtlich war Sutherland gar nicht glücklich über ihr Erscheinen. Sie hörten schwere Schritte, der Junge verschwand von der Tür, an seiner Stelle tauchte ein rotgesichtiger Ray auf. »Was wollen Sie von mir?«

»Wir haben das Interview gesehen, das Sie KMJC gegeben haben, und wir würden gerne mit einbezogen werden, vielleicht zusammen mit dem FBI. Sollte es sich um eine Entführung handeln, werden Sie unsere Unterstützung benötigen.«

»Nein!« Er runzelte die Stirn, drehte sich kurz um, nahm einen Schlüssel von einem Garderobentischchen, dann trat er zu ihnen auf den Gang hinaus und zog die Tür hinter sich zu. »Hören Sie, ich habe das mit den Nachrichten nur wegen meiner Kinder angeleiert. Sie sind völlig außer sich, und ich habe keine Ahnung, was ich ihnen sagen soll. Ich persönlich glaube ja, dass ihre Mutter einen neuen Freund hat, mit dem sie durchgebrannt ist. Vermutlich wollte sie, dass das Ganze so aussieht, als wäre sie entführt worden, damit sie sich in Ruhe eine Auszeit nehmen kann. Gewiss taucht sie in ein, zwei Wochen wieder auf.«

Sehr unwahrscheinlich, dachte Pescoli. Sie hatten Brenda Sutherlands Anruflisten durchgesehen und ihren Computer überprüft.

Wenn sie tatsächlich einen Freund hatte, dann hielt sie ihn gut versteckt und kommunizierte per Handzeichen oder auf telepathischem Wege mit ihm.

»Und das wissen Sie ... woher?«, hakte Alvarez nach.

»Ich ›weiß‹ es natürlich nicht mit Bestimmtheit, aber es ist schon ein verdammter Zufall, dass sie gerade dann verschwindet, wenn die Jungs bei mir sind. Soweit ich weiß, hat man in ihrem Wagen keinerlei Hinweise auf einen Kampf und auch keine Blutspuren gefunden. Sie hat sich nach ihrem Bibelkreis ganz einfach aus dem Staub gemacht. Wenn Sie mich fragen, dann hatte es ihr dieser Prediger angetan, wie heißt er noch gleich? Mullins, ja. Sie hielt ihn für ... wie hat sie sich ausgedrückt? Ach ja, für ›so verständig‹ und ›fürsorglich‹ und für einen ›wahren Adonis‹. O Mannomann! Dieser scheinheilige Trottel! Der Kerl ist ein Heuchler, das können Sie mir glauben!«

»Nur mal angenommen, Ihre Frau wäre entführt worden«, fuhr Alvarez dazwischen, »dann werden Sie unsere Hilfe brauchen, um sie zurückzubekommen.«

»Ex-Frau«, korrigierte er und schaute von Alvarez zu Pescoli. »Brenda und ich haben nichts mehr füreinander übrig, ich habe das mit dem Interview nur gemacht, weil meine Kinder das wollten.« Er warf einen Blick auf die Wohnungstür, doch die war fest verschlossen. »Hören Sie«, sagte er ungeduldig, »ich habe keine Lust, mir hier den Hintern abzufrieren. Ich habe alles gesagt, was es zu sagen gibt. Brenda wird schon wieder nach Hause kommen, und wenn sie wirklich entführt wurde, wird sich sicher bald jemand melden.«

»Wir würden gerne Ihr Telefon und Ihre E-Mails überwachen ...«

»Vergessen Sie's. Das wäre reine Zeitverschwendung.« Er hakte die Daumen in die Gürtelschlaufen und zog seine Jeans höher, dann drehte er sich um, schloss die Tür auf und verschwand in der Wohnung.

»Meine Güte, der hat doch nicht alle Tassen im Schrank«, sagte Pescoli. »Die Kinder tun mir leid.«

»Hoffen wir mal, dass er recht hat«, wandte Pescoli ein.

»Vielleicht nimmt sich Brenda wirklich eine Auszeit und kommt bald zurück.«

»Das glaubst du doch selbst nicht«, versetzte Pescoli, als sie über den verschneiten Parkplatz zu Alvarez' Wagen stapften.

»Nein, da hast du recht.«

Sie gab es nur ungern zu, doch nachdem sie auf Lara Sue Gilfrys Leiche gestoßen waren, war Pescoli fest davon überzeugt, dass sich der Mörder keineswegs mit nur einem Opfer zufriedengeben würde. Der Leichnam war so sorgfältig in Szene gesetzt worden, die Mühe, die er dafür auf sich genommen hatte, deutete darauf hin, dass er Größeres vorhatte. Pescoli war bereit, ein ganzes Wochengehalt darauf zu setzen, dass der Killer kurz davor stand, erneut zuzuschlagen. Sie wusste es einfach. Spürte es mit eiskalter Gewissheit in den Knochen.

So makaber es auch sein mochte, Pescoli war klar, dass die nächste Leiche, die sie fänden, Brenda Sutherland wäre.

Bevor sie sich auf den Heimweg machte, rief Alvarez noch einmal im Tierheim und bei der Tierärztin von Grizzly Falls an. Doch weder die Mitarbeiter des Tierheims noch Jordan Eagles, hatten etwas von Roscoe gehört. Der Hund schien sich in Luft aufgelöst zu haben, genau wie Gabriel Reeve. Sie hatte bei den Kollegen von der Streife nachgefragt, da sie befürchtete, dass ihr Hund überfahren worden war, doch es waren keine verletzten oder toten Hunde gemeldet worden, auf die Roscoes Beschreibung passte.

Was den Jungen anbetraf, so hatte sie sämtliche Obdachlosenheime überprüft und mit den Deputys gesprochen, die in den Parks und in der Nähe von Schulen auf Patrouille gingen, außerdem hatte sie im Jugendgefängnis angerufen, in den Krankenhäusern, überall, wo Gabriel möglicherweise aufgekreuzt war. Sie hatte alles versucht, um den Ausreißer zu finden – vergeblich.

O'Keefe hatte sich auch nicht gemeldet, bestimmt hätte er angerufen, wenn er den Jungen ausfindig gemacht hätte. Sie rieb sich den verspannten Nacken und machte sich bewusst, dass der Junge im wahrsten Sinne des Wortes längst über alle Berge sein könnte. Vielleicht hatte ihn ein Fernfahrer mitgenommen, und er war mittlerweile in San Francisco, Albuquerque, Chicago oder sonst wo. Womöglich gar in Kanada. Er konnte Gott weiß wo stecken, immerhin hatte er genügend Zeit gehabt, das verschneite Grizzly Falls und Montana weit hinter sich zu lassen.

Seltsam. Sie hatte sich solche Mühe gegeben, den Jungen zu vergessen, und dennoch hatte sie fast täglich an ihn gedacht. Jetzt war er mit einem Schlag in ihre Welt zurückgekehrt, so real, so greifbar, und die alten Wunden in ihrem Herzen waren allesamt schmerzhaft wieder aufgerissen. Sie musste ihren Sohn finden.

Bevor oder nachdem du Lara Sue Gilfrys Mörder aufgespürt hast?

Sie schnappte sich ihre Jacke, die Dienstwaffe und den Laptop, dann marschierte sie in den Aufenthaltsraum, wo Joelle die spärlichen Plätzchenreste in Tupperware packte und die leeren Dosen auswischte.

»He, warte!«, rief ihre Partnerin, die sie vorbeigehen sah, und folgte ihr.

Als Pescoli eintrat, warf Joelle ihr einen bösen Blick zu.

»Es tut mir leid«, entschuldigte Regan sich. »Ich hatte schlechte Laune und habe sie an deiner Dekoration ausgelassen. Das war falsch von mir.«

»Manchmal, Detective, solltest du nachdenken, bevor du etwas sagst. Und was deine ›schlechte Laune‹ anbelangt: Du bist immer schlecht gelaunt, anders kennt man dich gar nicht. Ich nehme mal an, du schleppst die Probleme, die du zu Hause hast, mit zur Arbeit, und es würde mich nicht wundern, wenn du umgekehrt deine Arbeit mit nach Hause nehmen und die Probleme dort bei deiner Familie abladen würdest.« Sie schürzte die glänzenden rosa Lippen. »Es sollte ein bisschen Platz für Freude bleiben, Regan. Sogar an einem Ort wie diesem, an dem wir uns mit Kriminellen, Mördern, Vergewaltigern und Dieben auseinandersetzen müssen. Unsere Arbeit sollte uns nicht so hart und abgestumpft werden lassen, dass wir das Gute in der Welt aus den Augen verlieren.« Damit klemmte sie sich die leeren Plätzchendosen unter die Arme und stolzierte aus dem Aufenthaltsraum.

»Ich habe doch gesagt, dass es mir leidtut«, beharrte Pescoli, als sie mit Alvarez den Gang hinunter zur Hintertür ging, die mit einem lauten Knall hinter ihnen ins Schloss fiel. Draußen traf sie ein Windstoß mit voller Wucht ins Gesicht. Puh, war das kalt! Wenigstens schneite es im Augenblick nicht, am Himmel waren sogar ein paar Sterne zu sehen.

»Manchmal reicht eine Entschuldigung eben nicht. Zumindest nicht bei jemandem wie Joelle.«

»Jetzt sag bloß nicht, ich muss ihr einen Brief schreiben oder einen hübschen kleinen Weihnachtsstern oder ein putziges Stofftier auf ihren Schreibtisch stellen, womöglich mit einer dieser putzigen Es-tut-mir-leid-Karten, denn das werde ich ganz bestimmt nicht tun!«

»Das erwartet auch niemand. Ich denke eher, wenn du das tätest, würde Grayson dich in eine psychiatrische Klinik einweisen lassen.« Ihre Stiefel knirschten, als sie über den Parkplatz gingen. »Du musst einfach nachsichtiger mit ihr sein.«

»Dagegen ist nichts einzuwenden.« Pescoli nickte, als wollte sie ihre eigenen Worte bekräftigen. »Ich habe übrigens die Teilnehmer bei diesem Eisskulpturenwettbewerb in Missoula überprüft«, fügte sie hinzu. »Es sind vierundzwanzig.« »Im Ernst?«

»Auf den ersten Blick sind vier von ihnen aktenkundig, einer wegen Trunkenheit am Steuer, ein anderer wegen Urkundenfälschung, und zwei waren gewalttätig. In einem Fall häusliche Gewalt, tätlicher Übergriff im anderen. Bin noch dabei, die Jungs zu überprüfen.«

»Brauchst du Unterstützung?«

»Noch nicht. Oh«, sie schnippte mit ihren behandschuhten Fingern, »Ezzie Zwolski hat übrigens angerufen.« Sie blieben vor Alvarez' Outback stehen. »Scheint so, als wolle sie vorbeikommen und mit mir über den Tod ihres Freundes reden.«

»Ich dachte, sie wolle nicht aussagen.« Ezzie Zwolski hatte sich partout nicht zu Len Bradshaws Tod äußern wollen, doch Pescoli hatte sie unter Druck gesetzt, da sie hoffte, als Bradshaws Geliebte und Martin Zwolskis Ehefrau würde Ezzie mehr wissen, als sie zugab.

»Sie wird in Begleitung eines Rechtsanwalts kommen«, sagte Pescoli.

»Oh, oh.«

»Morgen, um elf. Dachte, du würdest dabei sein wollen.«

»Morgen ist Samstag.«

»Da soll mal einer schlau draus werden. Heute konnte oder wollte sie nicht kommen, und ich wollte nicht bis Montag warten, damit sie ihre Meinung bis dahin nicht wieder ändert. Also hat sie ihren Anwalt dazu gebracht, am Samstag ein paar Stunden mit mir zu verbringen.«

»Tja, ich würde gerne dabei sein, aber Ezzie war doch gar nicht dabei, als Bradshaw umgebracht wurde.« Das war eine unbestrittene Tatsache. Sie befand sich an ihrem Arbeitsplatz, ihr Chef im Lebensmittelladen hatte das bestätigt, genau wie das Überwachungsvideo.

»Ich weiß, aber Ezzie ist nun mal mit beiden Männern intim gewesen. Außerdem hat sie die Buchhaltung für die Firma gemacht, aus der Len das Bargeld hat mitgehen lassen. Ich denke, sie könnte uns vielleicht ein Motiv liefern und Auskunft darüber geben, wie nahe sich die beiden Partner standen, wie nachtragend ihr Ex ist ... Könnte nicht schaden.«

»Vermutlich nicht. Es könnte aber auch ganz einfach so gewesen sein, wie Martin behauptet: ein Unfall.«

»Genau das werden wir morgen, wenn alles gut läuft, herausfinden.« Sie wollte gerade zu ihrem Jeep hinübergehen, als sie zögerte. »Du weißt schon, dass ich immer noch warte, oder?«

»Worauf? Dass Ezzie auspackt?«

»Nicht Ezzie. Du. Ich dachte, du würdest mir vielleicht erzählen, was wirklich los ist mit dir, O'Keefe und diesem Ausreißer, dem schwer bewaffneten Räuber.« Letzteres sagte sie mit einem Augenzwinkern, schließlich war Gabriel Reeve noch ein Junge.

»Ja, ich weiß.« Alvarez blickte die Straße hinauf in Richtung des gemütlichen Coffeeshops, den Pescoli so oft besuchte. Zu gefährlich. Zu viele Leute, die sie kannte, verkehrten dort. Sie brauchte definitiv mehr Privatsphäre, wenn sie sich ihrer Partnerin anvertrauen wollte. »Wie wär's, wenn ich dich auf einen Drink einlade?«

»Auf einen Drink mit einem Schuss Wahrheit?«

»Oh. Sicher.« Alvarez öffnete die Fahrertür ihres Subarus und fügte hinzu: »Heute Abend gibt's übrigens zwei zum Preis von einem!«

Kapitel fünfzehn

»Dann *könnte* der Junge, der wegen bewaffneten Raubüber-falls gesucht wird, also *dein* Sohn sein?«, fasste Pescoli zusam-men, die versuchte, sich ihre Verblüffung nicht allzu sehr an-merken zu lassen, während sie ihre Partnerin über den schmuddeligen Tisch in einer abgeschiedenen Nische der Elbow Tavern hinweg mit großen Augen anstarrte. Alvarez hatte diese Kaschemme am Stadtrand ausgesucht. Hier war das Licht schummrig, abgesehen von der flackernden Neon-reklame für Bier, dessen Geruch aufdringlich in der Luft hing. Die Gäste spielten Poolbillard oder schauten Sport auf dem Fernseher über der Bar, der alte Betonboden war voller leerer Erdnussschalen.

Pescoli hatte in ihrem Leben als Detective schon viele scho-ckierende Dinge erfahren, die mordenden Psychopathen, die die Gegend um Grizzly Falls heimgesucht hatten, waren grausam gewesen und pervers. Angesichts dessen klang Alvarez' Geständ-nis harmlos, und dennoch stellte Pescoli verwirrt fest, wie sehr es sie aus der Fassung brachte. Alvarez – eine Mutter, die ihren Sohn zur Adoption freigegeben hatte! Sie hatte gedacht, sie würde ihre Partnerin kennen, niemals hätte sie damit gerechnet, dass diese regelkonforme Polizistin mit einem Universitätsab-schluss in Psychologie und einer disziplinierten Lebensweise, die jeden Fitnesstrainer vor Neid hätte erblassen lassen, ein dunkles Geheimnis hütete, ein Geheimnis, das sie innerlich aufzufressen schien. »Du hättest mir ruhig von dem Kind erzählen können«, sagte sie achselzuckend. »Das ist doch keine große Sache.«

»Für mich ist es ... war es das schon.« Alvarez nahm einen Schluck von ihrem Wein, ein weiterer Schock für Pescoli, da Selena für gewöhnlich Wasser oder grünen Tee trank und Alkohol strikt ablehnte.

»Demnach wusstest du also, dass Grace Perchant mit ihrer seltsamen Verkündigung, dein Sohn sei in Gefahr, Reeve meinte?«

»Nein! Zum einen glaube ich nicht an das, was Grace Perchant von sich gibt. Du liebe Güte, sie glaubt, sie könne mit Geistern sprechen! Zum anderen hatte ich da noch keine Ahnung, dass der Junge in meinem Haus aufkreuzen würde!«, blaffte Selena verärgert.

»Autsch! Tut mir leid. In letzter Zeit muss ich mich furchtbar oft entschuldigen! Alle behaupten, ich sei unsensibel, ständig schlecht gelaunt oder neben der Spur, und ich entschuldige mich. Irgendwie kommt mir das seltsam vor.« Sie nahm einen großen Schluck Bier aus ihrem eisgekühlten Glas. »Erzähl weiter.«

Alvarez starrte in ihren Merlot, als könne sie die Zukunft daraus lesen. »Ich kannte nicht mal seinen Namen«, flüsterte sie kopfschüttelnd. »Ich hatte keinerlei Kontakt zu ihm. Damals dachte ich, das wäre das Beste für alle Beteiligten.«

»Und was denkst du heute?«

»Heute möchte ich ihn einfach nur finden.« Ihre dunklen Augen blickten besorgt drein. Nervös drehte sie den Stiel ihres Weinglases zwischen den Fingern.

»Was ist mit dem Vater des Jungen?«

»Der hat keine Ahnung«, antwortete sie düster. »Er wusste nicht einmal, dass ich schwanger war.«

»Ein Freund von der Highschool? So was in der Art?«

217

Alvarez zögerte, dann sagte sie: »So was in der Art. Er ist nicht weiter von Bedeutung, okay?«

Offensichtlich war das Thema tabu. »Na schön. Was ist mit O'Keefe? Er ist dem Jungen doch ebenfalls auf der Spur.«

»Das ist richtig.«

Pescoli nahm einen weiteren Schluck Bier und lauschte auf das Klackern der Billardkugeln. »Ich habe ihn überprüft. Habe in Helena angerufen und mit Detective Trey Williams gesprochen. Er teilte mir mit, O'Keefe sei sauber, eine Art Deputy, wenn auch nicht offiziell.«

»O'Keefe hält sich nicht immer an die Regeln.«

»Das hatte ich vermutet.«

»Aber er arbeitet sehr effizient.«

»Genau das hat Williams auch behauptet, selbst wenn ich bislang nicht viel davon bemerkt habe. Der Junge ist sein Cousin?«

»Gabriels Adoptivmutter, Aggie Reeve, ist Dylans Cousine.«

»Aha ... das wird ja immer verwirrender. Du warst mit ihm zusammen, oder?«

Noch bevor Alvarez antworten konnte, hob Pescoli abwehrend die Hand. »Bitte streite das jetzt nicht ab. Ich bin nicht umsonst Detective geworden. Ich werde dafür bezahlt, Dinge herauszufinden.«

»Na gut«, gab Alvarez zu und reckte leicht das Kinn vor, »wir hatten ein Verhältnis.«

Pescoli zog eine Augenbraue in die Höhe.

»Nein, nicht wie du denkst.« Alvarez senkte den Blick und fluchte leise, dann fuhr sie fort: »Wir standen uns nahe, sehr nahe. Vorübergehend dachte ich, ich wäre in ihn verliebt und er wäre vielleicht ›der Richtige‹, wenn man denn an so etwas glaubt«, ihr Mund zuckte, in ihren Augen lag Bitterkeit, »was ich übrigens nicht tue. Bevor die Dinge zu kompliziert wurden, bin ich ausgestiegen. Nun, zumindest dachte ich das. Es scheint mir wohl nicht ganz gelungen zu sein.« Wieder drehte sie den Stiel ihres Weinglases zwischen den Fingern, heftiger diesmal, und betrachtete scheinbar fasziniert, wie die blutrote Flüssigkeit gegen die Innenseite schwappte.

»Und dann ist in San Bernardino alles den Bach runtergegangen?«

»Ja. Das Ende vom Lied war, dass ich das Department verlassen habe und O'Keefe ebenfalls. Es gab eine interne Untersuchung, und obwohl er von sämtlichen Vorwürfen freigesprochen wurde, was den Schuss auf Alberto De Maestro anbetraf, verklagte De Maestro, der überlebte, sämtliche an dem Einsatz Beteiligten.«

»Inklusive des Departments?«

»*Vor allem* das Department. Das gab damals einen ziemlichen Presserummel.«

»Deshalb hat O'Keefe gekündigt.«

»Hast du etwas darüber gelesen?«

»Alles, was ich finden konnte. Die Fakten. Was ich nicht nachvollziehen konnte, war die emotionale Geschichte, die dahintersteckte.«

»Die kennst du jetzt.«

»Und du bist immer noch in ihn verliebt, hab ich recht?«

»In O'Keefe?« Alvarez schüttelte den Kopf, doch sie wich Pescolis Blick aus. »Nein. Das war nur ein Strohfeuer.«

»Und du bist eine Lügnerin, Selena.« Pescoli hatte den Unsinn satt. Sollte Alvarez doch sonst wem etwas vormachen. »Du warst damals in ihn verliebt, und du bist es heute noch. Also erzähl mir nichts.« Sie blickte auf ihre Uhr und winkte der Kellnerin. »Hast du nicht gesagt, es gäbe heute zwei zum Preis von einem? Ich brauche dringend noch ein Bier.«

Er war mit seiner Weisheit am Ende.

O'Keefe saß auf dem Bett in seinem Hotelzimmer, die Kissen in den Rücken gestopft, den Laptop auf den Knien, eine offene Flasche Bier auf dem Nachttisch, daneben eine halb leere Tüte Chips – sein Abendessen, das er sich im Minimarkt an der Ecke gekauft hatte. Der Fernseher auf der Kommode am Fußende des Bettes lief, die Bilder eines Lokalnachrichtensenders flackerten mit heruntergedrehtem Ton über den Bildschirm. Der Wetterbericht sagte wieder einmal nichts Gutes voraus; weiterer Schnee wurde angekündigt, von Kanada zog ein Blizzard auf Montana zu.

Was für seine Suche nach dem Jungen nicht gerade hilfreich wäre.

»Verdammt«, murmelte er und griff nach der Bierflasche.

Mit Hilfe von Trey Williams in Helena hatte er die Anruflisten auf Gabriels Handy überprüft, doch der Junge hatte es länger nicht benutzt, so dass man ihn bislang nicht hatte orten können. Das GPS-System darin war ohnehin deaktiviert. O'Keefe hatte den Busbahnhof und die üblichen Treffpunkte überprüft, an denen ein Jugendlicher untertauchen konnte, doch entweder war der Junge dort nicht aufgekreuzt, oder er konnte sich unsichtbar machen. Er hatte Gabes Facebook-Account durchgesehen und in allen anderen sozialen Netzwerken nach ihm gesucht – vergeblich. Gabriels Seite war seit dem Raubüberfall nicht mehr aktualisiert worden. Selbst die

Postings von jenem Tag lieferten keinen Hinweis darauf, was er sich dabei gedacht haben mochte. Trey Williams hatte ihm hinter vorgehaltener Hand gesteckt, dass keiner von Gabes Freunden etwas von ihm gehört hatte, und von Aggie wusste er, dass er sich bislang auch bei seiner Familie nicht gemeldet hatte.

Der Junge war wie vom Erdboden verschluckt.

Und das beunruhigte ihn. Hatte O'Keefe ihm Angst eingejagt, hatte Gabe deshalb vielleicht die Gegend verlassen? Es war durchaus möglich, dass er ein Auto gestohlen hatte oder per Anhalter weitergefahren war. Doch dass der Junge schnurstracks zu Selena Alvarez' Reihenhaus gelaufen war, konnte kein Zufall gewesen sein.

An derartige Zufälle glaubte O'Keefe nicht. Gabe war ganz bewusst nach Grizzly Falls gekommen, zumal er in einer größeren Stadt sehr viel leichter hätte untertauchen können. Merkwürdig. Man konnte fast annehmen, der Junge wusste, dass sie womöglich seine leibliche Mutter war.

O'Keefe hatte den Anwalt angerufen, der die Adoption in die Wege geleitet hatte, um herauszufinden, ob Gabriel die Adoptionsagentur kontaktiert hatte, doch er hatte ihm nur auf Band sprechen können, und bisher hatte dieser sich noch nicht zurückgemeldet.

Der Junge war clever. Ein wahrer Zauberkünstler am Computer. Sein IQ grenzte an den eines Genies. Trotzdem war er erst sechzehn. Wie konnte er einfach so verschwinden?

Weil du es vermasselt hast. Du hattest ihn beinahe geschnappt!

Energisch schob er die Selbstvorwürfe beiseite und konzentrierte sich auf den Fernseher, wo eben Aufnahmen vom Fundort der Leiche bei der Kirche gezeigt wurden. Die Kamera schwenkte über die verschneite Krippenkulisse. Alvarez würde bis über beide Ohren mit dem Fall beschäftigt sein. *Selena Alvarez!*

Er spannte die Kiefermuskeln an.

War es einfach nur Pech – oder Schicksal, das zu diesem unerwarteten Wiedersehen geführt hatte?

Er überlegte, ob er sich noch ein Bier aus dem kleinen Kühlschrank nehmen sollte, den er zuvor gefüllt hatte, doch er entschied sich dagegen.

Jetzt erschien ein Mann auf dem Bildschirm. Er stand auf einem verschneiten Parkplatz und hatte die Arme um die Schultern zweier Jungen gelegt, die rechts und links neben ihm standen. O'Keefe stellte den Fernseher lauter. Während der Mann direkt in die Kameralinse blickte und seine Frau bat, nach Hause zu kommen, starrten die Jungen, beide im Teenageralter, unbeholfen zur Seite. Sie sahen elend aus. Offensichtlich war der Mann der Vater der Jungs, und er schien zu befürchten, dass seine Frau – Ex-Frau, wie der Reporter klarstellte – ein ähnliches Schicksal ereilt haben könnte wie die Frau in dem Eisblock. Er schien sich aufrichtig Sorgen zu machen.

Armer Kerl.

Und erst die Jungen – mein Gott.

O'Keefe stellte den Fernseher aus, schnappte sich seine Waffe und beschloss, noch einmal mit Selena Alvarez zu reden. Ob es ihm gefiel oder nicht – sie war die einzige Verbindung zu Gabe, die er hatte.

Vermutlich war es ein Fehler gewesen, Pescoli von dem Baby zu erzählen, dachte Alvarez, doch es war ihr nichts anderes übriggeblieben: Die Wahrheit wäre früher oder später ohnehin ans Tageslicht gekommen. Gabriel Reeve hatte sie offenbar bereits gekannt. Während sie jetzt nach Hause fuhr, dachte sie an den Jungen und fragte sich, was sie zu ihm sagen sollte, wenn sie ihn erst einmal gefunden hatten.

»Warum bist du ausgerechnet in mein Haus eingebrochen?«

»Weißt du, wer ich bin?«

»Hast du nach mir gesucht?«

»Weißt du, dass es die schwerste Entscheidung meines Lebens war, dich zur Adoption freizugeben?«

Bei der Vorstellung, ihm von Angesicht zu Angesicht gegenüberzustehen, schnürte sich ihre Kehle zusammen.

»Denk nicht daran«, ermahnte sie sich selbst, als sie in die Straße einbog, die zu ihrer Wohnanlage führte und O'Keefes alten Explorer in der Nähe ihrer Einfahrt parken sah.

Ihre Finger schlossen sich fester ums Lenkrad, und sie spürte, wie ihr Puls in die Höhe schnellte. Hatte er etwas Neues über Gabe in Erfahrung gebracht? Ihre Sorge wuchs, als sie in ihrer Einfahrt stehen blieb und sah, wie sich die Tür seines Geländewagens öffnete und ihr Ex-Partner ausstieg.

»Gibt es was Neues?«, rief sie ihm zu, als sie aus dem Outback kletterte und die Tür zuknallte.

»Dasselbe wollte ich dich gerade fragen.«

»Na super. Ich hatte gehofft, du hättest meinen Sohn gefunden.«

»Und ich hatte gehofft, du hättest einen Hinweis für mich.«

»Ich war ziemlich beschäftigt«, sagte sie. »Falls du das noch nicht bemerkt haben solltest.«

»Doch, das habe ich.« Er streckte die Hand aus, um ihr die Laptoptasche abzunehmen, doch sie ging darüber hinweg und marschierte ihm voraus zum Haus. Sie wollte nicht

223

mit ihm zusammen sein; es war einfach zu kompliziert, doch wegen Gabe blieb ihr im Augenblick keine andere Wahl.

Als sie die Tür aufsperrte, rief sie sich in Erinnerung, dass sie diese Ermittlungen streng professionell handhaben musste, ganz gleich, wie persönlich der Hintergrund sein mochte. Egal, ob er ihr Sohn war oder nicht: Gabriel Reeve hatte eine Adoptivmutter und einen Adoptivvater, eine richtige Familie, komplett mit Geschwistern. Da durfte sie nicht hineinpfuschen.

Was O'Keefe anbelangte, so war er definitiv tabu. Sie würde sich nicht wieder mit ihm einlassen. Nicht dass er Interesse an einem Wiederaufleben ihrer Liebschaft bekundet hätte, doch zwischen ihnen knisterte es, das konnte sie nicht leugnen – eine Leidenschaft, die sie unbedingt unter Verschluss halten musste.

Im Flur warf sie ihre Schlüssel auf den Garderobentisch und zog Jacke und Stiefel aus. O'Keefe tat unaufgefordert das Gleiche. Alvarez rief nach ihrer Katze, und Mrs. Smith erschien auf der Treppe und steckte ihr Gesichtchen durchs Geländer. O'Keefe lachte. »Sie ist ein Clown«, sagte er, und die Katze, als wüsste sie, dass sie gemeint war, huschte die restlichen Stufen herunter und rieb sich an seinen Beinen.

»Sie ist kein Clown, sie ist eine kleine Verräterin«, bemerkte Alvarez, doch sie lächelte dabei. »Sie war eine Waise. Ihre Besitzerin wurde ermordet, und weil ich in dem Fall ermittelte und niemand Anspruch auf sie erhob, habe ich sie bei mir aufgenommen.«

»Und was ist mit dem Hund?«

»Das war eine spontane Entscheidung.« Sie blickte auf den Korb in der Ecke des Wohnzimmers. »Ich hatte so gehofft, er wäre mittlerweile wieder aufgetaucht.« Sie verspürte einen Stich im Herzen. »Ich vermisse ihn. Versteh mich nicht falsch, Roscoe war manchmal eine echte Nervensäge, aber trotzdem ... dass er jetzt weg ist, geht mir wirklich unter die Haut.«

»So was kommt vor«, sagte O'Keefe. Als sie sich ihm zuwandte, stellte sie fest, dass er sie durchdringend anblickte. »Und zwar genau dann, wenn man es am wenigsten erwartet.«

Sie spürte einen Kloß im Hals. Der Raum schien plötzlich kleiner zu werden. Sie wusste, dass er von ihrer kurzen gemeinsamen Zeit sprach, von jenem glühend heißen Sommer in Kalifornien. Es brauchte so wenig, um die Flamme wieder zum Lodern zu bringen ... so verdammt wenig. Doch das wäre ein großer Fehler. »Ich weiß«, sagte sie mit rauher Stimme, »doch wenn etwas vorbei ist, sollte man loslassen.«

»*Wenn* es denn tatsächlich vorbei ist«, stellte er klar.

Ihre Blicke trafen sich, verloren sich ineinander, bis sie sich zwang, zur Seite zu schauen, um wieder einen klaren Kopf zu bekommen und die Gedanken an die Zeit zu verdrängen, die sie zusammen verbracht hatten, an die Küsse unter den Palmen, die gestohlenen Momente im Schatten der Gebäude, die Nacht unter der Dusche. Nur allzu gut erinnerte sie sich an das Gefühl seiner Hand auf ihrer nassen Haut. Verdammt.

»Es ist das einzig Vernünftige«, flüsterte sie.

»Das Leben besteht nicht nur aus Vernunft.«

»Doch«, beharrte sie, »*immer.*«

Zu ihrer Bestürzung streckte er die Hand aus und berührte sie am Ellbogen. »Selena?«, flüsterte er, und der harte Panzer um ihr Herz, den sie so verzweifelt verteidigte, bekam Risse. Die lange Woche, der Verlust ihres Hundes, das Wissen, dass ihr Sohn irgendwo da draußen in der bitteren Kälte war, ganz

225

in ihrer Nähe und doch so weit weg, und dann auch noch Dylan O'Keefe, hier, in ihrem Haus ... Sie sträubte sich nicht, als er sie in seine Arme schloss, obwohl sie sich innerlich eine Närrin schalt. Er legte ihr einen Finger unters Kinn, hob ihr Gesicht und küsste sie. Unnachgiebig. Mit einer Leidenschaft, an die sie sich nur allzu gut erinnerte.

Heiße Tränen brannten hinter ihren Augenlidern, als seine Lippen über ihre glitten und sie seinen kratzigen Bartschatten auf ihrer Haut spürte.

Ein Dutzend Erinnerungen überwältigten sie. Vor ihrem inneren Auge sah sie, wie sie lachend mit ihm durch einen plötzlichen Regenguss zu seinem Pick-up rannte, die Bluse so nass, dass sie an ihrer Haut klebte und der BH darunter zu sehen war. In der Kabine küssten sie sich, berührten einander, Alvarez' Blut rauschte, und sie zitterte vor Begierde. Die Fenster des alten Pick-ups beschlugen, Regen prasselte gegen die Windschutzscheibe, Blitze zuckten am Himmel. Donner grollte durch die leeren Straßen und katapultierte sie zurück in eine andere Zeit, an einen anderen Ort, in einen anderen Wagen. Es roch nach Zigaretten und Bier, und sie spürte die groben Hände ihres Cousins Emilio, den harten Plastiksitz des El Camino.

»Hör auf damit«, hatte sie gesagt, als er über sie hergefallen war. »Geh runter von mir!«

Doch er, befeuert von Alkohol und dem Bedürfnis, ihr seine Macht zu demonstrieren, hatte nicht auf sie gehört. Sie hatte geschrien. Sie hatte sich gewehrt. Sie hatte das Messer aus seiner Hosentasche gezogen und ihn damit bedroht – ohne Erfolg. Der Schnitt, den sie ihm an der Schulter beibrachte, hatte ihn nur noch mehr angestachelt.

All ihr Treten und Schreien und Spucken und Weinen hatte ihn nicht aufhalten können, und er hatte sie dort, im El Camino seines Vaters, vergewaltigt, hatte ihr auf brutalste Weise ihre Jungfräulichkeit genommen und sie geschwängert, alles innerhalb von höllischen zehn Minuten, die ihre Seele zerstört hatten.

Seitdem hatte sie keinen Mann an sich heranlassen können.

War nicht fähig, einen Mann zu lieben, auch nicht während des Wolkenbruchs in der Kabine von O'Keefes Pick-up.

Nicht in O'Keefes Dusche.

Und auch nicht, so dachte sie nun, in ihrem Stadthaus.

Sie hob den Kopf und blickte ihm in die Augen. »Ich ... ich halte das für keine gute Idee.« Ihre Stimme war nicht mehr als ein Flüstern, und sie befreite sich aus seiner Umarmung.

»Da hast du recht.« Er fuhr sich mit der Hand durchs Haar und trat einen Schritt zurück.

Sie atmete tief durch. »Wir sollten uns besser an die Arbeit machen und uns nicht von unverarbeiteten Gefühlen ablenken lassen. Im Augenblick zählt nur, dass wir Gabe finden müssen.«

Er sah sie durchdringend an. »Einverstanden«, sagte er schließlich. »Doch vorher sollten wir uns etwas zu essen besorgen.« Sie öffnete schon den Mund, um ihm zu widersprechen, doch er kam ihr zuvor und brachte sie mit einer Handbewegung zum Schweigen. »Nur fürs Protokoll: Das hier ist *kein* Date.« Er zögerte, dann fügte er hinzu: »Aber ich bin halb am Verhungern, und ich denke, wir brauchen beide eine Pause, jetzt, da wir die Grundregeln aufgestellt haben.«

»Kein Date.«

»Definitiv nicht.«

»Wie wär's, wenn wir eine Pizza bestellten?«

»Schon wieder?«

»Der Chinese liefert nicht in diese Gegend. Außerdem essen wir beide gerne Pizza. Dino liefert bei jedem Wetter. Anschließend könnten wir uns gleich an die Arbeit machen.«

»Ist die Pizza gut?«

»Die beste der ganzen Stadt. Mit Sicherheit genauso gut wie die, die du neulich Abend mitgebracht hast. So ... Magst du immer noch die mit Schinken, Salami und Hackfleisch?« Sie zog bereits ihr Handy aus der Tasche. Er nickte. »Dann teilen wir uns eine mittlere, meine Hälfte vegetarisch.«

»Auch wenn Brokkoli auf einer Pizza nichts zu suchen hat.«

»Ich bin froh, dass du so denkst, dann muss ich wenigstens nicht befürchten, dass du von meiner Hälfte etwas abhaben willst.« Dankbar, dass sich die Atmosphäre ein wenig entspannt hatte, lächelte sie ihn an, drückte eine Taste, und Dinos Nummer blinkte auf ihrem Display auf.

»Du hat eine Kurzwahl für einen Pizzadienst auf deinem Handy?«, fragte er ungläubig.

»Aber sicher doch, O'Keefe!« Sie lachte. »Hat das nicht jeder?«

Kapitel sechzehn

»Ich habe mich schon gefragt, ob du jemals wieder bei mir aufkreuzen würdest«, sagte Santana und schloss die Tür seines Blockhauses hinter Pescoli. Drinnen duftete es würzig nach Holzfeuer und gegrilltem Schweinefleisch.

»Ich hatte zu tun. Ein neuer Weihnachtspsychopath treibt sein Unwesen in Grizzly Falls. Nur für den Fall, dass du noch nichts davon gehört hast.«

»Doch. Habe ich. Die ganze Stadt spricht von nichts anderem als von der Eismumie.«

»Für mich ist sie etwas mehr als das«, gab Pescoli zu und fragte sich unweigerlich, was wohl aus den beiden anderen vermissten Frauen geworden war. Die Uhr tickte, und jede Sekunde, die verstrich, führte ihr vor Augen, dass sich Lissa Parsons und Brenda Sutherland womöglich ebenfalls in der Gewalt dieses Irren mit der Vorliebe für Eismeißel und -sägen befanden. Die Vorstrafenregister der beiden gewalttätig gewordenen Männer, die am Eisskulpturenwettbewerb in Missoula teilnahmen, hatte sie bereits überprüft. Beide, so hatte sie außerdem herausgefunden, waren bereits beim Winterfestival eingetroffen.

Hank Yardley war mit seiner neuen Frau und den Kindern angereist und hatte in einem Motel in der Nähe des Veranstaltungsortes eingecheckt. Laut Polizeiakte und der Aussage seines Bewährungshelfers hatte er sich seit der Verurteilung wegen häuslicher Gewalt, die aus einer bitteren Scheidung resultierte, nichts mehr zuschulden kommen lassen, und der Vorfall lag bereits sechs Jahre zurück.

Der andere, George Flanders, stammte aus der Gegend um Grizzly Falls und lebte auf einer Farm außerhalb der Stadt. Sein erster Verstoß gegen das Gesetz war auf einen Nachbarschaftsstreit zurückzuführen, der über die Jahre hinweg eskaliert war und in Gewalt gemündet hatte: Der Nachbar war dank George und seinem Eispickel für drei Wochen auf der Intensivstation gelandet, George für ein paar Jahre im Knast. Jetzt war er verheiratet, ging ab und an in die Kirche und schien sein berühmt-berüchtigtes Temperament im Griff zu haben. Seit seiner Entlassung aus dem Gefängnis war sein einziges Vergehen ein Auffahrunfall mit seinem Pick-up an einer roten Ampel gewesen. Die Frau, deren Wagen er beschädigt hatte, behauptete, er habe das mit Absicht getan, weil sie ihn versehentlich geschnitten hatte, als sie sich in den fließenden Verkehr einordnen wollte. George sei »ausfällig« geworden und habe sie angeschaut, als wolle er sie »umbringen«, als er aus dem Wagen gestiegen sei. Er habe ihr »eine schreckliche Angst« eingejagt. Als er sich ihrem offenen Fenster genähert habe, habe sie Vollgas gegeben, da sie »um ihr Leben fürchtete«. Später hatte sie Strafanzeige gestellt und Anspruch auf Schadensersatz und Schmerzensgeld erhoben, da sie angeblich noch immer unter einem Schleudertrauma und unter einem psychischen Trauma litt. Die beiden Parteien hatten sich außergerichtlich geeinigt.

»He?«, fragte Santana und holte Pescoli in die Gegenwart zurück. »Ein Bier?«

»Mindestens eins. Am liebsten sechs.«

Er lachte leise, und Pescoli spürte, wie sich ihre angespannten Schultern ein wenig lockerten. Zumindest lagen nun ein paar Stunden vor ihr, in denen sie abschalten konnte. Beide Kinder waren die ganze Nacht bei Freunden, und obwohl sie das noch immer leicht nervös machte, versuchte sie, sich zu entspannen. Sie würde ihr Handy angeschaltet lassen ... nur für den Fall, dass sie sie brauchten.

Aber sicher doch, wenn sie in Schwierigkeiten geraten, bist du die Erste, die sie anrufen, ihre Mutter, die Polizistin.

Trotzdem warf sie ihre Schlüssel und die Handtasche auf den zerschrammten Tisch in der Nähe der Haustür und fragte sich wieder einmal, warum ihr dieses zugige Blockhaus mit den drei Räumen und einem Schlafzimmer unter dem Dach so viel heimeliger vorkam als ihr eigenes Heim. Es war schon über hundert Jahre alt und hatte ursprünglich der Familie Long gehört. Brady Long, reicher Kupfererbe und Santanas Arbeitgeber, hatte ihm einen Teil seines riesigen, mehr als zweitausend Hektar großen Anwesens mitsamt dem Blockhaus hinterlassen. Santana schmiedete bereits Pläne, ein größeres Haus für sie, die Kinder und Cisco auf dem geerbten Land zu errichten, doch solange sie nicht einwilligte, zu ihm zu ziehen, lagen diese Pläne auf Eis.

Pescoli ging auf den warmen Holzofen zu, als er sie am Ellbogen berührte. »He, du hast etwas vergessen.«

»Was denn?« Sie blickte auf, doch in diesem Augenblick packte er sie schon, zog sie an sich und küsste sie. Ihre Knie wurden weich, und sie schlang ihre Arme um seinen Hals und öffnete bereitwillig die Lippen. Er fühlte sich so gut an. Eine seiner Hände glitt ihren Rücken hinab, und die altvertraute Leidenschaft flammte in ihr auf. Er strich mit den Fingerspitzen über die Spalte zwischen ihren Pobacken, erotische Bilder tanzten vor ihren Augen.

»Du bist ein schlimmer Kerl«, flüsterte sie. »Ein ganz schlimmer.«

»Und du liebst es.«

»Hmm. Das stimmt.« Er drückte sie gegen die Wand, und sie stieß mit dem Bein gegen den kleinen Tisch, auf den sie ihre Schlüssel geworfen hatte. Sie rutschten herunter und landeten scheppernd auf dem Fußboden. Nakita, Santanas Husky, der neben dem Kamin lag, stieß ein leises Bellen aus.

»Wachhund«, scherzte Santana und sah ihr tief in die Augen. Mit einer Hand tastete er nach dem Reißverschluss ihrer Jeans, während sie ihm das Flanellhemd über die Schultern streifte und den Saum seines T-Shirts aus den verwaschenen Jeans zog. Er stöhnte leise, als ihre Finger seine Haut berührten, umfasste sie und hob sie hoch.

»He!«, protestierte sie. »Was tust du da?«

»Du wirst schon sehen.«

Scheinbar mühelos trug er sie die Treppe zu dem Raum unter dem Dach hinauf, als wäre sie ein Fliegengewicht und hätte nicht jahrelang auf dem College Basketball gespielt. Oben angekommen, fielen sie beide auf das große Bett mit der quietschenden Matratze. »Ich dachte, du hättest mir ein Bier versprochen!«

»Willst du, dass ich aufhöre?«, neckte er sie, zog ihr den Pullover über den Kopf und warf ihn zusammen mit seinem Hemd und T-Shirt in eine Zimmerecke.

Sie drehte sich auf den Rücken und legte den Kopf auf ein Kissen, das nach seinem Rasierwasser duftete. »Niemals«, stieß sie heiser hervor.

»Das dachte ich mir.« Er setzte sich auf sie, öffnete ihren BH und entblößte ihre Brüste. Kalte Luft strich über ihre

Haut. Ihre Brustwarzen stellten sich auf. Sie sah sein Lächeln im dämmrigen Licht des Schlafzimmers, das Aufblitzen weißer Zähne. »Du bist schön«, flüsterte er, dann beugte er sich herab und begann, an einer Brust zu saugen, während er ihre Jeans abstreifte.

Regan ließ sich fallen, gab sich der puren animalischen Lust hin, die seine Liebkosungen in ihr hervorriefen. Sie schloss die Augen, spielte mit den Fingern in seinem Haar und bebte, als seine schwieligen Hände über ihre Oberschenkel strichen. Sie würden sich stundenlang lieben, würden einander wieder und wieder an den Abgrund der Lust führen, und sie konnte sich keinen Ort vorstellen, an dem sie lieber wäre als im Bett dieses Cowboys.

Sie waren nicht gerade gut vorangekommen, dachte O'Keefe, als er seinen Stuhl zurückschob und seine leeren Bierdosen in die Küche brachte, wo Alvarez aufräumte.

Die Uhr über dem Herd zeigte an, dass es schon zehn Minuten nach Mitternacht war.

Nachdem sie ihre Pizza gegessen hatten und sämtliche Informationen über Gabriel Reeve durchgegangen waren, die sie hatten sammeln können, waren sie ihrem Ziel, ihn aufzuspüren, nicht näher als zuvor. Alvarez hatte all ihre Verbindungen spielen lassen, inklusive einiger Kontakte zu den Jungs von der Staatspolizei. O'Keefe hatte sich mit Trey Williams in Verbindung gesetzt, um sich gemeinsam mit ihm und Alvarez am Telefon zu besprechen, doch der Junge schien sich tatsächlich in Luft aufgelöst zu haben.

Das Problem war, dass es in diesem Teil von Montana jede Menge Möglichkeiten gab, sich zu verirren, und schlimmer noch, in den Wäldern und Höhlen, an den Flüssen und Bergen würde ein Mensch ohne entsprechende Ausrüstung dem Kampf gegen die Elemente unterliegen und sterben. Wenn überhaupt, würden seine Überreste nicht vor der nächsten Schneeschmelze im Frühjahr entdeckt werden.

»Er muss die Stadt verlassen haben«, sagte Alvarez, während sie Wasser über ihre beiden Teller laufen ließ und sie anschließend in den Geschirrspüler stellte.

»Schon möglich«, erwiderte O'Keefe, »doch er ist absolut zielstrebig zu deinem Reihenhaus gelaufen.«

»Dann stehen wir jetzt wieder ganz am Anfang?« Sie schloss den Geschirrspüler mit dem Fuß und wischte sich die Hände an einem Trockentuch ab. Im selben Augenblick sprang Mrs. Smith von einem der Barhocker auf den Küchentresen. »He, runter mit dir!«, rief Alvarez tadelnd, doch die Katze setzte sich bequem zurecht, legte ihren schwarzen Schwanz über ihre weißen Pfötchen und fing an, sich das Gesicht zu putzen. »Also wirklich! Runter da!« Sie hob Mrs. Smith vom Tresen und setzte sie auf den Fußboden. Diese warf ihr einen verstimmten Blick über die Schulter zu und tappte hinüber ins Wohnzimmer.

»Ich hätte dich nie für eine Katzenliebhaberin gehalten.«

»Oder für eine Hundeliebhaberin?«

»Genauso wenig«, gab er zu. »Du bist einfach nicht der Typ dafür.«

»Und warum nicht?« Sie wischte ein paar Krümel von der Anrichte, beäugte die Stelle kritisch und wischte noch einmal hinterher.

»Tiere machen Unordnung, Schmutz. Du weißt schon: Katzenklos, Nasen- und Pfotenabdrücke an Fensterscheiben, zerfetzte Kissen.«

»Ja, ja, ich weiß, du hast recht. Ich hätte nie gedacht, dass ich einmal ein Tier brauchen ... nein, mir wünschen würde, dass eins bei mir lebt. Aber ...« Sie wandte sich zu ihm um und sah ihn an, dann faltete sie das Trockentuch ordentlich zusammen und hängte es über den Griff am Ofen. »... die Menschen ändern sich.«

»Tatsächlich?« Er wirkte nicht überzeugt, doch er ließ es dabei bewenden. Verdammt, sah sie gut aus! Vor ein paar Stunden, als sie vor dem Laptop saß und die Unterlagen durchging, die sie über Gabriel Reeve hatte finden können, hatte sie das Gummiband aus ihrem schwarzen Haar genommen, so dass es ihr lose über den Rücken fiel. Im Licht der Lampe schimmerte es bläulich, und als sie es über die Schulter warf, damit es sie nicht bei der Arbeit behinderte, gab sie unbewusst den Blick auf ihren langen, schlanken Hals frei.

Nach einer Weile hatte sie sich zurückgelehnt, die Arme hinter den Kopf gehoben und ihr Haar wieder zusammengefasst, sie war so gefesselt von dem, was sie auf dem Bildschirm sah, dass sie nicht merkte, wie sich ihr Pullover dabei über ihren Brüsten spannte.

Der Anblick erinnerte ihn daran, wie sie nackt in seinem Bett gelegen hatte, an ihre kupferfarbene Haut und ihre perfekt geformten vollen Brüste mit den großen, dunklen Spitzen auf dem weißen Laken. Rasch schaute er zur Seite und sagte: »Ich werde mich mal lieber auf den Weg machen. Bitte ruf mich an, sollte sich etwas Neues ergeben.«

»Das Gleiche gilt für dich.«

Ihre Blicke trafen sich, dann brachte sie ihn zur Tür. Wie gern hätte er ihr jetzt einen Gutenachtkuss gegeben!

Dummkopf.

Daran solltest du gar nicht erst denken. Selena Alvarez ist die letzte Frau, die von dir einen Gutenachtkuss haben will – die allerletzte!

Er nahm seine Jacke und trat aus der Haustür. Es hatte noch nicht wieder angefangen zu schneien, doch die Nacht war bitterkalt, Wolken verdeckten Mond und Sterne. Als er in seinem Ford saß, ließ er den Motor an und blies sich wärmend auf die Hände.

Es würde eine Weile dauern, bis die Heizung anspringen würde, also zog er widerwillig ein Paar Handschuhe über. Drüben am Haus ging die Verandabeleuchtung aus. Was hatte sie nur an sich, dass sie ihn derart faszinierte? Von der ersten Minute an hatte er sich von ihr angezogen gefühlt, damals, in San Bernardino. Sie war wie eine Kombination aus Feuer und Eis: In der einen Minute konnte sie eiskalt und berechnend sein, in der anderen voller Leidenschaft und explosiv wie ein Vulkan. Ja, sie war schön, doch in seinem Leben war er vielen schönen Frauen begegnet. Leider hatte ihn keine auch nur ansatzweise so angezogen wie Selena Alvarez.

Er wendete auf der verschneiten Straße, wobei er sorgfältig darauf achtete, keines der am Straßenrand geparkten Fahrzeuge zu touchieren, dann machte er sich auf die Rückfahrt zu seinem Motel. Unterwegs dachte er über den Sohn nach, den sie zur Welt gebracht hatte. Was für ein merkwürdiger Zufall, dass ihn ein flüchtiger Sechzehnjähriger ausgerechnet zu ihr zurückführte, ganz besonders, da er nicht zu der Sorte Mensch zählte, die an Fügung, Schicksal oder anderen idealistischen Unsinn glaubte. Gabe musste sich auf den Weg zu seiner leiblichen Mutter gemacht haben, weil er hoffte, dass sie ihn schützen könnte, wo seine Adoptiveltern versagten. Doch wie um alles in der Welt hatte er sie ausfindig machen können?

Vor einer Ampel bremste er ab und betrachtete den roten Schein, der sich auf der vereisten Straße widerspiegelte.

Wer war der mysteriöse Mann, der das Kind gezeugt hatte? Als er sie nach Gabes Vater gefragt hatte, hatte er sich eine kühle Abfuhr eingehandelt. Selena hatte darauf bestanden, dass ihn das nichts anging, was angesichts der Umstände blanker Unsinn war, wie sie beide wussten. Doch er hatte sie heute Abend nicht bedrängen wollen, da er hoffte, dass sie ihm die Wahrheit irgendwann von allein erzählen würde. Wenn nötig, würde er sie eben selbst herausfinden. Er wusste, dass sie in Woodburn, Oregon, aufgewachsen war, wo ihre Familie heute noch lebte. Irgendwer musste die ganze Geschichte kennen, und in Kleinstädten wie Woodburn wurde immer viel getratscht, genau wie in Grizzly Falls. Für gewöhnlich lebten die Familien schon seit Generationen dort, und die Leute hatten ein gutes Gedächtnis, wenn es um Gerüchte ging.

Angeblich wusste der Vater des Jungen nicht einmal, dass er ein Kind gezeugt hatte. Vielleicht hatte sie die Wahrheit gesagt. Vielleicht nicht. Doch wie dem auch sei, dachte er, als die Ampel auf Grün sprang und Scheinwerfer hinter ihm näher kamen, Gabriels leiblichen Vater ausfindig zu machen wäre mit Sicherheit wie der berühmte Stich ins Hornissennest.

Alvarez ignorierte den tiefen Schmerz, der an ihrem Herzen riss.

Sie stand so kurz davor, ihrem Sohn zu begegnen, und nun musste sie fürchten, ihn niemals kennenzulernen.

Sie vermisste ihren ungestümen Welpen.

Und Dylan O'Keefe, der Erinnerungen an ein Glück in ihr wieder wachwerden ließ, das zum Greifen nahe gewesen war und das sie doch durch die Finger hatte rinnen lassen.

Verstimmt darüber, welche Wendung ihre Gedanken nahmen, knipste sie die Lichter aus und dachte daran, dass sie morgen ins Büro gehen müsste, obwohl Samstag war.

Auch heute Nacht kam ihr das Haus leer und einsam vor. »Na, komm schon«, sagte sie zu ihrer Katze, als sie die Treppe zu ihrem Schlafzimmer hinaufging.

O'Keefe sah immer noch gut aus, sexy auf eine lässige, ungehobelte Art und Weise. Er war der Mann, dem sie sich beinahe mit Leib und Seele hingegeben hätte, der Mann, dem sie viel zu nahe gekommen war, wobei sie sich kräftig die Finger verbrannt hatte. Ihr verantwortungsloses Handeln in San Bernardino hätte sie beide um ein Haar das Leben gekostet. Er hatte sichtbare Narben davongetragen, um das zu beweisen; ihr waren bis heute ihre nächtlichen Alpträume geblieben. Ihre Unbesonnenheit hatte ihn den Job gekostet. Schuldgefühle stiegen in ihr auf, als sie ihre Klamotten auszog und in ein übergroßes T-Shirt schlüpfte. Sie hätte es besser wissen müssen. Dumm war sie gewesen und rücksichtslos. Wäre sie nicht mit O'Keefe zusammen gewesen, hätte sie nicht die mitunter so verschwommene Linie überschritten, die Berufs- und Privatleben trennte. Und sie wäre nicht ins Visier eines skrupellosen Drogendealers geraten. So hatte sie O'Keefe gezwungen, auf den Verdächtigen zu schießen, um ihr Leben zu retten, noch bevor er und sein Partner Rico ihn hatten vernehmen können.

O'Keefe hatte gekündigt, bevor man ihn entlassen konnte, doch die Wahrheit war, dass Alvarez eine junge, unerfahrene, störrische Anfängerin gewesen war, überzeugt von ihrer eigenen Brillanz und Unfehlbarkeit. O'Keefe, der älter war als sie und weitaus erfahrener, hatte alles darangesetzt, sie ins Bett zu kriegen. Sie hatten eine heiße Affäre gehabt, und sie war so weit gegangen, wie sie wagte, so weit, wie ihre verwundete Seele es zuließ.

In der Nacht der Schießerei vor De Maestros Haus hatte Alvarez die falsche Entscheidung getroffen, die beinahe tödlich geendet hätte – eine Entscheidung, die De Maestro die Möglichkeit gegeben hatte, mit seinem krummen Finger auf das Department und dessen Mitarbeiter zu deuten.

Am Ende hatten sie alle verloren, und nachdem O'Keefe gekündigt hatte, hatte sich Alvarez nach Grizzly Falls versetzen lassen. Sie hatte ihre Lektion gelernt. Nie wieder würde sie jemandem so nahe kommen, jemanden so nahe an sich heranlassen wie Dylan O'Keefe, mit Ausnahme vielleicht von Pescoli, doch die Beziehung zu Regan war fast ausschließlich beruflicher Natur.

Sie knipste die Deckenlampe aus und trat ans Schlafzimmerfenster. Obwohl der nächtliche Himmel wolkenverhangen war, war es nicht ganz dunkel, da der Schnee das wässrige Licht der Straßenlaternen reflektierte. Es war still draußen, jetzt fielen auch wieder vereinzelte Flocken. Eine friedliche Kulisse, dennoch konnte sie sich des beunruhigenden Gefühls nicht erwehren, dass sich etwas Böses, Unheilvolles in der Dunkelheit zusammenbraute.

Draußen lauerte ein Killer, verbarg sich in der Finsternis, schlich durch düstere Gassen, war auf der Hut, wachsam. Beinahe hatte sie den Eindruck, er könne sie sehen, wie sie hier, in ihrem Schlafzimmer, am Fenster stand. Angestrengt blickte sie in die Dunkelheit hinaus und spürte, wie sie eine Gänsehaut bekam. Obwohl sie für gewöhnlich nichts auf

»Bauchgefühle« gab, verspürte sie heute Nacht eine lähmende Kälte, die ihr vor Augen führte, wie abgrundtief böse der Mann sein musste, der Lara Sue Gilfry etwas Derartiges angetan hatte.

Sie blinzelte, meinte eine Bewegung wahrzunehmen, einen Schatten, der durch den Schnee huschte, gerade am Rand ihres Blickfelds, die Umrisse einer dunklen Gestalt.

Ich kriege dich, hörte sie leise Worte aus den dunklen Tiefen ihres Gehirns. *Ich kriege dich, es gibt keinen Ausweg!*

»Unsinn«, murmelte sie, *»adoquín!«* Das war der Lieblingstadel ihrer Großmutter, den sie immer dann aussprach, wenn sie meinte, eines ihrer Enkelkinder benehme sich albern.

Nein, sie würde jetzt nicht die Nerven verlieren, dachte Alvarez entschieden, schloss die Jalousien und schlüpfte unter die kühle Decke. Mrs. Smith sprang aufs Bett, fing an zu schnurren und machte ein großes Getue darum, das richtige Fleckchen auf dem zweiten Kissen zu finden, auf dem eigentlich der Kopf eines Mannes hätte liegen sollen.

Eine Vorstellung, die sehr weit hergeholt war, auch wenn sie durch die plötzliche Rückkehr von Dylan O'Keefe in ihr Leben wieder ein Stück näher gerückt war. Unweigerlich musste sie daran denken, wie verliebt sie einst in ihn gewesen war. Zumindest hatte sie das geglaubt.

»Adoquín«, wiederholte sie flüsternd. Dann schloss sie die Augen, versuchte, nicht länger an O'Keefe zu denken, daran, wie sie sich nach all den Jahren, nach all dem Liebeskummer, noch immer von seinem sinnlichen Lächeln, seinen schelmisch funkelnden Augen und seinem festen, muskulösen Po in den verwaschenen Jeans angezogen fühlte. Er würde ihr

doch nur das Herz brechen. Zum zweiten Mal. Und womöglich würde er ihr heimzahlen wollen, was sie ihm damals angetan hatte.

Doch im Grunde tat das nichts zur Sache, dachte sie, schüttelte ihr Kissen auf und legte sich auf die Seite. Sie hatte ein gewaltiges Problem, was menschliche Nähe anbetraf. Ein Riesenproblem. Und das hatte sie ihrem Cousin Emilio zu verdanken, der sie vor einem halben Leben vergewaltigt hatte.

Dieser verfluchte Zeitungsjunge!

Nie kam er rechtzeitig, zumindest nicht früh genug für Mabel Enstad, die stets vor Anbruch der Morgendämmerung aus den Federn sprang, gegen vier Uhr morgens, um in Ruhe ihren Morgentee zu trinken, dazu ein paar *biscotti* zu essen und die Zeitung zu lesen, bevor ihr Mann wach wurde. Es ging bereits auf sechs Uhr zu, und wie immer um diese Uhrzeit schnarchte Ollie wie ein ganzes Sägewerk.

Sie spähte durch die Vorhänge und stellte fest, dass es wieder heftig schneite; in der Nähe des Post- und Zeitungskastens waren jedoch keine Spuren zu sehen, die darauf hingedeutet hätten, dass der Zeitungsjunge schon da gewesen war.

»Fauler Bursche«, knurrte sie, wohl wissend, dass es sich bei dem »Zeitungsjungen« in Wirklichkeit um Arvin North handelte, diesen sechsunddreißigjährigen Versager. North war Vater von vier Kindern, und er kämpfte mit seiner Frau um jeden Cent, den sie an Unterhalt von ihm forderte. Es ärgerte Mabel, einen Teil ihres hart verdienten Geldes an diesen trägen Taugenichts verschwenden zu müssen, deshalb schickte sie zur Adventszeit, wenn andere Leute den Post- und Zeitungsausträgern ein kleines Dankeschön zusteckten, eine Weihnachtskarte mit vierzig Dollar in nagelneuen Zehn-Dollar-Scheinen an Roberta, die ehemalige Mrs. North, eine liebenswerte Frau, die im Kirchenchor sang. Natürlich anonym und stets mit einer kurzen Nachricht, die besagte, dass jedes der vier North-Kinder einen der Scheine zu Weihnachten bekommen solle. Mabel ließ den Vorhang los und nahm sich vor, noch diese Woche zur Bank zu gehen und die neuen Scheine abzuholen, damit sie ihr Geschenk fertig machen konnte. Gerade als der Vorhang zufiel, sah sie aus den Augenwinkeln etwas an der Seite ihres Grundstücks stehen, im Garten zwischen ihrem Haus und dem der Swansons.

Einen Schneemann ... einen großen Schneemann oder vielmehr eine Schneefrau, den weiblichen Rundungen nach zu urteilen, direkt vor dem Schneemann, den ihre Enkelkinder vor zwei Tagen gebaut hatten. Der Unterleib der »Frau« stieß gegen den von Frosty.

»Himmelherrgott!«, schimpfte sie leise. Sie wusste, wer die Übeltäter waren, wohnten sie doch gleich nebenan. Sie hatten das Haus gemietet, in dem zuvor die Brandts gewohnt hatten, und seitdem gab es ständig Probleme. Diese Swanson-Kinder machten nichts als Ärger. Obwohl sie es nicht beweisen konnte, war sich Mabel sicher, dass die Teenager im vergangenen Jahr ihre liebevoll hergerichtete Weihnachtskulisse umgestaltet hatten. Das beleuchte Reh aus geflochtenen Weiden war ihr ganzer Stolz, und sie hatte ihm, zusammen mit einem Plastikweihnachtsmann und dessen Frau, einen ganz besonderen Platz in ihrem Garten gegeben. Lichterketten in den umstehenden Tannen beleuchteten die weihnachtliche Szenerie. Buck, der Hirsch, konnte sogar seinen Kopf zur Seite drehen. Letztes Jahr hatten dieser sexgeile, verdorbene Jeb Swanson und sein Bruder den Hirsch und das unschuldige Reh in eine wahrhaft abscheuliche Position gebracht, so dass es aussah, als würde Buck das Bambi bespringen! In ihrem Garten! Keinen Meter vom Ehepaar Santa entfernt!

Und nun hatten sie ihr einen weiteren schmutzigen Streich gespielt. Diese widerlichen Bälger! Wenn ihre Eltern nicht schnellstens eingriffen, würden sie mit Sicherheit auf die schiefe Bahn geraten.

So was!

Leise vor sich hin schimpfend, huschte Mabel in ihren Pantoffeln zur Hintertür, wo sie ihre Jacke vom Haken nahm und in die bereitstehenden Stiefel schlüpfte. Sie setzte ihre Strickmütze auf und streifte ein Paar Handschuhe über, bevor sie die große Taschenlampe ergriff, die Ollie neben der Hintertür aufbewahrte.

Empört stapfte sie durch den tiefen Schnee, in der Nacht waren noch einmal gut zehn Zentimeter hinzugekommen. Bevor sie die Schandtat an der Seite des Hauses genauer ins Auge fasste, warf sie einen raschen Blick in den Vorgarten. Gut, Santa, seine Gemahlin und das Rotwild schienen unberührt. Jetzt zu Frosty und der »Schneefrau«.

Sie überlegte, ob sie an die Haustür der Swansons klopfen und die ganze verfluchte Familie aus den gemütlichen Betten holen sollte, um ihnen einen Standpauke über ihre missratenen Söhne zu halten. »Die sollten ihre künstlerische Ader mal lieber in der Schule ausleben«, brummelte sie und stellte fest, dass die Kohlenaugen der Schneefrau in den Schnee gefallen waren ... zumindest konnte sie sie nirgends entdecken. Sie ließ den Strahl ihrer Taschenlampe über das schändliche Werk wandern. Kein Hut, keine Armstöcke, keine Karottennase wie bei Frosty direkt hinter ihr.

Kein zufriedenes Grinsen, keine Zigarette, die aus dem Mund der Schneefrau baumelte, wie es für diese Gören typisch gewesen wäre. Plötzlich kam ihr ein entsetzlicher Gedanke. Was, wenn sie Frostys Karottennase genommen und ein Stück tiefer plaziert hatten ... aber nein! Seine Nase war dort, wo sie sein sollte, Gott sei Dank.

»Seltsam«, sagte sie laut. Hinter ihr ertönte Motorengeräusch. Sie blickte über die Schulter und sah Scheinwerfer, die durch die mittlerweile dicht fallenden weißen Flocken schnitten. Endlich! Wurde auch Zeit, dass der elende Zeitungsmann endlich auftauchte! Nach sechs, was für eine Unverschämtheit! Mabel nahm sich vor, den Händler anzurufen und sich zu beschweren.

Wie unangenehm, dass Arvin diese obszöne Schneefrau zu Gesicht bekäme ... Wo war bloß ihre Nase?

Mabel kniff die Augen zusammen, um besser sehen zu können. In dem Augenblick fiel das grelle Licht der näher kommenden Scheinwerfer auf die Schneefrau. Unter der frischen Puderschicht der mittleren »Kugel« blitzte etwas auf. Mabel beugte sich vor und richtete den Strahl ihrer Taschenlampe darauf, und ja, da war etwas Glitzerndes unter dem Schnee, ein Stück unterhalb des Kopfes.

»Was zum Teufel ist das?«

Mit gerunzelter Stirn fegte Mabel den Schnee zur Seite, um an das funkelnde Teil zu gelangen. War das ein Ring? Mit ihren behandschuhten Fingern kratzte sie ungeduldig an dem gefrorenen Schnee. Seltsam, unter der dünnen Schicht Neuschnee war Eis. Dickes, massives Eis.

Sie verspürte ein nervöses Kribbeln. Ihre Nackenhärchen sträubten sich. Heilige Mutter Gottes! Steckte der Ring etwa ... o mein Gott ... tatsächlich ... Der Ring steckte in einer Brustwarze! In einer richtigen Brust?

Sie fuhr erschrocken zusammen, als sie hörte, wie die Zeitung in den Kasten gesteckt wurde, fegte weiteren Schnee beiseite und legte die obere »Kugel«, den Kopf der Schneefrau frei.

Ihr Herz raste, Panik stieg in ihr auf, und sie fragte sich, warum sie nicht Ollies Schrotflinte, die neben der Hintertür lehnte, mit nach draußen genommen hatte. Hoffentlich war das nicht auch so eine eingefrorene Frau wie die bei den Krippenfiguren an der Kirche, die sie in den Nachrichten gesehen hatte!

Aber das war doch mit Sicherheit ein Einzelfall gewesen.

Das konnte doch gar nicht sein ...

Sie hörte, wie Arvin North den Motor des Zeitungswagens anließ und wendete, um in die Stadt zurückzufahren. Mit hämmerndem Herzen schob Mabel den frischen Puderschnee zur Seite. Plötzlich fiel ihr Blick auf etwas Blaues und ... »Herr im Himmel! ... Ach, du liebe Güte!«, schrie sie, sprang entsetzt zurück und ließ die Taschenlampe in den Schnee fallen. Durch die dicke Eisschicht starrte blicklos das weit aufgerissene Auge einer toten Frau.

Kapitel siebzehn

»Das ist Lissa Parsons«, flüsterte Alvarez, der ganz elend wurde, wenn sie sich die einst so lebhafte Frau vorstellte, mit der sie im Fitnessstudio trainiert hatte. Sie ließ den Strahl ihrer Taschenlampe über den Eisblock gleiten und betrachtete durch die dicke Eisschicht deren nackten Leichnam. Zorn kochte in ihr hoch. Wie krank musste man sein, um auf einen solchen Gedanken zu kommen?

»Verdammt noch mal, ich wusste es!« Fassungslos starrte Pescoli das Opfer an. Auf ihrer Mütze und den Schultern ihres Mantels sammelte sich Schnee, der Wind frischte auf. »Dieser verfluchte Scheißkerl ist ein Serientäter! Verflucht, verflucht, verflucht! Ich hatte so sehr gehofft ...«

»... dass Lara Sue Gilfry ein Einzelfall wäre?«, beendete Alvarez den Satz für sie. »Ja, ich weiß. Auch ich hatte gehofft, dass die beiden anderen vermissten Frauen nicht in seine Fänge geraten wären.« Sie blickte in den noch dunklen Himmel und spürte die Schneeflocken auf ihren Wangen.

»Könnte auch ein Trittbrettfahrer sein.«

»Hm«, schnaubte Pescoli. »So oder so, es sieht ganz danach aus, als müssten wir das FBI informieren.«

Dieser Fundort, ein Stück Rasen zwischen zwei Häusern am Stadtrand von Grizzly Falls, war genauso abgelegen wie der erste, und es war genauso kalt. In diesem Fall haftete dem Verbrechen kein religiöser Beigeschmack an wie bei der Leiche an der Krippe, doch wieder hatte der Mörder einen makaberen Sinn für Humor bewiesen, indem er Lissa in ihrem eisigen Sarg in eine obszöne Pose mit dem Schneemann brachte, den Mabels Enkel vor zwei Tagen gebaut hatten.

Was zum Teufel hatte das zu bedeuten?

Wer war dieser Irre, der Frauen tötete und sie der Öffentlichkeit anschließend als makabre Eisskulpturen präsentierte? Sie hatten bereits kurz mit den Enstads und deren Nachbarn gesprochen.

Alvarez, die in dieser Nacht wieder kaum ein Auge zugetan hatte, war bereits wach gewesen, als der Anruf von der Leitstelle kam. Sie hatte ihre schlaftrunkene Partnerin per Handy informiert und sich hier mit ihr verabredet. Nur wenige Minuten nacheinander waren sie beide am Fundort der Leiche eingetroffen.

Es schneite und schneite, ein arktischer Wind wehte, der zitternde Strahl ihrer Taschenlampen warf unheimlich zuckende Schatten auf die gruselige Eisskulptur. Die Gegend war bereits mit Polizeiband abgesperrt worden, und die Besitzer des Hauses, das Ehepaar Enstad, standen, dick eingemummelt in Winterjacken, Wollmützen, Handschuhe und Schals auf der Veranda, die rund ums Haus führte. Ein Deputy nahm ihre Aussagen auf, und obwohl Alvarez nicht hören konnte, was gesagt wurde, stellte sie doch fest, dass die Frau – Mabel – den Großteil der Antworten bestritt. Sie gestikulierte wild, deutete nicht nur auf das Opfer, sondern auch auf das Nachbarhaus, auf dessen Betontreppe sich vier Gestalten versammelt hatten.

Ein zweiter Deputy befragte die Swansons, Mutter, Vater und zwei Söhne. Mandy, die Mutter, rauchte nervös eine Zigarette, der Vater hatte ihr einen Arm um die Schulter gelegt, als wolle er sie stützen.

Alvarez drehte sich fast der Magen um, als sie die tote Lissa Parsons betrachtete. Obwohl sie sie nicht sonderlich gut gekannt hatte, waren sie sich doch regelmäßig im Fitnessstudio über den Weg gelaufen und hatten einander gegrüßt. Mehr nicht. Lissas kurze, dunkle Haare standen in die Höhe, sie hatte die Augen weit aufgerissen, als starrte sie angestrengt durch das Eis. Sie war nackt, in der rechten Brustwarze trug sie einen dünnen, goldenen Ring, der im Licht der Taschenlampe glänzte. »Der gehört ja mir«, sagte Alvarez ungläubig und blickte fassungslos auf den goldenen Reifen mit dem blutroten Stein.

»Was gehört dir?«, fragte ihre Partnerin. »Augenblick mal. Meinst du den Brustwarzenring?« Pescoli hob skeptisch die Augenbrauen. »Machst du Witze?«

»Das ist kein Brustwarzenring ... das ist der Ohrring, den ich seit dem Einbruch vermisse. Sieh doch mal, der Stein, der ist aus rotem Glas, aber er soll aussehen, als wäre er ein Rubin. Meine Großmutter hat mir die Ohrringe geschenkt!« »Der Ohrring, der weg ist, seit der Junge bei dir eingebrochen ist?«, vergewisserte sich Pescoli, die nun ebenfalls den Strahl ihrer Taschenlampe auf die Brust des Opfers richtete. »Genau!«, bestätigte Alvarez nickend. Tausend Gedanken schossen ihr gleichzeitig durch den Kopf. Was hatte Gabriel Reeve mit einem Wahnsinnigen zu tun, der zwei Frauen ermordet hatte? Hatte er den Ohrring verloren, und der Killer hatte ihn gefunden? War es möglich, dass Gabe ihn ins Pfandhaus gebracht oder auf der Straße verkauft hatte? Oder war er mit dem Mörder zusammengestoßen, als er bei ihr eingebrochen war ... War der Mörder womöglich selbst in ihr Haus eingedrungen und hatte den Ohrring mitgenommen?

»Bist du sicher, dass er dir gehört?«, fragte Pescoli zweifelnd. »Natürlich!«, blaffte sie, plötzlich panisch. Herr im Himmel, wo steckte der Junge nur? *Befand er sich etwa in der Gewalt des Psychopathen? Nein, nein, an so etwas darfst du gar nicht denken ... Reiß dich zusammen und denk nach, Selena, denk nach. Bleib ganz rational. Bloß keine Panik. Alles, nur keine Panik!* Sie musste sich zusammennehmen. Ihre Gefühle aus dem Fall herauslassen. Den sadistischen Irren finden, der den Bürgerinnen von Grizzly Falls auflauerte und sie in Eis einfror. Offenbar gab es zwischen ihm und ihrem Sohn irgendeine Verbindung.

Sie spürte, wie Beklommenheit in ihr aufstieg. »Wir müssen diesen Wahnsinnigen finden«, sagte sie, um eine ruhige Stimme bemüht. »Und zwar bald.«

»Ich weiß.« Pescoli blickte sie besorgt an. »Beruhige dich.«

»Ich bin ruhig!«

»Hoppla!« Ihre Partnerin fasste sie am Ellbogen. »Am besten hältst du dich aus dem Fall heraus. Jemand anders kann mir bei den Ermittlungen helfen, Selena.« Sie klang todernst.

»Nein! Warte ... nein, es ist schon okay«, beharrte Alvarez und stieß die Luft aus. Ihr Atem bildete eine weiße Wolke in der eisigen Luft.

Die Spurensicherung traf ein und machte sich an die Arbeit. Zwei Minuten später waren nicht nur ein, sondern gleich zwei Nachrichtenteams zur Stelle und blockierten mit ihren Vans die Straße, während Techniker und Kameramänner die Satellitenschüsseln und -antennen aufbauten, die Kameras in Position brachten und auf die Reporter richteten.

Alvarez wollte sich gar nicht vorstellen, was passierte, wenn die Medien von ihrem Ohrring erfuhren und davon, wie dieser ihr abhandengekommen war. Trotzdem wusste sie, dass diese Neuigkeit früher oder später durchsickern würde.

Sie würde von Kameras und Journalisten belagert, mit Fragen bombardiert werden ... *Dios!*

»Großartig. Dann werde ich jetzt mal herausfinden, was unsere beiden Eiskünstler letzte Nacht so getrieben haben. Was meinst du, ob Hank Yardley und George Flanders ein Alibi haben?«

Alvarez beäugte die riesigen Vans der Nachrichtensender und seufzte. Warum die Medien ihr so auf die Nerven gingen, konnte sie nicht genau sagen, zumal sie der Polizei schon oft genug dabei geholfen hatten, die Öffentlichkeit auf eine drohende Gefahr aufmerksam zu machen, verschwundene Jugendliche wiederzufinden oder Verdächtige zu stellen. Vermutlich waren es gar nicht die Medien an sich, sondern ein paar einzelne Reporter, die ihren Zorn weckten. Einer der schlimmsten war Manny Douglas vom *Mountain Reporter,* der zweifelsohne schon bald auf der Bildfläche erscheinen würde. »Mach dich bereit«, sagte sie daher zu Pescoli. »Der Medienzirkus beginnt.«

Pescoli warf ihrer Partnerin einen Blick zu. »Alles in Ordnung mit dir?«

»Alles klar«, log Alvarez. »Augen zu und durch.« Sie wandte ihre Aufmerksamkeit wieder dem Opfer zu. *Reiß dich zusammen, Selena. Du schaffst das. Du* musst *das schaffen. Für Gabe.* Doch der Ohrring mit seinem roten Glasstein funkelte im Licht ihrer Taschenlampe, als wollte er sie verhöhnen, und die Panik, gegen die sie so entschieden ankämpfte, reichte tief. Fragen über Fragen gingen ihr durch den Kopf und quälten sie, weil sie einfach keine Antworten darauf fand.

Wer ist dieser kranke Irre?

Was zum Teufel hat er mit meinem Sohn zu tun?

Die Sache schien persönlich zu werden, äußerst persönlich. Leise, als könnte der mörderische Psychopath sie hören, flüsterte sie: »Mach dich bereit, du perverser Kerl, denn ich werde deinen Hintern an die Wand nageln, und zwar gründlich!«

»... und das ist alles, was Sie wissen?«, fragte Pescoli Stunden später, als sie Ezzie Zwolski an dem schmalen Tisch des Vernehmungsraums gegenübersaß. Ezzie hatte die Hände im Schoß gefaltet und saß neben ihrem Anwalt, der aussah, als hätte er gerade erst sein Jurastudium beendet. Der Anwalt mit seinem kahlrasierten Kopf, dem nervösen Lächeln, dem knitterfreien Anzug und der glänzenden Krawatte sagte während der Befragung nur wenig. In Pescolis Augen war er völlig überflüssig.

Genauso überflüssig wie Ezzies Aussage. Sie war ein graues Mäuschen, wenn man dem ersten Eindruck Glauben schenkte. Ihr graumeliertes Haar war sorgfältig hochgesteckt, ihre Rüschenbluse hochgeschlossen, und sie trug eine braune Strickjacke mit in der Taille gebundenem Gürtel. Mit Ende fünfzig war sie immer noch zierlich, hatte nur wenig Make-up aufgelegt und wirkte eher wie eine pingelige Sonntagsschullehrerin aus den Vierzigern, nicht wie die Femme fatale, als die Len Bradshaws Familie sie beschrieben hatte.

Nur ihre Brille passte nicht zu der äußeren Erscheinung. Welche alternde Farmersfrau trug schon ein modisch-elegantes, lavendelfarbenes Plastikgestell? An ihrem linken Ringfinger steckte ein ziemlich großer Diamantring, auch die nahezu perfekt gerichteten Zähne hoben sich von ihrem ansonsten schlichten Äußeren ab.

»Und ich sage Ihnen, Martin hat mir auf die Familienbibel geschworen, dass der Tod des armen Len ein Unfall war.«

»Auch wenn er die Einkünfte aus dem gemeinsamen Landwirtschaftshandel unterschlagen und eine Affäre mit Ihnen hatte?«

Ezzie versteifte sich und presste die blassen Lippen zusammen. »Das ist Schnee von gestern, Detective.«

»Es war also aus zwischen Len und Ihnen?«

»Schon lange.«

»Und Ihr Mann hat Ihnen verziehen?«

»Er ist ein guter Mann.«

»Das ist keine Antwort auf meine Frage.«

»Ja, Martin hat mir verziehen.« Sie starrte Pescoli durch die Brillengläser mit großen Augen an. »Wie ich schon sagte: Er ist ein gottesfürchtiger Mann.«

»Kein Mörder.«

»Natürlich nicht. Es war ein Jagdunfall! Warum glauben Sie ihm nicht? Es gibt keinen einzigen Beweis dafür, dass es anders gewesen sein könnte, und ... soweit ich gehört habe, treibt momentan ein echter Mörder sein Unwesen.« Sie reckte empört ihr spitzes Kinn vor, doch Pescoli kaufte ihr das eifrige Plädoyer für den Mann, den sie betrogen hatte, nach wie vor nicht ab.

»Warum sind Sie nicht früher zu uns gekommen?«

»Weil ich, wie Sie so treffend feststellten, nichts zu sagen hatte. Ich war nicht dabei, als der Unfall passierte. Ich war zu

252

Hause und kochte Apfelmus ein, doch eins kann ich Ihnen versichern: Als Martin an jenem Tag heimkam, war er völlig aufgelöst. Er konnte es nicht fassen, dass sich ein Schuss gelöst und den armen Len tödlich getroffen hatte. Das hat ihn innerlich zerrissen. Macht ihm jetzt noch zu schaffen.« Sie stieß einen langen Seufzer aus und wandte den Blick ab, als müsse sie sich sammeln.

Wieso?

»Was ist mit dem Geld, das Bradshaw abgezweigt hat?«, fragte Pescoli. »Hat Len jemals angeboten, es zurückzuzahlen?«

»Nein ... ich glaube nicht. Martin wollte es irgendwie abschreiben.« Sie wedelte mit der Hand, als würde sie davon nichts verstehen. »Ich glaube, das kann man, man nennt das dann ›uneinbringliche Forderungen‹.«

Tja, Martin Zwolski, womöglich bist du ja tatsächlich ein »guter, gottesfürchtiger Mann«.

Dennoch ...

Pescoli stellte weitere Fragen, konnte aber nicht mehr in Erfahrung bringen, als sie ohnehin schon wusste. Ezzie hatte recht: Sie musste sich um einen dringenderen Fall kümmern. Doch als die zierliche Frau, gefolgt von ihrem Anwalt, den Vernehmungsraum verließ, blieb sie mit einem schalen Geschmack im Mund zurück.

Vielleicht lag es nur an der schicken, lavendelfarbenen Brille. Oder daran, dass sie schlecht gelaunt war, seit sie sich heute Morgen aus Santanas Bett gequält hatte. Sie hatte Jeremy angerufen und ihm eine Nachricht hinterlassen, dass er mit dem Hund rausgehen solle, dann war sie direkt zum Fundort der zweiten Eisblockleiche gefahren, wo Alvarez auf sie wartete und

253

definitiv *nicht* so cool und besonnen gewesen war wie sonst. Seit sie den Ohrring in der Brustwarze der toten Frau entdeckt hatte, schien sie völlig durch den Wind zu sein. Nun, vielleicht war sie es schon vorher. Aber wer wäre da nicht durchgedreht? Pescoli wäre mit Sicherheit ein Nervenbündel gewesen, wenn ein Kind, das sie vor ewiger Zeit zur Adoption freigegeben hatte, plötzlich in ihr Haus einbrechen und Dinge entwenden würde, die dann bei einer Leiche wieder auftauchten. Das Ganze war seltsam. Verstörend. Genau wie der »Unfall« von Len Bradshaw und das Verhalten von Esmeralda »Ezzie« Zwolski.

Schlechte Laune hin oder her, Pescoli spürte, dass sie Esmeralda Zwolski trotz ihrer prüden Erscheinung einfach nicht trauen konnte. Sie mochte noch so flache Schuhe tragen, irgendetwas stimmte hier nicht.

Noch immer ungehalten über die im Grunde überflüssige Befragung, sammelte sie ihre Notizen und das Aufnahmegerät ein und machte einen kurzen Abstecher in den Aufenthaltsraum, um nachzusehen, ob noch ein paar von Joelles Weihnachtsleckereien von gestern übrig geblieben waren. Leider war nichts Interessantes für die »Wochenendkrieger« dabei, wie Joelle diejenigen nannte, die am Samstag und Sonntag Dienst schoben, also nahm sie sich nur eine Tasse Kaffee und machte sich auf den Weg zu Alvarez' Schreibtisch.

»Wie ist es gelaufen?«, erkundigte sich Alvarez und blickte von ihrem Monitor auf. Während ihre Partnerin Ezzie Zwolski vernommen hatte, hatte sie versucht, eine Verbindung zwischen Lara Sue Gilfry und Lissa Parsons herzustellen.

»Es ging so. Ich mag die Frau einfach nicht. Genauso wenig wie ihren Milchbubi von Anwalt.«

»Wen?«

»Weißt du nicht, was ein Milchbubi ist?« Sie schüttelte den Kopf, als Alvarez sie fragend anblickte. »Hat man früher so gesagt, vermutlich noch zu Zeiten der Saurier. Egal. Auf alle Fälle war der Typ ein totales Baby. Sah aus, als wäre er nicht mal alt genug, um sich zu rasieren, ganz zu schweigen davon, einen Abschluss in Jura in der Tasche zu haben. Wenn du mich fragst, dann hat sie entweder etwas mit Bradshaws Tod zu tun oder enthält uns zumindest Informationen vor.«

»Der Obduktionsbericht ist endlich da«, sagte Alvarez, klickte mit der Maus ein Dokument an und druckte es aus. »Wenn er tatsächlich mit Vorsatz getötet wurde, dann war das reine Zeitverschwendung. Mehrere seiner Arterien waren zu über neunzig Prozent verstopft, und seine Leber stand ebenfalls kurz davor, den Geist aufzugeben. Leberzirrhose.« Sie reichte Pescoli den Bericht.

»Hätte er das nicht gewusst?«

»Vermutlich hat er die Symptome ignoriert. Er war so ein typisches Alphamännchen: Jäger, Fischer, Farmer ...«

»Kesselflicker, Schneider, Soldat ... Oh, warte!« Pescoli reckte den Zeigefinger in die Höhe. »Geldveruntreuer und Mordopfer.«

»Sehr komisch.« Alvarez stieß sich von der Schreibtischkante ab und rollte mit ihrem Stuhl zurück.

»So komisch nun auch wieder nicht.«

Alvarez nahm Pescoli den Bericht aus der Hand und überflog ihn. »Der Schuss ist durch Lens Leber ins Herz gegangen«, erklärte sie. »Die Ballistiker haben das im Labor nachgestellt, und die Kugel hat den Dummy an genau derselben Stelle getroffen wie Zwolskis Kugel Bradshaw. Demnach ist es wirklich ein Unfall gewesen.« Sie blickte auf. »Selbst wenn es keiner war, wird es schwer sein, das Gegenteil zu beweisen.«

Pescolis schlechte Laune wurde noch schlechter. »Na toll.«

»He, so ist das nun mal!«

»Glaubst du? Ich weiß nicht. Irgendetwas stimmt nicht mit Zwolskis Frau. Sie wirkt so selbstzufrieden. Scheinheilig.«

»Das heißt aber nicht, dass sie und ihr Mann einen Mord geplant haben.«

»Ich weiß. Trotzdem. Irgendwas an der Sache gefällt mir nicht.« Pescoli nahm einen Schluck von ihrem kalt werdenden Kaffee. Sie deutete mit dem Zeigefinger auf Alvarez und fragte: »Was ist mit dir? Hast du etwas gefunden, das die Opfer unseres neuesten Psychopathen in Zusammenhang bringen könnte?«

»Leider nichts. Aber ich habe herausgefunden, dass Lissa Parsons derselben Kirchengemeinde angehörte wie Brenda Sutherland.«

»Cort Brewster, unser glorreicher stellvertretender Sheriff, doch auch.«

»Glorreicher stellvertretender Sheriff und Vorgesetzter«, ergänzte Alvarez.

»Wie auch immer.« Pescoli dachte scharf nach, wobei sie mit ihrem Kaffee-Pappbecher herumspielte. »Glaubst du, das könnte eine Verbindung sein?«

»Keine Ahnung. Brenda Sutherland war in der Kirche sehr aktiv, hat Spenden gesammelt und den Bibelkreis besucht, außerdem jede Menge ehrenamtliche Tätigkeiten übernommen und niemals einen Gottesdienst versäumt.«

»Was ist mit Lissa Parsons?«

»Die war nicht ganz so eifrig. Seit achtzehn Monaten ist sie nicht mehr zur Kirche gegangen, obwohl sie früher ein-, zweimal im Monat den Gottesdienst besucht hat. Vielleicht hatte sie vorübergehend die Stadt verlassen und war gerade erst wieder zurückgekehrt – ich arbeite daran. Auf jeden Fall war sie schon länger nicht mehr dort.«

»Warum nicht?«

»Ich sagte doch: keine Ahnung. Ich habe vor, ihre Familie und ihre Freunde zu befragen. Der nächste Angehörige – der Vater, die Mutter ist tot – wurde vor einer Stunde benachrichtigt.«

»Weiß die Presse davon?«, fragte Pescoli und sah aus dem Fenster, wo dieselben Nachrichtenvans, die schon am Leichenfundort gewesen waren, auf dem Besucherparkplatz Stellung bezogen hatten.

»Sie werden in einer Stunde informiert. Darla wird eine Stellungnahme abgeben.«

Darla Vale war seit kurzem als Pressesprecherin für die Information der Öffentlichkeit zuständig. Sie arbeitete schon seit einigen Jahren für das Büro des Sheriffs von Pinewood County. Als ehemalige Reporterin der *Seattle Times* war sie nach Grizzly Falls gekommen, weil ihr Ehemann Herb beschlossen hatte, sich in Montana zur Ruhe zu setzen. Wegen ihrer ehemaligen Tätigkeit bei den Printmedien scherzte sie oft, sie käme »von der dunklen Seite«.

»Gut«, sagte Alvarez, »wir überprüfen noch sämtliche Videoüberwachungskameras stadtauswärts in Richtung Sheldon Road. Die Deputys befragen die Nachbarn, ob sie letzte Nacht etwas Verdächtiges bemerkt haben. Muss irgendwann nach zweiundzwanzig Uhr passiert sein, nachdem Oliver Enstad die Außenbeleuchtung ausgemacht hat. Er gibt an, gegen dreiundzwanzig Uhr noch einmal aus dem Fenster gesehen zu haben, doch da war nichts. Seine Frau hat am nächsten Morgen gegen sechs rausgeschaut und die Skulptur entdeckt. Dem Neuschnee nach zu urteilen, der auf die Schleifspur und den Eisblock gefallen war, muss der Täter etwa gegen ein Uhr nachts dort gewesen sein.«

»Das bringt uns nicht weiter.«

»Hast du schon herausfinden können, was unsere beiden vorbestraften Eiskünstler um diese Zeit gemacht haben?«

»Beide haben gemütlich mit ihren Ehefrauen im Bett gelegen.«

»Glaubst du den Frauen?«

Pescoli zuckte gereizt die Achseln. »Keine Ahnung, was ich glauben soll.« Der Fall drohte völlig aus dem Ruder zu laufen.

»War auf den Videos von den Schaulustigen, die sich heute Morgen vor dem Haus der Enstads versammelt hatten, irgendetwas zu finden?«

»Nichts Auffälliges. Sage will es sich noch genau anschauen und anschließend vergrößerte Fotos von den Gaffern ausdrucken.« Sage Zoller war ein junger Detective und absolut brillant. Pescoli hatte sich die Aufnahmen von den Schaulustigen bereits angesehen, sowohl die von der Kirche als auch die vom Haus der Endstads, und auf den ersten Blick keine verdächtige Person ausmachen können, die auf beiden Bändern zu finden war.

Es war noch dunkel gewesen, doch sie hatten Bilder mit versteckten Kameras gemacht von jedem, der langsamer gefahren war oder gar angehalten hatte, um einen Blick auf den

Leichenfundort zu werfen. Jetzt war Sage damit beschäftigt, die Personen auf den Fotos mit denjenigen abzugleichen, die sich hinter dem Polizeiabsperrband drängten. Vielleicht gab es ja Übereinstimmungen.

»Der vorläufige Obduktionsbericht zu Gilfry ist eingetroffen«, teilte Alvarez ihrer Partnerin mit und druckte ein weiteres Dokument aus. Als Pescoli die warmen Blätter aus dem Drucker nahm, fügte sie hinzu: »Bislang ist noch keine toxikologische Untersuchung erfolgt, doch es sieht so aus, als wäre sie an Hypothermie gestorben – Unterkühlung.«

»Dann hat der Bastard sie also bei lebendigem Leib eingefroren?«

»Sieht ganz so aus.«

»Verdammt! Vielleicht hat er Unterricht bei unserem anderen Freund genommen«, sagte Pescoli mit hasserfüllter Stimme. Bei dem »Freund« handelte es sich um den Serienmörder, der Grizzly Falls vor zwei Jahren in Angst und Schrecken versetzt hatte und um ein Haar Pescoli zum Verhängnis geworden wäre. Mit grimmigem Gesicht überflog sie den Bericht. »Noch kein toxikologischer Befund, aber ich bin mir sicher, dass sie unser Mädchen ist ... tätowierter Knöchel, Zungenpiercing, alles passt.« Sie blickte auf. »Sonst noch was?«

»Ich habe vorhin mit Slatkin telefoniert«, berichtete Alvarez. Mikhail Slatkin war einer der Kriminaltechniker von der Spurensicherung, ein zurückhaltender Mann mit scharfem Verstand, der auf die dreißig zuging. »Sie haben die Skulptur untersucht, bevor sie schmelzen konnte, und sind auf Spuren von Säge, Meißel, Eispickel, Zange, Schleifgerät und Pinsel gestoßen. Sie werden noch analysiert, um herauszufinden, woher die Werkzeuge stammen. Wir überprüfen die Baumärkte vor Ort, die Läden für Künstlerbedarf, sämtliche Geschäfte, in denen man solche Sachen kaufen kann.«

»Vielleicht hat er sie im Internet bestellt, vielleicht befinden sie sich schon seit Ewigkeiten in seinem Besitz; es ist sogar denkbar, dass er sie von seinem Urgroßvater geerbt hat.«

»Trotzdem ...«

»Ich weiß. Alles nur Vermutungen, noch dazu weit hergeholt. Ich hoffe immer noch, dass mich jemand von den Hotels oder Catering-Gesellschaften anruft, einer der hiesigen Künstler, egal wer, Hauptsache, er weiß, wer aus dieser Gegend ein Talent fürs Eisschnitzen hat.«

»Was ist mit Gordon Dobbs?«, fragte Pescoli. »Er schnitzt ständig etwas und bietet es auf seiner Vorderveranda zum Verkauf an.«

»Er arbeitet mit Holz.«

»Der Typ ist ein echter Knaller«, bemerkte Pescoli, wohl wissend, dass sie sich an einen Strohhalm klammerte.

»Nun, bislang ist aber niemand abgeknallt worden außer Len Bradshaw, und der hat mit dem Fall nichts zu tun.«

»Schätze, du hast recht.« Sie trank den Rest Kaffee aus und zerknüllte den Pappbecher in der Hand. »Mist. Ich werde noch verrückt.«

Alvarez seufzte. »Nun, willkommen im Club.«

»Offenbar ist es ziemlich leicht, Mitglied zu werden«, knurrte Pescoli. »Der Club ist ja nicht gerade exklusiv!«

Kapitel achtzehn

Es ist so kalt ... so furchtbar kalt.

Brenda konnte sich nicht bewegen, nicht einmal zittern, als das Wasser um sie herum gefror. Verzweifelt versuchte sie, an ihre Kinder zu denken, ihre beiden Jungs, die sie so dringend brauchten. Sie durfte jetzt nicht aufgeben, auch wenn es so einfach wäre, in dieser eisigen, finsteren Höhle, wo das Monster sie nackt und vollgepumpt mit Drogen gefangen hielt, der Verführung des Todes zu erliegen.

Sie hatte um Hilfe gerufen, gebetet, sie hatte die sonderbaren Handlungen des Verrückten über sich ergehen lassen, hatte ihn angefleht, sie gehen zu lassen, und ihm hoch und heilig versprochen, keiner Menschenseele etwas zu verraten, alles zu tun, was er von ihr verlangte. Doch mittlerweile war sie so verzweifelt, so gedemütigt, dass sie sich fragte, ob es nicht das Beste wäre, wenn Gott sie zu sich holte. Die Jungs würden den Verlust schon überstehen. Ray würde sich um sie kümmern. Vielleicht heiratete er wieder, und die beiden bekämen eine Stiefmutter ...

Ihr wurde schwarz vor Augen. Dankbar fiel sie in eine Art Schwebezustand zwischen Wachsein und Schlaf, der sie vergessen ließ, was um sie herum passierte, und auch die entsetzliche, quälende Kälte. Sie verstand nicht, wie ihr geschah, würde es vermutlich niemals verstehen. Er hatte ihr keine äußeren Verletzungen zugefügt mit Ausnahme des winzigen Nadelstichs der Betäubungsmittelspritze. Später hatte er ihr außerdem einen abscheulich schmeckenden Tee eingeflößt, der sie ebenfalls immer wieder eindämmern ließ.

261

Er hatte sie gewaschen, wieder und wieder, hatte sie in warmem Wasser gebadet, das von Minute zu Minute kälter wurde, bis sie bibberte und wie verrückt mit den Zähnen klapperte. Dann war sie bewusstlos geworden. Oh, wie wunderbar war diese Leere, die Schwärze, die sie dann umfing! Wenn sie wieder wach wurde und bis ins Mark die bittere Kälte spürte, hoffte sie nur, ihm nicht wieder in die grausamen Augen blicken zu müssen, wollte nicht sehen, wie er sich über sie beugte und sich an ihr zu schaffen machte, wollte nicht seine Lippen auf ihrem Körper spüren. Sie wollte auch nicht die verschiedenen Bohrer, Pickel und Sägen sehen, die an den Wänden dieser riesigen Höhle hingen, in der es eine Werkbank, Strom und sogar fließendes Wasser gab. Die Werkzeuge jagten ihr eine Heidenangst ein, denn tief im Herzen wusste sie, dass er diese für sie vorgesehen hatte.

Warum, verstand sie nicht.

Doch wer hätte das auch verstehen können?

Er hielt sich für eine Art Künstler, und er hatte mehrfach erwähnt, wie schön sie sei, wie »perfekt«. Ihr drehte sich der Magen um, als sie daran dachte, wie er ihren Bauchnabel geleckt und ihre Brust mit der Zungenspitze liebkost hatte. Am liebsten hätte er mehr mit ihr angestellt, das hatte sie in seinen Augen sehen können, widerliche, grausame, sadistische Dinge.

Obwohl sie schreckliche Angst gehabt hatte, hatte sie sich nicht gerührt, hatte sich nicht rühren können, denn ihre Muskeln ließen sich nicht bewegen, kein Laut drang über ihre Lippen, wenngleich sie innerlich schrie. Wieso hatte sie nicht geahnt, wie abgrundtief böse dieser Mann war, den sie so oft in Grizzly Falls gesehen hatte? Dieser *verheiratete* Mann, der nach außen hin so normal wirkte und stets freundlich lächelte, wenn sie im Wild Will an seinen Tisch getreten war? Hinter dieser Fassade verbarg sich ein gefährlicher Irrer, ein Dämon, von Satan höchstpersönlich gesandt. Einmal hatte sie einen Blick auf seine dunkle Seite werfen können, als er dachte, sie hätte ihn übersehen. An dem Tag war im Restaurant die Hölle los gewesen, und noch dazu hatte die Chefin seine Bestellung durcheinandergebracht, aber ansonsten ...

Sie zwang sich, nicht an ihn zu denken, auch nicht daran, wie hilflos sie ihm ausgeliefert war, auf Gedeih und Verderb. In der Dunkelheit fingen ihre Gedanken an zu wandern, und für eine Sekunde meinte Brenda, eine weitere Stimme zu vernehmen, eine Stimme, die so verängstigt klang wie ihre eigene. Sie krächzte eine Erwiderung, doch natürlich hörte sie nichts als das Pochen ihres eigenen Herzens. Sie musste sich getäuscht haben; es war niemand in der Nähe, der sie hören oder gar befreien würde.

Sie war verloren.

Nur Jesus könnte sie jetzt noch retten, da war sich Brenda sicher.

Ihr Glaube gewann die Oberhand über ihre Furcht, und sie begann zu beten. Stumm. Die vertrauten Worte fielen ihr ein: *Vater unser im Himmel, geheiligt werde dein Name ...*

Obwohl Wochenende war, herrschte im Department große Betriebsamkeit. Zu den üblichen Unfällen, tätlichen Auseinandersetzungen und Eigentumsdelikten, die der Freitagabend so mit sich brachte, kamen jetzt noch die beiden Morde hinzu, so dass es in den Büros und an den Schreibtischen noch hektischer zuging als sonst. Telefone klingelten, Gespräche wurden geführt, viele Officers, darunter auch Alvarez, schoben Überstunden.

Während draußen die Medien kampierten, saßen der Sheriff und sein Stellvertreter in ihren Büros, Sturgis hatte es sich auf seinem Stammplatz neben Graysons Schreibtisch bequem gemacht. Bei seinem Anblick musste Alvarez an ihren eigenen Hund denken, der immer noch verschwunden war, genau wie ihr Sohn.

Bislang war sie zu beschäftigt gewesen, allzu viel an Gabriel oder Roscoe zu denken, doch jetzt ...

Sie zwang sich, sich wieder ihrem Fall zuzuwenden. Ihr Rücken fing leicht an zu schmerzen von den vielen Stunden, die sie am Schreibtisch zugebracht hatte. Noch einmal nahm sie sich Lissa Parsons' Anrufprotokoll vor. Ein Computer hatte es mit dem von Lara Sue Gilfry verglichen, um herauszufinden, ob sich übereinstimmende Nummern fanden, doch es gab nur drei Treffer: die Poliklinik, in der Dr. Acacia Lambert arbeitete; das Joltz, ein gut besuchter Coffeeshop, und eine Autowerkstatt an der Seventh Street. Das war eine Sackgasse. Als Nächstes wollte sie sich die PCs vornehmen, doch das erwies sich als schwierig, da noch immer Lissa Parsons' Auto, Laptop und Smartphone fehlten. Seit ihrem Verschwinden waren laut Anbieter keinerlei Aktivitäten auf Handy und Computer zu verzeichnen. Lara Sue Gilfry hatte als Angestellte des Bull and Bear Bed & Breakfast den dortigen Gemeinschaftscomputer benutzt. Oft hatte sie sich nicht mal die Mühe gemacht, sich persönlich einzuloggen, weshalb es so gut wie unmöglich war herauszufinden, welche Websites sie besucht hatte und welche ihre Kollegen und mitunter auch die Gäste.

Zum Glück würde das FBI, das mittlerweile eingeschaltet war, seine hochkomplizierte Technik mitbringen. Alvarez war die Chronik vom sechsten November durchgegangen, dem Tag, an dem Lara Sue zuletzt gesehen worden war, doch ihr war nichts Besonderes aufgefallen.

»Bleib dran«, ermahnte sie sich. »Du darfst jetzt nicht lockerlassen.«

Ihr Handy klingelte, O'Keefes Name erschien auf ihrem Display. Sie spürte, wie sich ihr Magen zusammenschnürte, als sie den Anruf annahm. »Sag mir, dass du gute Nachrichten für mich hast.«

»Ich wünschte, das könnte ich«, erwiderte er, und sie hätte am liebsten die Augen geschlossen und sich sein Gesicht vorgestellt. Stattdessen blickte sie auf die Uhr an ihrem Computer und sah, dass es schon auf sechs zuging. Sie war seit fast zwölf Stunden hier. »Harter Tag?«, erkundigte er sich teilnahmsvoll.

»Das kann man wohl sagen.« Sie überlegte, ob sie ihm von dem Ohrring in der Brustwarze der toten Frau erzählen sollte, doch sie wollte die Ermittlungen nicht beeinträchtigen. Halden und Chandler, die beiden Agenten von der FBI-Außenstelle Salt Lake City, Utah, sollten binnen der nächsten Stunden eintreffen. Wäre das Wetter besser gewesen, hätten sie schon früher da sein können, doch so war ihr Flieger mit Verspätung in Missoula eingetroffen. Bevor sie sich mit dem Wagen auf den Weg nach Grizzly Falls machten, wollten sie noch bei dem Eisskulpturenwettbewerb vorbeischauen und sich die teilnehmenden Künstler nebst ihnen nahestehenden Personen vornehmen.

Mittlerweile hatten sie im Department einen Raum für die Sondereinheit eingerichtet, mit allem technischen Drum und Dran, wie sie es schon in der Vergangenheit getan hatten.

»Wie wär's, wenn ich dich nach der Arbeit abhole? Wir könnten zusammen etwas essen und dann den Fall besprechen.«

»Gibt es denn etwas zu besprechen?«

»Immer.«

Das stimmt, dachte sie, dennoch hielt sie es für keine gute Idee, mehr Zeit mit ihm zu verbringen als unbedingt nötig, außerdem ging ihr die Sache mit dem Ohrring nicht mehr aus dem Kopf. Das konnte kein Zufall sein. Nein, das war ein eindeutiger Hinweis. Auf sie, da war sie sich sicher, auch wenn sie sich weder einen Reim darauf machen konnte noch irgendwelche Beweise hatte. Der Gedanke daran, die vor ihr liegenden Stunden allein zu verbringen, abwesend Mrs. Smiths Köpfchen zu streicheln und über ihren verschwundenen Hund, ihren Sohn, einen alten Ohrring und einen sein Unwesen treibenden Psychopathen nachzugrübeln, war wenig verlockend. Außerdem könnte jede noch so kleine Information von Bedeutung sein.

»Komm schon, Selena«, drängte er. »Versuch mal, ein bisschen aus dir herauszugehen.«

Sie spürte einen Kloß in der Kehle, als sie den vertrauten Satz hörte, den er in San Bernardino so oft gesagt hatte. »Na schön, solange wir nicht Pizza essen müssen.«

»Abgemacht«, erwiderte er und klang amüsiert.

»Und das ist *kein* Date?«

»Natürlich nicht. Wie kommst du nur darauf?«

»Oh, du kennst doch das alte Sprichwort: Gelegenheit macht Liebe.«

Er lachte. »Das wäre nicht das Schlechteste. Aber nenn es, wie du willst, Alvarez. Ich hole dich dann zu Hause ab, sagen wir um ... sieben?«

»Halb acht, einverstanden?«

»Okay.«

Wieder warf sie einen Blick auf die Uhr. »Ich muss hier noch ein paar Nachforschungen abschließen.«

»Na schön, aber denk dran: Das ist die ... Gelegenheit!«

Idioten!

Dummköpfe!

Kretins!

Er ballte die Hände zu Fäusten und spürte, wie ihm der Zorn das Rückgrat empor in den Nacken kletterte. Sein Gesicht wurde heiß, als er wie gebannt auf den Fernseher in seinem Arbeitszimmer starrte. Seine Frau war unterwegs, Gott sei Dank, erledigte Einkäufe fürs Abendessen oder sonst was, so dass er sich wieder und wieder die Berichte über den jüngsten Eismumienfund ansehen konnte, ohne sich rechtfertigen zu müssen, warum er sämtliche Nachrichten zu diesem Mordfall aufgezeichnet hatte.

Abgesehen von den Geräuschen, die aus dem Fernseher drangen, war es still im Haus. Er blickte aus dem Fenster und sah, dass es schneite, nur wenige Autos fuhren die Straße entlang, die an dem alten Gehöft vorbeiführte.

Nach einer Weile wandte er seine Aufmerksamkeit wieder dem Bildschirm zu und spulte den Rekorder zurück, um sich noch einmal die hohlköpfige Nia Del Ray anzusehen, die ungefähr vor einem Jahr von Helena nach Missoula gezogen war und nun für KMJC als Kriminalreporterin arbeitete. Da stand sie, vor dem Garten der Enstads, Schneeflocken verfingen sich in ihrem Haar, während sie in die Kamera stierte und versuchte, intelligent zu wirken, was in ihrem Fall allerdings unmöglich war.

Die Medien begriffen seine Kunst genauso wenig wie die dämlichen Cops, verstanden ihn nicht. Er hatte die Berichte zu dem Eismumienfall im Fernsehen und im Internet studiert, und wie gewöhnlich war die Polizei ratlos. Keiner der Reporter oder Ermittler schien die Schönheit seines Werks zu erkennen, die Feinheiten, die so sorgfältig ausgearbeiteten Details.

Er wollte mit ihnen spielen, ihnen vor Augen führen, wie erbärmlich sie waren.

Wieder gab Nia eine dämliche Bemerkung von sich. Hinter ihr, halb verdeckt von dem dichten Schneevorhang, standen die zwei ermittelnden Detectives. Er kannte sie beide. Ob sich Selena Alvarez an ihn erinnerte? Bestimmt. Sie kannten sich, wenn auch überwiegend vom Telefon. Er dachte daran, wie er vor einigen Jahren zufällig in einem Lebensmittelmarkt mit ihr zusammengestoßen war. Er hatte sie mit seinem Einkaufswagen touchiert. Sie hatte einen Satz in die Luft gemacht, dann hatte sie sich umgedreht und ihn mit einem Blick bedacht, der hätte töten können. Sie hatte einen Becher Joghurt fallen lassen, der aufgeplatzt war und seinen Inhalt über den glänzenden Linoleumboden ergossen hatte. Er war ihr zuvorgekommen, als sie sich bückte, um die Sauerei zu entfernen, und hatte sich entschuldigt. »Es tut mir leid«, hatte er gesagt, »ich wollte Sie nicht erschrecken.« Ihre Blicke hatten sich getroffen, gerade lang genug, dass er sah, was für ein sexy Luder sie war. Er hatte ihr Schulterholster bemerkt und die Waffe, hatte gesehen, wie sich ihre Hose über ihren perfekten Hinterbacken spannte. »Ich werde jemanden holen, der das wegputzt«, hatte er gesagt, und sie hatte es dabei belassen und sich mit einem raschen, automatischen »Danke« entfernt, das keinerlei Bedeutung hatte.

Natürlich hatte er sie seitdem wiedergesehen. Nicht nur persönlich, sondern auch im Fernsehen. Während ihrer Ermittlungen in anderen Fällen, Fällen, die ihn faszinierten. Er hatte die Berichterstattung aufmerksam verfolgt und festgestellt, um wie viel intelligenter und kultivierter er war als all diese Ermittler.

Und nun machte es ihn halb wahnsinnig, dass sein Schaffen, seine vollkommenen Skulpturen als »Eismumien« abgetan wurden. Sein Kopf pochte, Speichel sammelte sich in seinem Mund, und er fürchtete, sich übergeben zu müssen. Er dachte an die Eispickel, die er so sorgfältig auf seiner Werkbank zurechtgelegt hatte, und konnte sich kaum des Drangs erwehren, einen davon zu packen und ihn wieder und wieder in einen Eisblock zu rammen, in das Holz der Werkbank, in das gefrorene Fleisch einer Frau. Schneller und schneller, fester und fester, bis Eisspäne durch die Luft flögen, Holz splitterte, Blut flösse, rote Tropfen aufspritzten ...

Schluss damit!

Die Stimme in seinem Kopf erwachte lautstark zum Leben. *Reiß dich zusammen!*

Er fuhr sich mit der Zunge über die Lippen und leckte die Speicheltröpfchen ab, die sich in seinen Mundwinkeln gesammelt hatten.

Du darfst nicht alles ruinieren, für das du so hart gearbeitet hast! Das darfst du nicht! Sei kein Idiot! Lass dich nicht auf das

Niveau dieser Schwachköpfe herab! Denen bist du doch weit überlegen. Verlier nicht deine eigentliche Aufgabe aus den Augen!

Er zitterte heftig. Mit offenem Mund atmete er tief ein und aus. Langsam ließ sein Zorn nach, sein Herzschlag wurde wieder normal, seine Fäuste öffneten sich.

So ist's schon besser. Beruhige dich. Fass dein Ziel ins Auge. Du hast viel zu tun.

Er blinzelte. Hörte, wie Nia Del Ray seine Kunstwerke als »die Arbeit des Eismumienkillers« bezeichnete.

Er unterdrückte eine Reihe von Flüchen. Narren. Alles Narren. Hätte jemals einer von ihnen sein Talent erkannt, seine Intelligenz, würde er jetzt nicht beweisen müssen, wie weit sie ihm unterlegen waren. Er hatte es versucht, doch er war lediglich auf Unverständnis gestoßen, aber war das nicht immer so gewesen?

Wenn sie nur seine Dateien einsehen könnten, die peinlich genauen Viten derer, die er erwählt hatte, Teil seiner Kunst zu sein, dann würden sie begreifen, wie intelligent er war, wie passioniert, wie gründlich. Er wusste alles über diese Frauen, kannte ihre Lebensgeschichte, ihre Wünsche, ihre Bedürfnisse, wusste, wem sie vertrauten, wen sie als Feind betrachteten. Jedes noch so kleine Detail war ihm wichtig, welche Schuhgröße sie trugen, welches Parfüm sie benutzten. All diese Informationen hatte er sorgfältig auf einer separaten Festplatte gespeichert, zu der niemals jemand Zugang erlangen würde.

Er verschleppte die Frauen nicht nach dem Zufallsprinzip.

Nein, er hatte Jahre auf den richtigen Moment gewartet, um mit dieser Phase seines Projekts zu beginnen, Eisskulpturen zu fertigen und auszustellen. Seine Inspiration, die von ihm erwählten Frauen, waren körperlich perfekt, und – saft-strotzender Mann, der er war – er begehrte jede einzelne von ihnen, malte sich aus, was er im Bett mit ihnen anstellen würde.

Er musste sich schwer zusammenreißen, um sie nicht durchzuvögeln, dass ihnen Hören und Sehen verging, doch, das musste man ihm zugutehalten, hatte er bislang noch keine von ihnen bestiegen, hatte noch nicht seinen steinharten Schwanz in ihren engen, kleinen ...

Nein! Denk nicht mal dran ...

Er holte tief Luft, füllte seine Lungen, dann atmete er lang-sam aus. Sein Pulsschlag beruhigte sich wieder.

Er musste sich beherrschen.

Er würde sich beherrschen!

Schon deutlich gelassener richtete er die Fernbedienung auf den Fernseher, als wäre sie eine Pistole, dann drückte er den Aus-Knopf. Der Bildschirm wurde schwarz. Es gab viel zu tun. Es war definitiv an der Zeit, die Dinge ein wenig aufzu-mischen.

»Ich muss los«, sagte Pescoli, blieb an Alvarez' Schreibtisch stehen und zog den Reißverschluss ihres Daunenmantels hoch. »Ich habe meine Kinder länger nicht gesehen, es sei denn, man zählt die unerfreuliche Begegnung mit Jeremy nach seiner durchgemachten Nacht dazu.«

»Es ist Samstagabend. Da werden sie doch bestimmt nicht zu Hause sein.«

Pescoli hängte sich die Riemen ihrer Handtasche über die Schulter und grinste müde. »Sie werden kurz vorbeischauen, um mir etwas Geld aus dem Kreuz zu leiern. Ich hoffe nur, dass sie mit dem Hund rausgehen.«

Sie stürmte aus dem Büro. Alvarez sah ihr nach, dann warf sie einen Blick auf die Uhr. Morgen war auch noch ein Tag, selbst wenn es ein Sonntag war. Trotzdem konnte sie sich des unguten Gefühls nicht erwehren, dass ihnen die Zeit davonlief. Jede verstrichene Minute verschaffte dem Killer weitere sechzig Sekunden, um seinen nächsten Schritt zu planen. Der größte Feind in ihrem Job war die Zeit, dachte Alvarez bitter.

Sie verglich noch einmal die Fotos der Opfer, vor und nach ihrem Tod, und verspürte einen Stich, als sie das Schmetterlingstattoo an Lara Sues Knöchel betrachtete. Was es wohl bedeuten mochte? Stand es für Freiheit? Schönheit? Oder war es nur die Laune eines bedauernswerten Mädchens, das, wie Taj Nayak von der Vermisstenabteilung bemerkt hatte, »durch die Maschen geschlüpft« und schon als Teenager auf sich selbst gestellt gewesen war? Lara war ganz anders als Opfer Nummer zwei, Lissa Parsons, eine gebildete Frau mit einem guten Job, die ab und an einen Freund hatte. Ihr Vater lebte mit ihrer sehr viel jüngeren Schwester in Pocatello, Idaho, beide waren am Boden zerstört.

Wer war die ominöse Person, die sie beide kannten und die sie auf so schicksalhafte Art und Weise miteinander verknüpft hatte? Und wo war Brenda Sutherland? Befand auch sie sich in den Fängen des Mörders, war sie von jemand anders entführt worden, oder hatte sie sich einfach aus dem Staub gemacht, wie ihr Ex-Mann behauptete, eine alleinstehende Mutter, die dem Druck nicht mehr standgehalten hatte? Niemals. Tief im Innern wusste Alvarez, dass Brenda demselben Irren über den Weg gelaufen war, der die beiden anderen Frauen auf dem Gewissen hatte.

Möge Gott ihr beistehen.

Sie legte ihr Schulterholster an, schlüpfte in Jacke und Handschuhe, dann nahm sie ihren Laptop und die Handtasche und ging durch den weihnachtlich geschmückten Gang zur Hintertür. Als sie am Aufenthaltsraum vorbeikam, fiel ihr Blick auf zwei Streifenpolizisten, Rule Kayan und Pete Watershed, die eifrig den Kühlschrank und die Regale nach Resten von Joelles Weihnachtsgebäck absuchten und lautstark bedauerten, dass man nicht ein einziges Plätzchen für sie übrig gelassen hatte. Rule war ein großer, kräftiger Afroamerikaner, der eher aussah wie ein Angriffsspieler beim Basketball als wie ein Polizist, und er war ein Mann, dem Alvarez vertraute. Watershed dagegen war nicht so ihr Fall. Er sah gut aus, was er durchaus wusste, und er stand auf derbe Witze. Als Polizist war er nicht schlecht, doch Alvarez konnte gut ohne ihn leben. Heute führten sich die beiden auf wie zwei hungrige Teenager, bereit, alles in sich hineinzustopfen, was halbwegs genießbar war.

»Schönen Abend noch«, wünschte Alvarez, ohne stehen zu bleiben.

Rule grinste sie an. »Bis dann!« Watershed blickte kaum auf und schimpfte weiter, weil nichts Essbares aufzutreiben war. Anscheinend, dachte Alvarez, als sie zur Hintertür hinaustrat, war Pescoli die einzige Person im ganzen Department, die Joelles Bemühungen, für ein bisschen weihnachtliche Stimmung bei der Arbeit zu sorgen, nicht zu schätzen wusste. Obwohl selbst Pescoli zugeben musste, dass sie gutes Gebäck liebte.

Draußen war es definitiv noch kälter geworden. Vermutlich kam der Sturm näher, der laut Wetterbericht in der kommenden Woche über diesen Teil von Montana hinwegziehen sollte. Winzige Eiskristalle fielen vom Himmel und wurden von starken Böen durch die Luft gewirbelt. Nicht unbedingt der passende Abend, um auszugehen, dachte Alvarez, als sie die Wagentür aufsperrte, doch es war wichtig, dass sie und O'Keefe sich auf neutralem Boden trafen; schließlich konnte sie ihn nicht schon wieder zu sich nach Hause einladen.

Fröstelnd im eisigen Wind, stieg sie in ihren Outback und stellte den Motor an, dann setzte sie rückwärts aus der Parklücke und fuhr vom Parkplatz, ihre Räder knirschten im hohen Schnee. Sie ordnete sich in den fließenden Verkehr ein und fuhr nach Hause. Die Autos kamen etwas langsamer voran als gewöhnlich, aber es bildeten sich keine Staus; die Leute aus diesem Teil des Landes waren an die winterlichen Straßenverhältnisse gewöhnt. Der Kerl in dem aufgebockten Geländewagen hinter ihr hatte seine Scheinwerfer zu hoch eingestellt, geblendet justierte sie den Rückspiegel und versuchte, sich nicht aufzuregen. Trotzdem war sie genervt.

Sie folgte der Straße den Boxer Bluff hinunter und überquerte die Eisenbahnschienen, dann fuhr sie durch den älteren Teil von Grizzly Falls am Fluss entlang. Durch den feinen Schneeschleier sah sie die Lichter des Gerichtsgebäudes und ein Stück weit entfernt das Schild vom Wild Will, wo Grace Perchant sie gewarnt hatte, ihr Sohn schwebe in großer Gefahr. Sie waren da gewesen, um etwas zu essen und mit Sandi über Brenda Sutherland zu sprechen. Die Wirtin war überzeugt gewesen, dass Ray Sutherland hinter der Sache steckte. War das möglich? Hatte er seine Ex-Frau beseitigt? Waren sie bei ihren Ermittlungen so auf den Eismumienmörder fixiert, dass sie das Naheliegendste übersahen?

Nein, das glaubte sie nicht.

Sie bog in ihre Straße und war froh, als der Kerl mit den aufgeblendeten Scheinwerfern weiterfuhr. Gott sei Dank.

Sie bremste, rollte in ihre Einfahrt und wartete darauf, dass sich das automatische Garagentor öffnete. Gerade als sie hineingefahren war, klingelte ihr Handy. In der Erwartung, O'Keefes Stimme zu hören, nahm sie das Gespräch an und stieg aus. »Hallo?«

Nichts.

»Hallo?«, fragte sie verwirrt, dann bemerkte sie, dass auf dem Display keine Nummer zu sehen war. Sie drückte auf den Schalter, um das Garagentor zu schließen, und wandte sich zur Eingangstür. »Hallo?« Das Garagentor senkte sich langsam herab.

»Hallo, Miststück«, sagte eine tiefe Stimme, und sie erstarrte. Die männliche Stimme hallte in dem Handy wider, das sie ans Ohr gepresst hielt, doch sie kam eindeutig aus der Garage.

Alvarez wirbelte herum, ließ Telefon und Handtasche fallen und griff nach ihrer Dienstwaffe.

»Zu spät«, sagte die Stimme. Vor dem herunterfahrenden Garagentor stand ein Mann: Junior Green, älter und fetter, als sie ihn in Erinnerung hatte, unrasiert, das dünner werdende Haar zerzaust, doch unverkennbar der Mann, den sie damals hinter Gitter gebracht hatte. Er hatte seine blutleeren Lippen zu einem zufriedenen Grinsen verzogen, und er zielte mit einer Pistole direkt auf Alvarez. »Ich hab dir doch gesagt, du würdest von mir hören, du verfluchtes Miststück, aber du hast mir ja nicht geglaubt. Nun, hier bin ich!«

Das Lächeln auf seinem Gesicht war eiskalt. »Und ich habe meine Knarre mitgebracht!«

Kapitel neunzehn

Wumm!

Er drückte ab. Glas splitterte.

Hunderte stumpfer Scherben der Sekuritscheibe flogen durch die Luft.

Die Kugel hatte die Heckscheibe des Outbacks durchschlagen.

Alvarez ging hinter der Motorhaube in Deckung. Kein Schmerz. Kein Blut. Hatte er sie etwa gar nicht getroffen?

Er will dich nicht treffen.

Er spielt bloß mit dir.

Der kranke Mistkerl genießt das.

Sie riss ihre Waffe aus dem Holster und entsicherte sie, bereit, das Feuer zu erwidern. Geschützt durch den Vorderreifen des Subarus, bückte sie sich und blickte unter dem Wagen hindurch, um Greens Position auszumachen. In dem Augenblick rollte sich jemand blitzschnell unter dem herunterfahrenden Garagentor hindurch.

Mit einem Ruck blieb das Tor stehen.

O'Keefe! Nein!

O'Keefe rollte auf Green zu und zog ihm die Beine weg.

»Was zum Teufel ...?«, brüllte dieser und stürzte zu Boden.

Sein schwerer Körper traf hart auf, der Kopf prallte auf den Betonboden. Er schrie auf. »Verflucht! Du verdammter Wichser!«

Wumm! Wumm! Wumm!

Schüsse hallten in dem kleinen Raum wider. Kugeln prallten von den Wänden ab, schlugen in den Wagen ein, zersplitterten die Holzwände, schwirrten über den Betonboden.

O Gott, nein! Dylan!

Voller Panik kroch Alvarez um die Motorhaube herum, Querschläger sausten durch die Luft, eine Kugel zischte nur knapp über ihren Kopf hinweg und drang in einen Pfosten an der Stirnseite der Garage ein.

Wumm!

Eine weitere Kugel schrammte an der Seite des Outbacks entlang, bevor sie in Richtung der miteinander ringenden Männer abdrehte, die um Greens Pistole kämpften.

»Aufhören! Polizei!«, rief sie automatisch.

»Scheiß drauf!«, brüllte Green zurück. »Auuu! Du Bastard!«

»Geben Sie auf, Green!«, befahl sie. Das Herz schlug ihr bis zum Hals, ihr Puls dröhnte in ihren Ohren. Schritt für Schritt näherte sie sich den kämpfenden Männern.

Wumm!

»Verdammt!«, fluchte Green keuchend, als er zusammen mit O'Keefe gegen die Seitenwand prallte. Ein Rechen, der in der Ecke gelehnt hatte, fiel mit einem lauten Scheppern zu Boden.

»Es reicht! Lassen Sie die Waffe fallen, Green!« Die Dienstwaffe in der Hand, trat Alvarez aus der Deckung. Green hielt noch immer seine Pistole umklammert, doch O'Keefe, der kleiner war und flinker, rang den ehemaligen Footballspieler mit einer schnellen Bewegung zu Boden.

»Geh in Deckung!«, schrie er Alvarez zu und versuchte, Green die Pistole zu entwinden. »Und ruf um Himmels willen Verstärkung!« Seine Hand schloss sich um Greens Handgelenk, doch dieser ließ die Waffe nicht los. Green versuchte, O'Keefe abzuschütteln. O'Keefes Nase blutete, er schwitzte und keuchte heftig, als er mit aller Kraft und ganzem Gewicht versuchte, den rasenden Pädophilen am Boden zu halten.

»Geh von mir runter, verdammt noch mal!«, stieß Green hervor, die Stimme gedämpft, weil O'Keefe sein Gesicht gegen den ölfleckigen Garagenboden gedrückt hielt.

»Geben Sie auf!«, rief Alvarez. »Junior Green, lassen Sie die Waffe fallen!«

»Raus hier, Selena! Hau ab!«, brüllte O'Keefe. »Und ruf endlich Verstärkung!«

»Ich sagte: Geben Sie auf, Green! Lassen Sie die Waffe fallen!«, wiederholte sie.

»Halt's Maul, Miststück!«, krächzte dieser.

Jeden Augenblick würde er O'Keefe abwerfen und die Waffe abfeuern.

»*Bastardo!*«, murmelte Alvarez mit zusammengebissenen Zähnen, richtete ihre Dienstpistole direkt auf den kräftigen Mann, dann holte sie aus und trat zu. Mit einem abstoßenden Geräusch traf ihre Stiefelspitze seitlich gegen Junior Greens Kopf. Er stieß einen Schmerzenslaut aus, seine Finger öffneten sich, die Pistole fiel zu Boden. Alvarez trat dagegen, und die Waffe schlitterte über den Zementboden unter den Subaru. Sie schwitzte, ihr Puls war auf hundertachtzig, sie atmete schwer. Ihr Finger lag am Abzug. Nur eine kleine Bewegung, und Junior Green ...

Nein.

In der Ferne heulten Sirenen und rissen sie aus ihren Gedanken.

Sie betete, dass jemand die Schüsse gehört und die Neun-eins-eins gerufen hatte, hoffte, dass Verstärkung unterwegs zu ihrem Haus war und die Sirenen nicht einem anderen Einsatz galten.

»Keine Bewegung, oder ich schieße!«, bellte sie.

Green warf ihr aus den Augenwinkeln einen Blick zu, doch das Feuer in seinen Augen war erloschen. Sein Gesicht war blutverschmiert, dort, wo er auf den harten Boden geprallt war, schwoll sein Kopf bereits sichtbar an.

O'Keefe ließ den großen Mann los.

Keiner von ihnen bezweifelte auch nur eine Sekunde, dass Alvarez ihre Drohung wahrmachen würde, also blieb Green auf dem Garagenboden liegen, ein fetter, nutzloser Fleisch-klops.

O'Keefe rappelte sich hoch und trat ein paar Schritte zurück, um Alvarez freie Schussbahn zu geben, sollte es nötig sein.

Schwer atmend hielt er sich den Jackenärmel unter die Nase, um das Blut zu stoppen, das ihm aus der Nase lief. Ein Auge verfärbte sich bereits und fing an zuzuschwellen. Das Sirenengeheul kam näher.

Mit ihrer freien Hand tastete Selena in ihrer Jackentasche nach dem Handy, drückte eine Kurzwahltaste und wurde mit dem Department verbunden. Sie nannte ihren Namen und ihre Adresse und erklärte schnell die Situation, nur um sich zu vergewissern, dass tatsächlich Verstärkung unterwegs war.

»Ich habe Handschellen im Wagen, im Handschuhfach«, sagte sie anschließend zu O'Keefe. Er holte sie heraus und legte sie dem Ex-Footballspieler an, der erstaunlich wenig Wi-derstand leistete. Erst als O'Keefe fertig war, kehrte etwas von seinem vorherigen Zorn zurück.

»Ich werde dich verklagen«, murmelte er drohend. »Du hast mir den Arm gebrochen.«

»Du wirst es überleben«, erwiderte O'Keefe. »Leider.«

Die Sirenen waren jetzt unmittelbar vor dem Haus, Motoren dröhnten, Reifen knirschten im Schnee auf ihrer Einfahrt, rote und blaue Lichter zuckten durchs Garagenfenster.

»Polizei!«, schrie sie durch das ein Stück weit offene Garagentor. »Detective Selena Alvarez! Die Situation ist unter Kontrolle! Habe den Verdächtigen in Gewahrsam genommen!« Sie wandte sich an Green und knurrte: »Steh auf, du Bastard, und tu bloß nichts Unüberlegtes, sonst blase ich dir dein verdammtes Hirn weg, und zwar mit größtem Vergnügen!«

Der Anruf ging bei Pescoli ein, gerade als die Ofenuhr verkündete, dass der Thunfischauflauf fertig war, den sie in Windeseile zusammengezaubert hatte. Unter Alvarez' Adresse war eine Schießerei gemeldet worden. Der Sheriff höchstpersönlich hatte beschlossen, sie davon in Kenntnis zu setzen, also stellte sie Ofenuhr und Ofen aus und hörte ihm zu. Anscheinend hatte J.R. »Junior« Green, ein kranker, pädophiler Mistkerl, nach seiner Entlassung aus dem Gefängnis sein Versprechen von damals wahrmachen und sich an Alvarez rächen wollen. Laut Grayson befand er sich mittlerweile in Gewahrsam, und Alvarez ging es den Umständen entsprechend gut. Sie und Dylan O'Keefe, der zum fraglichen Zeitpunkt bei ihr gewesen war, waren von einer Sanitäterin untersucht worden und hatten es abgelehnt, in die Klinik zu fahren. Green war allerdings ziemlich übel zugerichtet, offenbar war er mit dem Kopf auf den Betonboden der Garage geprallt, und Alvarez' Outback hatte sich jede Menge Querschläger eingefangen.

»Bin schon unterwegs«, sagte sie. Grayson versuchte nicht, sie davon abzuhalten.

»Gut. Ich denke, Ihre Partnerin kann einen Freund an ihrer Seite gebrauchen.«

»Ich dachte, den hätte sie bereits.«

»Ich spreche von einer *Freundin,* mit der sie darüber reden kann.«

»Ja, ich weiß, was Sie meinen.« Doch Grayson wusste nicht, was eigentlich hinter der Anwesenheit von Alvarez' »Freund« steckte: Pescoli war überzeugt davon, dass weder er noch sonst jemand im Department wusste, dass der junge Ausreißer, der in das Haus ihrer Partnerin eingebrochen war, deren leiblicher Sohn sein könnte. Der Sheriff spürte nur, dass Alvarez moralische Unterstützung brauchte, von einer Vertrauten, einem Psychologen oder der Familie. In Selenas Fall war Pescoli diejenige Person, die ihr in einem Umkreis von hundert Kilometern am nächsten stand.

Sie legte auf und öffnete die Ofentür. Cisco, der glaubte, dass etwas für ihn abfallen könnte, kam sofort in die Küche gesprungen und blickte ebenfalls in den Ofen. Drinnen brutzelte der Auflauf, die Kruste wurde langsam braun.

Kopfschüttelnd teilte Pescoli der hoffnungsvollen Promenadenmischung mit: »Nein, ich glaube, das ist nichts für dich.« Es war warm in der Küche, der Duft von geschmolzenem Käse erfüllte die Luft. Pescoli streifte brandfleckige Topfhandschuhe über, nahm die Auflaufform heraus und stellte sie auf dem Herd ab, der nach zwanzig Jahren Dauereinsatz ebenfalls deutliche Gebrauchsspuren aufwies. Er war, wie sie sich nun zurückerinnerte, ein Geschenk ihrer Tante gewesen, kurz bevor sie Joe geheiratet hatte. Damals war sie schon mit Jeremy schwanger gewesen.

Sie blickte den Flur entlang, der an Biancas und ihrem Schlafzimmer vorbei zur Kellertreppe führte. Ihr Sohn hatte sich in seinem Zimmer verkrochen, wo er den Großteil der vergangenen sechsunddreißig Stunden verbracht hatte. Er hatte behauptet, gestern seine letzte Prüfung geschrieben zu haben, doch sie war sich nicht sicher, ob sie ihm glauben konnte.

Wie hatte es nur so weit kommen können? Wie sehr hatte sie sich auf das neue Leben gefreut, war als strahlende junge Braut bei der Babyparty mit Backformen und anderen Küchenutensilien überhäuft worden, doch dann hatte sie einen Jungen zur Welt gebracht, der es auch knapp zwanzig Jahre später nicht mal ansatzweise schaffte, ein erwachsener Mann zu werden. Sie ging die Treppe hinunter und klopfte an seine Zimmertür.

Keine Antwort, aber sie wusste, dass er dort drinnen war.

Sie stieß die Tür auf und sah ihn mit Kopfhörern auf dem Bett sitzen, einen Controller in der Hand, den Blick starr auf den Bildschirm gerichtet, auf dem irgendein blutiges Kriegsspiel lief. Im Augenblick war ein Labyrinth aus Räumen in einem Betonbunker zu sehen, Scharfschützen bogen um die Ecken. Jeremy drückte versiert die Knöpfe des Controllers und vaporisierte einen nach dem anderen. Blut spritzte und färbte den Bildschirm grellrot.

»He!«, rief sie, doch er war so gebannt, dass er nicht mal aufblickte. »Rambo!« Sie berührte ihn an der Schulter, und er wäre vor Schreck fast unter die Decke gesprungen. Mit einer raschen Handbewegung riss er sich den Kopfhörer herunter.

»Mom!«, rief er aus, einen Augenblick abgelenkt. »O Mist! Sieh nur!« Er deutete anklagend auf den Fernseher. »Ich bin tot!«

Cisco, der seine Aufregung spürte, sprang kläffend auf sein ungemachtes Bett.

Mit finsterem Blick, als hätte er seine Mutter am liebsten sonst wohin geschickt, knurrte Jeremy: »Was ist?«

»Ich muss los.« Sie klang ernst, und er beruhigte sich ein wenig.

»Warum?«

»Es hat eine Schießerei in Alvarez' Garage gegeben.«

»Was? Ist alles in Ordnung mit ihr?« Zum ersten Mal seit Wochen sah sie so etwas wie einen Funken Besorgnis in seinen Augen aufblitzen. Früher war Jeremy ein sensibler, mitfühlender Junge gewesen, und sie hoffte so sehr, dass er diese Eigenschaften auch als Erwachsener wieder aufleben ließ.

»Entschuldige, ich habe mich falsch ausgedrückt. Es wurde geschossen, aber niemand wurde verletzt. Selena geht es den Umständen entsprechend gut, der mutmaßliche Täter ist in Gewahrsam, aber ich möchte trotzdem nach ihr sehen, mit ihr reden.«

»Oh, ähm, ja.« Er nickte. »Verstehe. Sicher.«

»Das bedeutet, dass unser gemeinsames Abendessen erneut verschoben werden muss.«

»Das ist schon okay.« Er setzte sich den Kopfhörer wieder auf.

»Ich habe Thunfischauflauf gemacht. Steht auf dem Herd. Wenn du möchtest, kannst du nach oben gehen und essen. Salat ist in einer Plastiktüte im Kühlschrank, Dressing ist auch dabei.«

»Okay.« Abwesend blickte er auf den Bildschirm und tätschelte Ciscos Köpfchen, der sein Kinn auf Jeremys Oberschenkel gelegt hatte.

Pescoli bezweifelte, dass ihr Sohn den Salat anrühren würde. Grünzeug war einfach nicht sein Ding. »Ich weiß noch nicht, wann ich wieder nach Hause komme.«

»Ich gehe später eh noch weg.«

»Was heißt ›später‹?«

»Keine Ahnung.«

»Jeremy? Es schneit.«

Er rang sich tatsächlich zu einem Grinsen durch und sah Joe jetzt so ähnlich, dass es ihr beinahe das Herz zerriss. »Ja, ich weiß, Mom. Aber wir leben in Montana, da schneit es im Winter immer.«

»Schätze, du hast recht.« Sie ließ ihn mit dem Hund und seinem Videospiel allein und ging die Treppe hinauf. Ihr Blick fiel auf das Loch in der Wand, das dort war, seit Jeremy vor ein paar Jahren seine Faust dagegengerammt hatte. Sie hatte es so belassen in der Hoffnung, dass es ihn daran erinnerte, sein Temperament unter Kontrolle zu halten, doch das schien ihn nicht weiter zu beeindrucken. Früher oder später würde sie es ausbessern oder ein Bild darüberhängen müssen.

Oben angekommen, klopfte sie an Biancas Tür und öffnete sie. Ihre Tochter saß an ihrem Schminktisch mit dem beleuchteten Spiegel und legte eine weitere Schicht Wimperntusche auf, während sie gleichzeitig Gott weiß wie vielen Freunden simste. Sie hatte ihr Haar geflochten, rote Strähnchen leuchteten aus den dicken Zöpfen hervor. Sie hatte sich die Haare schon in jeder erdenklichen Farbe gefärbt, und Pescoli war froh, dass Bianca im Augenblick zumindest teilweise zu ihrer Naturfarbe zurückgekehrt war.

Ihre Blicke trafen sich im Spiegel. »Ja?«, fragte Bianca.

»Ich muss noch mal los.«

Die Sechzehnjährige verdrehte die Augen und konzentrierte sich wieder darauf, ihre Wimpern voller, länger und geschwungener aussehen zu lassen. »Das ist ja nichts Neues.«

»Wir essen morgen zusammen zu Abend, versprochen.«

Bianca zuckte die Achseln. »Meinetwegen.«

»Hör mal, Alvarez ist heute Abend beinahe erschossen worden. Man hat sie in ihrer Garage angegriffen.«

Biancas Mascarabürstchen blieb in der Luft hängen. Sie hörte sogar auf zu simsen. »Ist alles in Ordnung mit ihr?«

»Ich denke schon. Aber ich möchte mich lieber persönlich vergewissern.«

»O Gott, Mom.« Bianca blinzelte, dann drehte sie sich auf ihrem Polsterschemel zu Pescoli um und blickte sie mit weit aufgerissenen Augen an. »Das ist ja entsetzlich.«

»Ich weiß, aber zum Glück ist ihr nichts passiert.«

»Du solltest deinen Job an den Nagel hängen!« Sie zog die perfekt gezupften Brauen zusammen. »Er ist viel zu gefährlich! Dad und Michelle finden das auch!«

»Tja, ich bin nun mal Polizistin«, entgegnete sie.

»Aber ... du könntest in Rente gehen ... oder in einem Buchladen arbeiten ... oder sonst wo, wenn dir das nicht gefällt!«

»Ich bin ein bisschen zu jung für den Ruhestand, Bianca.« Sie betrat das knallpink gestrichene Zimmer mit dem Himmelbett, um dessen Pfosten das ganze Jahr über Lichterketten geschlungen waren. »Es wird nicht lange dauern, ich möchte mir nur ein Bild machen, wie es Selena geht.«

Bianca nickte, und genau wie vorhin bei ihrem Sohn bekam Pescoli eine Ahnung davon, zu was für einer Frau ihre Tochter heranreifen würde. In Bianca steckte weit mehr als Zöpfe mit roten Strähnen, rosa Schleifen, Jungs und Nagellack. »Das Essen steht auf dem Herd«, sagte sie und wiederholte, was sie vor fünf Minuten zu Jeremy gesagt hatte. »Ich versuche, so schnell wie möglich zurückzukommen.« Und wieder erfuhr sie, dass auch Bianca Pläne für den Abend hatte: Sie wollte mit ihren Freundinnen ins Kino gehen. Candis Mom würde sie fahren, da noch keins der Mädchen einen Führerschein hatte. »Sei einfach bis Mitternacht zu Hause«, wies Pescoli ihre Tochter an. Bianca wandte sich wieder dem Spiegel zu und griff nach ihrem Handy, ihre Finger tanzten über die Tasten.

Verzogen, dachte Pescoli, *du hast die beiden total verzogen.* »Aber sie werden sich schon fangen«, murmelte sie, obwohl sie kaum an ihre eigenen Worte glaubte.

»Es geht mir gut. Im Ernst«, versicherte Alvarez und blickte von ihrer Partnerin zu Grayson und zurück. »Ich bin bloß müde und hungrig, das ist alles.« Sie standen in Graysons Büro, zusammen mit O'Keefe, dessen Gesicht in den verschiedensten Farbschattierungen leuchtete. Auf Wangen und Nase waren Schrammen zu sehen, seine Lippe war gespalten. Sein linkes Auge war dunkel verfärbt und schwoll mehr und mehr zu. Trotzdem hatte er sich geweigert, sich im Krankenhaus behandeln zu lassen. »Ich habe Anzeige erstattet«, fuhr Alvarez fort. »Green ist in Gewahrsam, und wenn die Jungs von der Spurensicherung mit meiner Garage und dem Auto fertig sind, gibt es für uns nichts weiter zu tun.«

»Das sollte nicht lange dauern. Wir werden alle Spuren untersuchen und deinen Wagen Anfang nächster Woche in die Werkstatt bringen«, sagte Grayson. Man hörte dem Sheriff an, dass er beunruhigt war. Er sah müde aus, zweifelsohne hatte er wenig geschlafen, seitdem feststand, dass ein weiterer Serienmörder in Grizzly Falls sein Unwesen trieb.

»Das Ganze gefällt mir allerdings ganz und gar nicht.«

»Mir auch nicht.« O'Keefe verschränkte die Arme vor der Brust. »Wie zum Teufel hat dieser Widerling dich ausfindig gemacht?«

»Öffentlich zugängliche Behördendaten«, stellte Alvarez achselzuckend fest. Das Problem war, dass mittlerweile jeder via Internet oder Smartphone Zugriff darauf hatte. »Um eine Adresse herauszufinden, muss man nicht gerade ein Genie sein.«

»Genau das ist der Knackpunkt«, sagte Grayson kopfschüttelnd. Auf Alvarez' Drängen hin hatte er O'Keefe gestattet, an dem Gespräch teilzunehmen, doch offensichtlich fühlte er sich nicht ganz wohl dabei. O'Keefe war offiziell kein Polizist mehr, und er machte keinen Hehl daraus, dass er mit Alvarez zusammen gewesen war. Obwohl er darauf bestanden hatte, dass seine Beziehung zu ihr rein beruflicher Natur war, wusste doch jeder im Raum, dass das nicht ganz stimmte. Und Grayson war nicht deshalb bei den Gesetzeshütern gelandet, weil er zufällig wie ein typischer Cowboy-Sheriff aussah. Er hatte eine abgeschlossene Polizeiausbildung, jede Menge Berufserfahrung und ein natürliches Gespür dafür, wann jemand Unsinn von sich gab. Genau das schätzte Alvarez an ihm. Jetzt blickte er sie fest an. »Ich möchte nicht, dass Sie allein nach Hause fahren.«

»Das ist schon in Ordnung«, versicherte sie ihm. »Green sitzt hinter Gittern.«

Nicht ganz überzeugt strich sich Grayson über den Schnurrbart. »Der nächste Irre wartet bereits.«

»Das gehört nun mal zum Job.« Alvarez sprach das Offensichtliche aus, doch jeder im Raum kannte die Risiken, die die Arbeit bei einer Strafverfolgungsbehörde mit sich brachte. »Green war derjenige, der am lautesten gedroht hat, sich an mir zu rächen.«

»Es gibt andere, die nicht so laut schreien«, gab Grayson zu bedenken. »Die Stillen sind meist die tödlichen.« Seine Augen verdunkelten sich. »Bei Ihnen ist bereits eingebrochen worden, ein paar von Ihren Sachen wurden entwendet. Vor nicht mal einer Woche. Ich denke nicht, dass der Einbruch auf Greens Konto geht.«

»Ich auch nicht«, bestätigte Alvarez.

»Außerdem wurde ein Ohrring von Ihnen am Fundort der zweiten Eisleiche entdeckt«, fügte er hinzu und lehnte sich, den Hund zu Füßen, mit der Hüfte gegen seinen Schreibtisch.

»Das ist richtig.« Alvarez war klar, dass sie ihm reinen Wein einschenken musste. »O'Keefe hat den Jungen, der bei mir eingebrochen ist, nach Grizzly Falls verfolgt. Es besteht die Möglichkeit ... nein, es ist sehr wahrscheinlich, dass Gabriel Reeve mein Sohn ist.«

Kapitel zwanzig

Es war schon nach Mitternacht, als O'Keefe in Alvarez' Einfahrt bog. Eine Schicht Neuschnee bedeckte bereits die Spuren, die Polizeifahrzeuge und Abschleppwagen hinterlassen hatten, doch Alvarez wurde das Bild von Junior Green nicht los, wie er in ihrer Garage gestanden und die Waffe auf sie gerichtet hatte, während sich hinter ihm langsam das Garagentor schloss. Wäre O'Keefe nicht in letzter Sekunde aufgetaucht, wäre die Sache sicherlich anders ausgegangen. Wäre Junior Green erfolgreich gewesen, wäre sie nun zweifelsohne tot.

Wäre, wäre ... reiß dich zusammen, Selena.

Nachdem sie eingeräumt hatte, dass womöglich eine Verbindung zwischen ihr, Gabriel Reeve und dem Eismumienfall bestand, waren sowohl sie als auch O'Keefe von den FBI-Agenten befragt worden. Stephanie Chandler, eine Blondine, die gut und gerne als Model hätte arbeiten können und meist als »unterkühlt«, um nicht zu sagen als »frostig« beschrieben wurde, war durch und durch professionell gewesen, wie immer. Ihr Partner, Craig »Crack« Halden, der gebürtig aus Georgia stammte, hatte während der zwei Stunden, die sie in einem der kleinen Vernehmungsräume verbracht hatte, ebenfalls sein kumpelhaftes Lächeln vermissen lassen und sich voll und ganz auf den Fall konzentriert. Wie Alvarez war auch Halden davon überzeugt, dass Junior Greens Überfall nichts mit der aktuellen Mordserie zu tun hatte.

Chandler war sich da nicht so sicher gewesen.

Schneeflocken sammelten sich auf der Windschutzscheibe von O'Keefes ramponiertem Explorer, und Alvarez fragte sich, warum ihre Welt plötzlich kopfstand. Seit sie San Bernardino verlassen hatte, hatte sie alles darangesetzt, ihr Leben in geordneten, vorhersehbaren Bahnen verlaufen zu lassen. Das hatte sich erst geändert, als sie die Katze zu sich genommen hatte oder vielmehr: als Mrs. Smith zu ihr gekommen war. Seitdem war sie weicher geworden ... und das war nun das Resultat: All ihre sorgfältig errichteten Schutzmauern bekamen Risse und stürzten nach und nach ein.

»Komm, bringen wir dich erst mal ins Haus«, sagte O'Keefe, als hätte er ihre Gedanken gelesen. Er stellte den Motor ab und nahm die Tüte mit ihrem Abendessen, das sie beim Wild Will bestellt und auf dem Heimweg abgeholt hatten.

Alvarez hatte vom Department aus im Restaurant angerufen und mit Sandi, der Besitzerin, gesprochen. »Oh, sagen Sie mir bitte, dass Sie gute Nachrichten für mich haben! Gibt es etwas Neues über Brenda?«, hatte diese gefragt, als sie hörte, wer am Apparat war.

»Leider nicht.« Die Enttäuschung der Frau war fast durch die Leitung zu spüren. »Sobald wir sie finden, werden wir uns bei Ihnen melden.«

»Haben Sie diesen Nichtsnutz von Ex-Mann überprüft? Ich habe ihn mit seinen Söhnen im Fernsehen gesehen. So ein verlogener Kerl! Wenn Sie wüssten, wie er mit ihr umgesprungen ist! Ich bin mir nach wie vor sicher, dass er dahintersteckt.« Sie holte tief Luft, dann sagte sie: »Aber ich denke, das wissen Sie bereits.«

»Ich wollte eigentlich nur etwas zu essen bestellen«, hatte Alvarez erwidert.

»Oh, entschuldigen Sie. Ich habe mir bloß Sorgen gemacht. Es stößt mir einfach auf, wenn dieser Versager so tut, als würde ihn Brendas Verschwinden kümmern. Das geht mir wirklich an die Nieren, wenn Sie verstehen, was ich meine. So ... was kann ich für Sie tun. Warten Sie, ich sehe mal nach ... Muschelsuppe und Bisonchili sind aus, aber das Tagesgericht, Forelle in pikanter Mandelsoße, ist noch da ...«

Sie hatten sich auf Sandwiches geeinigt, die sie bei Alvarez essen wollten, und O'Keefe hatte unterwegs an einem Minimarkt angehalten und ein Sechserpack Bier sowie eine Flasche halbwegs annehmbaren Wein gekauft. »Es ist Samstagabend«, hatte er erklärt.

»Ich dachte, wir hätten kein Date«, hatte sie gesagt.

»Haben wir doch auch nicht.«

Alvarez ging an der Garage vorbei zur Haustür, sperrte auf und bat Dylan O'Keefe herein, wieder einmal.

Das wird ja langsam zur Gewohnheit, dachte sie und stellte fest, dass sie diese Vorstellung überraschend angenehm fand. Seltsam. Verwirrt nahm sie Teller und Besteck aus dem Schrank, während O'Keefe den Gaskamin anmachte, der leise zu zischen begann. Mrs. Smith strich um ihre Beine. »Ja, ich weiß ja. Du bist meine Beste«, sagte sie, nahm die Katze hoch und streichelte sie. Mrs. Smith schnurrte, dann sprang sie von ihrem Arm und tappte hinüber ins Wohnzimmer.

O'Keefe öffnete ein Bier und hielt fragend ein zweites in die Höhe, doch sie schüttelte den Kopf. »Vielleicht nehme ich ein Glas Wein.« Warum nicht? Er hatte recht. Es war Samstagabend, und sie hatte einen höllischen Tag hinter sich ... nein, eine höllische Woche. Sie musste sich einfach mal ein bisschen entspannen und abschalten.

»Kommt sofort«, rief er und griff nach einem Korkenzieher, der auf der Anrichte lag, dann kam er zu ihr in die Küche und öffnete den Wein. Sie nahm ein Glas vom Regal und reichte es ihm, dann holte sie die Sandwiches und den Beilagensalat aus der Plastiktüte, packte alles aus und verteilte es auf die beiden Teller. »Sieht so aus, als hätten wir noch etwas extra bekommen«, sagte er, griff nach der Tüte und zog einen Plastikbehälter heraus. Alvarez lächelte, als sie die zwei Stücke Schokoladenmousse-Torte sah, eine von Sandis Spezialitäten.

Vorsichtig trugen sie ihre Teller ins Wohnzimmer an den Esstisch und machten sich über ihr Essen her. Eine Weile aßen sie schweigend, dann sagte O'Keefe: »Ich habe heute noch einmal mit Aggie telefoniert. Sie hat den Anwalt kontaktiert, der damals Gabriels Adoption abgewickelt hat.«

Alvarez stockte der Atem. »Und?«

»Er wird vor Gericht gehen und beantragen, die geschlossene Adoption in eine offene umzuwandeln, um Akteneinsicht nehmen zu können.«

»Das kann doch Monate dauern.«

»Die Polizei von Helena will Druck machen.«

»Ob das etwas bringt?«, fragte sie. »Ich meine, natürlich bedeutet mir das sehr viel, und ich nehme an, auch deiner Cousine und ihrem Mann und nicht zuletzt Gabe. Was den bewaffneten Raubüberfall angeht, den man ihm vorwirft, ist das jedoch nicht von Belang.«

»Nur ein weiterer Hinweis, der den Verdacht gegen ihn untermauert.«

»Wir haben seine Version noch nicht gehört«, bemerkte sie mit Nachdruck und spürte, wie er sie durchdringend ansah,

wenngleich er nicht aussprach, was sie beide dachten: Sie be-
nahm sich wie eine Mutter, die ihren Sohn verteidigte.

Nachdenklich blickte Alvarez durch die Schiebetür, vor der
sich der Schnee türmte, und fragte sich, wie es dem Jungen
bei diesem Wetter wohl ergehen mochte. Irrte er bibbernd
durch die eisige Kälte? Hatte er einen Unterschlupf gefunden?
Er könnte mittlerweile längst tot sein, schließlich war es Tage
her, dass sie ein Lebenszeichen von ihm bekommen hatten.

Außer dem Ohrring.

Sie nahm einen kleinen Bissen von ihrem Sandwich und
kaute ohne rechten Appetit, dann trank sie ihren Chardonnay
und protestierte nicht, als O'Keefe ihr Glas nachfüllte. Vorhin
hatte sie noch einen Bärenhunger gehabt, nun jedoch hatte
der geschmolzene Käse auf Vollkornbrot jeden Reiz verloren.

Nicht so für O'Keefe, der sein Schinken-Roggen-Sandwich
bis auf den letzten Krümel verspeiste und ihre Reste beäugte.

»Bedien dich«, bot sie ihm an und schob ihm den Teller über
die Glasplatte zu.

»Wirklich?«

»Gerne. Lass aber noch Platz für die Torte, die ist wirklich
göttlich.« Als er in ihr Sandwich biss, fragte sie: »Dann hast
du also mit dem Department von Helena gesprochen?«

Er nickte. »Sie haben natürlich ihre eigenen Leute auf
Gabriel angesetzt.«

»Hm. Das hat mir Trey Williams auch erzählt, doch sofern
er nicht gelogen hat, haben sie nicht mehr in Erfahrung bringen können als ich; sie haben seine Spur verloren.« Sie wusste,
dass die Polizei von Helena genauso unterbesetzt war wie das
Büro des Sheriffs von Pinewood County; es gab immer weitaus mehr Straftaten als Cops.

»Ich hatte gehofft, er würde noch einmal hier aufkreuzen«, sagte O'Keefe und spülte den letzten Bissen mit Bier herunter.

»Deshalb bist du also noch in Grizzly Falls.«

»Das ist einer der Gründe.« Ihre Blicke trafen sich, und sie sah etwas in seinen Augen, das sie nicht ignorieren konnte, etwas, das sie an eine Zeit voller Sonnenschein erinnerte. Damals hatte sie noch an die Liebe geglaubt.

Wie dumm sie gewesen war. Trotz allem, was sie durchgemacht hatte, hatte sie sich ihren Idealismus bewahrt, war noch immer ein wenig naiv. Hoffnungsvoll. Sie räusperte sich, schob die Erinnerungen an Palmen, warmen Wind und O'Keefes Zärtlichkeiten beiseite und konzentrierte sich auf seine aufgeplatzte Lippe und eine der tieferen Verletzungen unter seinem Auge, die wieder angefangen hatte zu bluten. Kleine rote Tröpfchen bildeten sich auf seinem Wangenknochen. »Du solltest die Wunde doch lieber nähen lassen.«

»So schlimm?«

»Du hast schon besser ausgesehen«, sagte sie und spürte, wie eine ihrer Augenbrauen in die Höhe schoss, als würde sie ihn necken, nein, schlimmer noch, mit ihm flirten wollen.

»Danke.«

Trotz seiner Schrammen und Blutergüsse sah er verdammt gut aus, dachte sie.

Er grinste sie mit dem schiefen, respektlosen Lächeln an, das sie vor sechs Jahren so unwiderstehlich gefunden hatte. »Wie sagt man noch gleich? Einen schönen Mann kann nichts entstellen.«

»Sagt man das?«

»Ich glaube schon.« Er lachte, dann zuckte er leicht zusammen und griff nach seinem Bier.

»Nun, *ich* sage, du solltest deine Verletzungen lieber von einem Arzt anschauen lassen.«

»Wenn die Expertin das meint.«

»Ja, genau das meine ich.«

Er grinste wieder, dann zuckte er die Achseln.

»Mein Gott«, sagte sie. »Ich hatte vergessen, wie stur du sein kannst. Ich habe antiseptische Salbe im Haus und ein Klammerpflaster ... oben.« Bevor er widersprechen konnte, schob sie ihren Stuhl zurück und eilte die Treppe hinauf in das an ihr Schlafzimmer angrenzende Bad, wo sie ihre Erste-Hilfe-Utensilien aufbewahrte. In der Schublade stieß sie auf eine Packung Pflaster, die sie vor Jahren gekauft hatte, außerdem auf eine kleine Tube Wundsalbe. Sie nahm beides heraus, schloss die Schublade und warf einen Blick in den Spiegel. Ihre Augen glänzten, ihre Wangen waren rosiger als sonst. Vom Wein? Wegen O'Keefe? *Das ist albern. Du bist ein verantwortungsvoller Mensch. Das weißt du. Schließlich hast du das seit dem Vorfall damals wieder und wieder bewiesen ...*

Sie hörte Schritte auf der Treppe, dann trat er hinter sie.

»Gut, dass du kommst«, stotterte sie und betrachtete sein Spiegelbild. Sie war nervös wie ein Schulmädchen, und ihr Herz hämmerte plötzlich wie verrückt. »Setz dich«, sie deutete auf den Toilettendeckel, »Schwester Alvarez wird dich wieder zusammenflicken.«

Er zögerte eine Sekunde, fing ihren Blick im Spiegel auf und grinste. »Dann machen wir jetzt also Doktorspielchen?«

Sie unterdrückte ein Schmunzeln und erwiderte: »Wie wär's mit Notaufnahme? Du solltest dankbar sein, dass du kein schweres Schädeltrauma hast, denn darum kann sich Schwester Alvarez nicht kümmern.«

Er machte es sich auf dem Toilettendeckel bequem und sah sie erwartungsvoll an.

»Lass mal sehen ...« Sie kramte wieder in der Schublade und förderte ein Päckchen mit antiseptischen Tüchern zutage, dann wusch sie ihm das Gesicht mit warmem Wasser ab und tupfte es mit einem weichen Handtuch trocken. »Schließ die Augen«, befahl sie ihm, nicht weil sie ihn dann besser verarzten konnte, sondern weil sie nicht wollte, dass er sie anstarrte. Sie beugte sich über ihn und bemerkte die Krähenfüße um seine Augen, die vereinzelten grauen Haare an seinen Schläfen. Sie atmete seinen männlichen Duft ein, der sich mit dem Geruch der Desinfektionstücher vermischte, mit denen sie vorsichtig seine Wunden reinigte. Als sie damit fertig war, trug sie die Wundsalbe auf und schloss die tiefe Platzwunde auf dem Wangenknochen mit einem Klammerpflaster.

»Das dürfte guttun«, sagte sie. »In der Salbe ist ein Schmerzmittel.«

Er öffnete die Augen und blickte ihr direkt ins Gesicht. Sie stand tief über ihn gebeugt, fast Nase an Nase mit ihm, ihre Hand lag an seiner Wange. Wenn er nach unten schaute, würde er den Ansatz ihrer Brüste und ihren BH unter dem Ausschnitt ihres Pullovers sehen können. Und genau das tat er jetzt.

»Mein Gott, bist du schön«, flüsterte er mit heiserer Stimme. Bevor sie wusste, wie ihr geschah, schlang er die Arme um sie und zog sie zu sich herunter, dann küsste er sie leidenschaftlich auf den Mund. Sie wollte sich befreien, wollte protestieren, doch er richtete sich auf und zog sie mit sich, wobei er sie fest umschlungen hielt; seine Lippen waren warm und voller Verlangen.

Tu's nicht, ermahnte sie ihre innere Stimme, doch sie hörte nicht darauf, sondern öffnete unwillkürlich den Mund, als er seine Zunge sanft gegen ihre Zähne presste.

Heißes Verlangen stieg in ihr auf, brachte ihr Blut zum Kochen, trieb ihren Puls in ungeahnte Höhen. Sie wehrte sich nicht, als er sie rückwärtsdrängte, durch die Tür in ihr Schlafzimmer. Dort drinnen war es dunkel, in der Luft hing ein Hauch ihres Parfüms. Er rieb seinen Schritt an ihrem, und sie spürte, wie erregt er war, wie hart. Stöhnend drückte sie sich an ihn.

Selena, was denkst du dir nur dabei?

»*Atrasado mental!*« – Du bist wohl schwachsinnig geworden! –, hätte ihre Großmutter geschimpft, wenn sie sie in einer solchen Situation erwischt hätte.

Ja, sie war schwach geworden, aber sie konnte es nicht ändern. Es fühlte sich so richtig an, mit ihm aufs Bett zu fallen und in seinen Armen zu liegen, während draußen der Schnee vom Himmel fiel. O'Keefe würde sie wärmen, bei ihm wäre sie in Sicherheit.

Sie schloss die Augen, blendete all ihren Schmerz, all ihre Zweifel aus, schlang die Arme um seinen Hals und atmete seinen wunderbaren männlichen Duft ein.

Seine Hände glitten unter den Bund ihres Pullovers, und sie wehrte sich nicht, hielt ihn nicht auf, spürte seine Finger auf ihrer Haut.

Ihre Brustwarzen wurden hart und stellten sich auf, das Blut rauschte in ihren Ohren, sie konnte kaum atmen, als er sie wieder und wieder küsste und sich vorsichtig auf sie schob. *Hör nicht auf! Bitte, hör nie mehr damit auf!*

Die Welt um sie herum verstummte, nur sein leises Keuchen und das Pochen ihres Herzens waren zu vernehmen. Im Augenblick gab es nur noch sie beide. Sie zog sein Hemd aus den verwaschenen Jeans und ließ ihre Hände über die weiche Haut seines muskulösen Rückens gleiten, dann schloss sie stöhnend die Augen und gab sich seinen Berührungen hin.

Seine Hände waren schwielig und ein wenig rauh, als er ihr die Jeans über die Hüften streifte. Ihre Finger wanderten zu dem Knopf an seiner Hose. Sie zögerte, doch er legte seine Hand auf ihre und ermutigte sie.

Und sie machte weiter.

Er stöhnte leise, als sie seinen Reißverschluss öffnete, und spielte mit der Zunge an ihrem Ohr; sein Atem setzte ihre Haut in Flammen.

Als er ihr den Slip herunterstreifte und ihren BH öffnete, kehrten für einen kurzen Augenblick die finsteren Erinnerungen an die Nacht zurück, die ihr ganzes Leben verändert hatte, doch dann flüsterte er ihren Namen und holte sie zurück in die Gegenwart, in ihr Schlafzimmer, in dem sie sich dem Mann hingab, den sie liebte.

Seine Finger berührten ihre Brustwarzen, streichelten sie sanft, und sie schnappte nach Luft. Er suchte wieder ihren Mund, dann glitt er tiefer, hinterließ eine feuchte, warme Spur auf ihrem Hals, ihren Schlüsselbeinen, bis er bei ihren Brüsten verweilte und sie mit den Lippen liebkoste. Heiße Begierde durchflutete sie, und sie hob die Hüften und wölbte sich ihm entgegen, Schweißtröpfchen bildeten sich auf ihrer Haut.

»Ja«, flüsterte sie, obwohl er keine Frage gestellt hatte. Seine Zunge umspielte ihre Brustwarze, seine Zähne knabberten an ihrer Haut.

Lust und Begierde, so lange unterdrückt, explodierten in ihrem Gehirn, als er ihre Knie teilte und sich zwischen ihre Beine drängte. Ihr Herz raste, erotische Bilder schwirrten ihr durch den Kopf, als sie sah, wie er seine steinharte Männlichkeit in Position brachte.

»Selena?«, fragte er mit rauher Stimme. »Bist du ...«

»Bitte!«, flehte sie, und er stieß so heftig in sie, dass ihr der Atem stockte. Ihre Fingernägel gruben sich tief in seine Schultern, als er anfing, sich langsam, so quälend langsam in ihr zu bewegen. Ungeduldig hob sie ihre Hüfte an, und er stieß schneller zu, kräftiger, immer schneller und schneller, sein keuchender Atem wurde zum Echo ihres eigenen.

Seine Hände schienen überall zu sein, er küsste sie, leckte, saugte, stieß in sie, bis das Zimmer um sie herum verschwamm und helle Sterne vor ihren Augen tanzten. Ein Schrei entrang sich ihrer Kehle, und sie klammerte sich an ihn, als sie von einer heftigen Woge der Lust überrollt wurde. »O Gott«, flüsterte sie heiser. Ihr Körper war schweißbedeckt, ihr Haar feucht, und sie konnte nicht aufhören zu zucken. »*Dios.*«

Er hielt sie, als wollte er sie nie mehr loslassen, ihren Kopf an seiner Brust geborgen. Sie hörte seinen wild hämmernden Herzschlag, spürte seine starken Arme, die sie umschlungen hielten.

Als sie endlich wieder zu Atem kam, wurde ihr klar, was geschehen war. Tränen stiegen ihr in die Augen. Sie biss sich auf die Lippe, damit er nicht merkte, dass sie weinte, doch er spürte den salzigen Tropfen, der ihr über die Wange rollte.

»Um Himmels willen, Selena, ich wollte dir nicht ...«

»Schscht. Schon gut.« Sie schniefte, drängte die Tränen zurück und brachte ein Lächeln zustande. »Ich bin nicht traurig. Nur bewegt.«

»Warum?«

»Das möchtest du nicht wissen.«

»Doch. Unbedingt.«

»Nein ...« Konnte sie es ihm sagen? Sich ihm anvertrauen? Er wartete und strich ihr so liebevoll eine feuchte Haarsträhne aus der Stirn, dass sie meinte, ihr Herz müsste zerspringen.

»Selena?«

Sie stieß einen tiefen, zittrigen Seufzer aus. Vermutlich hatte er es verdient, die Wahrheit zu erfahren. »Es ist etwas Persönliches.«

»Ich denke, was gerade zwischen uns passiert ist, ist ebenfalls persönlich.«

Er würde das Thema nicht fallenlassen, das wusste sie, also rollte sie sich aus dem Bett, ging nackt ins Badezimmer und nahm ihren Morgenmantel von dem Haken an der Tür. Rasch schlüpfte sie hinein und band den Gürtel um ihre Taille, als würde ihr diese alltägliche Handlung Kraft geben für das, was vor ihr lag. Dann kehrte sie ins Schlafzimmer zurück, blieb neben dem Bett stehen und sagte: »Du hast mich nach Gabriels Vater gefragt, ob er ein Freund von der Highschool wäre ...« Sie räusperte sich, straffte die Schultern und blickte aus dem Fenster. Draußen schneite es noch immer. »Er war kein Freund«, sagte sie dann, bereit, zum ersten Mal in ihrem Leben das Unaussprechliche auszusprechen: »Mein Cousin Emilio ist der Vater. Gabriels Vater.«

»Dein Cousin?«

Sie zitterte trotz des warmen Morgenmantels. »Er hat mich vergewaltigt«, sagte sie dann. »Am Abend meines sechzehnten Geburtstags.«

Kapitel einundzwanzig

Wie hatte er nur die Anzeichen übersehen können?, fragte sich O'Keefe und verfluchte sich innerlich dafür, dass er so unsensibel gewesen war. »Komm her«, sagte er und streckte die Hand aus. Sie nahm sie, und er zog sie zurück ins Bett, legte die warme Decke über sie und schloss sie fest in seine Arme. »Es tut mir leid.«

»Das muss es nicht. Es ist nicht deine Schuld.«

»Ich weiß, aber ...«

»Es ist vorbei.«

»Tatsächlich?« Er glaubte ihr nicht und spürte, wie sie schauderte.

»Es ist lange her.« Erneut gegen die Tränen ankämpfend, räumte sie ein: »Seitdem habe ich ein Problem mit zwischenmenschlicher Nähe.«

Das wusste er, hatte es am eigenen Leib erfahren.

Jetzt ergab es einen Sinn, dass sie damals in San Bernardino aus seinem Haus geflohen war, und er fragte sich, warum er nicht begriffen hatte, was mit ihr nicht stimmte.

»Ich ... ich habe nie jemandem davon erzählt«, gab sie zu.

»Außer deinen Eltern.«

Sie zögerte, und er spürte, wie Zorn in ihm aufstieg.

»Sie wissen es nicht«, vermutete er.

»Niemand weiß davon. Nur du.«

»Aber sie müssen doch Fragen gestellt haben.« Er konnte es nicht fassen, was sie ihm da erzählte, dass sie diese Last allein getragen hatte, dass ihre Eltern dies zugelassen hatten.

»Nein, nein. Ich meine, ja, sie haben Fragen gestellt, und sie wussten, dass ich vergewaltigt worden war, aber ... aber ich habe behauptet, ich hätte den Täter nicht gekannt, wäre ihm zufällig in die Hände gefallen.«

»Warum?«, fragte er entsetzt und hätte sie am liebsten geschüttelt. Es konnte doch nicht sein, dass ausgerechnet sie, die niemals einen Rückzieher machte, die stets darauf bedacht war, Unrecht aufzudecken und sämtliche Verbrecher, die ihr in die Quere kamen, zu bestrafen, ihren Cousin ungeschoren davonkommen lassen würde!

»Emilio hat mir gedroht. Hat behauptet, er würde mir auflauern, doch dann würde er noch seine Brüder mitbringen ... Ich hätte mich nicht einschüchtern lassen dürfen, ich weiß, doch er hat geschworen, wenn ich auch nur ein Wort sagen würde, geschähe meiner kleinen Schwester das Gleiche wie mir. Also ...«

»Also hast du geschwiegen?«

»Ich war erst sechzehn. Ich hatte schreckliche Angst. Und ich war ... gebrochen. Meine Mutter wollte, dass ich einen Arzt aufsuche, aber mein Vater schickte mich stattdessen in die Kirche, wo ich um Vergebung bitten sollte; er gab mir nicht die Schuld an dem, was geschehen war«, fügte sie schnell hinzu, als sie seinen empörten Blick sah, »ich sollte Rat bei unserem Geistlichen suchen, aber das war keine gute Idee.« Sie schüttelte den Kopf. »Dann stellte sich heraus, dass ich schwanger war. Mein Vater war außer sich. Meine Mutter und er dachten, es wäre das Beste, wenn sie mich fortschickten, doch ich flehte sie an, in der Nähe bleiben zu dürfen, wegen meiner Schwester, also einigten wir uns darauf, dass ich zu meiner Großtante nach Portland fahren würde, etwa fünfzig

Kilometer von Woodburn entfernt. Mein Vater hatte dafür gesorgt, wiederum über die Kirche, dass ich zu Hause unterrichtet wurde. Die Nonne, Schwester Maria, war lieb. Sie war für mich da und ... sie schien mir zu vergeben.«

»Zu vergeben? Was gab es da zu vergeben?«

»Nichts, ich weiß, aber den Eindruck hatte ich nun mal. Ich war noch nicht siebzehn, und ich dachte, vielleicht wäre das Ganze ja wirklich meine Schuld, vielleicht hatte ich mit Emilio geflirtet ... Ich weiß, dass ich das Opfer war. Und ja, ich habe eine Zeitlang eine Psychologin aufgesucht, bevor ich hierhergezogen bin, nachdem wir beide ... Nachdem ich verstanden hatte, wie ernst mein Problem mit Nähe tatsächlich war.«

»Und das Baby?«, fragte er sanft.

»Als es zur Welt kam, stimmte ich einer privaten Adoption zu. Die Kirche und die Anwälte kümmerten sich darum. Alle versuchten so zu tun, als wäre nichts geschehen, alles wurde unter den Teppich gekehrt: Ich vergrub mich in meine Schularbeiten, bekam ein Stipendium und kehrte Woodburn den Rücken.«

Ein paar Sekunden verstrichen, dann fragte er: »Was ist aus Emilio geworden?«

»*Bastardo*«, zischte sie verächtlich. »Soweit ich weiß, sitzt er im Gefängnis.«

»Da gehört er auch hin.«

»Wegen sexuellen Missbrauchs. Versuchter Vergewaltigung. Das Opfer war siebzehn.«

»Mein Gott.«

Er spürte, wie sie mit sich kämpfte, dann sagte sie: »Das Mädchen hatte mehr Selbstbewusstsein als ich. Ihr Vater war

Polizist, sie vertraute sich ihm an, und er verhaftete Emilio. Er hatte nicht damit gerechnet, verurteilt zu werden, hatte wohl gedacht, er würde auch diesmal wieder ungeschoren davonkommen. Er ist ein so selbstgefälliges Arschloch.« Einen kurzen Moment sah sie das Gesicht ihres Cousins vor sich, seine dunklen Augen, seine gerade Nase, die schmalen Lippen, doch sie verdrängte es, wollte nicht daran denken, dass sie als Kinder zusammen gespielt hatten. Der Übergriff hatte unter Alkoholeinfluss stattgefunden, ja, dennoch empfand sie ihn als schrecklichen Verrat. »Er sitzt eine lange Strafe ab.«

»Was ist mit Bewährung?«

»Da habe ich dann ein Wörtchen mitzureden«, sagte sie, und ihre Stimme klang entschlossen. »Das zweite Opfer, dasjenige, das Anzeige erstattet hat, hat das Richtige getan. Stand für sich selbst ein. Ich nicht. Also werde ich nun dafür sorgen, dass er jede Sekunde seiner Strafe verbüßt.« Ihr Schuldgefühl war fast greifbar. »Wenn ich ihren Mut gehabt hätte, hätte sie vielleicht nie durchmachen müssen, was ich durchgemacht habe.«

»Mach dir keine Vorwürfe, du warst noch ein Kind, und du hattest Angst!«

»Sie auch!«

Er zog sie an sich. »Schscht. Schon gut, schon gut.«

»Gar nichts ist gut! Es war nie gut, und es wird auch nie wieder gut werden! Und jetzt kommt alles wieder hoch. Plötzlich tauchst du hier auf und dieser Junge ... mein Sohn, der in Konflikt mit dem Gesetz geraten ist. Taucht hier auf, nur um gleich wieder zu verschwinden!«

»Schscht«, flüsterte er in ihr Haar und wünschte, er könnte ihren Schmerz irgendwie lindern, sie wissen lassen, wie viel sie ihm bedeutete, doch er musste es langsam angehen. Sie hatte sich ihm bereits weit mehr geöffnet, als er erwartet hatte. »Wir werden ihn schon finden.«

»Werden wir das?« Sie stützte sich auf einen Ellbogen und blickte ihn an. Das Licht einer Straßenlaterne schien durchs Fenster auf ihr Gesicht, ihr Haar, das wie ein Vorhang an einer Seite herabfiel, schimmerte bläulich.

»Ja. Und wenn es das Letzte ist, was ich tun werde. Das verspreche ich dir«, sagte er. Sie stieß ein bitteres Lachen aus.

»Du willst mich doch nur beruhigen; ich glaube kaum, dass du dein Versprechen halten kannst.«

»Na schön, vielleicht hast du recht.« Er zog sie wieder zu sich herab und bettete ihren Kopf in seine Halsbeuge. »Aber eines kann ich dir versprechen: Ich werde mein Bestes geben, um ihn zu finden.«

»Das«, sagte sie und strich sanft über die Haare auf seiner Brust, »glaube ich dir.«

Johnna Phillips schenkte sich ein Glas alkoholfreien Punsch aus der Schüssel auf dem Tisch neben dem riesigen, glitzernden Weihnachtsbaum ein und nahm sich fest vor, dass dies wirklich ihr letztes Glas wäre. Sie hatte es geschafft. Der Baum war monströs, eine über vier Meter hohe, weiß besprühte Tanne, geschmückt mit roten und blauen Kugeln, auf denen das Logo der First Union Bank prangte, für die sie arbeitete. *Echt hässlich.* Vermutlich hatten sie ein Vermögen gekostet, diese ach so tollen Kugeln, die so vorbildlich den Unternehmensgeist spiegelten wie die stinklangweilige Party mit dem grottenschlechten DJ, der eine Vorliebe für die achtziger Jahre zu haben schien. Die schon Äonen zurücklagen.

305

Sie nippte an ihrem Punsch und stellte fest, dass er langsam schal schmeckte, aber egal. Das hier war die erste Veranstaltung gewesen, die sie nach ihrer Trennung von Carl vor gut dreißig Stunden besucht hatte. Vielleicht hätte sie angesichts ihrer seelischen Verfassung besser nicht hierherkommen sollen, doch das wäre womöglich ihrem Boss ein Dorn im Auge gewesen, dem überfreundlichen Monty. Außerdem wollte sie keinesfalls, dass ihre Trennung von Carl ihr Sozialleben beeinflusste.

Zur Hölle mit Carl.

Sie stellte den Rest ihres Punsches auf ein Tablett mit anderen halb leeren Gläsern. Es war fast Mitternacht, und die Party löste sich langsam auf. Viele Gäste waren bereits gegangen, um Mitternacht würde die Musik ausgehen, was nicht weiter schlimm wäre. Johnna glaubte nicht, dass sie noch weitere »Hits« von Madonna, Michael Jackson oder Duran Duran ertragen könnte. Es hämmerte ohnehin schon genug in ihrem Kopf, ihre Füße schmerzten in den High Heels, und ihr tat das Kreuz weh. Kurz: Sie war rundweg schlecht gelaunt.

Das ist erst der Anfang, rief sie sich vor Augen und berührte abwesend ihren noch flachen Bauch. Sie war schwanger, doch niemand außer ihr und Stephanie aus der Abteilung Kontoservice wussten davon. Sie hatte die frohe Nachricht bislang nicht einmal Carl überbracht und fragte sich, wann sie ihm es sagen sollte. Wie mochte er reagieren, jetzt, da sie plötzlich nicht mehr zusammenlebten? Das war wirklich ein schlechtes Timing!

Wenngleich es ja so kommen musste. Carl Anderson, dieser Versager, sah absolut klasse aus, ein attraktiver Ex-Sportler, war nie wirklich erwachsen geworden. Er war super im Bett, doch seine Fähigkeiten auf diesem Gebiet ließen sich nicht auf einen Job am Schreibtisch oder hinter dem Steuer eines Lkws übertragen, selbst als Kellner in einem Café am Stadtrand taugte er nichts. Nein, Carl war ihres Wissens nicht in der Lage, eine Stelle länger als sechs, höchstens acht Monate zu behalten oder wenigstens so lange, bis er Arbeitslosengeld kassieren konnte.

Ja, Carl war ein Versager, ein waschechter Loser.

Sie beäugte die restlichen Canapés auf einem Silbertablett, das jemand auf einem Tisch in der Nähe der Küche hatte stehen lassen, doch sie verzichtete auf einen weiteren gefüllten Champignon. Ihr Magen war ein bisschen empfindlich, was sie auf die Schwangerschaft schob, obwohl es auch an der Party liegen konnte und daran, dass sie heute Abend wohl an die hundert Mal hatte erklären müssen, warum Carl heute Abend nicht mitgekommen war. Ihr war nicht entgangen, wie Chessa, diese Schlampe aus der Hypothekenabteilung, die direkt an ihren Arbeitsbereich Privatkredite grenzte, interessiert die Brauen hochgezogen hatte.

Und wieso macht dir das etwas aus?

Carl zog es nun mal vor, bescheuerte Videospiele zu spielen, anstatt arbeiten zu gehen. Und das mit fünfunddreißig! Es war richtig, dass sie sich von ihm getrennt hatte!

Grand Theft Auto? Dead Rising – Die Zombie-Invasion? Das oberdämliche *Super Mario Galaxy* oder wie auch immer all diese Spiele hießen? Also wirklich! Das war total unmöglich, vor allem wenn ein Baby unterwegs war. Okay, noch wusste er ja nicht, dass er Vater wurde. Sie hatte bereits aufgehört zu rauchen und trank keinen Alkohol mehr, außerdem behielt sie ihr Frühstück in letzter Zeit nicht länger als ein paar Minuten bei sich, aber der Blödmann hatte nichts davon bemerkt, so beschäftigt war er mit sich selbst. Ja, er würde einen echt tollen Vater abgeben, dachte sie angewidert.

Zumindest würde er dann endlich mal die Steuerung für seine Xbox oder seine Wii zur Seite legen und etwas Nützliches mit seinen Händen anfangen müssen, etwas, das ihm am Ende des Monats einen Lohnscheck einbrachte.

»Scheiß drauf!«, murmelte sie und steckte sich ein weiteres Canapé in den Mund. Warum sollte sie sich in ihrem Zustand um Kalorien Gedanken machen? In ein paar Monaten wäre sie rund wie ein Fass, und das würde Monty, dem dauergeilen, ständig grapschenden Abteilungsleiter bestimmt nicht gefallen, seiner Eiskönigin von Frau dafür umso mehr. Den ganzen Abend über hatte sie Johnna giftige Blicke zugeworfen, als wäre es *ihre* Schuld, dass Monty seine Hände nicht bei sich behalten konnte. Vielleicht sollte sie dieses Miststück glauben machen, dass Monty der Vater des Babys war, das würde ihr recht geschehen.

Ja, das war eine gute Idee.

Oder nein, lieber nicht. Sie durfte jetzt nicht riskieren, ihren Job zu verlieren. Schließlich hatte sie bald ein Kind zu versorgen.

Missmutig verließ Johnna den großen Festsaal und ging in die Hotellobby, wo sie sich ihren Mantel geben ließ. Widerstrebend gab sie der Garderobendame ein Trinkgeld. Momentan zählte jeder Dollar.

Was sollte sie nur tun? Sie arbeitete bereits Vollzeit bei der Bank und übernahm am Wochenende und manchmal auch abends Schichten als Kellnerin in einem Restaurant. Noch dazu nahm sie an verschiedenen Online-Fortbildungsseminaren teil, um später leichter die Karriereleiter hinaufklettern zu können. Doch jetzt ... wie sollte sie dieses Ziel erreichen, wenn sie sich gleichzeitig um ein Neugeborenes kümmern musste?

So hatte sie sich ihr Leben nicht vorgestellt. Sie war davon ausgegangen, verheiratet zu sein, ein wundervolles Haus zu besitzen und einem großartigen Teilzeitjob nachzugehen, bevor sie schwanger wurde. Und dann hatte sie Carl kennengelernt. Der Rest war Geschichte, inklusive des Teils, dass sie ihn gestern Abend aus ihrer Wohnung geworfen hatte, weil er wieder mal keinen Fuß vor die Tür gesetzt hatte, um sich eine Arbeit zu suchen. Er hatte sich nicht mal die Mühe gemacht, so zu tun als ob!

Sie fluchte leise und ging durch die Tür des alten Freimaurer-Logenhauses, welches man in ein Hotel umgewandelt hatte. Es stand am Flussufer und blickte auf die tosenden Wasserfälle, denen die Stadt ihren Namen zu verdanken hatte. Der solide Ziegelbau war einer der ältesten und größten hier im unteren Teil der Stadt. Hier in der Altstadt am Fuße des Boxer Bluff gab es eine Vielzahl von Geschäften und Restaurants, zum neueren Teil der Stadt oben auf dem Gipfel des Hügels führte eine Reihe von steilen, kurvigen Straßen. Für Fußgänger gab es nicht nur eine scheinbar endlos lange Treppe, sondern auch eine Kabinenbahn, die eine spektakuläre Aussicht auf den Fluss und die Wasserfälle bot.

Von der Front des Hotels aus blickte sie die Straße herunter, gegenüber lag das Gerichtsgebäude mit dem riesigen Weihnachtsbaum davor, an dem unzählige Lichter blinkten. Es schneite immer noch, und der Wind war so eisig wie ihre Gefühle, wenn sie an Carl dachte; winzige, scharfe Kristalle wirbelten durch die Luft und schnitten ihr ins Gesicht. Alles – die Büsche und Sträucher rund ums Hotel, die wenigen Autos, die am Gehweg parkten, der Gehweg selbst, die Parkuhren – war mit einer weißen Schicht aus Schnee und Eis bedeckt.

»Frohe Weihnachten«, murmelte sie und musste unwillkürlich lächeln, wenn sie daran dachte, dass sie die Feiertage nächstes Jahr mit ihrem Baby verbringen würde.

Sie hatte ihren Wagen drei Blocks weiter abgestellt, gleich hinter dem Black Horse Saloon, wo sich die Einheimischen gern auf ein Bier trafen. Vor dem Eingang unter dem Vordach standen mehrere Männer in dicken Daunenjacken und Mützen und rauchten. Sie blickten kaum auf, als sie vorbeiging.

Vorsichtig setzte sie einen Fuß vor den anderen. Zweimal wäre sie fast ausgerutscht, und sie verfluchte die verdammten High Heels, den scharfen Wind und die glatten Gehsteige.

Kurz überlegte sie, ob sie nach Albuquerque zurückkehren und ihren Eltern erzählen sollte, was los war. Leider hatten die beiden schon mehr als genug um die Ohren. Ihre Großmutter litt an Alzheimer und hatte sich vor kurzem die Hüfte gebrochen, so dass sie sie zu sich in ihre Dreizimmerwohnung geholt hatten, um sie zu pflegen. Nein, da brauchten sie nicht auch noch ihre erwachsene Tochter, die mit einem ganzen Sack voll Problemen bei ihnen aufkreuzte, während sich ihre andere Tochter gerade von diesem Oberarschloch De Lane Pettygrove scheiden ließ. Neben ihm wirkte Carl wie ein wahrer Superman.

Prima.

Sie bog um die Ecke und stellte fest, dass ihr Wagen der einzige war, der hier parkte. Die Straße verlief parallel zu den Schienen, ein paar Blocks vom Fluss und etwa zweihundert

Meter von der Kabinenbahn zum oberen Teil der Stadt entfernt. Ihr verbeulter, fünfzehn Jahre alter Honda war unter der dicken Schneeschicht kaum auszumachen.

Sie würde die Scheiben freikratzen müssen. Am besten, sie ließ den Motor laufen, damit die Scheibenheizung das Eis schon mal antaute.

Nachdem sie mit dem Mantelärmel den Schnee von der Tür gefegt hatte, schloss sie auf und stieg ein. Oh, war das kalt! Zitternd steckte sie den Schlüssel in die Zündung und ließ den Motor an.

Nichts.

»O nein, bitte nicht. Nicht jetzt!« Sie versuchte es noch einmal.

Nichts.

»Komm schon, komm schon!«, drängte sie und probierte es wieder und wieder, doch der Wagen sprang nicht an. »Na großartig!« Was würde wohl sonst noch schiefgehen? Sie griff nach ihrem Handy und überlegte, wen sie anrufen könnte. Mitglied in einem Automobilclub war sie nicht; das letzte Mal, als ihr Wagen liegengeblieben war, hatte sie Carl angerufen, und er war binnen zehn Minuten mit einem Überbrückungskabel in seinem hochgebockten Dodge angekommen. Seitdem war ihr Honda tadellos gelaufen.

Bis jetzt.

Nun, sie konnte ihren Ex heute Nacht wohl kaum um Hilfe bitten.

Stinksauer stieg sie aus dem Wagen, knallte die Tür zu, schloss ab und versetzte dem verdammten Ding einen Tritt. Warum musste das ausgerechnet jetzt passieren? *Beruhige dich. Sieh einfach zu, dass du nach Hause kommst, und dann schenk dir*

311

ein Glas ... Apfelsaft ein. Mist! Bibbernd beschloss sie, zur Party zurückzukehren. Vielleicht würde einer der letzten Gäste sie nach Hause bringen. Um den Honda würde sie sich morgen bei Tageslicht kümmern. Wenn sie warme Stiefel anhätte, Strumpfhose, Skijacke, Schal und dicke Handschuhe.

Ihre Stimmung sank noch weiter in den Keller. Sie hoffte, dass Alan, der als Kassierer arbeitete, noch da war. Er war zwar ein kleiner Streber, aber wenigstens würde sie dann nicht Monty, diesen Widerling, und seine zickige Frau um Hilfe bitten müssen. Obwohl ihr das mittlerweile auch schon fast egal war. Sie trippelte wieder am Black Horse Saloon vorbei und stellte fest, dass zwei der Jungs, die vor der Tür geraucht hatten, verschwunden waren. Mit vor Kälte klappernden Zähnen setzte sie ihren Weg in Richtung Flussufer fort.

»Johnna?«

Sie fuhr herum, als sie ihren Namen hörte, und wäre vor Schreck fast auf ihren hohen Absätzen ausgeglitten, als sie die dunkle Gestalt bemerkte, die sich aus dem Schatten des Pubs löste.

»Was tun Sie hier draußen? Bei der Kälte!«

Johnna entspannte sich ein wenig, als sie ihn erkannte, und erklärte: »Weihnachtsfeier von der Bank, wie jedes Jahr.« Sie verdrehte lächelnd die Augen. Er war ein Kunde, ein guter Kunde, auch wenn die Bank ihm den Privatkredit, den er vergangenes Jahr hatte aufnehmen wollen, nicht gewähren konnte, weil seine Frau die Unterschrift verweigerte.

»Was ist mit Ihnen?«

»Ich war nur auf ein paar Gläschen im Black Horse.« Er deutete mit dem behandschuhten Daumen hinter sich Richtung Pub.

»Parken Sie in der Nähe?« Er blickte die fast leere Straße hinunter. Sie zögerte, dann dachte sie: *Warum nicht? Vielleicht kann er mir helfen.* »Ich, ähm, ich gehe zurück zur Party, um mir eine Mitfahrgelegenheit zu suchen. Mein Wagen springt nicht an. Er steht da hinten.« Sie deutete vage in Richtung Boxer Bluff.

»Passiert das öfter?«, erkundigte er sich besorgt.

»Zum Glück nicht, obwohl er schon über dreihunderttausend Kilometer auf dem Buckel hat und offenbar dringend eine neue Batterie braucht.« Ihr Atem bildete Wölkchen in der eisigen Luft. »Ausgerechnet jetzt, wo es so kalt ist, muss er mich im Stich lassen.«

»Sind Sie sicher, dass es an der Batterie liegt?«

»Leider nicht.«

»Manchmal kann man das ganz leicht beheben. Vielleicht sollte ich mal einen Blick darauf werfen.«

»Es tut sich aber gar nichts mehr.« Sie sah kurz zum Hotel hinüber. Durch die Glastür konnte sie die einladenden Lichter in der Lobby erkennen. Drinnen wäre es warm, außerdem musste sie dringend zur Toilette.

»Ein Blick kann ja nicht schaden.« Er lächelte. »Ich kenne mich mit Motoren aus. Das muss ich, schon allein wegen der landwirtschaftlichen Geräte.«

»Nun ...« Sie stellte sich Monty und seine schleimigen Annäherungsversuche vor, die stechenden Blicke seiner Frau, und schauderte. »Gern. Das ist sehr nett von Ihnen.«

»Wo stehen Sie denn?«

»In der Nähe der Eisenbahnschienen, nicht weit von der Kabinenbahn entfernt.«

»Na schön, dann sehen wir uns das mal an.« Er drehte sich um und marschierte los, sie musste sich beeilen, um mit ihm

Schritt zu halten. Bald darauf bogen sie um die Ecke, und er sah ihren Wagen, der einsam und verlassen am Straßenrand parkte.

»Ein Honda?«, fragte er. Wenn er das unter der Schneedecke erkannte, dachte sie überrascht, musste er wirklich etwas von Autos verstehen.

»Ja.«

»Die sind für gewöhnlich sehr zuverlässig.« Er blieb vor dem Wagen stehen, strich mit seinen Handschuhen den Schnee von der Motorhaube, dann legte er die Windschutzscheibe auf der Fahrerseite frei. »Steigen Sie ein und öffnen Sie die Motorhaube, ich sage Ihnen, wann Sie versuchen können, den Motor anzulassen.«

»Okay.« Obwohl sie wusste, dass es reine Zeitverschwendung war, sperrte Johnna die Tür auf und kletterte in den eiskalten Wagen. Sie entriegelte die Motorhaube und sah das Licht einer Taschenlampe durch den schmalen Spalt zwischen Scheibe und aufgeklappter Haube blitzen. Offenbar war er gut vorbereitet. Merkwürdig, aber na ja, es gab Typen, die Zeug mit sich rumschleppten, auf das sie nicht im Traum kommen würde. »Jetzt!«, rief er, und sie drehte den Zündschlüssel, doch nichts tat sich. »Das hätte ich dir gleich sagen können«, murmelte sie genervt.

Er fummelte weiter unter der Motorhaube herum. »Noch mal!«, rief er dann, und diesmal – o Wunder – erwachte der Motor zum Leben. Sie drückte aufs Gas und hörte das vertraute beruhigende Brummen. Erleichtert schlug sie die Wagentür zu und kurbelte die Seitenscheibe herunter.

»Wow!«, sagte sie beeindruckt. Er schloss die Motorhaube.

»Vielen Dank!«

Mit einem selbstzufriedenen Grinsen, die Hände in den Taschen, trat er an ihr offenes Fenster. »Kein Problem«, erwiderte er und lehnte sich ein Stück vor. Sein Lächeln wurde süffisant, übertrieben. Im Bruchteil einer Sekunde wurde ihr klar, dass irgendetwas nicht stimmte. Ein eisiger Schauder lief ihr über den Rücken. Sie griff nach der Gangschaltung und schaute zu ihm auf. Ihre Blicke begegneten sich. Sein Gesicht war ausdruckslos, doch seine Augen ... o Gott, in seinen Augen stand das pure Böse.

Das ist doch albern ...

»Ich mache mich mal lieber auf den Weg«, sagte sie, doch noch bevor sie den Rückwärtsgang einlegen konnte, zog er seine Hand aus der Tasche und rammte ihr die kalten Elektroden eines Elektroschockers in den Nacken.

Was soll das? Nein!

Verzweifelt versuchte sie, ihm auszuweichen, das Gaspedal durchzudrücken und die Flucht zu ergreifen, aber es war zu spät.

Er drückte ab.

Kapitel zweiundzwanzig

Alvarez war fast die ganze Nacht wach.

Sie lag im Bett, O'Keefe an ihrer Seite, Mrs. Smith zusammengerollt auf ihrem Kopfkissen. Während O'Keefe schlief wie ein Toter und allein sein leises Schnarchen und sein warmer Körper darauf verwiesen, dass er noch lebte, war sie zu aufgedreht gewesen, um einschlafen zu können. Sie hatte gedacht, die reine Erschöpfung würde sie überwältigen, doch das war nicht geschehen. Obwohl ihr Körper todmüde war, kam ihr Kopf nicht zur Ruhe. Sie dachte an ihren Sohn. An den Überfall von Junior Green. Daran, dass sie ihre Angst vor Intimität überwunden hatte, die sie ein halbes Leben lang gequält hatte. Sie lag im Bett, an einen Mann gekuschelt, in den sie schon einmal verliebt gewesen war, und fragte sich, wohin all das führen sollte. Sie wusste, dass es ein Durchbruch gewesen war, mit ihm zu schlafen, und dafür war sie dankbar, doch dass sie jetzt eine sexuelle Beziehung zu O'Keefe hatte, machte ihr Leben nicht gerade leichter. Vermutlich war das keine gute Idee gewesen.

Sie wandte den Kopf zum Fenster und starrte hinaus in die Dunkelheit. Irgendwann in den frühen Morgenstunden hatte es aufgehört zu schneien. Der Mond war hinter den Wolken hervorgekommen und warf seinen silbernen Schimmer auf die weiße Schneedecke.

So fühlte sich das also an. Ein warmer Männerkörper, ein Arm, der besitzergreifend über ihrem Brustkorb lag, nichts war zu hören außer seinem Atem und den leisen Geräuschen der Heizung.

Sie überlegte, ob sie aufstehen, ihm einen Kuss auf die Stirn geben und ihren Morgenmantel überziehen sollte, um nach unten zu gehen und Kaffee aufzusetzen. Sie könnte die Zeitung lesen oder an ihrem Laptop arbeiten, während sie mit einem Ohr darauf horchte, dass er wach wurde.

Das alles war neu für sie, fremd.

Wie würde sich der Mann neben ihr fühlen, der jetzt ihr Geliebter war, wenn er am Morgen aufwachte? Wie würde er reagieren?

Wie fühlst du *dich?*

Wie reagierst du?

Es nützte nichts, sich darüber den Kopf zu zerbrechen, sie würde die Dinge einfach auf sich zukommen lassen.

O'Keefe bewegte sich, seine Hand strich über ihren Körper, und ihre Brustwarzen stellten sich erwartungsvoll auf. Er gab ein tiefes, brummendes Geräusch von sich, und sie lächelte. *Kämpf nicht dagegen an. Nimm die Dinge einfach so, wie sie kommen. Das entspricht zwar nicht deinem Naturell, aber dieses eine Mal ...*

Das Handy auf ihrem Nachttisch klingelte.

O'Keefe stöhnte. »Ja?«, meldete sie sich, nachdem sie gesehen hatte, dass Pescoli am anderen Ende der Leitung war.

»Raus aus den Federn! Rate mal, was an der Sawtell Road gefunden wurde, in der Nähe von Keegan's Corner.«

»Keine Ahnung«, sagte sie und dachte an die steile, abgelegene Straße, die an dieser Stelle eine so enge Biegung nahm, dass die Einheimischen von einer »Todeskurve« sprachen.

Rasch warf sie die Decke zurück und schwang die Beine über den Bettrand.

»Lissa Parsons Wagen.«

»Und? War jemand darin?«

»Laut erstem Bericht nicht. Jugendliche, die dort mit ihren Geländewagen herumgekurvt sind, haben das Auto entdeckt. Offenbar hat sie die dicke Schneeschicht darauf stutzig gemacht, also haben sie einen Blick hineingeworfen und anschließend die Polizei benachrichtigt, die sie nach der Marke und den Nummernschildern gefragt hat. Sah so aus, als handelte es sich um den gesuchten Chevy Impala. Rule war als Erster vor Ort, und er hat unseren Verdacht bestätigt.«

»Ich treffe dich im Department. Bin schon unterwegs.« Alvarez drehte sich um und sah, wie O'Keefe sich hellwach aufsetzte. Offenbar hatte er das Gespräch mitbekommen. »Wir glauben, dass wir endlich den Wagen eines der Opfer gefunden haben«, erklärte sie ihm und schnappte sich ihre Jeans, die ganz untypisch zusammengeknüllt am Fußende lagen. Rasch nahm sie einen frischen Slip aus der Schublade, dann schlüpfte sie in die Hose. O'Keefe beobachtete sie, und plötzlich wurde ihr bewusst, dass sie obenherum nichts anhatte. »Das ist keine umgekehrte Strip-Show, nur damit du's weißt«, sagte sie tadelnd zu ihm, doch sie konnte sich ein Lächeln nicht verkneifen.

»Nicht?« Er grinste schief. Seine Zähne blitzten weiß inmitten des dunklen Bartschattens auf Kinn und Wangen. »Das ist wohl eine Frage der Perspektive.«

Sie schob sich die Träger ihres BHs über die Schultern und kämpfte mit dem Verschluss. »Du bist eine solche Nervensäge!«

»Und du liebst das.«

»Eher nicht.« Sie hielt bereits Ausschau nach Socken und Stiefeln.

»Ich begleite dich.«

»Kommt nicht in Frage. Das ist eine Polizeiangelegenheit.«

»Ich denke, mich geht das auch etwas an.«

»Inwiefern?« Sie zog den Reißverschluss ihres Stiefels hoch und sah ihn fragend an.

»Ich suche nach einem Jungen, der dir einen Ohrring geklaut hat, Schatz, einen Ohrring, der bei dem Opfer wieder aufgetaucht ist, dem der gerade gefundene Wagen gehört, hab ich recht?«

»Das ist aber um sieben Ecken gedacht.«

»Da bin ich anderer Ansicht. Ich halte das für logisches Denken.«

»Trotzdem ist das Sache der Polizei. Das FBI wird mit Sicherheit ebenfalls vor Ort sein.«

»Wir können es doch mal versuchen. Außerdem hast du kein Auto, schon vergessen? Ich bin dein Fahrer.«

»Unsinn!«

Doch er stieg bereits in seine Jeans.

»Du kannst einem wirklich auf den Geist gehen, weißt du das?«

»Du hast mich bereits mehrfach darauf hingewiesen.«

Sie zog ihren Pulli über, schüttelte ihr Haar zurück und band es anschließend zu einem Pferdeschwanz. »Na schön«, willigte sie schließlich ein. Er hatte gewonnen. Sollte er sie eben zum Department bringen, dann musste sie nicht Pescoli herbitten oder ein Taxi rufen. Sie legte ihr Schulterholster an, nahm ihre Dienstwaffe aus dem Schließfach in ihrem Kleiderschrank und prüfte, ob die Waffe gesichert war, bevor sie sie in das Holster steckte. »Komm uns nur nicht in die Quere.«

Am Fundort des Wagens herrschte Chaos. FBI, Deputys vom Büro des Sheriffs und Kriminaltechniker wuselten um den eingeschneiten Wagen, der hinter einem Busch stand, weshalb er von der nur selten benutzten Holzabfuhrstraße aus nur schwer zu erkennen gewesen war.

»Der ist also die ganze Zeit über hier gewesen, und kein Mensch hat etwas bemerkt«, stellte Halden fest und ließ den Blick über die Umgebung schweifen.

»Die Straße grenzt an Privatbesitz«, erklärte Pescoli. »Das Gelände gehört der Long Logging, einem Holzfällerunternehmen, aber im Augenblick liegt dort alles brach. Brady Long ist vor einer Weile gestorben, ermordet worden – Sie erinnern sich sicher an den Fall. Er hat keiner seiner Frauen etwas hinterlassen, hatte keine Kinder, zumindest nicht, soweit wir wissen, und seine Schwester Padgett, die jahrelang in der Psychiatrie war, ist von dort entkommen und verschwunden. Seit fast zwei Jahren fehlt jede Spur von ihr.«

»Ich erinnere mich«, sagte Halden.

»Das FBI ist doch auf genau solche Fälle spezialisiert«, fuhr Pescoli fort. »Wie kommt's, dass ihr Padgett nicht aufgespürt habt?«

Er ignorierte ihre Stichelei. »Long Logging, sagen Sie? So wie Long Copper, die Kupfergesellschaft?«

»Hm, hm.«

»Aber Long hat doch gar nicht hier gelebt, wenn ich richtig informiert bin.«

»Er hat die meiste Zeit in Denver verbracht. Das neue Haupthaus auf dem Long-Anwesen hat er höchstens im Urlaub genutzt.« Sie fügte nicht hinzu, dass Nate Santana für Brady Long gearbeitet und ein großzügiges Stück Land geerbt hatte, dazu das Blockhaus mit den drei Räumen und dem Schlafzimmer unter dem Giebel des steilen Dachs, das ehemalige Haupthaus der Familie. Wenn diese Information für Halden relevant war, könnte er sie leicht selber herausfinden, und dann würde er auch den Schluss ziehen, dass sie und

320

Santana ein Paar waren. Er würde nachfragen, und sie wusste nicht, ob sie schon bereit war, sich diesen Fragen zu stellen, die sie nicht mal sich selbst beantworten konnte.

»Jetzt geht's los«, sagte Halden und deutete auf den Abschleppwagen, der sich die Privatstraße hinaufquälte.

Alvarez und Pescoli hatten den Chevy bereits genauestens unter die Lupe genommen, doch sie hatten nichts Auffälliges gefunden, natürlich nicht. Das Gelände um das Fahrzeug herum war mit Polizeiband abgesperrt worden und wurde soeben von der Spurensicherung durchkämmt. Die Kriminaltechniker gaben sich alle Mühe, im dichten Schnee nichts zu übersehen, hielten Ausschau nach Hinweisen, Beweismitteln, Anzeichen für einen Kampf, nach allem, was dazu beitragen konnte, den Wahnsinnigen zu schnappen.

Alvarez war zusammen mit Dylan O'Keefe eingetroffen, dem Privatdetektiv, Juristen, Ex-Polizisten und Adonis von Mann, dem Pescoli nicht recht über den Weg traute. Offenbar hatte ihre Partnerin eine Fahrgelegenheit gebraucht, weil ihr eigener Wagen noch in der Polizeiwerkstatt stand und von einem Forensik-Team untersucht wurde, doch warum zum Teufel hatte sie ausgerechnet O'Keefe hierhergeschleppt? Warum hatte sie nicht Pescoli angerufen? Sie hätte sie doch abgeholt, auch wenn sie dafür einen Umweg hätte in Kauf nehmen müssen. Doch was immer der Grund dafür sein mochte, Regan hatte im Augenblick andere Sorgen.

Es hatte aufgehört zu schneien, es dämmerte, und der Himmel über den Kiefern und Hemlocktannen erstrahlte in einem Blau, das man nur in Montana finden konnte.

Vielleicht könnten sie sich jetzt ein wenig ausruhen. Den Gesichtern ihrer Kollegen nach zu urteilen, brauchten sie alle dringend eine Pause.

»Du und O'Keefe?«, fragte Pescoli Stunden später im Department, als Alvarez und sie aus dem Zimmer der Sondereinheit kamen. O'Keefe wurde noch einmal von den FBI-Agenten befragt, da Chandler und Halden in Erfahrung zu bringen versuchten, ob Gabriel Reeves Verschwinden in Zusammenhang mit den kürzlich erfolgten Morden stehen könnte, zumal Alvarez' Ohrring bei dem zweiten Opfer gefunden worden war. Sie hatten bereits mit ihr gesprochen, und jetzt wollten sie herausfinden, ob O'Keefe weitere Details bekannt waren.

»Wovon sprichst du?«

»Ach, komm schon, Alvarez. Du kreuzt hier mit ihm noch vor Anbruch der Morgendämmerung auf, und ich kann mir nicht vorstellen, dass du ihn angerufen hast, damit er dich abholt. Er war bei dir.«

Sie marschierten zu Alvarez' Arbeitsplatz. »Und du meinst also, das ginge dich etwas an. Wieso?«

»Huch, bist du empfindlich.«

Am liebsten hätte sie erwidert, sie habe ja auch kaum ein Auge zugetan, doch das wäre natürlich nur Wasser auf Pescolis Mühlen gewesen, also schwieg sie. »Was machen deine Kinder?«

»Nichts. Das ist es ja gerade.« Pescoli rieb sich den verspannten Nacken. »Außerdem sind sie so gut wie nie zu Hause, aber das bin ich ja auch nicht.« Sie blieb kurz stehen, schloss die Augen und ließ die Schultern kreisen, dann ging sie weiter. »Keine tolle Situation, aber so ist es nun mal. Ich kann es nicht ändern.«

»Zumindest nicht, solange wir diesen Killer nicht geschnappt haben.«

»Richtig.«

Doch sie kamen einfach nicht weiter, drehten sich im Kreis, fanden keine Spur, die sie zu ihm geführt hätte. Es gab zwar die Hoffnung, dass die Analyse des winzigen Blutstropfens im eisigen Sarg des ersten Opfers etwas bringen würde, außerdem hatte man bei der Durchsuchung von Brenda Sutherlands Wagen ein Haar entdeckt, das man mit denen aus ihrer Bürste verglichen hatte; auch von ihren Kindern und von ihrem Ex-Mann, der sich ausführlich über Belästigung und Schikane ausgelassen hatte, waren Haarproben genommen worden. Das Haar ließ sich keinem von ihnen zuordnen.

»Ich habe das Gefühl, wir werden bald einen weiteren Anruf bekommen«, mutmaßte Pescoli.

»Eine dritte Eisleiche?«

»Brenda Sutherland. Sie würde in die Reihe unserer Eisköniginnen passen.« Sie schwieg einen Augenblick, dann sagte sie: »Tut mir leid. Das klang anders, als es gemeint war. Ich wünschte nur, wir würden sie finden, bevor Väterchen Frost sein seltsames Spiel mit ihr treibt.«

»Dazu ist es vermutlich zu spät.« Alvarez’ Handy klingelte. Sie blickte auf die Anruferkennung, stellte fest, dass jemand aus der Polizeiwerkstatt am anderen Ende der Leitung sein musste, und meldete sich. »Alvarez?« Sie hatte Andy, den Werkstattleiter, freundlich daran erinnert, dass er ihr mehr als einen Gefallen schuldete, und ihn gebeten, seine Leute zur Eile anzutreiben, damit sie ihren Wagen so schnell wie möglich wieder abholen konnte. Sie würden nicht allzu viel Arbeit damit haben. Junior Green saß hinter Gittern, die Beweislage war klar, man hatte Fotos gemacht, stecken gebliebene Kugeln entfernt. In ihren Augen war der Fall glasklar. Und sie wollte ihren Wagen zurückhaben.

Natürlich erinnerte Andy sie daran, dass heute Sonntag war und er »in der letzten Woche rund um die Uhr gearbeitet« habe, dabei gönne sich »selbst Gott einen Feiertag«. Das Ende vom Lied war, dass sie ihren Subaru erst morgen gegen fünf abholen konnte.

»Danke.« Sie legte auf und murmelte: »Na prima.« Natürlich konnte sie eins von den Zivilfahrzeugen benutzen, und das würde sie auch, ob es ihr gefiel oder nicht. Sie würde einen der Jeeps vom Büro des Sheriffs nehmen, bis Andy und »das Team« mit ihrem Wagen fertig waren. Immerhin, so führte sie sich vor Augen, diente die Arbeit der Techniker einem guten Zweck, einem sehr guten Zweck, und würde diesen Fiesling von Green hoffentlich für immer hinter Schloss und Riegel bringen.

»Lass mich raten«, sagte Pescoli, die das Gespräch mitverfolgt und sich den Rest zusammengereimt hatte. »Dein Wagen ist noch nicht fertig.«

»Deine detektivischen Fähigkeiten sind beeindruckend.«

»Jetzt sind wir aber sauer, nicht wahr?«

»Ob du sauer bist, weiß ich nicht, ich zumindest bin stinkwütend.«

»Ich bin doch immer stinkwütend, das hast du selbst gesagt. Also, wann kannst du dein Auto abholen?«

»Morgen. Frühestens. Ab siebzehn Uhr.« Alvarez schüttelte finster den Kopf.

»Irgendwelche Neuigkeiten wegen deines Hundes?«

Sie schnitt eine Grimasse. »Bis jetzt noch nicht.« Immer wieder hatte sie auf ihr Handy geblickt, um nachzusehen, ob sich jemand wegen Roscoe gemeldet hatte. An seinem Halsband hing eine Marke mit ihrer Telefonnummer, so dass derjenige, der ihn finden würde, bei ihr anrufen konnte. Sollte er das Halsband oder die Marke mit der Nummer verloren haben und im Tierheim gelandet sein, würde man dort als Erstes die Vermisstenmeldungen durchgehen. Außerdem hatte er noch den Mikrochip, den sie ihm gleich zu Anfang hatte implantieren lassen. Wenn jemand Roscoe beim Streunen aufgriff, würde ein Tierarzt ihn mittels eines speziellen Lesegeräts identifizieren können.

»Lass nicht den Kopf hängen! Er wird schon wieder auftauchen.« Doch Pescoli klang nicht überzeugt. Alvarez blickte aus dem Fenster in das trübe Wetter, das sie noch mehr deprimierte. Wenn er keinen Unterschlupf gefunden hatte ... »Vielleicht solltest du mit Grace Perchant reden. Sie wusste, dass dein Sohn in Gefahr schwebt, da ist es doch gut möglich, dass sie auch weiß, wo dein Hund steckt.«

»Soll das ein Witz sein? Wenn ja, ist er nicht sehr komisch.«

»Ja, ich weiß.« Pescoli seufzte. »Du hast mir immer noch nicht verraten, was zwischen dir und O'Keefe läuft. Der Kerl ist ein echter Adonis.«

»Zwischen uns läuft nichts.« Sie blickte ihre Partnerin an. »Tut mir leid, dich enttäuschen zu müssen. Hast du eigentlich nichts Besseres zu tun?«

Pescoli grinste von einem Ohr zum anderen. »Doch, leider schon. Wie immer.« Und wie um ihre Worte zu unterstreichen, kam genau in diesem Augenblick einer der Streifenpolizisten an Alvarez' Arbeitsplatz vorbei. Er stieß einen ungepflegten Mann in Handschellen vor sich her.

»He, immer mit der Ruhe! Nehmen Sie Ihre verfluchten Finger weg!«, knurrte der Verdächtige, der so dürr war, dass ihm die Jeans über den Hintern zu rutschen drohten. Sein Sweatshirt war nass vom schmelzenden Schnee, die Kapuze glitt ihm vom Kopf und entblößte eine mit Tätowierungen bedeckte Glatze.

»Mensch, Reggie, reiß dich zusammen«, befahl der Deputy und führte den polizeibekannten Autodieb mit einer Schwäche für Importmarken den Gang hinunter. Pescolis Handy klingelte. Sie ging dran, winkte Alvarez zu und verschwand, das Telefon ans Ohr gepresst, in Richtung ihres eigenen Schreibtischs.

Gut. Dankbar, dass sie Pescoli nicht länger Rede und Antwort stehen musste, was ihre Beziehung zu O'Keefe anbelangte, wandte sich Alvarez wieder ihrer Arbeit zu. Wie sollte sie auf die Andeutungen und Spekulationen ihrer Partnerin reagieren, wie mit deren Fragen umgehen, wenn sie nicht mal ihre eigenen beantworten konnte?

Als sie wieder allein war und auch der allgemeine Lärmpegel im Department langsam nachließ, konzentrierte sich Alvarez wieder auf ihren Monitor. Lissa Parsons' Obduktionsbericht war hereingekommen, und sie verglich ihn mit dem von Lara Sue Gilfry. Nichts Außergewöhnliches, keine Blutergüsse oder sonstige äußerlichen Verletzungen, Todesursache Unterkühlung.

Angespannt überlegte sie, wie viele Opfer es noch geben mochte. Mein Gott, sie mussten den Kerl finden, und zwar schnell!

Sie wollte gerade nach Hause gehen, als ihr ein Vermerk auf dem Obduktionsbericht des ersten Opfers ins Auge stach. Lara Sue hatte ein Zungenpiercing, die Stelle um den Einstich herum war noch nicht verheilt, es musste also erst kürzlich gestochen worden sein. Alvarez nahm sich die Akte vor, blätterte durch die Vermisstenanzeigen und überflog die entsprechende Seite. Unter »besondere Merkmale« war die Narbe aufgeführt, außerdem die Schmetterlingstätowierung, ein Zungenpiercing war allerdings nicht erwähnt.

Vielleicht hatte der Besitzer des Bull and Bear, der die Meldung ausgefüllt hatte, nichts davon gewusst.

Weil es noch ganz neu war.

»Vermutlich hat es gar nichts zu bedeuten«, sagte sie und ging am Computer noch einmal die Fotos von Lara Sue durch, um nach einer Aufnahme von dem Zungenpiercing zu suchen. Da war es schon. Sie starrte auf den Monitor und stellte fest, dass es anders aussah als die Zungenpiercings, die sie kannte. Dennoch kam es ihr irgendwie bekannt vor.

Nein.

Das konnte nicht sein.

Fast wäre ihr das Herz stehengeblieben. Nein, sie zog mit Sicherheit die falschen Schlüsse. Trotzdem überlief sie ein Schauder, als sie an ihren Ohrring dachte, der in Lissa Parsons' Brustwarze gesteckt hatte.

War das denn möglich? Eiskalte Angst brachte ihre Kopfhaut zum Kribbeln.

Hatte der Irre den silbernen Stecker, der auf dem Foto zu sehen war, aus ihrem Haus entwendet und ihn durch Lara Sue Gilfrys Zunge gestochen?

»Das kann nicht sein«, flüsterte sie, doch noch bevor sie die Worte ausgesprochen hatte, war sie schon von ihrem Stuhl aufgesprungen und lief im Eilschritt zur Asservatenkammer. Tief im Innern wusste sie, dass das Schmuckstück ihr gehörte. Jemand hatte es aus ihrem Haus entwendet und so plaziert, dass sie es finden musste.

Er spielte mit ihr. Verhöhnte sie.

Und er wollte, dass sie das wusste.

Kapitel dreiundzwanzig

Ich habe wirklich keine Zeit für so etwas«, beharrte O'Keefe. Er saß in einem der Vernehmungsräume auf einem Plastikstuhl und wurde langsam sauer. Stinksauer.

Die Wände waren in einem undefinierbaren Grün gestrichen, der gefliese Boden seit 1962 nicht mehr erneuert worden, was man ihm deutlich ansah. An einer Wand befand sich ein großer Einwegspiegel, hinter dem zweifelsohne ein dunkler Raum lag, von dem aus die Befragung von anderen Personen mitverfolgt werden konnte.

O'Keefe wurde seit mittlerweile zwei Stunden von den Agenten Chandler und Halden vernommen, doch sie kamen einfach keinen Schritt weiter. »Ich habe Ihnen alles mitgeteilt, was ich über Gabriel Reeve weiß, außerdem den Grund, warum ich ihn bis hierher verfolgt habe.« Sie hatten ihn seine Aussage unzählige Male wiederholen lassen, als erwarteten sie, dass er sich in Widersprüche verstrickte, wenn er seine Geschichte nur oft genug erzählte. O'Keefe hatte ihnen erklärt, dass er sämtlichen Spuren nachgegangen war, sämtliche Bekannte überprüft hatte, die der Junge in der Gegend haben mochte, dass er sich außerdem die Anruflisten seines Handys sowie die Chronik seines Computers vorgenommen und mit Leuten auf der Straße gesprochen hatte. Er hatte sämtliche Orte abgeklappert, an die sich ein verängstigter Jugendlicher flüchten würde.

»Finden Sie es nicht merkwürdig, dass er ausgerechnet in Detective Alvarez' Haus einbricht und später eines der vermissten Schmuckstücke bei Opfer Nummer zwei wieder auftaucht?«

»Doch, natürlich finde ich das merkwürdig.« Auch diese Frage hatte er schon einmal beantwortet. Endlich schienen die FBI-Agenten zufrieden zu sein, doch dann kam Chandler auf die Vergangenheit zu sprechen.

»Detective Alvarez und Sie haben in San Bernardino zusammengearbeitet, ist das richtig?«

Womit wir beim Thema wären, dachte er. »Ja, das ist korrekt, außerdem hatten wir ein Verhältnis miteinander. Hören Sie, ich erzähle Ihnen das jetzt nur, damit wir zum Kern der Sache kommen können. Sie haben einen Mörder zu fangen, ich muss einen des bewaffneten Raubüberfalls beschuldigten Teenager aufspüren.«

»Wir arbeiten ebenfalls daran. Detective Trey Williams vom Police Department in Helena hat uns bestätigt, dass Sie als Deputy mit dem Fall Reeve befasst sind, aber nur mit diesem einen«, erklärte Chandler. »Ich weiß nicht recht, wie ich mir das vorstellen soll, das alles klingt recht vage und nicht gerade vorschriftsmäßig.«

»Auch in diesem Punkt stimme ich Ihnen zu«, räumte O'Keefe ein.

»Und dann wäre da noch das Problem in San Bernardino.«

»Da gibt es kein Problem. Ich habe eine weiße Weste.«

»Hm.« Sie wirkte nicht überzeugt. »Detective Williams ist angewiesen, uns auf dem Laufenden zu halten. Er besteht darauf, dass Sie wichtig sind für den Fall, er möchte die Zusammenarbeit mit Ihnen fortsetzen«, fuhr Chandler fort und studierte eine Akte.

»Das ist gut.«

»Wir stehen doch alle auf derselben Seite«, betonte Halden und fläzte sich auf dem unbequemen Plastikstuhl. Er war eindeutig der Freundlichere von beiden, ein Kumpeltyp, mit dem man gern auf ein Bier gehen würde. Natürlich konnte das auch nur vorgetäuscht sein, um O'Keefe dazu zu bringen, sich zu öffnen. Halden wirkte nicht annähernd so unterkühlt wie Agent Chandler, die offenbar hart daran gearbeitet hatte. Alles an ihr, angefangen bei ihren blauen Augen, dem platinblonden Haar, ihrem angespannten Unterkiefer und den schmalen Lippen, die niemals zu lächeln schienen, war so warm wie eine Silvesternacht in Alaska. Stephanie Chandler, die niemals eine Gefühlsregung zeigte, wirkte fast wie ein Roboter, dachte O'Keefe, der so etwas noch nie zuvor bei einer Frau gesehen hatte und auch gut darauf verzichten konnte. »Wir sind alle ein Team. Sie, wir ...« Halden deutete mit der Hand auf O'Keefe, Chandler und sich selbst, dann fügte er hinzu: »Grayson und seine Deputys, auch Detective Alvarez, wir alle versuchen, einen üblen Psychopathen unschädlich zu machen.«

»Und wieder stimme ich Ihnen zu«, sagte O'Keefe und korrigierte seine Meinung über die beiden Agenten. Sie waren weder Schwachköpfe noch Arschlöcher. Aber sie waren schulmeisterlich und pingelig bei ihren Untersuchungen, dabei lief ihnen die Zeit davon. »Dann lassen Sie uns zusammenarbeiten. Ich muss Gabriel Reeve finden.«

»Und wir müssen einen Mörder finden«, erwiderte Halden und lächelte O'Keefe kumpelhaft an, doch dieser bemerkte, dass seine Augen dabei ernst blieben.

»Nur damit ich das richtig verstehe«, sagte Pescoli zu dem Anrufer am anderen Ende der Leitung. Sie hatte bereits einen Arm in den Ärmel ihres Mantels gesteckt und wollte

330

sich gerade auf den Weg nach Hause machen, als ihr Handy klingelte. »Luke Pescoli hat Ihnen meine Nummer gegeben?«

»Ja, ähm, er sagte, Sie seien seine Ex-Frau und würden als Detective für das Büro des Sheriffs arbeiten.«

Großartig!

»Und er hat Ihnen meine *private* Handynummer genannt?«, vergewisserte sie sich. Am liebsten hätte sie ihren Nichtsnutz von Ex-Mann umgebracht, und das nicht zum ersten Mal. Sie lehnte sich mit der Hüfte gegen die Schreibtischkante, schlüpfte wieder aus dem Ärmel heraus und sah zu, wie der Mantel zu Boden fiel.

»Ja. Hören Sie, ich mache mir Sorgen. Meine Freundin Johnna, ähm, Johnna Phillips, ist gestern Nacht nicht nach Hause gekommen. Bei all dem, was hier momentan so los ist, hab ich wirklich Angst bekommen, deshalb hab ich auch Lucky angerufen. Er hat gesagt, ich soll mich an Sie wenden.« Seufzend nahm Pescoli ein Blatt Papier, das neben ihrem Bildschirm lag.

»Wie war Ihr Name noch gleich?«

»Carl. Anderson. Ich war mal Lastwagenfahrer, daher kenne ich Ihren Mann.«

»Er ist mein *Ex*-Mann.«

»Oh, ja. Das hat er erwähnt.«

Amen.

»Ihre Freundin heißt Johnna Phillips?«

»Ja, aber, ähm, genau genommen ist sie wohl meine Ex-Freundin.«

»Wie muss ich das verstehen?«

»Wir haben uns vorgestern Abend getrennt.«

Das erklärte einiges. »Und jetzt reagiert sie nicht auf Ihre Anrufe?« Das Ganze klang mehr und mehr nach vergeblicher Mühe. Sie schob ihre Stiefelspitze unter den Mantelkragen, beförderte ihn in die Höhe und fing ihn mit der freien Hand auf.

»Nein. Ja. Ich meine, so ist das nicht. Ich bin zu ihrer Wohnung gefahren, aber sie ist seit gestern Abend nicht mehr dort gewesen, seit sie zu der Weihnachtsfeier ihrer Bank gegangen ist. Sie arbeitet für die First Union in der Altstadt. Ihr Wagen ist auch nicht vorm Haus. Ich habe noch einen Schlüssel und bin reingegangen, um auf sie zu warten, weil ich, nun, Sie wissen schon, weil ich versuchen wollte, die Dinge wieder geradezubiegen, aber sie ist nicht aufgekreuzt.«

»Vielleicht ist sie zu einem ... Freund mitgegangen?«, schlug Pescoli vor, die den Typ am anderen Ende der Leitung für doof wie Bohnenstroh hielt. Seine Freundin hatte sich vermutlich schlicht und einfach einen anderen gesucht, hoffentlich einen mit einem höheren IQ und netteren Bekannten als den Typen, mit denen Lucky Pescoli für gewöhnlich rumhing.

Du hast ihn geheiratet. Du hast ihn zum Vater deiner Tochter gemacht. Wer im Glashaus sitzt ...

»Ich denke nicht. So durchtrieben ist sie nicht, außerdem ist sie nur zu dieser Party gegangen, weil das von ihr erwartet wurde. Wie hat sie es noch gleich genannt? Eine königliche Vorstellung oder so ähnlich ...«

»Eine Sondervorstellung bei Hofe?«

»Ja, genau das!«, erwiderte er verblüfft.

»Haben Sie ihre Freundinnen angerufen?«

»Sicher. Ihre Schwester auch und Stephanie, diese Tussi von der Bank. Keiner hat sie gesehen, und Stephanie sagte, sie hätten sich für heute zu einem Spaziergang im Park verabredet, doch Johnna sei nicht erschienen. Sie dachte, sie hätte vielleicht verschlafen. Hat sie aber nicht.«

»Zumindest nicht zu Hause.«

»Nein. Sie ... nein.«

Oh, oh. Jetzt kapierte der *Ex*.

Pescoli hängte ihren Mantel über die Rückenlehne ihres Schreibtischstuhls. »Wie lautet denn ihre Adresse?«

»Park West Apartments, Nummer 205.« Er gab ihr die Adresse durch, und sie notierte sie. »Wie ich schon sagte, normalerweise hätte ich Sie nicht angerufen, aber jetzt, mit diesen Eismumienmorden, mache ich mir Sorgen. Ich habe immer wieder angerufen und gesimst, aber sie geht einfach nicht dran und schreibt auch nicht zurück. Außerdem habe ich mich bei Facebook eingeloggt, aber dort war sie seit vierundzwanzig Stunden nicht mehr. Dabei ist sie *immer* online. Ich habe mit ihren Freunden gechattet, doch von denen hat auch keiner etwas gehört. Echt seltsam, das kann ich Ihnen sagen. Da stimmt etwas nicht.«

»Warum kommen Sie nicht vorbei und füllen eine Vermisstenanzeige aus?«, schlug Pescoli vor, die nach wie vor vermutete, dass die Ex-Freundin ihm einfach nicht antwortete, und deshalb zögerte, sich näher mit der Sache zu befassen. Carl Anderson dagegen schien völlig überzeugt zu sein, dass Johnna Phillips verschwunden war, und hatte bereits alles Mögliche getan, um sie aufzuspüren, was Pescoli dann doch zu denken gab. Sie wollte kein Risiko eingehen, nicht solange ein durchgeknallter Mörder die Stadt terrorisierte. »Bitte wenden Sie sich an die Vermisstenabteilung. Dort müssen Sie Meldung erstatten.«

»Prima!«

Das war es nun nicht gerade, aber das würde sie ihm nicht auf die Nase binden.

Alvarez fuhr in einem Dienstwagen des Departments nach Hause und überlegte, ob sie Pescoli nicht in ihren Verdacht, das Zungenpiercing betreffend, hätte einweihen müssen. Doch nur weil sie einen silbernen Ohrstecker vermisste, hieß das noch lange nicht, dass das Piercing in Lara Sue Gilfrys Zunge ihr gehörte. Hätte man nicht den Ohrring in Lissa Parsons' Brustwarze gefunden, wäre sie niemals auf den Gedanken gekommen, dass der Stecker ihr gehören könnte, zumal er alles andere als einzigartig war.

Anders als der goldene Ohrring mit dem falschen Rubin.

Der gehörte definitiv ihr.

Doch konnte man daraus schließen, dass der Mörder ein weiteres Schmuckstück von ihr verwenden würde? Obwohl ... der silberne Ohrstecker wäre das erste Schmuckstück, wenn er die Frauen in der Reihenfolge ermordet hatte, in der man ihre Leichen entdeckt hatte.

Weil sie gefroren waren, war es jedoch schwierig, den genauen Todeszeitpunkt der beiden zu bestimmen, wenn nicht gar unmöglich.

Sie stellte die Scheibenwischer des Dienstjeeps an, da es wieder anfing zu schneien. Es war schon dunkel, als sie den Boxer Bluff hinunter in die Altstadt fuhr, der Polizeifunk knisterte. In diesem Jahr hatte man bunte Strahler auf die Wasserfälle gerichtet, und der Fluss, der noch nicht überfroren war, stürzte in leuchtendem Grün und Rot schäumend in die Tiefe und floss am Gerichtsgebäude und den Geschäften vorbei, welche die Uferstraße säumten.

Sie war nicht die Einzige, die die neue Attraktion bemerkt hatte. Der Sonntagabendverkehr war noch schlimmer als gewöhnlich, weil die Autofahrer langsamer fuhren und zum Teil sogar bremsten, um genauer hinsehen zu können.

Als sie endlich in ihre Straße einbog, war sie aufgewühlt und nervös. Wenn sich herausstellte, dass der silberne Ohrstecker ihr gehörte, würde ihr Leben noch komplizierter werden. Und zwar ganz gehörig. Das FBI würde sie aufs Gründlichste unter die Lupe nehmen, um eine Verbindung zwischen ihr und dem Mörder herzustellen.

Was zum Teufel soll das Ganze? Was will er ausgerechnet von dir? Das ist KEIN Zufall, und das weißt du, Selena!

Zutiefst beunruhigt bog sie in ihre Auffahrt ein und tastete automatisch nach einem nicht vorhandenen Garagentoröffner. Der natürlich in ihrem Subaru lag.

»Wie schön«, knurrte sie und stellte die Automatik auf Parken. Sobald sie sicher wäre, dass ihr Ohrstecker wirklich fehlte und das Gegenstück eindeutig zu dem in der Zunge von Lara Sue Gilfry passte, würde sie Pescoli anrufen und auch O'Keefe, der vermutlich immer noch im Department war. Sie hätte sich wenigstens von ihm verabschieden sollen. Dylan O'Keefe war ein weiteres Thema, das sie gerne für sich behalten hätte. Sie wollte nicht, dass die Kriminaltechniker auf der Suche nach ihrem Ohrring und den entstandenen Spuren des mittlerweile eine Woche zurückliegenden Einbruchs über ihr Haus herfielen, nur um anschließend mit Hinweisen auf O'Keefe aufzuwarten. Sie war einfach noch nicht bereit, Fragen über ihre Beziehung oder Nicht-Beziehung oder was auch immer zu beantworten; das Ganze war kompliziert und würde außerdem das Fiasko mit Alberto De Maestro in San Bernardino wieder auf den Tisch bringen.

Was sie definitiv vermeiden wollte.

Sie sammelte ihre Sachen zusammen, trat wieder einmal in die kalte Winterluft hinaus und ging durch eine frische Puderschneeschicht zu ihrer Haustür. Als sie den Schlüssel ins Schloss steckte, schwang die Tür auf, als ob sie weder abgeschlossen noch richtig eingerastet gewesen wäre.

Schon wieder?

War etwa schon wieder jemand bei ihr eingebrochen?

Ihr Herz raste. Krampfhaft versuchte sie, sich daran zu erinnern, ob sie am Morgen die Tür zugezogen und abgesperrt hatte. Ja, da war sie sich ganz sicher.

Automatisch griff sie zu ihrer Waffe und stieß die Tür ein Stück weiter auf.

Alles war still.

Aus dem Wohnzimmer drang ein flackerndes Licht. Der Gasofen? Sie wusste hundertprozentig, dass sie ihn ausgeschaltet hatte.

Sie spürte, wie sich ihre Nackenhaare aufstellten.

Jemand war im Haus.

Ihr Herz hämmerte, ihre Nerven waren bis zum Äußersten gespannt. Sie schloss die Hand fest um den Griff ihrer Pistole, den Finger am Abzug, dann schlich sie lautlos zur Wohnzimmertür.

Noch immer kein Geräusch, keine hastigen Schritte, obwohl sie die Ohren so angestrengt spitzte, dass sie die Flammen zischen hörte.

Das ist doch verrückt! Geh raus und ruf Verstärkung!

Das Herz schlug ihr bis zum Hals und dröhnte laut in ihren Ohren.

Sie hielt die Luft an, machte einen Satz nach vorn und stieß die Tür zum Wohnzimmer auf.

»Nicht schießen!«, schrie eine panische Stimme. »Bitte nicht schießen!«

Sie erstarrte.

Dann griff sie blitzschnell neben sich an die Wand und drückte auf den Lichtschalter.

Das Licht ging an.

Ein zu Tode erschrockener Teenager mit zerzaustem schwarzem Haar, einer kupferbraunen Haut und dunklen, misstrauischen Augen starrte sie verstört an. Er kauerte in der Sofaecke dicht am Feuer, eine Decke über die Beine gelegt, Mrs. Smith zusammengerollt auf seinem Schoß.

»Bitte«, sagte er mit erhobenen Händen, während die überraschte Katze von der Decke fegte und unter dem Beistelltisch verschwand. »Sie sind Selena Alvarez, stimmt's?« Noch bevor sie antworten konnte, fuhr er fort: »Bitte, Sie müssen mir helfen!« Seine Stimme brach vor Verzweiflung, und auch sie fühlte, wie etwas in ihr zerbrach. Noch immer hielt sie die Mündung ihrer Dienstwaffe direkt auf das Gesicht von Gabriel Reeve gerichtet, ihres Sohnes, den sie vor knapp siebzehn Jahren zur Adoption freigegeben hatte.

Kapitel vierundzwanzig

Sie sind Selena Alvarez«, sagte der Junge. Seine Hände, die er über den Kopf hielt, zitterten leicht. »Meine Mutter, stimmt's?«

O Gott. Sie war wieder in dem nüchternen Krankenhaus, und all die Gefühle, die Erinnerung an das nackte Entsetzen, den Schmerz der Geburt stiegen wieder in ihr auf. Sie sah die grellen Lichter, hörte die Stimme des Arztes, spürte ihre ängstliche Sorge darüber, was aus ihr werden würde und aus dem wundervollen Neugeborenen, das sie gerade zur Welt gebracht hatte. Sie erinnerte sich an sein rotes Gesicht, den schwarzen Haarschopf und an seinen ersten Schrei, der ihr beinahe das Herz gebrochen hätte. Tränen waren aus ihren Augen geströmt, und sie hatte fast keine Luft mehr bekommen, war hin- und hergerissen gewesen zwischen dem Wunsch, ihn an sich zu drücken und ihn gar nicht erst sehen zu wollen.

Was sie sah, war ein winziges Gesichtchen, das ihr direkt in die Seele zu blicken schien, dann brachte man ihren Sohn fort. Für immer.

Und jetzt stand sie vor ihm, stockstarr, die Pistole auf ihn gerichtet. »Ich weiß es nicht«, gab sie zu, ließ die Waffe sinken und steckte sie zurück ins Holster. Sie hatte das Gefühl, einen Tritt in den Magen bekommen zu haben oder als wäre gar nicht sie, sondern jemand anders in diese surreale Situation geraten. »Ich glaube ... ja, möglich ist es.« Ach du lieber Gott, fing sie etwa an zu heulen? Bloß nicht! Sie blinzelte die Tränen zurück, die ihr in die Augen gestiegen waren. »Gabriel Reeve, hab ich recht?« Sie wusste, dass er ihr Sohn sein musste, hatte es vom ersten Augenblick an gewusst. Er erinnerte sie an ihren Cousin, als er in Gabriels Alter gewesen war, ein hübscher, ein wenig unbeholfener Junge, der bald zum Mann werden würde. Ja, dieser Teenager ähnelte Emilio, genauer gesagt: Gabriel Reeve war dem Mistkerl, der ihn gezeugt hatte, wie aus dem Gesicht geschnitten.

Noch bevor sie wusste, was sie zu ihm sagen sollte, sprang er auf die Füße. »Sie müssen mir helfen«, wiederholte er drängend. »Ich stecke in Riesenschwierigkeiten!«

»Das weiß ich.«

»Ich bin unschuldig!« Er wirkte panisch und verzweifelt.

»Die Waffe, die mein Vater gefunden hat, hat mir jemand in den Rucksack gesteckt, das schwöre ich!«

Wenn er sie jetzt anlog, dann war er ein verdammt guter Schauspieler. Auch wenn sie es schon mit vielen von der Sorte zu tun gehabt hatte.

»Ich wusste nicht, wie ich sie loswerden oder was ich damit machen sollte. Also hab ich gar nichts gemacht ... und dann ... dann bin ich ...«

»... abgehauen«, ergänzte sie.

»Ja. Mir würde doch eh keiner glauben. Tun die ja nie.«

»Und dann bist du zu mir gekommen, weil du dachtest, ich könnte dir helfen?«

»Ja. Ich war schon einmal hier, aber irgendein Kerl hat mich verfolgt, deshalb bin ich wieder abgehauen.«

»Wo bist du seitdem gewesen?«

»Bei den Wasserfällen. Dort gibt es ein paar leere Hütten. Das war arschkalt da. Und beim Restaurant. Dem Wild Bill.«

339

»Will.«

»Stimmt. Da gibt es immer Abfälle.«

Sie durfte sich nicht von ihm hereinlegen lassen; er könnte genauso gut ein Schwindler oder sogar wirklich ein Schwerverbrecher sein.

Oder er sagt die Wahrheit und ist ein Junge auf der Flucht vor falschen Beschuldigungen, der nicht weiß, an wen er sich sonst wenden soll ...

»Wo ist mein Hund?«

»Wie bitte?«

»Roscoe.« Sie deutete auf den leeren Korb. »Er ist verschwunden.«

»Hier war kein Hund.«

»Natürlich war hier ein Hund.«

Gabe schüttelte heftig den Kopf und beharrte: »Nein, hier war kein Hund, das schwöre ich. Ich habe die Katze gesehen, aber keinen Hund.«

»Vielleicht hast du ihn versehentlich hinausgelassen ...«

»Wenn ich es doch sage! Ich habe keinen Hund gesehen, klar? Ich weiß doch, wie Hunde aussehen! Das Gitter des Korbs stand offen«, sagte er und deutete mit dem Kinn darauf, »aber ich hatte keine Zeit, mich umzuschauen. Der Kerl war mir dicht auf den Fersen. Er ist der Cousin meiner Mom, glaube ich. Ich bin ihm schon ein paarmal begegnet, da war er eigentlich ganz nett, aber jetzt, jetzt führt er sich auf, als wäre er ein verdammter Kopfgeldjäger!«

»Na ja, nicht ganz«, wiegelte sie ab, und trotz all der unverarbeiteten Gefühle, die in ihr hochkochten, hätte sie beinahe gelacht. O'Keefe als grobschlächtiger, gnadenloser Kopfgeldjäger, das war schon ein komischer Vergleich.

340

»Auf alle Fälle habe ich ihn endlich abgehängt, deshalb bin ich wieder hier. Bei Ihnen. Um Sie um Hilfe zu bitten.«

»Und du meinst, ich würde dir helfen. Warum?«

»Weil Sie meine Mom sind. Das sind Sie mir schuldig.«

»Ich denke nicht ... ich meine, ich bin mir nicht sicher, ob einer von uns dem anderen etwas schuldet«, widersprach sie und gab sich alle Mühe, ihre Gefühle unter Kontrolle zu bringen. Am liebsten hätte sie die Hand nach ihm ausgestreckt, um ihn zu berühren, doch sie wagte es nicht. Wovor hatte sie Angst? Natürlich davor, dass sie ihn wieder verlieren könnte.

»Und der Schmuck, was ist damit? Hast du ihn genommen?«

»Sie denken, ich hätte Ihren Schmuck geklaut? Warum sollte ich das tun?«

»Um ihn zu versetzen.«

»Nein, ich wollte doch bloß raus hier!«

»Was ist mit dem Geld?«

»Zwanzig Dollar, mehr nicht!«

»Und du hast sie genommen.«

Er zögerte.

»Zusammen mit dem Schmuck.«

»Nein! Verdammt noch mal! Ich habe nicht Ihren verfluch... Ihren Schmuck gestohlen. Aber ja ...« Er presste die Kiefer zusammen, so dass er sie einmal mehr an Emilio erinnerte, dann sagte er kaum hörbar: »Das Geld habe ich genommen.«

»Das ist mir egal.«

»Wie bitte?« Er kniff die Augen zusammen und sah sie misstrauisch an.

»Na ja, egal ist es mir eigentlich nicht, aber im Augenblick schon.« Sie klang so verwirrt, wie er aussah. Da sie erwartete, er würde sie unterbrechen, hob sie eine Hand und sagte: »Mach dir wegen des Geldes keine Sorgen. Zumindest jetzt nicht. Am besten ist, du gehst ins Bad, wäschst dich, und ich mache dir etwas zu essen. Bestimmt bist du halb verhungert. Es müsste noch Pizza im Kühlschrank sein.«

»Die hab ich schon gegessen. Die leckeren Stücke. Nicht die mit dem Grünzeug.«

»Meinst du die mit Brokkoli?«

»Keine Ahnung, hat auf jeden Fall grässlich geschmeckt.« Er schauderte. Sie ging in die Küche hinüber und betrachtete die leeren Pizzaschachteln auf der Anrichte. Aus dem Wohnzimmer rief er zu ihr hinüber: »Es ist schon okay ... ich brauche nichts. Keine Dusche oder sonst was. Bitte, Sie müssen mir helfen.«

»Ich bin Polizistin.«

»Das *weiß* ich. Das ist einer der Gründe, warum ich zu Ihnen gekommen bin!« Plötzlich wirkte er wieder aufgeregt, panisch. »Hören Sie, ich weiß nicht, an wen ich mich sonst wenden kann, wohin ich gehen soll ...«

Er hat recht. Auch wenn du ihn weggegeben hast, hast du eine gewisse Verantwortung für ihn. Du bist nicht einfach nur eine Polizistin, die versucht, einem in Schwierigkeiten geratenen Teenager zu helfen, und die dafür sorgt, dass ihm Gerechtigkeit zuteilwird – egal, wie diese aussehen mag. Er ist dein Sohn, Selena, begreif das doch endlich!

»Also ...«, sagte sie zögernd, bemüht, Ruhe zu bewahren, auch wenn sich ihre ganze Welt soeben auf den Kopf stellte.

»Was *genau* erwartest du von mir?«

»Dass Sie herausfinden, wer mir die Waffe untergeschoben hat.«

»Einer von deinen Freunden, nehme ich an.«

»Nein!«, erwiderte er schnell. Zu schnell. Sein Blick glitt suchend durch ihr Wohnzimmer, als wäre dort die richtige Antwort versteckt. »Nein, von meinen Freunden war das keiner«, sagte er dann. »Auf jeden Fall nicht mein bester Freund. Niemals. Nun, vielleicht einer von seinen Freunden ... diese Typen, mit denen wir an dem Abend abgehangen haben ... Joeys Kumpel ...«

»Joey?«

»Lizard.«

»Ist das sein Spitzname?«

»Nein!« Sie sah, dass er am liebsten die Augen verdreht hätte, doch er beherrschte sich, vermutlich hatte er zu große Angst. Oder er war zu clever.

»Joey heißt wirklich Lizard. Manchmal nennen wir ihn nur beim Nachnamen, weil das cooler klingt«, erklärte Gabriel.

Sie kannte den Namen längst, doch sie wollte sich vergewissern, ob der Junge ihr die Wahrheit sagte. Er war zu ihr gekommen, daher war zu erwarten, dass er sie nicht belügen würde. Trotzdem: Woher sollte sie wissen, ob er ihr nicht etwas vorspielte?

Joseph Peter Lizards Name hatte im Originalpolizeibericht gestanden, den sie selbstverständlich gelesen hatte, außerdem hatte O'Keefe den jungen Mann erwähnt. Lizards »Freunde«, Donovan Vale und Lincoln »Line« Holmes, hatten ebenfalls im Polizeibericht gestanden, doch ihre Namen waren in der Presse genannt worden, da sie, anders als Lizard und Gabriel, volljährig waren.

Das hieß aber noch lange nicht, dass ihr Sohn und sein Kumpel unschuldig waren. Nur jung.

»Erzähl mir von Lizards Freunden«, bat sie den Jungen.

»Was wollen Sie wissen? Sie sind älter als wir.«

»Wie alt ungefähr?«

343

»Keine Ahnung, um die zwanzig vielleicht.« Er schien aufrichtig bemüht, die richtige Antwort zu geben.

Gut.

»Wie sah euer Plan aus?«

»Wir hatten keinen richtigen Plan. Die beiden wollten ins Haus des Richters einbrechen und es verwüsten.«

»Vandalismus, meinst du?«

Er zuckte die Achseln und schwieg, als fürchtete er, sich zu tief reinzureiten.

»Warum?«, hakte Selena nach. »Warum wollten sie das Haus verwüsten?«

Erneutes Achselzucken, dann sagte er: »Ich glaube, weil der Richter die Freundin von dem einen verknackt hat.«

»Richter Victor Ramsey, meinst du?«

»Ja, so hieß der Typ.« Er leckte sich nervös die Lippen, dann fügte er hinzu: »Glaube ich wenigstens.«

»Richter Ramsey ist kein ›Typ‹, in diesem Fall ist er das Opfer«, stellte sie klar. »Seine Tochter geht auf die St. Francis Academy, in dieselbe Klasse wie ihr, wenn ich richtig informiert bin?«

»Das wissen Sie bereits?«, sagte er anklagend. »Verdammt! Warum fragen Sie mich dann?«

Weil das mein Job ist. Und weil du nicht nur mein Sohn, sondern ein dringend Tatverdächtiger bist. Sie verstieß ohnehin schon gegen die Vorschriften, vernahm ihn ohne Verstärkung in ihrem Wohnzimmer, verlas ihm weder seine Rechte noch verhaftete sie ihn. »Sie heißt Clara, richtig? Clara Ramsey.«

»Ja ...«, erwiderte er argwöhnisch und schielte zur Wohnzimmertür, die sie einen Spalt offen gelassen hatte. Er könnte jede Sekunde abhauen, sie musste unbedingt dafür sorgen, dass er hierblieb. Sie musste das klären. Musste zu ihm durchdringen.

»Keine Ahnung. Ja. Vermutlich. Ich wusste gar nicht, dass sie vorhatten, den Typen auszurauben. Joey und ich sollten nur Schmiere stehen. Ich wusste nicht mal, dass die eine Knarre hatten, bis ich die Schüsse hörte. Wir sind weggelaufen ... und irgendwie ist die Knarre in meinem Rucksack gelandet.« Er schüttelte den Kopf und blickte zur Decke, als könne er sein Pech selbst kaum fassen.

»Mit deinen Fingerabdrücken darauf?«

»Na klar! Ich habe sie schließlich angefasst, als ich sie in meinem Rucksack gefunden habe! Hätten Sie das nicht getan? Ich habe wirklich keine Ahnung, wie sie dorthin gekommen ist! Aber ich habe ganz bestimmt keinen einzigen Schuss damit abgefeuert. Ich schwöre es! Sie müssen mir glauben!«

»Wer hat sie dann dorthinein gelegt?«

Er schüttelte immer noch den Kopf. »Ich weiß es nicht. Wirklich nicht.«

»Joey?«

»Was? Das glaube ich nicht. Nein, das würde er nicht tun.« Eine Haarsträhne fiel ihm in die Augen, als er den Kopf hob, um sie flehentlich anzublicken. Sie erkannte die Furcht in seinen Augen, die sie so sehr an die von Emilio erinnerten.

Gut.

Sie hatte ebensolche Angst wie er.

Normalerweise war sie eine ruhige, besonnene Polizistin, klammerte man den einen schwerwiegenden Fehler in San Bernardino einmal aus, doch diese Situation, hier zu stehen und sich mit ihrem eigen Fleisch und Blut auseinanderzusetzen, war völlig neu für sie. Sie fühlte sich überfordert.

»Du musst dich stellen.«

»Was?«, rief er panisch. »Niemals!«

»Doch, das musst du, und ich werde bei dir sein. Auch deine Mutter Aggie und dein Vater werden dir beistehen. Sie machen sich schreckliche Sorgen um dich.«

»Sie kennen sie doch nicht mal.«

»Stimmt. Aber ich weiß, dass sie möchten, dass du das Richtige tust.«

»Und das heißt, ich soll mich stellen? Vergessen Sie's!« Darauf ließ er sich nicht ein.

Als Polizistin glaubte Alvarez an das System, vertraute darauf, dass Wahrheit und Gerechtigkeit siegten. Er dagegen tat das natürlich nicht.

»Auf keinen Fall! Die werden mir alles in die Schuhe schieben! Niemand wird mir glauben!«

»Ich glaube dir, Gabe.«

»Das müssen Sie auch!«

»Nein«, widersprach sie. »Das muss ich nicht.« *Bleib ruhig. Bring ihn dazu, dass er dir vertraut.* Verärgert sprang er auf.

»Geh nicht!«, bat sie.

»Warum nicht?«, fragte er und zog sich Richtung Eingangstür zurück.

»Weil wir die Sache klären müssen. Das ist der einzige Weg.«

»Der einzige Weg für mich soll das Gefängnis sein? Niemals!« Er stieß die Wohnzimmertür auf.

»Gabriel! Bleib stehen!«

»Oder was? Wollen Sie mich erschießen?«, rief er über die Schulter. »Nur zu! Sie haben mich schon einmal im Stich gelassen, da können Sie mich jetzt genauso gut abknallen! Nur zu! Worauf warten Sie? Das kann für Sie doch keine große Sache sein!«

»Was sagst du da?« Kaum hatte sie ihren Sohn kennengelernt, da sollte sie ihn schon wieder verlieren? »Warte ... Wir schaffen das!« Sie lief hinter ihm her, um ihn aufzuhalten.

»Ich werde dir beistehen. Das verspreche ich dir!«

»Aber sicher doch. Vergessen Sie's. Vergessen Sie's einfach!«

»Ich meine es ernst! Du musst dich stellen! Ich kenne die besten Verteidiger, und wenn du unschuldig bist, werden wir das beweisen!«

»Wenn?«, fragte er schneidend, wirbelte herum und blickte sie mit seinen dunklen Augen zornig an. »Nein, danke, *Mom*, ich gehe lieber!«

»Nein, du wirst nicht gehen!« Notfalls würde sie ihn mit Gewalt daran hindern. Dank Polizeitraining und Taekwondo dürfte ihr das nicht schwerfallen, auch wenn es ihr widerstrebte, so weit zu gehen.

»Gabe, im Ernst. Du musst auf mich hören.«

»Das wollte ich auch. Deshalb bin ich hergekommen. Aber ich habe mich geirrt.« Er drehte sich um und rannte zur Tür. Gerade als er zum Knauf greifen wollte, flog diese auf und prallte gegen die Wand.

Gabe sprang vor Schreck in die Luft, dann blieb er wie erstarrt stehen.

Alvarez schloss zu ihm auf.

In der Tür stand Dylan O'Keefe, die Waffe auf Gabriel gerichtet.

Kapitel fünfundzwanzig

»Nicht schießen! Um Himmels willen, nicht schießen!«, rief Alvarez. »Waffe runter!«

»Verfluchte Schei... Warum verfolgen Sie mich?«, schrie Gabriel, außer sich vor Schreck. »Ich war's nicht! Was immer die mir unterstellen, ich habe es nicht getan! Sagen Sie's ihm«, sagte er und drehte sich zu Alvarez um.

»Er behauptet, er sei unschuldig«, erklärte sie, dankbar, dass O'Keefe ihn davon abgehalten hatte, in die Nacht hinauszulaufen. »Er hat Richter Ramsey nicht ausgeraubt, das Ganze ist ein Missverständnis, und er hat auch meinen Schmuck nicht gestohlen.«

»Den Hund auch nicht!«, fügte Gabe hinzu.

Alvarez begegnete O'Keefes Blick. »Warum gehen wir nicht alle ins Wohnzimmer und besprechen das Ganze?«, schlug sie ruhig vor.

Der Junge sah sie durchdringend an. »Ich will nichts besprechen.«

»Aber wir müssen die Dinge klären.«

»Sie wollen doch nur, dass ich mich stelle. Wahrscheinlich werden Sie so lange auf mich einreden, bis ich klein beigebe. Ich weiß, wie so was läuft. Darauf falle ich nicht rein. Wenn ich erst mal im Gefängnis bin, komme ich nicht mehr raus. Die werden mich in den Jugendknast schicken!«

»Gabriel, hör doch mal zu«, sagte O'Keefe und schloss die Haustür hinter sich, so dass sie nun zu dritt in Alvarez' kleinem Flur standen. »Niemand will dich ins Gefängnis stecken, aber wir müssen dich aufs Department bringen, damit du eine Aussage machen und deine Version der Ereignisse schildern kannst. Ich werde deine Mutter anrufen, und gemeinsam werden wir dir einen Rechtsanwalt besorgen«, erklärte er mit ruhiger, fester Stimme, doch ohne die Haustür freizugeben. Alvarez versperrte Gabriel den Weg zum Wohnzimmer, wo er durch die Schiebetür hätte flüchten können.

Der Junge erkannte, dass ihm keine Wahl blieb, und fluchte leise. »Wäre ich bloß nicht hierhergekommen! Ihr wollt mich ja doch nur loswerden!«

»Ich sagte doch, ich stehe auf deiner Seite, und das meinte ich auch so«, widersprach Alvarez.

O'Keefe schürzte die Lippen und schien einen inneren Kampf auszutragen, vermutlich denselben wie sie zuvor, dann sagte er: »Ich denke, es wäre das Beste, wenn ich Gabriel zurück nach Helena bringe.«

»Wie bitte? Nein!« Aus Gabriels Gesicht wich sämtliche Farbe.

»Das sehe ich genauso«, überlegte Alvarez laut. »Doch zuvor bringen wir ihn ins Büro des Sheriffs, ich bin mir sicher, die Leute vom FBI wollen mit ihm reden.«

»Das FBI?«, fragte Gabriel ungläubig. »Was soll das denn?«

»Reine Formsache.«

»Das *FBI?* Das ist doch Wahnsinn!«

»Das ist keine große Sache«, beruhigte ihn O'Keefe. »Sowohl Detective Alvarez als auch ich haben bereits mit Agent Chandler und Agent Halden gesprochen. Erzähl ihnen einfach, was du weißt, und fertig.«

»Was soll ich ihnen denn erzählen? Ich weiß doch gar nichts!« Er war leichenblass und sah aus, als wäre ihm ein

Geist erschienen. »Was haben sie mit der Sache zu tun?«, wandte er sich an Alvarez, dann kniff er nachdenklich die Augen zusammen. »Moment, ich habe ein paar Kids auf der Straße darüber reden hören. Es geht um diesen Eismumienmörder, richtig? Und was habe ich damit zu tun?« Plötzlich riss er erschrocken die Augen auf und zog ein Gesicht, als würde er sich gleich in die Hose machen. »Die denken doch nicht etwa, dass ich der Kerl bin, oder? O mein Gott! Damit habe ich erst recht nichts zu tun!«

»Das weiß ich«, beschwichtigte Alvarez. »Wiederum reine Formsache.«

»Nein! Ich werde mich nicht stellen! Ich will einen Anwalt! Ich will meine Mom anrufen, darauf bestehe ich! Ich habe im Fernsehen gesehen, dass mir ein Anruf zusteht!« Er drehte sich zu O'Keefe um. »Rufen Sie meine Mutter an. Meine *richtige* Mutter!«

Doch noch bevor O'Keefe nach seinem Handy greifen konnte, durchschnitt das Heulen von Sirenen die nächtliche Stille und wurde lauter und lauter.

»O nein!«, rief Gabriel und sah Alvarez hasserfüllt an. »Sie haben mich verraten!«

»Dann hat der Ausreißerkönig also auf dich gewartet?«, fragte Pescoli eine Stunde später, als sie und Alvarez im Raum des Sondereinsatzkommandos an einem kleinen Tisch in der Ecke saßen. Computer liefen, Telefone klingelten, und obwohl Sonntag war, herrschte reger Betrieb. Anspannung lag in der Luft.

Im Augenblick nahmen Sage Zoller, der aufstrebende Jung-Detective, sowie Agent Craig Halden die Anrufe entgegen.

An einer Wand hing eine Landkarte, verschiedenfarbige Reißzwecken zeigten an, wo man die Leichen gefunden hatte, wo die Frauen vor ihrem Tod wohnten, arbeiteten und wo sie zuletzt gesehen worden waren. An der gegenüberliegenden Wand hatte man die Lebensläufe und Fotos der Opfer befestigt, dazu eine Zeitschiene mit ihren jeweiligen Aufenthaltsorten. Pescoli betrachtete eine Aufnahme der vermissten Brenda Sutherland, welche ebenfalls dort hing, versehen mit einem großen Fragezeichen. Noch zählte sie nicht zu den Opfern, denn bislang hatte niemand ihre Leiche entdeckt. Würde das Fragezeichen ausradiert werden? Und würde bald auch Johnna Phillips' Bild hier hängen? Hoffentlich nicht, doch wer konnte das schon wissen?

Vorhin, gerade als Pescoli das Department verlassen wollte, war die Hölle ausgebrochen; Alvarez und O'Keefe waren mit einem halben Dutzend Polizisten aufgetaucht, die Gabriel Reeve zum Jugendgefängnis überführen sollten, als wäre er Billy the Kid höchstpersönlich. Nicht nur das Büro des Sheriffs war an seiner Verhaftung interessiert, auch das Department von Helena hatte einen Detective geschickt, und die FBI-Agenten brannten darauf, ihn wegen der aus Alvarez' Haus verschwundenen Schmuckstücke zu vernehmen, die bei den Opfern des Eismumienkillers wieder aufgetaucht waren.

Pescoli glaubte nicht, dass der Junge diesbezüglich etwas wusste.

Alvarez nickte. »Gabe saß in eine Decke gewickelt auf meiner Couch, die Katze auf dem Schoß.«

»Klingt ganz nach Familienidylle.«

»Ein bisschen zu familiär«, gab Alvarez zu.

»Wenigstens steht er jetzt unter Aufsicht.«

»Ja«, pflichtete Alvarez wenig begeistert bei. Normalerweise war sie eine der standhaftesten Cops, die Pescoli je kennengelernt hatte. *Tja, so etwas ändert sich eben, wenn man Mutter wird.*

»Also ist er tatsächlich dein Sohn?«

»Ich denke schon ...« Alvarez seufzte tief und nickte. »Er sieht aus wie sein Vater.« Pescoli wollte sich eben nach dem Mann erkundigen, der Gabriel Reeve gezeugt hatte, doch Alvarez hob abwehrend die Hand. »Ich will nicht darüber sprechen, zumindest jetzt nicht.« Pescoli verzichtete darauf, sie weiter zu bedrängen. Sie hatten im Augenblick Wichtigeres zu tun. Dave und Aggie Reeve, die einzigen Eltern, die Gabriel bisher gekannt hatte, waren bereits auf dem Weg nach Grizzly Falls und bestürmten O'Keefe, ihrem Sohn einen Anwalt zu besorgen. Ja, die Sache würde schwierig werden.

Alvarez, die genauso erschöpft war wie alle anderen, sagte leise: »Er denkt, ich hätte ihn verraten und Verstärkung angefordert, dabei war es O'Keefe.«

Pescoli schwieg, dann schob sie ihrer Partnerin eine kleine, durchsichtige Plastiktüte, versehen mit einem Beweismitteletikett, zu. »Was denkst du, ist das *dein* Schmuck?« Der kleine Silberstecker glitzerte im grellen Neonlicht.

Alvarez betrachtete das Schmuckstück. »Das ist definitiv ein Ohrstecker, Zungenstecker haben normalerweise eine ganz andere Größe. Die Wunde in der Zunge war noch nicht verheilt, das Loch zu klein. Alles deutet darauf hin, dass der Stecker unfachmännisch durchgestoßen wurde, ich habe mich bei einem Experten erkundigt. Ja, ich denke, dass das mein Ohrstecker ist. Aber ich bin mir sicher, dass nicht Gabe ihn gestohlen hat«, beeilte sie sich hinzuzufügen. »Ich habe ihn schon vermisst, bevor der Ohrring und das Medaillon verschwunden sind. Wenn das stimmt, müsste der Killer oder sein Komplize oder wer auch immer schon vorher bei mir eingebrochen sein.«

»Du meinst, bevor Gabriel Reeve in deinem Haus war?«

»Ja.«

»Was denkst du, wie hoch die Wahrscheinlichkeit ist?«

»Ich weiß, ich weiß, es klingt weit hergeholt.«

»Sogar ziemlich weit hergeholt.«

»Ja. Aber schließlich vermisse ich ja auch noch ein, zwei Ringe.«

»Ein, zwei?«, wiederholte Pescoli skeptisch.

»Ja, das habe ich doch schon mal erwähnt. Ich hatte sie seit Jahren nicht mehr getragen und dachte, sie seien beim Umzug verlorengegangen ... Aber jetzt bin ich mir da nicht mehr so sicher.« Sie drehte ihre Teetasse in den Händen, obwohl sie noch keinen einzigen Schluck daraus getrunken hatte. »Im Grunde bin ich mir wegen gar nichts mehr sicher.«

Tief unten in seiner Höhle machte er sich an die Arbeit. Eifrig. Akribisch. Voller Hingabe. Ungeachtet der Tatsache, dass er todmüde war. Aber was machte schon ein bisschen Schlafmangel? Für seine Kunst musste man eben leiden, das wusste er, deshalb würde er weitermachen, von seinen Reserven zehren. Nur willensschwache, unbedeutende Menschen gaben ihren körperlichen Bedürfnissen nach. Sein Geist würde über seinen Körper triumphieren.

Alles reine Willenssache, sagte er sich und arbeitete fieberhaft weiter. Er schwitzte, obwohl die Temperatur hier, in seiner unterirdischen Werkstatt, wie immer bei minus einem Grad Celsius lag.

Er lauschte einem seiner Lieblingsweihnachtslieder, das aus dem Radio tönte, und summte leise mit.

Stille Nacht, heilige Nacht.

Alles schläft, einsam wacht ...

Wau! Wau! Wau!

Der verdammte Köter kläffte schon wieder, störte seine Konzentration, obwohl er sich gerade dem kniffligsten Teil seiner Skulptur widmete. Aufgebracht ließ er den Meißel sinken. Es war ein Fehler gewesen, den Hund mitzunehmen, doch die Gelegenheit hatte er sich nicht entgehen lassen wollen. Er war in das Haus dieser falschen Schlange von Polizistin eingebrochen, die nach außen hin immer so freundlich tat und dabei so arrogant war, ihn so von oben herab behandelt hatte, und hatte sich nach etwas Wertvollem umgesehen, etwas Persönlichem. Beim ersten Mal war das einfach gewesen, alles war glattgelaufen, selbst der Hund hatte ihn bloß aus seinem Gitterkorb beäugt, als er die Treppe nach oben in ihr Schlafzimmer hinaufgeeilt war. Dort war ihm ihr Duft in die Nase gestiegen, dasselbe Parfüm, das er an ihr gerochen hatte, als sie ihn vor Jahren im Supermarkt einfach stehen gelassen hatte. Diese Viper mit ihrer gespaltenen Zunge hatte so getan, als wäre er gar nicht da, als wäre er ein Nichts!

Ein Nichts! Was nahm sie sich heraus!

Doch er würde sie eines Besseren belehren. Sie auf ihren Platz verweisen.

Bald schon würde sie sein kleines Präsent in der Post finden. Er schmunzelte bei dem Gedanken, wie clever er gewesen war. Vor ein paar Tagen, noch bevor er angefangen hatte, Wasser über sein aktuelles Kunstwerk zu gießen, hatte er seinem Objekt liebevoll eine Kette um den Hals gelegt und das kleine Medaillon behutsam zwischen die Brüste gleiten lassen. Es war mühsam gewesen, die halb tote Frau aufzurichten und in die optimale Position zu bringen, schließlich sollte das Schmuckstück gut zu sehen sein. Er hatte beharrlich auf den richtigen Moment gewartet, bis sie ihre verständnislosen Augen in seine Richtung gedreht hatte, dann hatte er auf den Auslöser seiner Digitalkamera gedrückt.

Natürlich war das nicht so befriedigend wie seine eigentliche Arbeit, das nicht. Aber es würde diesem Miststück von Polizistin zu denken geben, wenn sie im Department ihre Post öffnete. Eine frühe Weihnachtskarte von einem anonymen Absender.

Oh, wie gerne würde er beobachten, wie sie reagierte!

Vielleicht sollte er es so einrichten, dass er im Department war, wenn die Post gebracht wurde ... Er müsste sich nur einen plausiblen Vorwand einfallen lassen, eine Beschwerde über einen Nachbarn, eine Verkehrsanzeige ...

Nein! Du darfst nicht übermütig werden! Das ist viel zu gefährlich, außerdem hast du Wichtigeres zu tun. Konzentrier dich auf deine Arbeit!

Er zwang sich, diesen verführerischen Gedanken fallenzulassen. Er würde noch früh genug zum Zug kommen bei dieser Polizistin, er musste nur auf die passende Gelegenheit warten. Zum Glück hatte dieser verrückte Junior Green sie nicht umgebracht, denn das hätte seine Pläne zunichtegemacht. Eine erschreckende Vorstellung: Es musste nur irgendein Psychopath mit einer Waffe aufkreuzen, und schon waren selbst sorgfältig ausgetüftelte Pläne nichts mehr wert. Doch sie hatten den Irren überlistet, sie und dieser Mann, mit dem sie sich neuerdings traf.

O ja, er war ihm schon begegnet, hatte Erkundigungen über ihn eingeholt.

Dylan O'Keefe sollte ihm besser nicht in die Quere kommen, nicht nach all der Arbeit.

Wieder fing der Hund an zu jaulen. Er fluchte. Die blöde Töle hatte er zuerst nur in den Garten hinausgelassen, um Alvarez ein wenig zu verwirren, doch dann war plötzlich dieses Bürschchen aufgekreuzt und war ins Haus gelaufen, so dass er durchs Schlafzimmerfenster hatte fliehen müssen, den Jungen dicht auf den Fersen. Er war dann am Zaun entlanggeschlichen, bis das Grundstück zu einem zugefrorenen Bach hin steil abfiel. Dort befand sich ein Gartentor, das hatte er bei einem früheren Besuch ausspioniert. Er hatte über den Zaun gegriffen und den Riegel zurückgeschoben. Der Köter, irgendein struppiger Schäferhundmix, war freudig auf ihn zugesprungen, und er hatte ihn am Halsband gepackt und mit sich gezerrt. Zum Glück hatte der Schnee ihre Fußspuren bald wieder zugedeckt.

Es war ein einziges Desaster gewesen, dennoch er hatte es geschafft, unbemerkt zu entkommen. Und jetzt hatte er den Hund am Hals, der ihn mit unschuldigen Augen anblickte und mit dem Schwanz wedelte.

Er war noch sehr jung und scheinbar absolut hirnlos … aber er würde seinen Zweck erfüllen.

Ohne sich weiter um den Hund zu kümmern, machte er sich wieder an die Arbeit. Summend versuchte er, den inneren Frieden zu finden, den ihm das Eisschnitzen für gewöhnlich brachte. Schwitzend zwang er seine Hände, ruhig zu bleiben für sein neues Meisterwerk, das die beiden anderen noch übertraf, dann setzte er vorsichtig den Meißel an, direkt oberhalb der Nase.

Der Hund winselte.

»Schsch!«, knurrte er. Vorsichtig entfernte er überschüssiges Eis. Die Skulptur würde perfekt werden! Nur noch einmal ansetzen, dann …

Wuff!

Der Köter gab ein verängstigtes Kläffen von sich. Er erschrak und traf ein wenig zu fest mit dem Hammer auf.

Knack! Das Eis fing an zu splittern. Zuerst zog sich nur eine einzelne feine Linie über das Gesicht des Objekts, dann bildeten sich Dutzende, die sich bis über den Nacken ausbreiteten.

»Nein! Nein!« Entsetzt betrachtete er sein ruiniertes Werk. Die Arbeit von Tagen, Wochen, Monaten binnen einer Sekunde zerstört.

Seine Finger schlossen sich um den Meißel. Zornerfüllt funkelte er den Hund an. »Halt die Schnauze, du dämliches Mistvieh!«, tobte er. Am liebsten hätte er den Köter erwürgt. Der war ja noch schlimmer als seine bibelfanatische Frau! »Halt einfach die Klappe!«

Jetzt würde er noch einmal von vorn anfangen müssen. Das Eis schmelzen, frisches Wasser über die tote Frau gießen, wieder und wieder, bis er endlich mit dem Schnitzen beginnen konnte.

Und das alles nur wegen der verdammten Töle.

Er schloss die Augen, zählte langsam bis zehn und gemahnte sich, dass er es schaffen würde. Der Hund war lediglich eine weitere Prüfung.

»Stille Nacht, heilige Nacht« erschallte es wieder, und er blickte auf die Frau unter dem Spinnennetz aus Eis hinab, schaute ihr tief in die toten Augen und fing leise an zu singen: »Schlaf in himmlischer Ruh, schlaf in himmlischer Ruh …«

Kapitel sechsundzwanzig

In jener Nacht liebten sie sich.

Verzweifelt, als würde es kein Morgen geben. Alvarez war bereits zu Hause gewesen, im Pyjama, als sie ein Klopfen an der Tür hörte. O'Keefe hatte auf ihrer Schwelle gestanden. Er sah so erschöpft aus, wie sie sich fühlte. Bei seinem Anblick, obwohl sein Gesicht nach wie vor unschöne Spuren des Kampfes mit Junior Green aufwies, wurden ihre Knie weich, und als er seine Arme öffnete, flog sie förmlich hinein, suchte Trost für ihr gebrochenes Herz.

Sie war sich der Existenz ihres Sohnes jede Sekunde seit seiner Geburt bewusst gewesen, doch sie hatte dieses Bewusstsein in eine der hintersten Ecken ihrer Seele gedrängt, um Einsamkeit und Verzweiflung in Schach zu halten. Beschwichtigt durch die Tatsache, dass sie »das Richtige« getan hatte, dass er »besser bei einer intakten Familie, die ihn liebte« aufgehoben sei, hatte sie ihr Leben weitergelebt, ohne sich mit ihren eigenen Gefühlen zu befassen. Stattdessen hatte sie sich zunächst auf die Schule und anschließend auf die Arbeit konzentriert.

Bis heute.

Bis sie dem Jungen begegnet war und herausgefunden hatte, dass es ihm alles andere als gut ging. Er steckte bis über beide Ohren in Schwierigkeiten.

Es war nicht nötig, irgendetwas zu erklären, keine Zeit für Gespräche. Sie schloss die Tür hinter O'Keefe und ging Hand in Hand mit ihm die schmalen Stufen hinauf, er einen Schritt hinter ihr. Im Schlafzimmer zerrten sie sich gegenseitig die Kleidung vom Leib und fielen zusammen aufs Bett. Dort blendete sie ihren ganzen Frust, ihren geballten Schmerz aus und gab sich seinen Liebkosungen hin, verschloss sich dem, was hätte sein können, und verlor sich im Duft und den Berührungen dieses Mannes.

Liebte sie ihn wirklich?

Der Gedanke schoss ihr durch den Kopf, als seine Lippen die ihren fanden und langsam ihren Hals abwärts glitten.

Sie wusste es nicht, doch sie fühlte sich bei O'Keefe sicher.

Beschützt vor der Welt da draußen.

Beschützt vor ihren eigenen Dämonen.

Später war sie in seine Arme gekuschelt eingeschlafen und nach einiger Zeit mit einem verspannten Nacken hochgeschreckt. Ihr Alptraum war wiedergekehrt und hatte sie jäh in die Realität zurückgeholt. Nun, stellte sie ernüchtert fest, eine Liebesnacht schaffte es eben doch nicht, die Welt zu verändern. Nein, die Erde drehte sich immer noch um die Sonne, und das Böse, das diesen Teil von Montana heimgesucht hatte, löste sich nicht einfach in Luft auf. Im Gegenteil, es verfolgte sie bis in ihre Träume.

Sie hatte sich einem gesichtslosen Killer gegenübergesehen, einem riesigen, flinken Monster mit langen, scharfen, bluttriefenden Klauen, das Jagd auf sie machte. Sie war gerannt, so schnell sie nur konnte, hatte keuchend nach Luft geschnappt, doch ihre Beine waren wie aus Blei gewesen, ihre Furcht nahezu greifbar. Gabe war ihr ebenfalls erschienen, und er war in Gefahr gewesen, hatte sie angeschnauzt, sie wäre nicht seine echte Mutter, und damit die Aufmerksamkeit des Mörders geweckt. »Nein!«, hatte sie geschrien, als das Monster ihren Jungen ins

Visier genommen hatte, dann war sie aufgewacht. O'Keefe hatte etwas im Schlaf gemurmelt und sich umgedreht. Sein Haar hob sich dunkel von ihrem weißen Kopfkissenbezug ab.

Sie stand auf, warf sich ihren Morgenmantel über und schlüpfte in ihre Hausschuhe, danach schlich sie leise die Treppe hinunter.

O'Keefe, der tief und fest schlief, regte sich nicht, genauso wenig wie Mrs. Smith, die sich neben seinem Kopf zu einem kleinen Ball zusammengerollt hatte.

Ohne das Licht anzuschalten, trat sie an die Schiebetür im Wohnzimmer und blickte hinaus in die verschneite Dunkelheit. Es war früher Morgen, die Dämmerung war noch nicht angebrochen. Düstere Wolken verdeckten die Sterne, nur das grelle Weiß des Schnees brachte ein wenig Helligkeit. Sie dachte an die Frauen, die man schon gefunden hatte, und an die, die noch vermisst wurden. Vor ihrem inneren Auge sah sie den Ohrring in Lissa Parsons' Brustwarze und den silbernen Stecker in Lara Sues Zunge. Der Killer wollte ihr offensichtlich eine Nachricht übermitteln.

Was um alles in der Welt mochte das mit ihrem Sohn zu tun haben?

»Wer bist du, du perverser Kerl?«, flüsterte sie. Ihr Atem beschlug die Scheibe. Unbehaglich fragte sie sich, ob er irgendwo außerhalb ihres Blickfelds stand, in der Dunkelheit verborgen, und sie beobachtete. Es musste einen Grund dafür geben, dass er ausgerechnet ihre Schmuckstücke verwendet hatte, und sie dachte an all die Kriminellen, die sie überführt und hinter Gitter gebracht hatte; die Brutalsten von ihnen waren oft für lange Jahre ins Gefängnis gewandert.

Oder ging es um etwas Persönliches?

Steckte vielleicht ein Mann dahinter, den sie abgewiesen hatte?

Jemand, den sie beleidigt hatte?

Junior Green saß Gott sei Dank wieder hinter Schloss und Riegel, doch es gab noch so viele andere. Nicht alle hatten ihr so lautstark gedroht wie er, aber genau die waren oftmals die Gefährlichsten.

Sie bekam eine Gänsehaut, wenn sie an all die sadistischen Mörder dachte, die sie festgenommen hatte, nicht nur hier in Grizzly Falls, sondern auch in San Bernardino. Alberto De Maestros Gesicht trat ihr vor Augen, seine dünnen Lippen, die sich zu einem überlegenen Grinsen verzogen, das ruchlose Leuchten, das in seine Augen trat, als sie ihn vernommen hatte und er etwas zu lange auf ihren Ausschnitt blickte. Doch in seiner Akte hatte nichts gestanden, das auf eine künstlerische Ader hinwies, auch nichts darüber, dass er seine Opfer eines langsamen Todes in einem eisigen Sarg sterben ließ, um sich selbst zu verwirklichen. Alberto war eher der Typ, der einem ruck, zuck die Kehle durchschnitt und es genoss, seine Hände im warmen Blut zu baden.

Nein, dieses Monster, das sich da draußen in der eiskalten Nacht verbarg, war ganz anders als De Maestro, doch ebenfalls von Grund auf schlecht. Abgrundtief böse.

Es musste irgendeine Verbindung zwischen ihm und ihr geben. Doch welche?

Sie hörte die Bodendielen über sich knarren, dann schwere Schritte auf der Treppe. Noch bevor sie sich zu ihm umdrehen konnte, stand O'Keefe auch schon hinter ihr und schlang ihr die Arme um die Taille. Sie sah sein gespenstisches Spiegelbild hinter ihrem in der Glasscheibe, sein kaffeebraunes Haar stand nach allen Seiten hin ab, seine Zähne blitzten weiß inmitten des dunklen Bartschattens. »Morgen«, murmelte er dicht an ihrem Ohr.

»Ebenfalls guten Morgen.«

»Ist der Kaffee fertig?«

»Sicher, sobald du ihn aufgesetzt hast.«

Er lachte leise, und sie verspürte ein erwartungsvolles Kribbeln, als er seine Hand in ihren Morgenmantel schob und nach ihrer Brust tastete.

»Komm zurück ins Bett«, flüsterte er, als sie sich zurücklehnte und seinen warmen Atem auf ihrer Haut spürte.

»Ich habe viel zu tun.«

»Das kann warten.«

Er liebkoste ihre Brustwarze, die sich bereits interessiert aufgerichtet hatte, und sie spürte, wie ihr Widerstand schmolz. Er spürte es ebenfalls und rieb seine Erektion an ihrer Kehrseite. »Wenn du Kaffee möchtest ...«, sagte sie heiser.

»... dann holen wir uns welchen auf dem Weg ins Büro.«

»Bist du sicher?«, flüsterte sie. Ihre Knie gaben nach, und sie sanken zusammen auf den Fußboden.

»Absolut sicher.«

Wie hieß die alte Redensart noch gleich? »Gebranntes Kind scheut das Feuer«? Oder »Einmal und nie wieder«? Egal. O'Keefe hatte es erwischt, und er war dabei, sich kräftig die Finger zu verbrennen.

An Selena Alvarez.

Der Frau, die er nie im Leben hatte wiedersehen wollen, die ihn seinen Job und um ein Haar auch das Leben gekostet hätte.

Doch das war Schnee von gestern, dachte er jetzt, als er sich mit Aggie und ihrem Mann in einem Coffeeshop nicht weit vom Büro des Sheriffs traf. Es war laut und rappelvoll, Weihnachtseinkäufer aus dem Einkaufszentrum auf der gegenüberliegenden Seite des Parkplatzes drängten sich um die eng stehenden Tische.

Sie fanden einen Platz an einem kleinen Bistrotisch in einer Ecke, ganz in der Nähe der Fenster. Draußen fing es schon wieder an zu schneien, mit Paketen beladene Fußgänger, dick eingepackt wegen der Eiseskälte, hasteten vorbei.

»Das FBI?«, flüsterte Aggie mit weit aufgerissenen Augen. Der dreifache Mochaccino vor ihr war unberührt, die Sahnehaube fing an zu schmelzen und an den Seiten des Glases hinunterzurinnen. »Warum sollte das FBI Gabe vernehmen wollen?«

»Das darf ich nicht sagen.«

»Auch nicht im Vertrauen?«, hakte Dave nach. Er war ein großer Mann mit grau werdendem Haar, der auf dem College Basketball gespielt hatte. Inzwischen hatte er das Training – und seinen Traum – längst aufgegeben und einen kleinen Bauch angesetzt. Er hatte sich einen schlichten schwarzen Kaffee bestellt und blickte O'Keefe über den Rand seiner Brille hinweg, die ihm ständig den Nasenrücken hinunterrutschte, durchdringend an. Normalerweise war er ein fröhlicher, schlagfertiger Mensch, der viel lachte, doch heute wirkte er todernst, sein Ausdruck spiegelte tiefe Besorgnis wider, genau wie der seiner Frau. Aggie war bleich, ihr Make-up verwischt, ihre Augen gerötet vom Weinen.

O'Keefe sah seine Cousine an. »Es geht nicht um den Raubüberfall in Helena.«

»Ist er etwa noch in etwas anderes verwickelt?«, flüsterte Aggie entsetzt und sprang auf, doch ihr Mann fasste sie sanft am Unterarm und drückte sie auf ihren Stuhl zurück.

»Sie ermitteln lediglich in alle Richtungen.« O'Keefe hoffte, dass er halbwegs überzeugend klang, doch offensichtlich war das nicht der Fall.

»Sie sind wegen der ermordeten Frauen hier«, stellte Dave ruhig fest.

»Du meinst wegen des Eismumienfalls.« Aggie schloss kopfschüttelnd die Augen und versuchte, sich zu fassen. »Er hat nichts damit zu tun. Das weißt du, Dylan. Nichts.« Dann öffnete sie die Augen wieder und richtete sie auf ihren Ehemann. »Wir müssen ihm einen Anwalt besorgen, Dave, und zwar sofort!«

»Ihr wart bei Gabriel, richtig?«, fragte O'Keefe.

»Ja, aber das war auch alles. Wir waren bei ihm, aber wir haben nicht mit ihm gesprochen. Er redet nämlich nicht mit uns. Er tut so, als ... als ...«, schluchzte sie, »... als wären *wir* seine Feinde. *Wir!* Dabei haben wir doch immer nur versucht, ihm zu helfen, ihn zu unterstützen! Mein Gott, das alles ist so unfassbar, und jetzt hat Gabe auch noch seine leibliche Mutter kontaktiert!«

»Sieht ganz so aus.«

»Und du?«, fragte sie anklagend. »Du hast ein Verhältnis mit ihr!«

Neuigkeiten wie diese verbreiteten sich schnell. »Ich *kenne* sie. Wir haben in San Bernardino zusammengearbeitet.«

»Ja, daran erinnere ich mich«, sagte Dave und furchte die buschigen Augenbrauen. »Ist ja scheinbar nicht so gut gelaufen.«

»Du hast deinen Job verloren!«, rief Aggie.

»Ich habe gekündigt.«

Sie wedelte wegwerfend mit der Hand. »Das tut sich nichts. Ich möchte nicht, dass sie Kontakt zu *meinem* Sohn aufnimmt, und damit hat sich die Sache. Ich ... Wir möchten es nicht und werden nicht zulassen, dass ein weiterer Elternteil die Gefühle unseres Kindes durcheinanderbringt.«

»Er hat sie ausfindig gemacht, nicht umgekehrt.«

»Er ist doch noch ein Kind! Ein Junge, der offenbar nicht weiß, was er will oder was gut für ihn ist. Ich *will nicht,* dass sie sich in sein Leben einmischt, hast du das verstanden? Und was dich anbelangt: Wäre ich an deiner Stelle, würde ich sehr vorsichtig sein.« Aggie war nicht mehr zu bremsen. »Aber ... wir müssen nachdenken, die Dinge nüchtern betrachten. Gabe steckt in ernsthaften Schwierigkeiten, und wir müssen ihm helfen. Wir müssen einen Rechtsanwalt besorgen und Gabe aus dem Gefängnis holen!«

»Vielleicht ist es das Beste, wenn er im Augenblick in Haft ist«, sagte ihr Ehemann, dann griff er nach seiner Tasse und trank er einen großen Schluck Kaffee. »Zumindest ist er dort in Sicherheit, und wir wissen, wo er sich aufhält.«

»Bist du verrückt geworden?«, fauchte Aggie, deren Stimme wieder schrill wurde. Sie starrte ihren Mann an, als hätte er sich vor ihren Augen in einen Außerirdischen verwandelt.

»Also wirklich, Dave! Das ist ja wohl das Lächerlichste, das ich je gehört habe.«

365

»Sprich leiser!«, zischte er, und Aggie blickte sich verwirrt um, als würde ihr erst jetzt klar, dass die anderen Gäste sie hören konnten.

Glücklicherweise achtete niemand auf sie.

»Weißt du, dass uns die Presse angerufen hat?«, fragte sie O'Keefe. »Sie kennen Gabes Namen, aber sie dürfen ihn nicht veröffentlichen, also rufen sie mich an. Sie wissen, dass er bei Detective Alvarez zu Hause festgenommen wurde, was kaum verwundert, wenn wegen eines einzelnen Teenagers eine ganze Kavallerie aufgetaucht ist! Und jetzt werden sie anfangen zu graben, Gabe mit dieser neuen Mordserie in Verbindung bringen und ihm das Leben zur Hölle machen. Uns auch. Und natürlich Selena Alvarez, sollten sie herausfinden, dass sie seine leibliche Mutter ist!«

»Das ist nicht bewiesen.«

»Noch nicht. Doch einer der Reporter ist bereits an der Sache dran. Er hat mich auf dem Handy angerufen – auf meinem Handy, stell dir das mal vor! – und mir Fragen über die Adoption gestellt. Mittlerweile könnte das längst im Internet stehen. Mein Gott, ist das ein Alptraum!« Endlich nahm sie ihr Mochaccino-Glas und löffelte die herablaufende Sahne von den Seiten, dann starrte sie ihren Cousin an. »Warte nur ab! Es wird noch schlimmer werden! Sehr viel schlimmer.« Sie nahm einen Schluck, dann wandte sie sich an ihren Ehemann. »Wir besorgen ihm einen Rechtsanwalt. Und zwar jetzt. Egal, was es kostet. Schick uns deine Rechnung, Dylan. Du hast Gabriel gefunden ... dein Job ist erledigt.«

»Warte doch, Aggie«, sagte Dave.

»Denk nicht mal dran, mit mir darüber zu streiten!«, sagte sie zu ihrem Mann, dann blickte sie wieder Dylan an. »Du hast ein Verhältnis mit ihr. Sie ist Gabriels leibliche Mutter. Also schick uns einfach die Rechnung.«

Pescoli gab sich alle Mühe, sich von ihren privaten Querelen nicht den Tag verderben zu lassen, aber Jeremys überraschende Ankündigung, er wolle ausziehen, verbunden mit der Bitte, sie solle eine Bürgschaft für seinen Mietvertrag unterzeichnen, ging ihr durch den Kopf, als sie auf den Parkplatz des Departments einbog. Wie immer hatte sich ihre Auseinandersetzung um häusliche Pflichten, seine Verantwortlichkeiten und ihre Arbeit gedreht. Sie stimmten darin überein, dass es nicht unbedingt sinnvoll war, unter einem Dach zu leben, doch die Tatsache, dass er glaubte, sie würde ihn auch dann noch finanziell unterstützen, wenn er allein lebte, machte ihr wirklich zu schaffen.

Sie stellte den Motor ab und rief sich vor Augen, dass er sich noch in der Ausbildung befand und Teilzeit arbeitete, um die Kosten für seinen Pick-up aufzubringen. Das war immerhin etwas, nahm sie an, aber nicht genug. Er war schon einmal ausgezogen, und es hatte nicht funktioniert; er zahlte immer noch die Rechnungen, die ihm dieses Fiasko eingebracht hatte, aber er schien einfach nicht zu kapieren, dass es nicht ihr Ziel sein konnte, ihn lebenslang zu unterstützen.

Selbstverständlich konnte er ausziehen, wann immer er wollte, aber sie würde ganz bestimmt nicht für die Kosten aufkommen. »Herr, gib mir Kraft«, murmelte sie, nahm einen Schluck aus ihrem Thermobecher und stellte angewidert fest, dass der Kaffee darin zwei Tage alt war.

Hoffentlich hatte im Büro jemand eine frische Kanne aufgesetzt. Sie verdrängte Jeremy und seine Probleme in die Damit-werde-ich-mich-später-befassen-Ecke ihres Gehirns und konzentrierte sich auf den Job. Ob es ihr gefiel oder nicht: Irgendwie war Alvarez auf den Radarschirm des Eismumienmörders geraten. Es musste eine Verbindung zwischen dem Ausreißer, dem Mörder und ihrer Partnerin geben, auch wenn Pescoli absolut keine Ahnung hatte, welche.

Sie nahm ihre Laptoptasche, stieg aus ihrem Jeep und eilte zum Hintereingang. Die Presse stand wie immer bereit, zwei Nachrichtenvans parkten in der Nähe des Haupteingangs, Reporter und Kameraleute sammelten Filmmaterial vor der schneebedeckten Kulisse des Departments. Aus den Augenwinkeln sah sie Manny Douglas, diesen Schwafler, der für den *Mountain Reporter* arbeitete, wie er eiligen Schrittes durch den Schnee auf sie zustapfte. Wie immer trug er eine Flanelljacke und Khakis. »Detective Pescoli!«, rief er und hob die Hand, um sie aufzuhalten. »Nur ein paar Fragen. Sie haben das FBI hinzugezogen?«

Nun, von »hinzuziehen« konnte wohl kaum die Rede sein. Die FBI-Agenten mischten sich immer ein, wenn es um Entführung oder Serienmord ging.

»Sie wissen, dass ich dazu keinen Kommentar abgebe«, sagte Pescoli und blieb vor dem Hintereingang stehen.

»Stimmt es, dass Selena Alvarez die leibliche Mutter des gestern festgenommenen Jugendlichen ist? Des Jungen, der in Helena wegen der Schießerei in Richter Victor Ramseys Haus gesucht wird?«, fragte er, das eingeschaltete Aufnahmegerät in der behandschuhten Hand.

Wie war er bloß so schnell an diese Information gekommen? »Wie ich schon sagte: kein Kommentar.«

»Besteht eine Verbindung zwischen dem Eismumienfall und dem Einbruch in Richter Ramseys Haus?«

Bleib ganz ruhig. Er hat keine Ahnung, wovon er da spricht. Er versucht nur, dich zum Reden zu bringen, dir irgendeine Aussage zu entlocken, die er morgen früh in der Zeitung bringen kann.

»Ich kann wirklich nichts dazu sagen, Manny. Sie müssen Ihre Fragen bei der nächsten Pressekonferenz stellen.«

»Aber Alvarez ist Ihre Partnerin. Ist das ihr Junge?«

Ohne eine Antwort zu geben, drückte sie die Hintertür auf und hörte dankbar, wie diese hinter ihr ins Schloss fiel. Der Kaffee war fertig, doch es waren nur noch ein paar Tropfen in der Kanne, weil der stellvertretende Sheriff sich soeben seine riesige »Ich ♥ Jesus«-Tasse vollgegossen hatte und nun jede Menge Süßstoff hinzugab.

»Setzen Sie eine neue Kanne auf?«, fragte sie. Er blickte auf und verschüttete etwas Süßstoff auf der Anrichte.

»Was? Ich? Nein.« Mit einem Lächeln, das so süß war wie sein Saccharin, fügte er hinzu: »Ich hab doch, was ich brauche.« Wie um das zu beweisen, hob er seine Tasse und nahm einen kräftigen Schluck.

Der »Ich ♥ Jesus«-Aufdruck erinnerte sie daran, dass er Presbyter in der Kirche von Prediger Calvin Mullins war.

»Ich habe Sie gestern gar nicht gesehen«, stellte sie fest.

»Ich war aber da. Am Nachmittag.« Er runzelte die Stirn. »Warum?«

»Ich habe mich nur gefragt, was wohl in Ihrer Gemeinde los ist, seit man die Leiche bei der Krippe gefunden hat.«

»Oh. Ja. Die Stimmung ist natürlich alles andere als gut. Ich musste gestern jede Menge Fragen über mich ergehen lassen, vor allem von Prediger Mullins. Er will natürlich, dass wir den Mörder so schnell wie möglich fassen, weshalb er die Gemeindemitglieder aufgefordert hat, dafür zu beten, dass er seiner gerechten Strafe zugeführt wird. Das ist genau das, was ich möchte, aber Mullins hat auch dafür gebetet, dass Gott dem Mörder verzeihen möge.« Brewster schnaubte in seine Tasse. »Und damit habe ich so meine Probleme.«

»Da stimme ich Ihnen zu.« Widerwillig löffelte sie Kaffeepulver in einen frischen Filter, dann füllte sie Wasser in den dafür vorgesehenen Behälter und drückte den Startknopf.

Gurgelnd erwachte die Maschine zum Leben, und in weniger als einer Minute plätscherte ein Strahl heißer Java-Kaffee in die Glaskanne. Brewster verließ mit seiner Tasse den Aufenthaltsraum. Pescoli mochte den Mann nicht, und sie hatten in der Vergangenheit ziemliche Schwierigkeiten miteinander gehabt, hauptsächlich weil ihre Kinder nicht die Finger voneinander lassen konnten, aber zumindest redeten sie miteinander, trennten Privates von Beruflichem, was in Pescolis Augen bereits ein großer Fortschritt war.

Klackerklackerklacker.

Wie Schnellfeuerschüsse hallten Joelles Schritte durch den Gang, und schon kam sie durch die Tür des Aufenthaltsraumes geschossen. Passend zur Jahreszeit trug sie eine rote, auf ihre mörderischen High Heels abgestimmte Handtasche bei sich, außerdem zwei umweltverträgliche, wiederverwertbare Einkaufstaschen. In einer Hand balancierte sie eine weiße Schachtel. Bevor diese ins Wanken geriet, stellte sie sie auf der Anrichte ab und öffnete den Deckel.

»*Voilà!*«, verkündete sie stolz und enthüllte den Inhalt: sorgfältig aufeinandergestapelte Törtchen, manche davon mit Weihnachtsmanngesichtern, andere mit Weihnachtssternen oder Tannenbäumchen verziert.

»Noch mehr?«, fragte Pescoli ungläubig. Dann: »Hast du die gemacht?«

»Oh, nein, nein, nein!« Joelle kicherte, offenbar erfreut, dass Pescoli sie für eine solche Backkünstlerin hielt. Scheinbar hatte sie ihr die Tirade gegen die festliche Dekoration im Gang verziehen. »Eine meiner Freundinnen ist Bäckerin im Cedar's Market. Wir spielen einmal im Monat zusammen Kniffel, ein richtiger Mädelsabend sozusagen. Sie hat sie für mich gebacken.« Sie warf Pescoli einen verschmitzten Blick zu und fügte hinzu: »Zum Sonderpreis, versteht sich. Ich konnte einfach nicht widerstehen!«

»Wer hätte das schon gekonnt?«

»Oje.« Joelles perfekt geschminktes Gesicht verzog sich leicht, als sie feststellte, dass die Zuckerglasur an einem der Törtchen beschädigt war.

»Das nehme ich«, bot Pescoli an und griff danach. Dann schenkte sie sich eine Tasse frisch gebrühten Kaffee ein und machte sich auf den Weg zu ihrem Schreibtisch. Sobald sie sich hingesetzt hatte, rief sie bei der First Union Bank an. Es war noch früh; bis sich die Türen der Bank für die Kunden öffneten, würde es noch einige Zeit dauern, doch die Angestellten sollten bereits eingetroffen sein.

Sie erwischte eine der Rezeptionistinnen, die ihr mitteilte, Johnna Phillips sei »noch nicht im Haus«, und sie fragte, ob Ms. Phillips sie zurückrufen solle. Pescoli lehnte ab, bedankte sich und legte auf, dann wählte sie die Nummer der Vermisstenabteilung.

Ja, teilte ihr Tawilda Conrad mit, die mit Taj Nayak zusammenarbeitete, es sei eine Vermisstenmeldung zu Johnna Phillips eingegangen, zwei Deputys würden bei ihr zu Hause nachsehen und sich mit dem Arbeitgeber in Verbindung setzen.

»Ruf mich an, wenn ihr etwas herausfindet«, bat sie Tawilda.

»Klar, mache ich«, versprach diese und legte auf.

Pescoli aß ihr Törtchen und trank ihren Kaffee, dann machte sie sich auf den Weg zu Alvarez' Schreibtisch.

Ihre Partnerin saß bereits vor ihrem Computer und überprüfte ihre E-Mail-Eingänge, wobei sie gleichzeitig telefonierte. Als sie Pescoli sah, blickte sie auf und hob grüßend einen Finger. »Okay, dann kann ich den Wagen also zwischen vier und fünf in der Werkstatt abholen?«, fragte sie in ihr Handy und wartete. »Ja, das müsste gehen. Danke, Andy.« Sie drückte die Aus-Taste. »Gute Nachricht, ich bekomme mein Auto zurück.«

»Du solltest Junior Green verklagen, damit er für den Schaden aufkommt.«

»Ich werde es meiner Versicherung ausrichten.« Sie blickte auf ihren Schreibtisch, wo ein kleiner Poststapel lag. Ein roter Umschlag von der Größe, die man für gewöhnlich für Grußkarten verwendete, lag obenauf. »Was gibt's?«, erkundigte sie sich, nahm den Brieföffner und schlitzte den Umschlag auf.

»Schlechte Nachrichten. Ich habe dir doch von Johnna Phillips erzählt?«

»Die Bankerin, die bei der First Union arbeitet. Ihr Freund hat sich so große Sorgen um sie gemacht, oder?«

»Ex-Freund. Ich habe bei der Bank nachgefragt. Bislang ist sie dort nicht erschienen.«

»Es ist ja noch früh.«

»Ich weiß, aber ich habe einfach ein schlechtes Gefühl.«
Alvarez zog eine Weihnachtskarte aus dem roten Umschlag.

»Du glaubst, wir haben ein weiteres Opfer?«

»Könnte sein.« Pescoli betrachtete den Umschlag und grinste, dann sagte sie mit trällernder Stimme: »Oh, da hat dir wohl jemand eine Wichtelkarte geschickt!«

Alvarez verdrehte die Augen. »Ja, vermutlich.« Dann brachte sie das Gespräch wieder auf Johnna Phillips. »Hoffen wir, dass sie einfach nur ihrem Ex aus dem Weg geht.«

»Dann würde sie aber ziemlich drastische Maßnahmen ergreifen.«

»Vielleicht muss man das bei diesem Kerl.« Sie klappte die Karte auf. Ihre Augen weiteten sich, sämtliche Farbe wich aus ihrem Gesicht. »Oh, verdammt«, flüsterte sie und ließ die Karte fallen, als hätte sie sich die Finger daran verbrannt.

»Dieser Irre!«

Pescoli warf einen Blick auf die geöffnete Karte. Über den weihnachtlichen Grußworten lag das Foto einer nackten Frau. »O nein ...«

»Das ist Brenda Sutherland«, wisperte Alvarez mit erstickter Stimme und gab sich alle Mühe, die Fassung zu bewahren, auch wenn sie weiß war wie ein Bettlaken.

Pescoli beugte sich über den Schreibtisch, um das Foto der Frau besser betrachten zu können, die entweder bereits tot war oder kurz davor stand zu sterben. Sie war nackt, um ihren Hals hing eine Kette mit einem Medaillon. Und ja, entweder war sie Brenda Sutherland oder ihre Zwillingsschwester. Die Kette war ihr zweimal um den Hals gewickelt, die Glieder schnitten in Brendas Fleisch und verletzten ihre Haut.

»Kranker Mistkerl«, flüsterte Pescoli.

Alvarez schluckte. »Das ist meins«, bekannte sie entsetzt. »Das Medaillon, das ich zur Kommunion bekommen habe. Ach du lieber Gott ...« Sie starrte auf die geöffnete Karte, als hätte ihr Satan persönlich Weihnachtsgrüße geschickt. Als sie mit zitternder Hand nach dem Foto griff, ertönten die blechernen Klänge eines beliebten Weihnachtsliedes: »All I Want for Christmas Is You« – Alles, was ich mir zu Weihnachten wünsche, bist du.

Kapitel siebenundzwanzig

»Ich habe absolut keine Ahnung, warum es jemand auf mich abgesehen haben könnte«, sagte Alvarez ungefähr zum hundertsten Mal an diesem Tag. Sie saß auf dem Beifahrersitz von Pescolis Jeep und starrte durch die Windschutzscheibe auf die Schlusslichter der vor ihnen fahrenden Wagen, während die Scheibenwischer gegen den unablässig vom Himmel fallenden Schnee ankämpften. Sie hatten einen langen Tag hinter sich, und nun wollten sie endlich Alvarez' Subaru von der Polizeiwerkstatt abholen.

Jetzt kamen sie an einer Schule vorbei, vor der ein paar Kinder, dick eingepackt in Daunenjacken, Schals und Mützen, auf dem verschneiten Schulhof spielten.

Nachdem Alvarez heute früh die perverse Weihnachtskarte erhalten hatte, hatte sie in einem der Vernehmungsräume mit Halden und Chandler zusammengesessen und gemeinsam mit den FBI-Agenten herauszufinden versucht, in welcher Beziehung sie zu dem Mörder oder seinen Opfern stehen könnte.

Nun wussten sie sicher, dass sich Brenda, anders als ihr Ex-Mann vermutete, keine »nette Auszeit mit einem neuen Freund« gönnte.

Sosehr sie sich auch das Hirn zermarterte, ihr fiel einfach niemand ein, der zu solchen kranken Taten fähig sein könnte, geschweige denn, warum. Was die Opfer anbelangte, so kannte sie Brenda aus dem Wild Will, wo sie ab und an mit Pescoli essen ging. Mit Lissa Parsons hatte sie im Fitnessclub trainiert, aber Lara Sue Gilfry hatte sie noch nie im Leben gesehen, auch nie etwas über sie gehört, da war sie sich ganz sicher. Sie hatten Rod Larimer, den Besitzer des Bull and Bear Bed & Breakfast und Arbeitgeber von Lara Sue befragt, einen ziemlich unangenehmen Menschen, mit dem sie bereits bei einem früheren Fall zu tun gehabt hatte.

Sie hatte Haldens und Chandlers Fragen so gut beantwortet, wie sie konnte, hatte ihr gesamtes Leben vor ihnen ausgebreitet, doch am Ende hatte keiner von ihnen eine Verbindung zu dem Eismumienmörder herstellen können. »Glauben Sie mir, ich würde diesen verfluchten Mistkerl liebend gern festnageln«, hatte sie Halden geschworen, »aber ich habe wirklich keine Idee, wer er sein könnte.«

Noch nicht.

Nach dem zermürbenden Gespräch mit den FBI-Agenten hatte Dan Grayson sie in sein Büro gerufen und ihr mitgeteilt, dass er sie von dem Fall abziehe. Sturgis hatte zusammengerollt in seinem Hundebett neben der Topfpflanze geschnarcht, was Alvarez einen Stich ins Herz versetzt hatte. »Aus irgendeinem Grund hat es der Mörder auf Sie abgesehen«, hatte Grayson gesagt. »Warum, weiß keiner von uns, am wenigsten Sie selbst, aber ich denke, es ist auf alle Fälle das Beste, wenn jemand anders die Ermittlungen übernimmt. Pescoli kann mit Gage zusammenarbeiten.«

Brett Gage, ein Vierzigjähriger mit der gertenschlanken Statur eines Läufers, war der oberste Kriminalermittler des Departments. Ihm oblag die Überwachung sämtlicher Fälle, so dass er die meiste Zeit hinter dem Schreibtisch verbrachte. Es war das erste Mal, seit sie für das Büro des Sheriffs von Pinewood County tätig war, dass er sich aktiv in die Ermittlungen einschaltete.

»Sie können mich nicht von dem Fall abziehen.«

»Doch, das kann ich und das will ich.« Er sah sie durchdringend an, dieser Mann, von dem sie einmal geträumt hatte. Sein Blick wirkte gehetzt, als laste nicht nur das Gewicht, für die Sicherheit seines Countys sorgen zu müssen, auf seinen breiten Schultern, sondern die Verantwortung für das gesamte Land. »Ich bin der Sheriff, erinnern Sie sich?«

»Aber ...«

»Keine Widerrede, Detective«, sagte er, durch und durch professionell. »Ich werde außerdem dafür sorgen, dass man Ihr Haus überwacht.«

»Das müssen Sie nicht.« Sie wusste, dass das Department dünn besetzt war, trotz der Unterstützung durch Staatspolizei und FBI bei diesem speziellen Fall. Das eisige Winterwetter brachte jede Menge Probleme mit sich, die Notrufleitungen standen nicht still, immer wieder mussten Deputys ausrücken, um Eingeschneiten oder bei Verkehrsunfällen zu helfen. Bäche und Flüsse froren zu, das unter dem Eis hervordringende Fließwasser sorgte für gefährliche Überschwemmungen, immer wieder kam es zu Stromausfällen, und nun war auch noch ein gewaltiger Schneesturm angesagt worden. Sie hatten einfach nicht genügend Leute, da war es kaum möglich, auch noch jemanden zur Überwachung ihres Reihenhauses abzustellen.

Dan Grayson hatte ihr drei Fotos über seinen Schreibtisch hinweg zugeschoben, eins von jedem Opfer, das neueste war die Aufnahme, die der Mörder ihr höchstpersönlich zum Geschenk gemacht hatte. »Diese Frauen tragen Ihren Schmuck. Entwendet aus Ihrem Haus. Genau das haben Sie doch ausgesagt, nicht wahr?« Sein markantes Kinn hatte ausgesehen wie aus Stein gemeißelt.

»Ja.«

»Und der Junge, Gabriel Reeve, ist aller Wahrscheinlichkeit nach Ihr Sohn, ist das richtig?«

Sie nickte.

»Reeve ist zur gleichen Zeit in Ihrem Haus aufgetaucht wie der Mörder.«

»Zumindest deutet alles darauf hin.«

»Was für ein Zufall.«

»Ich dachte, Sie glauben nicht an Zufälle.«

»Das tue ich auch nicht.« Ihre Blicke trafen sich, und Alvarez meinte, mehr als nur die Sorge eines Mannes zu erkennen, der als Chef eine gewisse Verantwortung für sie trug; ein weit tiefer gehendes Gefühl flackerte in seinen Augen auf, und er drehte rasch den Kopf zur Seite. Er räusperte sich, dann sagte er: »Verändern Sie Ihr Äußeres, und zwar gleich. Und versuchen Sie gar nicht erst, mich davon abzubringen, Ihr Haus überwachen zu lassen. Nehmen Sie Sturgis mit. Er wird einen Höllenlärm veranstalten, sollte jemand versuchen, bei Ihnen einzubrechen.«

Sie warf einen Blick auf den schlafenden Labrador. Als er seinen Namen hörte, wedelte er bedächtig mit dem Schwanz, doch er hob nicht mal den Kopf.

»Vielen Dank, das ist sehr nett von Ihnen, aber ich hätte lieber meinen eigenen Hund zurück.«

»Es ist doch nur so lange, bis Roscoe wieder auftaucht.«

»Nein ... wirklich nicht ... aber nochmals danke für das Angebot.« Alvarez wusste, wie sehr Grayson an dem Labrador hing. Sie würde die beiden nicht trennen, nicht mal für eine Nacht, Psychopath hin oder her. Wer war der Kerl nur? Woher kannte er sie? Und, was noch wichtiger war, wieso hatte er es gerade auf sie abgesehen?

Grayson war sich mit der Hand über den Bart gefahren.

»Wenn Sie Ihre Meinung ändern sollten ...«

»Werde ich es Sie wissen lassen.« Sie hatte sein Büro verlassen und sich nackt gefühlt, ungeschützt. All ihre so sorgfältig gehüteten Geheimnisse schienen plötzlich für jedermann zugänglich zu sein und wurden öffentlich diskutiert, was ihr mehr als unangenehm war. Es machte sie schier wahnsinnig. Schlimmer: Es machte ihr Angst, brachte sie dazu, wegen jeder Kleinigkeit vor Schreck aus der Haut zu fahren. Ihr war klar, dass der Mistkerl sie in Todesangst versetzen wollte, und sie musste zugeben, dass er sein Ziel beinahe erreicht hatte.

Aber eben nur beinahe.

Jetzt, auf dem Weg zur Polizeiwerkstatt, fragte ihre Partnerin sie schon wieder nach einer möglichen Verbindung zum Eismumienmörder.

»Es muss jemand aus deiner Vergangenheit sein«, sagte Pescoli und schlängelte sich die kurvige Straße den Boxer Bluff abwärts Richtung Altstadt.

»Ich habe bloß nicht die leiseste Ahnung, wer. Wir sind doch alle Möglichkeiten x-mal durchgegangen.«

»Jemand, der Lara Sue Gilfry, Lissa Parsons und Brenda Sutherland kannte.« Seit Alvarez heute Morgen die grauenvolle Weihnachtskarte bekommen hatte, war klar, dass Brenda Sutherland tatsächlich ebenfalls in die Hände des Eismumienkillers gefallen war, einem der abartigsten Serienmörder in der Geschichte des gesamten Bundesstaates. Alles andere war ausgeschlossen.

»Ich habe Chandler und Halden eine Liste mit sämtlichen Straftätern gegeben, an deren Verhaftung oder Verurteilung ich während meiner gesamten Dienstzeit beteiligt war, außerdem habe ich sämtliche mir bekannte Feinde aufgeführt, dazu alle Männer, mit denen ich jemals ausgegangen bin. Ich habe jeden aufgeschrieben, der möglicherweise ein Problem mit mir haben könnte, aber niemand ist darunter, dem ich etwas derart Abscheuliches zutrauen würde.«

Am Fuß des Hügels bremste Pescoli und hielt vor den geschlossenen Eisenbahnschranken an. Ein Güterzug rollte geräuschvoll vorbei. Seltsamerweise fühlte sich Alvarez an eine lang zurückliegende Zeit erinnert, als sie und ihre Geschwister zusammengequetscht in dem alten Kombi saßen und vor herabgelassenen Bahnschranken die vorbeiziehenden Waggons gezählt hatten. Schon damals hatte sie sich gefragt, was wohl darin verstaut war und wohin der jeweilige Zug fuhr. Sie hatte sich stets ein exotisches Ziel vorgestellt, große Städte wie Los Angeles oder San Francisco, Denver oder Seattle, im Grunde jede Stadt, die nur weit genug von Woodburn, Oregon, entfernt war.

»Er hat es auf dich abgesehen.« Pescoli griff ins Türfach und tastete darin herum, bis sie eine zerdrückte Zigarettenschachtel zutage förderte. »Leer. Mist. Sieh doch bitte mal im Handschuhfach nach.«

Alvarez öffnete die Klappe und fand Taschentücher, ein Sonnenbrillenetui und einen Wust von Zetteln, aber keine Zigaretten. »Nichts.«

»Verflixt!«

»Du wirst es überleben«, beschwichtigte Alvarez ihre Partnerin, die in besonderen Stresssituationen immer wieder heimlich ein, zwei Zigaretten rauchte und wohl nie ganz die Finger davon lassen würde, obwohl sie natürlich das Gegenteil behauptete. »Und nicht nur das: Nichtraucher leben länger!«

»Du hast gut reden.«

Der Zug raste vorbei, der letzte Waggon verschwand in der Ferne, die Schranke hob sich.

Pescoli warf die leere Packung auf den Boden. »Hast du gehört, was ich vorhin gesagt habe? Der Mistkerl hat es auf dich abgesehen.«

»Ja, ich weiß. Ich habe bloß keine Ahnung, warum.«

»Oder wer er sein könnte.«

»Das FBI arbeitet daran«, sagte Alvarez beklommen. Es hatte ihr nie gefallen, im Rampenlicht zu stehen, doch genau das war jetzt der Fall: Sie stand mittendrin.

All I Want for Christmas Is You.

Die Musikweihnachtskarte mit Brenda Sutherlands Foto darin hatte zur Folge, dass ihr Leben in winzige Stückchen zerteilt und unter dem Mikroskop betrachtet wurde, genau wie das der Opfer. Das FBI hatte Druck auf sie ausgeübt, was die Herkunft ihres Sohnes anbetraf, und sie hatte ihnen Emilios Namen nennen müssen. Wie vermutet, wurde mit einem Mal jeder, mit dem sie je in ihrem Leben zu tun gehabt hatte – ganz gleich, ob im positiven oder negativen Sinne –, zum potenziellen Verdächtigen.

Es war wirklich ein seltsames Gefühl, im Zentrum der Ermittlungen zu stehen, statt selber zu ermitteln, dachte sie jetzt, als Pescoli Gas gab und die Schienen überquerte. Aber so war es nun mal: Man hatte sie von dem Fall abgezogen.

»Und es hat niemand einen Schlüssel zu deinem Haus?«, fragte Pescoli. »Immerhin hast du dich mit ein paar Männern getroffen ...«

Alvarez warf ihr einen empörten Ich-kann-es-nicht-fassen-dass-du-mich-das-fragst-Blick zu. »Wie ich Chandler und Halden bereits sagte: nein. Nicht einmal der Hausmeister hat einen, und nein, ich habe keinen Schlüssel draußen versteckt. Ich habe absolut keine Ahnung, wie der Kerl reingekommen ist.«

»Könnte nicht einer der Männer, mit denen du ... ausgegangen bist, einen Schlüssel ›geliehen‹ und ihn dann kopiert haben?«

»Das kann ich natürlich nicht ausschließen«, gab sie zu und dachte an die wenigen Male, bei denen ein Mann sie nach einem Date nach Hause gebracht oder ihre Handtasche gehalten hatte, aber man konnte ja nie wissen. Der Gedanke kam ihr absurd vor, doch wenn sie an den Ausdruck in Grover Pankretz' Augen dachte, als sie mit ihm Schluss gemacht hatte, lief es ihr kalt den Rücken hinunter. Mittlerweile war der DNA-Laborant verheiratet, und zwar glücklich, soweit sie wusste.

»Hast du die Schlösser auswechseln lassen, als du das Haus gekauft hast?«

»Was denkst du denn?«

»Schon gut, schon gut, ich habe ja nur gefragt.« Pescoli bog auf den Parkplatz eines Minimarkts. »Dauert nur 'ne Sekunde. Brauchst du etwas?«

»Nein, danke.« Sie schüttelte den Kopf. Pescoli löste ihren Sicherheitsgurt und sprang aus dem Jeep. Den Motor ließ sie laufen. Die Scheibenwischer fegten den Schnee von der Windschutzscheibe, die Heizung brummte leise, der Polizeifunk knisterte. Binnen weniger Minuten war sie wieder da, Zigaretten und zwei Dosen in den Händen. Alvarez lehnte sich über den Fahrersitz und öffnete ihr die Tür. »Hier«, sagte Pescoli und reichte ihr eine Dose Cola light, dann stellte sie ihre eigene in den Getränkehalter am Armaturenbrett.

»Ich trinke keine Light-Getränke.«

»Dann stell sie einfach in deinen Getränkehalter, ich werde mich schon darum kümmern.« Pescoli legte eine Schachtel Marlboro Lights ins Türfach, eine zweite ins Handschuhfach, dann legte sie den Gang ein und rollte vom Parkplatz. Sie fuhren am Fluss entlang, an den Wasserfällen vorbei zu einem der Industriegebiete von Grizzly Falls. Dort lag die Polizeiwerkstatt, umgeben von einem hohen Stacheldrahtzaun. Als sie auf den Parkplatz bogen, sagte Pescoli: »Es gefällt mir gar nicht, dass dieser Irre dich im Visier hat.«

»Mir auch nicht.«

»Grayson wird alles tun, um dich zu schützen«, fügte sie hinzu, doch sie klang beunruhigt.

»Mach dir keine Sorgen um mich.«

Pescoli hielt an und ließ den Jeep im Leerlauf. »Nur fürs Protokoll: Ich bin nicht gerade wild darauf, mit Gage zusammenzuarbeiten. Wann hat er das letzte Mal einen Fall bearbeitet, so richtig, meine ich, nicht bloß am Schreibtisch? In den Neunzigern?«

»Autsch! Sei vorsichtig! Ich glaube, er ist jünger als du.«

»Vermutlich. Mittlerweile habe ich den Eindruck, dass jeder, der zu uns stößt, kaum drei Jahre älter ist als Jeremy, und eins kann ich dir sagen: Das ist ein erschreckender Gedanke.« Kichernd kletterte Alvarez aus dem Jeep. »Bis morgen!« Es war seltsam, diese Worte auszusprechen, wusste sie doch, dass Pescoli knietief in den Ermittlungen zum Eismumienfall steckte. Ihr würde man einen anderen Fall zuweisen, vermutlich die Akte Len Bradshaw, ein Fall, der in Pescolis Augen noch lange nicht abgeschlossen war.

Natürlich würde sie so tun, als beschäftigte sie sich weiter mit dem vermeintlichen »Unfall«, wenn auch nur zum Schein.

Unter keinen Umständen würde sie sich davon abhalten lassen, weiter im Fall des psychopathischen Frauenmörders zu ermitteln. Sie wusste das, Pescoli wusste das und nicht zuletzt auch Dan Grayson.

Sobald sie vom Parkplatz gebogen war, steckte sich Pescoli eine Zigarette an. Sie kurbelte das Fenster herunter, damit der Qualm aus dem Fenster zog. Eisige Luft wehte ins Wageninnere. Wem wollte sie etwas vormachen, wenn nicht sich selbst? Jeder im Department wusste, dass sie gerne mal eine rauchte, wenn sie Stress hatte, auch ihre Kinder und Santana. Sie musste nur darauf achten, dass sie nicht in ihre alte Gewohnheit verfiel, eine ganze Schachtel am Tag wegzuqualmen.

Sie nahm einen tiefen Zug, dann drückte sie die Zigarette aus. Das Wichtigste war jetzt, einen klaren Kopf zu bekommen und nachzudenken, und manchmal, so hatte sie den Eindruck, half ihr das Nikotin genau dabei.

Na schön, sie machte sich etwas vor, doch das würde sie niemals ihren Kindern gegenüber eingestehen. Wie ferngesteuert fuhr sie aus der Stadt hinaus in Richtung ihres kleinen Blockhauses im Wald.

Sie folgte einem Van des Altenheims, der so langsam fuhr, dass sie am liebsten geschrien hätte. Schließlich bog sie von der Hauptstraße ab und fuhr über Nebenstraßen durchs Stadtzentrum und hinter dem Gerichtsgebäude entlang. Ihr Blick fiel auf das Schild der First Union Bank, und sie verspürte einen Anflug von Beklommenheit.

Johnna Phillips war nicht zur Arbeit erschienen, und als die Deputys im Laufe des Tages bei ihr zu Hause nachgesehen hatten, hatten sie festgestellt, dass sie auch dort nicht gewesen war. Genau wie ihr Ex-Freund, Carl Anderson, bei seinem Anruf auf Pescolis Handy behauptet hatte.

Sie hatte mit Luke noch ein Hühnchen zu rupfen, weil er, ohne sie zu fragen, ihre private Handynummer rausgerückt hatte, doch in diesem Fall hatte sie beinahe Verständnis dafür. Carl war außer sich gewesen vor Sorge, dass seine Freundin – Ex-Freundin – dem sadistischen Eismumienmörder in die Hände gefallen sein könnte.

»Wer bist du, du mieser Kerl?«, knurrte sie und verließ den Geschäftsbereich. Läden und Büros wichen Wohnanlagen und Häusern, die meisten davon mit blinkenden Lichterketten dekoriert. Auch einige Vorgärten waren weihnachtlich geschmückt, so dass sie unweigerlich an den vierten Heiligen König vor Prediger Mullins' Krippe und an die Schneefrau in Mabel Enstads Garten denken musste. Es war nur eine Frage der Zeit, bis Brenda Sutherlands Leiche in einer weiteren weihnachtlichen Kulisse auftauchte, jetzt, da die Polizei aufgrund der perversen Weihnachtskarte wusste, dass sie dem Eismumienmörder zum Opfer gefallen war.

»Nur wo, du kranker Fiesling?«, brummte sie. Der Polizeifunk am Armaturenbrett knisterte. Sie ließ die Lichter der Stadt hinter sich und fuhr durch die tief verschneite Landschaft, die sich nun um sie herum erstreckte. Schneeflocken tanzten im Scheinwerferlicht. Wieder und wieder zerbrach sie sich den Kopf darüber, welcher Zusammenhang zwischen den Opfern bestehen mochte, die sich auf keinen bestimmten Typ festlegen ließen: Alle waren unterschiedlich alt, auch Figur, Haarfarbe, Augenfarbe waren verschieden. Das FBI überprüfte jeden, der mit den Enstads und der Presbyterianischen

Kirche zu tun hatte, versuchte, gemeinsame Freunde, Feinde oder Bekannte der Opfer zu finden. Alvarez hatte recht: Auch ihr Leben würde prüfenden Blicken unterzogen und in der Öffentlichkeit breitgetreten werden, und Pescoli fragte sich, wer die Männer wohl sein mochten, denen sie einen Korb gegeben oder die sie sonst wie enttäuscht hatte. Mit wem war sie ausgegangen, wen hatte sie abgewiesen? Gabriel Reeves leiblicher Vater würde vernommen werden, und man würde selbst Alberto De Maestro ausfindig machen und in die Mangel nehmen.

Pescoli liebäugelte sogar mit der Vorstellung, dass der Mörder eine Frau sein könnte, doch irgendwie passte das nicht. Es gab zu viele sexuelle Anspielungen: die nackten Leichen, die Schneefrau, die »von hinten« von dem Schneemann bearbeitet wurde. Nein ... eine Frau würde nicht so weit gehen. *Alles ist möglich. Vielleicht versucht der Mörder, dich zu täuschen ... Du musst unvoreingenommen bleiben.*

Trotz der Argumente, die ihr durch den Kopf gingen, hätte sie das Gehalt der nächsten fünf Monate darauf verwettet, dass der kranke Killer ein Mann war. Wieder dachte sie an die »Künstler«, die am Wochenende an dem Eisschnitzwettbewerb in Missoula teilgenommen hatten. Keinem von ihnen hatte man etwas vorwerfen können, alle hatten absolut wasserdichte Alibis. Hank Yardley und George Flanders hätten ihrer Einschätzung nach in Frage kommen können, vor allem der hitzköpfige Flanders, der schon mal einen Eispickel geschwungen und damit seinen Nachbarn auf die Intensivstation befördert hatte. Als Farmer konnte er seine Zeit frei einteilen, doch er war verheiratet, und die aktuelle Mrs. Flanders gab ihrem Ehemann ein Alibi. Außerdem erforderte es einen kühlen Kopf, seine Opfer in eine Eisskulptur zu verwandeln; der gewalttätige Einsatz eines Eispickels würde ein solches Kunstwerk wohl eher zunichtemachen.

Außerdem suchte Pescoli nach jemandem, der in persönlichem Kontakt mit Alvarez stand oder gestanden hatte. Die Vorstrafenregister der beiden hatten keinen Hinweis darauf ergeben.

Aber man konnte ja nie wissen.

Und jetzt mussten sie sich mit einem weiteren Beweismittel befassen: der Weihnachtskarte, die der Mörder an Alvarez geschickt hatte. Es bestand die winzige Chance, dass der Mörder unvorsichtig geworden war und einen Fingerabdruck auf dem Umschlag oder Speichel beim Anlecken der Lasche hinterlassen hatte. Vielleicht erinnerten die Druckbuchstaben, in denen er die Adresse geschrieben hatte, an die Handschrift einer bestimmten Person, vielleicht hatte er die Karte vor Ort gekauft und das entsprechende Geschäft konnte sich an ihn erinnern oder der Polizei eine Kredit- oder Bankkartennummer nennen. Sie hatten bereits herausgefunden, dass die Karte in der Innenstadt eingeworfen worden war, vermutlich in einen der Briefkästen vor dem Postamt, die Bänder der Überwachungskamera wurden noch überprüft.

Vielleicht, ganz vielleicht, hatten sie ja Glück.

Kapitel achtundzwanzig

Während er sich durch den dichten Schneevorhang kämpfte, beschloss O'Keefe, dass er von nun an wie Kleber an Alvarez haften würde und dass es ihm völlig egal wäre, was sie dazu meinte. Um die Wahrheit zu sagen, war er nahezu krank vor Sorge um sie, denn es stand außer Frage, dass Selena es dem Eismumienmörder ganz besonders angetan hatte.

Als er in ihre Straße einbog, blieb sein Blick am Rückspiegel hängen und fiel auf sein von Blutergüssen entstelltes Gesicht. Junior Green hatte ganze Arbeit geleistet. In seinen Augen lag Entschlossenheit. Jetzt, da Aggie ihn gefeuert hatte und er nicht länger nach Gabe suchen musste, hatte er keinen Vorwand mehr, sich in Grizzly Falls aufzuhalten, doch er würde trotzdem bleiben. Auch wenn Selena Alvarez das mit Sicherheit bestritt, sie brauchte Schutz vor diesem Psychopathen, und O'Keefe würde diese Aufgabe übernehmen, selbst wenn sie deshalb stinksauer wäre.

Er parkte seinen Explorer am Straßenrand und machte sich, bewaffnet mit Werkzeugkoffer, Reisetasche, Laptop und einer Tüte aus dem Eisenwarenladen auf den Weg zu ihrer Haustür.

Als er klingelte, fühlte er sich plötzlich so verlegen wie ein Schuljunge, der darauf wartet, dass die Haustür von seiner Abschlussballpartnerin geöffnet wird.

Er hörte Schritte, dann sah er, wie Selenas Auge den Türspion verdunkelte.

Eine Sekunde später schloss sie auf und öffnete. In dem übergroßen Flanellpyjama, das Haar zu einem losen Knoten zusammengedreht, wirkte sie noch kleiner und zerbrechlicher, als sie war.

»Ziehst du bei mir ein?«, fragte sie misstrauisch und beäugte seine Reisetasche.

»Woher weißt du das?«, scherzte er, um einen unbeschwer-
ten Tonfall bemüht.

»Das bringt meine jahrelange Erfahrung als Detective wohl
so mit sich.«

»Aha. Nun, du hast recht. Ich dachte, ich schlage für ein
paar Tage hier draußen meine Zelte auf.«

»Wirklich?« Sie lehnte sich mit der Schulter gegen den Türrahmen. »Ohne mich vorher zu fragen? Ich kann mich nämlich gar nicht daran erinnern, dich eingeladen zu haben.«

»Das hast du auch nicht.« Er hatte diese Reaktion erwartet
und ging darüber hinweg, indem er sich an ihr vorbei in den
kleinen Flur drängte. »Schließ die Tür hinter mir ab.«

»He, warte eine Sekunde, du kannst hier doch nicht mit
Sack und Pack ...«

»Natürlich kann ich das.« Er ließ seine Reisetasche auf den
Wohnzimmerfußboden fallen und stellte seinen Laptop auf den
Esstisch, dann drehte er sich zu ihr um und sagte: »Der Mörder hat
es ein für alle Mal klargemacht: Es geht ihm um dich persönlich.«

»Du hast von der Weihnachtskarte erfahren.«

»Das auch, ja. Doch es gibt einen Grund dafür, warum
dein Schmuck bei den Leichen gefunden wurde, warum man
deinen Hund gestohlen hat, dein ...«

»Du glaubst, *er* hat Roscoe?«

»Das weiß ich nicht, aber es liegt nahe. Seit dem Abend des
Einbruchs ist er nicht wieder aufgetaucht, und Gabriel hat
ihn nicht mitgenommen.«

»Dieser Mistkerl. Mir ist der Gedanke ebenfalls gekommen, aber ich hatte gehofft ... ach, verdammt.« Sie legte den

389

Riegel vor, ging zu ihm ins Wohnzimmer und ließ sich auf die Couch fallen. Dann lehnte sie sich mit geschlossenen Augen in die Kissen zurück. Die Katze, die sich hinter dem Vorhang auf der Fensterbank versteckt hatte, sprang auf die Sofalehne und schnupperte an Alvarez' Haaren. »Grayson hat mich von dem Fall abgezogen.« Abwesend griff sie nach Mrs. Smith und setzte sie auf ihren Schoß.

»Das musste er.«

»Ich weiß, aber es gefällt mir gar nicht.«

»Und es wird dich nicht von weiteren Ermittlungen abhalten.«

»Kein Kommentar.« Seufzend strich sie der Katze noch einmal über das weiche Köpfchen, dann richtete sie sich auf und öffnete die Augen. »Ich zerbreche mir den Kopf, wer wohl dahinterstecken könnte ... es muss jemand sein, den ich kenne ... aber ...« Sie zuckte die Achseln. »Bislang will mir einfach niemand einfallen.«

»Dann arbeiten wir eben zusammen daran.«

»Sicher. Deshalb ziehst du ja auch bei mir ein.« Das war keine Frage, sondern eine Feststellung.

»Nur vorübergehend. Bis wir den Irren hinter Schloss und Riegel gebracht haben.« Er versuchte, weder panisch noch verzweifelt zu klingen, wollte sie nicht noch mehr verängstigen, doch sie wussten beide, dass sie in Gefahr war. Der Killer geriet langsam in Wut darüber, dass er nicht die Aufmerksamkeit bekam, nach der er so sehr verlangte, deshalb hatte er ihr die Karte geschickt. Doch wer wusste schon, wie sein nächster Schritt aussehen würde?

»Habe ich in der Angelegenheit auch etwas zu sagen?«, fragte sie.

»Nicht wirklich.«

»So geht es mir bei allem. Dann bist du also ... was? Mein selbsternannter Bodyguard oder so was Ähnliches?«

»So was Ähnliches.« Er öffnete eine Plastiktüte mit Einkäufen, die er im Eisenwarenladen getätigt hatte, und zog einen neuen Türknauf und ein Bolzenschloss heraus. »Ich nehme an, du hast mitbekommen, dass Gabe morgen früh nach Helena überstellt wird.«

»Nein.« Sie zuckte die Achseln, doch er konnte ihr ansehen, wie sehr ihr das zu schaffen machte. »Noch ein Fall, aus dem ich definitiv draußen bin.«

Ihm war klar, dass es sie verrückt machte, dass ausgerechnet eine Mordserie, in der sie im Mittelpunkt stand, ohne sie aufgeklärt werden sollte, und dann enthielt man ihr auch noch Informationen ihren Sohn betreffend vor.

»Glaubst du, ich kann ihn vorher noch einmal sehen?«

»Aggie möchte nicht, dass du Kontakt zu ihm aufnimmst. Das Gleiche gilt übrigens für mich, auch ich bin aus dem Fall draußen.«

»Dann sind wir also beide gefeuert.«

»Könnte man so sagen.«

»Weißt du was? Aggie kann mir mal den Buckel runterrutschen!« Ihre Wangen röteten sich leicht, ihre Augen blitzten zornig auf. Vermutlich hatte sie sich seit langem nicht mehr so hilflos gefühlt.

»Hat jemand Gabe gefragt, was er möchte?«

»Das glaube ich kaum.«

»Verdammt.« Selena stand auf, ging in die Küche und holte eine Flasche Mineralwasser aus dem Kühlschrank. Sie öffnete sie und nahm einen großen Schluck.

»Schmeckt's?«, fragte er und betrachtete sie vom Wohnzimmer aus.

»Nein, aber das muss im Augenblick genügen.«

»Ich lade dich zum Abendessen ein«, schlug er vor.

»Jetzt?«

»Nein, jetzt nicht, aber sobald ich fertig bin.«

»Fertig womit?«

»Ich tausche die Schlösser aus. Dachte, das wäre schon mal ein Anfang. Nur für den Fall, dass doch jemand einen Schlüssel hat.«

»Ist das nicht ein bisschen aufwendig?«, fragte sie, doch sie erhob weiter keine Einwände. Obwohl sie versuchte, sich nichts anmerken zu lassen, war sie nervös und zwang sich, gelassener zu erscheinen, als sie wirklich war.

»Die Schiebetür zur Terrasse hat ein Schloss, oder?«

Sie nickte. »Ein im Fußboden verankertes Bolzenschloss an der Schiene, das von außen nicht geöffnet werden kann.«

»Gut.« Trotzdem überprüfte er die Tür und vergewisserte sich, dass sie richtig schloss, dann richtete er sich auf. »Dann werde ich mal das Schloss an der Haustür anbringen und anschließend einen Blick auf die Fenster werfen. Du«, er deutete mit dem Schraubenzieher auf sie, »möchtest dir vielleicht etwas weniger Legeres anziehen. Abendessen, erinnerst du dich?«

»Oh, richtig.« Sie wollte schon die Treppe hinaufeilen, doch dann blieb sie auf der zweiten Stufe stehen. »Ich glaube nicht, dass der Mörder noch einmal herkommen wird.«

O'Keefe öffnete seine Werkzeugkiste und sagte: »Vielleicht nicht, aber ich möchte einfach sichergehen, nur für den Fall, dass er doch noch mal auftaucht. Mist. Ich brauche einen Kreuzschlitzschraubenzieher. Hast du zufällig einen?«

»In der Garage, auf der Werkbank.«

»Super. Bin gleich wieder da!« Er machte sich auf den Weg in die Garage, nicht ohne zuvor ein Lächeln in ihre Richtung zu schicken. »Der Kerl wird hier nicht mehr reinkommen.«

Wer? Wer? Wer?

Pescoli bekam den Fall nicht aus dem Kopf, auch nicht, während sie zu Hause auf Jeremy wartete und Bianca im Badezimmer rumoren hörte, die scheinbar den Weltrekord im Langzeitduschen brechen wollte. Pescoli brauchte höchstens zehn Minuten im Bad, um zu duschen, Haare zu waschen und Zähne zu putzen, ihre Tochter dagegen mindestens eine Stunde, mitunter sogar anderthalb. Das konnte ganz schön problematisch sein, denn im Haus gab es nur eine einzige Toilette, und anders als ihr Sohn war Pescoli nicht dazu bereit, »in den Garten zu pinkeln«.

Während ihre Tochter auf der anderen Seite der verschlossenen Badezimmertür ihrer täglichen Schönheitspflege nachkam und Cisco zusammengerollt in seinem Hundebettchen neben dem Weihnachtsbaum schlief, fuhr Pescoli ihren Laptop hoch und ging noch einmal sämtliche Informationen durch, die sie zum Eismumienfall zusammengestellt hatte: Fotos von den Leichenfundorten; Listen von Personen, die die Opfer gekannt hatten; Fotos der Schaulustigen. Die Polizei hatte sich die Überwachungsbänder von umliegenden Geschäften geben lassen, die Nachbarn befragt, die Aufnahmen der Verkehrsüberwachungskameras nach größeren Fahrzeugen durchgeschaut, die spätabends in der Nähe der Leichenfundorte unterwegs gewesen waren, hatte mit Verwandten und Freunden gesprochen, sich nach möglichen Feinden erkundigt und die Leute überprüft, die möglicherweise vom Tod der Opfer profitierten – vergeblich.

Die ganze Arbeit hatte nichts Brauchbares ergeben.

Eine Frage, die sie sich immer wieder gestellt hatten, betraf die Vorgehensweise an sich. Wohin brachte der Killer seine

Opfer, um sie in Eisblöcke einzufrieren? Es dauerte Tage, bis das Wasser gefroren und das Eis in die entsprechende Form gebracht war. Die fein gemeißelten Details waren natürlich keinem von ihnen entgangen, auch wenn sie sie nicht an die Presse weitergegeben hatten, um dem perversen »Künstler« nicht zu mehr öffentlicher Aufmerksamkeit zu verhelfen als unbedingt nötig. Verwendete er eine große, handelsübliche Gefriertruhe? Benutzte er vielleicht ein Kühlhaus? War es möglich, dass er seine Arbeit zu Hause verrichtete? Wenn ja, lebte er allein oder hatte er einen Komplizen?

Die Forensiker hatten keinerlei Spuren gefunden, die auf den Mörder hinwiesen, abgesehen von dem winzigen Blutstropfen im eisigen Sarg von Lara Sue Gilfry, der so klein war, dass sie ihn fast übersehen hatten.

Vielleicht stammte er tatsächlich vom Täter. Das Labor hatte herausgefunden, dass das Blut nicht mit dem des Opfers übereinstimmte und von einem Mann stammte, genau wie das einzelne kurze Haar, das man auf der Fußmatte in Brenda Sutherlands Wagen gefunden hatte.

Das FBI verglich es mit Haarproben bekannter Verbrecher, doch bislang hatte auch das nichts gebracht. Auf der Weihnachtskarte, dem Umschlag oder dem Foto waren keine Fingerabdrücke zu finden gewesen, an der Umschlaglasche haftete kein Speichel. Der Mistkerl hatte anscheinend zu viel *CSI: Den Tätern auf der Spur* gesehen.

Trotzdem würde er irgendwann ins Stolpern geraten; das war immer so.

Doch was, um alles auf der Welt, hatte Alvarez mit dem Mörder und mit den ihnen bislang bekannten Opfern zu tun? Waren die Frauen eine Art Drohung? Der Killer war doch nicht grundlos in das Haus ihrer Partnerin eingebrochen und hatte seine Opfer mit ihrem Schmuck versehen! Niemals.

Genau wie ein Hund sein Revier markierte und Jeremy von der Veranda pinkelte, hatte dieser Irre seine Marke für Alvarez an den Opfern hinterlassen.

Sie rief die Kleinversion der Landkarte auf, die im Raum der Sondereinheit an der Wand hing, und studierte sie erneut. Dort hatten die Frauen gearbeitet, dort waren sie entführt worden, dort hatten sie gewohnt ... Der Kerl war bestens informiert und organisiert.

Es *musste* jemand sein, der Alvarez kannte.

Und vermutlich kannte sie ihn auch.

Also wer zum Teufel war er?

Ein Kind? Selena Alvarez hatte ein Kind zur Welt gebracht? Und jetzt sollte dessen Identität aufgedeckt werden?

Er war allein zu Hause, sah in seinem Arbeitszimmer fern und fragte sich, warum er nicht schon vorher zwei und zwei zusammengezählt hatte. Seine Gedanken rasten, als er im Geiste noch einmal all die Informationen durchging, die er über diese Frau zusammengetragen hatte.

Natürlich gab es Lücken in dem, was er über sie wusste, aber nicht viele. Er hatte sorgfältig recherchiert, doch er hatte nie verstanden, warum sie noch während der Highschool von zu Hause ausgezogen war und sogar die Schule gewechselt hatte. Er hatte angenommen, sie sei in ein spezielles Förderprogramm aufgenommen worden oder ihre Eltern hätten sie anderswo untergebracht, damit sie nicht mit den falschen Leuten zusammenkam, doch er wäre niemals darauf gekommen, dass eine Schwangerschaft der eigentliche Grund war. Selbst damals, vor rund fünfzehn Jahren, war es zwar nicht die Norm, dass ein Teenager ein Baby zur Welt brachte, aber mit Sicherheit auch nichts, wofür sie sich hätte schämen müssen. Außerdem hätte sie doch problemlos verhüten können!

Ein Jahr, nachdem sie bei ihren Eltern ausgezogen war, war sie nach Hause zurückgekehrt – ohne Baby. Der Gedanke, dass sie heimlich ein Kind zur Welt gebracht hatte, war ihm nicht gekommen.

Sein Fehler.

Ein Versäumnis, das ihm gar nicht gefiel.

Doch jetzt wusste er Bescheid.

Er spürte das leichte Prickeln von Adrenalin, wie immer, wenn er den Eindruck hatte, dass sich alles nahtlos ineinanderfügte. Er hatte gedacht, er könnte sie mit ihrem dämlichen Hund ködern ... doch mit *einem Kind* in seiner Gewalt wäre es noch viel einfacher, sie dazu zu bringen, dass sie tat, was er wollte. Was er brauchte.

Die Vorstellung war so erregend, dass sein Schwanz hart wurde, und er malte sich genussvoll aus, wie er sie zwang, ihm Freude zu bereiten. Die Augen auf den Fernseher gerichtet, sah er sie vor sich. Nackt. Auf den Knien. Vielleicht würde er ihr ein Hundehalsband umlegen, aber das war gar nicht unbedingt nötig.

Nein, noch wichtiger als ihre Unterwerfung wäre, sie in ihr Bad zu legen und eisiges Wasser über sie zu schütten, ihre körperliche Makellosigkeit zu erhalten, während er ihre Seele auslöschte.

O ja ...

Die Tür zu seinem Arbeitszimmer war fest verschlossen, seine Frau, in heller Aufregung wegen des am nächsten Wochenende anstehenden weihnachtlichen Kirchenbasars, käme sicher erst in ein paar Stunden zurück. Dankbar, dass er allein war, die Melodie von »Engel singen Himmelslieder« im Kopf, schaute er die Nachrichten und versuchte, die bisher fehlenden Puzzleteile in das Gesamtbild einzufügen. Laut Nia Del Ray handelte es sich bei der Person, die in Selena Alvarez' Haus eingebrochen war, um einen Teenager, der mittlerweile in Haft saß. Der Junge stehe zu dem Opfer in einer »persönlichen Beziehung«, in welcher genau, ließ sie nicht verlauten, nur, dass sie diese Information aus »anonymer Quelle« bezogen habe, was bedeutete, dass es ein Leck im Büro des Sheriffs gab.

Nia Del Ray mochte sich vielleicht zieren, doch er wusste, wie er an den Namen kommen konnte.

Er hatte seine Hausaufgaben gemacht.

Nun klickte er sich in seine privaten Dateien und öffnete die, die er über Alvarez angelegt hatte. Wie alt mochte ihr Sohn jetzt sein? Fünfzehn, nein, sechzehn, also noch minderjährig, weshalb die Medien seinen Namen nicht nennen durften.

Nun, er würde trotzdem herausfinden, wer der Junge war. Viel war dazu nicht nötig, er müsste nur das Internet nach den neuesten Verbrechensmeldungen durchsuchen, Reportagen und Blogs durchgehen und ... Bingo! Der Name Gabriel Reeve erschien auf dem Monitor. Nun noch ein bisschen in den »gesicherten« Datenbanken der Highschools und ungeschützten sozialen Netzwerken herumgeschnüffelt, und schon erschienen mehrere Fotos auf dem Bildschirm.

»Was haben wir denn da?«, flüsterte er mit angehaltenem Atem. Einer der Verdächtigen beim bewaffneten Raubüber-

397

fall auf Richter Victor Ramseys Haus war der Sohn von Detective Alvarez? Wie hatte ihm das entgehen können?

Er richtete seine Aufmerksamkeit wieder auf den Fernseher, spulte die aufgezeichnete Nachrichtensendung zurück und spielte sie erneut ab. Was hatte diese Idiotin Nia noch gleich gesagt? Der Verdächtige solle »überstellt« werden?

Konzentriert lauschte er den Worten der hohlköpfigen Reporterin, die sich aufblies, als habe sie die Geschichte höchstpersönlich an die Öffentlichkeit gebracht.

Gebannt verfolgte er ihren Beitrag, dann spulte er zurück und schaute ihn noch einmal an. Und noch mal.

Als er endlich genug gesehen hatte, wandte er sich wieder seinem Computer zu, um nach weiteren Beiträgen zu suchen, weiteren Informationen. Offenbar verfügte die Reporterin, die für den Sender KMJC in Helena an dem Fall dran war, über mehr Details. Sie berichtete, der Junge, der nach der Geburt zur Adoption freigegeben worden sei, habe Alvarez ausfindig gemacht – seine herzallerliebste Mutter –, nachdem er mit dem Gesetz in Konflikt geraten sei.

Das waren gute Neuigkeiten.

Sehr gute Neuigkeiten.

Eine weitere Möglichkeit, an diese Giftviper von Detective heranzukommen, die sich für wer weiß was hielt. Arrogantes Miststück, dachte er innerlich feixend und fing an, leise vor sich hin zu singen. *»You better watch out, you better not cry, you better not pout, I'm tellin' you why … Santa Claus is comin' to town …«,* dann lachte er. *Ja, Detective Alvarez,* dachte er, *du solltest wirklich aufpassen,* denn jetzt kam der letzte Teil seines Plans zum Tragen. Der entscheidende Teil. Dank Gabriel Reeve.

Johnna Phillips fror.

Nackt, eingesperrt in eine Art unterirdische Zelle, behielt sie den Irren im Auge, der eine tote Frau mit Wasser übergoss und dann, wenn das Eis gefroren war, stundenlang mit Eispickel, Meißel, Pinsel und sogar einer Elektrosäge hantierte. Das Ganze war furchtbar unheimlich, und sie flippte fast aus vor Panik, doch er hatte ihr ein Beruhigungsmittel gegeben, damit sie nicht schrie oder ihn beschimpfte wie am Anfang, als er sie hierhergebracht hatte.

Sie hatte ihn angefleht, um ihr Leben gebettelt, versprochen, alles zu tun, was er wollte, geschworen, keiner Menschenseele etwas zu verraten, aber alles war vergeblich gewesen. Er war weiter seiner perversen Beschäftigung nachgegangen und schien sich lediglich von dem Hund ablenken zu lassen, einem Welpen, der in einer Zelle wie ihrer eingesperrt war, der arme Kleine. Er kläffte und jaulte unablässig. Mittlerweile hatte Johnna solche Kopfschmerzen, dass nicht einmal die Betäubungsmittel, die er ihr verabreichte, dagegen ankamen.

Sie hatte keine Ahnung, welche Tageszeit gerade war – Vormittag, Mittag oder Mitternacht –, wusste nicht, wie lange er sie schon gefangen hielt oder wie lange er sie noch am Leben lassen würde. Sie machte sich keine Illusionen, lebend hier rauszukommen; nicht nach dem, was sie gesehen hatte.

Jetzt hörte sie seine Schritte auf den Stufen, das Quietschen seines schweren Profils, und war sogleich auf der Hut. Sie hatte nach einer Waffe Ausschau gehalten, etwas, das sie gegen ihn verwenden könnte, doch sie hatte nichts gefunden. Mittlerweile hatte sie ihre Taktik geändert; sie schrie und tobte nicht mehr, flehte nicht mehr, schwieg einfach nur, wartete ab, hoffte, ihn in falscher Sicherheit zu wiegen, ihn glauben zu machen, dass sie zu verängstigt war, um sich zu verteidigen. Doch dem war ganz und gar nicht so.

Johnna dachte an das Baby, das in ihr heranwuchs, und fragte sich, welche Auswirkungen die elende Kälte, der Elektroschocker und die Drogen, die er ihr verabreicht hatte, wohl auf das ungeborene Kind haben mochten.

Sie begriff nicht, wie sie ihm hatte vertrauen können, wie sie so dumm hatte sein können, mit ihm spätnachts zu ihrem Wagen in der menschenleeren Straße zu gehen, wie sie die so offensichtlichen Anzeichen hatte übersehen können, dass er ein Wahnsinniger war ... ein wahnsinniger Mörder, um genau zu sein.

Nun, sie würde nicht kampflos untergehen.

Er ignorierte sie, stellte seine grauenhafte Weihnachtsmusik an und nahm die Arbeit an der abscheulichen Eisskulptur, die er geschaffen hatte, wieder auf. Doch anstatt weiter daran zu schnitzen oder wie immer man diese »Eishauerei« nennen mochte, setzte er am Fuß der Skulptur eine riesige, merkwürdig aussehende Zange an und wuchtete sie auf eine Sackkarre.

Aus dem Radio tönte »White Christmas« und hallte von den Höhlenwänden wider, während Johnna voller Entsetzen beobachtete, wie er das makabre Ding aus der Höhle rollte, vorbei an ihrer Zelle und einen natürlichen Gang entlang in die Finsternis.

Kapitel neunundzwanzig

Mit seinen fünfundsiebzig Jahren hasste Harry Barlow den Schnee.

Genau wie er laute Kinder auf den Tod nicht leiden konnte. Und kleine kläffende Hunde.

Und jetzt war er mitten im Winter hier draußen, um ihn herum tobte der Sturm, den die Trottel vom Wetterkanal seit Tagen angesagt hatten.

Der Wind heulte eisig durch die tiefe Schlucht, der Fluss toste, Schnee wirbelte in winzigen scharfen Kristallen durch die Luft, prallte gegen seine Brille, schnitt in seine Wangen. Und das nur, weil er mit dem verdammten Köter seiner Schwiegermutter Gassi gehen musste.

Ginge es nach ihm, wäre er längst wieder in Florida auf einem Golfplatz, einen Mai Tai oder einen Gimlet in der Hand. Er würde in einer dieser wunderbaren Seniorenresidenzen wohnen, wie damals, im »Palmengarten«. Dort gab es keine nervigen Gören, und um die kleinen Kläffer kümmerten sich die Alligatoren.

Doch vor drei Jahren, nach dem Tod seiner geliebten Winnie, hatte er sich in eine Dame aus seiner Kirchengemeinde verliebt. Phyllis war einst Winnies beste Freundin gewesen, und er war davon ausgegangen, dass sie ohne weiteres in Winnies Vierhundert-Dollar-Fußstapfen treten würde.

Doch weit gefehlt.

Seit er mit Phyllis verheiratet war, hatte sich für Harry einiges verändert.

Das Problem war, dass Phyllis, die wesentlich praktischer veranlagt war als seine erste Frau und weitaus vernünftiger, beschlossen hatte, dass Harry und sie den warmen Sonnenscheinstaat Florida verlassen und hierher, mitten ins eiskalte Montana, ziehen würden. Die Einheimischen nannten Montana wegen der Vielzahl an Rohstoffvorkommen auch »Staat der Schätze«. Ja, ja, was für ein Schatz!

Trotzdem war Harry seiner Phyllis sehr zugetan, weshalb er seinen Golfer-Lebensstil gegen ein nahezu asketisches Dasein in der Pampa eingetauscht hatte – »Palmengarten« gegen Schneehölle.

In Florida hängten die Leute Speerfische an die Wände, hier Elchköpfe, Hirschgeweihe oder sogar Pumafelle, was schon genügte, um Harry zur Verzweiflung zu treiben.

Doch Phyllis hatte darauf bestanden, dass sie hierher in diese gottverdammte Ödnis zogen, damit sie sich um ihre Mutter kümmern konnte. Und jetzt lebten sie zu dritt in Moms Wohnung, mit Aussicht auf die Wasserfälle. Irgendwie war es Harry zugefallen, Baby, Moms grässlichen Pudel-Chihuahua-Mischling, auszuführen. Baby wusste, dass Harry ihn nicht mochte. Also knurrte und bellte er und schnappte mit seinen kleinen spitzen Zähnen nach ihm. Einmal hatte er Harry sogar hinter der Schiebetür zur Gästetoilette in die Enge getrieben. Aus irgendeinem unerfindlichen Grund hatte Phyllis das zum Brüllen komisch gefunden.

Vor Verlegenheit war er knallrot geworden.

Er war nur dankbar dafür, dass Ralph, Bubba und Wiley, seine Golfkumpane im Palmengarten, ihn nicht dabei beobachten konnten, wie er zweimal am Tag, bewaffnet mit Leine und Plastiktütchen, hinter dem schlecht gelaunten Baby herstapfte und dessen Hinterlassenschaften einsammelte.

Das Maß war voll!

Nach einem Jahr hatte er Phyllis gedroht, zurück in den Süden zu fliegen. Sie könne mit ihm kommen oder in dieser verdammten Eisfestung bleiben.

Baby, dessen richtiger Name Baby Love Supreme lautete – *um Himmels willen!* –, nach der Band aus den Sechzigern, die Phyllis und ihre Mutter so liebten, war heute Morgen ganz besonders miserabler Stimmung. Erst hatte er sich nicht in die Kabinenbahn verfrachten lassen wollen, dann hatte er sich geweigert, sein dürres Bein an seinen üblichen Pinkelbüschen zu heben.

Doch es war noch schlimmer gekommen: Als sie wieder in die Kabinenbahn eingestiegen waren, um sich von dem Park auf dem Boxer Bluff hinunter in die Altstadt bringen zu lassen, hatte der Hund auf den Boden gemacht.

Großartig!

Am zweiten Januar würde er in den Flieger steigen, keinen Tag später! Harry wollte raus aus dieser gefrorenen Hölle, und zwar ohne den verfluchten Köter!

Zumindest war zu dieser frühen Stunde niemand außer ihnen in der Kabinenbahn gewesen, weshalb Babys Verschmutzung dieses Stadtwahrzeichens hoffentlich unbemerkt bliebe ... Nun, für menschliche Augen vielleicht, doch nicht für das Auge der Kamera, die an der Decke montiert war.

Mist!

Die Kabinenbahn hielt an, die Türen öffneten sich, und ein eisiger Windstoß wehte herein. Harry zog seine Handschuhe

an und setzte seine Mütze auf, dann trat er auf den frei ge-
schaufelten Gehsteig hinaus, auf dem sich schon wieder der
Schnee türmte.

Elendes Wetter!

Es war noch dunkel. Auf den Straßen herrschte kaum Verkehr, für die meisten Leute war es zu früh, um zur Arbeit zu
fahren. Die Laternen gossen wässrige bläuliche Lichtpfützen
auf den schneebedeckten Asphalt. Es war wirklich schweine-
kalt. Er zerrte an der Leine und überlegte kurz, ob er Baby an
einer Parkuhr anbinden und in einen der Coffeeshops entlang
der Uferstraße gehen sollte, um sich seine erste Tasse Morgen-
kaffee zu genehmigen, doch er fürchtete, der kleine Mischling
könnte trotz des albernen grünen Pullovers, den Phyllis ihm
angezogen hatte, erfrieren.

Phyllis und ihre Mom würden darüber gar nicht erfreut
sein. *Trotzdem ...*

Er entdeckte das Schild vom Joltz, überquerte die Straße an
der Fußgängerampel und strebte auf den Eingang des kleinen
Coffeeshops zu. Auf dem Weg dorthin kam er am Wild Will vorbei, dem Restaurant mit den makabren präparierten Tierköpfen
an den Wänden und dem grässlichen ausgestopften Bären gleich
hinter der Tür. Es folgte ein Musikladen, vor dem drei hölzerne
Figuren standen, gekleidet wie um 1890, die Weihnachtslieder
sangen. Sie waren mit einer Kette an einem Ring in der Mauer
befestigt, vermutlich, damit sie nicht geklaut wurden.

Baby beschnupperte den zweidimensionalen Mann in Smo-
king und Zylinder. Er stand zwischen zwei Frauen, die eine davon in Hemdbluse und Nadelstreifenrock, die andere in einem
roten Kleid. Alle drei hielten Liederbücher in den Händen und
hatten ihre Lippen gerundet, als würden sie singen.

»Nun komm schon«, brummte er und versuchte, den Hund weiterzuziehen, der hinter den Holzfiguren herumschnüffelte und plötzlich zu jaulen anfing. »Was zum Donnerwetter ist denn nun schon wieder los?«, fragte er. Sein Blick fiel auf eine vierte Figur, die von dem großen Mann mit dem Zylinder verdeckt gewesen war. Irgendwie passte sie nicht recht zu den übrigen.

Was zum Teufel ...?, fragte er sich, kniff die Augen zusammen und trat näher heran. Ein entsetzter Schrei drang aus seiner Kehle, als er feststellte, dass er vor einem Eisblock stand, mit einer sehr toten und sehr nackten Frau darin ...

»Wir haben Brenda Sutherland gefunden«, sagte Pescoli, als Alvarez ans Handy ging. Diese stand am Spülbecken und füllte eine Teekanne mit Wasser, trotzdem hatte sie das Gespräch gleich nach dem zweiten Klingeln angenommen. »Direkt in der Innenstadt, nur ein paar Schritte vom Wild Will entfernt, das muss man sich mal vorstellen! Alles war genauso wie bei den anderen: ein Eisklotz mit einer nackten Frau darin, wieder eine weihnachtlich-winterliche Kulisse, diesmal hinter einer Gruppe von Weihnachtssängern aus Sperrholz. Du weißt schon, die, die jeden Dezember vor Woodys Musikladen steht. Mir ist klar, dass du offiziell von dem Fall abgezogen wurdest, aber ... ach, Mist. Ich finde, wir können jede Hilfe gebrauchen, die wir kriegen können.«

Die Teekanne lief über, und Alvarez drehte den Wasserhahn ab.

»Dieser Mistkerl hat sie mitten in der Altstadt abgestellt. Ein Mann, der mit seinem Hund draußen war, hat sie vor etwa einer halben Stunde gefunden. Er war völlig außer sich.«

»Das kann ich mir denken. Dann hat der Mörder Brenda ganz in der Nähe des Gerichtsgebäudes abgeladen?«

»Richtig. Endlich hat er einen Fehler gemacht«, brüllte Pescoli über das Heulen des Windes hinweg.

Alvarez stellte die Teekanne ab und eilte die Treppe hinauf.

»Es gibt dort überall Verkehrskameras, außerdem sind sämtliche Geschäfte videoüberwacht. Diesmal kriegen wir ihn. Ein Fahrzeug von der Größe, die nötig ist, um einen solchen Eisblock zu transportieren, bleibt nicht unbemerkt. Woody, der Besitzer des Musikladens, ist auf dem Weg hierher, um uns die Bänder seiner Überwachungskameras auszuhändigen. Mindestens eine davon war auf die Weihnachtssänger gerichtet. Er wird nicht noch einmal ungeschoren davonkommen.«

»Ich bin gleich bei euch«, sagte Alvarez und blieb vor der Schlafzimmertür stehen.

»Braves Mädchen.«

Selena hörte das Lächeln in Pescolis Stimme und wusste, dass sie gleich auflegen würde. »He, warte mal!«

»Ja?«

»Hast du etwas von Gabriel Reeve gehört?«

»Außer dass die Mutter darauf besteht, dass du dich von ihm fernhältst?«, fragte Pescoli. »Ja, habe ich. Er wird nach Helena überstellt.«

»Heute schon?«

»Sieht ganz so aus. Auch wenn es bestimmt nicht leicht wird, jemanden zu finden, der ihn bei diesem Sturm fährt. Vielleicht schickt das Department in Helena einen Deputy, der ihn abholt ... Jetzt schlag bloß nicht vor, dass du das übernimmst, klar? Weder Grayson noch die Eltern werden sich

406

darauf einlassen.« Noch bevor Alvarez etwas dazu sagen konnte, fügte Pescoli hinzu: »Ich muss jetzt auflegen«, und weg war sie.

Im Schlafzimmer sah Selena Dylan quer im Bett liegen, Decken und Tagesdecke über seinen nackten Körper gezogen. »Raus aus den Federn!«, rief sie und knipste die Nachttischlampe an. Mrs. Smith, die wieder auf ihrem Kopfkissen döste, hob ihr pelziges Köpfchen. O'Keefe blinzelte und wandte sich von dem grellen Licht ab. Die Katze streckte sich, machte einen Buckel und öffnete das Mäulchen mit der rosa Zunge und den spitzen weißen Zähnchen zu einem herzhaften Gähnen.

»Was zum Teufel ist los?«, brummte er mit verschlafener Stimme. Seine Haare standen wild in alle Richtungen ab.

»Wir haben eine weitere Leiche.« Sie zog bereits ihre Thermounterwäsche an und suchte nach ihren Jeans.

»Was sagst du da?«

»Brenda Sutherland. Ein Mann, der seinen Hund Gassi geführt hat, hat sie in der Altstadt in der Nähe des Gerichtsgebäudes gefunden.« Sie fuhr sich mit den Fingern durch die Haare und drehte sie zu einem halbwegs ordentlichen Knoten zusammen.

»Wann bist du denn aufgestanden?« Er rieb sich mit der Hand sein stoppelbärtiges Kinn, dann wanderte sein Blick zu dem Wecker auf ihrem Nachttisch. Laut Digitalanzeige war es sechs Uhr dreißig.

»Schon vor Stunden«, flunkerte sie.

Er streckte sich. »Und weshalb führt der Kerl seinen Hund zu einer derart unchristlichen Zeit spazieren?«

»Keine Ahnung.«

Eine Windböe heulte um Alvarez' Reihenhaus.

»Ganz schön ekelhaft draußen«, stellte er fest, doch er rollte sich bereits aus dem Bett und griff nach seinen Boxershorts und Jeans.

»Hast du eine Schneehose? Es ist verflucht kalt. Der Sturm, den sie seit einer Woche ansagen, bringt eisige Luft mit sich.« Wie um ihre Worte zu unterstreichen, ging in diesem Augenblick das Licht aus.

»Mist«, sagte er. Sie stellte die Taschenlampenfunktion an ihrem iPhone ein, nahm eine Taschenlampe aus der Schublade und reichte sie ihm.

»Leg 'nen Zahn zu, O'Keefe, ich muss meinen Wagen aus der Garage holen.«

»Weißt du, wie du das Tor ohne die Elektronik aufkriegst?«

»Ja, aber es wäre nett, wenn du mir dabei hilfst.«

Er sah sie im Licht der Taschenlampe an und grinste schief. »Aber sicher doch, Detective«, sagte er und gab ihr im Vorbeigehen einen Klaps auf den Po.

Wieder einmal erinnert die Szenerie an ein Irrenhaus, dachte Pescoli, obwohl das Department den Leichenfundort großräumig abgesperrt hatte. Da Woodys Musikladen im Herzen der Altstadt von Grizzly Falls lag, hatte man ganze Straßen mit Polizeiband und Barrieren dichtmachen müssen. Alles war voller Polizeifahrzeuge, ihre Lichter blinkten mit der Weihnachtsbeleuchtung um die Wette, während streng dreinblickende Deputys die Menge der Schaulustigen im Zaum hielten.

Trotz der eisigen Temperaturen und des Schneesturms hatten sich Dutzende von Menschen versammelt, Berufstätige auf dem Weg zur Arbeit, Kunden auf dem Weg zu Terminen,

Jogger auf ihrer täglichen Laufroute, sogar mutmaßliche Täter auf dem Weg ins Gerichtsgebäude befanden sich darunter. Der Betrieb im unteren Teil von Grizzly Falls war dank des Eismumienmörders, wer immer er sein mochte, zum Erliegen gekommen.

Aber sie würden ihn schnappen, da war sich Pescoli sicher, diesmal hatte sich der Wahnsinnige verschätzt. Es war unmöglich, dass er nicht gesehen oder zumindest von einer Überwachungskamera erfasst worden war. Hoffentlich könnten sie ihn identifizieren!

Sie betrachtete die eingefrorene Leiche und stellte fest, dass diese, genau wie die anderen, sorgfältig zurechtgelegt worden war. Alvarez' Medaillon hing wie auf dem Foto zwischen ihren Brüsten, der Eisblock war sorgfältig behauen und wie die Male zuvor an einem öffentlichen Ort ausgestellt worden, diesmal hinter einer Gruppe hölzerner Weihnachtssänger.

»Da besteht jemand darauf, mit dir zu sprechen«, riss Pete Watershed sie aus ihren Gedanken. »Sandi Aldridge aus dem Wild Will.«

Pescoli wurde schwer ums Herz, doch sie machte sich auf den Weg zur Absperrung vor dem Restaurant, wo Sandi, einpackt in eine dicke Skijacke und dazu passender Hose, unter dem Vordach stand. Auch andere Leute hatten sich an dieser relativ geschützten Stelle versammelt, doch Sandi hielt sich ein wenig abseits. Sie hatte die Arme um die Taille geschlungen, ihr Kinn zitterte leicht. Als Pescoli näher kam, sah sie, dass ihr die Restaurantbesitzerin mit panisch aufgerissenen, grelllila geschminkten Augen entgegenstarrte. Ihre Brille war leicht beschlagen wegen der Kälte. »Es ist Brenda, hab ich recht? O Gott, genau das hatte ich befürchtet!«

Sie schlug eine behandschuhte Hand vor den Mund und biss hinein, um nicht in Tränen auszubrechen.

»Ich darf nichts sagen, bis wir die nächsten Angehörigen verständigt haben ...«

»Zum Teufel mit den nächsten Angehörigen! Brenda war wie eine Tochter für mich! Ich wusste es. Ich wusste, dass sie diesem Irren in die Hände gefallen ist!« Sie schniefte laut. »Sie haben doch diesen Lumpenhund von Ex-Mann überprüft, oder? Ich schwöre Ihnen ...«

»Ich weiß, Sandi. Wir gehen jeder Spur nach.«

»Ausgerechnet Brenda ...« Ihre Stimme brach. »Das ist einfach nicht fair!«

Das ist es nie.

Pescoli wurde zum Fundort zurückgerufen, und Sandi kehrte mit hängenden Schultern ins Restaurant zurück. »Die Spurensicherung ist da«, teilte Watershed Pescoli mit. »Und Detective Alvarez.«

»Gut.« Wenn jemand eine Auseinandersetzung beginnen wollte, weil sie ihre Partnerin informiert hatte, nun, bitte schön. Pescoli hatte keine Zeit, sich ans Protokoll zu halten. Brett Gage kam auf sie zu, und sie stöhnte innerlich. Der Mann war ein ziemlich guter Cop, doch für ihren Geschmack ein bisschen zu verweichlicht.

Gott sei Dank war Alvarez da. Sie sprach bereits mit einem Officer und trug sich in die Liste der Ermittler ein. Dann ging sie zu Pescoli hinüber und sagte: »Dann lass mal sehen.«

Gage sah aus, als wollte er etwas einwenden, doch Pescoli hob abwehrend eine behandschuhte Hand. »Hier drüben«, sagte sie und führte Selena zum Eingang des Musikladens, wo die Kriminaltechniker Fotos vom Fundort machten. »Deins?«, fragte sie dann und richtete den Strahl ihrer Taschenlampe direkt auf die Brustspalte der toten Frau. Das goldene Medaillon, das an einer feinen Goldkette hing, blitzte auf.

»Sieht ganz so aus.«

Pescoli schaltete die Taschenlampe aus. »Das dachte ich mir.« Sie blickte auf die Eismumie. »Dieser Psychopath scheint auf dich zu stehen, Alvarez.«

»Das sagtest du bereits.«

»Nein, ich sagte, er habe es auf dich abgesehen. Aber ich denke, die Sache geht tiefer: Er war in deinem Haus, um persönliche Gegenstände zu entwenden, mit denen er die Frauen schmückt, die er tötet. Da steckt mehr dahinter«, dachte sie laut. »Ich denke, es geht ihm um etwas Persönliches.«

Kapitel dreißig

Pescolis Worte verfolgten Alvarez noch auf dem Weg ins Department. Sie hatten wie eine Warnung geklungen.

Sie dachte an die eingefrorenen Frauen, die alle ihren Schmuck trugen.

Es geht ihm um etwas Persönliches.

Wieso? Die Männer, die Grund gehabt hätten, sie zu hassen – Emilio Alvarez und Alberto De Maestro –, waren nicht in der Gegend, und die Männer, die sie ins Gefängnis geschickt hatte, waren fast alle noch dort. Junior Green hatte sein Bestes gegeben, um sie auszuschalten, aber auch er saß wieder hinter Gittern. Jemand anders wollte ihr beim besten Willen nicht einfallen, schon gar nicht jemand, den sie so aufgebracht hatte, dass er zu einem sadistischen Serienmörder wurde.

Du weißt, wie das bei Serienmördern läuft; dazu kommt es nicht von selbst, alle haben eine Geschichte. Bettnässer. Misshandelt. Vernachlässigt. Als Kind missbraucht. Tierquäler ... Vielleicht ist er dir irgendwann einmal über den Weg gelaufen, ohne dass du es besonders bemerkt hast, womöglich hast du ihn gar nicht wahrgenommen. Jemand, der auch Lara Sue Gilfry, Lissa Parsons, Brenda Sutherland und vielleicht Johnna Philipps über den Weg gelaufen ist. Jemand aus Grizzly Falls. Bloß wer?

Frustriert zermarterte sie sich an ihrem Schreibtisch den Kopf, während draußen der Sturm weitertobte, Bäume umriss, Stromleitungen kappte, für zugefrorene Rohre und unpassierbare Straßen sorgte. Einen so schlimmen Blizzard hatte sie hier noch nie erlebt.

Die Leute, die in diesem Teil von Montana wohnten, waren an die extremen winterlichen Wetterbedingungen gewöhnt, doch selbst die Einheimischen, die seit Jahrzehnten hier lebten, waren nun gezwungen, die Schotten dicht zu machen.

Das Büro des Sheriffs hatte sämtliche Hilfskräfte aktiviert, und das Department brummte nur so vor Geschäftigkeit. Halb erfrorene Streifenpolizisten kehrten von ihren Einsätzen zurück, wärmten sich mit heißem Kaffee auf und stärkten sich mit Joelles rapide schwindenden Leckereien, bevor sie wieder aufbrachen, um Eingeschneiten ohne Strom zu helfen, Unfallstellen zu räumen oder umgestürzte Bäume zu beseitigen.

Doch damit nicht genug, nein, sie mussten natürlich auch noch das FBI und die Staatspolizei im Haus haben und sich mit einem Serienmörder befassen!

Die Heiterkeit der Vorweihnachtszeit wurde in diesem Jahr unter gewaltigen Schneewehen begraben, und selbst Joelle schien gedämpfter Stimmung zu sein: Ihr für gewöhnlich so fröhliches Lächeln wirkte ein wenig gezwungen, als sie mit ihren kniehohen roten Stiefeln, einem schwarzen Rock und dazu passendem, mit Weihnachtssternen besticktem Pullover durch den Gang in den Aufenthaltsraum gestöckelt kam. »Ich denke, der Kirchenbasar am Wochenende wird verschoben werden«, sagte sie mit schmalen Lippen und fegte die Krümel von einem der Tische.

»Das dürfte unser geringstes Problem sein.« Pescoli hatte den Großteil des Tages im Zimmer der Sondereinheit verbracht und war gerade erst herausgekommen, um ihre Kaffeetasse nachzufüllen. Auch Alvarez war hineingebeten worden und hatte ihre Arbeit an dem Fall weiterführen dürfen. Grayson hatte seine Anordnung mit Zustimmung der FBI-Agenten aufgehoben. Sie alle hofften, dass sie Licht in diese ominöse Angelegenheit bringen könnte.

Im Department waren zahlreiche Hinweise eingegangen, die allesamt überprüft worden waren, doch bislang war keine heiße Spur darunter gewesen. Auch der Anruf des alten Sherwin Hahn, der gemeldet hatte, sein Nachbar treibe »seltsame Dinge« an seinem Wassertrog, hatte sich als Fehlschuss erwiesen. Sherwin war Farmer gewesen, seine Familie betrieb schon seit Generationen einen Hof in der Nähe von Grizzly Falls, der mittlerweile von seinem Sohn und Enkelsohn bewirtschaftet wurde. Der auf die hundert zugehende Sherwin war wegen eines früheren Arbeitsunfalls und schwerer Arthritis an den Rollstuhl gefesselt. Von seinem Lieblingsplatz am Fenster aus konnte er mit Hilfe eines Fernrohrs hügelabwärts auf die Nachbarfarm blicken, wo Abe Nelson Winterweizen anbaute und Schafe hielt. Die Schaftstränke hatte Sherwins Aufmerksamkeit erregt, seine Phantasie war mit ihm durchgegangen, und nun war er felsenfest davon überzeugt, dass Abe in dieser Tränke Leichen einfror. Es stellte sich jedoch heraus, dass Abe Nelson lediglich versuchte, den Wassertrog von Eis frei zu halten, wozu er die sich bildende Eisschicht jeden Morgen und jeden Abend aufhackte und entfernte. Er hatte mit dem FBI gesprochen, mit Pescoli und Gage, einen entrüsteten Blick den Hügel hinauf zu Sherwin Hahns altem Gehöft geworfen und geknurrt: »Der blinde alte Knacker sollte sich lieber um seine eigenen Angelegenheiten kümmern. Nur damit Sie's wissen: Ich kann ihn nicht ausstehen, und seinen Sohn und seinen Enkel schon gar nicht!«

Dann hatte Nelson sie eingeladen, sich auf seinem Anwesen umzusehen. »Und wenn Sie schon dabei sind, würde es

Ihnen etwas ausmachen, nach einem Mutterschaf Ausschau zu halten, das mir vor zwei Tagen abhandengekommen ist?« Seine Frau hatte ihnen Kaffee angeboten. Der Hinweis hatte sich also als falsch erwiesen. Genau wie die anderen. Das hatte Pescoli Alvarez bestätigt, als sie wieder an ihrem Schreibtisch saß. »Der Nelson-Hof?« Sie hatte den Kopf geschüttelt und die Augen verdreht. »Da ist es uns mal wieder gelungen, den falschen Baum anzubellen.«

Seine Aufgabe war offiziell beendet, erkannte O'Keefe, als er zu dem Hotel fuhr, in dem Aggie und Dave abgestiegen waren. Sie würden Grizzly Falls noch heute verlassen. Sobald sich der Sturm legte und die Straßen wieder passierbar waren, wollten sie nach Helena zurückfahren und zusammen mit einem Anwalt auf die Ankunft ihres Sohnes im dortigen Jugendgefängnis warten. Gabe würde im Laufe des Tages nach Helena überstellt werden, wann genau, stand bislang noch nicht fest. Laut Alvarez hing es davon ab, wann ein Fahrer zur Verfügung stand.

Langsam wurde es Zeit, dass auch er die Stadt verließ, dachte O'Keefe und kniff die Augen zusammen, um durch die dicht fallenden Schneeflocken etwas erkennen zu können. Die Sicht ging gegen null. Obwohl nicht viel Verkehr herrschte, kamen die Fahrzeuge nur schleppend voran, stellenweise war es spiegelglatt.

Am Vortag war er aus seinem Motelzimmer ausgezogen und hatte seine Sachen auf seinen Geländewagen und Alvarez' Reihenhaus verteilt. Aber er hatte ein Leben in Helena. Eine Doppelhaushälfte und ein Büro in der Innenstadt, beides stand seit mehr als anderthalb Wochen leer.

Wegen Gabe.

Zumindest war anfangs Gabe der Grund gewesen, doch jetzt blieb er wegen Alvarez hier. Er redete sich ein, es ginge nur darum, sie zu beschützen, doch es steckte mehr dahinter, und jetzt, als er die Straße am Fluss entlangfuhr, musste er sich endlich die schlichte Tatsache eingestehen, dass er sich in sie verliebt hatte. Immer schon in sie verliebt gewesen war. Albern. Natürlich hatte er gemischte Gefühle, was sie anbelangte, und vermutlich hätte er sich zurückziehen und ihr Raum geben sollen, nachdem sie ihm anvertraut hatte, dass sie als Teenager vergewaltigt worden war, woher ihre Probleme mit zwischenmenschlicher Nähe rührten, doch er hatte es nicht getan. Und scheinbar wollte sie auch gar nicht, dass er ging. Selbst der erwartete Wutanfall, als er ihr gestern Abend mitgeteilt hatte, dass er mehr oder weniger bei ihr einziehen würde, war ausgeblieben.

Schuldgefühle stiegen in ihm auf, denn er war nicht ganz ehrlich zu ihr gewesen. Natürlich hatte er sie gedrängt, mit ihm zu schlafen, genau wie er sie, wenngleich eher unbewusst, dazu gedrängt hatte, sich ihm zu öffnen, ihm zu erzählen, was ihr zugestoßen war, weshalb sie Gabriel zur Adoption freigegeben hatte, und nun wussten es alle. Doch hatte das im Grunde nicht auch etwas Gutes? Er blickte in den Rückspiegel. Sein Spiegelbild schaute bestätigungsheischend zurück.

Was seine Gründe anbelangte, noch länger in Grizzly Falls zu bleiben, hatte er ihr wieder nicht ganz die Wahrheit gesagt.

Er bremste vor einer roten Ampel ab und sah erneut in den Spiegel. Diesmal wirkte sein von Blutergüssen und Schwellungen entstelltes Gesicht anklagend. Na gut, er hatte sie angelogen. Na gut, sie würde stinksauer sein, wenn sie es herausfand. Na und?

Die Angst, die ihn befallen hatte, als ihm klargeworden war, dass Junior Green sie in der Garage in die Enge getrieben hatte, kam wieder in ihm hoch, und er fragte sich mit klopfendem Herzen, was passiert wäre, wenn er nicht im allerletzten Moment dazugekommen wäre. Es hätte nicht viel gefehlt, und der brutale Ex-Footballspieler hätte sie getötet. Sicher, Selena Alvarez war eine gut ausgebildete Polizistin, die wusste, wie man mit einer Waffe umging, und die jede Menge Selbstverteidigungs- und Kampfsportkurse besucht hatte, aber das alles reichte nicht, wenn ein Irrer seine Fünfundvierziger auf sie richtete.

Das wollte er nicht noch einmal erleben. Nie wieder.

Gib's zu, O'Keefe, es hat dich erwischt. Seit der Zeit in San Bernardino bist du in Selena Alvarez verliebt, und das hat sich nie geändert, egal, was zwischen euch vorgefallen ist.

Und genau das war die bittere Wahrheit.

»Der nächste Angehörige von Brenda Sutherland ist informiert worden«, verkündete Pescoli etwas später und blieb an Alvarez' Arbeitsplatz stehen.

»Ich hab's mitbekommen«, erwiderte diese. Alvarez hatte den ganzen Morgen und während der Mittagspause am Computer gesessen und Versäumtes nachgeholt, dann hatte sie sich noch einmal sämtliches Material zum Eismumienfall vorgenommen. Der Obduktionsbericht zu Brenda Sutherland würde erst in ein paar Tagen eintreffen, wegen der Dringlichkeit des Falls vielleicht etwas früher, doch sie ging ohnehin davon aus, dass daraus nichts anderes hervorgehen würde als bei den beiden vorherigen Opfern auch.

Drei Frauen hatte er bislang ermordet, doch da war noch Johnna Phillips, und es war nicht ausgeschlossen, dass der

417

Eismumienmörder weitere Frauen in seine Gewalt gebracht hatte, über die bislang keine Vermisstenmeldung vorlag. Sie mussten ihn aufhalten!

Alvarez lehnte sich zurück und rieb sich die verspannten Nackenmuskeln. Der Lärmpegel im Büro erschien ihr heute besonders hoch, Telefone klingelten, Tastaturen klapperten, Drucker und Kopierer ratterten, die alte Heizungsanlage brummte und gluckerte, Gesprächsfetzen, Rufe und vereinzeltes Gelächter hallten durch die Gänge, und alles wurde übertönt von den Klängen eines bekannten Weihnachtslieds – Joelle gab offenbar niemals auf.

»Wenn ich richtig informiert bin, wird Darla eine weitere Pressekonferenz abhalten, zusammen mit dem FBI.«

»Ja. Später. Das FBI hat vor, die Öffentlichkeit um Hilfe zu bitten.« Pescoli grinste verhalten.

»Wie bitte?«, fragte Alvarez. »Du weißt doch etwas ...« Sie verspürte ein aufgeregtes Kribbeln. »Raus mit der Sprache!«

»Wir haben endlich das Band von der Überwachungskamera, die auf den Durchgang zur Hintertür des Musikladens gerichtet ist, eine schmale Gasse zwischen den Geschäftsgebäuden. Die Aufnahmen sind ziemlich körnig, aber die Computer-Cracks haben sie schärfer hingekriegt. Nigel Timmons mag zwar eine echte Nervensäge sein, aber er hat wirklich was drauf. Das Band ist im Zimmer der Sondereinheit. Ich dachte, du würdest einen Blick darauf werfen wollen.«

»Ist er zu sehen?«, fragte Alvarez und rollte bereits ihren Stuhl zurück.

»Ja.«

»Wisst ihr, wer er ist?«

»Keine Ahnung. Wir dachten, das könntest du uns vielleicht sagen.«

»Dann sollten wir uns besser beeilen.« Alvarez stürmte den Gang hinunter, Pescoli dicht auf den Fersen. War das möglich? War dieser grauenhafte Psychopath endlich so nachlässig geworden, dass sie ihn identifizieren und einbuchten konnten?

Adrenalin pulste durch ihre Adern, als sie den Raum des Sondereinsatzkommandos betrat. Auf dem größten Bildschirm war ein Standbild zu sehen, und Nigel Timmons, wichtigtuerisch wie immer, erklärte umständlich, wie sie es angestellt hatten, die Qualität der Aufnahmen zu verbessern. »Lass es einfach laufen«, sagte Pescoli zu dem Kriminaltechniker. Sein falscher Irokese war heute nicht ganz so perfekt frisiert, seine Augen gereizt von den Kontaktlinsen. Er blickte Pescoli empört an, doch er tat, worum sie ihn gebeten hatte.

»Wir haben das Band von der Gasse mit den Aufnahmen einer in der Nähe angebrachten Verkehrskamera zusammengeschnitten«, erklärte er. Die körnigen Schwarzweißaufnahmen zeigten einen hellen Pick-up mit einer Plane über der Ladefläche, die Nummernschilder waren nicht zu erkennen. Ein großer Mann stieg auf der Fahrerseite aus, öffnete die hintere Ladeklappe, nahm eine Sackkarre herunter und lud mit Hilfe einer Seilwinde eine riesige Mülltonne ab.

»Ach du liebe Güte«, sagte Alvarez, als ihr klarwurde, dass sie den Mörder beobachteten. Er war von Kopf bis Fuß dunkel gekleidet, in Schwarz oder Marine, und er trug Skijacke und -hose, Handschuhe, Skimaske und Mütze, sogar eine Skibrille, als wüsste er, dass er womöglich gefilmt würde.

Ruckartig zog er die Mülltonne auf der Sackkarre aus dem Sichtfeld der Kamera, dann war er wieder zu sehen, aufgezeichnet von einer anderen Kamera, diesmal unter dem Vordach des Musikladens. Er stellte die Sackkarre hinter den Weihnachtssängern aus Sperrholz ab, kippte die Mülltonne seitlich zu Boden, öffnete den Deckel und hob die Tonne an der Unterseite an, was ihn, seiner Körperhaltung nach zu urteilen, einige Kraft zu kosten schien. Vorsichtig ließ er die Eisskulptur hinausgleiten, rückte sie zurecht und verschwand anschließend eilig mit Sackkarre und leerer Mülltonne in dem Durchgang zur Ladenrückseite.

»Er hat das Ganze in weniger als vier Minuten erledigt«, sagte Nigel, als der Pick-up, diesmal wieder von der ersten Kamera gefilmt, vom Bildschirm verschwand. »Das hier sind die Aufnahmen von weiteren Verkehrskameras.« Eine Reihe von Fotos erschien, die Alvarez eingehend musterte.

»Habt ihr die Nummernschilder?«

»Gestohlen«, antwortete Halden. »Von einem Chevy Nova Fließheck, Baujahr '86, an diesen Pick-up montiert. Übrigens ein Dodge. Wir haben das bereits überprüft; die Diebstahlanzeige ist vor sechs Wochen eingegangen. Der Besitzer des Chevys hat den Verlust nach einem Kneipenbesuch in Missoula bemerkt. Er hat uns das genaue Datum und den Namen der Kneipe genannt, doch der Wagen parkte in einer Seitenstraße, es gab also keine Kamera.«

Auf dem Bildschirm erschien wieder der Täter, wie er die Sackkarre mit der Mülltonne schob.

»Hat denn niemand etwas beobachtet?«

»Es war drei Uhr siebenundfünfzig. Mitten in einem gewaltigen Schneesturm. Außerdem war heute Abfuhrtag für den Müll, so dass der Lärm wahrscheinlich nicht aufgefallen ist.«

»Aber die Müllabfuhr kommt doch nicht so früh!«

»Stimmt. Die Müllwagen kommen erst zwischen sechs und halb sieben in diesen Teil der Stadt, also war das vielleicht nur Zufall und vom Täter nicht eingeplant. Wir werden bei der anschließenden Pressekonferenz auf jeden Fall die Öffentlichkeit um Mithilfe bitten; könnte ja sein, dass doch jemand aus dem Fenster geschaut hat, aber das ist ziemlich unwahrscheinlich«, sagte Chandler, und Halden, eine Kaffeetasse in der Hand, den Blick starr auf den Fernseher gerichtet, nickte.

»Auf den Bildern ist nichts auszumachen, womit wir den Kerl identifizieren könnten; jetzt wissen wir nur, dass er etwa eins fünfundachtzig bis eins achtundachtzig groß ist«, fuhr Chandler fort.

»Sieht so aus, als würde er um die hundert Kilo wiegen, aber der Eindruck kann auch täuschen, weil er so viele Schichten anhat.« Halden runzelte die Stirn. »Wegen des Haars, das wir in Brenda Sutherlands Wagen gefunden haben, nehmen wir an, dass er braune Haare hat; und er hat die Blutgruppe 0 positiv, wenn der Tropfen, den wir in einem der Eisblöcke gefunden haben, ihm gehört.« Er nickte Nigel zu, der einen weiteren Knopf drückte. Ein neues Foto erschien auf dem Bildschirm, und Alvarez stellte fest, dass es die Schaulustigen zeigte, die sich am ersten Leichenfundort vor der Kirche versammelt hatten. »Sehen Sie sich das einmal an. Der Kerl hier ...«, er deutete mit dem Zeigefinger der Hand, die die Tasse umklammert hielt, auf einen Mann in der Menge, der im Schatten einer großen Hemlocktanne stand, »... hat die richtige Größe. Er steht mit einer Gruppe von Leuten zusammen, aber er hält sich ein wenig abseits.«

»Und der Pick-up?«, fragte Alvarez.

»Wir haben mehrere weiße Pick-ups aufgenommen, darunter einen Dodge.«

»Nummernschilder?«

Halden schüttelte den Kopf. »Nicht zu erkennen. Aber es ist durchaus möglich, dass der Kerl vorbeigefahren ist, den Wagen abgestellt hat und dann zu Fuß zurückgekehrt ist, um einen Blick auf die Szenerie zu werfen.«

Alvarez betrachtete die Aufnahmen und schauderte. *Das* war also der Irre? *Das* war der Mörder, der seine Zeit damit verbrachte, Frauen zu töten und in Eisskulpturen zu verwandeln? *Das* war der Perverse, der ihr die abartige Weihnachtskarte mit dem Foto von Brenda Sutherland geschickt hatte, der in ihr Haus eingebrochen war und ihren Hund entführt hatte, der ihren Schmuck gestohlen und den Opfern angelegt hatte? Was mochte er sonst noch alles in ihrem Haus angestellt haben?

All I Want for Christmas Is You ...

Innerlich bebend starrte sie auf die Fotos, die einen Mann zeigten, der aussah wie jeder andere. Sie erkannte nichts darauf, was diesen Mann von anderen Männern unterschied, die sie kannte.

Und genau das jagte ihr eine grauenhafte Angst ein.

Kapitel einunddreißig

Pescoli war schon morgens mit leichten Kopfschmerzen aufgewacht, doch gegen halb acht am Abend brachten sie sie fast um. Sie hatte den ganzen Tag gearbeitet und dann auch noch erfahren, dass die Straße zu ihrem Haus gesperrt war. Den Kindern ging es gut; Luke, gesegnet sei sein klitzekleines dunkles Herz, hatte Bianca abgeholt, als die Schule heute früher geschlossen wurde; sie war bei ihrem Vater und ihrer Stiefmutter in Sicherheit.

Jeremy hatte angerufen und ihr mitgeteilt, er sei bei einem Freund und er brauche nur noch ihre Unterschrift und dreihundert Dollar für die Mietkaution, dann hatte er aufgelegt.

Pescoli hatte »Willkommen im Club« gemurmelt und sich ein Sandwich und eine Cola light aus dem Automaten gezogen. Anschließend hatte sie sich wieder an ihren Computer gesetzt und das Filmmaterial mit dem Verdächtigen zum ungefähr vierzigsten Mal angeschaut.

Abwesend kaute sie das Thunfisch-Roggenbrot, während sie die Namen durchging, die ihr die Kraftfahrzeugbehörde gemailt hatte – Halter von Dodge Pick-ups, die in Pinewood und den drei umliegenden Countys gemeldet waren. Auch wenn sämtliche Opfer in Pinewood County wohnten, arbeiteten und entführt worden waren, hieß das noch lange nicht, dass der Mörder ebenfalls hier leben musste; er könnte von sonst woher stammen und die Gegend um Grizzly Falls lediglich zu seinem Jagdgebiet auserkoren haben.

»Perverser Mistkerl«, murmelte sie, als er mit seiner Sack-karre und der Mülltonne im Sichtfeld der Kamera auftauchte, und legte ihr Sandwich zur Seite. In letzter Zeit war ihr der Appetit ohnehin gründlich vergangen. Sie spulte noch einmal zurück und sah sich die Aufnahmen erneut an. Irgendetwas an dem Mann kam ihr bekannt vor.

Natürlich kommt er dir bekannt vor, du hast ihn ja auch den ganzen Tag lang angestarrt.

Nein, dachte sie, spulte wieder zurück und schaute die Stelle noch einmal an. Sie kannte den Kerl, da war sie sich ganz sicher, doch sie konnte absolut nicht sagen, woher oder aus welchem Grund er ihr so vertraut vorkam.

Seine Augen. Warum zum Teufel verdeckt er sogar seine Au-gen?

Richtig. Sie ging sämtliche Aufnahmen durch, die sie von ihm hatte, die Bänder und die Fotos von dem Leichenfundort an der Kirche. Immer waren seine Augen verdeckt. Als er Brenda Sutherlands Leiche zu dem Musikladen karrte, trug er eine Skibrille, auf dem Foto unter der Hemlocktanne bei der Kirche hatte er offenbar eine getönte Brille aufgesetzt, obwohl es nicht mal richtig hell war.

Was hatte das zu bedeuten?

Sie musterte die Fotos der Schaulustigen, die sich nach dem Fund von Lissa Parsons' Leiche vor dem Garten der Enstads versammelt hatten. Auf den Bildern war kein weißer Pickup zu sehen, und sie konnte auch den Mann nicht ausmachen, doch ihr Instinkt sagte ihr, dass er da gewesen sein musste, irgendwo in der Dunkelheit verborgen, feige, wie er war.

»Wir werden dich schnappen«, knurrte sie, nahm einen großen Schluck von ihrer Cola light und ließ noch einmal den Film ablaufen, den Nigel Timmons zusammengeschnitten hatte. »Und wenn wir dich haben, du degenerierter Loser, werde ich persönlich dafür sorgen, dass du nie wieder das Tageslicht sehen wirst.«

Es hatte Trilby Van Droz getroffen.

Weil alle anderen Streifenpolizisten und Officers zu Notfällen ausgerückt waren, war es ihr zugefallen, den jugendlichen Straftäter nach Helena zu bringen.

Das musste man sich mal vorstellen.

Sie war todmüde, kaute Kaugummi und trank Kaffee, um sich wach zu halten, während sie zum Jugendgefängnis in Montanas Hauptstadt unterwegs war. Der Sturm wurde immer heftiger, wirbelte Unmengen von Schnee durch die Luft, und sie steckte mittendrin. Sie verstand nicht, warum es so wichtig war, Gabriel Reeve – höchstwahrscheinlich auf Richter Victor Ramseys persönliche Anweisung hin – ausgerechnet heute Abend nach Helena zu überstellen.

Die Straße, die für gewöhnlich ziemlich stark befahren war, war nahezu unpassierbar; kaum eine Menschenseele war unterwegs, alle Leute blieben zu Hause, um den »Sturm des Jahrhunderts« abzuwarten, wie die Nachrichtensprecher ihn bezeichneten. Hatten sie den Blizzard letztes Jahr nicht genauso genannt?

Ihr Jeep geriet leicht ins Schlingern, doch sie war es gewöhnt, bei schlechtem Wetter zu fahren. Sie war in Montana geboren, da machte ihr ein bisschen Schnee nichts aus ... bloß, dass das hier verdammt viel Schnee war.

Sie blickte in den Rückspiegel und fing den Blick des Jungen auf. Gabriel Reeves dunkle Augen waren voller Hass ...

oder war es Angst? Stimmte es, was man ihm vorwarf? Mein Gott, er war erst sechzehn, nur ein Jahr älter als ihre Tochter! Er war kein abgebrühter Krimineller, war einfach nur auf den falschen Weg geraten und brauchte eher Hilfe als Strafe.

Seltsam. Im Department ging das Gerücht, er sei Detective Alvarez' leiblicher Sohn, doch abgesehen von der Tatsache, dass er ein Latino war, konnte sie nicht viel Ähnlichkeit entdecken.

Nun, das Ganze ging sie auch nichts an, dachte sie und drehte die Heizung höher. Sie musste den Jungen lediglich nach Helena bringen und den Kollegen vor Ort übergeben, dann konnte sie nach Grizzly Falls zurückkehren, vorausgesetzt, die Straßenverhältnisse ließen dies zu.

Sie gähnte und nahm einen weiteren Schluck heißen Kaffee aus ihrem Thermobecher. Sie hatte so ihre eigenen Probleme mit ihrer Tochter. Die Fünfzehnjährige stahl sich heimlich aus dem Haus und trieb sich Gott weiß wo herum, und Trilby konnte nicht einmal nachts ein Auge auf sie werfen, wenn sie wieder einmal Überstunden machen musste. An solchen Tagen hasste sie es, alleinerziehende Mutter zu sein, obwohl sie die Vorstellung, noch einmal zu heiraten, schaudern ließ. Ihr Ex hatte sie gründlich kuriert, was ihre Träume vom ehelichen Glück anbetraf, und immer, wenn sie mit ihrer Rolle als alleinerziehende Mutter haderte, rief sie sich ihre Ehe in Erinnerung und das Gefühl, nicht nur ihre Tochter, sondern auch ihren Ehemann bemuttern zu müssen.

Nein, sie würde schon allein mit ihrem Kind zurechtkommen, und abgesehen davon, dass es finanziell oft eng war, klappte das auch ganz gut. Sie kannte Leute, die heirateten, sich scheiden ließen, miteinander befreundet blieben und sich die elterliche Verantwortung teilten. Der Ex-Mann ihrer Freundin Callie kümmerte sich um die gemeinsamen Kinder, bezahlte sogar mehr als den Betrag, den das Gericht festgelegt hatte, und seine neue Frau war unglaublich nett zu Callies Söhnen.

Trilby hatte nicht so viel Glück gehabt, und an Tagen wie diesem, wenn sie in der Nacht zuvor kaum ein Auge zugetan hatte und sich nun durch einen Schneesturm kämpfen musste, spürte sie, wie es an ihre Grenzen ging.

Nur der Gedanke an die dadurch entstehenden Überstunden hielt sie noch aufrecht.

Sie schaltete die Scheibenwischer eine Stufe höher und stellte fest, dass sich Eis auf der Windschutzscheibe bildete.

Na großartig.

Der Polizeifunk meldete einen Verkehrsunfall nach dem anderen, es hatte mehrere Stromausfälle gegeben, und im September Creek war offensichtlich jemand durch die Eisdecke des Baches gebrochen und ertrunken.

»Verdammt«, murmelte sie, als plötzlich ein Hindernis im Licht ihrer Scheinwerfer auftauchte. »Was in Gottes Namen ist das denn?« Ein großer Pick-up war halb von der Straße in den Graben gerutscht. Seine Warnblinklichter zuckten durch die Dunkelheit. Der vordere Fahrzeugteil stand noch auf der Straße, der Motor lief.

Super. Einfach spitze. Sie schaltete ihr Blinklicht ein und gab ihre Position durch, dann hielt sie an und stieg aus dem Jeep. »He«, rief sie, als sie im Scheinwerferlicht einen Mann vor dem Pick-up entdeckte, Jacke und Mütze schneebedeckt. Er kniete vor etwas, das aussah wie ... wie ein Tier, ein Tier, das sich nicht bewegte. »Gibt es ein Problem, Sir?«

»Der Hund ... Er ist wie aus dem Nichts gekommen und einfach über die Straße gelaufen. Ich habe auf die Bremse getreten, aber ...« Seine Stimme brach, als er sich über die Schulter zu ihr umdrehte. »Der Wagen ist ins Schleudern geraten, ich konnte ihm nicht mehr ausweichen ... Ich glaube, er lebt noch. O Gott.«

»Lassen Sie mich mal sehen«, sagte sie und trat näher heran. Atmete der Hund noch? Wieso war da kein Blut? Augenblick mal ...

Sie erkannte ihren Fehler in dem Moment, in dem sie sich vorbeugte.

Der Mann sprang auf die Füße, wirbelte herum, einen Elektroschocker in der Hand. *Verdammt!* Noch bevor sie ihre Waffe ziehen oder irgendwie reagieren konnte, presste er ihr die Elektroden in den Nacken und drückte ab.

Hunderttausend Volt schossen durch ihren Körper.

Binnen eines Herzschlags verlor sie die Kontrolle über sich und fiel zuckend in den Schnee neben den Hund, nur um hilflos mit anzusehen, wie er sie und den Vierbeiner auf die mit einer Plane überspannte Ladefläche seines Pick-ups verfrachtete. Er fesselte sie mit Handschellen an einen Griff, der aus einer der Seitenwände herausragte, den Hund ließ er auf dem Boden liegen. Dann nahm er ihr die Schlüssel ab, zog das Handy aus ihrer Tasche und das Funkgerät aus ihrer Uniform und knallte die Tür zu.

Trilby konnte nichts dagegen tun. Ihr Körper zuckte noch ein paarmal, dann wurde sie bewusstlos.

»Wie wär's, wenn ich dich irgendwo zum Abendessen treffe, sagen wir in ungefähr einer halben Stunde?«, schlug O'Keefe am anderen Ende der drahtlosen Verbindung vor. »Ich war gerade in deinem Reihenhaus, es gibt immer noch keinen Strom.«

Alvarez sah auf die Uhr an ihrem Computer. Es war schon spät, fast neunzehn Uhr dreißig; sie hatte seit den frühen Morgenstunden durchgearbeitet. »Wir könnten den Gaskamin anstellen. Es muss doch eine Möglichkeit geben, auf den elektrischen Zünder zu verzichten, ohne eine Explosion zu verursachen.«

»Wenn du meinst.«

»Ich habe auch Kerzen da.«

»Aber nichts zu essen, da habe ich schon nachgesehen.«

»Da ist was dran.«

»Lass uns nach dem Essen überlegen, was wir tun werden. Warum treffen wir uns nicht am Grizzly Hotel; die haben geöffnet. Die Küche soll gut sein, das weiß ich, weil Dave und Aggie dort übernachtet haben.«

»Sie sind abgereist?«, fragte sie und spürte, wie ihr bei dem Gedanken an Gabe eng ums Herz wurde.

»Die beiden haben versucht, dem Sturm zuvorzukommen.

Sie wollen nach ihren anderen Kindern sehen und rechtzeitig bei Gabes Ankunft in Helena sein. Anscheinend hat Leo, der ältere Sohn, auf Josie aufgepasst, solange sie hier waren, aber sie hatten kein gutes Gefühl dabei. Zwar ist er schon achtzehn und ein echt guter Kerl, aber das kann sich bei Kindern schnell ändern, sobald sie ohne Aufsicht sind. Josie vermisst Gabe offenbar schrecklich.«

Genau wie ich, dachte Alvarez, doch sie sprach es nicht aus. Rein rechtlich war nicht sie Gabes Mutter, sondern Aggie.

Sie hatte keinerlei Rechte, hatte diese mit dem Vollzug der Adoption abgegeben, doch der Schmerz in ihrem Herzen wollte nicht aufhören, wenn sie an den Sohn dachte, den sie wahrscheinlich nie wiedersehen würde.

Traurig lehnte sie sich in ihrem Schreibtischstuhl zurück. Es war ein langer, auf vielerlei Art und Weise enttäuschender Tag gewesen. Zuerst hatte sie von Brenda Sutherlands Tod erfahren, und jetzt gelang es ihr trotz des Filmmaterials und der Fotos nicht, den Mörder zu identifizieren. Wenn er sie kannte, musste sie ihn doch auch kennen!

Ihre Muskeln schmerzten, und sie war müde, trotzdem sollte sie vielleicht hierbleiben und noch weiterarbeiten. Doch sie hatte eine Pause nötig, und der Gedanke, ein wenig Zeit mit O'Keefe zu verbringen, war zu verführerisch. Vielleicht genau das, was sie jetzt brauchte.

Sie richtete den Blick erneut auf ihren Monitor, auf ein Standbild, das zeigte, wie der Mörder die Mülltonne mit Brenda Sutherland auf seiner Sackkarre zur Ladenfront rollte. Er sah direkt in die Kamera, seine getönte Skibrille fing das Licht ein, das aus dem Schaufenster fiel. Es war die deutlichste Aufnahme von ihm, diejenige, die sie an die Presse und damit an die Öffentlichkeit gegeben hatten, doch im Grunde konnte sich jeder hinter dieser Montur verbergen.

Langsam hatte sie es satt, auf das Bild zu starren. So würde sie den Killer ja doch nicht schnappen. Fast hatte sie den Eindruck, er machte sich über sie lustig.

Ja, sie brauchte eine Pause. Und sie wollte O'Keefe sehen. Mehr, als sie sich eingestehen mochte. »Aha«, sagte sie ins Telefon und riss ihren Blick vom Bildschirm los, »das heißt also, dass du noch eine Weile hierbleibst?«

»Zumindest heute Nacht.«

»Und dann?«

»Das hängt von dem Sturm ab.«

»Oh.« Es war seltsam, wie sehr sie der Gedanke an seine bevorstehende Abreise enttäuschte.

»Aber noch viel mehr hängt es von einer Frau ab.«

Sie hielt die Luft an. »Tatsächlich?«

»Ja, du musst wissen, ich mag sie. Sehr sogar, aber ich weiß nicht, woran ich bei ihr bin.«

Alvarez spürte, wie sich ihre Kehle zuschnürte. Sie musste daran denken, wie es war, ihn zu berühren, zu küssen, morgens neben ihm aufzuwachen. Wie sie zusammen lachten, wie er sie gerettet hatte, als Junior Green ihr nach dem Leben trachtete, wie sie sich ihm anvertraut hatte und wie richtig es sich anfühlte, mit ihm zusammen zu sein. »Vielleicht solltest du ihr einfach sagen, was du für sie empfindest«, schlug sie mit rauher Stimme vor.

»Vielleicht vertreibe ich sie damit.«

»Vielleicht auch nicht. Vielleicht solltest du einfach ein wenig Vertrauen haben. Es ist durchaus möglich, dass sie eine starke Frau ist und ganz ähnlich empfindet wie du.«

»Sie ist schon einmal davongelaufen.«

»Aber jetzt ist sie älter, hab ich recht? Reifer. Hat ihre Dämonen besiegt.« Alvarez lächelte und blinzelte gegen die Tränen an. Das war doch lächerlich … sie war übermüdet, das war alles.

Oder war sie etwa tatsächlich verliebt?

Natürlich bist du verliebt. Und zwar schon seit sechs Jahren. Aber lass es langsam angehen. Momentan passiert einfach zu viel. Sie ignorierte die Stimme der Vernunft in ihrem Kopf und sagte: »Ich denke wirklich, du solltest ihr eine Chance geben, O'Keefe. Womöglich überrascht sie dich.«

»Okay, noch eine einzige Chance«, erwiderte er. »Ich treffe dich in einer Dreiviertelstunde im Grizzly Hotel.«

»Dann bis gleich.« Sie legte auf und redete sich ein, dass das völlig in Ordnung war; sie brauchte auch noch ein anderes Leben, eins, das sich nicht auf eine Achtzig-Stunden-Arbeitswoche beschränkte. Ja, sie hatte Haustiere, aber in letzter Zeit spielte sie sogar mit dem Gedanken, eine Familie zu gründen, und das hing mit O'Keefe zusammen.

Die nächste halbe Stunde verbrachte sie damit, einige unaufschiebbare Dinge zu erledigen, dann stürmte sie in die Damentoilette, kämmte sich die Haare und legte ein wenig Lipgloss auf. Sie sah müde aus, abgespannt, da half auch kein Make-up.

»Pech«, sagte sie und band sich einen Schal um. Auf dem Weg zum Hinterausgang machte sie bei Pescoli halt, um ihr zu sagen, dass sie in ein paar Stunden zurück wäre.

»Du musst nicht rund um die Uhr arbeiten«, erwiderte Pescoli und sah von ihrem Schreibtisch auf, auf dem ein halb gegessenes Thunfischsandwich lag.

»Du auch nicht, aber du bist immer noch hier.«

»Ich will den Scheißkerl einfach festnageln.«

»Ich doch auch. Bis später.« Damit eilte sie den Gang hinunter und trat durch die Hintertür hinaus in die Nacht. Draußen war es brutal kalt. Sie stapfte durch den Schnee zu ihrem Subaru, fegte die weiße Schicht hinunter, die sich schon wieder auf Motorhaube und Dach gelegt hatte, und stieg ein. Abgesehen von ein, zwei Kugellöchern lief der Wagen wieder wunderbar.

Sie ließ den Motor an, drehte die Heizung auf die höchste Stufe und fuhr vom Parkplatz. Gott, war das kalt. Es wurde erst wärmer, als sie schon die kurvige Straße erreicht hatte, die vom Boxer Bluff in die Altstadt hinunterführte. Unten angekommen, überquerte sie die Eisenbahnschienen und folgte einem langsam fahrenden Lieferwagen zu der Straße, die am Fluss entlangführte, nur ein paar Blocks vom Gerichtsgebäude und nicht mal fünf von dem Musikladen entfernt, vor dem man heute Morgen Brenda Sutherlands Leiche gefunden hatte.

Die umliegenden Straßen waren mittlerweile wieder freigegeben worden, doch bei dem Sturm herrschte ohnehin kaum Verkehr.

Endlich bog sie auf den kleinen Parkplatz vor dem Grizzly Hotel ein, auf dem mehrere zugeschneite Autos standen. Die Lücke, die sie wählte, war freigeschaufelt und nicht weit vom Eingang entfernt. Das um die letzte Jahrhundertwende errichtete Gebäude war drei Stockwerke hoch, hatte eine typische Westernfassade und eine breite Rundumveranda. Blinkende Lichterketten säumten das Dach, neben der Eingangstür stand ein riesiger Weihnachtsbaum. Durch die Fenster fiel warmes, einladendes Kerzenlicht.

Gerade als sie den Motor abstellte und aus dem Wagen stieg, piepte ihr Handy. Eine SMS war eingegangen. Sie überlegte, ob sie sie ignorieren sollte, schließlich hatte sie längst Feierabend, doch dann entschied sie sich dagegen. Vielleicht schickte O'Keefe ihr eine Nachricht, oder sie hatten einen Durchbruch im Eismumienfall erzielt ...

Sie öffnete die SMS und erstarrte, als ein Foto von Gabriel Reeve auf ihrem Display erschien. Nein, Moment, das war nicht nur ein Foto, das war ein kurzes Video. Sie drückte auf Abspielen, und er wurde lebendig.

»Du musst mir helfen«, sagte er. Fast wäre ihr das Herz stehengeblieben. »Du musst tun, was er sagt ...« Er blickte zur

433

Seite, und sie hörte ein Flüstern, die gesenkte Stimme eines Mannes, die ihr einen Schauder das Rückgrat hinunterjagte: »Sag ihr, sie soll zum Cougar-Pass fahren. Keine Polizei. Nur sie. Wenn sie nicht sofort kommt, bist du tot.«

Gabriel, das Gesicht aschfahl, die Augen weit aufgerissen vor Angst, wiederholte die Nachricht. »Du musst zum Cougar-Pass kommen. Bitte. Er sagt, er will mich umbringen.« Seine Stimme brach, und wieder knurrte der Mann: »Sag ihr, keine Polizei. Wenn sie mit Verstärkung anrückt, bist du tot. Hast du das verstanden?«

»Ich soll dir sagen ...«, stotterte Gabriel panisch. Alvarez bemerkte eine Bewegung hinter ihm. Einen Schatten. Ihr Herz setzte aus, als sie eine Messerklinge erkannte, die direkt über dem linken Ohr ihres Sohnes schwebte. Mein Gott, war etwa Blut daran? Die scharfe Klinge glitzerte silbern, etwas Rotes perlte davon ab.

Allmächtiger.

Würde er Gabe etwa die Kehle durchschneiden?

Nein! Tu's nicht!

Außer sich vor Entsetzen, schrie sie auf: »Aufhören! Tun Sie ihm nichts! Um Himmels willen!« Doch natürlich konnten weder Gabriel noch sein Entführer ihr verzweifeltes Flehen hören. Auch Gabriel hatte Todesangst. »Keine Polizei!«, wiederholte er. »Mom, er sagt, keine Polizei, oder ... oder ... er wird mich töten!«

Kapitel zweiunddreißig

»Danke«, sagte O'Keefe und nahm der Kellnerin das Glas Scotch ab, das er bestellt hatte. »Tiffany« stand auf ihrem Namensschild, und sie sah eigentlich zu jung aus, um Alkohol servieren zu dürfen. Das Restaurant war gut besucht, die Gäste um ihn herum unterhielten sich, in dem alten Kamin brannte ein Feuer, die Einrichtung war gemütlich, Kerzen verbreiteten ein anheimelndes Licht. »Stellen Sie den Wein einfach dorthin.« Er deutete auf den Platz ihm gegenüber. »Sie wird jede Minute hier sein.«

»Gern.« Geschickt stellte Tiffany das Glas Merlot ab, dann eilte sie durch das volle Hotelrestaurant Richtung Küche. Alle, so schien es, die nicht eingeschneit waren, hatten die gleiche Idee gehabt wie O'Keefe; was für ein Glück, dass man ihm einen Fensterplatz reserviert hatte. Er hatte gehofft, auf den Fluss und den Wasserfall schauen zu können, der langsam zufror, doch man hatte ihm einen Platz mit Blick auf den Parkplatz zugewiesen. Auch gut, dann würde er sie sehen können, wenn sie endlich auftauchte. Hoffentlich käme sie bald. Seit er von der grauenhaften Weihnachtskarte wusste, die der Mörder ihr geschickt hatte, machte er sich noch mehr Sorgen um sie.

Er ließ den Scotch in seinem Glas kreisen, dass die Eiswürfel tanzten. Es hatte keinen Sinn, länger gegen seine Gefühle für sie anzukämpfen. Er liebte diese Frau – egal, ob das gut war oder schlecht, klug oder dumm. Er konnte sich nicht vorstellen, sein Leben ohne sie zu verbringen, und ganz bestimmt würde er nicht zulassen, dass irgendein kranker Mistkerl sie ihm wegnahm.

Er setzte das Glas an die Lippen, schmeckte den rauchigen Scotch auf der Zunge und entspannte sich, als er ihren Wagen in eine freie Lücke auf dem Parkplatz biegen sah.

Gut.

Endlich war sie da. Er atmete auf und sah zu, wie sie aus dem Wagen stieg und etwas aus der Tasche zog ... ihr Handy? Sie telefonierte jedoch nicht, also hatte sie vermutlich eine SMS bekommen. Er nahm einen weiteren Schluck und schaute durch den dichten Schneevorhang zu ihr hinaus. Sie steckte das Handy in die Jackentasche, sprang hinters Lenkrad, ließ den Motor an und setzte aus der Parklücke, dann gab sie Gas und bog mit durchdrehenden Reifen auf die Straße.

Der Fall!

Es musste einen Durchbruch im Eismumienfall geben!

Er nahm sein Handy und wählte. Hoffentlich ging sie dran.

Nichts.

Viermal klingelte es, dann schaltete sich der Anrufbeantworter ein.

Das war nicht gut.

Gar nicht gut.

Anstatt erst einmal abzuwarten, nahm er seine Brieftasche, zog ein paar Scheine heraus und legte sie auf den Tisch, dann verließ er eilig das Restaurant, wobei er fast einen Hilfskellner, beladen mit Tellern, umgelaufen hätte. Er wich einer älteren Frau mit Gehhilfe aus, entschuldigte sich halbherzig und stieß mit den Schultern die Tür auf.

So schnell er konnte, sprang er die Stufen zum Parkplatz hinunter und rannte zur Straße, wo er seinen Explorer abgestellt hatte. Kaum eingestiegen, ließ er auch schon den Motor an und legte den Gang ein, dann fuhr er zügig in die Richtung, die

Alvarez genommen hatte. Die Scheibenwischer gaben ihr Bestes, genau wie die Scheibenheizungen, doch er kümmerte sich nicht um die schlechte Sicht, sondern probierte stattdessen wieder und wieder, sie auf ihrem Handy zu erreichen.

Keine Antwort.

Das ist schon in Ordnung. Sie ist Polizistin. Sie muss zu einem Noteinsatz.

Doch das glaubte er selbst nicht. Keine Sekunde.

All I Want for Christmas Is You.

Die Nachricht war eindeutig.

Diesmal wurde sein Anruf direkt an die Mailbox weitergeleitet. »Verdammt!« Er starrte durch das kleine Feld, das die Scheibenwischer freigefegt hatten, und hielt verzweifelt Ausschau nach ihrem Wagen. Nichts.

Entspann dich. Sie wird dich anrufen ... Bestimmt geht es um den Fall ...

Doch er spürte, wie sich ihm die Brust zusammenzog. Angst, ja, Angst überkam ihn, als er an einer roten Ampel stoppen musste und anschließend die leeren Straßen nach ihrem Wagen absuchte.

Doch sie war verschwunden.

Keine Spur von ihrem kleinen Outback.

Ein Schneepflug räumte die Straße in der Nähe der Schienen frei, ein Geländewagen schraubte sich den Hügel hinauf zur Neustadt, doch Alvarez' Subaru war verschwunden.

Verdammt noch mal!

Er gab sich alle Mühe, sich zu beruhigen.

Es ist alles in Ordnung. Es geht ihr gut. Entspann dich.

Aber seine Versuche waren vergeblich.

»Verzweifelte Situationen erfordern verzweifelte Maßnahmen«, sagte er laut und zog sein Handy noch einmal hervor.

Alvarez' Herz klopfte schneller als das eines verängstigten Kolibris. Sie wusste, dass sie gerade einen großen Fehler machte und auf direktem Weg in eine Falle lief. Jedem anderen in solch einer Situation hätte sie geraten, die Polizei oder das FBI zu informieren, doch sie selbst brachte das einfach nicht über sich. Hier ging es um Gabriel, ihren Sohn, und sie bezweifelte keine Sekunde, dass das Monster, das ihn gefangen hielt, ihn töten würde, sollte sie die Sache vermasseln. Und mit Sicherheit würde er das Ganze filmen und nicht nur an sie, sondern noch dazu an die Medien schicken.

»Perverse Missgeburt«, knurrte sie und gab mehr Gas, als die Wetterverhältnisse erlaubten. Wie standen die Chancen, dass es ihr gelänge, Gabe allein zu befreien? Wie standen die Chancen, wenn sie auf die Unterstützung der Polizei zurückgriffe?

Sie schlitterte in eine Kurve und versuchte, den Wagen unter Kontrolle zu behalten, dann zwang sie ihr rasendes Herz, sich zu beruhigen.

Alle Fäden liefen bei der Presbyterianischen Kirche von Prediger Mullins zusammen, dachte Pescoli, als sie den Block mit ihren handschriftlichen Notizen anstarrte. Überall auf ihrem Schreibtisch lagen Ausdrucke herum, und ihr Computer war noch immer damit beschäftigt, sämtliche Informationen abzugleichen, die sie über die Opfer zusammengetragen hatten. Doch sie schrieb lieber. Kritzelte, malte Männchen. Dachte lieber selbst nach, als einer Maschine die Arbeit zu überlassen.

Und so war sie bei der Kirche gelandet. Wieder einmal. Schon vorher hatte sie Prediger Mullins' Gemeinde für den Schlüssel gehalten; irgendwie lief dort alles zusammen. Lara

Sue Gilfry hatte die Presbyterianische Kirche ein paarmal besucht, ihre Leiche war ebendort bei der Krippe gefunden worden. Obwohl es genügend andere Krippen in der Gegend gab, fünf bei weiteren Kirchen, eine vor der Konfessionsschule, hatte der Mörder ausgerechnet Prediger Mullins' selbst gebaute Krippe ausgewählt, um sein makabres Werk zur Schau zu stellen.

Warum?

Zunächst hatte Pescoli vermutet, es wäre wegen der abgeschiedenen Lage oder der Größe der Figuren gewesen, doch mittlerweile war sie sich da nicht mehr so sicher. Was verband den Killer mit dieser Kirche?

Dann war da Lissa Parsons, Opfer Nummer zwei. Auch sie hatte zu Mullins' Kirchengemeinde gehört, obwohl sie in letzter Zeit nicht mehr oft zum Gottesdienst erschienen war. Brenda Sutherland dagegen war ein aktives Gemeindemitglied gewesen, auch am Abend ihrer Entführung hatte sie an einem Kirchentreffen teilgenommen.

Ja, die drei Opfer hatten alle mehr oder weniger mit Mullins' Gemeinde zu tun.

Die vierte Frau, die verschwunden war, Johnna Phillips, war nie ein Mitglied dieser Kirchengemeinde gewesen, dafür aber die Tante ihres Ex-Freundes Carl ... Das war zwar ziemlich weit hergeholt, aber zumindest eine Verbindung, und bislang waren sie sich ja auch noch gar nicht sicher, ob Johnna wirklich dem Eismumienmörder zum Opfer gefallen war.

Wie passt Alvarez in das Ganze? »Da liegt der Haken«, sagte Pescoli laut.

Alvarez war laut eigener Aussage in einem Kaff in Oregon katholisch erzogen worden und hatte, zumindest soweit Pescoli wusste, seit sie von zu Hause ausgezogen war keine Kirche mehr besucht, nicht mal an Weihnachten oder Ostern. Die Adoption ihres Babys vor sechzehn Jahren war über die Kirche gelaufen, und vermutlich hatte sie damals mit Gott abgeschlossen.

Alvarez war das einzige Puzzleteil, das sich nicht einfügen lassen wollte. Pescoli schloss die Augen und lehnte sich auf ihrem Stuhl zurück. »Woher kennt sie dich? Und woher kennst du sie?«, flüsterte sie, als stünde der kranke Bastard hier neben ihr an ihrem Arbeitsplatz.

Nach einer Weile stand sie auf, ging ins Zimmer des Sondereinsatzkommandos und rief Alvarez an, um sie zu fragen, ob sie irgendwie mit dieser Kirche oder einem der Gemeindemitglieder in Verbindung stünde. Es war weit hergeholt, ja, aber ...

Der Anruf wurde direkt an den Anrufbeantworter weitergeleitet, also hinterließ Pescoli eine Nachricht und schrieb zusätzlich eine kurze SMS, was sie wegen ihrer Kinder nahezu blind konnte. Sie drückte auf Senden, dann blieb sie vor der großen Landkarte des Countys stehen und betrachtete die verschiedenfarbigen Reißzwecken, die darin steckten und die jeweiligen Leichenfundorte der Opfer markierten, außerdem ihre Wohn- und Arbeitsstellen und die Orte, an denen sie zuletzt gesehen worden waren. Es handelte sich zwar um eine politische Landkarte, auf der statt der geographischen Besonderheiten die diversen Verwaltungssitze von Montana eingezeichnet waren, trotzdem wusste sie ganz genau, wo sich Berge erhoben, wo es Schluchten und Flüsse gab und wo Waldgebiete.

Es gab so viele Möglichkeiten, sich zu verstecken.

Tatsache war jedoch, dass die Opfer allesamt innerhalb eines Drei-Kilometer-Radius im Stadtzentrum entdeckt worden waren. Der Mörder musste demnach ganz aus der Nähe kommen. Jemand, der Alvarez kannte ... Pescoli hatte sämtliche Männer überprüft, mit denen ihre Partnerin ausgegangen war. Kevin Miller, Grover Pankretz, Terry Longstrom und nun Dylan O'Keefe. Abgesehen von O'Keefe gab es über niemanden eine Akte, und Alvarez kannte keinen der Eisschnitzer, die an dem Festival in Missoula teilgenommen hatten.

Sie fasste die Aufnahmen des Verdächtigen ins Auge, die man an dieselbe Wand gepinnt hatte, an der auch die Bilder der Opfer mitsamt ihren persönlichen Daten hingen. Wo war der Zusammenhang?

Auch Johnna Phillips' Foto hing dort, doch das Fragezeichen neben ihrem Namen war noch nicht ausradiert worden.

Einen finsteren Augenblick lang stellte sie sich Alvarez' Namen an dieser Wand vor, ein Foto, das sie als eines der Opfer des Eismumienmörders auswies, und Regan Pescolis Blut gefror zu Eis.

Das war doch verrückt!

Gabe konnte nicht glauben, was gerade passierte.

Er bibberte vor Kälte auf der Ladefläche des weißen Dodge Pick-ups, die Hände mit Handschellen gefesselt. Er und die Polizistin waren einem durchgedrehten Scheißkerl in die Hände gefallen. Er wusste, wer der Typ war, der sie ausgetrickst hatte: der Eismumienmörder, und er würde sie beide töten. Den Hund ebenfalls. Der Welpe war noch am Leben, vermutlich unter Drogen gesetzt, und auch die Streifenpolizistin, die ihn nach Helena bringen sollte, lebte noch, doch der Kerl hatte ihr ebenfalls Handschellen angelegt, sie an einen Griff an einer der Seitenwände gefesselt und außerdem geknebelt. Als sie versucht hatte, an ihre Waffe zu gelangen, hatte er auf sie eingestochen, hatte ihr das Messer tief in die Seite gestoßen und sie anschließend beide damit bedroht. Sie verlor eine Menge Blut, stöhnte und wurde immer wieder bewusstlos.

Der Mistkerl hatte mit dem blutigen Messer gefuchtelt und Gabe gezwungen, Alvarez eine Videonachricht zu schicken. Zu Tode verängstigt, kauerte er nun unter der Plane in einer Ecke der Ladefläche und wünschte sich, er wäre nie von zu Hause abgehauen, hätte sich nie mit Lizard und seinen dämlichen Freunden eingelassen. Mein Gott, war das ein Chaos. All die Situationen, in denen er sauer auf seine Mom oder genervt von seiner kleinen Schwester gewesen war, all die Male, die Leo ihn wütend gemacht hatte, einfach weil er so verdammt perfekt war, kamen ihm jetzt lächerlich vor, und er wünschte sich nichts mehr, als all das ungeschehen zu machen. Was hatte er sich nur dabei gedacht, seine »richtige« Mutter ausfindig zu machen, bloß weil er wütend auf Aggie und Dave war? Wie blöd war das denn?

Seine Handgelenke waren aufgerieben von den Handschellen, seine Finger und Zehen taub vor Kälte.

Super.

Der Scheißkerl hatte es warm in seiner Fahrerkabine, und sie hier hinten auf der Ladefläche bibberten vor Kälte. Gabes Nase fühlte sich an wie ein Eiszapfen, seine Zähne klapperten unkontrolliert, doch das wohl mehr vor Angst als wegen der eisigen Temperaturen.

Der Psycho würde sie töten. Alle drei. Gabe hatte in seine Augen gesehen, als er seine getönte Brille kurz abgesetzt hatte,

442

und gewusst, dass er sie beseitigen würde. Mordlust hatte darin gestanden, als könnte er es kaum abwarten, Gabriel die Kehle durchzuschneiden. Was seine leibliche Mutter anbelangte, die Polizistin – nun, Gabe hätte so gern an sie geglaubt, hätte sie für klüger und stärker als diesen Bastard gehalten, doch die Wahrheit war, dass auch sie sterben würde.

Diese Missgeburt schien sich förmlich danach zu verzehren, Selena Alvarez sterben zu sehen.

Der kleine Subaru mit Alvarez hinter dem Lenkrad raste, so schnell es die schwierigen Wetterbedingungen eben zuließen, die Bergstraße entlang, die das von riesigen Fichten und Kiefern geprägte Waldgebiet durchschnitt. Tief unter ihr, verborgen in der nächtlichen Dunkelheit, lag der Cougar Creek, ein zerklüfteter Bachlauf, der im Frühling zu einem reißenden Fluss anschwoll, nun aber zugefroren in einer Art Winterstarre lag. Abgesehen vom Motorengeräusch des Outbacks war alles still, ohrenbetäubend still. Hier draußen lag dick Schnee auf der Straße, doch sie erkannte die frischen Spuren eines weiteren Fahrzeugs.

Sie war nicht allein.

Er war hier.

Der Wahnsinnige, der Gabe entführt hatte und der zweifelsohne mit dem Psychopathen identisch war, den die Presse den »Eismumienmörder« getauft hatte. Hier versteckte er sich also, in den dichten Wäldern um Grizzly Falls. Hatte er Gabriel bei sich? Und was war mit Trilby Van Droz, der Streifenpolizistin, der die undankbare Aufgabe zugefallen war, Gabe nach Helena zu überstellen? Der Mörder hatte sie mit Sicherheit nicht ungeschoren davonkommen lassen, genauso

443

wenig wie sie ihm ihren Schützling so mir nichts, dir nichts überlassen hatte … Nein, es war mit Sicherheit zu einem Kampf gekommen.

Trilby ist tot. Wenn er nicht auffliegen will, darf er sie nicht am Leben lassen.

Nein, er würde sie aus dem Weg geschafft haben.

Galle stieg in ihrer Kehle hoch, doch sie schluckte sie herunter und fuhr weiter, wobei sie sich an die Tatsache klammerte, dass Trilby bald schon vermisst werden würde. Wenn sie mit Gabe nicht rechtzeitig in Helena ankam oder sich per Funk meldete, würde das Department nach ihr suchen lassen. Bestimmt würde sich das FBI einschalten und …

Zu spät. Ja, sie werden schon bemerken, dass etwas nicht stimmt, doch dann wird es zu spät sein.

Das Gleiche galt für O'Keefe. Er würde sich fragen, weshalb sie nicht zu ihrer Verabredung erschien, würde sich wundern, warum sie nicht ans Handy ging. Er würde wissen, dass etwas Schreckliches passiert war, nicht jedoch, wie er sie finden könnte.

Nein, jetzt war sie auf sich selbst gestellt.

Alvarez spürte das Gewicht der Pistole in ihrem Schulterholster. Die Waffe hatte ihr immer ein tröstliches Gefühl der Stärke gegeben, doch heute Abend kam sie ihr vor wie ein totes Gewicht. Bald schon würde sie ihr abgenommen werden, daran zweifelte sie keine Sekunde.

Natürlich trug sie noch eine zweite Waffe bei sich, außerdem ein Messer im Stiefel. Das war zwar nicht besonders geistreich und außerdem vorhersehbar, aber es war besser als nichts.

Außer diesen beiden Waffen hatte sie nur noch ihren Verstand und ihren Instinkt, um sich und ihren Sohn zu retten.

Gott steh mir bei, bat sie inständig, obwohl sie ihren Glauben an eine höhere Macht schon vor langer Zeit eingebüßt hatte.

Die alte Minenstraße war nicht geräumt, doch wegen der Baumkronen, die ein regelrechtes Dach über dem Asphaltstreifen bildeten, lag der Schnee nicht allzu hoch, und ihr Geländewagen schaffte es, den Berggipfel zu erreichen.

Mit zusammengebissenen Zähnen und klopfendem Herzen hielt sie auf die höchste Stelle des Cougar-Passes zu und starrte durch die Windschutzscheibe in die Dunkelheit.

Ruf an. Hol Verstärkung. Gib dem Department Bescheid, wo du steckst. Allein kommst du gegen ihn nicht an.

Sie griff nach ihrem Handy, dann ließ sie es wieder sinken. Sie konnte Gabes Leben nicht aufs Spiel setzen.

Doch was für eine Chance hat er denn, wenn du es allein versuchst?

»Van Droz hat es nicht nach Helena geschafft.« Dan Grayson trat mit der schlechten Nachricht an Pescolis Schreibtisch.

»Wie bitte?«

»Sie ist verschwunden. Zusammen mit dem Jungen. Ihr Fahrzeug wurde etwa auf halbem Weg gefunden, die Warnblinkanlage war an, der Motor im Leerlauf, aber sie ist weg.«

»Ich verstehe nicht ...«

»Ich auch nicht, aber ich bin schon unterwegs. Lasse die Stelle absperren. Kayan und Watershed sind bereits vor Ort.«

»Sie ist eine erfahrene Autofahrerin«, dachte Pescoli laut nach. »Wenn sie Probleme hatte, warum hat sie sich dann nicht gemeldet?«

»Genau das ist die Frage.« Ihre Blicke trafen sich, und sie sah die Sorge in seinen Augen. Ein Muskel an seiner Schläfe zuckte.

»Glauben Sie, an der Sache ist etwas faul?«

»Ich habe keine Ahnung.« Seine Lippen wurden rasiermesserdünn. »Aber genau das werde ich herausfinden.«

»Ich werde mal rausfahren.«

»Jemand sollte Alvarez informieren, schließlich ist sie in die Sache involviert. Das Department von Helena versucht bereits, sich mit den Eltern in Verbindung zu setzen. Die sind angeblich auch bei diesem Unwetter unterwegs.«

»Ich habe Alvarez eine Nachricht hinterlassen und eine SMS geschickt. Bislang hat sie nicht darauf reagiert«, erwiderte Pescoli, »doch ich werde sie schon noch erwischen.«

»Ich werde mich ebenfalls auf den Weg machen«, sagte der Sheriff und pfiff nach seinem Hund. »Mir gefällt das gar nicht. Ganz und gar nicht.«

»Mir auch nicht.« Pescoli griff nach Dienstwaffe und Mantel, als ihr Handy klingelte. Die Nummer auf dem Display kannte sie nicht, und beinahe wäre sie nicht drangegangen, da sie befürchtete, ihr Ex hätte mal wieder ihre Privatnummer herausgegeben. Auch wenn es ganz richtig gewesen war, dass Carl Anderson angerufen und das Department über Johnna Phillips' mysteriöses Verschwinden informiert hatte.

»Pescoli«, meldete sie sich.

»Dylan O'Keefe. Ich möchte gern Detective Alvarez sprechen.«

»Ich dachte, sie wäre bei Ihnen. Sie hat das Department vor ungefähr ...«, Pescoli blickte auf die Uhr, »... zwanzig, dreißig Minuten verlassen.«

»Das kommt hin«, sagte er und berichtete ihr, wie Alvarez auf den Parkplatz gebogen war und ihr Handy aus der Tasche gezogen hatte. »Ich dachte, sie wäre zu einem Einsatz oder ins Department gerufen worden. Sie hat aufs Display geschaut, als hätte sie eine Nachricht bekommen, dann ist sie ins Auto gesprungen und wie eine Verrückte vom Parkplatz gerast. Ich versuche schon die ganze Zeit, sie zu erreichen, aber ich kann sie nicht erwischen. Sie geht einfach nicht ans Telefon.«

»Ich weiß«, bestätigte Pescoli, die sich nun noch größere Sorgen machte. »Haben Sie es bei ihr zu Hause versucht?«

»Der Strom ist ausgefallen; zumindest war es noch so, als ich vor einer Weile dort war; der Hausmeister, den Alvarez regelmäßig beauftragt, war auch nicht zu erreichen; ich habe keine Telefonnummer, obwohl ich nicht glaube, dass das etwas nützen würde. Die ganze Anlage ist dunkel.«

In Pescolis Hirn machte es klick. »Der Hausmeister? Wissen Sie noch, wie er heißt?«

»Jon irgendwas ... glaube ich.«

Das passte. Alvarez hatte den Namen schon einmal erwähnt.

»Jon Oestergard?«

»Den Nachnamen habe ich noch nie gehört.«

Aber Pescoli.

»Ich rufe Sie an, sobald ich etwas von ihr höre«, sagte sie und legte auf.

Sie ließ sich auf ihren Schreibtischstuhl fallen und klickte sich durch die Dateien auf ihrem Computer, bis sie auf die Liste mit den Gemeindemitgliedern der Presbyterianischen Kirche stieß. Dort, inmitten des Adressverzeichnisses, stand es: Jon und Dorie Oestergard.

Angefügt war eine Notiz, dass Jon für den Bau der neuen Kirche zuständig sei. Das war doch nicht möglich ... oder? Sie holte sich Oestergards Führerschein auf den Bildschirm und suchte nach weiteren Fotos von ihm; auf allen trug er eine getönte Brille.

Konnte das sein?

Sie nahm sich seinen Werdegang vor, suchte nach Vorstrafen. In der letzten Zeit hatte er sich nichts zuschulden kommen lassen, doch vor Jahren hatte es einen Vorfall gegeben. Eine Frau, die sich um ihn kümmerte, eine Tante, war laut ihres Schützlings von »einer Gruppe Männer mit Skimasken« überfallen worden und ihren Stichwunden erlegen. Auch Jon Oestergard hatte damals einiges abbekommen.

War er möglicherweise so traumatisiert von diesem Überfall, dass er sich in einen kaltblütigen Killer verwandelt hatte?

Oder hatte *er* seine Tante umgebracht und sich seine Verletzungen selbst zugefügt? Vermutlich hatte sich niemand vorstellen können, dass ein Vierzehnjähriger zu einer solchen Tat fähig war, die ihn einen Teil des peripheren Gesichtsfelds des rechten Auges gekostet hatte, und er war ungeschoren davongekommen ... »Allmächtiger«, flüsterte sie. Der Mann war verheiratet. Keine Kinder. Hatte verschiedene Jobs gemacht, eine Farm geerbt und von seinem Großvater das Bauhandwerk erlernt, erfuhr sie aus den wenigen Zeitungsartikeln, die über ihn als Bauunternehmer der neuen Kirche erschienen waren.

War das möglich? War Jon Oestergard der Eismumienmörder?

Kapitel dreiunddreißig

Der Pick-up stand im Leerlauf oben am Pass, seine Scheinwerfer durchschnitten wie zwei Leuchtfeuer die finstere Nacht.

Ein weißer Dodge Pick-up mit einer Plane über der Ladefläche, an der höchsten Stelle der Straße. Zwar zogen sich die Hänge noch höher den Berg hinauf, doch hier machte die tief verschneite Straße eine ausgedehnte S-Kurve und führte auf der Rückseite des Berges wieder hinunter.

Vor dem Pick-up stand Gabriel Reeve, mit Handschellen gefesselt und sichtlich zitternd; zu seinen Füßen lag ein Fellknäuel ... Allmächtiger, das war ihr Hund!

Ein Köder!

Dies war weit schlimmer, als sie gedacht hatte.

Ihr Handy lag in ihrem Schoß. Ohne hinabzublicken, simste sie an Pescoli: *Mit Killer am Cougar-Pass. Hilfe!*

Es war zu spät, natürlich.

Sie drückte auf Senden und stellte den Ton ab, dann wählte sie Pescolis Nummer, ließ das Handy in ihre Jackentasche gleiten und sagte, möglichst ohne die Lippen zu bewegen, für den Fall, dass dieses Monster sie durch ein Nachtsichtgerät beobachtete: »Ich bin am Cougar-Pass, auf der alten Minenstraße. Versuche, Gabriel Reeve zu retten. Schick Verstärkung. Sofort!«

Sie hielt den Wagen an.

»Wirf die Waffe aus dem Wagen«, ertönte eine Stimme.

Er beobachtete sie! Verfolgte jede Bewegung, die sie machte!
Gabe lief durch den knietiefen Schnee auf sie zu.
Wumm!
Ein Gewehrschuss hallte durch den Canyon.
Gabriel strauchelte.

»O Gott, nein!« Alvarez riss ihre Dienstwaffe aus dem Holster, stieß die Tür des Outbacks auf und stürmte mit gezogener Pistole auf ihren Sohn zu, überzeugt, einen sich ausbreitenden roten Fleck auf seiner Brust vorzufinden.

»Bist du getroffen?«, stieß sie atemlos hervor, als sie bei ihm war.

»Nein!« Sie zerrte ihn hoch, und zusammen stolperten sie zu ihrem Subaru, als ein weiterer Schuss ertönte.

Die Heckscheibe des Wagens barst, und sie zog sie beide zurück auf den Boden.

Wo zum Teufel steckte der Schütze?

Vermutlich ein Stück weiter oben am Berg. Von dort aus konnte er alles wunderbar überblicken, so dass sie für ihn leichte Beute wären.

»Kriech zum Wagen«, flüsterte sie panisch. Da der Schuss die Rückscheibe getroffen hatte, musste er sich irgendwo hinter ihnen befinden.

Er spielt mit dir. Das Ganze ist für ihn ein Spiel. Sport.
Deshalb hat er Nachtsichtgeräte und wer weiß was sonst noch in seinem Arsenal.

»Unter den Wagen«, befahl sie Gabe. »Bleib in Deckung!«

»Geh nicht!« Gabes Gesicht war angstverzerrt.

»Kriech unter den Wagen!«

Sie umrundete den Subaru in der Hoffnung, die Aufmerksamkeit des Killers von ihrem Sohn abzulenken.

»Ich werde den Jungen töten!«, dröhnte die Stimme. Sie kam ihr bekannt vor. Und entschlossen. »Lass die Waffe fallen!«

»Zeig dich, du Feigling!«, rief sie und hielt ihre Pistole fest.

»Ich werde den Jungen töten!«, wiederholte er, und wie um seine Drohung zu unterstreichen, gab er einen weiteren Schuss ab, der an den Berghängen widerhallte. Noch eine Scheibe flog heraus, es regnete Glassplitter. Diesmal hatte er das Beifahrerfenster getroffen.

Gabe stieß einen entsetzten Schrei aus.

»Bleib unten, Gabe!«, schrie sie.

Wenn sie es schaffen würden, in den Wagen zu gelangen, hätten sie eine Chance, dem Kerl zu entkommen. Sie würde den Rückwärtsgang einlegen und die Straße hinunterrollen bis zu der breiten Stelle, die sie auf der Hinfahrt bemerkt hatte. Dort konnte sie wenden, und dann würden sie es schaffen.

Wumm!

Diesmal konnte sie die Schussrichtung ausmachen.

Der Angreifer befand sich definitiv über ihnen am Berghang; wahrscheinlich hielt er sich hinter einem der großen Bäume versteckt.

Wumm!

Noch ein Schuss.

Gabe hielt sich schützend die in Handschellen gelegten Hände über den Kopf.

Aus einem Hinterreifen des Subarus entwich die Luft, und Gabriel, der halb unter dem Fahrzeug lag, robbte darunter hervor.

»Nein!«

451

Verdammt! Nun hatten sie keine Chance mehr, mit dem Outback zu entkommen. Sie musste etwas tun, damit sie nicht länger lebende Zielscheiben abgaben!

Pescolis Handy piepte.

Sie hatte sich gerade ans Steuer ihres Jeeps gesetzt, als die SMS einging.

»Wie bitte?«, flüsterte sie entsetzt und wollte soeben Alvarez' Nummer wählen, als der Anruf einging.

»Hallo?«, schrie sie in den Hörer. »Was zum Teufel ist bei dir los? Ich habe gerade deine SMS bekommen ...« Sie verstummte, als sie Alvarez' Stimme hörte.

»Ich bin am Cougar-Pass, auf der alten Minenstraße. Versuche, Gabriel Reeve zu retten. Schick Verstärkung. Sofort!« Dann ertönte ein lautes Krachen, als hätte jemand einen Schuss abgefeuert.

»Verflucht!« Sie ging auf eine andere Leitung und wählte die 911. Als sich die Vermittlung meldete, setzte sie bereits aus der Parklücke.

»Hier spricht Detective Regan Pescoli. Auf meine Partnerin wird geschossen. Am Cougar-Pass, auf der alten Minenstraße, die von der Leland Road abgeht. Sie bittet um Verstärkung. Ich bin schon unterwegs, aber ich denke, wir brauchen weitere Einheiten. Bitte geben Sie dem FBI Bescheid. Vermutlich benötigen wir auch einen Helikopter – trotz des Schneesturms. Haben Sie alles verstanden?«

»Ja, aber ...«

»Außerdem«, fuhr Pescoli fort, »brauche ich jemanden, der einen gewissen Jonathan Oestergard ausfindig macht und überprüft. Er wohnt außerhalb der Stadt, auf dem alten Oestergard-Hof an der Eve's Road, ja richtig, E-V-E-S!«

Ohne eine Antwort abzuwarten, drückte sie das Gespräch weg und stellte Blinklichter und Sirene an. Aus ihrem Handy konnte sie weitere Schüsse fallen hören.

Bis zum Cougar-Pass war es eine ganz schöne Strecke. Bis sie dort ankäme und die Verstärkung einträfe, wäre alles längst vorbei, zumal man bei diesen Straßenverhältnissen stellenweise nur schleppend langsam vorankam.

»Verdammt noch mal, Alvarez«, murmelte sie. »Das ist wirklich nicht der richtige Zeitpunkt, um die Superheldin zu spielen!« Warum hatte sie Pescoli nicht von ihrem Vorhaben in Kenntnis gesetzt? Wieso um alles in der Welt war sie allein dorthin gefahren, direkt in die Fänge des mörderischen Psychopathen?

Wegen des Jungen, ihres *Jungen.*

Das war der Grund. Seit sie herausgefunden hatte, dass Gabriel Reeve ihr Sohn war, war sie nicht länger die kühle, abgebrühte Polizistin, die stets darauf bedacht war, dass alles genau nach Vorschrift ablief. Nun hatte sie mit ihren Gefühlen zu kämpfen. Und im Augenblick empfand sie Angst, nackte, unbändige Angst.

»Zum Teufel noch mal!« Pescoli schlug mit der Faust aufs Lenkrad und fuhr mit heulender Sirene über eine Reihe von roten Ampeln in Richtung Berge.

Zum Cougar-Pass würde sie bestimmt zwanzig Minuten brauchen, und das auch nur mit etwas Glück.

War das ein Schlamassel!

Ein *Riesen*schlamassel!

Leider war sie sich ziemlich sicher, dass es ihr nicht gelingen würde, Alvarez da rauszuholen.

»Bleib unten!«, befahl Alvarez ihrem Sohn.

Geduckt kämpfte sie sich durch den Schnee zu dem laufenden Pick-up hin und feuerte dabei in die Richtung, in der sie den Kerl vermutete. Vielleicht gelang es ihr so, ihn in Deckung zu zwingen und kostbare Sekunden zu schinden.

Kurz bevor sie den Dodge erreichte, sah sie ihren Hund im Schnee liegen.

Der Irre hatte ihn umgebracht.

Du kranke Missgeburt, dachte sie. Als sie an ihm vorbeihastete, gab der kleine Kerl ein Winseln von sich.

Er lebte? Roscoe lebte?

Ohne nachzudenken, schnappte sie sich den Hund und stürzte weiter auf den Pick-up zu.

Der Hund heulte auf.

Im selben Augenblick ging ein Kugelhagel auf sie nieder.

Als hätte er seinen Fehler bemerkt, feuerte der Killer nun in kürzeren Abständen.

Wumm! Wumm! Wumm!

Schüsse hallten durch die Schlucht; Schnee fiel von den Bäumen. Sie konnte nur hoffen, dass der verdammte Mistkerl eine Lawine auslöste, die ihn selbst unter tonnenschwerem Schnee begraben würde. Das geschähe ihm recht.

Doch sie hatte Pech.

Nichts dergleichen geschah.

Mit wild klopfendem Herzen und bis zum Zerreißen gespannten Nerven erreichte sie die vom Hang abgewandte Fahrerseite und riss die Tür auf. Mit letzter Kraft wuchtete sie Roscoe in die Kabine, dann kletterte sie selbst hinters Steuer und legte den Gang ein. Mit eingezogenem Kopf gab sie Gas. Der große Dodge machte einen Satz nach vorn, bergabwärts.

Jetzt musste sie es nur noch bis zum Subaru schaffen, Gabe hineinverfrachten und den Pass hinunterfahren. Sollte der Killer ruhig dort oben mit ihrem platten Outback zurückbleiben!

Wumm!

Eine Kugel durchschlug die Beifahrertür.

Sie zuckte zusammen, doch sie behielt den Fuß auf dem Gaspedal. Roscoe auf der Sitzfläche neben ihr wimmerte leise. Vorsichtig spähte sie über das Armaturenbrett und lenkte den Pick-up neben ihren Subaru. Wie standen die Chancen, dass sie es schaffte? Wie hatte er nur so dumm sein können, den Wagen laufen zu lassen?

Kämpfe, suche, finde und beuge dich nicht, schoss es ihr durch den Kopf, ein Zitat von Alfred Lord Tennyson, den sie vor langer Zeit in der Schule durchgenommen hatten.

Sie trat auf die Bremse, lehnte sich zur Seite und stieß die Beifahrertür auf. »Steig ein, Gabe!«, schrie sie. »Gabe!«

Der Junge, der hinter dem Outback in Deckung kauerte, sprang auf und stolperte unbeholfen auf den Dodge zu.

»Bleib unten!«, schrie sie, als ein weiterer Schuss fiel, näher diesmal.

Wumm!

Ein Ruck ging durch Gabes Körper.

Er stürzte nach vorn.

Voller Entsetzen sah Alvarez mit an, wie er mit dem Gesicht voran in den Schnee fiel. Ein roter Fleck breitete sich auf seiner dünnen Jacke aus.

»Nein!«, schrie sie, rutschte über die Sitzbank und sprang aus der Kabine neben ihren verletzten Jungen. Wieder hörte sie Schüsse.

Von ganz nah.

Plötzlich verspürte sie einen heftigen Schmerz im Oberschenkel. Ihr wurde schwarz vor Augen.

Er hat dich getroffen! Hoffentlich nur ein Streifschuss!

Mit letzter Kraft wirbelte sie herum und bemerkte aus den
Augenwinkeln eine dunkle Gestalt. Sie richtete ihre Waffe
darauf, versuchte zu zielen und drückte ab, gerade als sie die
kalten Elektroden des Elektroschockers in ihrem Nacken
spürte.

Stirb, du Bastard. Stirb! Stirb! Stirb!

O'Keefe gab Gas.

Seine Reifen wirbelten den Schnee zur Seite.

Der Motor des Explorers heulte auf, aber es gelang ihm,
sich die steile Straße in den Gebirgsausläufern oberhalb des
Cougar Creeks hinaufzuwinden. Die Scheibenwischer
kämpften auf höchster Stufe gegen den Schneesturm an.
»Komm schon, komm schon.« Er schwitzte, sein Herz
hämmerte. Wenn der Bastard Alvarez auch nur ein Haar
krümmte, würde er ihm persönlich die Kehle durchschneiden.

Er blickte auf die Landkarte auf dem Display seines Smart-
phones und folgte dem GPS-Signal des Senders, den er vor
einigen Tagen unter dem Kotflügel von Alvarez' Outback befestigt hatte. Er sah, dass sie in eine abgeschiedene Gegend
unterwegs war, und beschloss, Pescoli anzurufen.

Als er sich das erste Mal an Selenas Partnerin gewandt
hatte, hatte er nichts von dem Sender erwähnt, da er dachte,
sie sei dienstlich unterwegs.

Das war ein Fehler gewesen, und jetzt hätte er sich deswegen am liebsten in den Hintern getreten.

Er sah auf dem Display, dass sie angehalten hatte, und rief die Koordinaten ab.

Pescoli meldete sich.

»Hier spricht O'Keefe. Alvarez ist auf der Cougar Point Road, etwa fünfundzwanzig Kilometer außerhalb der Stadt.« Er gab ihr die Koordinaten durch.

»Und was macht Sie da so sicher?«, fragte Pescoli, offensichtlich irritiert.

»Ich verfolge sie.«

»Haben Sie ihr einen Sender angebracht?«

»An ihrem Wagen. Ja.« Er überlegte kurz, ob er ihr erklären sollte, was für Sorgen er sich machte, dass sie eine Dummheit begehen könnte, doch er hielt den Mund.

»Warum haben Sie mir das nicht früher gesagt?«, brauste Pescoli auf. »Warum haben Sie mich vorhin angerufen und sich nach ihr erkundigt?«

»Ich wollte nicht überreagieren«, setzte er zu einer Erklärung an. »Ich war mir nicht sicher.« Das klang lahm. Das *war* lahm.

»Sie haben einen *Sender* an ihrem Outback angebracht! Das nenne ich überreagieren! Verdammt!« Sie sagte etwas, das im Dröhnen seines Motors unterging. »Hören Sie, ich bin bereits unterwegs. Ich habe Verstärkung angefordert.«

»Sie *wussten* davon?«

»Habe es gerade eben erfahren.«

»Ich bin fast da.«

»Wie bitte? NEIN! HALTEN SIE SICH ZURÜCK, O'KEEFE! Herrgott, ich habe das FBI und das ganze verfluchte Department informiert! Wir sind an der Sache dran, also halten Sie sich zum Teufel zurück!«

Er drückte das Gespräch weg und murmelte: »Ja, klar.« Er konnte nur hoffen, dass sie wirklich dran waren, einen Vorsprung hatten, aber das bezweifelte er. Niemand, nicht Regan Pescoli, nicht Sheriff Dan Grayson und auch kein FBI-Agent, konnte ihn jetzt aufhalten.

Er trat aufs Gaspedal und fuhr weiter bergauf, folgte den Wagenspuren, die in diese gottverlassene bergige Gegend führten, und hoffte wider besseres Wissen, dass er sich irrte, dass es Selena gutging, dass sie heil und unversehrt war.

Du machst dir etwas vor. Du weißt, dass sie in Gefahr ist.

Das Licht seiner Scheinwerfer durchdrang kaum den dichten Schneevorhang; seine Nerven waren bis zum Zerreißen gespannt, und er hatte schreckliche Angst, dass er zu spät kam.

Was auch immer auf ihn zukommen mochte, der Eismumienmörder war mit Sicherheit darin verwickelt. Doch warum versuchte sie, ihn im Alleingang zur Strecke zu bringen?

Warum rückte sie nicht mit der gesamten Kavallerie an? Sie war allein losgezogen, das hatte er durch das Fenster des Grizzly Hotels beobachtet. Sie hatte auf ihr Handy geblickt und war wie von der Tarantel gestochen davongerast.

Vielleicht war sie weggelockt worden. Vielleicht hatte jemand einen Köder gelegt, der Eismumienmörder ...

Sein Handy zeigte einen Anruf an, und er meldete sich noch vor dem zweiten Klingeln, die Augen fest auf die tief verschneite Berglandschaft gerichtet. »O'Keefe?«

»O Gott, Dylan«, jammerte eine Frauenstimme. »Er ist schon wieder verschwunden!«

»Wie bitte?«

»Anscheinend hat es einen Unfall gegeben oder sonst was ist passiert, sie wollen uns nichts sagen. Aber Gabe ... er ist weg!« Endlich wurde ihm klar, dass seine Cousine am anderen Ende der Leitung war. »Er ... er ist verschwunden und die Polizistin auch!«

Polizistin? *Alvarez!*

Furcht stieg in ihm auf.

»Aggie? Wovon zum Teufel redest du eigentlich?«, fragte O'Keefe, der seine schluchzende Cousine kaum verstehen konnte. »Aggie!«

Eine Sekunde später war Daves Stimme zu vernehmen, der mit sachlicher Stimme erklärte: »Es muss einen Unfall gegeben haben; Näheres wissen wir nicht. Gabe ist nicht in Helena angekommen. Er und die Fahrerin des Wagens, eine Streifenpolizistin vom Büro des Sheriffs, werden vermisst.«

Nicht Alvarez? Er atmete auf und verspürte ein klein wenig Erleichterung. Gabe wurde vermisst. »Moment! Wieso vermisst? Wovon redest du? Er sollte doch nach Helena überstellt werden!«

»Genau das versuche ich ja zu erklären. Sie sind dort nicht angekommen.«

Langsam begriff er. Deshalb also war Alvarez so überstürzt von dem Hotelparkplatz aufgebrochen. Jemand musste ihr mitgeteilt haben, dass ihr Sohn verschwunden war.

»Ich tue, was ich kann«, versprach er Gabes verzweifeltem Vater und legte auf. Die Hände so fest am Lenkrad, dass seine Knöchel weiß hervortraten, die Kiefer angespannt, dachte er nach. Man musste kein Meisterdetektiv sein, um darauf zu kommen, dass der »Unfall« inszeniert gewesen war. Doch was

459

hatte der Eismumienmörder damit zu tun? Er musste etwas damit zu tun haben, da war sich O'Keefe ganz sicher. Alles andere ergab keinen Sinn.

Gabriel war der Köder gewesen, um Alvarez in seine Falle zu locken. Der Killer gab sich nicht länger damit zufrieden, sie mit einer Weihnachtskarte zu foppen.

All I Want for Christmas Is you ...

Und jetzt hatte er sie.

Kapitel vierunddreißig

Schmerz schoss durch ihren Körper. Ihr war kalt ... so verdammt kalt. Sie zitterte, klapperte mit den Zähnen, die Dunkelheit schien sie erneut übermannen zu wollen.

Langsam kam sie wieder zu Bewusstsein, doch sie konnte sich an nichts erinnern außer an Schnee, Blut und ... Gabriel!

Sie zwang sich, ein Auge zu öffnen. Sie befand sich in einer Art Höhle, lag in einer Wanne, unfähig, sich zu bewegen. Eisiges Wasser schwappte um sie herum.

O mein Gott!

War sie lange bewusstlos gewesen? Stunden? Minuten? *Tage?*

Sie wusste es nicht, doch zumindest hatte er genug Zeit gehabt, sie hierherzuschaffen, auszuziehen und in das eiskalte Bad zu legen.

Ihre Arme und Beine zuckten leicht.

Der Elektroschocker.

Er hatte sie damit außer Gefecht gesetzt, und wenn sie noch immer auf den Stromstoß reagierte, konnte das noch nicht allzu lange her sein ... oder?

Sie war total groggy ... Ganz in der Nähe schluchzte jemand, außerdem waren die Klänge eines Weihnachtslieds zu hören, oder bildete sie sich das nur ein?

Kling, Glöckchen, klingelingeling ...

Sie gab sich alle Mühe, nicht wieder ohnmächtig zu werden, und blinzelte angestrengt. Plötzlich beugte sich eine dunkle Gestalt über sie, und als ihre Augen wieder klar sehen konnten, erkannte sie ihn, den Eismumienmörder.

»Hallo, Selena«, begrüßte er sie mit einem triumphierenden Lächeln.

Jon Oestergard? Ihr Hausmeister? Der Farmer? Ein verheirateter Mann, der ...

»Du hattest wohl gedacht, du könntest mich austricksen«, sagte er mit dieser monotonen Stimme, die sie so nervend fand. »Ts, ts.«

Was um alles in der Welt hatte sie ihm getan?

Doch vermutlich war das ganz egal.

Ihr wurde wieder schwarz vor Augen. Am liebsten hätte sie sich der Bewusstlosigkeit ergeben, wo sie die Kälte nicht spüren musste, wo sie nicht an Gabe denken ...

Gabe! Wo war er?

Sie zwang sich, die Augen offen zu halten, und versuchte, sich umzusehen. Ein riesiger Raum, eine Höhle ... mit einer Werkbank und Deckenlichtern und ... Wenn sie doch nur den Kopf drehen könnte!

»Dann bist du also wach. Gut.« Er lächelte jetzt nicht mehr; stattdessen sah er durch seine getönten Brillengläser auf sie hinab.

»Wo ist Gabe?«, presste sie hervor. Ihre Stimme war kaum mehr als ein Flüstern.

»Der Junge? Oh, um den musst du dir keine Sorgen machen.« *Kling, Glöckchen, klingelingeling ...*

Gedankenverloren summte er das Weihnachtslied mit.

»Wo ist er?«, fauchte sie.

»Ich habe ihn dagelassen, was sonst? Mit deinem dämlichen Hund ...« Seine Lippen verzogen sich zu einem abstoßenden Grinsen. »Damit wir beide ungestört sind.«

»Warum tun Sie das? Warum, Jon?«

»Ach, jetzt bin ich auf einmal Jon. Sonst hast du mich nie beim Namen genannt, du falsche Schlange.«

»Wie bitte?«

»Als ich dir im Lebensmittelladen geholfen habe, hast du so getan, als würde es mich gar nicht geben. Genau wie all die anderen. Falsche Schlangen. Allesamt. Vipernbrut.«

»Was für ein Lebensmittelladen? Wovon reden Sie überhaupt?«, fragte sie verwirrt.

Er goss noch mehr eisig kaltes Wasser über sie. Sie zuckte. Spürte einen brennenden Schmerz an ihrem Oberschenkel. Anders als den anderen Opfern hatte er ihr offenbar kein Betäubungsmittel verabreicht, wollte sie leiden sehen. Wollte sich ihr überlegen fühlen. Sie kontrollieren. Sie unterwerfen.

Gib ihm keine Macht über dich. Vermeide Fragen, mit denen er rechnen könnte. Zeig ihm deine Angst nicht.

»Wie denkt Ihre Frau darüber?«, fragte sie und sah, wie er zusammenzuckte. In diesem Augenblick sah sie das Blut. Ein Tropfen rann seinen Arm hinunter, als hätte eine ihrer Kugeln ihr Ziel getroffen. »Dorie? So heißt sie doch, oder? Macht sie auch hierbei mit?«

»Nein!«, schrie er, sein Gesicht eine Maske der Abscheu.

»Ach, Unsinn. Sie muss doch etwas ahnen.«

»Sie hat nichts damit zu tun.« Er holte tief Luft. »Außerdem ist das egal. Sie ist ... tot.«

»Tot?«

»Er hat sie umgebracht!«, rief eine Frauenstimme. Das Monster riss den Kopf herum.

Es war noch jemand anders hier? Ach ja, richtig ... sie hatte eine Frau weinen gehört ... Langsam kam ihr Gehirn wieder in Schwung.

»Halt die Klappe, verdammt noch mal!«, brüllte Jon, doch die Frau beachtete ihn nicht.

»Er hat sie umgebracht und damit auch noch geprahlt! Hab ich recht, du elende Missgeburt?«

Er fuhr herum, ganz offensichtlich aus dem Konzept gebracht, und Alvarez wusste, dass das ihre einzige Chance war.

O'Keefe bog um eine letzte Kurve und sah den Jungen mit dem Gesicht im Schnee liegen, um seinen Kopf herum breitete sich eine Blutlache aus. Alvarez' Outback stand mit laufendem Motor an der höchsten Stelle der Straße, seine Scheinwerfer zwei Lichtkegel in der Dunkelheit, doch er war leer. O'Keefe zog seine Waffe, hielt neben dem Jungen an und stieg vorsichtig aus dem Wagen.

Wo war Selena?

Nichts war zu sehen, weder von ihr noch von dem Eismumienmörder noch von einem weiteren Fahrzeug.

Sein Blick fiel auf einen Hund, der reglos im Schnee lag, aller Wahrscheinlichkeit nach Alvarez' Roscoe.

Seine Augen schweiften suchend durch die Gegend, doch alles war stockdunkel, allein die Umrisse hoher Bäume, Hemlocktannen und Kiefern, waren zu erkennen. Geduckt hastete er auf den Jungen zu, jederzeit bereit zu schießen. *Bitte sei am Leben, Gabe. Bitte ...*

Er hatte einen Kugelhagel erwartet, doch alles blieb ruhig, fast zu ruhig, nichts war zu hören außer dem laufenden Motor des Explorers und seinem hämmernden Herzen.

Keine Selena ... Nein, er würde jetzt nicht an sie denken, würde sich keine Vorwürfe machen, zu langsam gewesen zu sein, sie nicht schneller aufgespürt zu haben, auch wenn sie jetzt wahrscheinlich schon tot war.

Damit könnte er sich noch sein ganzes Leben quälen.

Mit zusammengeschnürter Kehle zwang er sich, sich auf das Hier und Jetzt zu konzentrieren, denn nun kam es erst einmal darauf an, Gabriel zu retten.

Er beugte sich über den Jungen, nach wie vor auf einen Angriff aus dem Hinterhalt gefasst, und fühlte nach seinem Puls. Da war er, wenn auch sehr schwach. O'Keefe zückte sein Handy, wählte die Neun-eins-eins und suchte nach Verletzungen. Kaum meldete sich die Vermittlung, sagte er: »Ich brauche sofort einen Rettungswagen.« Er gab seinen Namen und die GPS-Koordinaten durch und erklärte, dass Gabriel Reeve angeschossen worden sei und um sein Leben ringe. Die Polizistin von der Vermittlung teilte ihm mit, dass Hilfe unterwegs sei, und bestand darauf, dass O'Keefe in der Leitung blieb. Sie wollte ihn mit einem Notarzt verbinden, der ihm übers Telefon dabei helfen könnte, den Jungen zu stabilisieren.

»Komm schon, Gabe, halt durch, Kumpel«, sagte O'Keefe, öffnete Jacke und Hemd des Jungen und sah die Einschussstelle in seiner Brust.

Gabriel stöhnte, doch O'Keefe vernahm noch ein weiteres Geräusch, das Dröhnen eines sich nähernden Motors.

Verstärkung?

Der Mörder?

Zwei Scheinwerfer durchschnitten die Dunkelheit.

Er stellte sich zwischen den Jungen und das eintreffende Fahrzeug und richtete seine Waffe auf die Windschutzscheibe. Als der Wagen um die Kurve bog, erkannte er einen Jeep – mit Regan Pescoli hinter dem Lenkrad.

»Hier hat es ein regelrechtes Blutbad gegeben«, teilte Pete Watershed Pescoli am Telefon mit. »Das Opfer, eine Frau,

465

nackt, unkenntlich, auf dem Bett; überall ist Blut: auf den Wänden, auf dem Teppich, auf dem Bett ... Sieht aus wie im Horrorfilm, ein echter Alptraum!« Watershed und Rule Kayan waren zur Oestergard-Farm geschickt worden, und nachdem er das Department informiert hatte, erstattete Pete nun Pescoli Bericht.

»Und von Jon Oestergard keine Spur?«

»Nein. Das einzige Fahrzeug in der Garage ist ein Honda Civic, der auf Oestergards Ehefrau zugelassen ist. Aber wir müssen erst noch die Nebengebäude checken; wir haben Spuren im Schnee gefunden, die eindeutig darauf hinweisen, dass jemand zu der Scheune und den Stallungen gegangen ist. Wir werden jetzt gleich dort nachsehen.«

»Seid vorsichtig.«

»Immer.«

»He, Pete«, sagte sie, bevor er auflegte. »Glaubst du, bei dem Opfer handelt es sich um Dorie Oestergard?«

»Gut möglich«, erwiderte Watershed. »Ich sage dir, Pescoli, so was habe ich noch nie gesehen. Ihre Augen, die Nase, der Mund – alles ist zerschnitten. Er hat sie völlig entstellt – der Kerl muss der Oberpsycho sein!«

»Das ist Zorn«, sagte sie, innerlich bebend. »Er ist krank vor Zorn.«

»Wir warten hier noch auf die Verstärkung, dann fahren wir zurück ins Department und helfen euch bei der Suche.«

Anscheinend war der Killer, für den sie mit fast hundertprozentiger Wahrscheinlichkeit Jon Oestergard hielt, nun vollends durchgeknallt.

Die Eismumien reichten ihm offenbar nicht mehr, nein, jetzt war er anscheinend in einen mörderischen Blutrausch geraten.

Sie bog um eine letzte Kurve. Ihre Scheinwerfer erfassten O'Keefe, der seine Waffe direkt auf sie gerichtet hielt. Als er sie erkannte, ließ er die Pistole sinken. Sie stellte den Motor aus und stieg aus dem Jeep.

»Was zur Hölle war denn hier los? Wo ist Alvarez?«

»Keine Ahnung. Sie ist nicht hier. Es sieht so aus, als wäre ein anderes Fahrzeug die Rückseite des Berges hinuntergefahren.«

»Zur Oestergard-Farm.«

In der Ferne heulten Sirenen. »Der Rettungswagen«, stellte sie fest und kniete sich neben den Jungen. Hoffentlich käme die Hilfe nicht zu spät.

Sie redete mit Gabriel, versuchte, ihn bei Bewusstsein zu halten, auch wenn sie gar nicht sicher wusste, ob er noch da war. Der Hund, so schien es, war tot, von Alvarez, Trilby Van Droz oder dem Mörder keine Spur. »Gabe, kannst du mich hören?«, fragte sie. »Bleib bei mir, Gabe. Gabe?«

Das Sirenengeheul kam näher und näher, gleich mehrere Motoren dröhnten durch die Nacht.

Gabe stöhnte. Soweit Pescoli erkennen konnte, war es O'Keefe gelungen, den Blutfluss für den Augenblick zu stoppen. Vielleicht, ganz vielleicht würde der Junge es schaffen.

»Du machst auch nichts als Ärger!«, schrie Oestergard der Frau zu, die, wie Alvarez jetzt sah, in einer Art Käfig in diesem Höhlenverlies eingesperrt war. Es gab noch zwei weitere dieser Zellen hier unten, in denen er, so war sie überzeugt, andere Gefangene gehalten hatte. Sie stellte sich die Opfer vor, die hier eingesperrt gewesen waren, ihres Schicksals harrten. Bestimmt hatten sie mit angesehen, wie die Frauen vor ihnen eines langsamen, qualvollen Todes starben, bevor ihr Mörder ihrer eisigen Hülle mit Eispickel und Meißel zu Leibe rückte und Skulpturen aus ihnen schnitzte.

Sie fragte sich, was für ein Mann das wohl sein mochte, den sie seit gut fünf Jahren kannte, doch jetzt konnte sie sich nicht länger damit aufhalten. Als er auf die Frau zustapfte, die vermutlich Johnna Phillips war, versuchte Alvarez, ihre Glieder unter Kontrolle zu bringen, ihren Körper zu zwingen, ihr zu gehorchen.

»Weißt du was?«, sagte er zu der eingesperrten Frau, »ich sollte dich vögeln. Hm? Wie würde dir das gefallen?«

»Womit denn?«, gab diese zurück. Alvarez fiel auf, dass sie grinste. »Du kriegst doch eh keinen hoch.«

In dem Käfig neben ihr war eine weitere Frau eingesperrt, sah sie jetzt. Trilby Van Droz lag nackt und reglos auf einer Matratze, das Haar zerzaust, die Haut bläulich. Alvarez konnte nicht erkennen, ob sie noch atmete.

»Ach, das glaubst du also? Soll ich dir das Gegenteil beweisen?«, knurrte Oestergard.

Alvarez hob den Kopf ein klein wenig höher und sah ihn vor der Käfigtür stehen, wo er den Schlüssel ins Schloss steckte. Sein Gesicht war gerötet, und er schien außer sich zu sein vor Zorn. Er war so versessen darauf, es der Frau im Käfig zu zeigen, dass er von Alvarez nicht länger Notiz zu nehmen schien. Durch die Höhle schallte ein Weihnachtslied. *Bitte, lieber Gott, mach, dass uns jemand zu Hilfe kommt, bevor es zu spät ist!*

Johnna, nackt, die Lippen blau, bibbernd vor Kälte, warf Alvarez einen raschen Blick zu, dann höhnte sie: »Das schaffst du nicht. Du bist doch seit Jahren nicht mehr hart gewesen. Vielleicht noch nie. Das ist doch der Grund dafür, warum du hier unten deine dämlichen Eisskulpturen machst – weil du keine Ahnung hast, wie man es einer lebendigen Frau besorgt. Ich habe gehört, wie du über deine Frau geredet hast. Sie mache nichts als Scherereien, hast du behauptet. Liegt das daran, dass du sie nicht vögeln kannst? Ist das das Problem?«

»Red nur weiter«, stieß Jon mit zusammengebissenen Zähnen hervor und sperrte die Käfigtür auf. »Ich werde dich schon zum Schweigen bringen. Für immer.«

»Aber sicher, großer Mann ... Lass mal sehen, was du hast.« So lautlos wie möglich zog Alvarez ihren Oberkörper hoch, dann schwang sie mit aller Kraft ihre tauben Beine über den Rand der Wanne. Ihr Oberschenkel schmerzte höllisch von der Schusswunde, und sie musste sich auf die Zunge beißen, um nicht laut aufzuschreien.

Ein anderes Weihnachtslied tönte nun aus den Lautsprechern:

I don't want a lot for Christmas
There's just one thing I need

...

All I want for Christmas is you ...
Ich wünsche mir nicht viel zu Weihnachten
Ich brauche nur eins

...

Alles, was ich mir zu Weihnachten wünsche, bist du ...

Der Mariah-Carey-Song der Weihnachtskarte. *All I Want for Christmas Is You.* Alvarez holte tief Luft. Sie musste diesen

Wahnsinnigen erledigen, und zwar jetzt! Sie glitt zu Boden, doch ihre Beine gaben nach, und sie musste sich am Rand der Wanne festhalten, um stehen zu bleiben.

Ihre Pistole.

Irgendwo musste er ihre Dienstwaffe hingelegt haben.

Was war mit dem Messer, das sie in ihrem Stiefel versteckt hatte ... Wo zum Teufel konnte es sein?

Denk nach, Selena, denk nach. Versuch, dich zu orientieren, und dann mach diesen Bastard fertig!

An der Wand hinter der Werkbank hingen Waffen. Sägen, Meißel und ...

»Verdammt, was soll das?« Als würde ihm plötzlich klar, dass sie ihn austricksten, wirbelte Jon Oestergard herum, das Gesicht mit der getönten Brille zu einer grauenhaften Fratze verzerrt. »Ihr verfluchten Miststücke!«

Er vergaß, Johnnas Käfigtür zuzusperren, und stürzte sich mit einem Satz auf Alvarez. Sie versuchte, ihm auszuweichen, doch das verletzte Bein knickte unter ihr ein.

Binnen einer Sekunde war er über ihr und rang sie, schwer atmend vor Zorn, zu Boden. »Du entkommst mir nicht, du kleine Schlange«, knurrte er. Sein heißer Atem strich über ihr Gesicht, sein schwerer Körper drückte sie nieder.

Du bist in der Falle, dachte sie, als er seinen Schritt an ihrem rieb.

»Vielleicht sollte ich mit dir anfangen.« Er knetete grob ihre nackten Brüste und starrte sie grinsend an. Seine gelben, schiefen Zähne, sein Atem waren direkt über ihrem Gesicht.

»Ja, das ist gut!«

Plötzlich war sie in einer anderen Zeit. An einem anderen Ort. In Emilios Wagen. Verzweifelt setzte sie sich gegen ihn zur Wehr.

Oestergard griff mit den Fingern in ihr Haar. In diesem Augenblick sah sie etwas, direkt über seinem Kopf: den Stiel eines Eispickels, den er neben der Wanne liegen gelassen hatte.

»Gefällt dir das?«, fauchte er, dann blickte er zum Käfig hinüber. »Du kannst zuschauen«, sagte er zu Johnna, doch plötzlich erstarrte er. »Was zum Teufel ...?«

Alvarez hörte das Quietschen der Scharniere, als die Käfig-tür aufschwang.

»Scheiße!«, brüllte er und verlagerte sein Gewicht, so dass sie sich wieder bewegen konnte. Jetzt oder nie!

Sie schnellte mit dem Oberkörper hoch, prallte gegen ihn und streckte den Arm aus. Ihre Finger streiften den Eispickel, der laut krachend zu Boden fiel und davonrollte.

Fluchend griff er danach, entschlossen, sie zu töten, sein Gesicht brannte vor Zorn.

»Aufhören!«, schrie Johnna und lenkte den Irren für den Bruchteil einer Sekunde ab.

Alvarez warf sich herum, ihre Finger scharrten über den schmutzigen Felsboden, dann schlossen sie sich um den Griff des Eispickels.

In dem Augenblick wandte er den Kopf. Sein Blick fiel auf ihre Hand.

Sie holte aus.

Schwang den Eispickel mit aller Kraft nach oben und traf Oestergard direkt unterhalb des Kinns am Hals.

Mit einem ekelhaft schmatzenden Geräusch durchdrang der Pickel die weiche Haut seines Kehlkopfs.

Der Eismumienmörder, von der Wucht des Aufpralls nach hinten geschleudert, griff nach dem Stiel und schnappte nach

471

Luft. Blutiger Speichel sprühte über den Fußboden und Alvarez. Er rappelte sich hoch und blieb schwankend stehen. Mit einem seltsamen Gurgeln zog er den Eispickel heraus. Jetzt schoss das Blut aus der Wunde. Oestergard presste ungläubig die Hand darauf und taumelte auf Alvarez zu.

Diese rollte sich zur Seite, halb unter die Werkbank.

Johnna Phillips, die reglos vor der Käfigtür gestanden hatte, setzte sich in Bewegung. Offenbar war sie noch nicht fertig mit ihm, gab sich nicht damit zufrieden, dass er qualvoll verbluten würde, nein, sie griff nach der langen, spitzen Spezialzange, die er offenbar zur Bearbeitung seiner grauenhaften Skulpturen verwendete, holte aus und trieb sie ihm mit aller Kraft von hinten durch den Körper. Oestergard sackte auf die Knie, aus seinem Unterleib sprudelte Blut. Johnna musste ihn mit der Zange durchbohrt haben. Er fiel vornüber, sein Kopf traf so hart auf den kalten Felsboden, dass er seine Brille verlor. Alvarez und Johnna konnten die entstellenden Narben neben seinem Auge sehen.

»Das soll dir eine Lehre sein«, keuchte Johnna und beugte sich über den sterbenden Mann. »Leg dich nie mit einer Schwangeren an!«

Plötzlich waren donnernde Schritte zu vernehmen, die irgendwo in der Nähe eine Treppe hinunterstürmten.

»Hier!«, schrie Johnna, »hier sind wir! Wir brauchen Hilfe!« Alvarez versuchte, sich hochzurappeln. Die Schritte klangen, als hallten sie in einer Art Gang wider, und sie kamen direkt auf ihre Höhle zu.

Als O'Keefe, gefolgt von Pescoli, um die Ecke bog, rollten Tränen über ihre Wangen.

»Selena«, rief O'Keefe mit rauher Stimme, lief auf sie zu und zog sie in seine Arme. »Alles wird gut«, flüsterte er, als sie sich an ihn klammerte, obwohl sie nicht glaubte, dass jemals wieder etwas gut werden würde. »Es ist vorbei. Liebling, halt durch, es ist vorbei.«

Plötzlich war die Höhle voller Polizisten, deren Rufe das Weihnachtslied übertönten, das schon wieder aus den Lautsprechern schallte. Ohne sich von O'Keefe zu lösen, sang sie lautlos mit: *»All I want for Christmas is you ...«*

Epilog

Alvarez blickte aus dem Fenster ihres Reihenhauses. Es war noch früh. Nicht mal fünf Uhr morgens. Vor der Schiebetür war alles weiß. Ein Großteil des Schnees, den ihnen der Blizzard vor drei Wochen beschert hatte, war mittlerweile geschmolzen, doch eine dünne Schicht war geblieben, und der Wetterbericht sagte neuerlichen Schneefall voraus.

Aber das war nichts Neues. In Montana schneite es im Winter nun mal ständig.

Sie schaltete die Lichter am Weihnachtsbaum an und dann den Gaskamin, damit es im Wohnzimmer warm wurde. Sie war froh, noch am Leben zu sein, hatte Glück gehabt. Das sagten alle, mit denen sie nach ihrer Rettung zu tun gehabt hatte: Nachbarn, Kollegen, Nachrichtenreporter – alle bestätigten, dass sie dem Tod nur um Haaresbreite entronnen war.

Der Eismumienmörder hatte die Verletzungen, die Alvarez und Johnna Phillips ihm mit seinen eigenen Werkzeugen zugefügt hatten, nicht überlebt. Johnna war zur Lokalheldin geworden, ihre Vorgesetzten von der First Union Bank nutzten den Presserummel zur Eigenwerbung und betonten immer wieder, wie stolz sie auf ihre Mitarbeiterin seien, die geholfen habe, ihre Stadt von einem grausamen Serienmörder zu befreien.

Trilby Van Droz hatte überlebt, doch sie hatte ihre Kündigung eingereicht. Der Sheriff hatte sie nicht akzeptiert und Trilby stattdessen beurlaubt, damit sie sich ihre Entscheidung im neuen Jahr noch einmal überlegen konnte. Gabe war zu seinen Eltern nach Helena zurückgekehrt. Sein Anwalt und der Staatsanwalt hatten sich dahin gehend geeinigt, ihn lediglich als Helfershelfer anzuklagen, so dass seine Strafe hoffentlich auf Bewährung ausgesetzt werden würde. Ob das tatsächlich klappte, war noch nicht abzusehen, doch bislang war er auf dem rechten Weg geblieben, und Aggie erwärmte sich langsam für die Vorstellung, dass er Alvarez sehen und »eine Art« Beziehung zu ihr aufbauen dürfe.

Alvarez dachte an ihren letzten Besuch bei ihm im Krankenhaus. Unter Aggies wachsamem Blick hatte er ein paar Sekunden ihre Hand gehalten. »Ich bin froh, dass ich dich kennengelernt habe, Gabe«, hatte sie gesagt. Als er ihre Hand losgelassen hatte, hatte sie einen Kloß im Hals verspürt.

»Ich auch.« Seine Augen glänzten, aber er weinte nicht, doch Aggie hatte sich abwenden müssen. »Ich rufe dich an, wenn ich hier raus bin«, versprach er.

»Tu das.« Sie war so unglaublich dankbar, dass er am Leben war.

Aggie schluchzte leise. Alvarez hatte ihr versichert, dass sie sich nicht in Gabes Leben drängen würde.

Es war ohnehin erstaunlich, wenn nicht gar verblüffend, dass sie sich begegnet waren, doch Gabriel war ein schlauer Junge. Er hatte im Internet nach ihr gesucht, hatte Chatrooms besucht, sich bei allen möglichen Behörden eingehackt und sich auf diesem Wege Zugang zu den Gerichtsunterlagen verschafft.

»Geh weiter zur Schule«, riet sie ihm.

»Das mache ich. Vielleicht werde ich Polizist.«

Wieder ein Schluchzer von Aggie.

»Wähl lieber den geraden Weg«, sagte sie, und als Aggie sich wieder einmal abwandte, hauchte sie ihm einen Kuss auf die Stirn. »Sei brav, Gabe, denn wenn du's nicht bist, werde ich davon erfahren!«

Er grinste.

Alvarez hatte Gabes Mutter die Hand auf die Schulter gelegt, dann hatte sie sich umgedreht und den Raum verlassen. Dieses Bild jedoch – Gabe grinsend im Bett, die dunklen Augen, die geraden weißen Zähne, das zerraufte Haar – war ihr geblieben und würde für immer bei ihr sein.

Außerdem hatte sie jetzt ja noch eine weitere Verbindung zu ihm: O'Keefe.

Doch nicht alles im sogenannten Eismumienfall war gut ausgegangen.

Bei dem Opfer im Farmhaus der Oestergards handelte es sich tatsächlich um Jons Frau Dorie. Man ging davon aus, dass sie angefangen hatte, ihrem Mann Fragen zu stellen. Vielleicht hatte sie angedeutet, zur Scheune kommen zu wollen, was dazu geführt hatte, dass bei Oestergard auch noch die letzte Sicherung durchgebrannt war.

Das Höhlensystem unter dem Oestergard-Anwesen war zu einer Art Volkslegende geworden, und nachdem die Spurensicherung ihre Arbeit abgeschlossen hatte, stahlen sich Jugendliche dort hinein, als Mutprobe oder für den ultimativen Kick bei Spielen wie *Wahrheit oder Pflicht.*

Sie humpelte die Treppe hoch; ihr Bein schmerzte leicht. Sie hatte sich eine Zeitlang freigenommen, doch Pescoli flehte sie nahezu an, wieder ins Department zu kommen; offenbar hatte sie es satt, mit Brett Gage zusammenzuarbeiten. Sie hatte zugegeben, dass Santana sie wieder einmal bedrängte, zu ihm zu ziehen, und selbst eine Regan Pescoli hatte einräumen müssen, dass es Zeit war, Nägel mit Köpfen zu machen, vermutlich wegen der nicht enden wollenden Probleme mit ihren Kindern.

Joelle hatte einen Riesenberg Leckereien vorbeigebracht und so dafür gesorgt, dass Alvarez fünf Pfund zugenommen hatte, und O'Keefe war mehr oder weniger bei ihr eingezogen, zumindest vorübergehend, bis sie wieder zur Arbeit gehen konnte.

Als sie jetzt ins Schlafzimmer trat, sah sie Dylan im Bett sitzen, die Kissen in den Rücken gestopft, die Katze neben ihm, der Hund zusammengerollt auf einer Decke auf dem Fußboden. Als Selena ins Zimmer kam, hob Roscoe den Kopf und wedelte mit dem Schwanz.

»Verräter«, sagte sie, tätschelte seinen breiten Kopf und spürte, wie ihr das Herz aufging. »Alle beide.« Sie warf Mrs. Smith einen tadelnden Blick zu, doch sie war nicht sauer, nur dankbar, dass der Hund auf wundersame Weise überlebt hatte, obwohl alle dachten, er wäre tot.

»He, ich habe mich schon gewundert, wo du bleibst«, sagte O'Keefe, als sie sich auf ihre Bettseite setzte.

»Ich habe nachgedacht.«

»Ob du noch Schäfchen zählen sollst? Nein, dann wärst du ja immer noch im Bett.«

»Vielleicht darüber, wie sehr du mich immer ärgerst?«

Er lachte. Ihre Beziehung entwickelte sich. Sie würde einige Aspekte ihres Lebens überdenken müssen, zum Beispiel, ob sie im nächsten Jahr den Kontakt zu ihrer Familie wieder aufnehmen sollte. Doch zunächst einmal wollte sie die Dinge auf sich zukommen lassen.

O'Keefe sprach davon, nach Grizzly Falls umzuziehen, wenngleich er bislang noch keine konkreten Pläne gemacht hatte.

Wurde es Zeit, ihre Beziehung auf die nächste Ebene zu heben?

Sie wusste es nicht, aber im Augenblick, dachte sie und kuschelte sich in seine Arme, würde sie auch nicht weiter darüber nachdenken. Sie hörte, wie Roscoe im Schlaf leise jaulte. Mrs. Smith schnurrte. O'Keefe lachte sein tiefes, kehliges Lachen.

Mit solchen Geräuschen, das musste sie zugeben, würde sie sehr lange sehr glücklich leben können.